Du même auteur chez le même éditeur :

Le dieu des cauchemars, 2004.
Personnages désespérés, collection Arcanes, 2004.

La légende d'une servante

COLLECTION DIRIGÉE PAR JOËLLE LOSFELD

Titre original : *A Servant's Tale*

Ouvrage traduit avec le concours du Centre national du livre

© 1984 by Paula Fox.
© Éditions Gallimard pour la traduction française, 2005.
ISBN : 2-07-078941-1

Paula Fox

La légende d'une servante

Roman

Préface de Melanie Rehak

Traduit de l'anglais (États-Unis) par
Marie-Hélène Dumas

ÉDITIONS JOËLLE LOSFELD

À James Harvey,
Sheila Gordon,
et Robert Lescher.

C'est vrai, les enfants apprennent des mots grossiers et de mauvaises manières en compagnie des domestiques, mais dans le salon, c'est aux idées grossières et aux mauvais sentiments qu'ils s'initient

Aleksandr I. Herzen

Un pied toujours au Paradis, je reste immobile
Et je regarde de l'autre côté.

Edwin Muir

La vérité et ses conséquences

La vérité n'est pas très propre. C'est ce que nous apprennent les romans profondément humains, et bouleversants, de Paula Fox — quoique, en général, nous le sachions déjà. Comme nous savons que cette vérité, malgré tout, est nécessaire. Certes il lui arrive d'être belle, mais elle s'associe généralement plutôt à la douleur et à la déception ; à l'instant cruel où les écailles nous tombent des yeux et où il ne reste rien derrière quoi se cacher. Pour ceux qui arrivent à le surmonter et savent comment vivre après ça, la part de beauté, celle que donne la force d'avancer les yeux ouverts, remonte à la surface. Telle est la réalité que tous les personnages de Paula Fox affrontent un jour et la façon dont chacun choisit de le faire joue un rôle fondamental dans la fascination que ses livres exercent sur nous.

Il ne s'agit cependant pas d'une réalité séduisante. Elle est au contraire difficile à accepter. On nous a généralement enseigné que le voyage de la vie ne s'accomplit qu'en composant avec la vérité et même, si l'on veut préserver son bien-être et celui de ceux qui nous entourent, en la refusant absolument. Voilà pourquoi le courage dont fait preuve Paula Fox en commençant *La légende d'une servante* par le cri affolé d'un homme qui a tout perdu, y compris son honneur, et qui le sait, semble presque inconcevable. «*Ruina ! Ruina !*» écrit-il en bas de la lettre qu'il laisse à sa femme avant de partir mourir seul dans un marais, victime de son époque, de son ignorance, et d'un riche et vorace planteur de canne à sucre. Cet homme est le grand-père de Luisa, la narratrice, et cet épisode prend place bien avant les années 1930 où commence l'action proprement dite du roman, à San Pedro, île hispanique des Caraïbes. Le temps passé et l'histoire racontée encore et encore ont donné à cette chute un tel éclat que l'idée de la défaite constitue en partie l'héritage de Luisa.

Mais comment avoir envie de lire un livre qui, dès ses premiers mots, annonce si franchement son caractère sinistre ? Pourquoi surfer pendant plus de trois cents pages sur des vagues de malheur ?

La réponse est simple : parce qu'elles sont écrites par Paula Fox. *La légende d'une servante*, comme tous ses autres romans, est construit sur une vision étonnamment sensible de la vie intérieure des personnages, et rédigé dans une prose qui traduit la finesse de cette approche avec tant de clarté et d'honnêteté qu'on peut se demander si la langue dont elle se sert est véritablement la même que celle de cette préface. Loin d'être plombée par la description de la lutte souvent désespérée que nécessite la construction d'une existence face à tant d'adversités — manque d'affection, problèmes d'argent, racisme —, *La légende d'une servante* nous permet d'observer ces éléments composites sans en tirer ni jugement ni pessimisme mais en nous entraînant plutôt à faire un premier pas vers la compréhension réelle.

Et Paula Fox a le don de nous rendre heureux lorsque nous la suivons dans ce défi. Elle met ici le doigt sur tant de points sensibles qu'aucun d'entre nous ou presque ne pourra ne pas se reconnaître à un moment ou à un autre de ce livre et en apprendre ainsi plus sur lui-même, dans un moment d'apaisement étrangement joyeux. Cette histoire en quatre parties, qui est à première vue celle d'un seul personnage, de ses choix et de ses deuils, traite en fait de problèmes bien plus larges. Il y est question d'immigration, de la paralysie qu'entraîne la peur du changement, des tensions inhérentes à la vie familiale et des décisions qui en découlent, souvent longtemps incompréhensibles, même à nos propres yeux. Parce que Paula Fox ne cherche jamais à échapper aux paradoxes qui font de nous des êtres si complexes, *La légende d'une servante* constitue en même temps une exploration acharnée de ce que Luisa appelle « l'amour et l'apitoiement qui l'accompagne ». En d'autres termes, ce livre raconte ce que signifie être un individu pensant, et par moments effrayé, qui découvre que la vie n'est pas une simple affaire d'opposition binaire.

Le récit commence par l'enfance de Luisa dans le village de Malagita, sur l'île de San Pedro. Son père est le fils du riche planteur qui a anéanti son grand-père maternel. Sa mère travaille comme domestique dans les cuisines de la plantation. Luisa passe ses journées à assouvir une curiosité sans bornes, l'intense désir de déchiffrer le monde qu'on perd en grandissant. (La facilité avec laquelle Paula Fox se place du point de vue de l'enfant permet de comprendre aisément qu'elle ait tant de succès en tant qu'auteur de livres pour la jeunesse.) Dans un passage caractéristique de l'utilisation que fait Paula Fox d'un langage à la fois simple et marquant, Luisa tient à trouver l'origine d'un problème, à expliquer l'odeur rance de la poupée qu'on lui a donnée. « J'ai pris un couteau et ouvert le ventre de la poupée. Il en est tombé des noyaux de fruits enrobés de tissu. Il y restait des morceaux de pulpe et un petit ver se tortillait sur l'un d'eux, couleur de chair de mangue. » C'est un instant crucial — celui où la pourriture intérieure se révèle sans contestation possible — et qui devient d'autant plus affreux que par la suite la petite fille avide de découvertes se transforme en une femme qui ne veut plus rien savoir.

Fox déroule devant nos yeux cette transformation à la fois tragique et bizarrement familière en emmenant Luisa et ses parents loin de Malagita, dans le *barrio* de New York, et en les faisant passer d'un appartement minable à l'autre, dans une atmosphère sordide palpable à chaque page. Le père de Luisa a pris seul la décision de leur départ — pour fuir la tyrannie de sa mère, qui lui a donné l'argent dont il va se servir pour partir, et parce que l'on annonce une révolution — et lui seul a envie de vivre à New York. La mère de Luisa refuse d'apprendre l'anglais et succombe bientôt à un cancer, glissant silencieusement hors du conflit social créé par son mariage. Luisa elle-même choisit d'échapper au destin que son père lui offre en refusant de poursuivre ses études et en s'alignant sur la position de sa mère. Elle devient domestique.

C'est une décision consciente, pratiquement la seule qu'elle prenne, et qui semble reposer sur un manque d'informations (quelqu'un lui dit d'un ton accusateur : «Ce n'est pas un choix. Tu ne fais qu'accepter»), pourtant Paula Fox la présente comme une voie raisonnable. Diminuée par tout ce qui lui a été arraché, Luisa orchestre sa survie autour d'un rêve : retourner sur l'île tant aimée. Faire des ménages lui permettra de gagner l'argent nécessaire à ce retour et lui offre aussi une façon différente de voyager :

«Mon travail, fait et chaque jour défait, était un mouvement mécanique et lassant. Je rêvais d'une autre vie. Je me demandais si j'étais devenue le fantôme de la plantation, si les gens du village, quand ils marchaient sur les chemins de terre au crépuscule, les yeux levés vers le ciel qui s'assombrissait lentement, frissonnaient en sentant ma présence et rentraient vite chez eux. C'était pourtant la monotonie de ma vie de domestique qui me libérait de la pensée de Malagita.»

Ainsi, Luisa se construit une vie à elle, qu'elle protège de tout ce qui vient du monde extérieur, que ce soit le mouvement naissant des droits civiques, l'existence même de son père ou celle des riches New-Yorkais chez qui elle passe ses journées (un ramassis d'excentriques, dont la description, souvent hilarante, pourrait à elle seule faire l'objet d'un livre). Comme tant d'immigrés involontaires, elle est là et elle n'est pas là. Même ses quelques années de vie de femme mariée, et mère d'un petit garçon, ne réussiront pas à raviver sa curiosité depuis longtemps émoussée. À un moment donné, elle dit de son amie d'enfance, Ellen, une Afro-Américaine devenue avocate, pleine d'ambition, et qui ne peut s'empêcher de porter des jugements sur la position de Luisa face aux études et à la conscience politique, qu'elle «s'empoisonnait quelquefois d'informations».

Une rapide succession d'événements — une mort, la découverte d'une liaison entre son fils et une de ses patronnes, le voyage à Malagita dont elle a tant rêvé — finit par forcer Luisa à comprendre qu'on ne peut fuir la réalité, une vérité difficile à accepter s'il en est et qui arrive bien tard. Mais Paula Fox réussit là encore un exploit, il est impossible de voir en Luisa un être pitoyable. Elle a quelque chose d'enfantin, mais rien de la servante stupide à la présence silencieuse et sans visage qu'elle s'imagine être. Elle a bien trop de dignité pour ça.

Et trop de sagesse, même si elle ne s'en rend pas toujours compte. Prenons l'expression «s'empoisonner d'informations», et pensons à notre propre vie. Qui peut se vanter de ne s'être jamais senti submergé par le flot constant de ce que nous lisons, entendons et regardons ? De ne jamais avoir eu l'impression d'y sombrer ?

Lire Paula Fox est le meilleur antidote que je connaisse contre un tel poison. Non, elle ne vous donnera pas de réponse. Non, elle ne vous dira pas que tout finit par s'arranger. Mais d'autres vous l'ont dit. Et vous savez que ce n'est pas vrai.

Melanie Rehak,
mai 2001.

PREMIÈRE PARTIE

« *Ruina ! Ruina !* » avait griffonné mon grand-père, Isidro Sanchez, au bas de la lettre d'adieu qu'il lui avait écrite, racontait ma grand-mère d'une voix encore étonnée après toutes ces années, alors qu'elle était assise à moins d'un mètre de lui, recousant la chemise qu'il mettrait le lendemain matin à l'heure où il avait été convoqué par Antonio de la Cueva, propriétaire de la plantation de canne à sucre de Malagita, qui voulait, entre autres problèmes sérieux, savoir pourquoi il n'avait pas rempli son quota de récolte et ne pouvait donc garantir son loyer de l'année à venir.

« Il relevait les yeux de temps en temps, me disait Nana. Il fixait mes mains comme il le faisait toujours lorsqu'il réfléchissait. J'ai terminé mon raccommodage. Il a plié sa feuille. Ses gestes étaient aussi précis que lorsqu'il faisait des bateaux en papier pour les enfants, et il a écrit un mot dessus. La pointe de la plume d'oie devait être presque sèche, elle grinçait bruyamment. Il a posé sa lettre au milieu de la table. Il s'est levé et a pris son chapeau, accroché à une patère contre le mur ; il ne m'a pas dit où il allait. Quand il est sorti de la maison, je ne savais pas que je ne le reverrais plus jamais en ce monde. Le matin, je me suis réveillée seule dans notre lit. Je me suis levée, j'ai couru jusqu'à la table et regardé le bout de papier en essayant de me persuader qu'il s'agissait de chiffres et de comptes. Les enfants criaient qu'ils voulaient leur petit déjeuner, surtout ta mère, qui faisait toujours plus de bruit que les autres. »

Quand ma grand-mère récitait les dernières phrases de la lettre, je les récitais avec elle. Je les connaissais par cœur.

« Je pars vers des terres dont même les de la Cueva ne voudraient pas, avait écrit mon grand-père. Je vous abandonne, toi et mes enfants. »

« Tu crois que c'était un mauvais homme ? me demandait ma grand-mère.

— Oh non, Nana.

— C'était un saint – comme tu as déjà dû le deviner. Il est allé dans le marécage d'Estremadura. Il y est mort de faim. »

Ma grand-mère n'avait pas gardé grand-chose de ce qui avait appartenu à Isidro Sanchez, à l'exception de cette lettre. Avant que je sache lire, elle me laissait regarder le morceau de papier jauni sans jamais le toucher. Tandis que mes yeux suivaient les deux « *Ruina !* » l'un derrière l'autre, je croyais entendre un cri rauque, la colère d'Isidro. Une malédiction par laquelle un être humain renonce à la raison.

Lorsque je pensais à mon grand-père, ce n'était pas un saint que je voyais, mais un homme qui s'était enfui dans le noir, ne laissant derrière lui qu'un mot écrit deux fois, comme deux épines.

« Et je me suis retrouvée seule avec mes bébés, se souvenait Nana, la voix basse mais chargée de l'effroi qu'elle devait avoir ressenti ce matin-là, il y avait si longtemps. Nous ne possédions rien, alors. Ni la canne à sucre, ni la ferme, ni les outils, ni la pâture, ni le chemin, ni les bœufs, ni le chariot, ni mon petit potager, ni mon lit. Tout appartenait au propriétaire de la plantation, peut-être même mes culottes. » Elle s'arrêtait et posait sa main tiède sur ma tête. « Mais à cette époque, tout était sérieux. Chaque chose avait son importance, alors que maintenant tout se vaut, et il n'y a plus d'histoires. Aussi Antonio de la Cueva a-t-il ressenti une certaine honte, une petite part de responsabilité, et on m'a donné du travail à faire pour sa famille, je raccommodais leur linge. Je n'étais pas, après tout, la veuve d'un *colono*. »

C'était vrai. Isidro Sanchez n'avait pas toujours été un fermier sans terre. Il avait possédé ses propres champs de canne et porté ses récoltes au moulin des de la Cueva, à qui il vendait ensuite son sucre. Mais les de la Cueva achetaient sans cesse de nouvelles terres et payaient le sucre toujours moins cher. La ferme de mon grand-père a fini par se retrouver comme un îlot au milieu de leur propriété, et elle a été avalée. C'est arrivé bien avant ma naissance, quand il y avait encore la fièvre jaune, quand les grands domaines sucriers régnaient sur notre île et que le propriétaire d'une plantation pouvait installer une voie de chemin de fer chez un fermier sans avoir à lui payer ni l'eau, ni le bois, ni le sable, ni la terre, ni rien d'autre dont il se fût servi.

Ayant perdu sa propriété, mon grand-père n'avait rien à léguer à ses deux fils et, comme les autres employés, pendant la saison morte, quand le moulin des de la Cueva ne tournait pas, il devait aller travailler ailleurs. Un matin, un représentant de la plantation est venu lui dire qu'il négligeait le champ dont il était responsable, que ce dernier était envahi de mauvaises herbes. L'entreprise de la Cueva allait tout nettoyer, mais Isidro Sanchez devrait payer les dépenses que ce travail entraînerait. Et il était également indispensable de réparer certaines clôtures que le señor Antonio de la Cueva avait espéré voir entretenues par le señor Sanchez, ne serait-ce que par dignité. Il aurait donc là encore à payer. Et enfin, il y avait la question de son quota de canne.

C'est ce soir-là que mon grand-père a écrit la lettre à ma grand-mère, qu'il a soigneusement inscrit son nom, Rafaela, sur la feuille repliée, qu'il est sorti de sa maison, puis de Malagita et a marché plusieurs jours et plusieurs nuits jusqu'au marécage d'Estremadura, sur la côte nord-est de notre île de San Pedro.

*

Dans ma petite enfance, des voisins, ou leurs enfants, ont dû s'occuper de moi pendant que ma mère travaillait dans la grande maison. Ma mère ne m'en a jamais parlé mais, une fois adulte, j'ai vu un jour quelque part dans la rue une enfant d'environ neuf ans, le dos courbé sous l'effort, soulever un gros bébé dans ses bras maigres, et je me suis rendu compte que je savais exactement ce que l'on ressentait lorsque l'on s'accrochait à des épaules aussi étroites, aussi osseuses.

Mais il y a une chose que Mamá m'a racontée, c'est que peu après avoir appris à marcher, je me suis mise à parcourir des kilomètres toute seule et qu'elle me cherchait, malade d'inquiétude, dans les bosquets de bambous, dans les champs de canne ou dans les collines où poussaient des goyaviers sauvages. Elle disait en secouant la tête que j'étais une « voyageuse folle ». Et elle souriait comme à regret de sa plaisanterie. « *Luisa, la viajera loca.* » Mais elle se signait immédiatement, pressant l'étroit ovale de son ongle du pouce contre sa lèvre inférieure. Seule la mère de Jésus pouvait la protéger de la force destructrice que les mots libéraient ; elle savait que si elle parlait trop souvent de mes escapades, je finirais par tomber dans le canal qui traversait Malagita et que je m'y noierais.

Le premier souvenir qui me revient en mémoire est le lent passage d'un cavalier solitaire sur un cheval de l'île aux jambes courtes peinant dans un chemin de terre rendu impraticable aux chars à bœufs par les pluies de printemps. Le visage de l'homme est caché derrière son col, le cheval renifle et halète tandis qu'il arrache ses sabots à la gadoue comme une mouche prise dans la mélasse. Assise sur le pas de la porte de notre case, les pieds et les genoux trempés, je regarde le cavalier et son cheval batailler dans la pénombre aqueuse.

Cela devait se passer pendant la morte saison, lorsque le ciel était noir de nuages et de pluie, et que les cheminées du moulin silencieux s'élevaient dans l'air humide comme des troncs d'arbres immenses. À cette époque de l'année, Malagita perdait petit à petit son aspect humain et sombrait dans la boue et les broussailles dégoulinant d'eau et le jour et la nuit ne se distinguaient plus.

En décembre, quand le temps était sec, on commençait à récolter la canne et à extraire le sucre. Les cheminées du moulin déversaient leur fumée noire vingt-quatre heures sur vingt-quatre. Les routes séchaient, durcissaient et les bâtiments de Malagita semblaient se redresser, comme tirés par des cordes. Tout autour, les champs luisaient d'aiguilles de lumière blanche, reflets des rayons du soleil sur les lames des machettes des coupeurs de canne.

La plantation ressemblait à une roue qui aurait eu pour centre la grande maison de son propriétaire. Antonio de la Cueva était mort depuis de nombreuses années. À peine six mois après que ce qui restait du corps de mon grand-père eut été découvert dans le marécage, de la Cueva était allé surveiller son *cafetal*, un champ à flanc de montagne où les caféiers poussaient à l'ombre des bananiers et, sur le chemin du retour, son cheval l'avait désarçonné. «Brisé comme du bois sec, disait Nana. Il avait été trop heureux de voir la belle récolte qui arrivait. Dieu punit certains plaisirs.»

Beatriz, la veuve d'Antonio, vivait à Malagita, domaine qu'elle dirigeait avec l'aide de son fils aîné, Leopoldo. Mais il était mort une semaine avant son quarantième anniversaire, quand le petit avion qu'il pilotait s'était écrasé contre la montagne. On disait dans le village qu'il ne s'agissait pas d'un accident, que señor Leopoldo avait choisi de mourir afin de fuir les exigences inhumaines de sa mère, de celles que l'on a vis-à-vis de son intendant mais pas de son fils. Lorsque je suis née, fille de son fils cadet, elle était déjà vieille et avait commencé à avoir des crises de folie. Bien qu'elle fût la mère de mon père, elle n'a pas pris acte de ma naissance, n'a pas reconnu mon existence, pas plus qu'elle ne reconnaissait dans sa cuisine la présence de ma mère, bonne à tout faire. «Mais ne t'imagine pas que si Orlando, ton Papá, avait épousé ta mère avant que tu viennes au monde cela aurait fait la moindre différence pour une femme comme Beatriz de la Cueva», me disait ma grand-mère d'un air sombre.

23

Lorsque j'ai eu six ans, Nana m'a emmenée dans les champs de canne. Tandis qu'elle me tenait fermement par la main, j'épiais un homme dont le visage m'était caché par l'ombre d'un large chapeau de paille.

«C'est Ortiz, m'a-t-elle dit. Le meilleur coupeur de Malagita, quand il est sobre.»

Ortiz a attrapé une tige dans sa main gauche, il en a arraché les feuilles, puis, d'un ample mouvement de machette qui m'a fait frissonner, il a coupé la canne au ras du sol. Il nous a jeté un regard rapide, ses maxillaires remuaient, il mâchonnait une brindille, qui pointait au coin de sa bouche. Il s'est penché à nouveau, a balancé la tige vers la gauche et l'a ramenée d'un geste vif contre la lame pour la couper en deux. Il a sectionné la touffe verte qui restait au bout d'un des morceaux.

«Pour les chevaux et le bétail», a expliqué Nana en me tirant par le bras quand j'ai voulu me détourner. J'ai soupiré, mal à l'aise, devant Ortiz qui débitait la canne en tronçons réguliers. Il a craché sa brindille. L'espace d'un instant, elle a lui de salive dans la lumière du jour. Il est passé à la tige suivante.

Tout autour de nous, dans un espace qui s'éclaircissait au fur et à mesure qu'Ortiz et les autres balançaient leurs lames, des femmes et des enfants se baissaient pour ramasser la canne, repliés sur eux-mêmes comme des boucles de fil, puis portaient leur fardeau vers des charrettes qui avaient d'épaisses chaînes posées en travers de leurs planches. L'une d'elles était déjà remplie et un homme l'attelait à un couple de bœufs qu'un autre guidait à l'aide d'un aiguillon. Les bêtes tireraient leur chargement jusqu'au poste de pesage devant lequel Nana et moi étions passées en venant, juste au moment où le soleil se levait. Une mule se tenait, la tête pendante, près d'un énorme treuil. Sur une étroite voie ferrée, une longue file de wagons attendaient, vides, leurs parois de fines lattes projetant des ombres sur leurs planchers poussiéreux, et des hommes silencieux s'y appuyaient, le bas de leurs pantalons mouillé par l'herbe haute où ils avaient marché.

Les bœufs balançaient leurs grosses têtes de gauche à droite à travers le halo de mouches qui volaient autour d'eux. La chaleur du soleil pesait de tout son poids. Les bêtes massives avaient du mal à tirer la charrette ; ses grandes roues de bois brut craquaient et tournaient lentement. La haute silhouette en robe noire de Nana en train de travailler se baissait et se redressait. Loin devant maintenant, les coupeurs progressaient, abattant les rangées l'une après l'autre. Ils ne regardaient jamais en arrière ; parfois ils criaient, relevaient la tête rapidement, éclataient de rires brefs. Ils attaquaient le champ comme une troupe d'oiseaux furieux. Nous rampions derrière eux dans la poussière, pour ramasser ce qu'ils avaient laissé.

La tête me tournait, j'avais peur. C'était le premier matin de ma vie où je ne pouvais pas courir comme je voulais, ni m'arrêter de faire ce que je faisais quand j'en avais assez pour entreprendre autre chose à mon gré. Je me suis pendue à la jupe de Nana. « Je ne peux pas ! Je ne peux pas ! »

Elle m'a attrapée par le bras. J'ai ramassé un morceau de canne pour le mâchonner et le goût familier de son jus épais et sucré a fait naître un vague espoir en moi.

« Dans quelques jours, tu seras habituée. Alors, tu n'y penseras même plus », a dit Nana. Elle a posé ses mains sur mon visage. « La chaleur… », a-t-elle murmuré. Elle s'est dirigée vers une cruche posée contre une pierre, l'a rapportée et m'a donné à boire. Par-dessus le goulot, j'ai aperçu un cavalier qui s'avançait vers nous. Il tenait ses rênes relâchées dans une main, un petit cigare dans l'autre. Nana est allée rapporter le pot, tandis que l'homme descendait de cheval. Il nous a regardées fixement tout en tapotant sa veste blanche immaculée. La fumée de son cigarillo s'élevait tout droit dans l'air immobile. Soudain le cheval a levé la queue et il a émis un pet retentissant.

Cachée derrière Nana, j'ai écrasé ma bouche contre le tissu de sa jupe pour étouffer mon rire. Elle m'a secouée et m'a soufflé : « C'est le contremaître… » Je l'ai regardé à nouveau, il était tellement près de nous qu'il m'a semblé sur le point de me tomber dessus.

Quand il a tendu la main vers moi, j'ai vu qu'il y avait une fine ligne de poussière noire sous chacun de ses ongles.

«Qu'est-ce que c'est que ça ?» a-t-il demandé d'un ton dégoûté. Son visage était froid et dur, mais il y avait de la faiblesse autour de ses yeux, qui s'ouvraient et se fermaient rapidement, comme encore sous le coup de l'explosion du pet de son cheval. Je savais qu'il avait l'impression d'avoir perdu de son importance.

«Luisa Sanchez, ma petite-fille, a répondu Nana comme si elle parlait à un crapaud.

— Emmène-la d'ici, a-t-il dit.

— Ne me parle pas comme si je n'avais pas été là le jour où ta mère t'a mis au monde !» a crié Nana. Quelques femmes à côté de nous se sont redressées, interrompant leur travail, et nous ont observés attentivement.

«Ma naissance n'a rien à voir avec ça, a hurlé le contremaître. Il s'agit plutôt de la sienne. Tu n'aurais pas dû l'amener ici.

— Qui est-ce qui te l'a dit ?

— Je n'ai pas besoin qu'on me le dise. Tu sais très bien de quoi je parle !» Il a jeté son cigarillo par terre et l'a écrasé aussi violemment qu'il aurait piétiné un scorpion.

«Elle n'y est pour rien, a dit Nana. C'est une enfant.

— Tu n'es pas sa seule grand-mère, a-t-il répliqué, en allongeant son cou fin et sec.

— Il n'y a rien de plus vil qu'un homme qui obéit à des ordres imaginaires», a dit Nana.

Soudain le contremaître s'est penché vers moi, il m'a attrapée par la taille et soulevée très haut. Je me suis tortillée, tentant d'échapper à ses mains. Je les sentais serrées autour de moi, moites à travers ma robe. Il a ri tout haut et resserré sa prise.

«Repose-la, a dit Nana. On s'en va.»

Alors il m'a remise par terre. Je lui ai souri, car je savais maintenant quel était cet espoir qui m'avait envahie avec le goût sucré de la canne : je voulais échapper à ce champ, à ces femmes et ces enfants muets.

Sur le chemin qui nous ramenait au village, Nana a gardé le silence. Elle a attendu patiemment quand je me suis immobilisée devant le poste de pesage et que j'ai voulu regarder les hommes accrocher la locomotive à la file de wagons qui seraient plus tard remplis de canne.

Lorsque enfin elle a parlé, elle a seulement dit : «Je voulais que tu sois comme nous tous, afin de t'épargner une vie plus difficile.»

Nana et moi avions pris l'habitude de nous promener sur les routes de la plantation en fin d'après-midi, à l'heure où la brise humide et rafraîchissante qui s'était levée collait à la peau comme une étoffe trempée. Il lui arrivait souvent de ne pas prononcer un mot. Lorsque je m'arrêtais pour toucher un lézard vert comme le limon qui se déposait le long du canal ou que j'essayais de démêler du regard les rapides mouvements d'un perroquet dans un bosquet de bambous, elle attendait, immobile, et quand je relevais les yeux vers elle pour vérifier qu'elle n'allait pas me dire de me dépêcher, son visage semblait tellement tranquille qu'elle aurait pu prier.

Nous étions allées au dispensaire de Malagita et Nana s'était arrêtée, comme elle le faisait presque toujours, pour jeter un coup d'œil derrière les barreaux de la fenêtre. Sur la pointe des pieds, j'arrivais à voir ce qui se passait dans la salle où, disait-on, le médecin du village rendait les malades encore bien plus malades. Entre les murs nus de la pièce, il y avait trois lits vides. Sur le quatrième, aussi étroit que les autres, le docteur Baca était allongé, endormi dans son costume noir, le bras pendant jusque par terre, avec entre les doigts un cigare qu'il n'avait pas allumé. «Voilà ce qui s'appelle travailler pour les pauvres, a fait remarquer Nana. Regarde, il n'a même pas enlevé ses bottes.» Le docteur Baca a reniflé bruyamment, comme pour lui répondre. Je me suis vite écartée de la fenêtre. «Il t'a entendue, ai-je dit.

— Il n'entend jamais rien», a déclaré Nana.

Nous sommes passées devant un terrain ouvert où aucune herbe ne poussait, où le sol était aussi lisse qu'un plancher. Les jours fériés, les hommes du village y jouaient à la pelote avec tant de rage et des cris si sauvages qu'un jour où je les regardais depuis l'autre côté de la route, cachée derrière une touffe de bambous, j'ai cru, en le voyant tomber à terre, que l'un d'eux était mort et le voir se relever quelques minutes plus tard comme le Christ ressuscité m'a stupéfiée. À l'autre bout de cet espace damé et vide s'élevait une grande hutte au toit de paille. J'y étais entrée un matin de bonne heure après avoir traversé le village sans rencontrer âme qui vive à l'exception d'un nuage sombre de moucherons qui planaient au-dessus d'une tortue morte, et j'y avais découvert une fosse profonde, d'où j'avais retiré par poignées des plumes empoussiérées. Quand je lui ai montré ce que j'avais trouvé, Nana m'a raconté les combats de coqs ; elle a éparpillé les plumes dans la cour derrière sa case en me disant que ces hommes avaient le cœur dur comme la pierre, qu'ils ne sortaient de leur apathie que pour torturer des créatures moins bestiales qu'eux. Je ne suis pas retournée dans cet endroit où les hommes s'adonnaient à leurs jeux. J'avais parfois l'impression qu'un rêve m'y conduisait contre ma volonté.

La prison du village s'élevait près d'un bosquet de manguiers, à l'écart. Les volets de ses deux fenêtres étaient clos et nous ne pouvions voir s'il y avait quelqu'un dans les cellules. Le gardien restait avachi sur un banc contre le mur près de la porte, le regard baissé vers son chien policier couché sur le dos à ses pieds, la gueule ouverte, la langue violette, pendante, ses terribles dents luisant de salive, ses couilles glissant sur le côté de son ventre comme des figues trop mûres. Le gardien a levé vers nous ses yeux éblouis de soleil puis a baissé la tête.

« Quel vilain spectacle ! a dit Nana en continuant de marcher. Ils sont tous les deux pleins de poussière ! Ils doivent se rouler ensemble dans les fossés. Les voir devrait suffire à empêcher les hommes de boire et de se battre. Le neveu de señora Galdos, qui a été emprisonné le mois dernier pendant trois jours, dit que le gardien et son chien mangent ensemble comme mari et femme. »

Juste après la prison, le village se pressait le long de la route. Certaines maisons étaient sur pilotis et sous elles des poules grattaient la terre ou couraient d'un endroit à l'autre avec une précipitation violente. D'autres, qu'on appelait *bohíos*, étaient construites au ras du sol en lourdes tiges de canne cimentées de boue, comme celle où je vivais. Mais notre case avait la couleur de la terre rouge de Malagita, alors que celles-ci étaient peintes en jaune, en bleu ou en blanc, de sorte qu'à la saison des pluies elles semblaient moins enfouies dans le sol, plus faire partie de l'air. Quelques-unes avaient des planchers en troncs de palmier royal. À la fenêtre ou à la porte, des femmes parlaient à Nana, la saluaient, lui demandaient des nouvelles de sa santé, comme si elles ne l'avaient pas vue depuis des semaines – alors qu'elles allaient à sa recherche dès qu'elle n'était pas passée sur la route au moins une fois dans la journée – et souriaient en baissant les yeux vers moi d'une façon qui m'a troublée et surprise dès que je l'ai remarquée.

Je respirais à fond l'air sucré et irritant chargé du parfum sombre du jus de canne bouillant dans d'énormes chaudrons dont les émanations envahissaient Malagita. Le moulin marchait maintenant jour et nuit ; cette odeur puissante masquait autant la puanteur des bêtes que les senteurs de fleurs. J'avais l'impression qu'elle me donnait des forces, comme si elle m'avait nourrie. Je me suis enfuie loin des vieilles qui fumaient leurs pipes en épis de maïs accroupies sur le pas de leur porte et des femmes qui portaient des enfants que Nana touchait en parlant comme s'ils avaient été des objets de dévotion. J'ai couru vers la *plazuela*, la place où les palmiers royaux aux troncs couleur de cendre s'élevaient haut dans le ciel autour d'un square. À mon approche, un petit chien jaune comme du savon a bondi de sous un palmier nain et s'est glissé dans les épaisses broussailles où j'avais aperçu un jour un serpent brillant et fin ramper hors de sa vieille peau, un spectacle auquel je désirais ardemment assister de nouveau.

Au moment même où la queue du chien a disparu, la sirène de midi a retenti dans la tour de l'horloge. Je me suis bouché les oreilles. Ce long cri aigu était comme un couteau qui me transperçait les paumes, pénétrait sous mon crâne. Nana, qui m'avait rejointe, a écarté mes mains de mes oreilles. «C'est fini», a-t-elle dit, mais le hurlement s'était transformé en serpent argenté que j'ai vu filer au bord du ciel.

La tour aux murs de briques se dressait à l'entrée du square. Elle était entourée d'une grille de fer noir comme celle derrière laquelle était enclose la tombe d'Antonio de la Cueva dans le cimetière à côté de la chapelle. La tour contenait non seulement le terrible appareil qui sifflait si fort, mais aussi des cloches puissantes, inexpressives, que l'on sonnait pour les incendies, les orages de grêle et, de temps en temps, certaines messes auxquelles tous ceux qui ne travaillaient pas au moulin étaient obligés d'assister, agenouillés sur le sol de ciment de la chapelle pendant que le père Céspedes suppliait Dieu dans Sa grandeur de rendre ses esprits à señora Beatriz de la Cueva.

Sur chacun des quatre côtés de la tour, il y avait un cadran aussi grand que la roue d'un chariot. Je n'avais jamais vu les aiguilles bouger, et pourtant je savais qu'elles se déplaçaient, comme je savais que le soleil se levait et se couchait même si je ne l'avais jamais surpris en mouvement lui non plus. Nana m'a secouée doucement. «Qu'est-ce que tu regardes ? m'a-t-elle demandé.

— Le soleil, ai-je répondu.

— Laisse le soleil tranquille», m'a-t-elle dit.

J'ai entendu au loin résonner sur la route les sabots d'un cheval. J'ai pensé au contremaître et à ses grosses mains. Des oiseaux chantaient dans le square, où il n'y avait presque jamais personne, sauf en début de soirée, quand les mères se promenaient parmi les arbres avec leurs enfants, ou le dimanche, quand ceux qui s'étaient habillés pour la messe souhaitaient prolonger le plaisir de porter leurs plus beaux habits et passaient tout le temps qu'ils pouvaient voler à leurs tâches habituelles assis sur ces bancs de pierre où je les regardais, stupéfaite de les voir sourire et parler à voix basse, observant à la dérobée leurs chaussures et l'étoffe qui couvrait leurs jambes et leurs bras. Ils se tenaient la tête droite, les mains sur les genoux, immobiles – et je reconnaissais à peine en eux ces gens que je voyais tous les jours, les femmes pour la plupart pieds nus peinant au-dessus des baquets où elles lavaient, les hommes en espadrilles de toile et pantalons informes en route vers le moulin.

Une fille chantait plus fort que les oiseaux, d'une voix monotone, insistante, une chanson populaire que ma mère chantait souvent. Je l'ai vue au bout de la rue, elle mettait du linge à sécher dans sa cour. Nana s'est penchée et m'a prise dans ses bras, elle a posé un instant sa joue contre ma tête. «Je ne sais pas ce que tu vas devenir, a-t-elle dit comme elle le faisait souvent, et elle a poussé un grand soupir. Allez viens, rentrons, maintenant…»

J'ai attendu. Elle n'avait rien dit à propos de ce qui s'était passé dans le champ de canne. J'ai regardé sa bouche, où l'explication se cachait; la chair de ses lèvres serrées était aussi striée que la coque d'une noix. Je me suis mise à balancer mon pied d'avant en arrière et mes orteils ont soulevé et fait voler de la poussière rouge. Je savais que ça l'embêterait, comme tous les mouvements inutiles que je faisais. Je voulais qu'elle parle – qu'elle m'explique l'événement invisible qui nous avait emmenées loin des champs sur la route du village, et dont je n'avais rien compris, exactement comme je ne comprenais pas ou ne voyais pas les mouvements des aiguilles de l'horloge ou du soleil, espaces de forces cachées qui transformaient tout.

Enfin elle a parlé, d'une voix sévère. «Ce n'était pas bien de ta part de rire du contremaître. C'est grave.»

J'ai baissé la tête, et j'ai repensé à la façon douce et écœurante dont le petit serpent se tortillait pour quitter sa vieille peau. Du coin de l'œil, j'ai regardé les jambes de Nana, ses bas noirs où les petits points réguliers de ses raccommodages ressemblaient à des pieds de mille-pattes. Tout d'un coup, elle s'est mise à rire.

J'ai levé les yeux et vu sa bouche devenir douce, étirée par le rire. J'ai lancé mes bras autour de sa taille.

«Oui, c'est vrai, c'était risible, a-t-elle admis. Quand le cheval…

— Pourquoi t'a-t-il obligée à m'emmener ?

— Parce que tu aurais voulu rester ?

— Oh non !

— Il prétendait vouloir protéger l'enfant d'Orlando de la Cueva. Mais il voulait seulement se donner de l'importance. En fait, en t'écartant de la seule vie qui te soit permise, il t'a punie.»

Je l'ai regardée sans rien dire.

Elle m'a prise par l'épaule et m'a un peu poussée. «Allez… allez», a-t-elle crié comme si j'étais déjà loin d'elle, mais avec cette tendresse soudaine qui envahissait souvent sa voix, indifféremment de ce qu'elle me disait, et qui semblait, comme l'odeur de la canne, appartenir à l'air que je respirais.

Je suis partie en courant, sachant qu'elle resterait où elle était, à me regarder jusqu'à ce que je tourne au coin du square. Et ce n'est qu'alors, à l'instant où j'ai su qu'elle ne pouvait plus me voir, que j'ai senti l'angoisse me pincer le cœur comme lorsque j'étais allée chez elle pour la première fois, une inquiétude que je ne connaissais pas avant, car, jusqu'au matin où je l'avais trouvée à Malagita, je m'étais promenée partout comme s'il n'y avait rien eu pour me retenir nulle part, rien pour me garder, ni rien que je souhaite retenir, que je désire garder.

Notre case se trouvait à la limite du village et elle avait un nom : la maison du Chinois. Des années auparavant, un Chinois y avait vécu et y avait entretenu un potager, dans lequel il faisait pousser des légumes que les gens du village n'avaient jamais vus, qu'ils ne voulaient pas lui acheter et n'acceptaient même pas lorsqu'il leur en offrait. Il occupait un poste important au moulin, faisait un travail que l'on ne confiait pas à n'importe qui. Il avait quelque chose de plus que les autres : ses yeux, capables de voir et de mesurer en un éclair si les machines où tournait le jus de canne rejetaient trop de mélasse. Quand j'ai demandé à Mamá ce qui lui était arrivé, elle m'a dit qu'il était parti depuis longtemps pour Tres Hermanos, la capitale, et qu'il devait être mort.

«Alors il ne va pas revenir et nous prendre notre maison ? ai-je demandé.

— Ne sois pas stupide», a-t-elle répondu en se signant. Elle avait peur des morts.

J'imaginais le Chinois se faufiler jusqu'à la porte dans le clair de lune pour nous regarder pendant que nous dormions, nous observer comme il observait la machine du moulin, avec ses yeux habiles, qui luisaient comme la lumière de notre lampe, quand Mamá l'allumait.

J'ai cherché ses os sous la terre dans le potager de Mamá jusqu'à ce qu'elle découvre les trous que je faisais. J'ai creusé à côté des tinettes et trouvé le crâne d'un petit animal. J'ai pris une gousse sur le fromager, je l'ai ouverte et j'en ai retiré la soie blanche qui était dedans. J'ai recouvert le crâne avec la soie et je l'ai posé au bas de l'arbre. Le lendemain, il n'en restait plus trace. Ensuite, pendant quelque temps, j'ai été hantée.

J'ai demandé à Nana si le Chinois était mort à Malagita. Nana a répondu qu'il avait simplement disparu. Les Chinois, m'a-t-elle dit, ne sont pas comme les autres. Sa propre grand-mère avait vécu à l'époque où il y avait encore des esclaves noirs à San Pedro. On avait fait venir travailler des Chinois. Quand les propriétaires des élevages et des plantations de café essayaient de les traiter comme ils traitaient les Noirs, de les fouetter ou de les battre à coups de bâton, ils se tuaient, ne pouvant supporter cette honte.

«C'est ma grand-mère qui me l'a raconté – et quand ils ne se tuaient pas, ils découpaient quelqu'un d'autre en tranches avec leurs longs couteaux.»

Même si le Chinois était mort dans la capitale, il allait peut-être revenir chez lui. Je craignais son fantôme. Comme il avait dû haïr les villageois qui refusaient ses légumes ! Comme il avait dû se sentir isolé sur le chemin qui l'emmenait au moulin surveiller sa machine et le ramenait ensuite sans qu'il eût jamais personne à côté de qui marcher ! Pourtant cette crainte était en partie feinte – je jouais avec elle –, bien qu'à certains moments l'idée de le voir apparaître sous quelque forme inimaginable me rendît folle, en particulier les soirs où Mamá travaillait tard dans la grande maison, et où je restais seule, étouffant sous une vieille couverture déchirée dont nous ne nous servions que pendant les mois où les nuits étaient froides, mais dont je me recouvrais entièrement afin de pouvoir bouger dans tous les sens sans voir ce qui allait bondir d'un coin de la case pour se jeter sur moi.

Mais la peur que j'avais du fantôme du Chinois n'était rien en comparaison de celle que m'inspirait le troupeau de cochons qui se promenait entre notre case et les autres maisons. Jamais, au cours de mes voyages, je ne m'étais approchée d'eux, mais, pour aller chez Nana sans faire le tour de tout le village, je devais passer au milieu d'eux.

Ma mère et ma grand-mère ne se parlaient pas. Quand elles se croisaient, elles détournaient la tête. Jusqu'à quatre ans, je n'ai jamais su que j'avais des grand-mères. Quelqu'un a dû un jour dire devant moi quelque chose au sujet de Nana et à partir de cet instant je n'ai plus eu qu'une seule idée en tête, la voir.

« Moi ? Tu me demandes ça à moi ! s'est exclamée Mamá. T'emmener chez cette femme qui m'a abandonnée ! Qui donc t'a parlé d'elle ? Je suppose que c'est Isabel Galdos. Mon Dieu ! Eh bien vas-y. Va la voir. Et demande donc à Isabel de t'accompagner ! De toute façon, je m'y attendais. Une trahison en entraîne toujours une autre. *Ay !* »

Elle n'a rien voulu ajouter à propos de ce que sa mère lui avait fait. Et bien qu'elle eût protesté bruyamment, je n'ai pas vraiment cru qu'elle voulait m'empêcher de retrouver Nana. De toute façon, les interdictions de Mamá n'étaient jamais très efficaces. Ses hurlements, ses orages de pleurs, la façon dont elle se frappait de ses poings m'effrayaient, mais je savais qu'à la fin elle céderait avec un soupir et que, mêlé de tristesse satisfaite, l'oubli apparaîtrait sur son visage – comme si elle se demandait déjà ce qui avait bien pu provoquer un tel drame.

Ce n'était pas Isabel Galdos qui m'avait parlé de ma grand-mère – qui était-ce ? je ne m'en souviens pas – mais après m'avoir trouvée seule dans notre case un jour où elle passait par là, elle m'a, en chuchotant longtemps au creux de mon oreille, donné toutes les indications dont j'avais besoin pour aller chez Nana. Lorsque, consternée, je lui ai dit que je serais obligée de passer au milieu du troupeau pour rejoindre Nana, señora Galdos m'a regardée avec surprise. J'ai cru voir briller dans ses yeux un éclair de malice. Ce n'était pas la première fois qu'une grande personne prenait plaisir devant moi au malaise d'un enfant.

Il n'y avait pas d'autre chemin, à moins de marcher toute la matinée ou presque pour contourner le village. Les cochons étaient là, fouillant la terre de leurs groins sous quelques arbres éparpillés, leurs dos gris tavelés par les ombres des feuilles. Dès que je m'approchais, l'un d'eux faisait un mouvement brusque qui me renvoyait, à toutes jambes, le souffle court, devant ma porte. Je leur jetais des pierres. Je pleurais, seule dans la chaleur immobile, et à travers l'eau de mes larmes ils semblaient submerger le sol en un flot gris et répugnant. Un jour, j'ai ramassé un bâton et, en le tenant au-dessus de ma tête, j'ai avancé sans cesser de sangloter. Ils se sont écartés en courant avec raideur sur leurs pattes droites comme des i, tandis que leurs yeux jaunes très mobiles me balayaient du regard ; c'était comme être observée par des créatures qui n'avaient pas de lumière en elles.

J'ai trouvé ma grand-mère assise devant sa case, fumant une petite pipe. Elle l'a posée et m'a tendu les bras. « Ma beauté ! s'est-elle exclamée. Ma chérie ! » Elle a touché sur mon visage les larmes qui n'avaient pas encore séché. Je lui ai parlé des cochons.

Elle m'a tenue serrée contre elle. De sa voix ferme, basse, sombre, elle m'a raconté une histoire de porcs habités de démons que Jésus avait fait se précipiter dans la mer, où ils s'étaient noyés avec les démons qui étaient en eux.

«Quand tu passes parmi eux, m'a-t-elle dit, murmure Son nom. Ils ne te feront pas de mal.» Elle m'a câlinée longtemps, en me chantant des petites chansons. Elle a examiné mes doigts de pied et m'a fait manger des morceaux de quelque chose de merveilleusement sucré, qu'elle avait préparé avec de la noix de coco. C'est ce jour-là, le premier, qu'elle m'a appris l'existence de mon autre grand-mère, Beatriz de la Cueva.

Je suis allée ensuite la voir presque quotidiennement. Mais j'ai continué à avoir peur des cochons pendant des semaines alors que je criais : «*Jesus ! Jesus !*» d'une voix si forte que les chiens du village aboyaient derrière moi. Je détestais l'odeur d'argile humide des porcs, les tressaillements inutiles de leur queue en tire-bouchon.

Mamá était dans l'abri qui nous servait de cuisine.

«Un homme qui s'appelle Ortiz a voulu que Nana me fasse partir du champ de canne», lui ai-je dit. Sa main a agrippé le manche d'un couteau. La lame montait et descendait au-dessus d'une banane dont elle allait frire les tranches. Quand je me suis accroupie, elle m'a lancé un regard bouleversé.

«Debout ! a-t-elle crié. On dirait une petite vieille !»

Je me suis relevée très lentement afin de l'irriter. Son bras court et rond était serré sous la manche de son uniforme noir qu'elle avait remontée pour ne pas la salir. Avec la cuillère en bois qui avait remplacé le couteau dans sa main, elle a pris du saindoux dans une boîte et l'a mis dans une poêle. Une fois la graisse fondue et chaude, elle y a jeté les tranches de banane, qui se sont mises à grésiller et qu'elle a retournées.

«Ortiz m'a soulevée très haut. Puis il m'a jetée par terre», ai-je dit d'une voix forte.

Elle a posé les tranches sur du papier brun et elle les a salées. La chaleur qui régnait dans la cuisine et celle du soleil, maintenant à son zénith, me faisaient me sentir pâteuse, ensommeillée.

«Fais attention ! m'a-t-elle prévenue. Tu vas te mettre à raconter des histoires comme ma mère. Histoires et mensonges – c'est tout pareil. » Elle m'a tendu une tranche de banane si chaude que j'ai dû la faire passer d'une main à l'autre. Je suis partie à cloche-pied jusqu'à la route qui passait devant notre case et je me suis assise dans une ornière qu'avait tracée une roue de char à bœufs. Assez soudainement, le ciel s'est assombri et presque immédiatement la pluie est tombée, drue, vidant le ciel par tonneaux. Et elle s'est arrêtée tout aussi soudainement. Le soleil brillait comme avant. J'ai vu à côté de moi une grenouille qui n'était pas plus grosse que l'ongle de mon petit doigt. Une fine ligne jaune courait le long de son dos vert ; quand j'ai ouvert ma main sur le sol, elle y a sauté, je l'ai tenue sans la serrer et je l'ai sentie, palpitante, humide, minuscule.

Si j'avais menti en disant qu'Ortiz m'avait jetée par terre, c'était parce que je voulais que Mamá me pose des questions d'une voix aussi intéressée et grave que celle de Nana. J'ai refermé les doigts. J'aurais pu écrabouiller la grenouille comme les garçons du village écrasaient les lézards, mais je l'ai relâchée.

La plantation fumait. Derrière les cheminées du moulin, je voyais jusqu'aux tuiles rouges de la grande maison. Lorsque la lumière du soleil tombait sur les toits de paille des cases, ils semblaient en flammes, mais les tuiles de la *vivienda* de señora de la Cueva buvaient les rayons brûlants et gardaient leur fraîcheur apparente. Au-delà du toit, loin, très loin, il y avait la montagne où Antonio de la Cueva s'était brisé comme du bois sec, et où la petite plantation de café continuait de prospérer. Près du sommet, la tour en pierres sombres d'une ancienne forteresse s'élevait au-dessus des arbres.

Nana m'avait dit que de l'autre côté de la tour se trouvait une grande falaise d'où les Espagnols, qui avaient autrefois possédé notre pays, précipitaient leurs prisonniers dans la mer. Par milliers, avait-elle dit. Ceux d'entre eux, peu nombreux, qui s'étaient échappés avaient creusé à mains nues des tunnels qui ressortaient dans une forêt dont les arbres avaient été coupés depuis longtemps et transformés en traverses pour la voie ferrée.

La vieille forteresse étant maintenant déserte, ou peut-être habitée d'esprits, de dangereux esprits, avait dit Nana, car leur vie avait été marquée par la souffrance et la terreur. Mais même avant l'arrivée des Espagnols, il se passait déjà des choses horribles dans la montagne. Nana m'avait parlé d'Indiens qui se battaient les uns contre les autres, mangeaient leurs prisonniers, leur arrachaient la peau et s'en faisaient des capes.

Les branches des palmiers, les fleurs des plantes rampantes et grimpantes qui s'enroulaient, enchevêtrées, autour des manguiers poussant en bosquet de l'autre côté de la route, tout scintillait de pluie. Une troupe de pintades aux plumes argentées s'abritait sous les arbres.

Ma mère est passée de la cuisine dans la case, en portant le dîner sur un plateau, haricots noirs et riz – maures et chrétiens, comme disait Papá. Je l'ai suivie, de l'eau coulait de mes cheveux sur la terre battue.

«Pour l'amour de Dieu, va t'essuyer», m'a-t-elle dit. Elle a mis trois couverts, comme toujours. Mais ce soir-là, Papá n'est pas venu.

J'ai mangé avec une cuillère. Mamá a pris une des deux lourdes fourchettes en argent que Papá avait apportées de la grande maison. Quand nous aurions fini de dîner, elle la laverait, l'envelopperait dans un morceau de tissu et la remettrait avec l'autre dans un panier, sous son lit, où elle gardait aussi la paire de chaussures que Papá lui avait achetée à San Isidro.

Pendant que nous mangions, de temps à autre les soupirs de Mamá brisaient doucement le silence. Un cri a résonné quelque part dans le lointain. Était-ce un homme ? Une femme ? Soudain j'étais inquiète. Est-ce que cette voix m'appelait ? «Mamá ?» J'ai levé les yeux vers elle. Son visage était sans expression. Elle a froncé légèrement les sourcils. Sa journée de travail n'était pas finie. Une faible brise s'est levée ; j'ai vu par la porte ouverte s'agiter une branche de palmier nain.

Après le dîner, Mamá devait retourner dans la cuisine de la *vivienda*, dont elle ne reviendrait pas avant la nuit. Je ne pouvais pas l'imaginer à son travail, en train de se dépêcher. Le dimanche, après être rentrée de la première messe du matin, elle s'allongeait sur son lit, un poignet sur le front, les doigts souplement repliés et les yeux mi-clos, comme une mourante. Mais les rares dimanches où Papá était avec nous, elle faisait la cuisine toute la journée et balayait notre case jusque dans des coins auxquels elle ne jetait jamais un regard en son absence. Et même alors, elle se déplaçait avec tant de lenteur que j'avais envie de hurler d'impatience et de m'enfuir en courant.

Elle rapportait souvent de la nourriture, des plats que la Señora avait renvoyés à la cuisine et que les autres domestiques, déjà repus, l'autorisaient à prendre. Dans cette éventualité, elle emportait toujours avec elle un saladier de fer-blanc. Quand elle revenait sans l'avoir rempli, nous dînions d'œufs frits, de riz et de haricots.

Un soir, du pas de la porte où je me tenais, comme d'habitude lorsque je l'attendais, je l'ai vue arriver en courant sur le sentier menant à notre case depuis le canal qui nous séparait des jardins de la *vivienda*. Même de là où je me tenais, je l'ai entendue prier, appeler Dieu à l'aide. Les pintades se sont réveillées, elles ont empli la nuit de leurs cris inquiets qui éclataient comme les bulles d'un torrent sur les pierres.

«Ne me touche pas!» a-t-elle lancé. Elle a bondi dans la case et, avec un hoquet de soulagement, posé un grand plat creux sur la table et laissé en même temps tomber le saladier de fer-blanc qu'elle tenait sous son bras. Dans la lumière de la bougie, j'ai vu trembloter une crème dorée. Tout autour, sur le rebord du plat, il y avait des oiseaux dessinés en plein vol, et entre chacun d'eux, un rameau de fleurs brumeuses.

Ma mère a respiré lourdement, comme si elle courait encore. Je n'avais jamais goûté de flan, mais Nana m'avait expliqué ce que c'était en me parlant de tout ce qu'elle cuisinait à l'époque où mon grand-père était propriétaire.

«La Señora l'a renvoyé à la cuisine, a chuchoté Mamá.

— Pourquoi est-ce que tu parles tout bas?

— Chut! »

Elle a passé sa main au-dessus du flan d'une manière qui m'a fait penser à la petite chapelle, aux mains du père Céspedes qui voletaient devant l'autel.

« Ce n'est pas qu'un reste, a-t-elle dit avec respect. C'est tout le plat. Je ne pouvais pas supporter l'idée de le transvaser dans le saladier. Personne ne m'a vue l'emporter. Comment ai-je pu faire ça ? Si jamais il se casse… Oh s'il se casse ! »

Nous l'avons mangé en entier. C'était merveilleusement moelleux. J'avais mal au cœur, je sentais au fond de ma gorge le goût épais des œufs. Mamá a lavé le plat avec l'eau que nous buvions. Pour l'essuyer, elle s'est assise sur le lit et l'a fait tourner lentement au-dessus du matelas. Je me suis appuyée contre elle et j'ai avancé la main pour toucher un des oiseaux dont la forme se dessinait sous mon doigt.

« Non ! » a-t-elle dit en me repoussant. Elle l'a pris à deux mains et l'a rapporté sur la table, où elle l'a posé doucement. Je me suis réveillée une fois dans la nuit. Mamá était penchée sur le plat, immobile et courbée comme devant les cierges votifs de la chapelle. Je me suis sentie seule en la voyant debout là-bas, presque en adoration, les épaules et un bras effleurés par un rayon de lune qui entrait par la fenêtre et qui, pendant que je la regardais, a soudain été caché par des nuages, de sorte que Mamá a tout bonnement disparu. J'ai eu peur, en l'appelant, de l'effrayer. Je me sentais gonflée, j'avais l'impression que le dedans de mon corps était plus grand que son dehors.

Elle est partie le matin, plus tôt que d'habitude, et elle a emporté le plat dans le torchon avec lequel elle l'avait essuyé.

« Prie pour moi, Luisa, a-t-elle dit. Prie pour que je ne trébuche pas. Prie pour que Notre Sainte Mère de Dieu protège ce plat, pour qu'Ursula Vargas ne me voie pas avec… »

Je n'avais jamais été dans la cuisine de la *vivienda*, mais je connaissais par Mamá les noms des autres domestiques. Ursula Vargas était la gouvernante, « un serpent », disait Mamá en se signant pour se protéger d'éventuelles morsures. Mamá avait tellement peur d'elle que moi aussi et lorsque je donnais un coup de pied dans une fourmilière, au risque de me faire piquer, ou quand une guêpe me tournait autour, je prononçais parfois son nom.

Mamá était la seule femme du village qui travaillait dans la cuisine de la *vivienda*. À l'exception de Brake, son valet anglais, tous les domestiques de Beatriz de la Cueva étaient venus d'Espagne. Une de ses bonnes à tout faire était tombée malade pendant la semaine qui avait suivi son arrivée à Malagita et c'était sa place que Mamá avait prise.

Elle avait quatorze ans à l'époque où Ursula Vargas était venue au village chercher la remplaçante dont elle avait besoin. Quand la gouvernante de la *vivienda* l'a vue, Mamá était penchée sur un baquet dans la cour de Nana, où elle lavait du linge. Elle semblait forte. Bien plus tard, Vargas a appris que Mamá savait lire et écrire, et peut-être ne l'aurait-elle jamais choisie si elle l'avait su.

Nana disait : «Ce genre de femme ne peut imaginer qu'il y a des choses qu'elle ne sait pas. Elle n'a donc pas demandé à ta sotte de mère si elle avait été à l'école, tu penses bien qu'autrement Fefita le lui aurait dit. Mais son éducation ne lui a servi à rien, elle n'aurait pu lui être utile que si Vargas ne l'avait pas vue ce jour-là. Un instant suffit à changer ta vie. Nous ne pesons pas plus lourd qu'une plume. Allons, n'y pensons plus – la vie est comme elle est, tu peux toujours pleurer. Chaque fois que je regardais si Fefita faisait ce qu'elle devait faire, je sentais – comme un signal d'alarme – que quelque chose allait se passer. Elle se laissait tellement emporter par ses rêves que certains jours il fallait lui rappeler de mettre un pied devant l'autre si elle voulait marcher. J'ai vu que quelqu'un la regardait de la route, une femme en robe noire, faite d'une étoffe de qualité, pas un tissu de veuve. Nous avions besoin d'argent. Il n'y avait rien d'autre à faire ? La somme était ridicule, même pas de quoi en parler. Mais nous n'avions pas le choix. J'ai laissé ma fille partir. Je savais qu'une catastrophe allait nous arriver.

« — Et c'était moi, cette catastrophe ? ai-je demandé, heureuse d'être assise sur ses genoux, les jambes pendant au-dessus de la terre battue.

— Il n'y a pas de quoi être fière, a-t-elle répondu. Tu n'y étais pour rien. »

Quand Nana a prononcé le mot « catastrophe » de la voix forte et émouvante qu'elle prenait parfois, je n'ai pu relier cette expression à rien qui concernât Mamá.

Une fois débarrassée du joug de son travail, ma mère s'effondrait, comme assommée. Seule sa main, quand elle tenait son éventail en palme, bougeait volontairement. Je voyais souvent ses yeux glisser au-delà de ce va-et-vient, entre la porte et moi, vers les quelques objets de notre maison, la table, son lit, mon matelas de paille dans le coin, le panier qui contenait les fourchettes, comme si elle ne comprenait pas ce qu'elle faisait au milieu de ces choses-là, dans cet endroit.

Quand Nana se reposait et fumait sa pipe, appuyée contre le chambranle, regardant dehors sans un mot, la lessive faite, la maison balayée, le raccommodage mis de côté, elle semblait prête à bondir en un instant sur le dos d'un cheval.

La voix de ma mère errait, traînait, embrumée de soupirs. Savait-elle ce qu'elle pensait ? Pensait-elle ? Ses propres larmes la prenaient souvent au dépourvu.

Je ne voyais pas l'argent que Mamá gagnait, mais Nana m'a montré un jour quelques pièces qu'elle m'a mises dans la main afin, a-t-elle dit, que je sente leur poids. Nana travaillait ici et là – un peu de couture pour une robe de communion, un peu de pâtisserie, des desserts à base de noix de coco, et d'autres qu'elle préparait en faisant bouillir du lait pendant des heures. Quand elle disait l'avenir aux femmes, elle ne leur demandait pas de la payer. Comme elle n'annonçait que des calamités, certains, à Malagita, l'appelait *Rafaela de la mala fortuna*.

« C'est une calamité d'être né, disait-elle souvent, et une pire de mourir. »

Il y avait une sorcière à la lisière du village, qui ne prédisait jamais rien mais que l'on accusait d'attirer des ennuis à ceux qu'elle n'aimait pas. Les femmes déposaient de la nourriture devant sa hutte. Parfois, elle volait une chèvre et la tuait. Señora Galdos jurait l'avoir vu se rouler dans le sang. Personne n'osait l'accuser de vol par crainte d'éventuelles représailles. Mais Nana, quand nous abordions ce sujet, m'expliquait que seul Dieu pouvait faire de la magie. La vieille sorcière trompait son monde, ce qui n'est pas difficile quand on en a le talent. C'était probablement la seule chose qu'elle savait faire pour vivre. Il y avait des tas de gens, disait Nana, pour qui la vie était totalement impossible, et le plus souvent à cause des autres. «En attendant, ne regarde pas cette vieille, et ne lui parle pas, me conseilla-t-elle. La méchanceté est en elle-même une calamité.»

J'avais vu un jour la sorcière, son visage taché de marques roses, à vif, pelé par endroits comme un fruit. Elle tenait un long bout de bois. Quand elle s'est aperçue que je la dévisageais, elle a battu l'air de son bâton et hurlé comme un chien.

«Est-ce que je peux toucher la bosse d'Enano?» ai-je demandé à Nana. Enano était un vieux nain qui vivait dans une cabane délabrée avec sa très vieille mère. Les enfants du village touchaient sa bosse car cela portait chance.

«Pourquoi veux-tu tenter la chance? De toute façon, elle tournera un jour.» Nana m'a regardée d'un air triste. «N'oublie pas qu'Enano est l'enfant de quelqu'un.»

Dans le baquet de fer-blanc où Nana me baignait deux fois par semaine, j'observais ses mains brunes qui fendaient la surface de l'eau à la recherche du chiffon, d'un bout de savon. J'ouvrais mon index et mon pouce et une bulle gonflait entre eux. Je soufflais dessus et je la libérais. Quand Nana parlait, son souffle rafraîchissait ma peau. Sa tête, couverte de cheveux noirs ondulés, était tout près de la mienne.

«Ton quatrième orteil est exactement comme le mien, disait-elle. Quand tu auras sept ans, tu te baigneras seule.»

Je me levais, elle me séchait et m'habillait. Elle prenait des bandes de papier marron, y enroulait mes cheveux bruns et nouait les bouts des papillotes. Puis nous nous asseyions et nous goûtions de biscuits secs et de fruits. Elle disait que le docteur Baca, qu'elle détestait, je le savais, était un glouton et qu'il allait se tuer à force de manger. Elle avait rêvé que le père Céspedes traversait une grande mare au clair de lune. Puis il avait relevé le bas de sa soutane noire et elle avait vu son pied fourchu comme le sabot d'une chèvre. Elle disait que les de la Cueva avaient dévoré le pays comme les termites mangent le bois, que les âmes des fermiers dont ils avaient englouti les terres pèseraient sur leurs têtes comme des pierres et les courberaient vers le sol à jamais.

Je fixais sur le front de Nana l'endroit d'où ses cheveux partaient en arrière, formant des vagues, délicats comme un plumage. Elle avait prédit mon avenir. «Personne ne prendra soin de toi, quand je serai morte. Tu dois apprendre à te débrouiller seule.» J'ai vu Nana morte, allongée à terre. J'ai sangloté et elle m'a prise dans ses bras. «Chut, a-t-elle dit. Allez, je vais te raconter une histoire.» Elle m'a tendu un mouchoir pour essuyer mes larmes.

«Au pied des montagnes, dans le nord de notre pays, a-t-elle commencé, il y avait autrefois de nombreuses grottes. Avec le temps, elles se sont effondrées et la matière dont elles étaient faites a transformé le sol et l'a rendu propice à la culture du tabac. La terre n'est pas ouverte là-bas comme ici, elle est enfermée entre des pentes si abruptes qu'on ne peut les descendre qu'avec des échelles. J'ai entendu parler d'un endroit où il a fallu placer quatre-vingts échelles pour permettre aux hommes d'aller planter le tabac. Ils ont besoin de bœufs pour labourer et les plus forts portent des veaux jusqu'en bas. Mais ensuite, les bêtes ne peuvent jamais plus remonter. Tu sais pourquoi ? »

Elle a enlevé du bout du doigt les miettes qui restaient sur mes lèvres. «Réfléchis ! a-t-elle dit sévèrement.

— Les échelles sont tombées ?

44

— Ah, Luisa ! Tu ne réfléchis pas !

— Quelle différence y a-t-il entre une histoire et un mensonge ? ai-je demandé.

— Un mensonge cache la vérité, une histoire tente de la trouver, a-t-elle répondu impatiemment. Bon, alors écoute. Les bœufs ne restent pas plus des veaux que toi tu ne resteras enfant. Ils grossissent et personne ne peut plus les porter. Alors ils vivent et meurent sur ces petits morceaux de terre au pied de nos montagnes. »

Je me suis concentrée pour saisir le sens de ce qu'elle disait. Elle m'a regardée attentivement puis elle m'a pris les mains. « Ne t'inquiète pas, a-t-elle dit d'une voix apaisante, un jour, tu pourras voir tout ça. »

J'en comprenais assez pour savoir que Nana voyait ce que les autres ne voyaient pas, que pour elle une chose pouvait en signifier une autre, qui la dépassait.

Pour ma mère, une chose n'était que ce qu'elle était. Elle voyait ce qui était devant elle, la lessive entassée dans le panier, les minuscules cailloux qu'elle arrachait triomphalement d'une poignée de haricots secs, les brins de canne qui s'accrochaient à mes vêtements après que j'avais sucé tout le sucre d'une tige, les files sans fin de fourmis qui, certains mois, traversaient en lignes ondulantes le sol de notre case, un talon, qu'elle tenait tout près de son visage en le fixant, celui qui s'était cassé la seule fois où elle avait mis la paire de chaussures que Papá lui avait offerte. Elle approchait toujours les objets de ses yeux, comme si ces derniers ne lui permettaient pas de voir et n'étaient que de sombres fenêtres derrière lesquelles quelque chose luttait pour regarder et pour comprendre.

Je ne me conduisais pas avec ma mère comme les autres enfants de Malagita avec les leurs. C'étaient les baisers et les câlins de Nana que je cherchais. C'étaient ses mots dont je me souvenais et auxquels je pensais, comme à de passionnantes histoires que l'on peut écouter, encore et encore.

Lorsque, pendant la messe, je surprenais Mamá en extase devant la statue de saint Joseph debout dans une niche près de l'autel, j'étais persuadée qu'elle ne savait pas ce qu'elle lui demandait dans ses prières.

J'ai décrit le flan à Nana.

«Des restes, a-t-elle dit, pleine de mépris. Des miettes ramassées sur la table de la vieille dame.»

J'ai regardé avec tristesse la vilaine poupée de chiffon que m'avait donnée señora Galdos.

«Qu'est-ce qui est à moi ? ai-je demandé.

— Rien! a crié Nana, véhémente. Aucun de nous ne possède quoi que ce soit. Ces bouts de savon avec lesquels je te lave ? Ils sont à eux. Tu entends cette poule qui glousse ? Elle n'est pas à moi. Ni la maison, ni les épingles dans mes cheveux. Tout ce que j'avais, c'était ma fille, et Orlando de la Cueva me l'a prise.»

Elle a eu un geste brusque de la main : elle a recourbé ses doigts, on aurait dit qu'elle essayait d'attraper l'air.

Les papillotes me pinçaient la peau du crâne. J'ai soupiré, espérant que le moment était venu de les enlever. J'allais avoir des boucles qui ressembleraient à des coquilles d'escargot et dureraient juste assez longtemps pour faire savoir à Mamá que j'avais été avec Nana.

«Tu es allée la voir ! Tu es allée voir cette femme qui m'a abandonnée quand j'avais le plus besoin d'elle – à ta naissance, quand j'ai souffert le martyre pendant trente-six heures!» Elle pleurerait un peu, elle donnerait un coup sur une casserole avec une cuillère en bois et elle reniflerait. Puis, bien vite, elle penserait à autre chose.

J'ai regardé les cheveux qui avançaient en pointe sur le front de Mamá. Ils étaient comme ceux de Nana, souples, formant des vagues soyeuses. Ses yeux aussi ressemblaient à ceux de Nana, profondément enfoncés, sombres, les paupières lourdes. Était-ce ce qu'elle voyait qui la rendait si différente de sa mère ?

«Est-ce que Papá ressemble à sa mère ?» lui ai-je demandé.

46

Mamá s'est agitée, mal à l'aise sur sa chaise. Le minuscule crochet argenté avec lequel elle venait de tricoter une fine bande de dentelle lui a glissé des mains. Elle l'a rattrapé sur ses genoux, la tête baissée.

J'ai reposé ma question. Elle a émis un son de protestation étrange, comme si quelque chose de désagréable avait touché sa peau.

«Elle ne vient pas dans la cuisine, a-t-elle dit enfin, en poussant le crochet contre son doigt. Et je n'en sors jamais, sauf lorsqu'il y a des invités qui viennent de la capitale et que je dois leur apporter le petit déjeuner.»

J'ai soudain imaginé qu'entre la cuisine et le reste de la *vivienda* vivait un troupeau de cochons, serrés entre les murs parmi les meubles.

«Papá va la voir, ai-je dit.

— Elle, au moins, elle a un cœur», a répondu pensivement Mamá.

Une brise a apporté dans la case une odeur de jasmin. Nous avons toutes les deux relevé les yeux et humé l'air. Le visage de Mamá est devenu songeur. Ses longues paupières se sont fermées. «La vie…, a-t-elle murmuré.

— Est-ce que ma grand-mère de la Cueva sait que j'existe?» ai-je crié. Surprise, elle a rouvert les yeux et s'est mise à crocheter à toute vitesse.

«Elle sait tout», a-t-elle répondu.

Quand j'ai posé la même question à Nana, elle a dit : «Pour Beatriz de la Cueva, tu n'es qu'une punaise de lit.»

Une énorme cuillère à la main, elle touillait du liquide dans le chaudron posé sur un feu de bois. Elle faisait du *dulce de leche*.

«Ma stupide Fefita, a-t-elle dit. Elle leur a donné la seule chose qu'elle avait le droit de garder. Pour quoi d'autre aurait-elle pu dire non? Et comme si ce n'était rien, comme si ce n'était pas tout ce qu'elle possédait !

— Qu'est-ce qui n'était rien?

— Rien.

— Oh !

— Ne soulève pas la poussière. Tu vas éteindre le feu !

— Mais de quoi parles-tu ? me suis-je lamentée.

— Luisa, même si je te le disais, tu ne saurais pas de quoi je parle. C'est une chose entre les hommes et les femmes. »

Je suis restée immobile, la chaleur du feu contre mes jambes était aussi intense que celle qui me montait au visage. L'idée de cacher quelque chose à Nana me donnait honte et pourtant j'allais le faire. J'ignorais pourquoi je voulais taire ce que je savais déjà à propos de la chose entre les hommes et les femmes, même si j'ai seulement compris que je le savais à l'instant où elle a prononcé ces mots. La «chose entre» était ce qui m'avait réveillée la nuit, quand le clair de lune, ou la lumière pâle des étoiles, éclairait notre case et sculptait sur le lit de Mamá une forme qui ressemblait à un cheval et son cavalier galopant sur place, comme enfoncés dans une boue profonde jusqu'à ce qu'enfin le cavalier tombe de sa monture et se révèle être Papá, tandis que sa jambe glissait lentement sur le bord du matelas et que, dans un sursaut, il la remontait et la cachait sous la couverture en sorte que je n'aie pas à voir sa chair, si blanche dans l'éclairage surnaturel.

« Chut ! On va la réveiller ! » avait chuchoté Mamá une de ces nuits-là, et j'avais retenu mon souffle, horrifiée à l'idée qu'elle puisse voir que je ne dormais pas. Je ressentais la même chose maintenant, c'était pour ça que je ne voulais pas regarder Nana, pour qu'elle ne voie pas sur mon visage le reflet de l'image que j'avais dans la tête. Était-ce à cause de ça que Nana ne parlait plus à Mamá ? Pourquoi, pourquoi à cause de ça ?

« Tu n'as pas envie de la voir, quelquefois ? ai-je demandé.

— Si, a-t-elle répondu tout de suite. J'en ai envie.

— La mère de Papá n'est pas en colère comme toi. Elle le voit tout le temps.

— Rien n'importe pour cette femme que ce qu'elle désire. »

Elle remuait le lait bouillonnant d'un geste régulier. Il était épais, brun comme du sucre. Elle avait l'air grave, attentive. J'ai pensé que Mamá lui manquait, et je me suis sentie abandonnée, comme souvent le soir, quand j'étais seule dans la case, attendant sur le pas de la porte qu'apparaisse devant le canal la silhouette de Mamá.

J'ai annoncé à Nana une nouvelle déjà vieille de plusieurs semaines mais que j'avais oubliée, bien que sur le moment elle m'eût troublée : Papá avait dit à Mamá qu'il ne voulait pas que je fasse ma communion. Nana n'a pas paru surprise. «Il y aura toujours des problèmes entre eux, a-t-elle décrété. Ça a commencé dans le péché, après tout.

— Mamá a crié, quand il lui a dit ça. Depuis un an, elle pense à ma robe de communiante.» J'y avais pensé, moi aussi, et j'avais été furieuse et stupéfiée par les paroles de Papá. «Quoi qu'elle devienne, je ne veux pas la voir se signer à chaque instant comme une primitive, avait-il dit. Tu peux l'emmener à ta messe. Mais c'est tout.»

«Ta mère crie comme les autres bâillent, a dit Nana.

— J'aurais eu un voile blanc devant le visage. Et des chaussures blanches», ai-je rétorqué, pleine de rancœur.

Nana s'est arrêtée de touiller et elle m'a regardée.

En semaine, elle suivait la messe à Malagita, mais le dimanche, elle parcourait cinq kilomètres à pied jusqu'au village voisin pour ne pas risquer de rencontrer Mamá. Nana priait souvent – chaque fois qu'elle en avait envie, disait-elle – mais elle se moquait du père Céspedes, et de tous les curés, qu'elle traitait de scarabées noirs.

«Tu ne sais rien, m'a-t-elle dit. Tu n'es pas allée au catéchisme. Récite-moi un *Je vous salue Marie*.

— Ave Maria», ai-je dit.

Elle a ri. «Mais qu'est-ce que tu vas devenir ?» a-t-elle demandé en regardant le ciel. Elle s'est remise à touiller. «Tu ne peux pas travailler dans les champs de canne. Tu ne sais pas prier.

— Quand est-ce qu'on mange le *dulce* ?

« — Ce n'est pas pour toi, a-t-elle répondu. Je vais le vendre. Je n'ai pas un père riche pour me faire vivre, moi ! » Et elle s'est remise à rire.

La cloche de l'église a sonné six heures. Il était temps que je rentre, bien que Mamá soit peut-être encore au travail. J'ai embrassé Nana, qui m'a tenue contre elle un long moment, puis j'ai couru à travers le village portée par le carillonnement dans l'air imprégné des senteurs de jasmin et de canne en train de cuire, de l'autre côté de la place, au milieu du troupeau de cochons qui semblaient s'écarter devant moi comme par magie, jusqu'à ma porte, où j'ai vu mon père debout immobile dans l'ombre de la pièce, son chapeau plat posé en arrière formant un halo noir autour de sa tête.

*

« Qui dois-je aimer le plus ? Dieu ou toi ? avais-je demandé un jour à Papá.

— C'est moi qui te nourris, m'avait-il répondu. C'est moi qui suis ici. »

Il mentait. C'était ma mère qui me nourrissait. Je l'ai su dès le début de ma vie. Mais son mensonge me faisait plaisir, et je me le suis souvent répété comme quelque chose de gentil, une caresse sur mes cheveux.

L'histoire du début de ma vie m'était contée à tous mes anniversaires. Oh – l'effort que je faisais pour essayer de montrer un peu de sympathie envers ma mère quand elle parlait de son accouchement ! Comme je redoutais ce jour !

Mamá se réveillerait en criant : « *Ay Dios !* C'est aujourd'hui ! » Et avant même de se lever pour se laver et s'habiller, elle se lancerait :

« Il y a sept ans, le 31 décembre, à cet instant précis, six heures me séparaient de la fin de mes souffrances. Le travail avait commencé doucement – au début, j'ai cru que ça allait être facile, les douleurs étaient si légères qu'elles me donnaient envie de rire

– mais ensuite, quand la nuit est arrivée, elles sont devenues comme des coups de couteau, juste là, là en bas – et, pour me montrer l'endroit, elle repoussait la couverture, se levait et appuyait sur le bas de son ventre –, des coups de couteau, encore et encore, toute la nuit jusqu'à midi le lendemain, dernier jour de 1926, heure de ma délivrance.»

Elle me regardait fixement, pour être certaine d'avoir mon attention.

«Le cochon, lui ai-je soufflé.

— Ah oui, le cochon! Ils tuaient le cochon à la *vivienda* pour fêter le Nouvel An. Ils lui coupaient la gorge et j'ai cru que c'était moi qui criais.»

Je lui ai dit que je devais aller aux toilettes. À regret, elle m'a laissée sortir. Quand je suis revenue, elle a raconté la suite de l'histoire, le docteur Baca parti ce jour-là à Tres Hermanos chercher l'argent qu'il avait gagné à la loterie, la sage-femme morte la première semaine de décembre et sa fille tellement effrayée par l'accouchement qu'elle était allée se cacher dans les champs de canne, où personne ne l'avait trouvée. Une des femmes du village avait fait ce qu'il y avait à faire, mais avec une telle brutalité, disait Mamá, qu'elle ne serait plus jamais comme avant, là en bas, et elle appuyait de nouveau sur le bas de son ventre comme si elle avait voulu se retenir d'uriner.

N'en pouvant plus de l'entendre sangloter et de la voir vaciller, au bord de la chute, j'ai pleuré avec elle. Enfin elle s'est arrêtée. Elle a essuyé ses larmes avec sa chemise de nuit et a séché les miennes en pressant ses paumes humides contre mes joues. Puis elle s'est agenouillée et elle m'a dit comment on m'avait emmaillotée dans une chemise propre de Papá et mise contre son sein. Un sourire, aussi idiot que celui que j'avais vu sur le visage d'Enano, le bossu, quand je l'avais touché pour qu'il me porte bonheur, a étiré sa petite bouche lippue et j'ai vu briller une dent. Elle a serré ses bras autour de sa poitrine, puis elle a tendu vers moi un doigt espiègle et m'a touché le nez.

Après s'être lavée, après avoir fait bouillir le lait et l'avoir passé pour le café du matin, elle m'a apporté une petite serviette de toile sur laquelle elle avait brodé mes initiales au fil orange : L. S. Autour de la lisière il y avait une étroite bordure de dentelle au crochet. Je lui ai demandé ce que je devais en faire d'un ton morne, je ne comprenais pas qu'elle fût si gaie alors qu'elle venait de me rendre si malheureuse.

« Garde-la en souvenir de moi », a-t-elle répondu. Ses mots m'ont vaguement rappelé des paroles que j'avais entendu le père Céspedes prononcer dans la chapelle.

Après être revenue de la cuisine de la *vivienda* ce soir-là, celui de mon septième anniversaire, elle s'est mise à dire du mal de Nana, dont la pensée semblait ne pas l'avoir quittée de la journée.

« N'importe qui te dira qu'avec deux enfants morts, un fils en Amérique du Nord, aussi absent qu'un mort, et n'ayant plus que moi, si elle avait été normale elle serait venue m'aider quand j'en avais besoin. Rends-toi compte ! Elle est restée assise immobile comme une pierre sur le sol de sa case. Señora Galdos l'a suppliée de venir. Et tu sais ce qu'elle a fait ? Elle lui a soufflé la fumée de sa pipe à la figure !

— Nana m'a dit qu'un grand feu allait bientôt avaler le pays comme une hostie.

— Et quand va-t-elle l'allumer ? a-t-elle crié en poussant un hurlement de rire ; j'ai entendu dans sa respiration l'effort qu'elle faisait pour continuer à rire, comme quand on souffle sur une flamme.

— Elle avait raison pour la tempête de grêle, ai-je dit.

— Cela n'a aucun intérêt, a rétorqué Mamá. La seule chose qui compte, c'est de savoir quand ton enfant a besoin de toi. »

La maison de Nana était une des rares, dans le village, à avoir un toit de tôle. Les grêlons étaient tombés dessus avec une telle force qu'on aurait cru entendre un charpentier le clouer. Nana et moi avions regardé du pas de la porte les grains de glace qui roulaient sur le sol. Ils dégageaient un froid humide comme je n'en avais encore jamais senti. Entourée à perte de vue par les champs de canne, Malagita semblait soudain pathétique. J'ai imaginé le paysage tel que Nana m'avait dit qu'il était autrefois, vide, sans villes, sans villages, sauvage, exactement comme les Espagnols l'avaient trouvé quand ils avaient accosté sur les rives de l'île, affaiblis, épuisés. Mais encore assez forts pour tuer.

«Il y a quatre cents ans, trois frères, Pedro, Vicente et Tomás, ont jeté l'ancre dans Bajía Vieja et déclaré l'île territoire espagnol, m'a raconté Nana. Une semaine plus tard, Pedro, l'aîné, a tué Vicente, le plus jeune. Vicente avait félicité Pedro de la piété dont il faisait preuve en décidant d'appeler l'île San Pedro, en hommage à saint Pierre. Mais Pedro a rétorqué que c'était son nom à lui qu'il donnait à l'île, Isla de Pedro, et non celui du saint. Quand Vicente a fait remarquer que Pedro lui-même portait le nom du saint, Pedro l'a renversé d'un coup de pied et transpercé de son épée. On l'a enterré dans la forêt qui poussait à l'époque au-dessus de la plage, mais ses ossements n'ont jamais été retrouvés.

— Comment sais-tu que Pedro a donné un coup de pied à Vicente ? ai-je demandé.

— Tomás tenait un journal. Il se trouve maintenant au Musée national de Tres Hermanos, où ton cher grand-père l'a vu de ses propres yeux. Et de toute façon, même si cela n'avait pas été écrit, on connaît les Espagnols.

— Et qu'est-ce qui s'est passé, ensuite ?

— Ils ont assassiné tous les indigènes qu'ils ont trouvés, comme d'habitude. Puis ils se sont battus entre eux pour les terres, et les plus grosses brutes ont eu les plus grandes propriétés. Ensuite ils ont confié le travail pénible aux Noirs qu'on avait fait venir d'Afrique. Au bout d'un moment, ils se sont rendu compte qu'il y avait plus de profit dans le sucre que dans l'élevage. Et depuis, c'est la canne qui a tout régenté – elle a dévoré la terre et, comme il ne faut pas plus de quatre ou cinq mois de dur labeur pour la transformer en sucre, elle a laissé le reste du temps les

53

gens inoccupés, sans rien d'autre ou presque pour gagner leur vie. Mais finalement, l'Espagne a abandonné l'île aux États-Unis, qui lui ont rendu sa liberté.»

Tout en prononçant ces mots, elle a tiré d'un doigt sur la paupière inférieure de son œil droit, signe, à Malagita, que ce que vous venez de dire ou d'entendre ne doit pas être pris au sérieux.

Elle semblait se trouver drôle. Une colère soudaine m'a envahie et j'ai tapé du pied.

«Alors, à qui appartient ce pays ?

— À Beatriz de la Cueva et à d'autres, qui lui ressemblent, a-t-elle dit, cette fois sans geste, mais en me regardant d'un air grave, sans plus de sourire aux lèvres.

— Elle est venue ici avec les trois frères ?

— *Ay!* Luisa! C'était il y a quatre cents ans!» Son sourire revenait. «Eh bien – peut-être que oui. Peut-être qu'elle a oublié de mourir. Non, sérieusement. Les premiers qui sont arrivés étaient des repris de justice, des soldats et des curés. Et ensuite il y a eu les ancêtres des de la Cueva.

— Est-ce que nous sommes espagnols ?

— Nous sommes tout sauf, Dieu merci, anglais. Ce sont les Anglais qui ont amené les esclaves noirs.» Elle a pris mon menton dans le creux de sa main étroite et dure. «Je vois quelque chose de chinois là – au coin de tes yeux.»

Être ceci ou cela m'importait peu. Je pensais à Brake, le domestique anglais de la *vivienda*. J'aurais tellement voulu le voir, tellement voulu savoir ce qu'être anglais pouvait bien signifier.

«Tu avais un oncle, Aldo, a-t-elle repris en soupirant. Ses yeux étaient bleus et ses cheveux roux. Il est mort à quatre ans. Des yeux bleus énormes, comme le ciel.»

J'ai cherché dans la pièce la poupée que m'avait donnée señora Galdos. Je l'avais oubliée quelque part. Je voulais la retrouver pour l'ouvrir et voir ce qu'elle avait mis à l'intérieur. Sous le tissu rouge vif de son corps, on sentait des morceaux durs comme des cailloux et, ces derniers jours, elle s'était mise à puer le fruit

54

pourri. La semaine précédente, señora Galdos m'avait appelée par sa fenêtre alors que j'allais chez Nana et m'avait demandé de sa voix idiote : «Où est ton précieux bébé ?» et quand j'avais tendu vers elle la vilaine petite chose, que je venais de taper contre les troncs des palmiers royaux de la place, elle avait émis cette espèce de roucoulement que les femmes avaient quand on plaçait un nouveau-né dans leurs bras pour qu'elles l'admirent. Si señora Galdos demandait à voir la poupée après que je l'avais éventrée, je lui dirais qu'elle était morte de *viruelas*. Puisqu'elle avait fait comme si elle était vivante, je pouvais prétendre qu'elle était morte. Il y avait quelque chose chez señora Galdos qui me mettait de mauvaise humeur, qui me poussait à me montrer désagréable avec elle alors que j'aurais dû lui être reconnaissante de m'avoir dit où Nana habitait et de m'avoir emmenée chez elle lorsque j'étais malade et que Mamá n'avait pas de temps pour moi.

Le cimetière était plein de bébés morts dans les premières semaines de leur vie, et d'enfants plus grands, comme mon oncle Aldo, atteints d'une maladie qu'on appelait souvent la volonté de Dieu, quand ni le médecin ni aucune des deux ou trois *curanderas* que les femmes trouvaient beaucoup plus aptes que le docteur, et certainement plus gentilles et moins dures, ne pouvaient les guérir.

Je me suis demandé si Nana avait oublié qu'elle me parlait souvent d'Aldo et de ses yeux bleus, et de la mort de son autre fils, Felipe. Ou était-ce que ses enfants morts ne quittaient jamais son esprit et qu'il fallait évoquer leurs noms pour les en faire sortir et laisser place à d'autres pensées ?

Felipe avait deux ans de moins qu'Aldo quand il était tombé sous les sabots d'un cheval monté par un vieil homme qui portait son père, un vieillard, en travers de la selle – «un être si âgé qu'on voyait ses os sous sa peau… la mort transportant la mort», avait dit Nana –, alors qu'ils s'enfuyaient vers les montagnes avec les autres habitants de Malagita après avoir appris qu'une armée de Noirs révoltés par leurs ignobles conditions de travail dans les mines de nickel du Nord avait traversé le pays en brûlant les plantations et en tuant tout le monde sur son passage et qu'elle ne se trouvait plus qu'à quelques heures du village.

Il s'était avéré que les Noirs s'étaient arrêtés à plus de cent kilomètres de Malagita. Ils avaient tué plusieurs responsables de la compagnie qui possédait les mines et incendié les cabanes délabrées où ils étaient logés. Beaucoup d'entre eux étaient tombés sous les balles et les autres avaient été arrêtés et emprisonnés par les soldats que les États-Unis avaient envoyés sur l'île pour aider à mater la rébellion.

S'ils étaient arrivés à Malagita, ils n'auraient trouvé que Nana dans sa case, tenant sur ses genoux son enfant brisé, sans vie. Elle avait envoyé Federico, l'aîné, dans les montagnes, avec des voisins. Mon grand-père était allé chercher du travail dans la capitale. Ma mère ne naîtrait qu'un an plus tard. «Tout ça à cause d'un mensonge, mon pauvre petit garçon mort piétiné», disait Nana.

L'amère souffrance des adultes était partout, dans les voix des femmes qui venaient voir ma mère les dimanches où mon père était absent, sur les visages des hommes sans travail qui traînaient près de la prison ou de la petite épicerie, et, vers les dernières semaines de la saison morte – avant que le moulin se remette en marche –, quand la nourriture se faisait rare et que la monotonie des jours avait usé les hommes jusqu'à ce qu'ils se craquèlent d'inquiétude et de rage, dans l'air même, de sorte qu'on avait l'impression de la respirer et d'en sentir le goût comme on sentait celui de la fumée noire et âcre que répandaient les tas d'ordures en train de brûler aux abords du village.

Seul Enano, le nain bossu, ne montrait ni colère ni chagrin. Et Mamá, bien que maugréant tout autant que n'importe quelle autre femme de Malagita, peut-être plus, était d'humeur si changeante que l'idée d'une profonde amertume ancrée en elle paraissait impossible. Elle semblait ne pas vieillir, restait toujours la même, une petite femme ronde qui se hâtait, craintive, de sa case à la *vivienda*, revenait s'écrouler sur son lit et s'adressait en murmurant à ce Dieu qui flottait quelque part dans un grand ciel vide au-dessus de nos têtes.

Personne ne demande à naître, disait Nana, mais quand un bébé naissait dans notre village, les gens se réunissaient autour de la maison de la mère comme des abeilles autour des buissons de fleurs. Si c'était un accouchement difficile, le docteur Baca emmenait la parturiente au dispensaire et les femmes s'agglutinaient derrière les fenêtres à barreaux, y prononçaient des paroles réconfortantes, gémissaient avec elle lorsque les souffrances se faisaient plus intenses. Plus tard, quand l'enfant était né, les hommes perdaient leur air mystérieusement préoccupé, l'immense impatience dont ils avaient fait preuve en compagnie de leurs épouses, et ils se joignaient aux femmes en souriant pour admirer le nouveau bébé.

Si c'était une fille, on lui perçait les oreilles huit jours après sa naissance. Je me suis glissée une fois parmi la foule dans une case où j'ai regardé une femme mettre le feu à du liquide dans une cuillère, y tremper une aiguille, puis plonger l'aiguille dans chaque lobe d'oreille d'un minuscule nourrisson dont les hurlements ont fait apparaître un sourire satisfait sur le visage du père. Les petits fils blancs ensanglantés que l'on passait dans les trous marquaient les joues du bébé de cercles humides et roses. «*Pobrecita…*», murmuraient les gens. Pauvre petite chose.

«Regarde! lança Nana. Voilà ce misérable morceau de truc qu'Isabel Galdos a fabriqué pour toi!» Elle a pris dans sa main la poupée que j'avais laissée tomber et oubliée sur un tas d'épis de maïs à côté de la porte. «Morceau de truc». Ça m'a amusée pendant tout le chemin du retour.

J'ai pris un couteau et ouvert le ventre de la poupée. Il en est tombé des noyaux de fruits enrobés de tissu. Il y restait des morceaux de pulpe et un petit ver se tortillait sur l'un d'eux, couleur de chair de mangue.

*

57

Mon père ne m'a pas vue avant avril, à la fin de la *zafra*, la récolte, quand j'avais quatre mois. Mamá était retournée travailler dans la cuisine de la *vivienda* une semaine après ma naissance, me laissant aux soins d'un enfant du village ou d'un autre, ceux qui étaient trop jeunes ou trop faibles pour travailler dans les champs de canne. Elle rentrait me nourrir en courant afin de ne pas perdre une minute du temps qu'Ursula Vargas lui avait accordé de mauvais gré, et, ajoutait-elle, en se tenant les seins pour ne pas avoir trop mal.

Pendant que je dormais et m'éveillais dans le panier qui fut mon premier lit, Papá accomplissait les obligations auxquelles le soumettaient ses fiançailles avec Ofelia Mondragon, dont le père possédait une plantation à l'est de Malagita. Son nom est le seul élément de cette histoire dont je me souvienne. Le reste, c'est-à-dire ce que Papá avait à faire en tant que futur époux, je ne l'ai jamais su. Mais j'imaginais qu'il s'agissait surtout de murmurer sans fin le nom de sa fiancée, comme je l'ai fait quand Mamá m'a appris la façon dont Ofelia s'était fait plaquer le jour de son mariage.

Ce matin-là, Papá était arrivé dans la case de Mamá en costume de marié et il avait renvoyé chez lui l'enfant qui veillait sur mon berceau. Mamá l'avait trouvé couché, insensible à mes pleurs. Elle était en panique, comme d'habitude, à l'idée du travail qui l'attendait encore à la *vivienda*. En le voyant, elle avait crié assez fort, racontait-elle plus tard, pour qu'on l'entende à l'autre bout du village, dans la case de Nana.

«Te voilà ! avait-elle hurlé. Te voilà aujourd'hui ! Enfin ! Enfin tu t'es arraché à la compagnie de señorita Mondragon pour voir ton enfant ! »

Elle m'avait saisie dans le panier et poussée vers lui.

«Enlève-la tout de suite, mets-la hors de ma vue», lui avait-il dit.

Elle m'avait donné le sein, le dos tourné. Il s'était déshabillé et il avait laissé ses vêtements de noce en tapon sur le sol, et quand elle s'était allongée à côté de lui, sur le matelas qu'il lui avait apporté de la *vivienda* un an plus tôt, il lui avait raconté qu'il avait refusé d'épouser Ofelia, que lorsqu'il s'était levé ce matin-là et qu'il avait pensé à celle qui allait devenir sa femme, si correcte et si ennuyeuse, qui ne savait que babiller, peureuse et vide, un gouffre avait semblé s'ouvrir au bord de son lit et, pendant tout le temps où il s'était habillé, le gouffre était resté béant devant lui, et il avait su qu'il ne pouvait aller jusqu'au bout de ce mariage. Beatriz de la Cueva, avait-il dit à Mamá, avait déclaré qu'en repoussant Ofelia il avait renoncé à toute vie convenable et qu'il pouvait faire désormais ce qu'il voulait, cela n'avait plus aucune importance. Ma mère a ajouté que c'était la seule fois où mon père lui avait répété une chose que la Señora lui avait dite. Et il lui avait annoncé qu'à partir de ce jour il vivrait avec elle.

Le scandale avait agité Malagita pratiquement tout le mois suivant, nourrissant les conversations pendant au moins une semaine de plus que le précédent, dont j'avais entendu Mamá et señora Galdos discuter sans savoir que j'étais juste devant la porte, essayant de construire une *casilla*, petite cage en brindilles, avec laquelle je voulais attraper un pigeon. Cet autre scandale concernait un oncle de Papá venu de Cadix pour voir sa sœur. Une semaine après son arrivée, deux coupeurs de canne l'avaient découvert assis par terre au milieu d'un champ, la main agrippée au pénis d'un garçon de quatorze ans, fils d'un contremaître. Señora Galdos faisait remarquer que, de toute évidence, señor de la Cueva n'avait aucune idée de la rapidité avec laquelle les bons coupeurs abattaient une rangée de canne, car il les avait certainement entendus de loin. L'oncle était immédiatement rentré à Cadix. Le garçon avait reçu une raclée de son père, tout le monde l'avait ensuite appelé Gomez *la mariposa*, et on avait fini par l'envoyer au séminaire jésuite de la capitale.

Je n'avais jamais entendu Mamá rire avec une telle liberté. Je me suis mise à rire moi aussi, révélant ma présence.

Il y a eu un silence dans la case. J'ai entendu señora Galdos glousser. Mamá est apparue sur le pas de la porte. Elle semblait effrayée.

« Ne répète à personne ce que tu viens d'entendre », m'a-t-elle demandé d'un ton anxieux.

Je ne savais pas ce que j'avais entendu. C'était la surprise que j'avais ressentie quand elle avait ri qui m'avait entraînée à en faire autant.

Que mon père ait offensé señorita Mondragon en la délaissant pour venir vivre dans notre case n'a eu aucune conséquence directe sur la vie de Mamá. Elle a continué à travailler dans la cuisine de la *vivienda*. Brake, l'Anglais, et Ursula, la gouvernante, ont continué à la traiter exactement comme ils l'avaient toujours fait, comme une fille du village qu'ils devaient surveiller de près au cas où elle aurait oublié ce qu'ils lui avaient appris la veille. Et señora de la Cueva, lors d'une de ses rares visites dans les quartiers des domestiques, est passée sans un mot devant ma mère.

Bien que la Señora eût dit à mon père que sa vie était finie, il a continué à aller la voir quand il le désirait. La seule fois où Mamá lui a timidement demandé : « Et la Señora, est-ce qu'elle va bien ? », il lui a répondu d'un ton froid : « Tiens-toi tranquille. »

Mon père ne parlait pas l'espagnol de la même façon que nous. On aurait dit une autre langue, aussi peu familière que l'anglais ou le français, qu'il parlait aussi. Je n'aurais peut-être pas accordé autant d'intérêt à son étrange accent si ce n'avait pas été, justement, sur ce problème de langage que Mamá lui tenait tête. Même moi, je savais que ses pleurs, ses protestations contre une chose ou une autre étaient sa manière à elle de céder devant lui. Mais elle ne voulait pas changer sa façon de parler, pas d'un iota, et quand un jour, furieux, il a bondi de sa chaise, l'a soulevée et a menacé de la jeter dehors en criant qu'elle n'était qu'une stupide paysanne qui transformait une des plus belles langues du monde en grondements sauvages, elle lui a lancé un regard furieux, les yeux exorbités, brillants comme des flammes de bougie, et de sa petite bouche lippue couleur de bouton de fleur rouge n'est sorti qu'un seul mot, rude et méprisant : «Fainéant!»

Mon père a reposé la chaise d'un geste lent. Sans regarder Mamá, il est sorti dans l'ombre de la nuit. Inquiète, j'ai suivi ma mère qui s'agitait dans la case, jusqu'à ce qu'elle me dise d'aller me coucher et pour l'amour de Dieu de la laisser tranquille.

C'était vrai, mon père ne travaillait pas, en tout cas pas à ma connaissance. Je savais que comme le docteur Baca et quelques autres, il jouait à la loterie nationale. La *lotería* préoccupait les hommes de Malagita. Je n'avais jamais entendu dire que quelqu'un avait gagné, à l'exception du docteur Baca. Chaque fois que Mamá trouvait un ticket que Papá avait jeté, avec sa longue liste de numéros, elle le déchirait en petits morceaux qu'elle brûlait.

Quand le docteur Baca partait pour un district éloigné soigner un homme qui avait failli perdre son bras d'un coup de machette mal dirigé et était trop affaibli pour se rendre au dispensaire, il montait un cheval décharné. J'avais entendu un matin, alors qu'il passait devant notre case, la bête haleter comme si elle avait été sur le point d'expirer. C'était un homme gigantesque. De nombreux poils noirs sortaient de ses oreilles et de ses narines. Lorsqu'il rendait visite à mon père, j'allais me coucher tout de suite. Mamá s'asseyait sur un tabouret à côté de la porte. Les hommes buvaient du rhum presque à en perdre conscience. Après que le docteur Baca était parti en vacillant dans le noir, Mamá tirait mon père vers le lit, elle lui enlevait ses vêtements et le roulait sur le matelas comme un sac jusqu'à ce qu'il soit collé au mur. Ces nuits-là, il nous empêchait de dormir en ronflant bruyamment et en bougonnant dans son sommeil – une de ces langues que nous ne parlions pas bien.

Elle ne me l'a jamais dit, mais j'ai deviné pourquoi elle s'asseyait sur un tabouret à côté de la porte. Pour pouvoir vite sortir. Il y avait en mon père une violence qui menaçait de jaillir sous des formes que je ressentais comme dangereuses, même à imaginer.

Il jurait, levait les mains, serrait les poings puis s'en allait, aussi rapide qu'un couteau lancé entre les deux chambranles.

Sa peau qui devenait livide me terrifiait, et je craignais presque autant l'expression que je lui avais vue un soir pendant que Mamá et moi débarrassions la table. Il était debout, les bras ballants. Son visage ressemblait à celui d'un homme qui avait été blessé par une machine en travaillant au moulin et que j'avais aperçu par la fenêtre du dispensaire alors qu'il regardait le sang couler de son poignet ouvert.

Papá ne me touchait pas. Il exigeait que je l'appelle Papá, et non Papi, comme les autres enfants du village appelaient leur père. Si je lui posais une question d'une voix qu'il jugeait trop forte, il ne répondait pas. Quand il était à la maison, il m'obligeait, alors qu'elles étaient trop grandes et me tombaient des pieds, à porter les chaussures qu'il m'avait achetées. Il m'a appris à me servir d'une fourchette. Il demandait à Mamá de me peigner même avant que je me couche.

J'étais incapable de m'expliquer Papá. Ses sautes d'humeur, ses paroles et ses actes souvent inattendus, et leurs raisons cachées.

Mais à cause des mystères de Papá, plus que parce que je n'avais pas les oreilles percées ou que j'étais l'enfant illégitime du propriétaire de Malagita, je ressentais une certaine différence, la certitude, qui me rendait malheureuse et qui pourtant me ravissait, de ne pas faire partie de la vie normale du village et j'ai commencé – quand ? je ne le sais pas, car, comme je l'ai appris plus tard dans ma vie, on passe presque insensiblement des certitudes irréfléchies à la conscience qu'il existe très peu de choses certaines, s'il en existe – à voir et à entendre avec les yeux et les oreilles d'une étrangère.

*

À Malagita, seules les portes de la prison et de l'épicerie étaient fermées à clé, ainsi, évidemment, que celles de la *vivienda*.

Je pouvais aller chez Nana quand je voulais, qu'elle soit là ou non. Mais un chagrin si douloureux s'est emparé de moi un matin de bonne heure où j'étais assise seule sur sa chaise près de la porte qu'à partir de ce jour-là, dès que j'arrivais en vue de sa case, je m'arrêtais et attendais pour avancer de voir quelque chose bouger à l'intérieur ou d'entendre Nana chantonner quelque mélodie sans parole à l'arrière de la maison.

Elle partait souvent dans les champs à la recherche des herbes avec lesquelles elle concoctait ses mixtures. Elle prescrivait ces remèdes aux femmes qui préféraient s'adresser à elle plutôt qu'au docteur Baca, surtout quand elles souffraient non pas d'une blessure visible, mais d'une maladie profondément enfouie à l'intérieur de leur corps et émettant les vagues lentes et terrifiantes d'une douleur provenant d'organes inconnus dont elles ne pouvaient que vaguement distinguer la forme en appuyant leurs paumes contre leur chair pour montrer à Nana où se trouvait le problème. Il m'a fallu du temps pour comprendre que Nana était une *curandera*, peut-être aussi longtemps que pour savoir qu'elle existait même quand je n'étais pas avec elle.

Elle échangeait ses services contre des marchandises et de la nourriture. Mais elle faisait payer ses desserts, pour lesquels elle était connue dans toute la région, ainsi que le raccommodage du linge de la *vivienda* qu'on lui confiait quand la couturière particulière de Beatriz de la Cueva avait trop de travail.

Il arrivait que je ne puisse pas la voir pendant des jours entiers et, lorsque je m'en plaignais, elle me demandait si j'aurais aimé qu'elle meure de faim. «La première chose à faire est de se nourrir, disait-elle. Ensuite, on prend le temps de parler.»

Livrée à moi-même, j'allais me promener. Certaines familles d'ouvriers habitaient en dehors du village et pendant les heures de travail, lorsqu'elles me voyaient fureter le long du chemin de terre, les femmes restées seules – celles qui étaient dans les derniers jours de leur grossesse ou en mauvaise santé – m'invitaient à entrer. Elles m'interrogeaient sur la grande maison et ce qui s'y passait, et je leur répétais des propos décousus de Mamá, qu'elles devaient, j'imagine, ravauder en une certaine idée de la vie dans la grande maison ; elles me caressaient et me donnaient à manger. Ce que je leur disais semblait les emplir de plaisir.

Je leur racontais qu'Ursula Vargas ne transpirait jamais. Que le docteur Aguirre, médecin personnel de la Señora, mangeait non seulement ce qu'il y avait dans son assiette, mais tout ce que la Señora laissait dans la sienne, et que ses cheveux étaient noir d'encre et si rares, m'avait dit Mamá, que l'une des domestiques qui servaient à table en avait compté exactement quatre, tirés en travers de son crâne étroit. Emilio, le chef cuisinier, avait des accès de colère si terribles que les autres domestiques s'enfermaient à clé dans leurs chambres jusqu'à ce qu'il redevienne lui-même. Je leur expliquais combien Mamá était contente de rentrer chez elle tous les soirs, contrairement aux autres, et de pouvoir dormir sans être réveillée par la Señora, pour qui le jour et la nuit se confondaient et à qui il arrivait de réclamer un bol de soupe à trois heures du matin, ou de découvrir une petite déchirure sur sa taie d'oreiller et d'ordonner à sa couturière de la réparer, quelle que fût l'heure.

Elles me posaient des questions sur Calderío, le régisseur, qui avait pris la place laissée libre par Leopoldo de la Cueva et par mon père, et qu'elles appelaient *maricon*, un mot qui ne voulait rien dire pour moi mais faisait glisser un rire sur leurs lèvres. Je ne l'avais vu qu'une fois et de très loin, un jour où j'épiais à travers les immenses grilles de la *vivienda*. Il était assis dans un fauteuil de rotin à haut dossier, ses longues jambes fines comme celles d'un insecte croisées aux chevilles, les pieds posés sur les dalles de marbre au dessin géométrique de la véranda, un large chapeau baissé sur le visage. «En train de rêver à de gros garçons», a dit la vieille señora Nuñez.

D'autres jours, j'allais dans les marais, où, entre les saules et les roseaux, bordée de fleurs rouges flottantes, une petite mare s'étendait, aussi immobile que l'eau d'un bol mais coassait comme une grenouille géante à qui les centaines de batraciens qui vivaient là auraient prêté leur voix. Pendant des heures, je regardais les oiseaux, *tacos* dont les brillantes ailes jaunes luisaient dans le soleil parmi les bouquets de palmiers et perroquets dont les plumes couleur de mousse faisaient penser à la bande sans fin de lumière verte qui traînait quelquefois sur l'horizon quand le soleil s'était couché. Dans les roseaux, j'ai trouvé un nid plein d'œufs bruns. J'en ai cassé un. Un petit paquet ensanglanté a coulé par terre. Du tas qu'il a formé pointait un bec minuscule, couleur d'ongle.

En rentrant à la maison, je passais près de la voie ferrée et, quand les wagons étaient chargés de canne coupée, j'en tirais une par les côtés ouverts. Est-ce que je volais ? Non, elles sont à ma grand-mère, pensais-je. Tandis que je suçais mon morceau de tige, les lézards luisants qui étaient à mes pieds m'envoyaient des clins d'œil, mais dès que je me baissais pour en toucher un, ils coulaient loin de moi comme de l'eau.

Où que j'aille, je voyais toujours les montagnes, leurs longues pentes, la tour grise de l'ancienne forteresse.

« Est-ce qu'il n'y a vraiment rien à l'intérieur ? ai-je demandé à Nana.

— Des esprits, je te l'ai déjà dit.

— Des esprits indiens ?

— Les esprits n'ont pas de race.

— Ils rentrent dans les tunnels et en ressortent à l'autre bout, ai-je dit.

— Quels tunnels ? Tu es vraiment impossible, aujourd'hui !

— Ceux dont tu m'as parlé, ceux que les prisonniers ont creusé pour s'enfuir.

— Les esprits n'ont pas besoin de tunnels. »

J'ai commencé à creuser des tunnels partout, à l'aide de bâtons, de pierres pointues, d'une grosse cuillère que j'ai prise dans la cuisine. J'ai cassé son manche et je l'ai enterrée sous un arbre. Mamá se tenait la tête à deux mains en criant : « Mon Dieu ! Ma cuillère a disparu ! Quelqu'un a volé ma cuillère !

— Un esprit, ai-je murmuré.

— C'est toi qui l'as prise ? » m'a-t-elle demandé en me secouant.

J'ai dit que je n'avais jamais vu cette cuillère. Elle devait partir travailler. Je me suis assise sur le pas de la porte, envahie par une lassitude, une sensation de faiblesse si intense que, lorsque señora Galdos est passée devant chez nous, un panier sur la tête, je n'ai même pas levé les yeux pour la regarder.

« *Negrita* ! m'a-t-elle appelée. Viens m'aider à ramasser des goyaves. »

J'ai fait signe que non. Je ne voulais jamais aller nulle part avec elle, pourtant elle m'y invitait souvent, et je n'ai jamais voulu non plus mettre les pieds chez elle.

Elle a posé son panier et elle est venue s'asseoir à côté de moi. Elle m'a pris les mains et les a embrassées, elle m'a caressé les cheveux en roucoulant comme une colombe. Je me suis appuyée contre son épaule, qui sentait la sueur et quelque chose de sucré, presque comme du jasmin.

« Pauvre chérie, a-t-elle dit. Ce n'est pas une vie, pour toi. Avec le Papi que tu as. »

Je n'ai rien admis.

« Tu pourrais aussi bien être orpheline. »

J'ai compris à quel point je faisais pitié. Je me suis sentie plus forte. Au pied de l'arbre où j'avais enterré la cuillère, la terre ne montrait aucun signe d'incursion. Peut-être m'étais-je seulement imaginé l'avoir cassée. Mais quand señora Galdos a repris sa route, la culpabilité est revenue prendre sa place à côté de moi.

Ce soir-là Papá a commencé à m'apprendre à me servir d'une fourchette, mais il s'est impatienté devant ma maladresse et il m'a attrapé les doigts, il les a serrés autour du manche et a poussé les pointes contre ma bouche. Elles m'ont transpercé la peau et du sang a coulé dans le bol de riz jaune. Ma mère a plongé un chiffon dans de l'eau et l'a posé contre mes lèvres. « Espèce de brute ! » a-t-elle murmuré.

Papá s'est écarté de la table, les yeux presque clos, la bouche serrée, comme s'il s'enfermait à l'intérieur de sa chair, où l'on ne pouvait l'atteindre. Comme je l'ai détesté, alors! J'aurais voulu lui crier que j'avais cassé la cuillère et qu'à la première occasion je casserais les affreuses grandes fourchettes en argent. Mais quand, brûlant de haine, je l'ai regardé dans la lumière faible, j'ai été terrifiée par les trous sombres qui marquaient son visage. En voyant ma mère tordre le chiffon plein de sang dans une bassine, j'ai ressenti pour elle un mépris muet et écœurant. Cette nuit-là, allongée éveillée, j'ai écouté la respiration de mes parents; des rayons de lune se sont posés sur le nez et le menton de mon père, sur le cou et les épaules rondes de ma mère. Puis la lune s'est couchée et il a fait noir. Le monde semblait un lieu sombre et aride comme les champs de canne une fois le chaume brûlé. Je me sentais absolument seule. Le matin est arrivé. C'était dimanche. Mamá m'a lancé un coup d'œil étonné. « Tu es réveillée », a-t-elle remarqué d'une voix endormie.

Je l'ai regardée s'habiller pour la messe. De leur lit, Papá a parlé.

« Je ne veux plus que Luisa aille avec toi, a-t-il dit.

— Ce n'est pas possible, tu ne sais pas de quoi tu parles », a-t-elle répondu. Je me suis levée et je me suis habillée. Papá a bondi devant moi. Il m'a attrapée. Mamá a crié et m'a prise par l'autre bras. J'ai entendu des insectes qui bourdonnaient dehors. Bien qu'il fût tôt, j'ai vu que la poussière de la route ressemblait à de petites bouffées de feu marron. Ils me tiraient chacun dans un sens, j'ai hurlé.

« Tu vas lui tordre le bras! a crié Papá.

— Sans Dieu, pas besoin de bras! » a répondu ma mère.

Mon père m'a lâchée. Il a pris un fin cigare dans sa poche, il l'a allumé et il est allé à la porte, où il s'est immobilisé, le dos tourné.

« Orlando! a imploré ma mère. Je t'en prie! »

Je me suis assise sur mon matelas posé à même le sol et j'ai essayé d'effacer en les frottant les marques rouges de leurs doigts sur mes bras.

« Ce n'est rien, pour toi. Et c'est trop tard, pour moi – après ce que j'ai fait avec toi. Mais elle… » Elle a pris une respiration profonde. Avec ferveur, elle a répété son nom : « Orlando ! Orlando ! »

Il est resté debout, là où il était. Elle s'adressait à son dos, mais tranquillement maintenant, comme si elle était déjà à l'église en train de prier.

« C'est ta bâtarde. Même si tu ne la laisses pas faire sa communion, au moins… laisse-la aller à la messe avec moi. Pour l'amour de Dieu ! »

Mon père est sorti. Mamá s'est jetée contre le mur en pleurant dans ses mains. Je suis allée à la porte. Papá s'éloignait d'un pas rapide. Il ne s'est pas retourné.

Quelques semaines plus tard, Mamá a mis ses plus beaux vêtements. Dans le panier sous le lit, elle a pris une petite boîte ronde en carton et elle s'est frotté les joues de poudre rose. Avec une pierre, elle a recloué le talon de sa chaussure cassée. Bientôt mon père est apparu, monté sur le cheval du docteur Baca. Mamá m'a dit d'aller chez señora Galdos ; elle ne rentrerait pas avant la nuit. Papá l'a soulevée, elle a passé ses bras autour de sa taille et ils sont partis. J'ai couru chez Nana, où Mamá savait que j'irais.

Je lui ai dit que Mamá s'était mis du rouge et qu'elle était partie à cheval avec Papá.

Nana a longuement regardé l'image de la Vierge Marie accrochée à son mur. « Seigneur Dieu, a-t-elle dit doucement. Je n'arrive pas à croire ce que je crois. » Elle n'a pas voulu me dire de quoi il s'agissait. Au crépuscule, elle m'a renvoyée à la maison.

La tour sur la montagne était alors rouge feu, mais elle était devenue noire quand je suis arrivée en vue de notre case et l'ombre se répandait dans le ciel comme si elle provenait des cheminées du moulin. Ils étaient rentrés. Je sentais l'odeur de la nourriture. Je suis d'abord allée dans la cuisine. Dans une casserole, un énorme poisson, dans un nid d'oignons et de tomates, s'enroulait sur lui-même comme un serpent.

À l'intérieur, Mamá était assise sur les genoux de Papá, et le talon de sa chaussure pendait à nouveau. Papá a porté un verre à ses lèvres. Le bras de Mamá était passé autour de son cou. Quand je suis entrée, elle a pris le verre, bu et ri doucement. Le chapeau noir de Papá était sur la table, à côté d'une bouteille.

«*Hijita*! s'est écriée Mamá. Mon amour!» Elle a quitté en vacillant les genoux de Papá. Son corps était tout entier parcouru de rires nerveux. Elle m'est à moitié tombée dessus.

«Ma fille, a-t-elle répété comme si elle me reconnaissait soudain. Ton Papá et moi, nous nous sommes mariés aujourd'hui à San Isidro.» Soudain, elle s'est mise à pleurer.

«J'ai faim, a dit Papá.

— Tu ne t'appelles plus Luisa Sanchez, m'a dit ma mère entre deux sanglots, mais Luisa de la Cueva.»

Elle est partie en titubant vers la cuisine et j'ai pris la serviette qu'elle avait brodée pour moi dans le panier sous le lit. J'ai suivi du doigt le tracé des initiales L. S. Ce qu'ils avaient fait ce jour-là m'était égal. Je m'appelais Luisa Sanchez.

Après leur mariage, Papá ne s'est plus opposé à ce que j'aille à la messe avec Mamá, mais elle n'a plus tenu à ce que je le fasse. Les petites filles de Malagita me montraient des photos d'elles en robe et voile de dentelle blanche. Elles épiaient sur mon visage des traces d'envie. Mais j'assumais désormais mes différences avec une certaine force d'âme parce qu'elles faisaient de moi quelqu'un de spécial mais aussi parce qu'il ne pouvait pas en être autrement. J'allais rarement à la chapelle et un jour je n'y ai plus mis les pieds.

Comme Beatriz de la Cueva était malade, le père Céspedes est venu dire au village une messe pour elle. Mamá a eu le droit de quitter son travail pour y assister et elle m'y a emmenée. Les genoux du père Céspedes craquaient bruyamment ; sa voix bourdonnait sans fin. C'était midi, un jour de chaleur intense. Nous nous agenouillions, nous nous asseyions, nous nous levions, nous nous agenouillions. Tout d'un coup je me suis évanouie. Quand j'ai repris conscience, je me suis retrouvée allongée dans l'allée. Le visage de Mamá était caché dans ses mains, d'où coulaient les perles noires de son rosaire. Je me suis traînée jusqu'à la porte de la chapelle, je l'ai ouverte et je suis retombée sur la route. Un homme qui passait avec une brouette remplie de sacs de chaux m'a ramassée et poussée jusqu'au dispensaire.

Le docteur Baca a pris mon poignet entre ses gros doigts sales. Puis il m'a soufflé la fumée de son cigare dans la figure. « Rentre chez toi, m'a-t-il dit. Et suis l'exemple de ton père. Tiens-toi à l'écart des églises. »

Il y avait, cachée dans les plis de la mantille de dentelle noire que Mamá portait pour la messe, une petite carte représentant Jésus. Son cœur était épinglé à l'extérieur de sa robe blanche. Trois gouttes de sang rouge vif en tombaient. Chaque épine de sa couronne pointait comme le bec transparent d'un oisillon. Ses yeux avaient la couleur du cacao. Il semblait fondre de douleur et de bonté.

C'était à Jésus que le père Céspedes avait adressé ses supplices en faveur de Beatriz de la Cueva. C'était son cœur saignant qu'il priait. Je l'ai touché, une petite feuille de papier bombée telle une gorge de grenouille. J'aurais aimé l'ouvrir comme j'avais ouvert le ventre de la poupée, trouver ce qu'il y avait à l'intérieur, mais la seule pensée de ce geste me terrifiait à tel point que je me mettais à crier et à courir en rond pour en chasser l'idée de mon esprit.

Mamá disait que la Señora était plus folle que malade. Elle l'avait vue un jour de ses propres yeux penchée à l'une des grandes fenêtres de la *vivienda*, crier : « *Mi coronel ! Mi coronel !* » jusqu'à ce que le docteur Aguirre et son infirmière la prennent à bras-le-corps et la recouchent.

« Quel *coronel* ?

— Il n'y a pas de *coronel* », a répondu Mamá. Je traînais parfois devant les grilles de la *vivienda* en espérant voir la Señora se pencher à la fenêtre et appeler le colonel de ses cris passionnés. Comment pouvait-il exister quelque chose qu'elle ne pût obtenir ?

Lorsque j'entendais quelqu'un parler d'elle, chaque fois je regardais ensuite mon père avec un intérêt brûlant. Mais il était impossible de lui poser la moindre question à propos de sa mère.

J'ai dit à Nana que, maintenant que Papá et Mamá étaient mariés, la Señora était vraiment ma grand-mère. Nana a reniflé. « Aux yeux de Dieu, tu es Luisa Sanchez », a-t-elle répondu.

Je ne croyais pas à l'histoire des yeux de Dieu ; c'était aux yeux de Nana que je restais Luisa Sanchez ; elle prétendait que j'étais sienne. Mais je n'étais pas certaine de savoir à qui j'appartenais.

Papá était plus souvent à la maison. Je n'aimais pas rester seule avec lui, bien qu'il me parlât rarement ; il ne me demandait ni où j'allais ni quand je rentrais et semblait à peine remarquer ma présence lorsque j'étais là. Seule avec lui, j'avais l'impression que des dangers inconnus, sans nom, planaient autour de nous. Un matin, lorsque j'ai compris qu'il allait rester, j'ai accompagné Mamá au canal et attendu qu'elle traverse la passerelle pour me laisser glisser jusqu'à la rive.

Il y avait souvent là un vieil homme qui pêchait. Il m'appelait *hija* et, dès qu'il me voyait, se mettait à bavarder avec animation. Comme il avait perdu toutes ses dents, j'avais du mal à le comprendre. Mais j'aimais qu'il m'appelle sa fille, et j'aimais la forte tension qui entraînait sa ligne tout au fond de l'eau verte. Il a pointé le doigt vers les dents d'un barracuda qu'il avait attrapé.

« Si nous nous étions baignés dans le canal, il nous aurait mangés. Regarde comme il nous fixe du coin de l'œil ! » Il a hurlé de rire, ses gencives pâles ont lui dans la lumière du soleil, et ses postillons m'ont éclaboussé le visage. Tout à coup, il m'a attrapé la main, l'a mise entre ses gencives et les a serrées l'une contre l'autre. J'ai frissonné de la tête aux pieds, et retiré mes doigts de

71

sa bouche. «Je suis un vieux barracuda sans dents», a-t-il crié derrière moi pendant que j'escaladais le talus.

Il y avait dans notre village beaucoup d'hommes vieux qui n'avaient pas grand-chose d'autre à faire que trouver quelqu'un pour les écouter. Tandis que les femmes, même les plus âgées, s'occupaient des poules, des cochons, des chèvres et de leurs potagers. Elles se soignaient les unes les autres quand elles étaient malades. On n'appelait le docteur Baca que lorsque tout ce qui pouvait être tenté d'autre l'avait déjà été. S'il trouvait une marmite d'herbes magiques dans une cuisine, il la jetait par terre. Quand elles savaient qu'il allait venir les examiner, les femmes cachaient leurs plantes, leurs poupées de cire et de paille, et la petite croix qu'elles tenaient au creux de leurs mains, faite du bois d'un arbre dont les racines poussaient en l'air. Que les femmes croient ou non à la magie et aux sorcières laissait le docteur Baca indifférent et tout le monde le savait; il ne voulait tout simplement pas en trouver de preuves.

J'aurais bien aimé savoir ce qu'il pensait des petites cartes qui représentaient Jésus. Il n'y avait personne à Malagita à qui je puisse poser cette question. Pas même Nana.

*

Lorsque j'ai demandé à Mamá de m'emmener à la *vivienda*, elle s'est signée et elle a levé les yeux au Ciel.

«D'où te viennent de telles idées? a-t-elle demandé d'un air surpris. Comment peux-tu imaginer une chose pareille?»

Je l'ai regardée, muette. Le lendemain je le lui ai redemandé. Et le surlendemain.

Quand elle est revenue de la messe, le dimanche, elle a dit que lundi matin je pourrais l'accompagner. Je devrais me tenir à l'écart, me taire et ne toucher à rien.

Pour la première fois, j'ai emprunté la passerelle avec elle et marché de l'autre côté du canal. Sur la rive, le vieil homme pêchait. Au souvenir de ses gencives humides, j'ai eu la chair de poule. J'ai regardé l'eau attentivement, cherchant à voir dans le lent mouvement de ses profondeurs vertes le poisson aux dents-couteaux. Mamá m'a tirée par le bras. Son visage était tendu de hâte. Les cris des pintades s'assourdissaient au fur et à mesure que nous avancions vers un mur de verdure, vivante barrière qui me semblait sans commencement ni fin.

«Par ici», a dit Mamá en me poussant devant elle par une petite ouverture. Je suis entrée dans un immense jardin où des allées de gravier blanc serpentaient autour de monticules de fleurs entassées comme de la nourriture dans un plat. Elle me tenait par le poignet et m'a entraînée vers une longue volée de marches qui montaient d'un côté d'un bâtiment dont la blancheur éblouis-sait comme le soleil. Au pied de l'escalier, un homme accroupi était en train de moudre du café. Un peu plus loin poussaient des pamplemoussiers entre lesquels un autre homme surveillait un petit feu.

«Est-ce qu'elle va être là, elle ? » ai-je chuchoté à Mamá en la suivant dans l'escalier.

Elle m'a donné une tape sur le bras. «Ce n'est que la cuisine et la partie de la maison réservée aux domestiques», a-t-elle dit, irritée. Nous avons longé un couloir. Une sonnerie perçante a retenti. De petites chambres au sol carrelé, meublées d'un lit, d'un coffre de bois et d'une chaise donnaient sur le couloir. Dans l'une d'elles, une vieille femme maigre était assise en train de coudre. Elle a levé les yeux au moment où je la regardais, puis elle a fait un signe de tête à Mamá, ignorant ma présence. «C'est la couturière, a dit Mamá. Une *Gallega*, comme les autres.

— Une *Gallega* ?

— De Galicie, d'où viennent tous ses domestiques – sauf señor Brake et moi.»

Nous étions arrivées dans la cuisine. Deux hommes et une femme s'activaient en silence devant de longues tables. Les lames de leurs couteaux montaient et descendaient, ils touillaient le contenu d'énormes récipients, glissaient des plats dans un four aussi noir et, me semblait-il, presque aussi grand que la locomotive qui tirait les wagons pleins de canne vers le poste de pesage.

Plusieurs sonneries ont retenti en même temps. J'ai vu sur le mur une boîte noire remplie de petits carrés blancs numérotés qui palpitaient de temps à autre comme des ailes d'oiseaux-mouches et à chaque fois les domestiques se mettaient à bondir comme des puces et à se parler d'un ton surexcité. Trois grands plateaux ont fait leur apparition sur une table. Mamá a décroché un tablier blanc d'une patère et l'a enroulé autour de sa taille. On me poussait dans tous les sens, chacun se précipitant d'un côté ou de l'autre pour attraper quelque objet et le poser sur un plateau. Mamá m'a agrippé l'épaule. «Je dois apporter son petit déjeuner au docteur Aguirre, aujourd'hui», m'a-t-elle dit. Plus tard, elle m'a expliqué que les sonneries qui appelaient les domestiques étaient reliées par des fils électriques aux chambres de la Señora et du docteur Aguirre, ainsi qu'à l'aile des invités où étaient toujours logés les hommes d'affaires qui s'occupaient de vendre les produits de la plantation.

Elle a pris un tabouret sous la table et l'a mis dans un coin. «Assieds-toi là», m'a-t-elle ordonné. Elle a soulevé un plateau, qu'elle a emporté de la cuisine. Mon cœur battait à grands coups. Un des hommes est venu vers moi. Il était grassouillet et avait la tête couverte de petites boucles serrées au même aspect poussié-reux qu'une langue de perroquet. Il m'a relevé le menton en me regardant droit dans les yeux.

«Ainsi voici la petite-fille, a-t-il dit avec un rire enfantin et amical. Est-ce que la petite-fille aimerait manger quelque chose de bon ? » Quand j'ai fait signe que oui, il m'a tapoté la tête comme si j'étais un chien. Puis, il m'a apporté un morceau de pain blanc et une grande tasse blanche pleine de café au lait. «Je m'appelle Panchito, a-t-il dit en me faisant un clin d'œil. Et tu pourras toujours compter sur moi. »

Lorsque Mamá est revenue, elle m'a montré la salle de bains des domestiques, qui était de l'autre côté de la cuisine, près de la resserre où l'on gardait la nourriture. Chez nous, le cabinet n'était qu'une fosse pleine de chaux recouverte de planches, dont une trouée, et qu'un toit de chaume abritait de la pluie. Ici, il y avait une baignoire longue comme un lit, un lavabo de marbre et des toilettes. J'ai regardé dedans. Mamá m'a prise par l'épaule, elle a tiré sur une chaîne, un flot d'eau a jailli. Je me suis enfuie dans le couloir. Mamá m'a suivie, un sourire triomphant sur les lèvres.

À aucun instant de la matinée je n'ai vu les domestiques ralentir leur rythme de travail, sauf Panchito, qui trouvait parfois le temps de courir vers moi et de me chanter une bribe de chanson ou de me tendre une tranche de fruit avec un clin d'œil et un sourire. À midi, heure du dîner des domestiques – la Señora dînait le soir –, Mamá m'a ramenée dans la salle de bains, elle m'a soulevée et m'a assise sur le siège, où elle m'a tenue d'une main déterminée. J'ai serré les fesses et je lui ai crié de me lâcher. Elle a secoué la tête. Je me suis débattue pour grimper sur le siège, mais elle m'a maintenue en place. Il était vrai que j'avais besoin d'uriner. J'ai fini par le faire, en versant quelques larmes, et en me demandant pourquoi Mamá pouvait me faire faire ce qu'elle voulait, en particulier quelque chose d'aussi dangereux. Elle n'était pas la même à la *vivienda* et dans notre case. J'avais un petit peu peur d'elle. Elle m'a laissée tirer la chasse. J'ai regardé le tourbillon d'eau monter et disparaître ; j'aurais voulu recommencer plusieurs fois mais elle m'a entraînée en murmurant : «Assez joué, maintenant…»

Quand nous sommes repassées par l'ouverture du mur de verdure, Mamá avançait moins vite que le matin de bonne heure. J'ai vu à un bout du jardin de grandes cages et aperçu dans l'une d'elles des battements d'ailes, et dans l'autre des mouvements rapides de petits animaux. «Des singes», a-t-elle dit avec dégoût. À l'autre bout, au-delà des massifs et des arbres en fleurs, s'élevait une petite maison rose entourée d'un mur de pierre assez bas dont le toit de tuiles était soutenu par six étroites colonnes blanches. Je n'avais jamais rien vu d'une beauté si parfaite, sauf, peut-être, les ondulations des cheveux de Nana, ou les couleurs de l'intérieur des fleurs et, comme devant eux, j'ai éprouvé devant cette maison une vague sensation de perte, de tristesse, que les choses laides, cassées, ne me donnaient jamais.

J'ai entendu un bruit de voix lointain. Deux enfants aux cheveux jaunes sont apparus au coin de la maison rose, ils marchaient calmement, en se tenant la main. Une vieille femme en robe blanche, à l'étoffe si raide qu'elle se tenait écartée de son corps comme une carapace de tortue, les suivait avec un panier qu'elle a posé par terre. Chaque enfant y a pris une poupée tout habillée, la vieille femme a ouvert un livre, et ils se sont tus tous les trois. C'était comme un rêve, ou comme l'une de ces images que crée la chaleur les jours où l'air miroite comme de l'eau.

«Qui est-ce ? ai-je chuchoté.

— Les petits-enfants de la Señora, a répondu Mamá.

— Est-ce que Papá est leur Papá à eux ? ai-je demandé, étonnée.

— Non, non, a-t-elle vite répondu tout en se mettant à me pousser impatiemment vers l'ouverture. La Señora avait un autre fils, Leopoldo, a-t-elle expliqué. Il est mort quand son avion s'est écrasé sur la montagne…

— Sur notre montagne ? l'ai-je interrompue.

— Oui. Ces enfants sont les siens. Sa veuve est française.» Nous sommes sorties du jardin et nous avons traversé le terrain laissé à l'abandon, où seuls poussaient des bouquets de bambous. J'ai remarqué que les pas de Mamá avaient tracé sur le sol un sentier qui conduisait à la passerelle. Tandis que nous le suivions, elle a ajouté, non sans satisfaction : «J'ai entendu dire qu'elle avait envie de rentrer en France, mais la Señora ne veut pas la laisser y emmener les enfants. Alors elle reste. La pauvre.

— Je suis sa petite-fille moi aussi», ai-je dit. Mamá a accéléré le pas.

Longtemps après, par une fin d'après-midi dans ce jardin, la Française m'a parlé. J'avais empilé du gravier en petites montagnes blanches quand une ombre longue est soudain tombée sur l'allée où je jouais.

J'ai entendu une exclamation. J'ai levé les yeux, m'attendant à ce qu'une des domestiques me dise de quitter le jardin avant que Brake sorte la Señora en fauteuil roulant pour sa promenade du soir. Mais c'était quelqu'un que je n'avais encore jamais vu, une grande femme voûtée, aux épaules étroites, mince, les cheveux noués n'importe comment sur la nuque, qui me contemplait, l'air troublé, comme inquiète de me voir par terre dans cette allée. Je me suis relevée gauchement, pensant qu'elle allait m'ordonner de partir. Elle a avancé un pied étroit vers mes tas de gravier comme pour les détruire, puis elle l'a retiré.

« Qui es-tu ? a-t-elle demandé.

— Luisa, ai-je répondu, sans savoir lequel de mes deux noms de famille convenait le mieux à la situation.

— Tout le monde ici s'appelle Luisa », a-t-elle lancé d'une voix désespérée et dure. Elle a haussé les épaules, m'a dépassée et a suivi l'allée jusqu'à la maison rose.

« Ces enfants sont tes cousins par le sang, m'a dit Mamá quand nous sommes arrivées en vue de notre case. Cela ne veut rien dire. Cela n'a aucune valeur. »

Je n'ai jamais rencontré mes cousins. Je les ai aperçus une seule autre fois avec leur mère, et de loin. Mais elle, je ne l'ai pas oubliée. Elle m'avait parlé comme un adulte parle à un autre ; une puissante accumulation de sentiments inexprimés, de pensées non énoncées sous-tendait les quelques mots qu'elle m'avait adressés. L'étrangeté de cette scène est longtemps restée en moi.

Notre case m'a semblé bien misérable ce jour-là. Même celle de Nana, qui contenait tout ce qui avait pour moi de l'importance, ne me paraissait plus convenir qu'à des créatures traînant à quatre pattes. J'ai aperçu nos tinettes. Leur puanteur chaude et renfermée arrivait jusqu'à moi. Mamá est allée directement dans la cuisine. Bientôt, l'odeur de la morue frite a triomphé de toutes les autres, y compris du parfum émanant du fouillis de jasmin en fleur appuyé sur ce qui restait de la treille que le Chinois avait construite il y avait si longtemps pour quelque plante grimpante. Cette maison n'en était pas une, à peine un abri nu. Maintenant, je savais ce qu'était une maison.

Je suis souvent retournée dans la cuisine de la *vivienda*. Les domestiques faisaient peu attention à moi, sauf Panchito, l'aide-cuisinier, et Brake, l'Anglais. Je savais que Brake me trouvait drôle, de la façon dont les enfants sentent ce genre de choses. Il était totalement chauve. Il avait les yeux bleu pâle et je n'arrivais à voir ses sourcils que lorsqu'il se tenait à l'abri du soleil. Il parlait notre langue très lentement, chaque mot suivant le précédent après un intervalle où ses lèvres fines, qu'on aurait dites vides de sang, travaillaient patiemment, comme si elles s'étaient entraînées en silence. Quand il s'apercevait de ma présence, il se penchait légèrement et s'inclinait. «Comment allez-vous, aujourd'hui, petite fille? Qu'avez-vous l'intention de faire? Rien de vilain, j'espère.»

Quelqu'un tirait une chaise devant la grande table en marbre qui était au milieu de la cuisine et sur laquelle j'avais vu Panchito étaler de la pâte au rouleau jusqu'à ce qu'elle fût si plate et si fine que les veines du marbre se voyaient à travers. Brake s'asseyait. Mamá posait une tasse de café devant lui. Il buvait à petites gorgées rapides, tel un oiseau. Les autres domestiques se montraient réservés devant lui, comme devant Ursula Vargas. Je savais qu'il était «supérieur».

L'argenterie était nettoyée une fois par semaine, et l'odeur exécrable de la pâte à polir me chassait de la cuisine. Lorsque je revenais, les chandeliers à branches, les théières et les cafetières, les lourds couteaux à manche courbe, les plats sur lesquels j'aurais pu m'asseoir sans les occuper en entier étaient étalés sur les tables, rayonnant comme sous le clair de lune.

Le couteau de Panchito, quand il coupait des légumes ou de la viande, bougeait à une telle vitesse que je n'arrivais pas à suivre son mouvement. Je l'ai regardé vider un gros poisson rouge posé sur une planche de bois.

«Si tu fais attention, m'a-t-il dit, tu verras ses yeux se fermer quand il renoncera à tout espoir de retourner dans la mer.» Il a coupé la tête et l'a jetée dans une casserole d'eau bouillante, puis il m'a soulevée dans ses bras pour que je puisse voir. Les yeux étaient devenus d'un blanc glaireux.

«Maintenant il sait», ai-je dit.

Panchito a ri et il m'a serrée dans ses bras en m'appelant sa petite poupée. Ursula Vargas nous observait du pas de la porte. Le lendemain elle a dit à Mamá que je gênais. On m'a envoyée au jardin.

Je suis allée regarder les animaux dans les cages. Un grand singe gris a agrippé à la grille les brindilles noires de ses doigts en me fixant. Ses yeux jaunes tachetés vacillaient comme des flammes minuscules. Autour de lui, les singes araignées à longue queue se balançaient comme des cordes de fourrure. J'ai senti la malveillance du vieux singe. Panchito m'avait donné une poignée de chiffons trempés dans de l'alcool et dit qu'avec ça ils seraient soûls comme des hommes. J'ai enfoncé les bouts de tissu dans la grille. Les singes s'en sont emparés et les ont tenus contre leur visage, paupières baissées. Une minute après, ils semblaient devenus fous et la cage faisait un léger bruit métallique, comme des pièces de monnaie qui tombent, tandis qu'ils se jetaient contre les barreaux. Mais le singe gris a mis le chiffon en pièces de ses petites mains dures et m'a montré les dents.

Panchito achetait à un vieil homme, qui les transportait jusqu'à notre village en paquet sur son dos, des feuillets roses où étaient imprimées les chansons à succès de la capitale. Mamá l'a supplié de les lui prêter. «Juste un soir», a-t-elle dit en posant sur Panchito ses yeux emplis de désir timide. Il a enroulé les feuillets et les lui a tendus. Elle l'a remercié plusieurs fois. J'ai eu honte qu'elle ait

79

si peu conscience de la façon dont les autres domestiques la regardaient, du dédain que j'ai cru percevoir sur leurs visages. Sur le chemin du retour, tout en marchant, elle tenait les feuillets devant elle d'une main, essayant de déchiffrer les paroles dans l'ombre qui s'épaississait, et se tenait de l'autre à mon épaule pour ne pas trébucher. Je ne comprenais pas ce besoin désespéré qu'elle avait de lire et de chanter ; on aurait dit qu'elle était ivre et sotte comme les singes qui avaient plongé leur gueule dans les chiffons d'alcool.

Elle a continué à chanter en préparant le dîner et en mettant le couvert. Papá, qui était à la maison ce soir-là, lui a demandé d'arrêter. Elle s'est assise et a continué.

« J'en ai assez de ces niaiseries ! » s'est-il écrié.

Elle s'est écartée de la table d'un mouvement violent et a tapé du pied.

« Est-ce qu'il n'y a rien de sérieux dans ta tête ? » a grondé Papá.

J'ai reposé ma cuillère très soigneusement, sans faire de bruit.

Mamá était assise au bord de sa chaise ; elle se tenait les mains et chantait une chanson qui parlait d'une fille appelée Lupe, abandonnée par celui qu'elle aimait et dont elle attendait le retour. Papá s'est levé, il est sorti, s'est avancé vers la cuisine. Une minute plus tard j'ai entendu des marmites se briser sur le sol. Mamá m'a regardée et elle s'est arrêtée de chanter.

« Va voir ce qu'il fait », a-t-elle chuchoté.

Je suis sortie à mon tour dans le noir, dans l'air humide de la nuit. Le sentier qui menait à l'appentis était aussi usé et doux que le sol de terre battue. Autour de moi, j'ai senti se rassembler tout ce dont j'avais peur, l'esprit du Chinois, le troupeau de cochons enfoncés dans la boue, le singe gris qui m'avait observée telle une bête sauvage qui en observe une autre. J'avais si peur que je me suis mise à haleter comme le cheval du docteur Baca.

Pas un instant je n'ai pensé à Nana – la terreur et le chagrin m'empêchaient d'avoir conscience de sa présence, à l'autre bout du village. Papá était caché quelque part dans le noir. À l'intérieur de la case, Mamá était assise sans bouger, sa dent en or luisant dans la lumière, les mains pleines de l'encre d'imprimerie qui recouvrait les feuilles de grossier papier rose. Il n'y avait de réconfort nulle part. J'ai entendu quelque chose bouger, un doux bruit de pas. Papá est sorti de derrière la cuisine, s'est avancé vers moi.

«J'ai décidé que tu irais à l'école, a-t-il dit d'une voix plate. Même ta Maman sait lire – comme tu as pu l'entendre ce soir.»

Il a poursuivi son chemin d'un pas rapide. Dans la lumière qui sortait de la case, j'ai vu qu'il allait au village, probablement se soûler avec Baca.

«Qu'est-ce qu'il a dit?» m'a demandé Mamá, pleine d'impatience. Quelques grains de riz étaient restés accrochés à sa lèvre supérieure. Pendant que j'étais dehors, elle avait continué de manger.

«Il a dit que tu étais aussi bête et méchante que les singes du jardin», ai-je répondu. Elle a eu un hoquet. Je lui ai tourné le dos pour qu'elle ne voie pas que je souriais. Je l'ai entendue se lever. Puis, d'un seul coup, elle a été sur moi, ses mains frappant partout où elles pouvaient, mon dos, ma figure, mes bras. J'ai réussi à ramper loin d'elle et je me suis cachée sous ma couverture.

«*Hija, hija*», a-t-elle grogné. Petit à petit, sa respiration s'est calmée. J'ai senti contre moi le bout des chaussures noires qu'elle portait pour aller travailler. Je me suis rapprochée du mur.

«Endors-toi, a-t-elle dit d'une voix douce. Oui! Endors-toi maintenant! Quand tu te réveilleras peut-être seras-tu déjà aussi vieille que je le suis maintenant et peut-être sauras-tu ce que je sais.»

Papá n'est pas rentré à la maison cette nuit-là. Je n'ai pas dormi avant que l'aube commence à éclaircir le ciel.

*

Un matin, une semaine plus tard, Papá n'est pas parti comme d'habitude après avoir pris son café, et quand Mamá m'a demandé de vite me préparer pour aller avec elle à la *vivienda*, Papá a dit que non, qu'il m'emmenait à l'école. Il m'a ordonné de me laver et de mettre les chaussures qu'il m'avait achetées à San Isidro. Maintenant, elles m'allaient.

J'avais entendu parler de l'école par Nana, mais ça ne m'intéressait pas – je ne voyais pas en quoi cela pouvait me concerner. L'institutrice, avait dit Nana, comptait parmi ceux qui s'étaient totalement mis au service de la Señora, ce qui était d'autant plus grave de sa part que rien ne l'y obligeait, puisqu'elle était instruite.

Pour la première fois, je suis allée au village avec mon père. Tandis que nous marchions parmi les ouvriers de l'équipe du matin qui partaient au moulin, j'ai senti s'éveiller sur notre passage une attention furtive, étrange, des pensées dans leurs visages tendus que j'étais incapable de déchiffrer. Quand Papá m'a tirée à l'intérieur de la chapelle, j'ai été soulagée qu'on ne nous voie plus.

Il s'est dirigé droit vers l'autel, sans s'agenouiller ni se signer, puis il l'a contourné et il est allé vers une porte que je n'avais jamais remarquée. Il a regardé en arrière et tout en ouvrant, d'un geste impatient, il m'a fait signe d'approcher. J'ai entendu une voix féminine dire : «Bonjour, señor de la Cueva.»

J'ai vu par l'embrasure de la porte une pièce plus grande que notre case. Une femme que j'avais croisée dans Malagita se tenait devant un tableau noir. Elle était grande, soignée, avec une peau très pâle.

«Señora Garcia», l'a saluée mon père d'une voix courtoise. Et il a légèrement incliné la tête, en signe de respect. «Voici ma fille Luisa, qui ne sait rien.»

Elle m'a souri et dit : «Bonjour, Luisa.» J'ai baissé la tête, incapable de parler, accablée par mon ignorance.

«Tu rentreras directement à la maison après l'école, a dit Papá. Fini le vagabondage.»

Il s'est incliné à nouveau devant l'institutrice et il est parti. J'ai passé mes doigts sur des lignes creusées à la surface d'un petit bureau. «Tu peux m'aider», a dit señora Garcia. Elle m'a montré comment effacer le tableau. Respirer la poussière de la craie m'a fait penser à Brake. C'était quelque chose d'étranger, quelque chose de sec, blanc, complètement différent du goût et de l'odeur de légère pourriture, fondants et parfumés, de Malagita. Señora Garcia a écrit quelque chose au tableau.

«Ton nom, a-t-elle dit. Luisa de la Cueva.» Elle l'a prononcé avec une emphase légèrement mystérieuse. J'ai recroquevillé mes orteils sous le cuir dur de mes chaussures et pensé à la fraîcheur qu'avait encore la terre de la place à cette heure de la matinée. Être idiote semblait bon. J'ai remué la tête comme j'avais vu Enano le faire et tenté le même sourire stupide.

Señora Garcia m'a effleuré les cheveux. «Tu verras, m'a-t-elle promis, tout ira bien, quand tu apprendras à lire.»

J'ai laissé mes yeux errer sur les lattes gondolées du plancher, sur le bidon d'essence cabossé qui traînait dans un coin, le bois fendillé des bureaux, la pile de livres tachés qu'elle serrait contre sa poitrine.

Il n'y avait que dans la cuisine, l'aile réservée aux domestiques et le jardin de la *vivienda* que les choses étaient intactes, parfaites. Comme elle me l'avait demandé, j'ai posé un manuel de lecture sur chacun des sept bureaux.

Pendant les deux années où j'ai suivi les cours de señora Garcia, elle n'a jamais eu plus de sept élèves. Quelques minutes plus tard, ils sont arrivés. Le plus âgé était un garçon de douze ans, et j'étais, à huit ans, la benjamine. C'étaient les enfants des techniciens qui travaillaient dans les bureaux de la plantation et que je n'avais jamais vus au village. Ceux avec qui je jouais, fils et filles d'ouvriers, portaient des vêtements trop grands ou trop petits pour eux et marchaient pieds nus sauf pour aller à la messe. Leur rire, comme leur colère, éclatait et leur échappait de façon inattendue, bruyant et dur. Mais mes camarades de classe parlaient d'une voix douce. Les trois filles cachaient leur bouche quand elles riaient. Les mains des garçons étaient propres. Avec le temps ils ont tous fini par se montrer assez amicaux, mais ils m'attendaient rarement après la sirène de midi quand nous partions manger, et ne me taquinaient jamais comme ils se taquinaient entre eux. Quelquefois, lorsque c'était mon tour de lire à voix haute ou de résoudre un problème au tableau, j'avais la sensation qu'ils pensaient que j'allais faire quelque chose de surprenant et d'affreux, et que c'était cette éventualité qui les maintenait sur leurs gardes et les rendait distants.

Quand j'ai su reconnaître les lettres, j'ai pris l'habitude de les dessiner dans la terre avec un bâton, puis je remplissais les lignes de cailloux et je les éparpillais à coups de pied.

Dans le livre de lecture, il y avait une maison. Je l'ai montrée à Mamá, et j'ai observé son visage tout en posant mon doigt sur les volets des fenêtres, la pente douce du toit, les fleurs plantées autour de la véranda, la lourde porte de bois sculpté.

«Notre maison n'est qu'un trou, lui ai-je dit. Les fenêtres ne sont que des trous, comme nos toilettes.

— Dieu a fait le monde», a-t-elle répondu, impassible.

J'ai dit à Nana que ni elle ni Mamá ne vivaient dans une vraie maison.

«C'est ça que tu apprends à l'école ? m'a-t-elle demandé d'un ton sarcastique.

— Il n'y a que mon autre grand-mère, la Señora, qui vit dans une vraie maison», ai-je insisté.

Nana a allumé sa pipe et elle est allée s'asseoir sur le pas de sa porte. Je l'ai entendue parler à une voisine. À un moment, elle est sortie et elle a dispersé les poules qui grattaient la terre devant sa case. Leurs caquètements ont cessé, mais elle est restée sur le pas de la porte. L'après-midi était chaud et silencieux. Dans la petite pièce où j'avais été chérie, j'étais maintenant abandonnée. Je ne pouvais m'échapper – sa longue silhouette bloquait la porte. Quand elle s'est tournée vers moi, je n'ai pas vu les traits de son visage, mais une forme sombre et menaçante, dont la lumière du soleil dessinait le contour.

« Señora de la Cueva n'est pas ta grand-mère, si ce n'est dans le sens où une poule a un lien avec l'œuf qu'elle a pondu. Elle est à peine plus que cela pour ton père, puisque rien de ce qu'il fait n'a d'importance pour elle. Tout ce que tu as, c'est moi et ta mère. Ne te fatigue pas les méninges avec des histoires de maisons, ce qu'elles sont, ce qu'elles ne sont pas. C'est dommage que tu sois seule, dommage que tu n'aies pas un petit frère ou une petite sœur dont tu t'occuperais. Ça te permettrait de penser à autre chose qu'à toi. »

Elle ne m'avait jamais parlé avec une telle froideur. J'avais peur de la regarder. J'ai baissé la tête. Soudain, elle s'est agenouillée à côté de moi. Elle m'a entourée de ses bras et j'ai éclaté en sanglots. Elle a dit : « Je sais combien c'est difficile pour toi. »

Sept mois plus tard, mon frère, Sebastiano, est né. Il n'a pas vécu assez longtemps pour que je puisse m'occuper de lui et penser à autre chose qu'à l'énigme qui me liait à Beatriz de la Cueva.

*

Une semaine avant la naissance de Sebastiano, la Señora est partie pour un de ses séjours bisannuels à Tres Hermanos, où elle allait habiter pendant un mois la suite qui lui était réservée dans le meilleur hôtel de la capitale. Et le jour de la naissance de Sebastiano, et de sa mort, Papá lui aussi est allé à Tres Hermanos, pour *negocios*, a-t-il expliqué à ma mère.

« Pour affaires », a-t-elle dit, pleine de mépris, peu après son départ vers le poste de pesage où il devait prendre le train de Malagita jusqu'à la grande et unique voie ferrée du pays. « Il n'a pas d'affaires à traiter – il va voir la vieille dans son palace et faire comme s'il n'avait ni femme ni enfant. »

Je m'habillais. Elle m'a caressé les cheveux. « Si tu ne vas pas à l'école, Papá n'en saura rien, m'a-t-elle dit d'une voix cajoleuse.

Accompagne-moi à la *vivienda*. Panchito dit que tu lui manques. *Hijita !* Vraiment – j'ai tellement de mal à bouger. Señora Garcia ne se fâchera pas. *Ay !* Je t'apprendrai une chanson.»

Elle m'a regardée avec de grands yeux apeurés. «D'accord ?» a-t-elle demandé, puis elle a ramassé la tasse de Papá et elle a bu les quelques gouttes de café qu'il y avait laissées. L'eau qui a tout à coup coulé entre ses jambes a bruyamment éclaboussé le sol. Elle a regardé par terre.

«Mon Dieu ! a-t-elle murmuré.

— Je reste avec toi, Mamá ! ai-je crié en me précipitant pour m'asseoir sur mon matelas, la tête sous la couverture.

— Ce sont les eaux, a-t-elle balbutié. Va vite chercher le docteur Baca.»

À travers mes doigts, je l'ai vue tendre les mains vers le plafond en s'étirant si fort qu'elle semblait essayer de s'y accrocher. Les coutures de sa robe se sont déchirées sous ses bras jusqu'à son ventre enflé. Elle s'est jetée sur moi et m'a tirée par les cheveux.

«Tu entends !»

Je me suis arrachée à elle et j'ai couru dehors. Je suis passée au milieu du troupeau de cochons en jurant, j'ai atteint l'autre côté de la place, qui était vide et calme. Le docteur Baca était dans le dispensaire, les deux mains agrippées à la mâchoire osseuse d'une vieille femme à qui il essayait d'ouvrir la bouche de force. La fumée de son cigare, qui se consumait sur une assiette à côté d'une trousse d'instruments, emplissait l'air d'une odeur âcre et puissante. Quand il m'a vue sur le pas de la porte, il a lâché la femme, qui a gémi en tapotant une de ses dents jaunes d'un ongle long et jaune.

«Ma Mamá… ai-je commencé.

— C'est bon. J'arrive, a-t-il dit. Ne reste pas là. Je savais que ça n'allait pas tarder. Va chez ta grand-mère.» Il a baissé les yeux vers sa patiente. «Si tu ne me laisses pas regarder le fond de ta gorge, *Tía*, je ne peux pas savoir ce qui t'étouffe dans ton sommeil», a-t-il ajouté d'une voix morne, plein de lassitude. Elle a ouvert la bouche lentement, mais le docteur s'était déjà détourné et préparait sa trousse. Je suis partie sur la route qui menait du village aux prés où des chèvres paissaient et nourrissaient leurs petits. Je ne voulais pas aller à l'école : avec la vitesse à laquelle les nouvelles se répandaient dans Malagita, les enfants allaient bientôt savoir que ma mère accouchait. Je ne voulais pas qu'on me regarde ce jour-là. Pour une fois, je n'avais pas envie de voir Nana. Je voulais me perdre – n'être plus connue de personne.

C'était début juin, l'époque, à San Pedro, des orages violents. Alors que je marchais dans un bosquet d'amandiers, il y a eu un énorme grondement dans le ciel. Le bruit des premières gouttes de pluie a résonné sur les feuilles, puis un torrent s'est déversé. J'ai couru à travers champs jusqu'à une cabane abandonnée qui s'était écroulée et j'ai rampé dans la moisissure brune tandis que le ciel tonnait et que des insectes tictaquaient sous mes bras et mes jambes dans des paquets de paille mouillée. Je me suis endormie, épuisée de solitude.

Quand je me suis réveillée, une brise humide soufflait. Elle avait un goût sucré et je l'ai avalée comme un fruit. Maintenant le ciel était aussi pâle que le visage de Mamá lorsqu'elle s'était arrêtée de pleurer. Je suis rentrée, passant entre des buissons ruisselants, puis sur la route boueuse. Des oiseaux criaient au milieu des lianes et des arbres en fleurs. Une faim violente me tenaillait, je me suis mise à courir.

Avant même d'arriver à la porte j'ai entendu le tumulte des femmes dans le malheur. Le père Céspedes était là, debout devant notre case, coiffé de son chapeau de prêtre à large bord. Quand il m'a vue, il s'est retourné vers l'intérieur de la pièce en disant quelque chose que je n'ai pas entendu, puis il a tendu les mains vers moi. J'ai jeté un coup d'œil à la dérobée vers ses petits pieds chaussés de bottes noires impeccables boutonnées sur le côté. Lequel des deux était fourchu ? Señora Galdos est apparue derrière lui, le visage couvert de larmes.

«Dieu a repris ton gentil petit frère avec Lui dans les Cieux», a dit le père Céspedes en essayant de poser sa main sur ma tête, mais je me suis tenue hors de sa portée, trop occupée à éviter son contact pour que ce qu'il avait dit parvienne jusqu'à moi. J'ai pensé un instant à retourner à la cabane, mais il n'y avait rien à manger dans ce misérable tas de bois. Et la nuit tombait, vaste et lent déversement d'ombre sur le ciel blafard. Le monde semblait mort.

Tout à coup j'ai compris ce que le prêtre avait dit. À cet instant, señora Galdos l'a contourné, elle m'a pris le bras et m'a tirée à l'intérieur. Un petit cri, *Ay*, s'est élevé du lit de ma mère. Elle était couchée, le ventre dégonflé. Elle avait les paupières closes, soulignées d'une ombre violette. Les femmes qui étaient assises près d'elle m'ont regardée en silence d'un air sombre. Mamá a ouvert les yeux et elle m'a vue.

Quand elle a crié : «Luisita», comme à un signal les femmes se sont mises à gémir. Señora Galdos m'a poussée vers le lit. Mamá a tendu les bras et m'a serrée avec une telle violence que je suis tombée sur elle. J'ai entendu le père Céspedes prier à haute voix, d'un ton irrité, comme pour couvrir leurs pleurs.

«Il faut que tu voies ton frère», s'est écriée señora Galdos. Je me suis dégagée hors des bras de Mamá, qui pesaient sur moi, lourds comme le monde. Quand on m'a conduite devant la table où s'étendait, entre deux cierges allumés, un paquet de linge, elle a sangloté. Une main a soulevé un coin d'étoffe. J'ai vu un visage humain à peine plus grand que la paume de ma main. Sa peau était bleue. Une petite bouche ridée s'ouvrait comme au début d'un mot.

«Que la volonté de Dieu…», a répété le prêtre d'un ton monotone quand je suis partie en courant sur le sentier qui menait au canal. La lourde pluie l'avait arraché à sa léthargie habituelle, de petites vagues frappaient la rive, l'eau était plus sombre que le ciel.

Pendant un moment, je suis restée là, debout sur le bord, rêvant à moitié, m'imaginant cachée sous le lit de la Señora, dans la grande maison. Puis j'ai entrevu un cavalier dans le lointain ; il semblait tirer derrière lui une ligne noire qui séparait la terre et le ciel, aussi droite que celles que señora Garcia traçait sur les morceaux de papier où j'écrivais les mots que je savais épeler. Je me suis retournée vers la maison. J'ai aperçu le père Céspedes qui s'en allait, suivi de quelques femmes. Quand j'ai regardé à l'intérieur de la case, j'ai vu que seule señora Galdos était restée. Abrutie par la faim, j'ai pris le pain qu'elle me tendait et je l'ai mangé si vite que je me suis étouffée. Mamá était calme ; elle semblait dormir. Quand la dernière lueur cendrée a disparu du ciel, un vent léger s'est levé et les flammes des cierges ont vacillé au-dessus du bébé mort allongé sur la table.

Je me suis endormie, mais réveillée souvent. Pendant ces brefs instants de conscience, je voyais señora Galdos assoupie sur une chaise, ou parlant à Mamá d'une voix douce. À un moment je les ai entendues échanger des paroles étranges. « Non, mais est-ce que tu te rends compte ! s'est exclamée señora Galdos. Pense à ce à quoi il a renoncé pour toi ! De quoi manger tous les jours à sa faim. De si beaux meubles ! Une vie de roi ! Tu portes une lourde responsabilité.

— Laquelle ? a demandé Mamá d'une voix faible.

— Tu dois découvrir ce qu'il a en tête, a répondu señora Galdos.

— Pourquoi est-ce qu'il n'est pas là ? s'est plainte Mamá.

— Baca l'a fait prévenir.

— Sebastiano, a murmuré Mamá. Au moins, il a été baptisé. Luisa, au moins, est baptisée. Orlando l'aurait peut-être empêché.

— Tu en auras un autre.

— Dieu m'en garde », a dit Mamá.

Mon frère a été enterré le lendemain. Le ciel était bleu électrique bien qu'à l'est quelques nuages eussent déjà commencé de se rassembler. La boîte où était couché Sebastiano était très petite, et le trou dans la terre peu profond. À l'autre bout du cimetière s'élevaient les arcs de fer forgé de la grille qui entourait la tombe en marbre d'Antonio de la Cueva et la silhouette aux longues ailes qui la surplombait, comme sur le point de sauter à terre.

Beaucoup d'habitants de Malagita étaient venus au cimetière. J'ai entendu un homme raconter que le prêtre avait demandé une somme exorbitante pour le service funéraire parce qu'il s'agissait d'un enfant de la famille de la Cueva, et que celui-ci n'était pas un bâtard, comme la précédente. À cet instant, señora Garcia s'est penchée vers moi pour m'embrasser et je n'ai pas pu voir qui avait dit ça. Alors que la cérémonie tirait lentement à sa fin, j'ai aperçu Papá et le docteur Baca derrière les autres. Les gens regardaient mon père avec une telle curiosité que leurs visages semblaient nus.

Le cercueil a été recouvert de terre. Le ciel se remplissait de nuages et l'air de l'humidité due à la chaleur du matin et à la pluie qui arrivait. Quand les gens me prenaient dans leurs bras, qu'ils me soulevaient et me tenaient contre eux, j'étouffais et je me sentais gênée. Mamá vacillait derrière moi, puis elle est tombée contre señora Galdos et a enfoui sa tête dans ses mains. Une jeune femme qui portait un bébé endormi a dit : « Cette Rafaela n'a pas de cœur. »

L'après-midi, je suis partie chez Nana – personne ne m'a demandé où j'allais. J'étais oubliée.

« Est-ce que tu ne parleras plus jamais à Mamá ? ai-je voulu savoir.

— Plus jamais », a-t-elle répondu, mais il y avait dans sa voix une note incertaine que je ne connaissais pas. Elle m'a contemplée un instant. « Tu es dégoûtante. Elle ne t'a pas lavée ?

— Elle était trop…

— Ne me parle pas de chagrin », a dit Nana.

Elle a fait chauffer de l'eau pour me donner un bain. « Enlève tes vêtements sales », a-t-elle dit. Pendant qu'elle sortait le vieux baquet de fer-blanc et qu'elle le remplissait, j'ai senti en elle quelque chose de brutal et de froid. J'étais trop grande maintenant pour le tub, je devais m'y asseoir sur les talons. La journée était sombre. De l'autre côté de la porte, la lumière restait terne. Bientôt la pluie allait changer la terre en boue sur la tombe de mon frère. J'ai pensé à la boîte de bois fermée, aux créatures qui fouissaient tout autour. J'ai pensé au ciel gris, épais, mort. À quoi servait d'avoir appris à lire ? Tout était absurde, prendre un bain, avoir mes cheveux enroulés en papillotes sur des bouts de papier marron, me promener après l'orage sur la place avec Nana.

Des gouttes d'eau m'ont éclaboussé le visage, les larmes de Nana.

« Pauvre bébé », a-t-elle murmuré. Elle s'est penchée vers moi, ses bras plongés dans l'eau m'ont agrippée, et nous sommes restées enlacées comme ça jusqu'à ce que l'eau refroidisse. Puis elle s'est rassise sur le sol de terre battue et elle m'a regardée d'un air grave. Lentement, un sourire a effleuré ses lèvres.

« Est-ce que tu es sans cœur ? » lui ai-je demandé.

Elle a réfléchi un moment. « Oui. Je crois. Un peu », a-t-elle répondu.

Elle m'a renvoyée à la maison plus tôt que d'habitude. En traversant la place, j'ai reconnu des hommes que j'avais vus le matin au cimetière, et je me suis demandé si la sombre animation avec laquelle ils parlaient avait quelque chose à voir avec la mort de mon frère.

Mamá était assise sur son tabouret près de la porte, elle tenait à la main sa carte de Jésus, où trois gouttes de sang coulaient d'un cœur soyeux. Elle m'a souri doucement, absente. À un mètre d'elle, mon père s'appuyait contre le mur, les chevilles croisées, la tête penchée de côté comme pour écouter ma mère respirer.

Nous avons mangé la soupe de pommes de terre, haricots et porc que señora Nuñez nous avait préparée. Le silence de mes parents à table semblait vide de problème et d'émotion ; seuls résonnaient les bruits humbles que l'on fait en mangeant.

Juste avant que je m'endorme, Mamá s'est agenouillée près de mon matelas. Elle s'est tenu la poitrine pour se pencher vers moi et a dit qu'elle demanderait à une *curandera* de quoi tarir son lait. Elle parlait d'une voix paisible, confiante, et elle m'a pris les mains, les a pressées contre la peau tendue de ses seins. J'ai sombré et j'ai tout oublié, jusqu'à ce que la voix de Papá me réveille dans la nuit noire, sans lune.

Je l'ai entendu dire que le président de San Pedro s'était enfui en France, emportant avec lui le trésor du pays, de l'argent réuni grâce aux actes criminels qu'il avait commis tout au long des années. Des hommes armés arpentaient les rues de Tres Hermanos. Pendant qu'elle roulait sur la route de Cristobal, qui menait de la capitale à la mer, des hommes avaient lancé des pierres sur la limousine de la Señora et elle allait rentrer à Malagita dès qu'on pourrait réunir suffisamment de soldats pour escorter son train privé.

J'ai vu quelque chose bouger, la nuit s'est épaissie et j'ai pensé que Papá s'asseyait. Sa voix est montée, s'est animée.

«Ils appellent ça une révolution, a-t-il dit. Ça finira par une nouvelle mort de ce pays – nous ne resterons pas ici pour y assister.

— Où irons-nous ? a demandé Mamá, inquiète.

— Aux États-Unis», a-t-il dit. Ma mère a eu un hoquet. J'ai entendu le bruit mou de mon père qui retombait sur le lit. Leurs voix se sont assourdies. J'ai senti la peur m'envahir, comme si quelqu'un qui me tenait au-dessus du canal m'avait lâchée d'une main.

Quelques jours plus tard, Mamá est retournée travailler dans la cuisine de la *vivienda*. Je l'ai regardée le premier matin marcher vers la passerelle, tête basse. Il y avait du malheur, une lourdeur dans son corps. Je me suis demandé si elle pensait à Sebastiano, une présence, un nom, qui avait voltigé si brièvement entre deux zones de ténèbres. Elle était tranquille, presque calme, depuis l'enterrement, avait à peine parlé. J'aurais aimé provoquer en elle une tristesse aussi grave. Je me sentais seule, sans amis, je ne voulais plus retourner à l'école.

92

Ce n'était pas que les enfants ne fussent pas gentils. Ils m'appelaient Luisita, et je connaissais assez bien Marina Lopez, fille d'un employé administratif de la plantation qui faisait aussi office de photographe du village, pour passer un après-midi avec elle de temps à autre. Mais il y avait une distance entre eux et moi ; elle venait de mon histoire, particulière, anormale, et qui ne pouvait sombrer dans le passé car elle n'était pas seulement la mienne mais aussi celle de la Señora. Ces derniers temps, je m'étais mise à penser que la façon solennelle dont les adultes me traitaient n'était qu'hypocrisie, que je ne leur servais en fait qu'à leur rappeler qu'ils étaient des gens bien.

Le dimanche, si je rencontrais des enfants en route vers la chapelle, ils me regardaient, l'air grave, important et, sentais-je, avec une note de pitié. Dans ces moments-là, je prenais cons-cience de n'être pas plus acceptable à leurs yeux que le fils du jardinier en chef que personne ne laissait entrer dans sa case car il pissait quand il en avait envie, dedans comme dehors. J'avais entendu Panchito parler de lui avec le cuisinier. Ce dernier disait que ce n'était que parce que le jardinier faisait si bien son travail que la Señora le gardait à son service. Panchito avait lancé que les gens de Malagita avaient plus souvent vu la bite du fils du jardinier que la vraie croix. Ils avaient ri de ce rire dur que provoquaient chez les hommes, commençais-je à apprendre, les différences anatomiques qui existaient entre les femmes et eux.

Les trois soldats qui avaient escorté le train de la Señora traî-naient sur la place en fumant des cigarettes et se parlaient en criant, comme s'ils avaient été à des kilomètres les uns des autres et non vautrés sur le même banc. Les gens de Malagita ne les approchaient pas. Un jour ils ont disparu, et on ne les a plus jamais revus.

Quand je n'avais rien d'autre à faire après l'école, je jouais dans les jardins de la *vivienda*. Chaque fois qu'il emmenait la Señora faire un tour en fauteuil roulant, Brake me prévenait, afin que je reste hors de sa vue. J'avais trouvé des cachettes d'où j'espionnais les enfants de la Française, que Mamá avait appelés mes cousins. Je les observais à distance, les haïssais de loin. Ils ressemblaient aux enfants que l'on voyait sur les images des livres d'école. Petit à petit, l'intérêt que je leur portais a diminué, puis il s'est envolé, même si le fait de croire qu'ils ne connaissaient rien de mon existence continuait à me donner un sentiment de triomphe.

Ma mère n'avait plus rien à me montrer dans la cuisine. Je commençais à éprouver du mépris pour les domestiques, y compris Panchito, esclaves des sonneries qui les appelaient, du scintillement des petits carrés numérotés dans la boîte noire fixée au mur qui les faisait sursauter, courir et se bousculer en criant, affolés.

Loin de la *vivienda*, de ses jardins et de la vie fébrile des domestiques, le village attendait que le moulin s'éveille. Une nuit, je suis allée attraper les grands insectes porteurs de lumière. Je les faisais tomber des branches des arbres pour les mettre dans un pot que Mamá m'avait donné. Quand j'en ai eu cinq, j'ai soulevé le bocal et la lueur jaune m'a révélé la terre nocturne, la planche où poussaient les ignames et le sentier qui la contournait, conduisant aux tinettes. Tout à coup des cris et des glapissements ont éclaté quelque part dans le village. Je suis rentrée en courant. Mamá a relevé les yeux de ses genoux où de minuscules cercles de fil ivoire crocheté reposaient comme une poignée de pétales de fleurs. «Les hommes se battent, a-t-elle dit d'un ton résigné. Ils n'ont rien d'autre à faire.»

La nuit suivante, j'ai été réveillée par un lointain roulement de tambour. C'était un bruit stupide, mais les silences qui ponctuaient l'ennuyeux martèlement étaient puissants. Je savais que des femmes du village allaient dans une petite forêt à un ou deux kilomètres de Malagita, où une mousse épaisse pendait des arbres, et qu'elles y faisaient de la sorcellerie.

Le village est tombé malade, comme quelqu'un qui a de la fièvre et qui parfois délire et parfois sombre dans l'hébétude. Les chiens prenaient des coups et les enfants se tenaient à distance des hommes. Un jour, au moment où je sortais de l'école avec Marina, un garçon est arrivé sur la route en criant qu'une troupe de chouettes effraies s'était nichée dans un arbre près de la mare. Nana m'avait dit que ces chouettes buvaient l'huile sainte des lampes consacrées, dans les églises. Nous avons tous couru les voir, rejoints en route par d'autres enfants.

Les oiseaux se serraient sur les branches. Un garçon leur a jeté une pierre. Puis d'autres l'ont imité. Une chouette a été touchée et elle est tombée dans l'eau paisible où, toujours bombardée, elle a tourné en rond. Ses congénères paraissaient stupéfaites ; elles ne se sont pas envolées, elles sont restées à leur place, immobiles.

Deux cases situées à l'extérieur du village ont été incendiées et une vieille femme est morte dans les flammes. Pendant quelques jours, suivi à distance respectable par le gardien de prison et son chien, un policier, qui avait été envoyé de San Isidro, a interrogé différentes familles afin de trouver un responsable. Le coupable n'a pas été découvert.

« Les gens de la campagne restent muets », a commenté mon père.

Mamá n'a pas répondu.

« Bien sûr, c'est plus facile de ne rien savoir, de ne pas penser. Comme toi…

— *Ave Maria*…, a murmuré Mamá.

— Pour moi, lorsque j'y réfléchis, ce monde est un enfer. Pour toi, seul le moment présent existe. Pourquoi est-ce que tu ne nous chantes pas une de tes merveilleuses chansons d'amour ?

— Fiche-moi la paix, Orlando ! »

La pâleur du visage de mon père à cet instant était comme la blancheur des rayons de soleil reflétés sur le canal.

J'aurais voulu être Marina Lopez ou la fille de señora Garcia qui avait été envoyée dans une école religieuse de la capitale. J'avais mangé à la *vivienda* de la nourriture dont les enfants de Malagita n'auraient même pas rêvé et notre case était remplie de plus d'objets que je n'en avais vu dans aucune autre – prendre des choses dans la maison de sa mère et nous les apporter semblait amuser Papá –, pourtant j'aurais voulu être n'importe qui sauf moi.

Un soir, en jetant un coup d'œil par la porte, j'ai vu une silhouette monstrueuse, ailée et déformée, se diriger vers notre case. C'était Papá, avec, sur son dos, un des grands fauteuils à bascule en osier qui meublaient la véranda aux dalles de marbre. Quand il l'a posé sur notre sol de terre battue, un tas de vêtements d'enfant doux et soyeux en est tombé.

« Elle les mettra pour aller à l'école, a-t-il dit. Elle ressemble à une bohémienne. »

Devant les smocks, les cols de dentelle et les belles étoffes, Mamá a poussé des soupirs et de petits cris d'admiration.

« Ma généreuse belle-sœur, a-t-il dit d'un ton ironique, allait les jeter. »

Le lendemain, à l'école, les filles m'ont entourée et ont touché le tissu de ma robe en roucoulant comme des colombes – que c'est joli ! – mais elles ne m'ont pas demandé d'où ça venait, et je ne leur ai pas dit. Les garçons me regardaient du coin de l'œil. J'avais l'impression d'être faite de miel.

Je me suis arrêtée chez Nana. Elle m'a conduite à la porte, dans la lumière. « Une nouvelle plaisanterie d'Orlando de la Cueva », a-t-elle dit. Sa main s'est avancée vers la broderie qui ornait le haut de la robe et l'a effleurée comme un oisillon en train de sautiller. Je me suis reculée, pensant qu'elle voulait la déchirer. Mais elle a laissé retomber son bras. Elle a secoué la tête et dit d'une voix douce : « Pourquoi pas, après tout ?

— Papá m'a acheté trois robes, ai-je dit. Et avant il m'avait déjà donné deux livres, écrits en anglais.

— N'oublie pas que ce sont les Anglais qui ont amené les esclaves.

— De la part de mes cousins, ai-je dit.

— Non, a-t-elle répondu d'un ton ferme.

« — Bon d'accord, ai-je reconnu. Mais avant les robes et les livres étaient à eux et maintenant ils sont à moi.

— Ton grand-père savait lire. Mais il a renoncé à tout cela quand les de la Cueva ont fondu sur lui comme des vautours.

— D'où venait mon grand-père ?

— De là d'où nous venons tous, a-t-elle répondu. De Séville et d'Afrique. »

Je ne suis pas rentrée directement cet après-midi-là, j'ai erré dans le village, les plis de ma robe doux contre mes genoux. Je suis passée devant la maison de señora Garcia. Son mari, qui, disait-on, avait fait du droit et travaillait dans le bureau de señor Calderío, se tenait sous un arbre aux feuilles rouges comme des flammes. Il y avait à côté de lui un tabouret où était posée une boîte carrée blanche qu'il fixait si intensément – les mains jointes comme pour une prière, le menton sur le bout de ses doigts – qu'il ne m'a pas vue le regarder de la route. Un tube noir sortait de la boîte, s'élargissait en une énorme oreille qui semblait écouter sa prière. Puis il a traîné le tabouret et la boîte plus loin. Il a eu l'air de trouver ça mieux. Il s'est balancé en arrière avec un sourire, m'a aperçue et m'a fait signe. « Viens voir le gramophone, Luisa », m'a-t-il crié.

Je suis sortie d'un bond de la lumière aqueuse du soleil, j'ai traversé un étroit caniveau où l'eau fumeuse de la pluie de l'après-midi coulait encore, et je me suis avancée dans l'ombre longue de la maison des Garcia, qui était aussi solide que le dispensaire, une vraie maison, pas une case, avec à la fois des grilles et des volets aux fenêtres. La porte d'entrée s'est ouverte et señora Garcia a marché vers nous dans une allée dessinée avec netteté, laissant ses mains traîner sur les buissons en fleurs qui la bordaient. Les Garcia n'avaient ni poulets pour gratter la poussière, ni cochons pour retourner la terre.

Señor Garcia nous a expliqué comment le gramophone marchait. J'ai à peine écouté. Je regardais, à la dérobée, ma robe jaune, en me disant que c'était grâce à elle que j'étais là, près de

97

mon institutrice et de son mari, souriant avec eux, tandis qu'au-dessus de nous les feuilles étroites et rouges de l'arbre bruissaient dans cet air particulièrement doux qui suit toujours la pluie. Señor Garcia a soigneusement fait descendre le bras épais qui était relié à un coin de la boîte, jusqu'à ce que sa pointe minuscule touche le bord d'un cercle plat, noir, avec des sillons. J'ai immédiatement entendu le murmure monotone et le crépitement des maracas, le roulement d'un tambour et le filet de voix aigu et pénétrant comme un bruit de moustique qui chantait une chanson que Panchito m'avait chantée un après-midi dans le jardin de la *vivienda* quelques semaines plus tôt. Les Garcia ont ri, insouciants, heureux. Nous aurions aussi bien pu être tous les trois des enfants. Moi aussi je me suis mise à rire et à me balancer en musique, un pas en avant et un pas en arrière, comme Panchito me l'avait appris.

Le rire de señora Garcia s'est brusquement interrompu. Elle m'a attrapée par les épaules et immobilisée en me pressant si fort contre elle que j'ai senti les os de ses hanches. Elle s'est penchée vers moi.

«Ne fais pas ça! Ne remue pas le derrière comme ça!» m'a-t-elle dit à l'oreille. Elle a posé un doigt sur ses lèvres pour m'avertir qu'il ne fallait pas lui poser de question. Señor Garcia tapait des mains en rythme. Je me suis écartée d'eux. La bouche de señora Garcia s'est ouverte mais s'est refermée tout de suite, comme si elle avait changé d'avis sur ce qu'elle allait dire. Plutôt que de parler, elle a hoché la tête, comme en accord avec elle-même, et s'est tournée en souriant vers son mari, qui était courbé au-dessus du gramophone, une main en cornet derrière sa grande oreille pâle.

Je suis retournée sur la route. Les longs rayons lumineux de la fin de la journée tombaient sur le village. Dans les arbres, des oiseaux s'élevaient et plongeaient, affairés et bruyants à cette heure-là. Au bout d'un moment j'ai lentement pris le chemin du retour. Quand Enano est passé à côté de moi de son pas traînant, qu'il m'a saluée d'un grognement et qu'il s'est tourné vers moi pour que je touche sa bosse, je lui ai crié de s'en aller, puis, devant l'expression déconcertée de son grand visage triste, je me suis enfuie. La honte vague que j'avais ressentie lorsque j'avais attendu sur la route en espérant que les Garcia me rappelleraient s'intensifiait à chacun de mes pas.

À la maison, je suis allée m'asseoir sur mon matelas, me suis recroquevillée contre le mur. Un puissant rayon jaune du soleil couchant s'est glissé par la porte et a éclairé le sol. J'aurais voulu qu'il fasse nuit, être endormie.

Qu'avais-je fait ? Je ne pensais pas que Mamá puisse me l'expliquer, mais quand elle est rentrée je lui ai raconté ce qui s'était passé chez les Garcia. Pendant que je parlais, elle a mis le couvert. Elle a observé en grommelant, mécontente, le contenu du saladier qu'elle avait apporté de la *vivienda*. Tout d'un coup, elle s'est assise par terre et elle a enlevé ses chaussures, étiré ses courtes jambes rondes. « Mes genoux ont cent ans de plus que moi, a-t-elle dit.

— Mamá ! » ai-je crié.

Elle a relevé les yeux, le regard enfin sur moi.

« Il faut que tu fasses attention maintenant », a-t-elle dit en se remettant debout. Elle s'est déshabillée et a enfilé la vieille robe déchirée qu'elle portait à la maison. « Tu vas bientôt avoir neuf ans. »

J'ai couru dehors et battu des bras pour effrayer les pintades qui se sont enfuies en éparpillant autour d'elles des pétales de jasmin. Mamá m'a appelée.

« Tu ne dois plus laisser Panchito te toucher. Tu comprends ? »

Je me suis rappelé l'après-midi où Panchito m'avait appris quelques pas de danse. Nous étions à côté d'un grand massif de fleurs mauves d'où pendaient des langues jaunes et collantes. Il m'avait pris les mains et me chantait la chanson que señor Garcia avait jouée sur son gramophone. Son corps rond et doux semblait près de se dissoudre tandis qu'il sautillait et se balançait en m'invitant à le suivre. Ursula Vargas était sortie de la cuisine. Elle avait crié son nom d'une voix sèche et il s'était dirigé vers elle sans un regard pour moi.

Soudain, comme si je saisissais le sens d'un mot qui jusqu'à cet instant d'illumination était resté une simple association de lettres, j'ai su à quoi je devais faire attention, et j'ai compris pourquoi señora Garcia avait froidement interrompu ma danse.

«Mange!» a dit Mamá. J'ai secoué la tête. Elle m'a lancé un regard curieux. Elle s'est levée, s'est approchée de moi et m'a caressé les cheveux. «Entre les hommes et les femmes...», a-t-elle commencé. J'ai repoussé sa main. Elle a eu l'air vaguement mal à l'aise puis elle a haussé les épaules et m'a laissée tranquille.

Dès que je me suis allongée sur mon matelas, je me suis endormie. Mais la journée n'était pas terminée. Des heures plus tard, Papá m'a réveillée. Les insectes vrombissaient dans la nuit, un bruit de scie qui ressemblait à une imitation du mécanisme du moulin qu'un gramophone aurait jouée tout bas.

Il y avait sur la table une planche couverte de cases noires et blanches où étaient posées des figurines sculptées, noires et blanches elles aussi.

«Je vais t'apprendre à jouer aux échecs, a-t-il dit.

— Laisse-la dormir, a protesté ma mère de son lit.

— Fais attention, m'a ordonné mon père sans tenir compte d'elle. Ces figurines s'appellent des pièces. Maures et chrétiens, comme haricots et riz.»

Longtemps plus tard, le bras rougi par les tapes que Papá m'avait données chaque fois que j'oubliais la marche du cavalier et la main agrippée à un fou chrétien, j'ai posé ma tête sur l'échiquier et il m'a autorisée à aller me coucher.

Jour après jour, dès que Mamá avait fini de débarrasser la table, nous jouions aux échecs. Un soir, j'ai couru jusqu'à la case de Nana, après m'être faufilée derrière Papá pendant qu'il installait les pièces. À l'exception d'une lumière vacillante qui jetait ici ou là sur la terre rouge une lueur jaune comme celle des lucioles, les rues du village étaient sombres.

J'ai réveillé Nana.

«J'ai peur», ai-je dit en me mettant à pleurer.

J'ai dormi dans son lit et chaque fois que je me suis réveillée, elle me tenait dans ses bras. Je sentais l'odeur de ses cheveux et de sa peau. Du bout du doigt, j'ai tracé sur son épaule la marche du cavalier.

Pendant que le soleil se levait, Nana m'a pelé une orange. Elle m'a donné un bol de café au lait et m'a regardée boire avec une attention qui m'a rassurée.

Lorsque je suis repassée à la maison, Mamá était partie. Papá dormait, un rayon de soleil sur la figure. Pendant un instant j'ai observé les délicats frémissements de ses paupières. Puis je me suis habillée sans le réveiller et j'ai pris le chemin de l'école.

Papá n'est rentré ni ce soir-là, ni aucun autre des trois semaines qui ont suivi. L'échiquier a disparu comme les soldats qui avaient escorté le train de la Señora. Mais j'ai senti pendant des années entre mes doigts la forme des pièces noires et blanches qui semblaient se déplacer d'elles-mêmes comme une armée qui s'avançait dans mes pensées.

*

Quand Papá est enfin revenu, il apportait des nouvelles de la capitale. Il a dit à Mamá que des émeutes avaient éclaté. Et nous avions un nouveau président, si âgé qu'il faudrait probablement le porter jusqu'au palais comme un plat d'os. Ensuite, le sous-officier noir Galda couperait quelques têtes et installerait son gros derrière dans ce même palais.

«Et ça va continuer comme ça éternellement, a dit Papá. Frico-tage en uniforme.

— Qu'est-ce que ça change pour nous?» a demandé Mamá en haussant les épaules comme pour répondre elle-même à sa question. Elle est partie dans la cuisine et je l'ai suivie. Elle a touillé la bouillie de maïs. Le vieux pêcheur lui avait donné un poisson et elle a commencé à m'expliquer comment elle allait le préparer et comme ce serait bon avec la bouillie de maïs. Mon père s'est approché.

« Vous méritez Galda ! a-t-il crié. Tous tant que vous êtes !

— Tous tant que nous sommes ! s'est exclamée Mamá. C'est malin de dire ça ! Qu'est-ce que tu veux que je fasse ?

— Tu pourrais apprendre quelque chose. »

Mamá a pris un morceau de poisson et l'a jeté dans la graisse chaude.

« J'ai appris à faire vivre trois personnes », a-t-elle dit d'une voix forte en secouant la poêle pour retourner le poisson.

Le bruit du rire rauque de Papá a couvert celui des explosions de gras.

« Et de quoi crois-tu que les gens ont besoin pour vivre dans ce jardin d'Éden ? s'est-il moqué. Il y a des fruits sur les arbres, des toits de palmes pour s'abriter, des cochons pour le Nouvel An et le climat est si doux que sans la lubricité catholique nous pourrions marcher nus. »

Mamá a posé le poisson frit sur la bouillie de maïs. À l'aide d'un chiffon, elle a pris la marmite et l'a mise à côté de la cuisinière, le visage moite. Elle s'est dirigée vers la case d'un pas vif. J'ai couru derrière elle en espérant que Papá partirait voir le docteur Baca. Quelques minutes plus tard, il nous a rejointes.

« Les pieds de ta fille sont presque fichus à force de mettre des chaussures trop petites depuis longtemps, a dit Mamá en remplissant mon assiette. La robe que je porte pour aller à la messe n'a pas un centimètre qui ne soit raccommodé. »

Comme s'il ne l'avait pas entendue, Papá a parlé du pays et de la politique, un sujet qui ne m'intéressait pas – qui allait diriger San Pedro maintenant, ce que voulaient et allaient obtenir les propriétaires des plantations, ce que les métayers pouvaient faire, et comment les gens des campagnes, les *guajiros*, qui étaient allés à la ville au nom de la révolution étaient devenus des pillards qui volaient des gens encore plus pauvres qu'eux.

102

«Tu n'écoutes pas, a-t-il dit.

— Tu ne parles comme ça que pour me faire sentir mon ignorance. C'est ce que font les hommes. Finalement, tu es comme
les autres.»

Il l'a regardée attentivement. «Tu pensais que j'étais différent ?»

Elle a rougi et s'est mise à manger à toute vitesse, comme si
elle ne voulait qu'une chose, se remplir.

«Je me suis renseigné sur le voyage pour les États-Unis», a-
t-il dit. Cette fois Mamá a posé sa fourchette.

Elle a levé vers lui son visage crispé en me prenant la main.
J'ai essayé de me dégager. Elle me tenait bien, j'ai pensé qu'elle
allait peut-être me hisser sur la table.

«Arrête, Fefita, a averti mon père. Pas de larmes. Tu croyais,
quand je t'en ai parlé, que c'était pour m'amuser ? Tu imagines
que je vais passer ici le restant de mes jours ? Avec pour seule
compagnie ce sombre idiot de Baca ? Ou à boire du thé avec ma
mère qui a inventé sa folie pour s'épargner de penser à quoi que
ce soit d'autre qu'à son domaine de Malagita, qui continue,
quand je vais la voir, à faire comme si je venais de la capitale et
ne veut pas savoir que j'habite à quelques centaines de mètres
d'elle, dans cette *casucha*…» Il a regardé fixement chaque mur
comme s'il racontait une version silencieuse du chemin de croix.
Mamá a eu un grand sanglot, Papá s'est levé, s'est élancé dehors.

Elle se tenait le visage à deux mains, des larmes coulaient entre
ses doigts.

«Comment est-ce que nous allons aller là-bas ?» ai-je
demandé. Elle n'a fait que sangloter encore plus bruyamment.
J'ai répété ma question. Elle a relevé la tête. «Où ?

— Aux États-Unis.

— *Hija*, nous volerons comme des sorcières, à mon avis. Elle
a regardé l'assiette de nourriture que mon père avait à peine
touchée. Tu peux te débrouiller toute seule maintenant, non ?
m'a-t-elle demandé avec un sourire humide, désespéré.

— Où est-ce ? Où est cet endroit ?

— Tout le monde le sait», a-t-elle murmuré. Elle s'est levée, est allée à la porte. «Là-bas, a-t-elle dit. Partout.»

J'ai ressenti pour elle une affection soudaine. Je l'ai rejointe. Elle a posé son bras chaud sur mes épaules et nous avons contemplé la nuit ensemble.

La lune éclairait une charrette cassée abandonnée de l'autre côté de la route. Chacune de ses planches était bordée d'argent et sa longue barre pointue frémissait comme de l'eau. Une douce tiédeur se dégageait des arbres aux troncs renflés. Les bosquets de bambous et les buissons en fleurs étaient couleur de cendre, seules leurs formes les distinguaient les uns des autres. Un coq a chanté, un autre lui a répondu au loin d'une voix faible. Le silence s'est approfondi puis a été brisé par le braiment rapide et étranglé d'un âne.

Nana m'avait raconté une histoire : le diable avait annoncé un jour qu'il était las des quadrupèdes et allait tous les tuer. Quand son tour était arrivé, l'âne avait hurlé de terreur : «Pas moi! Pas moi! Pas moi!» Et bien que le diable eût tellement aimé sa voix qu'il avait promis de l'épargner, l'âne continuait de crier.

«Qu'est-ce qui va nous arriver?» a demandé ma mère d'une voix douce. Je savais qu'elle n'attendait pas de réponse.

Mon père est rentré le lendemain soir mais il n'a pas reparlé des États-Unis. J'étais maintenant persuadée que nous allions partir. Ce que cela voulait dire, je n'en savais rien, si ce n'est que les mouvements ordinaires et les gestes habituels cachaient une immense incertitude. Alors que c'était nous qui nous en allions, le village semblait reculer jusqu'à ne plus être qu'un lieu très éloigné, beaucoup moins réel que la tour de la vieille forteresse sur la montagne. J'avais l'impression de voir à travers les cases, la classe, les murs incrustés de croix de la chapelle, comme si tout était fait d'une matière transparente, inconsistante. Je disais au revoir en silence, jour après jour.

C'était la fin du mois de novembre et de la saison des pluies. Bientôt il n'y aurait plus de ces matins humides qui sentaient la grenouille et la feuille mouillée. La récolte commencerait ; les hommes désœuvrés retourneraient au moulin s'occuper des broyeuses et des chaudrons où la canne se transformait en sucre roux, une fois de plus la fumée noire se déverserait des cheminées, assombrirait les cieux de Malagita.

Juste avant le début de la résurrection annuelle, un miracle est arrivé. Un cyclone s'est détourné au moment où il allait frapper l'île de plein fouet. De grandes vagues ont déferlé sur nos rivages. L'eau du canal est montée à quelques dizaines de centimètres de la passerelle. Les vents ont éparpillé les animaux à travers le village. Quand ils se sont calmés, des chèvres broutaient dans le cimetière et des cochons fouissaient la terre du square. Quelques poules emportées sur des branches de palmiers se sont retrouvées empalées sur les pointes acérées de leurs feuilles. Mais il n'y a pas eu de raz-de-marée comme sur d'autres îles des Caraïbes où s'étaient noyés des centaines d'habitants. À Malagita, personne n'a été blessé, seuls quelques bâtiments se sont retrouvés endommagés.

Beatriz de la Cueva a fait planter une rangée de poteaux autour de la *plazuela* et de la tour de l'horloge et on y a accroché des lampes électriques. Mamá m'a expliqué que c'était parce qu'elle était reconnaissante à Dieu d'avoir épargné San Pedro des horreurs du cyclone. Nana a dit que ce n'était pas de la reconnaissance – la Señora était incapable d'un tel sentiment –, mais une manœuvre destinée à détourner l'attention des ouvriers de ce qui se passait dans la capitale en leur offrant quelque chose d'inutile. Pour une fois, j'ai eu l'impression que Nana disait des bêtises.

Un soir, nous sommes allées, Mamá et moi, voir les lumières. Au milieu d'un groupe de gens qui se promenaient en parlant avec animation, j'ai aperçu señor Garcia les yeux levés vers les lampes électriques qui pendaient des poteaux comme des poches d'œufs géantes, semblables à celles que j'avais vues accrochées aux queues des cafards dont Mamá n'arrivait pas à débarrasser notre cuisine à la saison des pluies. Éclairées par-dessous, les grandes frondaisons des palmiers royaux avaient la même couleur que la chair des ananas. La lumière tombait sur la grille du square, sur mes pieds nus et les chaussures noires que Mamá portait pour aller travailler.

« Oh, la science… la science… », a murmuré respectueusement señor Garcia en passant près de nous.

Oh, Beatriz de la Cueva, ai-je pensé.

« Quelle bénédiction ! » s'est exclamée señora Galdos en me serrant contre elle avec passion, comme d'habitude. Elle était enceinte et son énorme ventre semblait la tirer en avant comme une bête attelée. J'ai eu l'impression d'entendre le bébé murmurer qu'elle était beaucoup trop vieille pour porter un enfant, comme certaines femmes du village le disaient en riant derrière elle.

Une plus grande merveille nous attendait. Peu de temps après, la Señora a fait venir un film de la capitale et organisé une projection dans le village. Mamá, pourtant séduite par les lampes électriques, alors qu'elle était habituée depuis longtemps à l'électricité de la *vivienda*, ne s'est pas montrée intéressée par la séance de cinéma. Papá lui a fait remarquer, plein de mépris, qu'elle ne savait même pas ce que c'était qu'un film et elle a répliqué que c'était une raison suffisante pour s'en passer. Il a décidé que dans ce cas il m'y emmènerait.

« Tu viens de te dévoiler, lui a-t-il dit. Une démonstration parfaite d'un manque de curiosité typiquement paysan.

— Allez-y donc ! a crié Mamá. Et amusez-vous bien ! Je suis trop fatiguée, espèce de brute ! Les caprices de ta mère nous détruisent ! Je veux dormir, me reposer… » Elle s'est laissée tomber lourdement sur le lit et nous a tourné le dos.

Le bâtiment en bois où le film devait être montré se trouvait près de la tour de l'horloge. On voyait par ses fenêtres une longue pièce nue qui semblait ne pas servir souvent. Les poules qui s'y promenaient parfois avaient couvert le sol de fientes vertes.

Pour la soirée de projection, on a lavé par terre. Et installé des rangées de petites chaises en bois qui s'ouvraient comme des ciseaux. Me retrouver assise à côté de mon père lors d'un tel événement me mettait dans un état de douloureuse excitation. L'air était chargé de fumée de tabac, bruyant de voix ; les villageois étaient agités, comme en proie à une immense joie.

Un petit balcon s'avançait au-dessus de nos têtes contre le mur du fond. Il était vide. Puis, juste avant le début du film, mes deux cousins et leur mère sont venus s'y asseoir, leurs têtes blondes prises dans un halo de lumière jaune qui se déversait du plafond par un trou rond. Les lèvres serrées, Papá leur a jeté un coup d'œil entendu et ironique.

La salle a été plongée dans le noir et quelques secondes plus tard, sur le mur nu auquel nous faisions face, des mots ont surgi puis disparu. Le public a poussé un soupir de surprise, c'étaient maintenant des êtres humains qui apparaissaient devant nous, souriaient ou remuaient la bouche en silence, mais vivement. Ils se sont assis à une table devant de la nourriture. Les trois enfants ont baissé la tête, le jeune homme au visage plein a dit quelque chose que l'on n'entendait pas et la jeune femme a joint les mains comme pour prier.

L'histoire était presque incompréhensible. Les scènes, coupées les unes des autres par des phrases en anglais que Papá me lisait à voix basse et ne traduisait pas. Le jeune homme devait quitter sa famille et se rendre dans une ville surpeuplée, où il se retrouvait au milieu de gens mal intentionnés qui lui faisaient boire du rhum. Il s'endormait ivre mort et se réveillait au bord d'une voie ferrée, à côté d'un cadavre. Il s'enfuyait, terrifié, les yeux écarquillés, errait dans des villes, vieillissait et sa barbe devenait aussi blanche que la neige qui tombait pratiquement d'un bout à l'autre du film et restait sans jamais fondre sur ses épaules et ses pieds entourés de chiffons. Il revenait enfin chez lui et contemplait par la fenêtre ses enfants devenus adultes et sa femme, dont les nattes étaient aussi blanches que sa barbe. Une fois de plus, la table était servie. La femme découpait la chair d'une énorme volaille rôtie. Il m'a semblé que ses yeux luisaient comme ceux d'un fou. Appuyé sur un long bâton, le vieil homme s'était éloigné clopin-clopant de la petite maison brillamment éclairée et avait disparu derrière un rideau de neige.

Le mur est redevenu noir. Une lumière s'est allumée. Le film était fini. Tandis que nous ressortions dans la nuit les uns derrière les autres, seul le bruit de nos pas traînants a brisé le silence.

Papá marchait loin de moi, de l'autre côté de la route. J'ai pensé à Nana, seule dans sa case. J'ai pensé à ses cheveux noirs qui devenaient blancs. Un grand calme régnait sur le village, troublé à un moment par le cri étonné et ténu d'un oiseau de nuit. Un terrible chagrin s'est emparé de moi. Je me suis mise à pleurer bruyamment, sans pouvoir me retenir. J'en avais honte, bien sûr, mais ne pouvais m'arrêter.

Je n'avais pas annoncé à Nana que nous allions partir. J'avais peur de le lui apprendre. Je sanglotais, les poings pressés contre ma bouche. Papá restait loin de moi, silencieux. Quand nous sommes arrivés à la maison, Mamá m'a jeté un coup d'œil et elle s'est mise à crier qu'on m'avait fait du mal – mais qu'est-ce qu'il m'avait fait ? Papá a dit que c'était le film. J'étais trop impressionnable, a-t-il ajouté, et c'était la faute de Mamá, de son manque de retenue.

Elle m'a secouée comme pour faire tomber de moi des explications. Le vieux barbu, ses haillons, sa solitude étaient des choses pour lesquelles je n'avais pas de mots. Je n'aurais pu expliquer pourquoi j'avais pensé que Nana m'observait par la fenêtre, incapable de m'approcher, les cheveux blancs comme neige. Enfin Mamá m'a prise sur ses genoux et pendant un moment j'ai supporté ses bras qui me serraient trop fort et les accusations qu'elle murmurait contre Papá. De toute façon, il ne l'entendait pas, il s'était endormi.

*

La récolte a commencé ; les cheminées fumaient. J'ai oublié le film et moins pensé à notre départ. Quand j'allais à l'école, je marchais au milieu de la route ; c'était l'époque de l'année où de grosses araignées sortaient de leurs trous pour se promener sur leurs jambes articulées et poilues et où les guêpes que Nana appelait les petits chevaux du diable commençaient à construire leurs nids.

Señora Garcia m'avait prêté un livre qui racontait l'histoire d'un homme parti à la découverte d'un continent perdu et je pensais à lui un matin, me répétais intérieurement son nom, quand je suis arrivée en vue de la chapelle.

Un groupe d'hommes se tenaient devant les portes. Le père Céspedes était parmi eux, gesticulant violemment, secouant sa tête d'un côté à l'autre. Soudain il s'est jeté en avant et a attrapé par la taille Lazaro Quintana, qui avait une tête de plus que lui, et il a essayé de le jeter à terre. Un autre homme a éclaté de rire. Lazaro s'est penché et il a soulevé le prêtre jusqu'à ce qu'on voie ses petites chaussures noires à boutons pendre, impuissantes, la pointe en bas. L'homme qui riait a frappé Lazaro dans le dos. Il a laissé tomber le père Céspedes comme un sac de pommes de terre. J'ai senti une main se poser sur mon bras et levé les yeux, c'était Nana.

« Viens avec moi, m'a-t-elle dit d'un ton sec.

— Il faut que j'aille à l'école.

— Il n'y aura pas école. »

Une fois chez elle, elle a dit : « Aujourd'hui, tu resteras ici. »

En silence, elle s'est fait du café, mais elle a oublié de le boire et elle est allée se mettre sur le pas de sa porte, d'où elle regardait attentivement dehors. « Viens là et dis-moi ce que tu vois », m'a-t-elle ordonné.

J'ai regardé : « Rien, ai-je répondu.

— Regarde le moulin.

— Il n'y a pas de fumée.

« — Voilà. C'est ça », a-t-elle dit.

Les hommes qui marchaient sur la route en petits groupes discutaient d'un ton surexcité. Plus loin, señora Galdos parlait à des femmes.

« Mais qu'est-ce qu'il y a ? » ai-je demandé. À ce moment-là est arrivé Ortiz, le coupeur de canne. Nana l'a appelé : « Comment ça se passe, Ortiz ? — On va voir », a-t-il répondu d'un air sombre.

« Ils ne coupent pas la canne, aujourd'hui ? ai-je encore demandé à Nana.

— Le vent s'en occupera », a-t-elle déclaré. Soudain, elle semblait exulter. Elle est retournée dans la case, elle a ouvert les bras et regardé au plafond. Son état m'inquiétait. J'ai commencé à lui raconter comment Lazaro avait soulevé le prêtre.

« J'ai tout vu, a-t-elle crié. Ça y est, ça commence !

— Qu'est-ce qui commence ? ai-je hurlé, exaspérée.

— La révolution », a-t-elle déclaré. Elle a pris une boîte en métal sous son lit, l'a ouverte et en a sorti une feuille de papier, qu'elle m'a tendue. « Maintenant que tu sais lire, m'a-t-elle dit, lis ça. » Je l'ai tenue devant moi pendant qu'elle m'expliquait que c'était un document juridique, appelé contrat, que mon grand-père avait été obligé de signer et que quand j'aurais fini de le lire, je verrais sa signature, aussi ferme et claire qu'elle l'avait toujours été, malgré les conditions terribles dans lesquelles il l'avait apposée.

Je ne connaissais pas tous les mots mais j'en savais assez pour comprendre que mon grand-père avait dû s'acquitter d'un loyer pour tout ce qu'il utilisait, qu'il devait rembourser toute avance le 31 mars de chaque année et ne pouvait cultiver que les plantes autorisées par la Compagnie. La Compagnie n'était pas obligée de payer à mon grand-père la canne gâchée en cas de retard — quand, pour une raison ou pour une autre, le moulin ne marchait pas — et il ne pouvait en aucun cas demander une réduction de loyer, même si la Compagnie lui prenait une partie des terres qu'il louait, dans quelque but que ce soit, rallonger la voie ferrée ou expérimenter de nouvelles sortes de canne.

C'était difficile à lire. J'en ai sauté le plus long. La signature de mon grand-père ressemblait exactement à ce que Nana avait dit. Elle ne ressemblait pas à celle d'un homme désespéré qui écrirait deux fois le mot *ruina* au bas de sa dernière lettre.

J'entendais son souffle, comme si chaque inspiration lui avait fait mal. J'ai regardé ses yeux, graves, lourds d'un sens que je ne pouvais saisir. J'ai remis le papier dans sa main et je me suis détournée, ne sachant pas ce qu'elle attendait de moi.

« Un jour tu comprendras », a-t-elle déclaré de la voix fataliste avec laquelle elle énonçait ses prédictions.

J'ai failli lui dire alors que Papá allait m'emmener, mais l'étrangeté de cette matinée m'en a empêchée. Dehors, le calme était revenu et personne n'est plus passé devant la case pendant un long moment.

L'humeur de Nana changeait. Le désespoir l'envahissait.

« Que pouvons-nous faire ? a-t-elle tristement demandé. Tu verras. Ils vont appeler les soldats… Ils le font toujours. Alors des brutes indisciplinées, des paysans en chaussures pour la première fois, à peine mieux traités que nous, envahiront Malagita. Nous sommes si faibles… trop faibles. »

Mais les soldats ne sont pas venus. La révolution a paru traverser Malagita, s'y arrêter brièvement, puis s'en aller ailleurs. Le moulin a redémarré, les cours de señora Garcia ont repris. Elle ne nous a parlé de rien, a fait comme si l'école n'avait pas été fermée ce jour-là. Quand j'ai raconté à Mamá que Lazaro avait soulevé le père Céspedes comme une poupée, en lui décrivant les petits pieds du prêtre qui se balançaient au-dessus du sol, elle a levé les mains au Ciel et remercié Dieu de ce que les hommes étaient de retour aux champs et au moulin, là où ils devaient être.

La révolution était pitoyable. Elle faisait croire aux gens qu'il allait se passer quelque chose de nouveau. Ensuite s'installait un silence mortifié. Même Nana me disait de me taire, de ne pas en parler, de ne plus poser de questions.

Le vent n'a pas coupé la canne, mais une semaine plus tard une femme est arrivée en hurlant sur la route, elle est passée devant les cases, la place, le dispensaire, s'est arrêtée en face de la chapelle, tremblant de tous ses membres. Comme les gens se rassemblaient autour d'elle, nous avons couru hors de la classe, contourné l'autel, remonté l'allée malgré l'interdiction de señora Garcia et nous la regardions, à la fois surexcités et terrifiés.

Dans la violente lumière du soleil, elle tournait sur elle-même en gémissant. Des femmes l'ont attrapée par ses vêtements. Des hommes l'ont suppliée de se calmer.

«Un pendu! a-t-elle exhalé. Les oiseaux lui ont arraché les yeux...»

La foule l'a enserrée comme un poisson dans un filet et l'a emportée. Señora Garcia nous a poussés dans la chapelle, où elle nous a fait agenouiller et nous a ordonné de prier Dieu afin qu'il nous épargne de nouvelles horreurs.

Ce jour-là nous n'avons parlé que du pendu. C'était le premier suicidé du village. Il s'agissait d'un homme de cinquante ans passés, dont la femme était morte et les enfants partis. Señora Galdos nous a appris que les oiseaux, ces vicieuses créatures, lui avaient vraiment mangé les yeux. Quelqu'un s'est souvenu qu'il n'était pas allé à la messe depuis la mort de sa femme. Le vieux pêcheur a ouvert sa bouche édentée et proclamé qu'il n'aimait pas dire du mal des morts mais qu'il savait que le pendu était un ivrogne. Mais Nana a déclaré qu'il s'était tué parce que la révolution avait échoué.

En rentrant à la maison ce soir-là, tard, j'ai vu Mamá qui se hâtait sur le chemin de la *vivienda*. «Ne me dis rien! a-t-elle crié. Je suis déjà au courant de tout.»

Elle est arrivée une minute avant moi, est entrée dans notre case. Au moment où j'atteignais le pas de la porte, je l'ai entendue haleter. J'ai regardé dans la maison. «Mon Dieu! Il a apporté les valises», a-t-elle dit.

112

Elles étaient posées les unes à côté des autres, par terre près de la table. Je m'en suis approchée, j'ai effleuré le cuir souple, les fermoirs métalliques. Mamá m'a pris la main. «Ne m'abandonne pas, a-t-elle balbutié. Laisse-les. Ne les touche pas.»

À la nuit tombée, Papá est apparu sur le pas de la porte.

«Qu'est-ce que vous mangez donc ? a-t-il demandé avec une douceur inhabituelle.

— Ça se voit, non ? a répondu ma mère, boudeuse. Tu sais ce que c'est qu'un œuf, non ?»

Il s'est avancé près des valises, les a prises, les a emportées dans un autre coin de la case, les a posées à plat. Le dos tourné, il a dit : «Dans dix jours nous allons à Tres Hermanos. Il y a un navire qui part pour les États-Unis…

— Je ne pourrai jamais ! l'a interrompu Mamá. Je ne pourrai pas, Orlando !

— J'ai eu de la chance, a continué Papá tranquillement. J'ai acheté nos billets. Et il nous reste de quoi vivre, au moins quelque temps.

— Ce que je désire ne compte pas, a dit Mamá. Est-ce que tu pourrais te retourner et nous regarder ? Est-ce que tu peux réfléchir à l'horreur de ce que tu nous imposes ?»

Papá s'est approché de la table. Il lui a arraché sa cuillère.

«Veux-tu donc rester une enfant toute ta vie ? Pourquoi est-ce que tu ne te sers pas d'une fourchette ? Pourquoi est-ce qu'elle ne se sert pas d'une fourchette ?

— De la chance !» s'est exclamée Mamá. Elle a ri. «Tu as enfin gagné à la loterie ! C'est ça ?»

Je pensais que Papá s'en irait, comme il le faisait souvent quand ils se disputaient. Mais il est resté à la porte, à contempler la nuit, le corps immobile, avec en lui la même intensité que s'il avait été amarré à quelque chose qui bougeait dans le noir.

«Est-ce que nous reviendrons ?» ai-je demandé à Mamá. Elle contemplait son riz et son œuf, ses cheveux lui tombaient sur la joue.

« Je ne sais pas, a-t-elle dit. Je ne sais rien. »

Personne n'a plus parlé. Une vague odeur de saindoux traînait dans l'air. L'œuf frit était froid dans mon assiette. J'ai cassé le jaune avec ma cuillère et, quand il s'est répandu sur le riz, je me suis détournée, dégoûtée. « Mange », m'a suppliée Mamá d'une voix douce. C'était trop tard, je n'avais plus faim.

Avant l'école, le lendemain matin, je suis passée chez Nana. Enfin, tremblant comme sous une pluie glacée, je lui ai tout dit. Elle m'a tenue dans ses bras si longtemps que j'ai eu l'impression d'étouffer. Je lui ai pincé les oreilles jusqu'à ce qu'elle me lâche.

« Tu seras perdue, perdue – et moi – voilà qu'il te prend à moi, d'abord Fefita, maintenant toi…

— Je n'irai pas.

— Si seulement ta Mamá pouvait refuser… Si seulement elle pouvait refuser quelque chose.

— Moi, je refuserai. »

Elle m'a reprise dans ses bras. « Tu ne peux pas », a-t-elle chuchoté. Elle m'a lâchée, elle est allée à la porte et elle a maudit les poules.

« Je pourrais me cacher », ai-je dit.

Elle a ri amèrement.

« Je peux m'enfuir.

— Où donc t'enfuirais-tu ?

— Je pourrais rester avec toi. Je ne leur manquerais pas. »

Elle est rentrée dans la case. « Peut-être », a-t-elle dit les yeux baissés vers moi.

Ce soir-là, señora Galdos a donné naissance à un fils. Son accouchement a été long et difficile. À la fin, elle est partie en courant sur la route, elle s'est agenouillée et alors le bébé est tombé sur le sol. Elle l'a appelé Pedro.

*

114

Ma mère a voulu emballer ses casseroles dans un carton. Papá l'a surprise, il a saisi les casseroles et les a lancées derrière la case.

«Tu ne comprends pas… tu ne peux pas comprendre…», a-t-il répété encore et encore.

Quand il a été parti, elle a glissé la petite carte de Jésus et de son cœur saignant dans une poche de tissu sur le côté d'une valise. «Ne le lui dis pas», m'a-t-elle demandé.

*

Un jour, quand je suis sortie de l'école, Papá m'attendait devant la chapelle. Les enfants se sont arrêtés et l'ont dévisagé. J'ai senti le sang me monter au visage. J'étais en feu. Il les a dévisagés à son tour, tranquillement, jusqu'à ce qu'ils s'en aillent en se parlant à voix basse.

«Attache tes lacets», m'a-t-il dit d'un ton impatient. Je me suis accroupie sur la route et j'ai fait ce qu'il me disait. J'ai remarqué sur ses bottes un dessin que je n'avais encore jamais vu, qui se déroulait sur le cuir comme un chemin tracé par un ver dans la terre.

Parce que j'étais en colère et têtue, je ne lui ai pas demandé où nous allions, même après avoir passé les grilles de la *vivienda* et traversé la véranda en direction des larges portes de bois sculpté, même après l'avoir vu en ouvrir une et me faire signe d'entrer.

Mais dans l'immense pièce où je me suis retrouvée, j'ai été submergée par le besoin d'entendre une voix humaine. «Est-ce que nous allons voir Mamá ?» ai-je demandé. Alma, une jeune bonne venue de Galicie, est arrivée par une des nombreuses portes qui donnaient sur cette salle, les bras chargés de fleurs. Elle les a arrangées dans un vase qui était posé sur une table devant un miroir. Tandis que ses mains travaillaient, elle nous regardait. J'ai souri à son reflet mais aucun signe de reconnaissance n'est venu éclairer son visage.

«Je vais te présenter à ma mère», a dit Papá. Je l'ai suivi dans un large couloir jusqu'à ce qu'il s'arrête et tape doucement à une

115

porte. Une femme en robe blanche a ouvert. Derrière elle, j'ai aperçu un lit où s'empilaient des oreillers ; il avait un toit de tissu plissé qui retombait comme un éventail à moitié refermé.

« Señor Orlando, a dit une femme, je crains qu'elle n'ait oublié votre venue. Elle a eu une mauvaise semaine.

— Ça ne fait rien », a dit Papá. Je suis restée en arrière. Il m'a attrapée et poussée vers le lit.

Une vieille femme s'appuyait contre les oreillers. Ses cheveux s'élevaient comme du blanc d'œuf battu au-dessus de son petit crâne étroit. Sous d'épais sourcils noirs, ses yeux, étroits eux aussi, étaient fermés, chaque paupière teintée de rouge comme si une goutte de sang avait été mélangée à la peau cendreuse, froissée.

« Mamá ? a demandé Papá en chuchotant. J'ai amené l'enfant. »

Elle a ouvert les yeux lentement, froncé les sourcils comme si elle n'en revenait pas, puis m'a longuement regardée.

« Est-ce que tu parles français ? » m'a-t-elle demandé d'une voix ténue, étrange, morte.

J'ai secoué la tête, incapable de répondre, ma voix à moi coincée dans ma gorge comme une grosse bulle.

Elle s'est agitée. « Je veux une tasse de café, a-t-elle dit à la femme en blanc.

— Pas aujourd'hui, a répondu cette dernière d'un ton apaisant. Le docteur a dit demain, peut-être.

— Peut-être, a répété la vieille femme tristement. Peut-être que demain je serai morte. »

Elle a tourné son regard vers moi une fois de plus. J'étais terrifiée. C'était un regard glacé, vide comme la lune blanche des nuits froides.

« Tu ne seras jamais vraiment cultivée si tu n'apprends pas le français », a-t-elle dit. Ses paupières se sont baissées, ses mains fines se sont soulevées puis ont glissé sous le couvre-lit.

« Mamá ? » a chuchoté Papá.

Elle n'a pas rouvert les yeux, est restée derrière eux comme quelqu'un qui a fermé à clé une porte sur le monde.

116

«Nous quittons Malagita dimanche», a dit Papá quand nous avons retraversé la grande salle. Alma n'était plus là. Les grandes fleurs jaunes emplissaient l'air de leur douce senteur épicée. Je me suis demandé quelle était la porte qui conduisait à la cuisine, à Mamá, Panchito et les autres. Ce que les mots de Papá signifiaient n'a pas pesé très lourd à cet instant. Je ne pouvais que réfléchir à ma présence ici et à celle de ma mère dans la partie de la maison réservée aux domestiques.

«Rentre, maintenant», m'a dit Papá en refermant les grilles. Pour une fois, ce qu'il m'ordonnait de faire m'allait. J'ai surveillé le chemin bien avant que Mamá ne soit censée y apparaître et quand enfin l'ombre de notre case s'est étendue sur la route et que j'ai vu ma mère, j'ai couru à sa rencontre, plus étonnée de ce qui s'était passé maintenant que j'allais le lui dire que sur le moment même.

«Papá m'a emmenée voir la Señora.»

Elle s'est immobilisée. «Mon Dieu…

— Elle m'a demandé si je parlais français.»

Mamá m'a pris le bras et entraînée dans la case, où elle s'est assise tout de suite et m'a tirée vers elle en me regardant droit dans les yeux.

«Est-ce qu'elle t'a donné quelque chose ?

— Non.

— Combien de temps es-tu restée avec elle ?

— Quelques minutes.»

Elle a hoché la tête. «Je l'ai senti. Je pliais du linge. Je me souviens maintenant. Je me suis arrêtée brusquement – j'ai frissonné. J'ai dû sentir que tu étais là.

— Alma te l'a dit.

— Non, non. Je l'ai senti, crois-moi.»

Seul le fait d'avoir eu une prémonition intéressait Mamá. De toute façon je ne voulais plus parler de la Señora. Le caractère extraordinaire de cette visite s'effaçait. Il ne s'était après tout rien passé. Avait-elle même compris que j'étais sa petite-fille ?

117

«L'enfant», lui avait dit Papá. J'ai enlevé mes chaussures, qui me serraient.

«Elle ne t'a rien donné du tout ?

— Rien.

— Et c'est tout ce qu'elle a demandé – si tu parlais français ? »

Je l'ai regardée d'un air glacial et lui ai dit : «Elle ne savait même pas qui j'étais.

— Dieu les punira toutes les deux. Ces mères indignes, l'une comme l'autre…

— Nous partons dimanche», ai-je annoncé. Elle s'est signée.

«Je sais, a-t-elle gémi. Quand j'y pense, mon cœur se met à battre si vite que ça me coupe le souffle.»

Nous nous sommes regardées un instant. Elle a commencé à se déshabiller d'un air las.

«Dans trois jours, ai-je dit exprès.

— Dans trois jours», a-t-elle répété.

*

Les domestiques lui avaient fait des cadeaux. Elle a pleuré en me les montrant – une nappe que la couturière avait brodée de motifs chargés de fruits et d'oiseaux aux couleurs plutôt stridentes, un livre de prières fait d'un papier aussi rêche que celui des feuilles où étaient imprimées les chansons. «Des perles», s'est-elle exclamée en tendant sa main ouverte pour me montrer une minuscule paire de boucles d'oreilles. «De vraies perles.» Elle s'est essuyé les yeux avec un bout de chiffon sale qu'elle avait sorti de la poche de son uniforme noir. «Je n'aurais jamais cru ça d'Ursula Vargas», a-t-elle dit au milieu de ses larmes.

«Est-ce que tu vas te calmer, oui ? » a aboyé Papá.

Ils se sont disputés toute la soirée. Même pendant la nuit, quand je me suis réveillée j'ai entendu une sorte de bourdonnement bas de plaintes et d'exaspération mutuelle.

Demain, pensais-je, j'irai dire au revoir à Nana. Puis je dormirai pour la dernière fois sur ce matelas, dans ce coin d'où j'avais

118

si souvent vu la lune errer à travers ciel. Et où serai-je la nuit suivante ? Où ? Dans un train ? Sur un navire d'où je ne verrai plus la terre ? Pouvait-il y avoir une mer sans fin ? J'avais l'impression que nous traversions déjà les ténèbres qui nous emporteraient loin de Malagita – trop loin pour revenir un jour.

*

«Je sais, a dit Nana. On m'en a parlé.» Elle a posé devant moi une tasse de chocolat épais. «C'est comme ça que le font les Espagnols.»

Je n'avais d'appétit pour rien.

«Bois-le, ça te donnera des forces», a-t-elle dit en posant sa main grande ouverte sur ma tête, comme pour m'y contenir, la voix tranquille, sa voix de tous les jours.

Un cheval est apparu dans l'embrasure de la porte, il a tendu le cou, sa tête pendait à l'intérieur de la case, sa bride traînait par terre. Une main d'homme l'a ramassée et a tiré le cheval. Puis, à son tour, il nous a regardées. «Voici la bête, señora Sanchez, a-t-il dit. Il faudrait que vous me la rendiez lundi.

— Vous l'aurez, a promis Nana. Attachez-la à l'arbre près du baquet.»

Il a emmené le cheval. J'ai vu sur sa croupe des paquets de boue séchée.

«Nous allons nous cacher, a dit Nana. Nous allons nous enfuir.» Elle m'a tendu un sac couvert de taches de graisse. «De quoi manger», a-t-elle dit en pliant une couverture sur son bras.

Je suis restée là où j'étais, le poing serré autour du sac. C'est Nana, me disais-je, pourtant la peur me paralysait.

«Ne crains rien, m'a-t-elle dit doucement. Ce que je fais est bien. Dieu ne veut pas que l'on t'enlève à moi.» Elle m'a pris le bras, m'a relevée, m'a fait sortir de la case et conduite jusqu'au cheval.

Nana s'est assise en amazone sur la couverture rembourrée qui couvrait le dos du cheval. Elle m'a tendu la main. Je m'y suis agrippée, j'ai vacillé contre le pelage chauffé par le soleil et je me suis sentie soulevée puis posée devant elle. Elle a pris les rênes. «*Anda! Anda!*» a-t-elle crié. Le cheval a tourné sur la route et, tout en balançant sa grande queue lentement, il nous a emmenées hors de Malagita.

«Où allons-nous ? ai-je demandé.

— À la vieille forteresse.

— Mais les esprits…

— Non, m'a-t-elle interrompue immédiatement. Ce sont des choses auxquelles on ne croit que par moments.»

Je sentais l'odeur des bananes frites qui étaient dans le sac. La chaleur de la mi-journée m'emplissait comme une épaisse soupe chaude ; nous nous balancions doucement sur le dos du cheval. Mes yeux s'étaient déjà fermés quand j'ai senti Nana tirer les rênes pour tourner sur une autre route.

Quand je me suis réveillée, il y avait son bras qui me tenait contre elle. Loin devant nous, j'ai vu la montagne, la tour grise. Nous nous sommes arrêtées devant une petite mare, le cheval a baissé la tête et bu. La terre autour de nous était abandonnée. Il n'y avait pas de champs de canne. Où nous allions m'était maintenant égal. Parfois, un des sabots du cheval heurtait une pierre. Les ombres des arbres s'allongeaient. Je sentais le cœur de Nana qui battait à grands coups.

«La montagne est trop loin, ai-je dit. Elle recule devant nous.»

J'ai entendu une cloche sonner, un son aussi étouffé que si elle avait été sous l'eau. Le cheval s'est arrêté. Nana lui a donné des coups de talons dans le ventre mais il n'a pas bronché. Elle s'est glissée à terre et m'a tendu les bras. Le cheval a tourné la tête pour regarder Nana qui lui soulevait les pieds l'un après l'autre. «Rien», a-t-elle murmuré. Un instant, elle a semblé perdue. Elle m'a pris le sac des mains. «Ça ne fait rien. Nous allons manger maintenant, toi, moi, et le cheval aussi. Ensuite, peut-être voudra-t-il bien nous emmener plus loin.»

Elle a étalé la couverture sur le bord de la route. «Là, a-t-elle dit. Voilà, pour l'instant, notre petite maison.»

120

Nous avons mangé du riz et des bananes avec les doigts. Ensuite, elle a pris deux écharpes dans sa poche et en a noué une autour de ma tête, l'autre autour de la sienne. Les chauves-souris allaient bientôt voler autour de nous, formes vaporeuses et vagues du crépuscule. «Je vais fumer un peu», a-t-elle dit. Elle a tiré pendant quelques minutes sur sa pipe. Ses épaules tombaient et j'ai vu de chaque côté de sa bouche une grosse ride que je n'avais jamais remarquée.

«Ils ne doivent pas encore savoir que je suis partie», ai-je dit.

Elle a soupiré. «On ne peut pas en être certaines.»

Elle s'est levée, elle est allée là où le cheval broutait, elle l'a pris par la bride et ramené sur la route. «On continue», a-t-elle dit.

Loin à l'ouest, une colonne de fumée s'élevait, seule, toute droite dans le ciel. La lumière glissait doucement des arbres comme du miel et s'étendait sur le sol en longues et étroites flaques dorées. L'ombre qui de l'est se déversait sur nous zébrait les hautes herbes sauvages, les troncs des arbres, le dessous des feuilles et apportait avec elle une forte odeur de terre. La tête du cheval pendait, ensommeillée. Seul le petit bruit mat et régulier de ses sabots brisait le silence. La lune s'est levée; elle a semblé voltiger comme un papillon blanc derrière deux nuages fins. À un moment, Nana a tiré sur les rênes et nous nous sommes arrêtées. Elle a enlevé la couverture rembourrée du dos du cheval et l'a étendue par terre sur le bord de la route. Elle a attaché la bride à un arbrisseau un peu plus loin.

Je me suis assise sur la couverture et je l'ai regardée. Le clair de lune découvrait son visage immobile, patient et désespéré. Les États-Unis étaient un grand trou dans le Nord qui allait m'avaler. Je savais que Nana ne pouvait me sauver. Elle est tombée à genoux, a jeté un regard vers le ciel puis elle s'est allongée à côté de moi. Quand je me suis réveillée, mon corps était glacé partout où le sien ne l'avait pas réchauffé. Elle dormait, la tête posée sur ses mains jointes.

La lumière du petit matin s'est dépliée comme les pétales d'une rose. De l'autre côté de la route, coulait un ruisseau, au bord duquel je me suis agenouillée, puis je me suis mouillé la figure et j'ai bu dans le creux de mes mains. Quand je suis revenue, Nana était assise et elle me regardait.

«Peut-être que ça leur sera égal de me laisser», ai-je dit.

Nana a secoué la tête lentement. «C'était idiot de ma part», a-t-elle répondu. Elle s'est levée et a conduit le cheval au bord du ruisseau. Il y a plongé la tête et bu. Quand elle est revenue, elle a pris une orange dans un petit filet.

«Nous ne nous sommes pas rapprochées de la tour, ai-je dit.

— Si, mais cela ne change rien.»

Elle a grimpé sur le cheval et m'a tendu la main. «Continuons. Je ne peux supporter l'idée de rentrer tout de suite», a-t-elle dit. J'ai compris qu'elle avait renoncé.

Peu après, j'ai entendu distinctement des bruits de sabots.

Nous avancions lentement. Au bout de quelques instants Papá, monté sur le cheval du docteur Baca, nous a dépassées. Il a pris nos rênes. Tandis qu'il nous faisait décrire un grand cercle pour reprendre la route en direction de Malagita, Nana a détourné la tête. Pendant un petit moment, il a tenu nos rênes et chevauché à côté de nous, de sorte que ma jambe s'est retrouvée entre les deux grands corps rudes des chevaux, puis il nous a lâchées. Nous l'avons suivi jusqu'au village. Notre voyage d'une demi-journée et une nuit a pris fin quand a retenti la sirène de midi.

À mon grand étonnement, Papá s'est dirigé tout droit vers la case de Nana. J'avais pensé, toutes ces années – mais qu'avais-je donc pensé ? Comment avais-je pu m'imaginer que nous étions invisibles les uns aux autres ? Dans mon ignorance, j'avais été comme les fourmis que je suivais parfois et regardais lutter pour transporter une feuille d'hibiscus jusqu'à la fourmilière, inconscientes de ma présence, de mon pied levé au-dessus d'elles pour les écraser, elles et leur feuille dans la poussière.

Nana s'est laissée glisser à terre et m'a tendu les bras. Quand je suis descendue, elle m'a tenue loin d'elle, le visage inexpressif. «Rentre à la maison, m'a ordonné Papá. Il faut que je ramène le cheval.»

Je me suis débattue dans les bras de Nana pour me rapprocher d'elle. À cet instant, tandis que je m'accrochais à sa jupe, Mamá est sortie de la case de Nana.

Les deux femmes se sont dévisagées sans un mot. Papá a fait demi-tour et il est parti vers le dispensaire. Il a tourné la tête une fois, d'un mouvement raide, comme à regret, contre sa volonté, et regardé Mamá et Nana, immobiles, silencieuses.

Tout à coup, ma grand-mère a ouvert les bras. «Je ne peux pas ! Je ne peux pas supporter ça !» a-t-elle crié.

Les deux femmes ont couru l'une vers l'autre. Elles sont restées un moment enlacées dans une étreinte violente, muette. C'est Nana qui a lâché Mamá la première. Puis elle m'a soulevée, vacillant sous mon poids, et m'a tenue contre elle. Elle m'a embrassée sur le front, les lèvres sèches, puis reposée par terre.

«Plus jamais…», a-t-elle murmuré. Elle est entrée dans sa case en faisant un geste brutal de la main derrière son dos comme pour nous pousser loin d'elle, Mamá et moi.

Nous sommes passées devant la tour de l'horloge, qui maintenant s'était tue, et avons contourné la place. J'ai levé les yeux vers Mamá. Il n'y avait pas de larmes sur son visage. Je ne savais pas ce que je voulais lui demander, comment mettre en mots le grand étonnement que je ressentais. Pour la première fois, nous avons marché ensemble au milieu du troupeau de cochons. J'ai vu notre case. Elle semblait déjà vide, plus que vide, abandonnée depuis des années.

*

Nous sommes partis de Malagita avant l'aube, Mamá, Papá et moi. Nous avons attendu, debout à côté des valises, le train pour

Tres Hermanos. Quand il est arrivé, Papá nous a poussées sur les trois hautes marches menant à la plate-forme.

Nous avons dormi cette nuit-là dans un petit hôtel, sur des lits de camp alignés contre un mur comme ceux du dispensaire. Le matin, nous avons embarqué. Mamá est allée dans la cabine, d'où elle n'est plus ressortie avant la fin de la traversée. Papá m'avait dit que je verrais des requins dès que nous serions sortis du port, et je suis restée sur le pont pour les regarder. Ils étaient là, exactement comme il me l'avait dit, passant à toute vitesse dans l'eau avec leurs ventres blancs qu'ils tournaient vers le haut. Appuyée à la rambarde, je ne pensais pas à eux. Je rêvais du jour où je reviendrais à San Pedro. L'île était maintenant un brouillard bleuté qui s'éloignait à l'horizon et d'un seul coup a disparu. Il ne restait devant moi qu'une vaste étendue d'océan et de ciel.

Ce soir-là, je me suis allongée à côté de ma mère sur la couchette du bas. Je lui ai chuchoté : «Je reviendrai. Tu verras.»

Elle s'est retenue à moi. «Nous ne reviendrons jamais, a-t-elle dit.

— Moi si ! ai-je crié.

— Chut ! Arrête ! Dors, maintenant !

— Nana prendra soin de moi.»

Elle m'a pincé l'épaule. «Bêtasse ! Elle peut à peine prendre soin d'elle. Elle n'a rien.

— Alors, la Señora le fera.

— Ma pauvre petite chérie, mais tu es folle…

— Si ! ai-je crié. Elle le fera ! Elle doit le faire !»

Papá a ouvert la porte de la cabine. J'ai entendu le cœur de ma mère battre à grands coups. Il est allé s'asseoir sur la couchette du haut. Pendant un instant, il est resté les jambes pendantes, ses pieds comme deux poissons pâles nageant près de ma tête, puis il les a relevées.

Le navire tanguait doucement, tel un berceau qu'on pousse sans y penser, les moteurs grondaient sans cesse. Mes parents dormaient. Mais j'étais éveillée, allongée les yeux ouverts, fixant la nuit comme si je pouvais rattraper le temps et l'arrêter, alors qu'il nous emportait vers le nord, impitoyable.

DEUXIÈME PARTIE

Une fois sortie de l'étroit couloir de l'immeuble où nous vivions à l'époque, ma mère dépendait de moi pour parler, pour me tenir entre elle et le regard glacé, raciste des commerçants de Broadway, dont la méchanceté larvée m'oppresse encore chaque fois que j'y pense, mais me donnait aussi une envie folle d'entendre dans leurs voix, lorsqu'ils s'adressaient à nous, le même sens élémentaire de la justice que lorsqu'ils servaient leurs clients par exemple irlandais ou allemands, pensais-je, des gens bien, qui posaient, contents d'eux, leurs fruits et légumes en conserve, leur pain blanc et leurs pommes de terre terreuses sur le comptoir de bois tandis que l'épicier, avec un bout de crayon, additionnait les prix à toute vitesse, d'un geste important, puis tapait le total sur la caisse enregistreuse, dont le tiroir, qui jaillissait en sonnant bruyamment, prêt à recevoir pièces et billets, faisait toujours sursauter Mamá, comme si elle découvrait à cet instant qu'elle n'avait pas dans son porte-monnaie l'argent de nos achats, lait en boîte ou vinaigre, ou encore trois œufs bruns.

Il n'y avait que dans la *bodega* de Mr. Salazar, après un trajet parcouru depuis notre appartement dans une hâte peureuse, que Mamá retrouvait une certaine aisance, tâtait les bananes plantains pour voir si elles étaient mûres, glissait sa main dans un sac de haricots noirs ou effleurait du doigt les tubercules de manioc charnus et blancs dans leurs caisses de bois.

Là, dans la minuscule épicerie latino-américaine du coin de

Broadway et de la 158ᵉ Rue, qui sentait toujours la pisse de chat et le poison contre les cafards, la saucisse épicée et les bonbons à la noix de coco, Henry Salazar, un vieux Cubain grand et peu souriant, dont les lunettes cerclées d'acier avaient perdu leur verre gauche, pesait saindoux et oignons, et, quand on le lui demandait, allait dans un réduit à l'arrière du magasin et en revenait avec ce qui semblait être toujours le même bout de porc gris rayé de sang séché. Il y découpait de gros morceaux qu'il jetait sur sa balance jusqu'à ce que le client s'écrie : «*Bastante!*»

Il avait sous son comptoir un tas de tickets de loterie à vendre et, près d'une étagère remplie de boîtes de Dutch Cleanser et de pains de savon jaune, un téléphone. C'était surtout ce dernier qui attirait les clients, autant sinon plus que son pauvre stock de ce que les enfants irlandais du quartier appelaient de la «bouffe latino».

Chaque appel coûtait deux cents; Salazar gardait les pièces dans de grands pots de verre posés sur une étagère qui leur était réservée. Certains commerçants mettaient dans ce genre de pots des bonbons et offraient une récompense à tous ceux qui en devinaient le nombre exact. J'essayais de calculer combien d'appels à l'aide les pennies de Salazar représentaient, combien de recherches lancées auprès de lointaines administrations afin de retrouver des parents disparus.

Un jour où j'étais allée chercher une bouteille de lait, une femme pleurait dans le combiné derrière le comptoir. «Envoyez quelqu'un… s'il vous plaît, envoyez les…», balbutiait-elle. Salazar enveloppait un paquet de saindoux pour une autre cliente, qui fixait la femme en larmes d'un air consterné. «Envoyez un docteur…»

Quand elle a raccroché, Salazar a posé le saindoux sur le comptoir et tendu sa longue main. Hagarde, elle l'a regardée. «*Dos centavos*», a-t-il dit d'un air grave. Elle a passé la main sur sa joue, secoué la tête. «Il a avalé de la mort-aux-rats, a-t-elle dit. Il danse… sur le dos… couché par terre.» L'autre cliente a mis deux pennies dans la main de Salazar. En partant, je les ai entendus tinter au fond du pot.

Après avoir rapporté nos courses dans un sac en toile jusqu'à la cuisine de notre appartement, Mamá s'asseyait au bord d'un tabouret près de l'évier et regardait ce qu'elle avait acheté. Elle gardait un pied sur le sol ; l'autre se balançait comme celui d'un enfant. Son corps était lourd et informe sous sa robe sombre et elle s'effondrait, épuisée par ce dangereux voyage. Lentement, elle rangeait son marché.

Lorsque je rentrais de l'école, je la trouvais presque toujours assise sur ce tabouret, un coude sur la paillasse, contemplant l'évier en attendant que je l'emmène dehors dans les rues de New York, comme si elle avait été aveugle et sourde.

Nous étions là depuis cinq ans. Elle n'avait pas appris l'anglais malgré les mois qu'elle avait passés à travailler dans une usine de parfum du New Jersey, de l'autre côté de l'Hudson.

Mais elle avait réussi à garder cet emploi pendant un an, à prendre le métro, puis le bus et à marcher jusqu'à ce banc sur lequel elle était assise toute la journée devant une machine qui bouchait les flacons, entourée de femmes dont les bouches produisaient une tempête de langage blanc et froid, me disait-elle, comme la neige, dur, me disait-elle, comme sur le trottoir les plaques de verglas devant lesquelles en hiver elle frissonnait de peur tandis que je la tirais par le bras ou m'agrippais aux plis de son manteau noir élimé pour l'entraîner vers le dernier appartement que Papá avait loué. Nous déménagions souvent, chaque fois qu'il nous fallait une pièce de plus où loger un nouveau pensionnaire, qui, pour une chambrette donnant sur le couloir avec sol recouvert de linoléum, chaise, commode et lit branlant, nous payait un loyer.

Une de nos pensionnaires, Maura Cruz, s'était entêtée à vouloir faire de Mamá une vraie Américaine et c'était elle qui lui avait trouvé une place à l'usine de parfumerie. Et lorsque Mamá s'était fait renvoyer – des bouteilles qu'elle avait oublié de fermer avaient déversé leur puissant arôme synthétique de fleurs printanières sur les jupes des femmes assises derrière elle le long de la chaîne –, c'est encore Maura qui lui a trouvé du travail à domicile. Elle fabriquerait des sacs en perles et n'aurait besoin de livrer sa production qu'une fois par mois. Mais le bureau de vente en gros où elle devait apporter les sacs était tout en bas de Manhattan et elle trouvait le trajet en métro aussi long que le voyage qui nous avait conduits de San Pedro à New York. Je devais l'accompagner, disait-elle, car elle ne pourrait pas discuter avec celui qui la payerait, un homme que Maura appelait le voleur juif.

Le voleur juif avait un petit bureau minable dans un loft sombre près de Delancey Street. D'âge moyen, il semblait fatigué et nous parlait à peine, sortait un par un les sacs en perles que Mamá lui apportait, et les regardait de si près qu'il paraissait sur le point de s'en tamponner les yeux comme d'un mouchoir. Nous sommes allées treize fois chez lui. Chaque fois, il a donné à Mamá la somme exacte que Maura lui avait conseillé d'exiger. Une fin d'après-midi, il nous a annoncé qu'il était en faillite.

«Plus d'affaires, plus d'argent», a-t-il déclaré après avoir compté dix-huit dollars et placé les billets froissés dans la main de Mamá. «Est-ce qu'il ment ?» m'a-t-elle demandé en espagnol. Je lui ai lancé un regard. Avant que j'aie eu le temps de répondre, il a dit : «Non, je ne mens pas» d'un ton si timide, si doux, que je me suis sentie envahie de sympathie, et de surprise en voyant qu'il comprenait notre langue. Il m'a souri, l'air absent, puis il s'est détourné, il a posé les mains sur la table rugueuse qui lui servait de bureau et s'y est appuyé avec une grimace de douleur.

Au retour, l'hiver, la nuit qui tombait tôt nous attendait en haut de l'escalier du métro et, l'été, c'étaient les longues soirées brumeuses où hommes et enfants s'assemblaient sous les réverbères au coin de notre rue, criant dans une langue qui n'était ni espagnole ni anglaise, mais un discordant mélange des deux. Un an après avoir perdu son emploi à l'usine de parfum, Mamá m'a expliqué : «Je n'arrivais pas à faire attention à ces bouteilles qui défilaient devant moi. Comme l'aurais-je pu, avec ces femmes qui parlaient sans arrêt ?

— Tu n'étais pas obligée de les écouter.

— Ah mais si ! Elles voulaient que j'aie conscience de mon ignorance. Elles me regardaient en parlant. J'étais en train de sombrer, crois-moi. »

Je savais que Mamá en comprenait plus qu'elle le prétendait, mais son incapacité, ou son refus, d'apprendre l'anglais était comme une maladie que sa nature aurait favorisée. Même les *guajiros* qui nous louaient des chambres quelques mois et qui venaient souvent de régions reculées de Cuba ou de Porto Rico, si ignorants que notre chasse d'eau les inquiétait autant que celle des toilettes des domestiques de Beatriz de la Cueva m'avait inquiétée, me pressaient – moi qu'ils traitaient à cet égard comme une autorité parce que j'allais à l'école – de les aider à parler comme les Américains, de leur apprendre à dénouer leurs langues pour pouvoir prononcer, sans cet accent antillais qu'ils rendaient responsable d'une si grande partie de leur misère sociale et économique, ces mots spéciaux qui commençaient par le traître *th*, ou ceux qui se terminaient par le pervers, l'imprononçable *ough*, ou le simple *ing*, qui était, disait une jeune femme de San Juan, exactement pareil au son d'une *saltón*. « En anglais, une *saltón* est une sauterelle, lui ai-je dit. — *Que barbaridad !* » m'a-t-elle répondu.

La Grande Dépression n'avait rien de particulier pour ces immigrants qui avaient connu d'autres privations. Quand Papá a raconté à l'un de nos pensionnaires, Enrique Machado, qu'il y avait eu seize millions de gens au chômage en 1933, le Cubain a haussé les épaules. « *Hombre !* Tu vas loin en métro avec un sou ! » a-t-il dit comme pour apporter la preuve d'une prospérité qui n'était hors de sa portée que parce qu'il était incapable de parler comme tout le monde.

Mamá s'accrochait à notre langue comme une naufragée à une planche, prise dans des courants qui l'emportaient toujours plus loin de la côte.

*

Pendant notre premier été à New York, en 1936, Papá nous a dit que la somme que sa mère lui avait remise, et dont il ne nous avait jamais parlé avant, était déjà à moitié dépensée. Je crois que Mamá savait que Papá n'avait pas gagné à la loterie. Elle pensait qu'il avait emprunté l'argent de notre traversée et de notre installation en Amérique au docteur Baca ou à un vieil ami de Tres Hermanos.

Quand elle a appris d'où venait l'argent, Mamá s'est sentie si outragée du silence de Papá qu'elle est allée s'allonger sur son lit en jurant qu'elle n'allait pas se relever et cuisiner, laver et repasser pour un homme qui l'avait profondément insultée par son manque de confiance.

« Je suis une idiote ! » s'est-elle amèrement exclamée tandis que Papá restait debout à l'entrée de la cuisine et que je me cachais dans l'ombre du couloir à côté de leur chambre.

« Moi qui, chaque jour, apporte quelques pièces à ce *bellaco* de Salazar, et lui achète cette *porquería* qu'il vend et que je transforme en nourriture pour te garder en vie – moi, dont chaque journée n'est que misère –, comment puis-je habiller l'enfant ? Comment est-ce que je peux la faire vivre sans qu'elle se traîne au milieu des petits Américains comme une mendiante ? Où suis-je ? Quel est cet horrible endroit où tu nous as amenées ?

— Elle perd la tête, a murmuré Papá pendant que Mamá sanglotait convulsivement. Elle oublie que ce pays est le sien. »

Lorsque l'on m'a inscrite pour la première fois à l'école publique d'Amsterdam Avenue, on m'a expliqué que nous n'étions pas des immigrants mais des citoyens américains, ce que Mamá avait appris à San Pedro avant même que nous embarquions, et qui, je suppose, n'avait produit dans sa vie aucune différence tangible. Avec la brusquerie méprisante qui lui était habituelle, Papá m'a raconté que son père, Antonio, était

134

devenu citoyen américain après avoir renoncé à sa citoyenneté espagnole, bien avant d'aller à Malagita réclamer en héritage la plantation de son propre père. Il m'avait été difficile, lors de ces premiers jours au milieu d'enfants dont je ne parlais pas encore la langue, de penser que moi, la bâtarde, j'étais américaine, comme eux.

Papá est allé à la porte de la chambre. «Nous avons l'argent des pensionnaires, a-t-il dit, sur la défensive. Ne l'oublie pas.

— Les pensionnaires! s'est exclamée Mamá. Les pensionnaires volent et mangent le peu de nourriture qui reste, la nuit, dans la cuisine. Ils ne payent leur loyer que lorsque ça les arrange. Ma fille leur donne des cours gratuits. Les pensionnaires! Ne m'en parle même pas!»

Papá est reparti dans le couloir et il est sorti en claquant la porte derrière lui. J'ai risqué un œil dans la chambre. Mamá était assise au bord du lit. Elle semblait plus effrayée qu'en colère.

«Tu veux que je fasse le dîner?» lui ai-je demandé.

Elle a murmuré faiblement : «Non, non, je me lève dans un instant.» Elle a tendu la main, je me suis approchée et je l'ai prise dans la mienne. Elle était humide et molle.

«Regarde. Maintenant que je sais qu'il y a eu une certaine somme, j'en vois déjà les derniers sous. Qu'est-ce qu'on y peut? Il n'est pas fait pour trouver du travail. Que va-t-il nous arriver, Nena? Tu te souviens des Estrada?»

Une vieille femme, Mrs. Estrada, et sa petite-fille, Alicia, avaient vécu au même demi-sous-sol que nous dans le premier immeuble où nous nous étions installés. Je ne les avais pas vues depuis des mois.

«Je ne te l'ai pas dit. Tu sais, elle était très propre, cette vieille femme. Elle faisait tous les soirs de la soupe pour sa petite Alicia. Elle-même n'en mangeait pas. Un matin, pendant que tu étais à l'école, la police est venue. Elle était morte de faim, tu te rends compte? Elles n'avaient rien. Dans ce pays, tu peux mourir de faim, quoi qu'en dise cet idiot d'Enrique Machado. À San Pedro, il y avait toujours de quoi manger. Mais ici ? Comment savoir que quelqu'un est en train de mourir dans son lit comme Mrs. Estrada ? Il faut que la police arrive pour qu'on l'apprenne. »

J'ai cru entendre deux pennies tomber dans l'un des pots de Mr. Salazar.

Une semaine plus tard, Maura Cruz est arrivée et elle nous a loué une chambre et elle a trouvé à Mamá du travail à l'usine de parfum puis pour le voleur juif. Papá, lui, n'a pas travaillé pendant plusieurs années.

*

Quand je regardais Mamá repasser dans sa vieille robe froissée, courbée en deux et les lèvres remuant comme si elle parlait toute seule, une des chemises de Papá sur une planche recouverte d'un drap qu'elle posait entre deux dossiers de chaises, j'avais envie d'envoyer valdinguer d'un coup de pied cette installation dont l'instabilité et l'imperfection prouvaient que je ne serais jamais capable de pénétrer dans ce monde dont j'avais commencé à soupçonner l'existence au-delà du *barrio*.

Les chemises de Papá étaient toujours repassées. Il cirait ses chaussures noires tous les matins. Et tous les matins, il se rasait avec son rasoir à manche, de si près qu'il semblait jour après jour arracher un peu plus de la fine couche de chair qui recouvrait ses pommettes saillantes et son menton pointu. Quand je partais pour l'école, dès que j'étais dans l'escalier, j'entendais ses pas derrière moi. Je n'avais aucune idée de là où il allait, encore moins que lorsque nous vivions à Malagita.

Devant la porte de notre premier appartement, un deux-pièces minuscule dans un sous-sol humide à côté d'un conduit à charbon, une ampoule couverte de poussière pendait du plafond bas parmi un entrelacs de tuyaux étroits qui gargouillaient et vibraient jour et nuit sur toute leur longueur. De notre unique fenêtre, nous ne pouvions voir au-dessus de nous que les pieds et les chevilles des passants. Je croyais que nous étions venus là pour mourir – ou que cet endroit était l'enfer que le père Céspedes nous avait décrit avec tant de délectation. Papá s'est ensuite débrouillé pour obtenir l'appartement du dernier étage de presque tous les immeubles de briques sales dans lesquels nous avons vécu. Nous avons eu une fois un bail de six mois. Le premier jour du septième mois, Papá nous a installées dans un autre et identique appartement-wagon. C'est vrai, ils ressemblaient tous à des voitures de train rouillées – un étroit couloir à plafond haut sur lequel donnaient trois ou quatre chambres, une cuisine avec un évier profond flanqué d'un égouttoir métallique à rainures et, au bout du couloir, un salon dont les deux fenêtres ouvraient sur l'escalier de secours. Il y en a eu un où nous sommes restés presque un an, et le fils du propriétaire de l'immeuble, un jeune homme qui venait percevoir le loyer tous les premiers du mois, restait toujours sur le pas de la porte, mal à l'aise, les narines pincées, les lèvres serrées afin de ne rien laisser entrer en lui de l'odeur de notre vie.

La première fois que je me suis aventurée seule dans la rue et que j'ai senti tout autour de moi la ville immense et surpeuplée, il m'a semblé que Malagita ne pouvait exister. Tandis que je me tenais à l'entrée de l'immeuble, sans oser en sortir, j'ai ressenti une perte si effrayante que je me suis mise à pleurer bruyamment. Mamá m'a entendue de notre appartement du sous-sol, elle est venue me chercher et m'a ramenée, sanglotante, dans ses profondeurs sombres.

Nous avons accumulé des objets : une collection de lits en fer qui, quand je les touchais, faisaient venir sur ma langue un goût de vinaigre, de minces matelas recouverts de grosse toile pleine de taches, une table en métal dont une des charnières à ressort m'avait cassé un doigt, le fauteuil de mon père, un cadeau que Mamá lui avait offert quand elle travaillait à l'usine de parfum et payé en huit mois grâce à un crédit à l'emménagement, et dont le tissu rose lombric inspirait de perpétuels sarcasmes à Papá, qui

137

se demandait à haute voix s'il y avait place dans le cerveau de ma mère pour une autre couleur que le rose. Bien après que l'étoffe eut passé, il continuait de pointer un doigt moqueur vers son fauteuil en secouant la tête.

Quand nous avons quitté la maison en sous-sol, nous avions les valises de Papá, deux cartons de linge, quelques casseroles, un petit fer à repasser noir que Mamá devait faire chauffer sur la cuisinière et une ventouse au manche cassé que Papá avait trouvée dans une poubelle et qui nous avait beaucoup servi dans cet appartement-là, le plus minable de tous. Lors de notre dernier déménagement, l'année de mes dix-sept ans, en 1943, pendant la guerre, nous avions quatorze cartons. J'en ai porté un, sur le dessus duquel j'ai vu le Cœur Sacré de Jésus, l'image que Mamá avait glissée dans une valise à Malagita il y avait si longtemps et qu'elle avait si souvent depuis tenue entre ses doigts. Le rembourrage s'était échappé du cœur maintenant aplati et le visage de Jésus avait des marques sombres comme celui d'un voyou après une bagarre.

Une fois qu'ils avaient refermé sur eux notre porte d'entrée, descendu l'escalier vers la rue et une nouvelle vie, nous avions rarement des nouvelles de nos pensionnaires. Mais tandis que nous nous déplacions d'appartement en appartement, toujours dans un rayon d'environ douze blocs à l'est de Broadway, deux d'entre eux, Maura Cruz et le petit et fougueux Enrique Machado, sont restés avec nous pendant des années, nous ont suivis à chaque déménagement et aidés à transporter nos biens. Mon père ne faisait usage de sa force que pour déplacer le fauteuil détesté. Un jour, nous avons croisé une autre famille en train de déménager. L'homme et ses deux fils ont détourné la tête comme pour montrer qu'ils n'étaient pas comme nous, mais la femme, les bras refermés sur un tas d'oreillers, a eu une grimace de commisération.

*

Au réveil notre corps n'a pas d'âge. Il est comme celui de quelqu'un qui vient de naître. Cet instant où l'on est sans sensation se remplit petit à petit du pressentiment douloureux d'une absence. Je me souviens que la lumière du matin touche d'abord le haut du plus grand palmier royal et la façade de la tour de l'horloge, puis un étroit chemin encore mouillé de l'humidité de la nuit et un caniveau qui le longe, dans lequel des ombres profondes courent comme de l'eau. Elle dore un palmier nain, les branches d'un toit de palmes au-dessus des murs rouges de boue séchée d'une case et envoie un de ses rayons sur le sol de terre battue jusqu'au lit bas, où il éclaire celle qui me manque, Nana. Elle est sous une couverture autour de laquelle elle a crocheté une bordure de *margaritas*, sa natte de cheveux noirs tombe jusqu'au sol, ses longues paupières sont fermées mais s'ouvriront bientôt, comme les miennes viennent de s'ouvrir ; elle s'éveille à un autre jour et lentement se souvient, comme je viens de m'en souvenir, de ce qu'elle a perdu.

*

Je me suis violemment disputée avec ma mère. Un matin elle s'est sentie mal. Je lui ai fait son lit. Sous le mince matelas, j'ai trouvé les six lettres que j'avais écrites à Nana.

« Tu ne les as pas postées ! » ai-je crié, envahie à la fois de colère et d'inquiétude.

Elle a reposé sa tasse de café et refermé ses bras sur sa poitrine. Ses cheveux pendaient, la manche de sa robe de chambre rose était déchirée. « *Hija*… , a-t-elle murmuré.

— Mon Dieu ! Mais qu'est-ce qui t'a pris ! Je te déteste ! »

Elle m'a lancé sa tasse pleine à la figure. Je l'ai reçue sur le menton ; le café a éclaboussé ma blouse.

« *Atrevida !* a-t-elle crié. D'abord Orlando et maintenant toi ! »

Pendant tous ces mois, j'avais imaginé Nana en train de lire mes lettres, de les toucher. J'étais hors de moi. En sanglots, j'ai crié : « Oui, je vais le faire ! Je vais appeler la police ! »

Papá et Maura Cruz sont entrés en courant dans la cuisine.

«Arrêtez ce tapage!» nous a-t-il ordonné.

Mamá s'était levée de son tabouret et s'avançait vers moi, les poings en l'air.

«Espèce de pourriture! ai-je crié.

— Oh! Je vais la tuer!» a promis Mamá.

Maura Cruz s'est jetée entre nous. Papá m'a soulevée sous son bras et emportée dans le couloir puis jetée sur mon lit. Il a claqué la porte avec une telle force qu'une pluie d'éclats de peinture bleue est tombée du plafond.

J'ai pleuré des larmes de rage pure pendant un long moment. Je me suis endormie. Je me suis éveillée dans la honte. Le silence régnait sur l'appartement. J'avais manqué l'école. Quelle excuse allais-je pouvoir rédiger que Mamá signerait de son écriture plus enfantine que la mienne? Il fallait que j'aille aux toilettes. Il n'y avait personne dans le couloir. Quand je suis revenue dans ma chambre, Mamá, tout habillée, les cheveux coiffés, était assise sur mon lit.

«J'ai envoyé les lettres pendant que tu dormais», a-t-elle dit d'une voix douce.

Je me suis allongée, la tête sur ses genoux.

«Elle sait lire, mais pas écrire, tu sais, enfin peut-être un mot ou deux. C'est mon père qui était vraiment instruit. Alors je me suis dit – je sais que j'ai eu tort, maintenant – que ça ne servait à rien de lui envoyer tes lettres. Mais peut-être est-ce parce que je suis triste de ne pas en faire plus… moi aussi je lui ai mis un mot, Nena, bien qu'elle ne puisse pas répondre. Parce que, ai-je pensé, quelqu'un pourrait le faire pour elle. Alors je lui ai demandé l'adresse de mon frère, ton oncle Federico.

— Tu es allée à la poste toute seule?

— Toute seule», a-t-elle dit humblement.

Elle m'a caressé les cheveux. «Ils ont une si jolie couleur, a-t-elle dit. Comment les Américains l'appellent-ils?

— Ils n'ont pas de mot pour ça, ai-je prétendu pour la protéger de toute incertitude.

140

— Bruns», a-t-elle prononcé plutôt cérémonieusement après un instant de réflexion, roulant le *r* comme une petite roue à l'intérieur du mot. Sa main s'est immobilisée sur ma tête. «Ce dont tu m'as traitée était vraiment horrible.

— Oh Mamá… je ne le pensais pas.

— Dis-moi, a-t-elle repris. Qu'est-ce que tu voulais demander à la police ? Et où allais-tu prendre les deux pennies qu'il faut mettre dans le pot de Salazar ? » Soudain elle s'est mise à rire. Elle était prise d'une hilarité profonde que je ne lui avais jamais entendue.

Je n'arrivais pas à savoir ce qui m'était venu à l'esprit quand j'avais parlé de la police. Son rire s'est éteint. Elle m'a effleuré l'oreille. «Ça ne sert à rien de les appeler, a-t-elle dit, pensive. Ceux d'ici ne nous aiment pas. »

*

Après avoir posté mes lettres et son mot, Mamá s'est mise à attendre impatiemment une réponse de sa mère. Pendant des semaines, elle s'est glissée tous les après-midi jusqu'à l'église catholique, à dix rues au sud de chez nous, pour prier que Nana lui réponde. Un jour, sur Broadway, je suis passée à côté d'elle sans qu'elle me voie. Elle restait près des vitrines, le visage craintif mais décidé.

Elle n'aimait pas cette église. «Dieu n'est pas le même, dans ce pays», disait-elle. Au début, elle était allée se confesser, mais elle ne comprenait pas les paroles que le prêtre irlandais grasseyait derrière la grille de bois du confessionnal et elle avait honte du peu de mots anglais dont elle disposait pour avouer ses péchés.

«*Orgullo*, me demanda-t-elle un après-midi après avoir glissé son rosaire dans son vieux porte-monnaie noir et noué un foulard sur sa tête. Comment dit-on ça en anglais ?

— Orgueil», ai-je répondu, surprise. Quand elle est rentrée ce jour-là, elle m'a raconté que le prêtre lui avait demandé s'il y avait des missionnaires à San Pedro. Tout au moins était-ce ce qu'elle avait compris. «Comme si nous étions des Africains…», s'est-elle exclamée, indignée. Des années plus tard, elle a voulu savoir comment on disait *desesperacíon*, et quand j'ai dit «désespoir», elle a baissé la tête comme sous le coup d'une sentence fatale. Elle avait déjà renoncé à la confession et se rendait rarement à l'église, ce lieu si vaste et froid, même en été.

Mais les prières qu'elle a faites pour avoir des nouvelles de Nana ont été exaucées. Environ un mois après que mes lettres furent parties, une réponse est arrivée de San Pedro, rédigée de l'écriture ronde et soignée de mon ancienne institutrice, señora Garcia :

«Ta mère a été très heureuse de recevoir les lettres de sa petite-fille. Tout ce que Luisa lui a écrit lui semble magnifique. Elle espère en avoir d'autres et entendre ainsi la voix de Luisa malgré les milliers de kilomètres qui les séparent. Señora Sanchez se porte bien. Mais la señora de la Cueva est plus folle que jamais. (J'écris cela parce que señora Sanchez me l'a instamment demandé. Je ne suis pas d'accord.) La dernière adresse qu'elle a eu de Federico à New York est celle d'un restaurant qui s'appelle le Salamanca. Elle serre dans ses bras ses enfants si lointaines, leur envoie des baisers.»

Contrairement à son habitude, mon père a tout de suite accepté de chercher le Salamanca et Federico. Mais quand Mamá a pris deux pennies dans la bouteille de lait où elle gardait de la monnaie et les lui a tendus, il a repoussé sa main impatiemment en disant qu'il ne mettrait pas les pieds dans une boutique cubaine mais trouverait quelque part un téléphone public.

Mamá et moi sommes restées assises en silence, les yeux fixés sur la lettre de señora Garcia. «Ton Papá se sent seul», a-t-elle dit soudain.

J'étais en train de composer mentalement ma réponse à Nana, je nous décrivais, Mamá et moi, serrées l'une contre l'autre dans le fauteuil rose pour lire et relire les phrases de señora Garcia. «Seul ? » ai-je répété, incrédule.

J'ai vu le rouge envahir le visage de Mamá comme si, sans le vouloir, elle venait de me révéler quelque chose d'intime, et peut-être de honteux, à propos de mon père.

Papá a trouvé le numéro de téléphone du restaurant et parlé à Federico en personne. Il a refusé de répondre aux questions de Mamá – comment son frère lui avait-il semblé ? est-ce qu'il était heureux ? avait-il demandé à la voir ? – et il s'est contenté de nous dire que Federico avait promis de nous rendre bientôt visite.

À midi le dimanche suivant, quelqu'un a frappé à notre porte, des coups bruyants et impatients. C'est Maura, dont la chambre était la plus proche, qui est arrivée la première dans l'entrée et qui a ouvert. Mon oncle Federico, sa femme Aurelia et leur fils, mon cousin Atilio, ont défilé devant elle les uns derrière les autres et marché jusqu'au salon, où Mamá, émue aux larmes – elle n'avait pas vu son frère depuis dix-neuf ans –, s'était levée, les bras tendus.

Oncle Federico a serré Mamá contre lui avec une hâte étrange, exagérée, il m'a jeté un coup d'œil et a regardé, évalué la pièce autour de lui. Il s'est assis sur une chaise à dos droit, a ouvert la bouche et dans un anglais rapide, teinté d'un fort accent mais sans la moindre hésitation, il nous a raconté comment il s'était battu en arrivant aux États-Unis, comment il avait surmonté tous ses handicaps et s'était élevé au rang de maître d'hôtel du Salamanca, restaurant de *downtown*, évidemment, célèbre pour sa cuisine hispanique, la meilleure du monde, rang faussement attribué à la France par des ignorants persuadés qu'on mangeait en Espagne du riz et des haricots toute la journée au son des castagnettes.

Au début Mamá lui a crié de parler espagnol, ou, pour l'amour de Dieu, dans un anglais plus lent. Mais elle s'est vite tue et, sur son visage, l'effort qu'elle faisait pour suivre ce que disait Federico a fait place à un accablement qu'elle semblait reconnaître et

143

vouloir contrebalancer en lançant de temps en temps à son frère un sourire hésitant. Federico n'a pas vu ses sourires ; ses yeux sont tout le temps restés fixés sur Papá qui, à ma grande surprise, semblait goûter chaque mot que prononçait mon oncle.

Le fils de Nana ! C'était difficile à croire, et pourtant il lui ressemblait plus que Mamá. Une ressemblance clownesque comme ce qui restait des visages d'origine sur les photos que Maura coloriait le soir avec des peintures spéciales pour arrondir ses fins de mois.

De quelques années mon aîné, Atilio avait gardé son petit chapeau, qui était ridiculement posé au beau milieu de ses cheveux noirs frisés. Son visage rond et boudeur semblait lisse comme une amande. Il exhibait en silence son hésitation à placer son arrière-train sur les meubles de notre salon. Il portait non seulement une veste, mais aussi un gilet et la chaleur – nous étions en août – le faisait transpirer à grosses gouttes. J'ai vu ma tante prendre un grand mouchoir violet dans son sac et, après avoir vérifié qu'Oncle Federico ne s'en apercevrait pas, essuyer le visage de son fils et les côtés de son nez court et épais, exactement semblable au sien, tandis que le jeune garçon, immobile, lui jetait un regard mécontent.

Federico, comme tous ceux qui ne s'arrêtent jamais pour réfléchir, ne manquait pas de sujets de conversation. Il a parlé des dîners de gala du Salamanca, de ses relations professionnelles avec les gens importants qui fréquentaient le restaurant, de la Ford qu'il envisageait d'acheter à un prêtre qui cherchait à la vendre et dont il ne pouvait révéler le nom – il s'agissait d'un homme possédant un certain pouvoir politique dans la communauté latino-américaine –, et de leur semaine de vacances à la montagne.

« Quoi ! s'est-il exclamé alors que personne n'avait rien dit. Vous n'êtes pas sortis de New York depuis votre arrivée ! Incroyable ! Ah, Orlando, il faut que tu voies cette merveilleuse campagne américaine. »

Mon père avait une cigarette à la bouche. Si vite que cela a semblé un geste unique et doux, Oncle Federico a sorti une boîte d'allumettes de sa poche, il en a gratté une, a allumé la cigarette et s'est légèrement incliné. Aurelia, dont je voyais l'armature de la gaine pointer sous l'étoffe de sa robe, était allée regarder par la fenêtre pendant que Mamá faisait du café dans la cuisine. Federico parlait de l'excellent état des garnitures de sièges de la voiture du prêtre, du nombre de clients que pouvait contenir le Salamanca, du prix de ses vacances, et du caractère spacieux de leur appartement de l'Upper East Side.

« Vous avez un réfrigérateur ? a-t-il demandé à Papá, qui a secoué la tête avec un sourire amical. Ah oui, vous avez une glacière. Nous aussi, au début, n'est-ce pas, Aurelia ? Mais maintenant, bien sûr, nous en avons acheté un », et il a souri fièrement. Papá a encore hoché la tête, comme s'il partageait la conscience qu'avait Federico de sa propre importance.

Au moment de partir, son frère a demandé à Mamá : « Et comment va notre Mamacita ? » Et il a regardé au-delà d'elle comme si le silence était préférable à une réponse.

« Je ne lui ai pas parlé pendant des années, jusqu'à ce qu'il faille quitter Malagita. Alors, juste avant de partir… » Federico l'a interrompue d'un bruyant soupir. « Oui, une femme difficile que notre mère. Un sale caractère. C'est qu'elle a des idées d'autrefois, tu comprends. »

Mamá a regardé, pleine d'espoir, le visage d'Aurelia, où se lisait un intérêt soudain. « C'est parce que j'étais avec Orlando qu'elle ne me parlait plus », a-t-elle dit d'un ton grave.

« Vous n'avez pas de radio ? » m'a chuchoté Atilio. J'ai secoué la tête. Maura Cruz s'est penchée en avant vers le couloir où nous nous tenions tous.

« Qui est ce petit singe ? » a-t-elle bruyamment chuchoté en montrant Atilio du doigt. Il y a eu un mouvement vers la porte et la famille Sanchez, raccompagnée par Papá, est sortie de notre appartement.

«Au revoir, ma petite nièce», a lancé Federico. Papá a refermé la porte et Mamá est partie dans la cuisine. Je l'ai suivie. Elle était assise sur le tabouret, tenait une tasse sous le filet d'eau du robinet. Sa robe avait la même couleur que la gaze à travers laquelle elle versait le lait sur notre café. Une épingle allait tomber de son chignon bas. Maura est entrée en courant et s'est arrêtée, les mains sur les hanches, le visage aussi tendu que celui de Mamá.

«Qu'Orlando aille donc avec eux! s'est écriée Mamá. Ces Américains!

— Ce garçon ressemble tout à fait à un singe», a dit Maura.

Mamá s'est essuyé la figure avec le chiffon à vaisselle puis elle l'a regardé, dégoûtée. «Ma famille, a-t-elle murmuré. C'étaient mon neveu et mon frère.» Elle m'a aperçue. «Va décrocher le linge dans la salle de bains», a-t-elle dit durement.

Avait-elle deviné que j'énumérais tout ce en quoi Aurelia lui était supérieure? Aurelia avait les cheveux courts. J'avais senti l'excitante odeur de grillé de sa permanente. Les coutures de ses bas descendaient tout droit au milieu de ses gros mollets. Sa robe était repassée, sa gaine, immense, une véritable armure, la maintenait puissamment.

Je suis allée dans la salle de bains, où nos vêtements séchaient sur trois ficelles tendues au-dessus de la baignoire. À l'exception d'une paire de bas raccommodés de Mamá, tout était encore humide.

La poignée en bois pendouillait au bout de la chaîne des toilettes. Au-dessus de la cuvette, une fenêtre étroite laissait entrer quelques centimètres d'une lumière à l'éclat gris comme un nuage de pluie. Le châssis était entrouvert; on ne pouvait ni le soulever ni l'abaisser. À genoux sur le siège des toilettes, j'ai vu à quelques mètres sur un mur sombre une autre fenêtre exactement pareille. Tandis que je scrutais dehors par cet entrebâillement, j'ai eu la conviction que tout l'air fuyait, qu'il s'échappait vers le lieu invisible d'où j'entendais parfois monter les feulements rauques des chats. Je suis ressortie dans le silence du couloir.

Si seulement j'avais su aller jusqu'à l'appartement lumineux que les Sanchez avaient dans l'Upper East Side ! Qu'est-ce que ça pouvait faire qu'ils soient si horribles, tous les trois, puisqu'ils avaient échappé au *barrio* !

*

La famille Sanchez n'est venue chez nous qu'à de rares occasions, mais Papá allait souvent, tard le soir, chercher Federico après la fermeture du Salamanca et sortait avec lui dans quelque club de l'East Side. J'ai rendu visite aux Sanchez quelques années plus tard. Je n'ai pas été aussi surprise que je l'aurais été la première fois que je les ai rencontrés de découvrir que leur appartement ne différait pas tellement des maisons-wagons dans lesquelles nous avions habité. Seuls les meubles – fauteuils trop rembourrés, accroupis comme des monstres côte à côte dans le salon sur un tapis couleur mercurochrome, tables en verre encombrées de bergères, d'écureuils et d'oiseaux de porcelaine, grand meuble-radio sur lequel se dressait la statuette en plâtre vaguement sacramentelle d'un homme tenant à la main un bâton autour duquel quelqu'un avait attaché un ruban de satin violet, et tremblement du réfrigérateur qui cliquetait de façon intermittente – incarnaient les prétentions d'Oncle Federico à la réussite matérielle.

Il y avait aussi quelques « clubs » dans le West Side, petites boutiques abandonnées meublées de chaises pliantes et de tables de jeu, où les hommes d'origine latino-américaine se réunissaient le soir. Lorsque Mamá m'envoyait faire une course tardive, j'entendais le claquement cadencé des dominos qu'ils empilaient, leurs voix animées tandis qu'ils criaient, se disputaient et riaient sans retenue. Ils étaient, dans leur club, des exilés triomphants. Ils gardaient leurs chapeaux sur la tête. Par élégance ? Pour se protéger ? Je détestais ces chapeaux. Je détestais la façon dont les hommes se pavanaient les uns à côté des autres en gloussant *Oye !*

147

Oye! – «Écoute! écoute!» – et, lorsque par une de ces soirées d'été j'ai vu Papá derrière une vitrine poussiéreuse se déplacer au milieu d'eux avec une aisance corporelle, une expression de douceur sur le visage que je ne lui avais jamais vues à la maison, je l'ai détesté. Pourtant il ne portait jamais de chapeau, même pas dans le froid métallique de l'hiver.

Il était de plus en plus souvent dehors. Mais, comme à Malagita, Mamá mettait trois couverts sur la table de la cuisine et, quand il ne rentrait pas, elle couvrait sa part avec une assiette et la lui gardait.

Quand elle lui réclamait de l'argent en tendant vers lui un manteau reprisé depuis longtemps, trop petit pour moi et en me montrant du doigt – «Cette enfant pousse si vite… Il lui faut un nouveau manteau» –, il l'écartait de son chemin. «Ne me harcèle pas», disait-il.

Mamá se débrouillait pour m'habiller. Quand elle a arrêté de travailler, elle faisait les poches de Papá, empruntait à Maura ou Enrique Machado et amassait petit à petit de quoi me payer un nouveau chandail ou du tissu dans lequel elle me cousait une robe à la main, assise sur son tabouret à côté de la fenêtre, pour avoir le plus de lumière possible.

Je ne me rappelle pas que mon père m'ait jamais dit bonjour; je ne me souviens que de l'atmosphère qu'il créait par son attention intense chaque matin de semaine lorsque je me réveillais. Il ne préparait pas mon petit déjeuner, il ne me coiffait pas – Mamá se chargeait de ces tâches – mais c'était la force de son silence qui me poussait dans le couloir puis dans la rue, tout au long du chemin qui menait à l'école.

Pourtant, il ne s'intéressait pas à ce que j'apprenais; du moment que je savais parler et écrire l'anglais, cela lui suffisait. Il me demandait souvent de lui lire le journal à voix haute, corrigeait mon accent, me faisait expliquer le sens d'un mot. Si je me trompais, il fermait les yeux un long moment. Je fixais sa chemise pour m'assurer qu'il respirait encore, imaginant qu'il avait fini par mourir de dégoût.

Un matin, j'ai trouvé un billet d'un dollar sous le pot de monnaie. Je l'ai pris.

Je ne suis pas allée à l'école mais au Red Robin, un cinéma de Broadway, et j'ai attendu sous l'auvent jusqu'à ce qu'il ouvre, à dix heures. J'ai assisté à trois séances, vu un feuilleton, un dessin animé, un documentaire sur Naples et deux films. J'avais laissé mon déjeuner à la maison. De plus en plus affamée, j'ai pris conscience de la faiblesse de mon geste de révolte : malgré la sensation d'éternité donnée par une journée entière passée au cinéma, il allait bien falloir rentrer. Je n'avais que treize ans — nulle part d'autre où aller.

Quand Mamá m'a vue, elle a mis la main devant sa bouche comme elle le faisait chaque fois qu'elle était effrayée ou scandalisée. J'ai haussé les épaules avec ce qui me restait de courage. «*Ay!* C'est toi qui l'as pris ? Il sait que c'est toi», a-t-elle chuchoté. J'aurais pu nier. Il y avait non seulement les pensionnaires qui se promenaient partout dans la maison mais aussi leurs amis et leurs cousins.

Papá se tenait à la porte de la cuisine. «Tu as manqué l'école ? Qu'est-ce que tu as fait avec ce dollar ? » a-t-il demandé d'un air las. J'aurais voulu qu'il y ait plus d'argent à voler, une somme assez importante pour le bouleverser.

«Je suis allée au cinéma», ai-je répondu d'un ton insolent en regardant par-dessus son épaule vers la fenêtre comme si je trouvais l'issue de secours plus intéressante que lui, comme si pour moi il n'était rien. «Je me suis acheté des bonbons, ai-je ajouté. Et ce magazine.» Je le lui ai montré, roulé dans ma main. Il a tendu le bras pour le prendre. Jeté un coup d'œil à la photo d'un couple de stars du cinéma sur la couverture, puis il s'est mis à le déchirer en laissant tomber par terre les morceaux de papier.

«Arrête ! Orlando ! Arrête ! » a crié ma mère.

Il m'a fait signe de le suivre et j'ai obéi, les mains soudain toutes moites. Dans la salle de bains, il a pris sa lanière de cuir au clou où elle était accrochée. «Tiens-toi au bord de la baignoire», a-t-il dit d'un ton neutre. Je me suis exécutée et il m'a frappée avec la lanière, vite, quatre fois. À chaque coup je me suis sentie partir ; mon cœur battait à coups violents et irréguliers, comme si plus rien ne pouvait le contenir. Mon père me battait. J'ai atteint un degré d'impuissance que je n'avais ressenti qu'une seule fois dans ma vie, sur le bateau qui nous emmenait de San Pedro.

Je suis restée où j'étais, penchée sur la baignoire, tandis qu'il raccrochait la lanière à sa place et sortait de la salle de bains. Quelques secondes plus tard, j'ai entendu le bruit sec d'une porte qui s'ouvrait et se refermait. Le rebord de la baignoire était mouillé là où je m'étais agrippée. Je suis sortie dans le couloir. Maura regardait par l'entrebâillement de sa porte. Mamá était devant la cuisine. Je n'ai pas su que je pleurais avant de me passer la main sur les joues pour en enlever ce que je croyais être un éclat de peinture. Les deux femmes se sont soudain avancées vers moi. Elles se sont arrêtées à quelques dizaines de centimètres, comme devant un lieu de désastre inapprochable. Puis Mamá a tendu le bras et touché ma blouse, qui flottait. Maura est allée dans sa chambre et elle en est revenue avec un petit pot de vaseline. Lentement, Mamá a soulevé ma chemise et s'est mise derrière moi. Elle a gémi. J'ai entendu Maura qui retenait son souffle. Effleurant à peine ma peau, Mamá a commencé à étaler la vaseline sur mon dos.

«Tu ne l'as pas arrêté, l'ai-je accusée.

— Oh Seigneur ! Comme si j'avais jamais été capable de l'arrêter !» s'est-elle écriée.

Elle a tendu le pot à Maura. «Viens, allons dîner maintenant – tout de suite, avant qu'il revienne. J'ai fait de la soupe de pois chiches. Chut ! Chut !» Elle m'a pris la main et m'a conduite dans la cuisine. Maura a mangé avec nous comme si nous fêtions quelque chose. J'étais trop fatiguée pour écouter leurs voix inquiètes. Je me suis drapée d'invisibilité comme le héros du feuilleton que j'avais vu ce jour-là au cinéma.

Papá est rentré quand nous finissions de dîner. Maura s'est éclipsée, roulant les yeux au ciel.

Je ferai ce que je voudrai, me suis-je dit. Plus tard.

À cet instant, un bruit de petits pas a résonné sur le linoléum du couloir et un chien court sur pattes est entré dans la cuisine. Ses poils couleur moutarde sale étaient hérissés, ses yeux rougeoyaient dans la faible lumière de l'ampoule qui pendait au plafond de la cuisine.

«Mon chien», a dit Papá d'une voix un peu étouffée. Il a claqué des doigts et appelé doucement : «Jamon !» L'animal s'est avancé vers lui. Il avait l'air très vieux. Il bougeait comme un jouet articulé – je m'attendais à entendre un roulement mécanique.

Mamá s'est avancée vers Papá le poing levé. Le chien a grogné. Mon père a éclaté d'un rire fou. Brusquement, le chien s'est assis et a levé les yeux vers lui.

«Un homme ne peut vivre sans ami !» a-t-il déclaré.

Mamá pleurait. Elle a pressé ses paumes l'une contre l'autre et levé son visage vers le Ciel.

«Seigneur, ramène-moi chez moi, a-t-elle sangloté. Rends-moi ma vie... Laisse-moi travailler comme une esclave dans les champs de canne – emmène-moi loin d'ici, loin de cet homme. Je suis perdue !»

Elle s'est étouffée, a toussé et pris sa jupe pour s'essuyer le visage. Papá a émis un son dégoûté. Mamá est venue vers moi et a pressé mon visage contre sa poitrine ; ses bras passés autour de mon dos me faisaient mal, mais je n'ai pas bougé.

«Accompagne-moi à l'épicerie, a-t-elle murmuré d'une voix chevrotante. Il faut que j'achète du pain pour demain.»

Elle m'a lâchée et a pris son sac de toile. Papá et le chien étaient partis.

Elle s'est préparée à sortir. Elle a défroissé sa robe. Ses doigts ont saisi et enroulé dans son chignon les cheveux qui s'en étaient échappés. Elle a attrapé des pièces dans le pot, les a tenues devant ses yeux pour vérifier s'il s'agissait de cinq ou dix cents – elle ne prenait jamais plus que ce qu'elle pensait dépenser – puis, comme toujours, elle est allée à la fenêtre de la cuisine et a jeté un coup d'œil dehors. Chaque fois que je la voyais faire ça, j'imaginais que l'espace d'un instant elle se laissait aller à rêver que c'était un petit village qui s'étendait en bas.

«Allez, viens!» me suis-je exclamée. Quand elle s'est retournée et qu'elle m'a regardée, elle semblait effrayée. Était-ce parce que je lui avais parlé durement? Elle était autant responsable que Papá des marques que j'avais dans le dos. Elle savait pourquoi il m'avait emmenée dans la salle de bains. Comment pouvais-je penser qu'elle imaginait quoi que ce soit en contemplant les toits et les cheminées qui s'étendaient jusqu'à l'horizon? Sa nature, ce qu'elle était, avait disparu d'elle comme le rembourrage s'était échappé du cœur en papier de Jésus.

Elle s'est avancée vers moi d'un pas hésitant. «Je ne le laisserai jamais recommencer! s'est-elle exclamée. Je ne savais pas ce qu'il allait faire. La prochaine fois...» Elle a jeté un regard rapide dans la cuisine puis elle a saisi le fer noirci qui était sur le four et l'a brandi, sans me quitter des yeux. Elle s'est immobilisée, comme si elle attendait que j'émette un jugement sur ses intentions. J'ai essayé, mais je ne voyais pas Mamá lancer un fer à la tête de mon père; je ne me la représentais qu'en train de repasser.

*

Lorsque nous descendions l'escalier jusqu'à la rue pour nos courses du soir, nous plongions dans un bouillon encore plus concentré des émanations de notre vie, l'effluve terreux des haricots, épais, placide, le relent aigre et morbide du produit contre les cafards, le parfum du linge repassé auquel s'accrochait encore l'odeur brute du savon jaune dans lequel il avait été lavé et, comme si l'immeuble y avait baigné pendant des centaines d'années, la puanteur des égouts.

Mais – «*Que sabroso!*» disait Mamá si nous passions devant la porte de gens chanceux qui, ce soir-là, allaient manger du porc.

La viande sautée triomphait de toutes les autres exhalaisons ; festive et rassurante, elle était un peu de prospérité qui crépitait dans une cuisine petite et sombre comme la nôtre.

Il y avait aussi des senteurs d'eau de toilette, de pommade, de lotions et de poudres du Tout à Cinq et Dix Cents de Broadway et leur douceur fine, traînante, émanait d'appartements où vivaient des femmes comme Maura Cruz, des femmes qui espéraient se décolorer, se teindre et se parfumer comme les Américaines, des femmes qui portaient des talons qui les faisaient tituber, penchées en avant comme poussées par le vent, des femmes qui mettaient des colliers de verroterie tintinnabulante et des bracelets qui cliquetaient, dans lesquels elles investissaient tout ce qu'elles réussissaient à économiser sur le loyer et sur la nourriture.

Maura a conseillé à Mamá de se faire belle pour Papá. À voix basse, avec sur les lèvres un sourire entendu qui ne réussissait pas à cacher combien elle était peu sûre d'elle voire angoissée, elle s'est écriée : «*Negra !* C'est comme ça que ça se passe avec les hommes, comme ça. Là, regarde.» Elle a posé deux ronds de rouge à joues orange sur la peau flasque de Mamá, elle s'est reculée et a plissé les yeux. Mamá lui a renvoyé son regard d'un air timide. «Attends ! a crié Maura. Prends ça !» Elle a tendu à Mamá une paire de boucles d'oreilles. «Mets-les !»

Mais Mamá, après avoir jeté un coup d'œil à son reflet dans le miroir nuageux du poudrier de Maura, a secoué la tête. «Orlando n'aime pas les clowns», a-t-elle dit d'un ton grave, et elle a rendu ses boucles d'oreilles à Maura puis elle est allée se laver les joues, refusant le pot de cold cream que Maura lui tendait.

Mamá avait renoncé depuis longtemps au rêve de beauté de Maura. Avec les accès d'énergie provoqués par les vieilles rancœurs, elle affrontait les petits désagréments quotidiens, la façon dont Jamon baissait soudain les reins et déposait une petite crotte dure sous une table, les résidus intimes qu'Enrique Machado laissait dans la baignoire, l'insolence des cafards, mon propre corps, qui croissait et s'allongeait d'une façon qui nous désespérait toutes deux au fur et à mesure que j'occupais de plus en plus d'espace et nécessitais de plus en plus de tissu et de cuir pour me couvrir.

Mon père, qui se lassait périodiquement de ses relations du «club», passait alors toute la journée dans son fauteuil du salon, broyant du noir dans un silence seulement interrompu par un mot adressé de temps à autre à Jamon, qui restait toujours à côté de lui quand il était à la maison. Mamá voltigeait autour de Papá, récitant la liste des choses dont nous avions besoin comme une prière rageuse.

«Adresse-toi à ta mère! lui a-t-elle crié un soir. Écris-lui! Seigneur! La vie est impossible ici – ce pays n'est pas fait pour les gens pauvres.

— Ma mère est morte le mois dernier», a dit Papá sur un ton laconique.

J'étais à la fenêtre, les mains sur les barreaux rouillés de l'escalier de secours. Je me suis penchée en avant. «*Hijita!* a hurlé Mamá. Tu vas tomber!»

Je me suis reculée. Ils me contemplaient, Mamá qui se tenait la gorge, Papá, figé, à moitié debout. Mes mains étaient pleines de poussière granuleuse. Je les ai regardés fixement. La Señora était morte. Ce n'était pas possible. À cet instant, la mort d'un espoir que je ne savais pas avoir, si nébuleux que je ne pouvais mettre de mot dessus, mais dont je savais que c'était un espoir à la mesure du sentiment de désolation qui a suivi sa perte, m'a fait me sentir faible, malade. Mes jambes tremblaient. J'imaginais les habitants de Malagita suivre leur maîtresse jusqu'au trou dans la terre. Je n'avais pas écrit à Nana depuis des mois, ma décision de lui envoyer une lettre par semaine avait été vaincue par son silence. Qu'allait-il se passer maintenant?

«Va te laver les mains», m'a ordonné Papá.

Je ne lui ai pas obéi, je suis restée, obstinée, où j'étais, attendant désespérément d'en entendre plus. Il a balbutié quelque chose.

154

Je me suis demandé s'il venait de me traiter d'âne comme il le faisait parfois. Il s'est retourné brusquement et a quitté la pièce. Mamá l'a attrapé par la manche.

«Parle-nous, a-t-elle supplié. Quelle sorte d'homme es-tu pour ne rien dire alors que ta mère est morte ? » Il a repoussé sa main. «Je suis allé en ville voir l'administrateur de Malagita…, a-t-il commencé.

— … Quoi ? l'a interrompu Mamá. Qu'est-ce que tu dis ?

— Calderío est son exécuteur testamentaire. Cette chienne de Française et ses enfants ont hérité de tout.» Il a haussé les épaules. Mamá avait l'air stupéfaite.

«Eh bien, demande-lui, à elle…, a-t-elle dit sourdement. Demande quelque chose à la Française. Tu étais le fils.

— Si je lui demande quelque chose, ce sera pourquoi elle se conduit comme une chienne», a dit Papá. Jamon s'est levé, il a essayé de se gratter l'oreille et il est retombé. «Est-ce que tu t'imaginais qu'un jour nous serions riches ? » a demandé Papá d'un cri accusateur.

Mamá a passé son bras autour de moi et elle m'a emmenée hors de la pièce, dans le couloir. «C'est parce qu'il a toujours été contre elle… depuis toujours», a-t-elle voulu expliquer.

Elle s'est arrêtée devant la salle de bains. «Lave-toi les mains, ma chérie, a-t-elle dit avec une telle douceur que j'ai senti mon cœur se briser. Essaye de ne pas tant salir tes vêtements d'école… Je suis très fatiguée.»

*

Maura a été renvoyée. L'usine où elle travaillait allait fermer. Le photographe qui lui confiait à l'occasion des photos à colorier lui a dit de ne plus se donner la peine de venir si souvent — ses clients ne pouvaient pas s'offrir ce supplément de dépense. Elle nous l'a annoncé en pleurant. «Qu'est-ce que je vais faire ? Mais qu'est-ce que je vais faire ? » gémissait-elle. Son angoisse emplissait la cuisine. Elle avait vu sur Broadway un homme vêtu d'un manteau de femme allongé mort dans le caniveau. Elle avait vu des milliers de gens faire la queue pour un emploi de laveur de vaisselle chez Child. Le pays s'effondrait. Une femme qu'elle connaissait avait attendu trois heures debout la distribution de soupe gratuite. Et quand il n'était plus resté qu'un vieil homme devant elle, elle s'était évanouie de faim et d'épuisement. Les riches se cachaient, gardés par des chiens dangereux et des domestiques armés. Est-ce qu'Orlando allait la mettre à la rue maintenant qu'elle ne pouvait plus payer de loyer ?

Mamá a tendu les bras au-dessus de la table et serré dans les siennes les mains maigres de Maura. Elle n'a rien dit. Un calme mystérieux régnait. La nuit se pressait contre la fenêtre de la cuisine. Une nuit certainement plus profonde, plus noire que celle des soirs habituels. Les mains des deux femmes reposaient sur l'assiette retournée de Papá – il n'était pas encore rentré – et il y avait sur la cuisinière une casserole avec le reste de la soupe que nous mangions depuis plusieurs jours. Je lui avais trouvé un goût de lard rance ; je savais que c'était parce que Mamá avait mis de côté pour Papá dans une soucoupe sur le rebord de la fenêtre l'aile et le cou de poulet qu'elle y avait fait bouillir.

En dehors du contenu de la marmite, ai-je soudain remarqué, il n'y avait aucune nourriture dans la cuisine – même le pot de graisse que Mamá gardait toujours à côté du four n'était plus là. Ne nous restait-il rien ? Mamá a murmuré quelque chose et lâché les mains de Maura. J'ai baissé les yeux vers mon livre, sur le poème que je devrais savoir par cœur et réciter à haute voix le lendemain matin en classe. Je ne connaissais pas le sens de certains de ses mots ; je ne savais pas si j'avais jamais vu de jonquille.

Maura m'aidait parfois à apprendre des dates ou une récitation. Je l'ai regardée. J'ai vu que ses pommettes saillantes étaient marbrées de larmes. Le bout de ses cheveux était encore vaguement rouge, mais la teinture passait, prenait une teinte rouille.

Seules semblaient vivantes les racines noires qu'elle détestait et qui poussaient comme du fil de fer sur son crâne étroit. Timidement, j'ai avancé mon livre ouvert vers elle, consciente de la regarder d'un œil critique tout en lui demandant quelque chose. Elle a jeté un coup d'œil à ma leçon et refermé le livre d'un coup sec.

« Des jonquilles ! a-t-elle grondé, les yeux à nouveau pleins de larmes. *Que mierda !* »

L'aboiement rauque de Jamon qui souhaitait la bienvenue à Papá nous a annoncé que ce dernier venait de rentrer. J'ai entendu la porte claquer, ses pas lents dans le couloir. Il s'est arrêté, silencieux, devant la cuisine, Jamon couché à ses pieds. Mamá s'est levée, elle s'est dirigée vers le four. Mais brusquement elle s'est arrêtée pour regarder Papá. Il portait une longue veste blanche boutonnée jusqu'au cou et une casquette blanche carrée. Sur le devant de la casquette et la poche de la veste étaient imprimées les initiales N.Y.C., New York City.

Elle s'est avancée. Il a levé une main comme pour l'empêcher de s'approcher de lui.

« Quoi ? Tu vides les poubelles ? a éclaté Maura.

— Les poubelles ? a répété Mamá. Orlando ? Tu as trouvé du travail ? »

Il s'est mis à table. Maura s'est levée et a quitté la pièce. J'ai cru voir un sourire passer sur ses lèvres. Papá a soulevé l'assiette qui couvrait son dîner et fixé sa nourriture.

« Orlando ? a demandé Mamá.

— Je vais balayer les caniveaux, a-t-il dit à l'assiette. J'ai trouvé un emploi de balayeur. »

Mamá a ouvert la fenêtre et pris la soucoupe où était le poulet.

« Je suis si heureuse, a-t-elle murmuré. Si heureuse.

— Ne dis plus rien, a-t-il répondu tout doucement. S'il te plaît, ne dis plus rien. »

*

Papá a gardé ce premier emploi pendant presque un an. Jamon pleurait son absence devant la porte de l'appartement, grognait lorsque nous l'approchions. Un après-midi, quand je suis rentrée de l'école, j'ai trouvé Mamá dans l'escalier, tirant Jamon par une corde qu'elle lui avait accrochée autour du cou. «Il est en train de transformer notre maison en porcherie», a-t-elle dit à bout de souffle. Elle a tiré sur la corde et le chien est tombé sur la marche suivante. Je l'ai pris et traîné dans la rue où il a fait tout ce qu'il avait à faire en une minute devant l'immeuble, les jambes raides, légèrement tremblant. Il m'a ramenée immédiatement à l'intérieur comme si l'extérieur lui faisait horreur. Avec Papá, il allait n'importe où, mais quand je voulais le sortir, il essayait de planter dans ma chair ses canines jaunes émoussées.

Quand Papá le caressait, la tête de Jamon pendait. Ses yeux restaient fermés jusqu'à ce qu'une lueur humide révèle leur emplacement; des filets de salive se prenaient dans les longs poils de son museau. La main de Papá allait et venait dans sa fourrure frisée. Les lèvres de Papá s'entrouvraient légèrement sur ses dents blanches comme la craie. Quand les mouvements réguliers et rigides de sa main s'arrêtaient, Jamon retombait lentement sur le sol, où il semblait dormir. Papá l'observait brièvement, puis, fermant les yeux à son tour, s'appuyait contre le dossier du fauteuil rose. Rien ni personne n'avait le droit d'interrompre cette scène qui se déroulait tous les soirs quand Papá rentrait après avoir balayé les rues de New York. Même si le dîner était prêt, Mamá restait debout en silence à la porte du salon et attendait que l'homme et le chien s'immobilisent pour annoncer à Papá que le repas était prêt.

Toute la journée le chien se languissait de lui. Quand Papá ouvrait la porte, son visage était déjà penché vers l'animal. Jamon gémissait, Papá murmurait son nom et ils allaient ensemble jusqu'au salon. C'était un spectacle qui m'attirait et pourtant me remplissait de détresse, d'une agitation sur laquelle je n'arrivais pas à mettre de nom.

Nous avons recommencé à manger de la viande. J'ai pris conscience en mordant dans un morceau de bœuf de tout le temps pendant lequel nous avions vécu de soupe légère, de riz et de bouts de lard. Mamá a acheté un petit tapis bleu pour mettre devant la baignoire sur le carrelage blanc et glacé. «Le rose était plus joli, m'a-t-elle dit, dommage que ton Papá déteste cette couleur.» Elle m'a acheté un chandail presque du même bleu que le tapis, et je l'ai porté jusqu'à ce que mes poignets dépassent complètement des manches et que l'encolure devienne trop étroite pour ma tête.

Papá, lui aussi, a fait des achats, de mystérieux objets qu'il gardait dans leurs boîtes par terre dans un coin de la pièce de devant et au sujet desquels Mamá a vite arrêté de poser des questions car elles provoquaient en lui ce rejet méprisant qu'il manifestait vis-à-vis d'elle et qui la blessait tellement.

Un samedi matin, il a réveillé Enrique Machado, qui dormait dans la journée car il travaillait de nuit dans un bowling et ils sont sortis ensemble. Ils sont revenus des heures plus tard avec de grandes planches de bois qu'ils ont portées jusqu'au salon. Machado est ressorti et il est vite revenu, avec un sac de toile sale plein d'outils que j'ai reconnus car ils appartenaient au gardien qui habitait au sous-sol. Quand nous avons entendu le bruit du carton qu'on déchire, Mamá et moi sommes allées voir. Les boîtes étaient ouvertes. Papá et Machado les contemplaient. «Ne touche à rien, a dit Papá. Il faut d'abord tout assembler.» Il n'a pas regardé dans notre direction.

Mamá et moi avions fini de dîner et Mamá avait mis l'assiette de Papá dans le four quand le bruit de scie et de marteau a enfin cessé. En dehors des fréquents voyages de Machado aux toilettes – nous savions tous qu'il avait des problèmes de vessie; souvent, la nuit, j'entendais le bruit d'un jet d'urine faible et hésitant, puis la brève agitation de la chasse d'eau, la longue série de gargouillements et le goutte-à-goutte qui s'ensuivait –, ils n'avaient pas quitté salon.

Maura était sortie. Après le vacarme de l'après-midi, le silence était profond. Soudain il y a eu un grondement, une voix qui chantait, puissante à vous en déchirer le tympan, et si percutante que la marmite, la cuisinière et la vitre de la cuisine se sont mises à vibrer bruyamment.

Nous avons couru vers le salon. Les cartons étaient posés par terre, vides, retournés. Sur un mur de planches installées entre les deux fenêtres, qu'elles cachaient à moitié, étaient fixés des fils, des interrupteurs et des objets de métal semblables à d'énormes bouches d'où sortaient ces bruits terribles. Machado était debout, figé, mais mon père riait et serrait ses bras autour de lui dans un accès de joyeuse folie. Mamá s'est bouché les oreilles. Il l'a regardée comme s'il avait oublié qui elle était. Il a fait un pas vers le mur et, d'un geste d'une délicatesse étrange, exagérée, a touché un bouton. Les clameurs se sont tues.

«*I Pagliaci*», a-t-il dit d'un air impitoyable qui nous condamnait tous. Il a soulevé les cartons et les a emportés dans le couloir. «*Un gran talento*», a dit Machado avec admiration.

Quand je rentrais après Papá, j'entendais du coin de la rue l'énorme radio, instruments, orchestres, conversations, chansons, et quelquefois un pépiement de canaris fous. Cela ressemblait au tapage informe qui provenait parfois des «clubs» de Broadway mais à un tel niveau sonore que les gens s'arrêtaient et regardaient les plus hautes fenêtres de notre immeuble, l'air ébahi, outré. La police est venue deux fois, appelée par des locataires indignés. La seconde fois, ils ont averti Papá que si cela recommençait, ils lui confisqueraient son installation et l'arrêteraient pour trouble de l'ordre public.

Quelques jours plus tard, il a perdu son travail. Il ne pouvait plus entretenir sa radio, qui avait constamment besoin d'améliorations et de pièces nouvelles. Il est retourné s'asseoir dans son fauteuil, jour après jour, les yeux fixés sur les haut-parleurs maintenant silencieux qui se couvraient de poussière. Mamá refusait d'y toucher.

Maura, qui avait fui l'appartement et sa radio, même après de longues journées passées dehors à chercher du travail, revenait maintenant plus tôt vers sa chambre et son lit, qu'elle ne faisait plus jamais. Machado était le seul membre de la maisonnée à aller travailler. Mamá délayait la nourriture. Le calme planait sur l'appartement. Vers quoi dérivions-nous ? Chaque soir, je me demandais si nous mangions notre dernier repas. Papá et Mamá se disputaient parfois à propos de Maura, qui ne payait pas son loyer, mais leur colère était sans vie, leurs voix plaintives, et quand mon père menaçait de mettre Maura à la porte, c'était sans conviction.

Je n'avais jamais envie d'être à la maison. Quand je rentrais de l'école, toujours affamée, toujours furieuse parce que affamée, je pensais à ce hall sombre, aux murs peints en bleu, au plâtre qui se boursouflait par plaques, aux chambres étroites, nauséabondes et silencieuses.

Je me disais que le trottoir aboutissait devant la cuisine de Malagita, que j'y verrais Mamá comme elle avait été, les cheveux relevés, nets, ses bras ronds et lisses, une cuillère en bois à la main avec laquelle elle retournait des tranches de bananes frites, l'ombre tiède et douce autour de nous, la lumière d'une lampe vacillant dans la maison du Chinois, à quelques mètres.

Puis je me retrouvais devant l'entrée de notre immeuble, près des marches, d'une poubelle à moitié vide renversée par un animal errant, de morceaux de charbon tombés sur le trottoir du conduit qui menait au sous-sol. Quand je pensais à Papá dans ces moments-là, je savais qu'il était fou, pas de cette folie contrefaite des acteurs que j'avais vus au cinéma, fou dans la vie.

*

J'ai demandé à Maura de me faire réciter les vers d'un poème que j'avais à apprendre, mais elle m'a dit de ne plus compter sur elle – elle avait trop à penser ces temps derniers. «Trouve pour

161

t'aider quelqu'un qui a du travail », m'a-t-elle conseillé. Par « penser », elle entendait rester couchée sur son lit, les yeux fixés au plafond, la porte entrouverte afin, m'expliquait-elle, de ne pas avoir l'impression d'avoir déjà été jetée au fond de sa tombe.

Lorsque je passais devant sa chambre et que j'apercevais son corps allongé, son visage immobile, elle me semblait flotter, et quand je l'observais ensuite par l'entrebâillement et que je voyais ses yeux fermés, je me racontais qu'elle s'était laissé emporter si loin dans le malheur qu'elle s'y était endormie, comme bercée par l'oubli.

Au cours des années, des enfants arrivaient à l'école et en repartaient. Les familles quittaient le quartier ou se dispersaient quand l'un des parents, généralement le père, s'enfuyait et ne revenait pas. Les enfants étaient envoyés chez des proches dans le Sud ou sur l'île des Caraïbes d'où ils venaient. Quand j'étais en quatrième, Ellen Dove est venue dans mon école après avoir quitté le collège catholique qui se trouvait quelques blocs plus loin et où mon père avait, dans le passé, souvent menacé de me mettre quand il considérait que je n'en apprenais pas assez ou que mon américain devenait « vulgaire ». Je savais qu'il ne le pouvait pas. Le collège catholique était payant.

Un fin ruban bleu nouait la grosse natte sombre d'Ellen. Ses vêtements étaient toujours bien repassés, les poignets blancs de son chemisier de coton amidonnés et éclatants contre ses poignets étroits et bruns. Elle avait la peau plus claire que d'autres enfants noirs de ma classe, et se tenait à l'écart de ces derniers comme du reste d'entre nous. Je la regardais tout le temps. J'attendais, le matin, qu'elle apparaisse à la porte de notre salle, grande, mince et, à mes yeux, particulière.

Elle s'est aperçue de l'attention que je lui portais. Elle se tournait vers moi et souriait, les yeux brillant derrière ses épais cils noirs. Elle levait la main et repliait légèrement ses doigts. Je m'éveillais en pensant à elle. Nous sommes devenues amies. Elle est arrivée dans mon école en mars. Quand le temps s'est réchauffé,

162

nous nous sommes promenées ensemble le long de l'Hudson. À peine plus au nord, le pont George-Washington s'accrochait à chacune des deux rives. Nous avons découvert un coin de campagne avec des bosquets et des pentes dégagées. Nous regardions le fleuve couler, les bateaux, les énormes navires qui remontaient le courant pour aller jeter l'ancre. Elle me faisait apprendre une poésie : «*I have a Rendez vous with Death*, ai-je récité. — Le *z* ne se prononce pas», m'a-t-elle dit. Elle m'a parlé de l'avenir. Je n'y avais encore jamais pensé. Sur les berges de l'Hudson, loin de la tyrannie du présent, cet avenir souriait. Il avait une odeur, l'odeur de pastèque, claire et légère du fleuve, et celle, verte, simple et chaste de l'herbe nouvelle.

Ellen restait faire ses devoirs à l'école ou allait à la bibliothèque publique. Sa mère ne voulait pas qu'elle rentre dans leur maison vide. Le quartier où elles vivaient ne se trouvait qu'à quelques minutes de marche du nôtre, mais il était plus sombre, menaçant. Plusieurs appartements de son immeuble restaient inhabités. Il n'y avait pas d'ampoules dans le hall d'entrée ; des animaux s'abritaient dans les encoignures et des hommes dormaient, enveloppés de chiffons, derrière les portes brisées de chambres abandonnées.

Mrs. Dove lavait le sol et les murs de leurs trois pièces chaque fin de semaine, debout sur une caisse de lait pour atteindre les coins de plafond sous les tôles. Un samedi où j'étais allée voir Ellen, Mrs. Dove, qui venait de finir son ménage, a cassé quelques petits morceaux du pain de glace qu'elle gardait dans sa glacière, en a rempli un verre et versé du jus de raisin dessus. Jamais encore, sauf lorsque Maura avait ouvert son nouveau flacon de vernis – elle n'avait pas eu d'argent pour s'en acheter depuis des mois – et qu'elle avait écarté et allongé ses doigts aux ongles recourbés comme des becs d'oiseau, je n'avais vu ce sentiment de plaisir impatient qui a envahi le visage de Mrs. Dove, exactement comme celui de Maura quand elle avait passé le premier coup précis de laque rouge avec son minuscule pinceau.

J'ai frissonné. Mrs. Dove a levé les yeux vers moi au-dessus de son verre, qu'elle a reposé. «Tu en veux ?» a-t-elle demandé. J'ai fait non de la tête, un mensonge.

Elle gardait des photographies encadrées sur une petite table recouverte d'une étoffe tissée. La plus grande, une fête de famille, trônait au milieu des autres. On y voyait au moins une douzaine de personnes assises autour d'une grande table. La nappe blanche était jonchée de verres de vin, de serviettes blanches froissées et de couverts. Tout le monde souriait en direction de l'appareil, sauf une vieille dame, qui était blanche, petite, avec les cheveux relevés en chignon sur le sommet du crâne. Son menton saillait et se relevait comme si elle avait essayé d'échapper au lourd collier qui enserrait sa gorge.

«Ma grand-mère, a dit Ellen en posant le bout du doigt sur le visage de la vieille femme. La table que nous avions avant. La nappe...»

Derrière la table brillamment éclairée et les visages foncés, parmi lesquels la figure blanche luisait comme une ampoule, s'étendait une grande pièce encombrée et assombrie de meubles aux contours flous. «Sa mère ? ai-je chuchoté en regardant Mrs. Dove, qui était debout devant la fenêtre.

— Celle de Papa, a répondu Ellen.

— Une de mes grand-mères était folle, ai-je dit. Mais elle avait tout.

— Et l'autre n'avait rien ? a demandé Ellen, pensive.

— Elle m'avait, moi.

— Celle qui était folle aussi.

— Elle n'a jamais voulu le savoir.

— Il y a un homme sur le toit», a annoncé Mrs. Dove. Son cou était très long, sa peau plus foncée que celle d'Ellen. Elle regardait de l'autre côté de la rue. Ellen et moi sommes allées voir. «Il y a quelque chose qui ne va pas», a-t-elle dit.

L'homme était penché sur le rebord du toit de l'immeuble d'en face. Il bruinait et le crépuscule était arrivé, assombrissant la lumière grise. Sous sa chemise déchirée, sa peau semblait d'un noir incroyable. Il faisait des gestes vers le ciel. Sa bouche était ouverte comme s'il criait.

« Peut-être qu'il répare quelque chose, a dit Ellen.

— Personne ne répare jamais rien dans ce quartier, a déclaré Mrs. Dove. Il a perdu la tête, oui.

— Oh regarde ! Il va tomber ! » a crié Ellen.

Mrs. Dove a relevé sa vitre et s'est tellement penchée que j'ai cru qu'elle aussi allait tomber.

« Descendez de là », a-t-elle lancé.

L'homme a tourné la tête d'un mouvement aussi vif que si quelque chose l'avait piqué. Il nous a vues toutes les trois à la fenêtre.

« Moïse était si fatigué », a-t-il crié. Il sanglotait. Une minuscule vieille femme est arrivée derrière lui, elle l'a attrapé par le bras et l'a ramené sous l'auvent de la cage d'escalier.

Mrs. Dove a fermé la fenêtre et elle est allée allumer un lampadaire. « Moïse était si fatigué, a-t-elle dit en passant sa main dans les franges noires de l'abat-jour, que Aaron et Hur lui ont soulevé les bras car ce n'était que lorsqu'il levait les mains qu'Israël pouvait vaincre. » Elle se tenait dans sa solitude lointaine et raide.

Quand Mrs. Dove prononçait une phrase religieuse – je le devinais généralement au ton de gravité pressante qu'elle prenait alors – j'étais prise d'une douloureuse envie de rire. Et en même temps, je me sentais rebutée, exactement comme lorsqu'un professeur parlait d'une voix sévère et distante du combat d'Helen Keller – ou de quelqu'un qui était né aveugle, infirme ou terriblement pauvre – qui avait réussi à surmonter son infortune et dont la noblesse de caractère ne faisait que mieux ressortir, sous-entendait le professeur, notre manque de courage déjà si manifeste.

Mrs. Dove a soupiré et s'est détournée de nous, debout, muettes devant elle. J'ai jeté un coup d'œil à Ellen. Elle a fermé les yeux et fait comme si elle tâtait désespérément l'air autour d'elle de ses mains, jouant à l'aveugle. Je l'adorais !

Elle m'a raccompagnée dehors et nous nous sommes arrêtées pour regarder l'immeuble où l'homme du toit était rentré avec la vieille dame.

La rue en elle-même était sombre. Je n'arrivais pas à me la rappeler éclairée de soleil. Un homme s'appuyait contre un porche, il se curait les dents, le regard vide. Un chien nous a croisées en zigzaguant sur le trottoir. Il avait des plaques de poils et de peau noircies le long de son dos et de ses flancs osseux comme s'il avait été brûlé. Un cri humain sans paroles a résonné non loin.

« C'est peut-être lui, a dit Ellen. Peut-être qu'il veut remonter sur le toit et échanger avec Maman des messages bibliques. »

Serait-il tombé si Mrs. Dove ne lui avait rien dit ? Peut-être ne voulait-il pas de sa vie. La seule personne toujours contente de sa vie que je connaissais était mon oncle Federico. Je me disais qu'il s'en gavait, jour après jour. Mamá et Maura suppliaient souvent Dieu de les laisser quitter ce monde.

« Thad vient ce soir », m'a dit Ellen. J'avais rencontré son frère une fois. Il avait vingt ans et il était la seule personne que je connaissais à avoir suivi les cours de l'université, bien qu'on m'ait déjà parlé de gens à qui cela était arrivé. Celle de nos professeurs qui nous lisait des histoires édifiantes sur Helen Keller avait évoqué certains élèves de notre lycée qui avaient poursuivi ce qu'elle appelait des « études supérieures ». Ils étaient pour moi comme des personnages de livres. Je les imaginais en fauteuil roulant, infirmes, sourds, muets, montant une pente raide conduisant à un sommet que, notre professeur ne nous l'avait pas caché, le reste d'entre nous ne pourrait jamais atteindre. Mais Thad était un homme grand, mince, aux mouvements vifs, à la tête coiffée d'un casque de cheveux roux, au teint pâle. Il n'y avait chez lui rien d'anormal. Quand Ellen lui avait dit : « Voici ma meilleure amie », il m'avait regardée fixement.

« Toi et moi pourrions être des espions, m'avait-il dit. Tu es latino-américaine, non ? Cela ne se voit pas, tu es comme moi.

— Toi, un espion ! s'était exclamée Ellen. Totalement impossible ! Vu la façon dont tu annonces à la ronde ta négritude.

— Tu ne peux pas savoir à quel point le fait d'avoir le choix rend les choses difficiles », avait répondu Thad.

« Tu ferais mieux d'y aller », me disait-elle maintenant.

J'ai hésité. « Je ne t'ai pas raconté ce qui s'est passé avec le pensionnaire de Papá, lui ai-je dit. Ce matin, quand je suis allée à la salle de bains, il était debout contre le mur du couloir et il m'a attrapée, là. » Je lui ai montré où en posant mes mains sur mes seins. « Il m'a poussée contre le mur et s'est collé à moi.

— Seigneur ! a soupiré Ellen.

— Mamá est arrivée, il s'est détourné aussi vite qu'un cafard et a disparu dans sa chambre.

— Tu l'as dit ?

— Seulement à toi.

— Et s'il recommence ? »

J'ai sorti de ma poche une paire de ciseaux que j'avais volée à l'école et la lui ai montrée. « Non. Il ne recommencera pas. Maintenant je les mets sous mon oreiller et je les prends dès que j'entends Machado.

— Les professeurs vont s'en apercevoir.

— Ça m'est égal.

— Tu le tuerais ? »

Le seul réverbère en état s'alluma au bout du bloc. Je me sentais héroïque. « Oui », ai-je dit à voix haute. Elle a passé son bras autour de mes épaules et appuyé sa tête contre la mienne, et j'ai senti la masse épaisse de sa natte. « Ce type nous regarde, a-t-elle chuchoté. Je t'accompagne au coin de la rue. »

J'ai vu l'homme contre le porche faire voltiger son cure-dent sur la chaussée et descendre les marches. Nous sommes parties vers Amsterdam Avenue. Elle a jeté un coup d'œil derrière nous. « Ça va, a-t-elle dit. Il est parti dans l'autre sens. » Elle m'a serré le bras. « Quel effet ça t'a fait ? »

J'aurais voulu soudain ne rien lui avoir raconté. Une vieille honte me plongeait dans le silence. J'ai eu l'impression de sentir les mains de señora Garcia m'agripper les épaules, comme lorsqu'elle avait interrompu ma danse dans son jardin de Malagita.

J'ai actionné les lames des ciseaux au fond de ma poche. J'ai eu envie de jurer que je ne savais pas que Machado m'attendait dans le couloir. Ça n'avait aucun sens. C'était la main d'Ellen, pas celle de señora Garcia, qui me tenait l'épaule. «Dis-moi», a-t-elle insisté.

Nous avions longé plusieurs pâtés de maisons et nous étions presque devant chez moi. «Je ne sais pas ce que ça m'a fait. Je le déteste.

— Regarde!» a dit Ellen. Elle avait les yeux fixés sur une fenêtre sans store au rez-de-chaussée de mon immeuble. Un homme dont la chemise cachait la moitié des fesses était accroupi sur le corps d'une femme qui avait les bras relevés au-dessus de la tête et s'accrochait aux barres de fer d'un lit. Son visage restait figé. D'un mouvement violent, l'homme a soulevé son arrière-train puis, comme épuisé, l'a laissé retomber. Les coins de la bouche de la femme se sont baissés lentement, comme sous le coup d'une amertume inexprimable. J'ai entendu des rires. Deux hommes se tenaient derrière nous, à quelques dizaines de centimètres, suivant des yeux le même spectacle. J'ai attrapé Ellen, nous nous sommes précipitées dans le hall et nous nous sommes cachées dans l'escalier. Je ne sais pas combien de temps nous sommes restées accroupies en silence. Quand j'ai enfin regardé dehors, les deux hommes étaient partis, et aucune lumière ne venait de la fenêtre sans store. Nous avons échangé un regard fou. Ellen est partie en courant vers l'avenue. Elle s'est retournée une fois mais sans me faire signe.

Je suis allée dans la chambre de Maura et je l'ai trouvée assise au bord de son lit en train de contempler le mur. Je savais qu'elle attendait depuis des semaines qu'Oncle Federico lui dise s'il y avait ou non du travail pour elle dans les cuisines du Salamanca. Je l'avais entendue pleurer la nuit. Papá ne voulait pas qu'elle mange avec nous, mais Mamá lui laissait toujours quelque chose dans une assiette sur la cuisinière. Une fois Papá couché, j'entendais Maura marcher dans le couloir sur la pointe des pieds pour aller la prendre.

Elle m'a regardée, l'air agacé ; quel que fût le sujet de ses pensées, elle n'avait pas envie de s'en extraire.

« Il paraît que les temps deviennent meilleurs, m'a-t-elle dit d'un ton furibard. Mais pas pour moi.

— Peut-être que demain tu auras des nouvelles d'Oncle Federico.

— Ce salaud, excuse-moi de dire ça de quelqu'un de ta famille, mais je suis allée là-bas trois fois. » Elle a reniflé. « Il dit qu'il veut mieux me connaître, qu'il veut être certain que je peux faire ce travail. "Tu sais laver la salade, *querida* ?", voilà ce qu'il m'a demandé. Très sérieux, tu vois. C'est un homme important, après tout. Excuse-moi, mais cette espèce de porc se lave les couilles à l'huile d'olive ! »

J'étais sidérée. Une telle extravagance était-elle possible ? Le faisait-il vraiment ?

Maura a écarté les doigts. « J'aurais dû rester à La Havane, a-t-elle dit. Au moins le climat est bon, là-bas. » Elle m'a regardée d'un air interrogateur. « Qu'est-ce qu'il y a, *Negrita* ? m'a-t-elle demandé avec une certaine gentillesse.

— Au rez-de-chaussée, par la fenêtre… » J'ai hésité.

« Quoi ? Quoi ? Raconte à Maura. »

J'ai regardé un tube de rouge à lèvres ouvert sur sa commode ; une épingle à cheveux y était enfoncée.

« Il y avait un homme sur une femme. Il avait sa chemise, mais elle était toute nue. Son visage… on aurait dit qu'elle allait mourir, comme si elle était empoisonnée… »

Maura a gloussé. Elle a posé sa main sur sa bouche puis l'a écartée. « *Dios !* Je fumerais bien une cigarette », a-t-elle murmuré. Elle a tendu la main vers la commode, attrapé le tube de rouge et l'a gratté avec l'épingle. « Plus rien », a-t-elle dit en me montrant

169

l'épingle. Elle a joint les mains. «Tu n'es pas au courant, pour la putain ? m'a-t-elle demandé avec un petit sourire. C'est comme ça qu'elle fait sa publicité, tous ceux qui passent dans la rue savent ce qu'il y a à prendre. Elle fait ses *ataques* en public.

— Qu'est-ce que c'est, *ataques* ? ai-je demandé.

— Une femme ne parle pas de ces choses-là, a-t-elle répondu d'un ton bourru. C'est une chose qu'on ne peut pas expliquer.» Elle avait l'air malheureux. Je suis ressortie de sa chambre.

*

Quelques semaines plus tard Enrique Machado m'a de nouveau coincée. Je lui ai mordu la joue. Il a levé la main pour me frapper mais à cet instant la voix de Papá a résonné d'un ton plaintif de l'autre côté de la porte. Le bras de Machado est retombé, son épaisse langue pâle est allée chercher et a trouvé le sang qui coulait de la morsure. Il m'a regardée avec des yeux stupéfaits, effrayés. Je suis partie en courant dans la salle de bains.

«Je suis aussi cruelle que Papá, ai-je dit à Ellen. Quand j'ai vu le sang sur sa joue, j'ai eu envie de crier : "Bien fait!"

— Seigneur! s'est exclamée Ellen. Mais évidemment. Évidemment que tu as bien fait!

— Si je n'avais pas perdu ces ciseaux, j'aurais pu le tuer.»

Elle a poussé un petit cri rauque ; ses yeux brillaient. Je lui ai pris des mains les livres qu'elle rapportait de l'école. «Je vais les porter», ai-je dit d'un ton altier.

Elle était toujours surchargée de livres. Le soir, quand je pensais à elle, je l'imaginais, à quelques rues de chez moi, la tête penchée vers la lumière de la lampe à abat-jour frangé, en train de lire, en train d'apprendre – en train de se préparer, comme elle aurait dit avec une grimace – pendant que je rêvais de Malagita. Pour Ellen, la liberté était à venir.

Thad, leur mère et elle étaient très proches. Une chaleur attentive et réconfortante régnait dans la demeure de Mrs. Dove, fondée sur l'ordre, l'esprit religieux et l'intention de tirer le meilleur parti possible de la moindre chance qui se présenterait. Un amour silencieux les reliait les uns aux autres. Il me réchauffait quand j'étais chez eux, et m'obligeait à prendre conscience avec encore plus d'amertume de la pitié agacée que j'éprouvais pour Mamá et de l'idée qui s'imposait de plus en plus à moi que derrière les accès de rage froide et imprévisible de Papá c'était de la faiblesse qui se cachait.

Il n'a jamais eu le moindre courage, me disais-je. Il était incapable de soulager notre misère, ne pouvait trouver du travail que lorsqu'il ne restait même plus une cuillère de riz à la cuisine. Je me rappelais parfois ce que Mamá m'avait raconté des années plus tôt, comment Papá avait enlevé son costume de marié et l'avait laissé tomber sur la terre battue de notre case le jour où il avait plaqué Ofelia Mondragon. Peut-être un autre homme était-il resté sur le sol au milieu de ces vêtements. Quel qu'il eût été, cet homme-là maintenant était mort.

*

Le père d'Ellen avait travaillé comme ingénieur de travaux publics à Dayton. À cette époque, la présence d'un Noir dans ce genre de profession était exceptionnelle. «Il était très bien élevé, m'avait dit Ellen. Tant qu'on ne le voyait pas, sa façon de parler pouvait le faire passer pour n'importe quel type de l'Ohio, plutôt plus instruit que les autres.»

Mrs. Dove avait collé dans un carnet des photos de journaux sur lesquelles le visage foncé de son mari apparaissait au milieu de ceux des dignitaires blancs qui assistaient à la cérémonie d'ouverture d'une nouvelle école, d'une nouvelle administration ou d'un nouvel immeuble. «Ma grand-mère blanche, sa mère, lui avait dit de faire attention, de ne jamais oublier que ce pays avait eu des esclaves.» La municipalité avait changé. Mr. Dove avait perdu ses contacts et s'était retrouvé sans travail. Il avait vendu les meubles dont la splendeur m'était apparue derrière la table de fête de la photo que Mrs. Dove avait posée au milieu de celles de ses parents morts. Ils avaient bien vécu ; ils n'avaient rien mis de côté. Mr. Dove avait fini par trouver un emploi de concierge dans un immeuble à la construction duquel il avait participé.

« À côté de la descente de charbon », m'a dit Ellen. Mrs. Dove avait autrefois donné des dîners et des concerts privés dans lesquels se produisaient des musiciens noirs sans travail. Elle avait eu du linge de table et un service de douze couverts en porcelaine de Chine.

« Et qu'est-ce qui est arrivé à ton père ?

— Il s'est mis à boire, a répondu Ellen. Maman a dû le quitter. Elle nous a amenés ici avec elle et ç'a été longtemps affreusement difficile, puis elle a trouvé du travail comme bonne chez une veuve riche. Papa est allé vivre chez Grand-Mère. Il est mort un an plus tard, l'alcool, je pense, et Grand-Mère ne lui a survécu que quelques mois. »

Elle s'intéressait à mon histoire. Pourtant quand je lui répondais, je la sentais, malgré son regard attentif, envahie d'impatience, et j'ai fini par croire qu'elle ne pouvait prendre au sérieux aucun problème qui ne fût pas lié à la couleur de peau. « Est-ce que ta Nana t'a dit que tes ancêtres étaient africains ? m'a-t-elle demandé.

— Non, je ne sais pas d'où ils venaient, ai-je répondu en toute honnêteté. — Tu le saurais, si tu étais née ici », a-t-elle dit.

« Regarde-moi, a-t-elle continué. Je n'ai pas le sens du rythme. Je ne vais pas devenir Fredi Washington et chanter dans un orchestre. Mais je ne serai pas la domestique d'une autre, comme Maman.

— Tu as de très bonnes notes.

— À quoi ça va me servir ? »

Tous nos professeurs aimaient Ellen. Elle écoutait de façon attentive et réfléchie et, comme son père, elle était bien élevée. « Je suis un exemple, m'a-t-elle dit un jour. Et je n'y peux rien. »

Mon accent faisait froncer les sourcils aux enseignants.

«Répète après moi, Luisa : ses yeux gris rient.»

Je répétais. Le professeur entendait le *g* guttural dont je n'arrivais pas à me débarrasser.

«Gris! Gris! Gris!» criait-elle. On aurait dit qu'un des oiseaux de la Señora était sorti de sa cage et avait volé de son jardin de Malagita jusqu'à cette salle pour faire résonner à mes oreilles ces cris d'inhumaine folie.

Un matin de printemps où les fenêtres de la classe étaient ouvertes pour la première fois de l'année, un parfum sauvage qui est passé comme un esprit errant a failli me donner l'impression que tout était possible, mais cela n'a duré qu'un instant. L'espoir a sombré dans l'odeur de la poussière, de la craie et de la colle rance.

Ellen et moi n'allions plus rêver d'avenir sur les berges de l'Hudson. Nous restions ensemble, mais maussades, et discutions mollement à propos de la rue à prendre pour rentrer chez nous, du pire de nos professeurs ou bien de stars.

«John Boles, Leslie Howard, a-t-elle dit d'un ton dégoûté. Ces vieilles choses blanches – ce lait caillé.

— Je déteste Leslie Howard.

— Non, ce n'est pas vrai. Je t'ai vue bondir quand on lui a tiré dessus dans le film.»

Nous étions plombées par la mélancolie. Nous nous intoxiquions de mépris pour ces scénarios dans lesquels des gens de notre âge souriaient, applaudissaient et dansaient dans leurs beaux habits comme des singes heureux devant des orchestres invisibles, pour nos camarades de classe, pour les putains de Broadway que nous avions appris à reconnaître et dont la journée de travail commençait lorsque nous sortions de l'école, pour les concierges lubriques qui émergeaient de leurs sous-sols au crépuscule, se curaient les dents et nous reluquaient.

Seul le nom de Thad illuminait les yeux d'Ellen.

*

Maura a eu la place au Salamanca. Elle est redevenue elle-même, plus mince mais rousse comme le feu, faisant tinter ses bracelets, portant des jupes qui semblaient envelopper chaque fesse séparément, sa voix perçante résonnant dans l'appartement dès que Papá était sorti, conseillant à Mamá de le quitter ou de se faire belle pour regagner son cœur. Enrique Machado est parti purger une peine de cinq ans de prison. Il avait été arrêté par la police dans la boutique d'un prêteur sur gages, une trompette dans une main, une bague montée d'un diamant dans l'autre. J'avais honte de la joie que je ressentais. J'aurais voulu le plaindre mais, chaque fois que j'essayais, le souvenir de l'horrible protubérance de son corps contre le mien me revenait.

Papá, qui jouait à la *lotería*, a gagné deux cents dollars. Avant la fin de la semaine, nous avons déménagé dans un appartement identique à celui que nous quittions. Nous avons eu un bail de trois mois et un nouveau pensionnaire, un petit homme maigre dont la brillantine avait une odeur sucrée qui piquait les narines. Mamá a tendu mon vieux manteau sous le nez de Papá ; elle le lui a pressé contre la poitrine et le visage, jusqu'à ce qu'il la repousse. Mais il lui a donné une partie de ses gains. J'ai eu un nouveau manteau, le premier vêtement neuf depuis des années, à l'exception d'une paire de chaussures pour lesquelles Mamá avait emprunté de l'argent à Oncle Federico.

« Un jour je te rembourserai, disait-elle fièrement. Tu verras.

— Peut-être bien », répondait l'Oncle.

Je touchais l'étoffe bleu marine de mon manteau et chacun de ses cinq grands boutons blancs. J'étais presque toujours habillée de vieilles robes retaillées qui avaient appartenu à ma Tante Aurelia. Elle aimait les imprimés à grosses fleurs de couleurs tropicales. Quand Mamá avait fini de coudre et que je devais essayer la robe et monter sur son lit pour me regarder dans le miroir posé sur sa commode, mes cheveux brun clair et mon visage pâle semblaient flotter, déconnectés, au-dessus du tissu rutilant.

Nous ne voyions pas souvent la famille Sanchez. Nous ne mangions jamais avec eux. Ils venaient en général le dimanche matin – si le temps était doux et dégagé – jamais en hiver ou quand il pleuvait. Tante Aurelia en robe flamboyante, ses doigts replets serrés autour du fermoir de son sac, nous racontait avec emphase qu'elle s'était levée tôt pour aller à la messe ou bien se confesser. Tout en parlant, elle fixait Mamá d'un air hypocrite, comme si elle savait qu'elle n'allait presque plus jamais à l'église. J'ai imaginé Aurelia derrière le rideau noir poussiéreux d'un confessionnal, luttant pour trouver une faille dans son comportement.

Un dimanche, Oncle Federico nous a apporté, dans un carton couvert de traces de doigts, les restes d'un gâteau d'anniversaire qui avait été servi la veille au Salamanca. Il a posé la boîte devant Mamá et l'a ouverte en tonitruant : « Tiens ! Un souvenir rien que pour toi ! »

Les trois roses de sucre rouge qui reposaient sur le glaçage blanc où étaient écrits en lettres vertes les mots « Joyeux anni » étaient cassées. Ma mère regardait le gâteau. Je n'avais pas remarqué jusqu'à cet instant les cercles sombres qui soulignaient ses yeux. La chair de son visage tombait comme un chiffon entre deux mains trop proches pour le tendre. Ses doigts posés sur le bord de la boîte semblaient de cire. J'ai ressenti comme mien l'effort qu'elle faisait pour remercier son frère.

« Merci », ai-je dit d'un ton abrupt. Papá est brusquement sorti de la cuisine où nous étions tous debout autour de la table.

« C'est une commande spéciale », a dit Oncle Federico d'une voix hésitante. Pouvait-il avoir été frappé, comme moi, par le trouble étrange qui était apparu sur le visage de Mamá, par son silence ? J'aurais voulu qu'elle parle, j'espérais que le son de sa voix, pour l'instant bloquée derrière sa bouche qui se contractait nerveusement, me rassurerait, montrerait qu'elle n'était pas malade, qu'elle n'était pas folle, qu'elle restait la même, celle qui, quand j'avais une maladie infantile et de la fièvre, quand je hurlais, déchirée par la douleur des maux d'oreille, m'apportait des infusions, des carrés de laine épais et jaunis par la pommade Vicks, des chiffons froids pour mon front brûlant, celle qui préparait des repas à partir de presque rien, l'esprit affligé qui régnait sur nos appartements étroits et combles et avait réussi à donner un certain ordre à notre vie.

«On dirait que des gens y ont enfoncé leurs doigts», a fait remarquer Atilio. Tante Aurelia a souri d'un air suffisant, comme s'il venait de dire quelque chose d'intelligent.

Depuis combien de temps n'avais-je pas vu Mamá soupirer et parler à haute voix de ses problèmes au plafond d'où Dieu la regardait souffrir ?

«Merci, Federico», a-t-elle enfin dit d'une voix à peine audible. Je suis allée dans ma chambre et je me suis allongée. Une minute plus tard, Atilio est apparu à la porte. Il a souri, a sauté sur le lit, attrapé la couverture, l'a tenue serrée autour de mes épaules et pressé ses lèvres humides contre les miennes. J'ai frappé sa petite tête graisseuse de mes poings et, soulevant mes hanches et mes jambes, je l'ai poussé loin de moi. Il est tombé lourdement sur le sol. Il y est resté recroquevillé un instant en me regardant d'un air méchant, puis il s'est relevé et il a dit : «Espèce de salope ! À quoi crois-tu que les filles servent ? »

J'ai lancé mon pied vers son entrejambe. Il a ri, couvert cette partie de son corps de ses deux mains et, balançant les hanches comme une femme, il est sorti de ma chambre à petits pas.

J'ai entendu la voix de mon oncle clamer l'arrivée d'une nouvelle ère de prospérité pour les États-Unis, qui étaient le plus grand pays du monde. Mal à l'aise seule dans ma chambre, perturbée par la sensation persistante de la grosse bouche de mon cousin sur la mienne, je me suis levée et je suis allée rejoindre les autres dans le salon. Atilio regardait d'un air sombre les haut-parleurs et les planches de bois que Papá n'avait pas encore démontées. Aurelia touchait délicatement un raccommodage de Mamá. Depuis quelques mois, elle faisait un peu de couture pour des voisins qui, presque aussi pauvres que nous, lui donnaient en échange des œufs, du riz ou un morceau de porc. Les Juifs, disait Oncle Federico, étaient responsables de la guerre qui avait éclaté en Europe. Bien sûr, notre pays en tirerait profit. Il a effleuré sa manche en souriant. Il souriait souvent en se touchant ou en touchant l'étoffe de ses vêtements. «Adolf Hitler est quelqu'un d'important, a-t-il dit avec un mouvement de tête à l'adresse de Papá. Nous serons peut-être nous-mêmes obligés de nous occuper de lui.

— Il n'y a pas la moindre chance pour que cela arrive, a dit Papá.

— Oh si. Les Juifs nous y entraîneront. Roosevelt les adore», a déclaré Oncle Federico. J'ai cessé d'écouter.

Plus tard, après leur départ, j'ai retrouvé Mamá dans la cuisine devant le four, les mains jointes. Cela me faisait mal de la voir comme ça, j'ai senti qu'il fallait que je la prenne dans mes bras. Mais je n'ai pas pu. Quelques heures à peine étaient passées depuis que j'avais ressenti cette pitié pour elle et m'étais souvenue de sa bonté.

«Je vais chercher du travail, lui ai-je dit.

— Pas encore, a-t-elle immédiatement répondu. L'année prochaine, quand tu auras quinze ans.

— Je peux trouver une place au Tout à Cinq et Dix Cents pendant les vacances de Noël.

— Une fois que tu auras commencé ce sera pour toute ta vie», a-t-elle dit en se tournant vers moi. Avec une certaine timidité, elle m'a effleuré le visage. «Tu dois continuer l'école.

— Je peux faire les deux.

— Pas encore», a-t-elle répété.

Jamon, qui chancelait de plus en plus sur ses pattes, est entré en titubant dans la cuisine et nous a regardées en haletant.

«Donne-lui un peu de lait», a dit Mamá.

J'ai posé une soucoupe devant lui. Il l'a contemplée un moment, puis il est ressorti de la cuisine, la tête baissée, ses griffes martelant le sol.

«Atilio m'a tenu la tête sur le lit et il m'a embrassée, ai-je annoncé.

— Ça aussi, a-t-elle dit doucement. Une fois que ça commence… attends…»

Déçue, mais ne sachant en même temps pas ce que j'attendais d'elle, j'allais sortir.

«Les baisers s'arrêtent très vite», a-t-elle dit. Elle gardait les yeux baissés vers la soucoupe intacte à ses pieds. Elle l'a poussée du pied jusqu'à ce que le lait éclabousse le sol. «Il n'aurait pas dû faire ça, a-t-elle ajouté sans conviction.

— Mamá ?

— Non, pas de questions», a-t-elle dit. Je me suis dirigée vers la porte. «Pardonne-moi.» Sa voix a résonné tristement derrière moi.

*

Oncle Federico était un fanfaron qui croyait non seulement penser mais détenir la vérité. Je n'avais que rarement perçu de l'incertitude sur son visage. Et c'était toujours quand il avait remarqué que son fils et sa femme chuchotaient loin de lui avec animation.

Il admirait les clients du Salamanca qui lui donnaient de gros pourboires car ils avaient ce pouvoir. C'étaient des battants, ils avaient de l'influence, et c'était ce qui comptait. Lui-même en avait un peu. C'est ainsi qu'il obtint à Papá son second emploi aux États-Unis, celui qu'il a gardé jusqu'à l'âge de la retraite. Parmi les clients réguliers du restaurant se trouvait le propriétaire d'un magasin d'alimentation à la mode de l'East Side. Oncle Federico n'était pas radin mais il n'était pas non plus, croyais-je, très généreux. Je pensais qu'il s'était vanté devant son client d'avoir un beau-frère dont la famille possédait une grosse plantation dans les Caraïbes – il n'avait probablement pas prononcé le nom de San Pedro ; il devait avoir peur que personne n'en ait jamais entendu parler – mais qui était au chômage. Je l'entendais presque murmurer le nom de mon père, dont la longueur donnait du poids à Oncle Federico lui-même.

J'ai vu Papá une fois à son poste de travail deux ans plus tard, quand je suis allée le prévenir que Mamá avait été transportée à l'hôpital. Il était debout derrière un comptoir où s'entassaient des pots de confiture, des paniers enveloppés de cellophane et bourrés de fruits, de boîtes de bonbons, de figues sèches et de gâteaux. Un femme âgée, seule cliente, marchait lentement d'un panier à l'autre, un doigt ganté pointé vers la cellophane. Autour de son cou s'enroulaient deux longs pans de fourrure sombre terminés par deux petites têtes de bêtes menaçantes, dont les yeux de verre luisaient à hauteur de sa taille. Papá ne la regardait pas ; il ne m'a pas vue. Il avait l'air hautain, indifférent, un autre client, peut-être, égaré par hasard derrière ce comptoir.

Les médecins ont renvoyé Mamá de l'hôpital le lendemain. Ses violentes douleurs d'estomac, ont-ils dit, provenaient de troubles nerveux. Elle ne devait plus manger de nourriture épicée. Elle avait l'air plutôt reposée et a avalé avec plaisir les restes d'un plat pimenté de saucisses aux haricots que Maura avait préparé la veille.

Pendant tout le temps où Papá était resté sans travail, Oncle Federico l'avait traité avec déférence, jetant, en parlant, des regards vers lui comme pour vérifier qu'il ne l'offensait pas. Mais une fois que Papá a été embauché – grâce à lui – Federico s'est transformé. Il l'interrompait continuellement. Il l'attrapait par les épaules, le tenait serré et le balançait d'avant en arrière comme une grande poupée. Je ne pouvais pas détourner les yeux du spectacle du corps rigide de mon père prisonnier des bras charnus de Federico. J'attendais une explosion, que Papá se dégage et jette mon oncle à terre. Ça n'est jamais arrivé. Est-ce que ma mère le prenait dans ses bras ? Si oui, avait-il alors le même air que lorsque Federico le tenait ? Le même visage vide ?

Mon cousin Atilio a quitté son poste d'apprenti dans une boutique d'outillage pour partir au Canada. De là, il devait s'embarquer

179

vers l'Angleterre et devenir soldat. Il est venu nous dire au revoir avec ses parents. Mon oncle était ivre d'orgueil. Il a serré le visage de Papá entre ses mains. «Mon petit garçon, s'est-il écrié. Sous les *bombas*.» Mamá s'est mise à pleurer, Tante Aurelia sanglotait, le visage caché derrière son nouveau sac à main orné de deux énormes lettres dorées, A. S. (Maura, qui avait aperçu la famille Sanchez défiler dans le couloir, a fait remarquer plus tard : «Il ne manque qu'un S de plus pour faire un *culo* sur ce sac!»)

Atilio était aussi taciturne que d'habitude. Quand personne ne regardait, il fixait mes seins et me faisait des grimaces, les lèvres relevées sur ses gencives. Lorsque le calme est revenu, que les femmes ont eu fini de s'essuyer cérémonieusement les yeux, mon père a jeté un regard pénétrant à Atilio. «Pourquoi est-ce que tu t'es engagé? a-t-il demandé.

— *Porque este muchacho es un hombre valiente!*» s'est écrié Oncle Federico, emporté par l'émotion.

Atilio a haussé les épaules. «Bof, comme ça, tu sais. J'aime voyager, voir du pays…»

On m'a envoyée préparer le café. Quand je suis revenue, nos adieux à Atilio ont été interrompus par Jamon. Il a couru dans le salon et s'est arrêté au milieu de la pièce comme s'il était entré dans un mur. Il a vacillé – quelque chose semblait tirer sur son cou comme pour le faire sortir de ses épaules – puis il s'est effondré sur le sol, et il s'est lentement retourné sur le dos. Ses pattes ont tremblé violemment, elles se sont immobilisées en un instant et se sont relevées vers le plafond. Il était mort.

Tante Aurelia a hurlé, scandalisée. Atilio a émis un bruit bouillonnant qui ressemblait à un rire coincé dans un trou mais Oncle Federico, confronté au grand perdant, est parti sur la pointe des pieds dans la cuisine où il est resté jusqu'à ce que Papá, les mâchoires serrées, ramasse le cadavre et l'emporte. Il est rentré très tard.

Il a dû aller enterrer le chien près du fleuve. C'était le seul être vivant envers lequel il ait jamais fait preuve d'affection et j'étais certaine qu'il ne laisserait pas Jamon aux éboueurs. Il ne nous a rien dit, d'ailleurs nous ne lui avons rien demandé. Mamá avait renoncé à l'interroger. De toute façon, il était rarement là.

Il avait acheté une petite radio, qu'il gardait sur un carton près de son fauteuil dans le salon. Certains dimanches, il l'allumait et se penchait près d'elle pour écouter un concert. Autrefois il la mettait trop fort. Maintenant, il la réglait si bas que lui seul pouvait l'entendre.

*

J'ai trouvé du travail dans un bazar de Broadway, deux heures tous les après-midi et le samedi toute la journée. La boutique était longue et étroite comme un appartement. L'odeur du camphre saturait l'atmosphère poussiéreuse. Dans la vitrine s'élevait une pyramide de pantoufles de feutre bleu entourée de cahiers de brouillon et de petites casseroles blanches. Je devais gagner quatorze dollars par semaine. Le premier jour, Mr. Dardarian, le propriétaire, m'a tendu une enveloppe qui contenait ma paye, le monde n'était plus le même.

J'ai marché dans les rues jusqu'à ce que le froid me fasse rentrer, le bout de mes doigts glissés dans l'enveloppe au contact des billets. Une marée m'emportait loin de la vie que mes parents avaient construite, tout au moins l'ai-je cru ce jour-là. Je ressentais une joie presque vengeresse.

À la maison, j'ai tendu l'enveloppe à Mamá. Elle a sorti les billets, hésité, puis en a compté cinq et m'a tendu le reste. Ses petites mains rugueuses se sont posées brièvement sur mes bras ; elle m'a regardée en silence. Je suis allée dans ma chambre où j'ai étalé les neuf dollars sur mon lit. Je les ai ramassés et je les ai mis dans une vieille boîte à chaussures où je gardais aussi la lettre que señora Garcia avait écrite de la part de Nana. Quand la boîte serait pleine, je m'achèterais mon retour à San Pedro. Je croyais avec autant de conviction que je pourrais et ne pourrais jamais le faire.

Quelques semaines avant mes quinze ans, le 8 décembre, les États-Unis ont déclaré la guerre au Japon. Je me suis mise à lire le journal que Papá rapportait tous les soirs à la maison.

Dans le bazar, le globe métallique d'une mappemonde se tenait sur son pied au milieu des boîtes de pastels et des paquets de fusibles, des échiquiers et de poupées au visage de porcelaine grandes comme mon pouce. Sur la surface du globe, au milieu de mers pâles, les continents étaient dessinés en rouge, en vert et en jaune. Je posais le doigt sur la côte est de l'Amérique. Que je puisse être là, dans l'allée entre les comptoirs du magasin, avec la neige qui commençait à tomber dans la rue, Mr. Dardarian qui faisait glisser ses pouces le long de ses bretelles tout en se penchant sur sa caisse enregistreuse, me semblait être une invention, une histoire aussi impossible à saisir que les nouvelles quotidiennes des bombardements et des batailles, des navires qui explosaient et sombraient, des hommes qui se noyaient dans ces mers peintes.

Nous vivions dans une sorte de village, notre *barrio*. Même lorsque des soldats ont commencé à marcher le long de ses rues, de jeunes hommes dont je reconnaissais vaguement quelques-uns, transformés par le tissu rude et épais d'un uniforme qui leur donnait l'apparence d'une certaine compétence, je n'arrivais pas à imaginer où ils allaient, ce qui pouvait leur arriver. Nets, dotés de la supériorité de ceux qui poursuivaient un but, ils ne rentraient de leurs camps d'entraînement dans des appartements comme le nôtre que pour dire au revoir. Quand je les voyais et que je me les représentais morts dans un autre pays, c'était comme si j'apprenais que les petits garçons de la rue qui criaient : «Bang! bang!» pouvaient tuer vraiment quand il faisait semblant d'appuyer sur la détente.

Je lisais la chronique mondaine des journaux, je suivais les magnifiques concours de beauté d'enfants, les feuilletons en bandes dessinées, les potins de Hollywood. J'ai arrêté de m'intéresser aux nouvelles de la guerre, à l'exception des articles qui relataient l'arrivée le long de nos côtes de sous-marins allemands espions. Mr. Dardarian a épinglé sur le mur du magasin une affiche où l'on pouvait lire : « Un mouvement de lèvres peut couler un navire. »

Le tabac était rationné, Maura s'est mise à rouler ses cigarettes, mais Mamá cachait les carnets de rationnement que Papá rapportait à la maison. Je les ai trouvés sous des chiffons sales dans un tiroir de la cuisine. Un après-midi, alors que Mamá était assise sur son tabouret devant l'évier, le balai dont elle serrait le manche dans sa main a glissé sous son poids et elle a commencé à tomber. J'ai pris le balai et j'ai aidé Mamá à se redresser. *«No puedo»*, a-t-elle murmuré, le visage détourné comme si elle avait honte de m'avouer qu'elle ne pouvait plus – qu'elle n'en pouvait plus, je savais ce qu'elle voulait dire.

Papá est revenu un soir avec un électrophone et des disques puis il a fait installer le téléphone dans le salon. Je ne me souviens pas qu'il ait jamais sonné. Mamá a refusé de continuer à repasser ses chemises sur la vieille planche. Pendant un moment, il les a emportées chez le teinturier. Puis il est revenu un jour à la maison avec une vraie planche à repasser. Elle en brisé le pied de bois devant lui. *«No puedo*, a-t-elle crié. *No puedo más!»*

Le soir, Papá cirait ses chaussures et écoutait ses disques. Il parlait rarement. Il passait d'un air las d'une pièce minable à l'autre, ressemblant de plus en plus à un riche étranger. Pourtant, il donnait de l'argent à Mamá. Un soir je l'ai entendu lui dire d'un ton autoritaire d'aller s'acheter une robe, des chaussures et un manteau. «C'est un ordre!» a-t-il dit. Je savais qu'elle ne le ferait pas, qu'elle ne le pouvait pas.

La gorge me brûlait. J'ai dépensé une bonne partie de ma paye en bouteilles de soda. Il m'est venu une étrange pensée : j'étais en train de me dessécher lentement et je finirais par me désagréger comme une feuille à la fin de l'automne. Je rêvais d'être trouvée et emportée loin de l'appartement, du *barrio*. Je ne voyais aucune promesse de salut dans l'ennuyeux travail scolaire. Quand j'apercevais Ellen, trois rangs plus loin, la tête baissée sur un livre ou un cahier, j'avais l'impression de presque entendre le son de sa volonté ; c'était comme une cloche dans le lointain qu'on ne pouvait arrêter.

Je suis allée avec elle à la bibliothèque. « Prends une carte. Cherche-toi quelque chose », m'a-t-elle dit. Je ne comprenais pas mon entêtement aveugle. Je n'arrivais pas à m'en débarrasser. Je n'ai pas pris de carte. Je me suis contentée d'observer la bibliothécaire et les lecteurs en attendant Ellen. Elle est revenue avec, dans les mains, l'épais volume d'une *Histoire du Mexique*. « Tu savais que tu étais une colonialiste ? » m'a-t-elle demandé. Je la décevais. « Je ne m'en sortirai pas », lui ai-je dit. — Tu ne le veux pas vraiment », a-t-elle répondu.

Elle m'a emmenée dans le centre voir un musée. Entre d'immenses murs, s'alignaient d'énormes animaux empaillés. Il y avait des masques et des poissons, de grandes pierres rondes gravées par des hommes qui vivaient au Mexique avant l'arrivée des Espagnols.

Ensuite, nous avons marché le long de Central Park. Ellen sifflotait comme pour elle-même. Elle siffle parce que je ne parle pas avec elle de ce que nous avons vu au musée, pensais-je. Comment l'aurais-je pu ? Je me sentais écrasée par son immensité, les gravures de ces gens qui avaient disparu, les animaux morts, les centaines d'oiseaux de toutes les couleurs sur leurs étagères et leurs yeux de verre. Je me sentais mal à l'aise sur cette large avenue sans petits immeubles, sans boutiques, rien que ces gigantesques buildings en face du parc derrière les fenêtres desquels j'ai cherché en vain une silhouette ou un visage. Un vieil homme marchait lentement vers nous. Ses cheveux blancs formaient une épaisse toque de laine autour de sa tête, il portait à la main une carcasse de parapluie dont les baleines gardaient encore accrochées à elles quelques fragments de tissu noir.

« Tiens, des petites négresses… », a-t-il dit lorsque nous sommes passées à côté de lui.

Ellen a continué à marcher d'un pas raide. Dans l'escalier du métro, j'ai posé la main sur son bras. «Nous n'aurions pas dû venir ici, ai-je murmuré.

— Ne dis pas ça! s'est-elle exclamée, furieuse. Je vais où je veux. De toute façon, il ne parlait pas de toi.» Et, sans me regarder, elle a ajouté : «La couleur déteint.»

La rame est arrivée. Le soulagement que j'éprouvais de savoir que j'allais retrouver dans quelques minutes les rues familières et la stupeur que j'ai ressentie en même temps à l'idée de me sentir apaisée de rentrer dans ce lieu dont je désirais tant m'enfuir m'ont fait oublier la colère d'Ellen et jusqu'à sa présence.

*

«Thaddeus vient dîner», m'a annoncé Ellen un après-midi. Mrs. Dove avait dit que je pouvais venir aussi. Quand Ellen m'a ouvert la porte ce soir-là, j'ai vu Mrs. Dove qui coupait les cheveux de son fils. Elle avait mis la lampe à abat-jour frangé tout près de la chaise. Ses lunettes scintillaient des reflets de la lumière chaque fois qu'elle se penchait pour détacher d'un coup de ciseaux une des boucles rousses qui se serraient sur la nuque de son fils. Ils ont tous les deux relevé les yeux vers moi au même moment. Mrs. Dove m'a accueillie avec sa gravité habituelle, mais j'ai remarqué que ses lèvres tremblaient quand elle parlait. Elle avait boutonné son chemisier de travers. Thad a souri. «Ma camarade espionne», a-t-il dit.

La table était mise pour quatre. Il y avait des marguerites dans un petit vase. Elles semblaient fraîches. J'ai pensé que Thad les avait offertes à sa mère; elles n'étaient ni flétries ni décolorées comme celles que Mrs. Dove rapportait de l'appartement de la femme qu'elle appelait «Madame».

Tandis qu'Ellen se penchait vers moi, j'ai aperçu le reste de la pièce. Ce n'était pas seulement qu'elle était propre, ai-je compris, mais quelqu'un avait lutté pour lui donner l'air qu'elle avait, quelqu'un s'était démené pour en faire ressortir l'atmosphère rassurante.

« Thad a été appelé, a chuchoté Ellen. Elle est totalement bouleversée. » Mrs. Dove a posé la main sur la tête de Thad et l'a doucement poussée vers l'avant. Les ciseaux ont coupé. Thad nous a souri, tandis que nous regardions en silence.

Je savais que l'assurance de Mr. Dove avait aidé à payer les frais d'université de Thad et ceux du collège catholique où Ellen était avant. Mais cela n'avait pas suffi. C'était ainsi qu'elle était arrivée dans notre école publique et que Thad s'était mis à travailler de nuit à la gare de Grand Central où, coiffé d'une casquette rouge, il portait les valises des autres. Il aurait pu se faire embaucher n'importe où, m'avait appris Ellen, mais sur les formulaires, en face du mot « Race », il répondait toujours par « Noire ». C'était plus difficile pour lui que s'il avait eu la peau foncée, m'a-t-elle expliqué. Les Blancs le haïssaient parce qu'il portait leur peau.

« Luisa ! s'est-il exclamé à un moment pendant le dîner. C'est le plus joli de tous les prénoms ! »

Il a parlé de ses cours, des deux hommes avec lesquels il partageait un petit appartement, un garçon de wagons-lits et un cuisinier de self-service. Il n'a rien dit à propos de l'armée. Mrs. Dove est restée silencieuse, sauf pour nous proposer à manger. Alors qu'elle apportait le café, soudain elle a vacillé et la cafetière lui a échappé des mains, éclaboussant la nappe et mon bras.

« Seigneur ! » a-t-elle crié avec une émotion si profonde que j'ai cru qu'elle allait faire tomber la table et sauter par la fenêtre. Mais non, elle m'a pris le bras et a essuyé le café bouillant avec le bas de sa jupe comme si j'étais un meuble.

« Maman, Maman », a supplié Ellen.

Elle a lâché ma manche. « Ce n'est pas bien. Ce n'est pas juste ! a-t-elle crié. Aucun homme noir de ce pays ne devrait être enrôlé dans cette armée de l'homme blanc. Aucun ! »

Thad était allé chercher un chiffon et épongeait le café de la table. Mrs. Dove s'est dirigée vers le fauteuil où Thad était quand elle lui coupait les cheveux ; elle s'est assise et a regardé droit devant elle, en passant et repassant sa main bien à plat sur sa jupe.

« Tu te trompes, M'man », a dit Thad. Il a sorti une cigarette écrasée de sa poche, l'a allumée et a inhalé profondément.

« Depuis quand t'es-tu mis au tabac, Thaddeus ? » a demandé sa mère.

Thad a dit : « Tu crois que lorsque nous reviendrons les choses n'auront pas changé ? Mais si. Ils ne nous mettront plus jamais un balai dans les mains.

— Ils feront comme toujours, a contré Mrs. Dove. C'est après avoir commencé à fumer que ton père s'est mis à boire, Thaddeus.

— Maman ! Essaye de comprendre que partir à l'armée m'ouvrira peut-être plus de portes qu'un diplôme universitaire. »

Mrs. Dove a ri amèrement. Le col de son chemisier remontait d'un côté sous son menton, quelques cheveux s'étaient échappés des épingles noires qui les tenaient. Elle croisait les mains si fort que ses jointures saillaient.

Chapeautée et gantée pour la messe du dimanche matin, elle semblait calme et inébranlable, comme l'un de ces grands navires qu'Ellen et moi regardions mouiller l'ancre dans l'Hudson.

Je me suis levée pour aider Ellen à débarrasser. Elle m'a jeté un coup d'œil. « Tu n'as rien au bras ?

— Ce n'était que quelques gouttes », ai-je répondu. Elle s'est tue. J'ai eu l'impression qu'elle voulait que je rentre chez moi. Personne ne parlait. J'étais là. Ils se retenaient. Attendaient mon départ.

« Il faut que j'y aille, ai-je dit.

— Je te raccompagne, a proposé Thaddeus.

— Ça ira, merci. »

Mrs. Dove m'a regardée, surprise, comme si elle avait oublié ma présence.

«Non. Thaddeus va te ramener», a-t-elle déclaré avec sa certitude habituelle de ce qu'il convenait de faire. Ce soir-là, je l'avais vue ébranlée. Comme ses gants et son chapeau, la certitude n'était peut-être qu'un accessoire. J'ai regardé cette pièce que j'admirais tant et je l'ai imaginée vide, aussi désolée que ces chambres devant lesquelles je passais dans les couloirs où des sans-abri venaient se réfugier.

Il n'y avait personne d'autre dans la rue que Thaddeus et moi. «Ça ne va pas ?» a demandé Thad. J'ai hoché la tête en me demandant comment il avait deviné. Il m'a pris le bras d'une main ferme.

«Il y a des moments où ma grand-mère me manque», ai-je dit. Il a resserré ses doigts sur mon bras. Il ne savait probablement pas grand-chose de moi.

«Elle est là-bas, là d'où je viens.

— Tu pourras y retourner un jour», a-t-il dit.

Depuis qu'elle habitait chez nous, Maura mettait de l'argent de côté pour rentrer à La Havane. Quand elle n'avait plus eu de travail, elle avait dépensé tout ce qu'elle avait. Maintenant elle recommençait à économiser. Je ne croyais pas qu'elle reverrait Cuba. Je me demandais si parmi tous ceux qui venaient aux États-Unis, un seul pourrait en repartir un jour. «Je n'aurai jamais assez d'argent pour ça», ai-je dit. Je savais qu'il était trop tard. C'était non seulement la distance qui avait élevé un mur entre Malagita et moi, mais aussi les années.

«Ce n'est pas la bonne façon de penser, a dit Thad d'un ton sérieux. Si tu veux aller voir ta grand-mère, tu dois te mettre à faire ce qu'il faut dès maintenant. Cela implique des choix profonds. Quand ma mère sait qu'Ellen a besoin d'un manteau neuf, elle organise toute sa vie autour de cette nécessité. Elle pense à l'hiver dès le mois d'avril. En été, elle attend qu'il fasse complètement noir dans l'appartement pour allumer une lampe. Elle pense au moindre sou qu'elle économise pour le manteau. Je l'ai vue couper une tomate en tranches si fines que n'importe qui s'y

188

tromperait et serait étonné de voir tout ce qu'on peut en faire. Si elle apprend que cette femme pour qui elle travaille s'en va pendant l'été – et qu'elle ne gagnera plus rien – elle cherche à savoir qui se marie afin que ce soit à elle que l'on confie la confection de la robe. Toujours pour le manteau.»

Il ne comprenait pas. Je ne voulais pas aller rendre visite à Nana, je voulais retrouver ce qui avait été. Il m'ennuyait avec ses histoires de choix. On aurait dit Mrs. Dove quand elle parlait de religion.

Nous étions arrivés au coin d'Amsterdam Avenue, où il y avait du monde. Thad parlait si fort que j'ai eu peur que l'on croie que nous nous disputions. Mais personne n'y a fait attention.

«C'est difficile de vivre comme ça, a dit Thad. Cela empêche des tas de choses.» Il a fouillé sa poche. «J'aurais bien aimé avoir une autre cigarette, a-t-il dit. Je ne les achète qu'au détail. Tu connais? Trois pour cinq cents.»

J'ai hésité, puis je lui ai dit ce que j'avais en tête. «Je vais travailler comme domestique. Je ne suis pas aussi bonne à l'école qu'Ellen. Il va falloir que je trouve une place bientôt, un véritable emploi, pas un job d'étudiante. Et… Oh, il faut que je m'en aille!»

Il m'a lâché le bras. Nous étions arrivés au coin de ma rue. J'avais froid et j'étais triste. J'étais certaine d'avoir perdu l'estime de Thad, s'il en avait jamais eu pour moi. Ce que je venais de dire, si fort, si nettement, m'avait prise par surprise. C'était lui qui en me parlant de choses que je ne pourrais jamais faire m'avait forcée à le dire. Mais quelque chose m'était venu à l'esprit au moment où je lui avais annoncé ma décision, une vague image de moi en uniforme noir avec tablier blanc. Une amère sensation de triomphe m'a envahie. Je m'opposais à lui – il rêvait. Pas moi.

«Ce n'est pas un choix. Tu ne fais qu'accepter.»

Devant mon immeuble, j'ai regardé l'ancienne fenêtre de la putain. Je me suis sentie rougir. Thad souriait.

«Tu as oublié, a-t-il dit. Nous sommes des espions, Luisa. Nous pouvons aller n'importe où. Car nous savons nous déguiser.»

189

Mais il ne se déguisait pas. J'ai compris d'un seul coup qu'il n'était pas du tout en sécurité, qu'il pouvait aussi bien ce soir-là ne pas retourner chez sa mère sain et sauf. Soudain il m'a prise contre lui. «Ne sois pas si effrayée», a-t-il chuchoté en me tirant jusqu'en haut du perron.

«Tu sais que je vis avec deux autres garçons?» J'ai hoché la tête. «L'un d'eux n'arrive pas à dormir, a-t-il continué. Jamais, tu comprends? Si ce n'est pendant quelques minutes, au bout desquelles d'horribles rêves le réveillent. Il crie. Enfin, c'est plutôt comme un grondement, tu vois? Il a quelques années de plus que moi. Il a quitté l'école au milieu de la sixième. Commencé à travailler à douze ans, à boire aussi et à se bagarrer tout le temps. Il a des cicatrices partout sur le visage et le cou. Il voulait être cuisinier sur un bateau. Il voulait voyager. Quand il prend une cuite, le lendemain il dit : "Hier soir, j'ai largué les amarres…" Il travaille dans un self. Quand il rentre du restaurant, il s'effondre sur son lit… si fatigué… mais à la seconde même où la lumière s'éteint, il est totalement réveillé. C'est l'insomnie. Que j'aille en cours le fait sourire. Il dit : "Fonce, Thaddy! Fonce!" mais il ne croit à rien. Il se lève à midi, ses pieds se glissent dans ses chaussures. Il boit un soda, il fume une cigarette, boit la bière qu'il garde par terre à côté de son lit. Puis s'en va travailler, plaisante avec les clients, se plante devant sa cuisinière. Je l'ai vu, là-bas, en train de secouer les frites, la cigarette à la bouche, la bouteille à portée de la main. Quand il rentre et qu'il s'allonge, quelqu'un d'autre se réveille — cette vie qui est emprisonnée en lui — et il arpente sa chambre toute la nuit.» J'ai vu notre nouveau pensionnaire cubain arriver au coin de la rue. Il m'a fait un rapide signe de tête mais il a fixé Thad un long moment avant de nous dépasser et d'entrer. Thad me regardait d'un air sérieux et insistant. J'ai senti une vague de bonheur. Ma respiration s'est accélérée. Il pensait à moi; il pouvait, d'une seconde à l'autre, prononcer des mots qui rendraient ma vie plus claire. Il n'a rien dit. Mon agitation intérieure a soudain été insupportable. «Il faut bien qu'il y ait des domestiques, ai-je déclaré.

190

— Tu as choisi sans réfléchir, a-t-il dit. Tu n'en sais pas encore assez.

— Je sais que je dois partir d'ici.

— Mais… où vas-tu aller ?

— Et je sais aussi que je suis vraiment une étrangère. »

Il a ri. « Qui ne l'est pas ? a-t-il demandé.

— Je ferais mieux de monter.

— Tu ne peux pas travailler comme domestique tant que les gens prendront les domestiques pour des esclaves, a-t-il dit.

— Ta mère… » J'ai hésité. « Elle est bonne à tout faire.

— Elle prend ce que ces gens lui donnent, a-t-il dit, et elle les juge. »

Il a pressé mes mains dans les siennes puis il est parti vers Amsterdam Avenue. Je l'ai regardé disparaître.

Je l'ai revu une fois, quelques mois plus tard, quand il est revenu dire au revoir à sa mère et à sa sœur avant d'être envoyé de l'autre côté de l'Atlantique. Il m'a souri et m'a montré du doigt sa poitrine, sa vareuse de soldat.

« Mon nouveau déguisement, a-t-il dit. M'aurais-tu reconnu ? »

Il n'avait aucune idée du nombre de fois où j'avais pensé à lui depuis que nous étions restés à parler dans la rue.

« Non, je ne t'aurais pas reconnu, ai-je répondu. C'est un déguisement parfait. »

*

Quand je n'arrivais pas à dormir, je m'habillais, descendais à pas furtifs l'escalier de l'immeuble, sortais et regardais la rue, les chats qui erraient la nuit à la recherche de nourriture, une silhouette qui se hâtait vers je ne savais où, un visage rapidement entrevu dans la lumière du réverbère, ses ombres mystérieuses. Parfois un homme, une fois un petit garçon s'asseyait sur les marches d'un autre perron, en face ou plus loin sur notre trottoir, et je m'interrogeais à son propos, je me demandais ce qui l'avait fait quitter sa chambre et si, comme moi, il s'était levé de son lit à l'instant où la lampe avait été éteinte, ou s'il avait fui une bataille familiale, les cris violents qui, comme une explosion de verre sur le macadam, troublaient si souvent le calme nocturne.

Appuyée contre le chambranle de la porte, il me semblait que je pouvais simplement quitter le *barrio*, simplement m'en aller.

Les lettres que Thad envoyait d'Angleterre contenaient souvent un message pour moi. Quand Ellen me les répétait de son ton toujours assez sérieux, les mots de Thad résonnaient à mes oreilles comme ceux des professeurs qui m'incitaient à faire de plus grands efforts. Thad m'avait prise en charge tel un mission-naire qui s'occupe d'un païen, décidé à sauver son âme. Cela me touchait et m'irritait à la fois. La ligne était tracée. Ellen et Thad – et même mon père à sa façon distante et méprisante – d'un côté, et moi de l'autre. Ils voulaient me tirer vers eux, vers une vie qui demandait un effort que je ne pouvais ou ne voulais pas faire. Être domestique représentait pour moi une promesse de liberté. Je bouillais d'envie de quitter la maison ; je croyais en un pouvoir mystérieux qui ferait aller les choses dans mon sens. Pourtant, j'étais troublée à l'idée qu'Ellen et Thad me jugeraient, de même qu'il m'arrivait à certains instants de profondément désirer éton-ner mes professeurs. J'ai fait une tentative pour empêcher que se produise ce que je considérais comme inévitable. Un soir, j'ai entendu notre pensionnaire cubain, Carreno, dire à mon père que les hommes de l'atelier où il travaillait sur un tour à revol-ver étaient appelés sous les drapeaux à un tel rythme qu'ils avaient commencé à embaucher des femmes. « Des femmes, a-t-il répété d'une voix sombre. — Elles vont tout foutre en l'air », a déclaré Papá avec une conviction amère.

Le lendemain matin, j'ai arrêté Carreno qui se hâtait dans le couloir et je lui ai demandé le nom de son atelier. Je ne suis pas allée à l'école. Dans le métro qui m'emmenait vers la 14e Rue, où je devais trouver la Moskowitz Diamond Die Company, l'idée que Thad approuverait ce que j'allais faire, cette pensée qui m'avait donné tant d'énergie que moins d'une seconde me semblait s'être écoulé entre l'instant où Carreno m'avait donné l'adresse et celui où j'avais glissé ma pièce de cinq cents dans la fente du portillon a totalement disparu. Je me sentais envahie par une panique froide qui me faisait sursauter à chaque arrêt, me lever à moitié, prête à descendre et courir rejoindre le quai d'en face.

Dans le petit bureau de la société, au douzième étage, une femme d'âge moyen qui sentait un parfum à la violette plutôt écœurant a délicatement effleuré une boucle qui se dessinait, nette, sur son front. «Nous n'avons besoin de personne pour l'instant», a-t-elle dit. Derrière la porte fermée à côté de sa table, j'ai entendu le battement sourd des machines.

«J'ai entendu dire que vous embauchiez des femmes, ai-je dit.

— Nous allons bientôt entrer en guerre, a-t-elle répondu. Vu ce que nous fabriquons ici, il te faudra une autorisation spéciale.»

Je suis restée en face d'elle, muette, souhaitant qu'elle me prenne par le bras et me raccompagne à la porte. Je me suis vue devant une machine inimaginable, en train de manœuvrer des leviers. «Tu sais de quel genre d'autorisation je veux parler?» m'a-t-elle demandé en plissant les yeux d'un air sagace. J'ai secoué la tête.

«FBI, a-t-elle dit. Et ce n'est pas des blagues.

— Mr. Carreno disait que…

— Lui! a-t-elle lancé avec mépris. Ce pédé!»

Je me suis retournée pour partir.

«Tu vas à l'école?

— Oui.

— Continue», m'a-t-elle dit. Elle souriait; c'était un petit sourire sec, qui transformait à peine son visage. «Il va y avoir beaucoup de travail pendant longtemps, a-t-elle repris. Aussi longtemps que la guerre durera.»

Quand je suis revenue à la maison, vers midi, un rayon de lumière courait dans le couloir, comme de l'eau dans une gouttière. Mamá était assise dans la cuisine sur son tabouret, en chemise de nuit, les yeux baissés sur un journal. Elle était si absorbée qu'elle ne m'a pas entendue. Elle s'est penchée en avant et a tracé une ligne avec un bout de crayon. En m'approchant j'ai entendu le murmure léger de sa respiration. Ses doigts étaient fins comme des brindilles.

« Mamá ?

— Chut… J'ai presque fini. »

Posé sur la paillasse de l'évier, le journal était ouvert à la page des enfants. En reliant des points elle avait dessiné un dragon avec une langue fourchue.

Je l'ai laissée et je suis allée au salon. Un livre était posé sur le fauteuil de Papá. Je n'ai même pas regardé le titre ; ce qu'il lisait m'était égal. À ce moment, j'ai entendu le bruit lent, hésitant des pas de Mamá. Elle s'est immobilisée un instant à l'entrée de la pièce, clignant des yeux devant la lumière, puis s'est dirigée vers le fauteuil et s'est assise en gémissant doucement. Elle a regardé le livre d'un air étrangement surpris et en a écarté son corps.

Depuis des mois, elle maigrissait, fondait comme un morceau de glace sous l'eau d'un robinet. Je l'avais remarqué – seulement remarqué –, je n'y avais pas pensé. Elle avait été cette fille, à peine plus âgée que moi maintenant, qui marchait d'un pas souple sur le chemin de la *vivienda* habillée d'un uniforme noir et me cherchait des yeux, impatiente et inquiète. Tandis que je luttais pour retrouver le visage de cette fille tel qu'il m'apparaissait dans l'ombre, il m'a semblé sentir l'odeur des fleurs et des cochons, assise dans notre case à attendre qu'elle s'arrête sur le pas de la porte et dise : « *Ay Dios !* Je vais te faire à dîner. »

« Pourquoi est-ce que tu n'es pas à l'école ? m'a-t-elle demandé timidement.

— Je ne vais plus aller à l'école », ai-je répondu. Elle a eu l'air stupéfait et elle a pris le livre. Quand elle l'a eu entre les mains, elle l'a retourné et l'a laissé tomber par terre. Peut-être avait-elle dépassé le stade où elle se souciait encore du fait que j'aille ou non à l'école.

« Je vais chercher une place de bonne. »

Ses mains se sont soulevées jusqu'à sa poitrine, puis, avec un cri terrible, elle s'est caché le visage.

« Non, a-t-elle murmuré. Sainte Mère de Dieu ! Ne fais pas ça ! »

Je me suis avancée vers elle et j'ai posé ma main sur son épaule. Elle a tressailli. Une espèce d'horreur m'a envahie. Elle était là repliée sur elle-même, elle que je pensais depuis longtemps domptée par la souffrance, et même insensible à ses nouvelles attaques, elle sanglotait, effondrée, comme si elle avait pour la première fois aperçu le cœur noir de la vie. Je lui ai frotté le dos. Petit à petit sa respiration s'est apaisée. Elle a murmuré quelque chose et s'est écartée de ma main en tournant vers moi son visage mouillé.

« Ce ne sera pas pareil pour moi que pour toi », ai-je dit.

Elle a secoué la tête. « Tu ne sais rien de rien, a-t-elle répondu.

— Je sais que je dois travailler », ai-je déclaré d'un ton froid.

Elle m'a regardée un instant puis elle a levé les bras. Quand ses manches ont glissé en arrière, j'ai vu combien ils étaient maigres. Je me suis penchée pour la serrer contre moi. Ses mains posées dans mon dos semblaient incroyablement légères. J'ai senti son odeur, celle de la chemise de nuit sale, de sa chair négligée, les relents d'un corps qui avait perdu toute règle de vie. Mais il y avait quelque chose d'autre, acide, rance, passager, sur quoi je n'arrivais pas à mettre de nom.

Elle avait trente-trois ans. Elle est morte huit mois plus tard d'un cancer, quelques jours après son trente-quatrième anniversaire. Je m'étais alors déjà lancée dans ma vie de domestique.

*

Papá tenait à la main un journal roulé pointé vers le plancher. Jusqu'à ce que je me retrouve devant lui et que je voie son visage, j'ai pensé qu'il dormait, mais ses yeux étaient ouverts, fixés sur la fenêtre. J'ai regardé et vu un immeuble semblable au nôtre. Sur son toit, les cordes où les femmes accrochaient leur linge quand il faisait bon se distendaient et tiraient sur les poteaux penchés auxquels elles étaient attachées. Les taches que faisait la lumière du jour sur le mur de briques brunes diminuaient d'intensité. Le ciel de plus en plus sombre pesait sur la ville, épais, pulpeux, couleur de prune. Une étoile brillait.

Mon père a fait comme si je n'étais pas là. Puis, au bout d'environ une minute, je l'ai entendu donner un coup sur le sol avec le journal.

«J'ai quitté l'école», ai-je dit. Presque immédiatement, comme trois dures exclamations, les portes qui donnaient sur le couloir se sont fermées, isolant dans leur chambre Mamá, Maura et Carreno.

Le journal est tombé, il s'est ouvert. J'ai vu le mot «Stalingrad» et je me suis baissée pour lire le titre qui annonçait la reddition de la 6ᵉ armée allemande. Papá s'est levé, il a donné un coup de pied dans le journal et il s'est avancé jusqu'à la fenêtre.

Quand il s'est retourné, son visage était calme. Il m'a regardée d'un air posé. J'étais effrayée. En même temps, pourtant, je me sentais distante, ma vie comme un petit point de lumière loin de lui, en un lieu qu'il ne pouvait atteindre.

«Je n'avais aucune raison d'espérer autre chose, a-t-il dit tranquillement. Mais j'espérais.

— Tu espérais quoi ? n'ai-je pu m'empêcher de demander.

— … Autre chose. Tu n'es pas idiote.

— J'ai trouvé du travail, ai-je dit immédiatement. À Long Island. Je vais être…» J'ai oublié un instant ce que la petite annonce disait. Il a attendu près de la fenêtre. «Je vais être employée de maison.»

Il a hoché la tête, une fois. «Eh bien… tu tiens d'elle», a-t-il dit. Il a ri brièvement. «De nous», a-t-il ajouté.

Il est retourné dans son fauteuil, ramassant au passage le journal. Il l'a ouvert d'un geste sec.

Je suis ressortie dans le couloir. La porte de Mamá s'est ouverte. Elle m'a interrogée du regard, les yeux écarquillés d'angoisse. J'ai secoué la tête. «Tout va bien, ai-je dit. Qu'est-ce que tu veux qu'il fasse ?»

Quand je suis passée devant la porte de Maura, elle a sorti son bras et attrapé le mien. Je me suis dégagée. «*Hijita !* Ne sois pas si dure !» a-t-elle protesté. La porte de Carreno est restée fermée.

*

Ellen, comme mon père, a renoncé devant mon entêtement. Je ne lui avais rien dit de ce travail avant de l'avoir trouvé. Quand je lui ai donné les détails – vingt-cinq dollars par quinzaine, un dimanche sur deux et un jour de congé par semaine, chambre et salle de bains particulières – elle m'a regardée d'un air dégoûté. Cela m'a douloureusement blessée, même si j'ai compris en même temps que cette attitude venait de l'incertitude dans laquelle elle était quant à sa propre vie. Et puis après ? Ces deux-là pouvaient bien me considérer comme un cas désespéré. Elle n'était encore qu'une collégienne et Papá devait rentrer tous les soirs au *barrio*. Moi, j'en sortais.

Sur les rives de l'Hudson, nous avions joué ensemble aux vies magiques. Mais j'avais déjà eu une vie magique dans le jardin de Malagita, dans la grande cuisine où l'on m'avait montré le reflet de mon visage sur un plateau d'argent.

Nous n'avions pas de nouvelles d'Atilio ni de Thaddeus depuis des mois. «Mon petit garçon est sous les *bombas* et n'a pas le temps d'écrire», disait Oncle Federico. J'avais vu aux actualités des villes bombardées, des feux déchirer les ténèbres, des gens courir, ombres en panique et totale confusion, les cratères dans la lumière grise du jour où s'empilaient des débris d'immeubles quelques heures plus tôt remplis d'êtres vivants.

Pendant la dernière semaine où j'ai vécu à la maison, j'ai souhaité que les *bombas* tombent sur New York, imaginé que, dans la terreur qu'elles auraient apportée avec elles, dans la destruction de tout ce qui se proclamait comme permanent, je serais libérée de mes doutes et n'aurais plus à me préoccuper que de survivre.

Le matin du jour où je devais prendre le train à la gare de Pennsylvania pour me rendre à Forest Hills, je suis allée faire des courses pour ma mère. Ensuite, j'ai balayé et ramassé la poussière sur un morceau de carton que je suis allée chercher dans la chambre de Carreno. Je m'y suis arrêtée. Un des tiroirs de sa commode était à moitié ouvert. J'ai regardé dedans et vu quelques paires de chaussettes noires roulées sur elles-mêmes, une chemise jaune brodée en tissu fin, transparent, et un magazine. Je l'ai pris, il s'est ouvert dans mes mains. Je l'ai tout de suite reposé à sa place, mais non sans avoir vu un dessin maladroit qui représentait deux hommes nus, l'un debout la tête rejetée en arrière, l'autre agenouillé devant lui, la bouche accrochée à la verge tendue de celui qui était debout, pendante comme un vêtement de chair. Je suis restée un instant le souffle court, immobile, aussi brûlante que s'il avait fait autour de moi une chaleur intense.

J'ai regardé les objets posés sur la commode, une photo de perroquet en cage, une soucoupe qui contenait un morceau de savon rose, un objet arachnéen dans lequel j'ai fini par reconnaître, tout en retrouvant mon souffle, un filet à cheveux. Il y avait une tache sombre sur l'oreiller de Carreno. Légèrement frissonnante, je me suis penchée et j'ai reconnu l'odeur de sa brillantine. Il avait accroché au mur une carte postale qui reproduisait un tableau montrant saint Sébastien. J'étais en train de compter le nombre de flèches qui transperçaient son corps quand Mamá est entrée dans la chambre.

«Une seule aurait suffi», a-t-elle fait remarquer d'un ton sec. J'ai ri trop fort, trop longtemps. Ça l'a inquiétée. J'ai tendu le bras vers elle, mais ma main est retombée. La chair, à cet instant, me dégoûtait.

«Fais attention aux fils, a-t-elle dit.

— Il a huit ans, ai-je dit. Et l'autre enfant est une fille.

— Alors fais attention au père.

— Oh Mamá !»

Elle a fait un pas vers moi. Ses yeux se sont remplis de larmes. «Tu as tellement grandi», a-t-elle murmuré.

J'ai à peine reculé. Elle a de nouveau regardé saint Sébastien.

«Sebastiano, a-t-elle dit doucement. Il aurait dix ans, maintenant.»

Pendant un instant, je n'ai pas compris ce qu'elle disait. Puis, je me suis rappelé : le corps emmailloté du bébé mort allongé sur la table, la petite bouche ouverte. Il ne devait rester de lui que des os maintenant, un tout petit tas d'os.

«Je reviendrai deux fois par mois, ai-je dit.

— Peut-être vais-je te manquer par moments, a-t-elle dit sérieuse, pensive.

— Tu vas me manquer, Mamá », ai-je répondu. Je ne le pensais pas.

*

Les dimanches où je ne travaillais pas, je prenais le train le matin pour New York, m'éloignais de Forest Hills, où la maison des Miller s'élevait dans une rangée de pavillons semblables les uns aux autres sur une rue en courbe, tous pourvu d'une véranda vitrée, avec un étroit chemin cimenté qui conduisait à une porte peinte en blanc et, supposais-je, un réfrigérateur jamais vide, des pièces inondées le soir d'une lumière dont la force insidieuse et pénétrante paraissait manquer à celle du jour et dans laquelle les douzaines d'objets que j'époussetais, lustrais et essuyais, meubles, vases, boîtes de porcelaine, horloges, lampes, livres, semblaient n'appartenir à personne, comme des articles de magasin, une accumulation dont le but n'avait jamais été très clair.

Je revenais au *barrio*, dans notre appartement, j'ouvrais la porte sur un couloir sombre et me retrouvais face au chemin qui menait vers un autre pays, je passais rapidement devant les chambres et, tout en me dirigeant vers la cuisine, j'apercevais nos biens, reliques de combats, d'efforts faits pour les acquérir, gagnés, abandonnés car les défauts qui les avaient d'abord mis à portée de nos mains avaient eu raison de tous les efforts que nous avions faits pour les réparer : montants de lit en fer brisés, tiroirs impossibles à refermer saillant du ventre des commodes, chaise branlantes.

Mais le mercredi, qui était mon jour de congé hebdomadaire, je restais dans le centre de Manhattan. J'apprenais les rues et les avenues comme des leçons. Lorsque j'avais faim, je mangeais dans des cafétérias où il n'y avait pas besoin de parler, il suffisait d'enfoncer un dollar à travers une grille, de prendre des pièces de cinq cents sur une planchette de métal et de les glisser dans des fentes en face de boîtes de verre contenant sandwichs et gâteaux. Dans le bruit incessant, parmi la foule, je choisissais sans que personne ne le sache ce que j'allais manger, plaisir silencieux. Dans les cinémas spacieux où je passais souvent l'après-midi, les paroles des acteurs remplissaient l'ombre d'une emphase inhumaine. Quelquefois, le film se cassait, alors leurs voix, sur fond de claquement de pellicule déchirée, se transformaient en une sorte de grondement lent, bestial.

C'était moins chez les Miller que je me sentais hors du *barrio* que dans les rues de Manhattan, où je prenais la direction que je voulais, où chacun de mes choix, une sucrerie, une promenade dans les allées d'un grand magasin, un film, semblait me délivrer de toutes les contraintes de ma vie et était accéléré par un sentiment d'impatience que je n'avais jamais ressenti depuis la dernière fois où j'avais couru chez Nana sur les chemins de Malagita.

De temps à autre seulement, lorsque je portais à mes lèvres un sandwich ou une tasse de café et que me parvenait l'odeur des liquides et des poudres de nettoyage restés accrochés au bout de mes doigts, me revenait à l'esprit le labeur accompli pour maintenir l'ordre sur lequel reposait la vie domestique de la famille Miller.

«Vous devez arriver à un quart d'heure par chemise», avait dit Mrs. Miller avec un glapissement rieur. Une fois que j'ai su repasser, elle m'a apporté des monceaux de lingerie abîmée et je me suis mise au raccommodage, mais sans jamais réussir d'aussi jolis petits points que ceux de Nana sur ses bas noirs. Après avoir lavé la vaisselle du dîner, je pouvais aller dans ma chambre. La vue sur jardin promise par la petite annonce donnait en fait sur une haie mal taillée. Mais le soir, le ciel était énorme et quand j'ouvrais la fenêtre, je sentais l'odeur des arbres et de la terre.

«Est-ce qu'on vous a jamais appelée Lou ? a demandé Mr. Miller. Comme un diminutif, quoi ?

— Pas encore», ai-je répondu.

Il était venu dans la cuisine se faire une tasse de thé. J'ai tordu un torchon et l'ai mis à sécher sur le bord de l'évier.

«Je vais vous appeler Lou. D'accord, Lou ? Ma femme m'a dit que vous aviez été au collège pendant deux ans ?

— Presque trois.

— Vous ne trouverez jamais de travail sans instruction, a-t-il dit, d'une voix tremblante. Vous serez toujours désavantagée. Vous pourriez suivre les cours du soir, vous savez. Pensez-y. Vous êtes déjà bilingue. Vous parlez bien espagnol, hein ?

— Un peu, ai-je reconnu.

— Parfait. Un point pour vous.»

Il m'a lancé un regard curieux.

«Je ne crois pas que l'espagnol serve à quelque chose, Mr. Miller», ai-je dit en accrochant mon tablier à un crochet derrière la porte du sous-sol. Mrs. Miller avait un jour trouvé le tablier sur une chaise. Bien que d'un caractère généralement agréable, elle m'avait dit avec une irritation à peine retenue que lorsque je ne le portais pas, le tablier devait disparaître. J'avais commencé à apprendre qu'être la bonne ne signifiait pas seulement faire le ménage.

«Vous avez des droits, Lou, dans notre pays...

— Je suis heureuse de travailler chez vous», l'ai-je interrompu. Il m'a regardée une seconde, a hoché la tête, puis il a pris sa tasse de thé et il s'est dirigé vers la porte. «D'accord, Lou. C'est votre vie, après tout», a-t-il dit d'un ton légèrement déçu.

Oui, c'était ma vie, cachée des Miller, dans ma chambre, dans les rues où j'errais, dans mes pensées.

Je me moquais de la façon dont ils m'appelaient. J'en savais plus sur eux qu'ils ne pouvaient en deviner sur moi. June et Alfred, les appelais-je mentalement après avoir vu leurs prénoms sur le courrier que je posais tous les matins sur la table de l'entrée. Pourtant, je les aimais bien. Ce n'est pas tant leur gentillesse que leur curiosité à mon égard qui a partiellement fait disparaître la froideur que j'avais ressentie envers eux après avoir été embauchée et après avoir mis un des deux tabliers que Mrs. Miller m'avait tendus le premier jour où j'avais travaillé chez eux. Malgré tous les efforts qu'ils accomplissaient pour se sentir à l'aise en ma présence, je savais que, pour eux, je restais un mystère.

Si j'avais été une domestique noire, soupçonnais-je, ils m'auraient regardée comme une surface plane. Même tout au fond d'eux, jamais ils ne m'auraient considérée comme autre chose qu'un vide à la peau noire. Telles que les choses étaient, il existait entre nous une égalité étrange, ambiguë; nous étions ensemble, des gens qui travaillaient tous, avec cette seule différence que moi, je ne leur attribuais pas de tâches. Je sentais que je ne devais rien céder de ma vie secrète.

J'ai soudain compris que, pour Ellen, acquérir un métier était une question de vie ou de mort mentale – être ignorée était normal, mais être annihilée parce que considérée comme une créature dénuée de tout intérêt, c'était devenir un mort vivant.

Mais les enfants Miller, Lisa, qui avait sept ans, et Benjamin, qui en avait neuf, provoquaient en moi une vague et constante appréhension. Ils faisaient ce qu'ils voulaient. «Nous les aimons», m'a dit Mrs. Miller avec une emphase suggérant qu'elle considérait ce sentiment comme inhabituel. Ils ne fermaient jamais une porte, ne ramassaient jamais ce qu'ils avaient fait tomber, ne remettaient jamais rien à sa place. C'était comme si leurs mains avaient été incapables de retenir les objets.

À table, ils faisaient la moue et repoussaient leurs assiettes. Mrs. Miller essayait de les convaincre de manger. Elle leur parlait des pauvres qui n'avaient pas d'aussi bonnes choses dans leurs assiettes.

« N'est-ce pas, Luisa ? N'est-ce pas qu'il y a des petits enfants dans le monde qui ont faim et qui seraient heureux de manger tout ça ? » demandait-elle en roulant des yeux vers moi pour m'inciter à confirmer ses dires. Quand je regardais cette petite fille rondouillarde affalée sur sa chaise, les coins de la bouche tournés vers le bas en une moue mécontente, ce petit garçon qui remuait nonchalamment son lait avec son doigt, je ne pouvais que hocher la tête. Tristement, je jetais à la poubelle la nourriture à laquelle ils n'avaient pas touché, tandis que Mrs. Miller parlait de microbes et de maladie. Mais elle gardait les restes des repas que son mari et elle mangeaient et elle les réutilisait.

Je jouais parfois aux cartes avec les enfants et, lorsque les Miller sortaient le soir, je leur faisais la lecture. Mais je restais sur mes gardes, consciente du jugement peu enfantin qui se lisait sur leur visage quand ils le levaient vers les adultes, et de la façon délibérée, pensais-je, dont ils désobéissaient. Un matin, quand j'ai ouvert les yeux, ils étaient à côté de mon lit. J'ai pensé qu'ils m'avaient regardée pendant que je dormais.

« S'il vous plaît, ne venez pas dans ma chambre, ai-je dit.

— Je suis chez moi, a répondu Lisa.

— Nous pouvons aller où nous voulons, a ajouté Benjamin.

— Non, pas ici, ai-je dit, tremblante de colère. Pas dans cette pièce. À moins que je ne vous y invite. »

Lisa a eu l'air effrayée. « Tu nous inviteras ? » a-t-elle demandé en se mettant à pleurer.

J'ai eu honte, et pitié d'eux. Je me suis assise, je les ai pris dans mes bras et hissés tous les deux sur mon lit. «Je vous inviterai, ai-je promis. Ne pleure pas. Tout va bien.»

Après ça, j'ai commencé à les aimer un peu plus et appris petit à petit qu'eux aussi avaient leur vie secrète où ils se réfugiaient loin de cet amour pesant qui semblait mesurer et enregistrer chacune de leurs respirations.

*

Un dimanche d'octobre, à l'instant où j'avançais la main pour ramener en arrière une mèche des cheveux de Mamá afin d'apercevoir son visage et d'essayer de voir si les efforts que j'avais faits pour la persuader d'aller à la clinique avaient le moindre effet, quelqu'un a frappé à la porte. J'ai entendu Papá aller ouvrir.

«Tu n'as pas enlevé ton manteau, m'a reproché Mamá dans un murmure.

— Seigneur, pourquoi passes-tu ta vie sur ce tabouret! Tu n'as qu'à y dormir, pendant que tu y es! me suis-je exclamée, exaspérée.

— Oh, laisse-moi tranquille! a-t-elle répondu.

— Mais tu es malade», ai-je protesté. Je me suis tournée et j'ai essayé de serrer le robinet qui fuyait continuellement.

«On ne peut rien y faire, a dit Mamá.

— Est-ce que tu viendras avec moi si je t'accompagne ? On pourrait y aller mercredi après-midi, c'est mon jour de congé.

— Mon manteau est déchiré. Je n'arrive pas à trouver de fil de la bonne couleur pour le raccommoder.

— J'en trouverai. Je le recoudrai», ai-je promis.

Oncle Federico est apparu à l'entrée de la cuisine, le dos voûté, le visage tendu, sans son éternel sourire fanfaron, nu.

«J'ai de terribles nouvelles à vous annoncer», a-t-il dit. Il est entré, Papá derrière lui. Tandis que Mamá se laissait glisser de son tabouret, Maura, l'air à moitié endormie, son gros manteau vert enfilé sur sa chemise de nuit, est entrée en titubant dans la cuisine.

« Du café ! a-t-elle croassé. *Por Dios* !

— Tu attendras ! a lancé Papá d'un ton féroce.

— Atilio, mon fils », a balbutié Federico. La panique s'est emparée de moi. Est-ce que nous allions maintenant devoir pleurer la mort d'Atilio ? « Il est dans un hôpital, quelque part en Angleterre. Son petit corps brûlé, a dit Federico, les larmes aux yeux.

— *Ay, Dios mío* ! s'est écriée Mamá.

— Et il venait juste d'être nommé officier. Enfin, il a écrit la lettre lui-même – quelques lignes seulement, mais ce pauvre enfant pense toujours à son Papi et à sa Mamá, et à leur inquiétude.

— Est-ce qu'il va rester infirme ? a demandé Papá.

— Bien sûr que non, a répondu Federico d'un ton soudainement irrité. Ce n'est que le bras et la jambe gauches, et les nouvelles techniques américaines sont les meilleures du monde.

— Je suis désolée, tellement désolée, a dit Mamá. Ce doit être affreux pour Aurelia.

— Évidemment. La mère souffre toujours, a répondu Federico très vite. La femme reste et souffre, a-t-il ajouté en me lançant un regard noir. Mais j'ai une autre mauvaise nouvelle, a-t-il repris. C'est au sujet de notre Mamá, Fefita. Et il faut voir le bon côté des choses – elle est maintenant soulagée de toute souffrance – contrairement à mon petit Atilio. On m'a appris ce matin qu'un cyclone s'était abattu sur San Pedro. Et pas n'importe lequel. Il paraît que le vent soufflait à 270 kilomètres heure. Puis il y a eu un raz-de-marée. »

J'ai vu Papá lancer un regard irrité à Mamá. Je savais qu'il savait déjà. Pendant que je faisais mon lit à Forest Hills, Papá avait écouté la radio, l'oreille collée au poste, en secret, tandis que Mamá s'asseyait au bord de leur lit et attendait que lui vienne la force d'affronter une nouvelle journée. Comme si j'avais senti ce premier léger souffle menaçant dans les branches des palmiers, ce mouvement ténu qui arrive après un long calme, après que le ciel a pris la couleur du safran, j'ai crié : « Nana ! »

Mamá a émis l'écho à peine perceptible de mon cri, une protestation désespérée qui s'est éteinte immédiatement.

Federico a regardé le plafond. «Nous ne saurons rien avant plusieurs jours – si nous savons jamais quelque chose. Les dégâts sont terribles, la récolte de canne perdue, des petits enfants emportés par la mer, des gens sans toit…

— Tais-toi, imbécile! a crié mon père. Tais-toi!»

Federico n'en revenait pas. Maura s'est éclipsée sur la pointe des pieds. Puis Federico a levé la main comme pour frapper Papá. Mamá lui a attrapé le bras et il a essayé de se dégager, sans un mot. Tandis qu'ils luttaient ainsi, Papá m'a écartée de son chemin et il s'est éloigné dans le couloir. Je l'ai rattrapé au moment où il arrivait à la porte. J'ai tiré si fort sur sa veste qu'elle lui a glissé des épaules. Il s'est retourné vers moi, sa bouche mince ouverte comme celle d'un poisson qui avale de l'air.

«Mamá va mourir, ai-je dit, haletante. Espèce de salaud! Espèce d'immonde salaud!»

Il s'est dégagé et, à ma stupéfaction, il est tombé à genoux. Il a plongé son visage entre ses mains et il s'est balancé d'avant en arrière par terre devant moi. J'ai pensé qu'il était devenu fou.

«Pardonne-moi! a-t-il gémi. Pardonne-moi…»

Je me suis écartée de lui à reculons, vaguement consciente, au bruit de sa respiration bruyante, que Maura était dans les parages. Je me suis retournée pour lui dire de nous laisser. Mais à l'instant où mes yeux se sont posés sur son visage troublé, j'ai entendu la porte claquer. Papá était parti. Federico a surgi à son tour dans le couloir. «Reste avec ta mère», m'a-t-il ordonné. Il n'y avait aucune émotion, aucune chaleur dans sa voix, que la note d'autosatisfaction qu'on y entendait habituellement.

Dans la cuisine, Mamá pleurait. Maura s'est glissée derrière moi. Avec ce qui ressemblait presque à de l'admiration, elle s'est exclamée: «Fefita, si tu continues, tu n'auras bientôt plus de larmes pour pleurer.

— Papá a fait quelque chose d'incroyable, leur ai-je dit. Il s'est agenouillé devant moi et il m'a demandé de lui pardonner.

— Si cet homme-là s'est agenouillé, c'est que Dieu lui a brisé les jambes», a sifflé Maura.

Comme elle était mêlée intimement à notre vie! Parce que soudain cette idée me répugnait, je me suis précipitée vers ma mère et l'ai prise par le bras pour la conduire dans sa chambre, faisant un écran de mon corps entre elle et Maura, qui nous a suivies jusqu'à la porte. «Pardon», ai-je dit d'un ton froid en la refermant sur nous.

Mamá s'est effondrée sur le lit. Je me suis assise à côté d'elle. «Elle n'est peut-être pas morte, ai-je dit.

— Je ne l'aurai jamais revue, a dit Mamá. J'ai l'impression…» Elle s'est interrompue et a jeté un regard distrait autour d'elle. «J'ai l'impression que tout me quitte si vite!

— S'il te plaît. S'il te plaît, laisse-moi t'emmener voir un médecin. Je sais que tu es malade.

— Pas encore, a-t-elle dit. Mais j'irai. Un de ces jours. Et toi, pauvre chérie. Tu adorais Nana. Tu te souviens? Moi je m'en souviens. Tu me regardais le matin, impatiente de me voir partir. Si, si… Tu voulais que je m'en aille pour courir chez elle. J'ai toujours su quand tu y allais. Tu revenais à la maison la tête couverte de boucles.»

J'ai pleuré. Elle a passé son bras autour de moi et m'a bercée comme autrefois, de cette façon qui m'avait un jour entraînée dans son propre chagrin mais dont je lui étais maintenant reconnaissante. Elle a essuyé mes larmes de ses mains froides. Elle a souri légèrement. «Tu as raison, elle n'est peut-être pas morte, a-t-elle murmuré. Tu sais ce qu'on dit des gens aussi malins que ma Mamá – qu'ils peuvent nager sans mouiller leurs vêtements.»

Elle a frissonné et j'ai cherché quelque chose pour la couvrir, mais elle a posé sa main sur la mienne et dit : «Non. Ça va. Mais je suis fatiguée. Je vais dormir, maintenant.»

Je suis allée me coucher sur mon lit, où je suis restée immobile, me sentant légère et sans substance. Carreno ronflait dans la pièce d'à côté.

Seules quelques maisons de Malagita pouvaient avoir résisté à de tels vents. La *vivienda* devait être indemne, avec ses portes prodigieuses et ses grands volets fermés contre la tempête, mais le bâtiment des domestiques avait dû s'envoler. Quelque part dans les vastes pièces, la Française et ses enfants avaient écouté la violence qui régnait au-dehors en se sachant à l'abri. La tour de l'horloge avait dû rester debout. Et peut-être aussi l'ange de marbre qui se dressait sur la tombe d'Antonio de la Cueva.

De la porte de sa case, Nana surveillait le territoire de sa vie. Quand elle me voyait arriver sur le chemin de terre, elle souriait, et quand je me jetais dans ses bras, elle riait aux éclats.

Plus tard, j'ai entendu Papá rentrer. Je me suis levée et j'ai regardé en direction du salon à l'autre bout du couloir. J'ai vu son bras posé sur celui du fauteuil. Je l'ai vu se pencher en avant pour allumer sa radio et se baisser vers elle.

«Pardonne-moi», avait-il dit. Ma mère n'avait pas montré le moindre intérêt pour cette extraordinaire requête. Peut-être savait-elle ce qu'il voulait dire. De tous ses crimes, je n'en ai choisi qu'un, la perte de Malagita.

*

Ma mère est morte la deuxième semaine de décembre.

Je jouais au jeu de l'oie avec les enfants un soir dans la cuisine quand Mrs. Miller est venue me dire que quelqu'un me demandait au téléphone.

J'avais à peine pris l'appareil que la voix de Maura a hurlé : «Luisa ! Luisa !»

Une bouffée d'angoisse est montée en moi. «Ce n'est pas la peine de crier, ai-je dit. Je t'entends très bien.»

Elle s'est mise à gémir.

«Pour l'amour de Dieu, Maura…

— Ta Mamá…», a-t-elle sangloté.

Je savais déjà ce qu'allait m'apprendre le premier coup de téléphone que j'aie jamais reçu.

«Je suis avec ton Papá à l'hôpital de la 168ᵉ Rue», a-t-elle repris d'un ton clair, d'une folle brusquerie. Puis elle a chuchoté : «J'ai trouvé cette pauvre Fefita dans son lit, tout à l'heure, inconsciente. Ton Papá et moi l'avons accompagnée dans l'ambulance.

— Est-ce qu'elle est morte, Maura ? » Elle ne m'a pas répondu et j'ai dit : « Elle est morte.

— Oui, il y a juste un quart d'heure. Elle n'a pas dit un mot. *Nena* ? Tu es là ? Elle avait fait son lit, elle avait rangé la plupart de ses vêtements dans un carton. »

Je ne semblais pas pouvoir arriver à exhaler l'air que j'avais aspiré si profondément. Maura répétait mon nom. Je me suis entendue dire, comme de loin : «Oui, oui…» Elle me demandait de venir aussi vite que possible, d'apporter des cigarettes – elle devenait folle avec mon père qui ne disait pas un mot.

Dans le salon, Mr. Miller a agité les pages d'un journal.

«J'arrive», ai-je dit et j'ai raccroché.

Je suis allée parler aux Miller. Mrs. Miller s'est levée, un magazine a glissé de ses genoux sur le plancher. Elle a tendu la main. Je l'ai regardée se replier pour se poser sur mon bras ; cela m'a paru étrange, alors. Je l'ai écartée, plus vivement que je ne l'avais voulu. Mr. Miller était sorti de la pièce et il était revenu habillé de son manteau. «Je vais vous emmener là-bas, a-t-il dit.

— Non ! ai-je protesté, inquiète de l'impuissance que je ressentais devant leur prévenance.

— Allez chercher votre manteau, a-t-il ajouté comme si je n'avais rien dit.

— Tenez, c'est le cadeau de Noël des enfants», a ajouté Mrs. Miller en déchirant le papier de soie rouge d'un paquet. Elle m'a fourré une paire de gants de laine blanche dans les mains. «Ils vous serviront ce soir. Il fait très froid.»

Dans la voiture, Mr. Miller m'a raconté que sa mère était morte quand il avait cinq ans. Il pouvait imaginer ce que je ressentais, de même qu'il savait ce que c'était que d'être étranger dans ce pays car les Juifs étaient toujours, d'une certaine manière, des étrangers, partout où ils allaient, et est-ce que mon père était à l'hôpital ? Était-ce lui qui m'avait appelée ? Et que je prenne tous les jours dont j'aurais besoin, ils se débrouilleraient. Ah oui, et l'argent. Est-ce que j'avais besoin d'argent ? Il pouvait m'en avancer sur mes gages, ou même…

Soudain, la voix lui a manqué. Je n'avais rien dit. Le silence de celui qui ne répond pas rend le langage futile. Au bout d'un moment, quand j'ai été capable de parler, je l'ai remercié. Il a tendu la main vers moi et a posé ses petits doigts pâles sur mon poignet.

Maura et Papá étaient dans la salle d'attente, assis l'un en face de l'autre comme des étrangers. En me voyant, ils se sont levés. Maura est venue vers moi, des larmes montant à nouveau au bord de ses yeux gonflés.

Quel âge avait mon père ? En dehors du mien, nous n'avions jamais fêté aucun anniversaire. Mamá sortait d'un tiroir un petit paquet enveloppé de papier de couleur, Maura me donnait un de ses bracelets. Deux ans plus tôt, pour mes seize ans, je m'étais dit : j'ai atteint l'âge que Mamá avait quand je suis née. Maintenant, elle était morte.

J'ai regardé mon père par-dessus l'épaule de Maura, fixant la petite plaque de poils noirs qu'il avait oublié de raser au-dessus de sa lèvre supérieure. Ses yeux mi-clos étaient cernés ; il avait glissé une de ses mains sous sa veste comme pour l'abriter contre son corps.

À qui pouvais-je parler de la vie qu'avait vécue ma mère ? Une infirmière est entrée dans la salle et elle a allumé une cigarette. Un vieil homme en peignoir de bain a jeté un coup d'œil par la porte, puis il s'est glissé dans l'entrebâillement et il s'est assis sur un banc, d'où il contemplait le sol. Maura parlait de l'enterrement à Papá.

Ce n'était pas que je ne l'avais pas aimée. Ce n'était pas ça.

« Où est Mamá ?

— Ils l'ont emmenée, a dit Maura.

— Où ça ? » me suis-je écriée. Le vieil homme s'est levé et brusquement il est parti. « Où ? »

Maura a passé son bras autour de moi et elle m'a conduite à la fenêtre. En bas, j'ai vu l'Hudson qui coulait, plus noir que le ciel, entre ses rives lumineuses. Doucement, tranquillement, Maura m'a dit qu'il y avait un endroit spécial dans l'hôpital où l'on préparait les corps pour l'enterrement. J'ai entendu une note de mensonge dans sa voix. « Ils les jettent dans le fleuve », ai-je dit. Sa main s'est resserrée sur mon épaule. La force que j'ai sentie dans ce bras maigre m'a étonnée et a calmé la colère désespérée et confuse qui m'agitait tandis que je me tenais là debout, le front appuyé sur la vitre glacée.

À la fin de la messe que Maura avait organisée, et qui fut dite dans une petite chapelle de l'église où Mamá était allée une fois, j'ai pleuré d'exaspération en entendant le prêtre irlandais exalter les vertus d'épouse, de mère et de bonne catholique de Mamá. Elle serait enterrée deux fois ; une fois dans la terre, et une autre par l'incompréhension et l'indifférence du prêtre. Aurelia sanglotait bruyamment dans un de ses mouchoirs de soie, mais Oncle Federico est resté silencieux jusqu'à ce que nous nous retrouvions dehors sur le trottoir après la fin du service. « Il devrait y avoir un repas après l'enterrement, a-t-il murmuré. Est-ce que Fefita ne méritait pas un repas d'enterrement ? » Personne ne lui a répondu. Il a soupiré et levé les yeux vers les portes de l'église puis les a vite détournés vers le spectacle réconfortant des automobiles qui passaient sur la large chaussée.

La neige a attendu pour tomber que Mamá soit mise en terre dans un cimetière surpeuplé aux confins de la ville. Oncle Federico nous a reconduits à la maison dans sa vieille Ford après avoir déposé Aurelia chez eux. Elle s'est penchée au-dessus du siège vers Papá comme pour l'embrasser, et il s'est écarté si vite qu'il m'a poussée en avant et fait tomber à genoux contre la portière. J'ai vu un air terrifié passer sur son visage ; ses lèvres tremblaient, ses yeux semblaient prêts à lui sortir de la tête. Cela n'a duré qu'une seconde.

211

Ce soir-là, les barreaux de l'escalier de secours se sont retrouvés couverts d'une bande blanche étroite et lourde. Le vent poussait la neige en gros nuages au-dessus des toits ; quand elle était prise dans la lumière, elle scintillait comme une étoffe de soie.

Papá était assis dans son fauteuil, le bas du visage dans les mains. Il a levé les yeux un instant pour me regarder. Allait-il rester là sans un mot ? Je me suis dirigée vers la porte.

«Attends», a-t-il dit.

Je me suis arrêtée.

«Tu ne sais pas ce que je ressens.

— Non. Je ne le sais pas. Comment le pourrais-je ?

— Certains êtres, comme ta mère, sont brisés jeunes.

— Par d'autres…

— Comme ton espagnol est devenu commun», a-t-il dit. C'était étrange, mais je ne m'étais pas aperçue que nous parlions tous deux notre langue maternelle.

«Je me demande si tu te souviens de ce que veut dire le mot *alegría*, a-t-il dit. C'était ce qu'il y avait de formidable en elle quand je l'ai rencontrée. On appelle ça de la gaieté, ici. Ce n'est pas pareil. Tu sais qu'elle me faisait rire ? Elle me faisait tellement rire ! Comme je riais, loin de ces pièces mortes ! Tu sais que dans ses prières elle s'adressait à moi, oui, à moi, comme à son Jésus ou à Marie ? »

J'ai découvert que j'étais incapable de le regarder. «Il n'y avait pas de place pour moi à Malagita, a-t-il dit. Pas le moindre recoin, pas la moindre ouverture.

— Je sais ce que je sais, ai-je murmuré.

— Tu crois savoir.

— Est-ce que tu n'as pas de chagrin ? me suis-je exclamée.

— Du chagrin, a-t-il répété d'un air lugubre. Mon Dieu ! Du chagrin ! »

Nous n'avons pas eu d'autre conversation. Deux jours plus tard, je suis retournée à Forest Hills, où Mrs. Miller m'a assurée que je n'avais pas besoin de faire quoi que ce soit jusqu'à ce que je me sente mieux. Travailler était tout ce que je voulais.

Dans ma chambre, la nuit, quand j'ai été certaine que les enfants dormaient et qu'ils ne risquaient pas d'entrer, j'ai sorti de mon tiroir les deux fourchettes en argent massif que j'avais trouvées parmi les sous-vêtements en lambeaux de ma mère. Elles étaient devenues ternes, avaient noirci. J'avais pris du produit et un chiffon à la cuisine et je les ai frottées jusqu'à ce qu'elles rutilent.

Tout le reste de ce qui lui avait appartenu a été jeté par Maura, qui, tout le temps où j'étais restée à la maison, avait fait le ménage et la cuisine et interrompu Carreno quand il commençait à parler de Mamá, comme pour lui montrer – et nous montrer – qu'elle seule avait le droit de la pleurer.

J'avais écrit un mot à Ellen pour lui annoncer la mort de Mamá et lui dire que je passerais chez elle le dimanche suivant, que j'avais de libre, en espérant la voir.

Le dimanche, quand je suis arrivée, j'ai compris que Mrs. Dove rentrait de la messe. Elle était en chapeau et en gants. Elle m'a regardée un instant avec attention. Elle a dit qu'elle avait été tout à fait désolée d'apprendre que ma mère était partie dans l'autre monde. Je l'ai observée enlever avec soin ses épingles, passer la main sur ses cheveux, tirer et pincer les doigts de ses gants.

«Elle était très malade, ai-je dit.

— Il faut beaucoup de temps pour s'y habituer. Le chagrin ne disparaît jamais.»

Elle a posé son chapeau sur une table. «Tu vas dîner avec nous ? a-t-elle demandé.

— Merci, mais il vaut mieux que je rentre.

— Oui, bien sûr. Je suppose que ton Papá t'attend.»

Je l'ai regardée d'un air sombre. La sympathie se lisait sur son visage. Ellen ne lui avait évidemment rien dit au sujet de mon père. Elle l'appelait «le couteau», ce qui montrait une certaine compréhension qui me suffisait. Nous n'avions pas souvent parlé de lui. Je n'aurais pas su quoi dire.

Quand Ellen est arrivée, j'étais assise près de la fenêtre, les yeux

213

fixés sur le toit où un jour nous avions vu un fou. Elle a posé sa main sur ma tête. «Je suis tellement désolée, a-t-elle murmuré.

— Je l'ai invitée à dîner, mais elle doit rentrer, a expliqué Mrs. Dove.

— Allons dehors boire un café, m'a dit Ellen.

— Je suis en train de faire à dîner, Ellen. Vous pouvez le boire ici.

— Je rentre vite, M'man», a-t-elle promis.

Nous avons remonté Amsterdam Avenue jusqu'à un petit bar sombre, dans lequel elle est entrée. «J'ai besoin d'un verre, a-t-elle dit. Peut-être même de deux.» Elle a allumé une cigarette d'un air absent. Le barman a dit : «Il vous faut quelques années de plus pour que je vous donne à boire. Je ne vous sers pas, ma jolie.

— Oh si», a-t-elle dit. Elle a eu un sourire tellement magnifique, tellement assuré, que je ne voyais pas comment quelqu'un aurait pu lui opposer un refus. Il ne l'a pas fait.

«Comment va ton père ?» a-t-elle demandé.

J'ai secoué la tête. «Je n'ai jamais été capable de le savoir. Pas plus maintenant. Je déteste retourner là-bas. Mamá est partie, ma grand-mère a disparu dans le cyclone…

— Les gens s'en vont, a dit Ellen d'un ton triste. Tout passe si vite, et les voilà partis.»

Je lui ai parlé des Miller, de la gentillesse dont ils avaient fait preuve. J'entendais le ton insistant que ma voix avait pris. «Le travail n'est pas dur, ai-je dit.

— Il est dégradant.

— Qu'est-ce qu'il a de dégradant, Ellen ? Qu'est-ce que ça a de dégradant ?

— Le simple fait de le faire. Le simple fait d'être la bonne, comme ma mère. Parce que tu n'as pas le choix.

— Elle te fait vivre, ai-je dit d'une voix sèche.

— C'est vrai, c'est vrai… M'man ne savait rien faire d'autre. C'était une dame.» Elle a ri. «Une dame de couleur. Tu sais quoi ?

Nous avions nous-mêmes une bonne, autrefois. Thad la taquinait avec ça.

— Thad, ai-je dit, soudain ragaillardie.

— Il est à Paris. Tu te rends compte ! C'est ce qu'il y a de bien, avec la guerre. Thad est allé en Europe. »

Elle a vidé son verre. Elle est si douée, me suis-je dit, tellement bien adaptée à ce monde.

« Je vais aller à l'université de New York City », m'a-t-elle annoncé. Et elle a ajouté avec véhémence : « Oui, c'est là que je vais aller. »

J'ai continué à lui parler de la maison Miller. J'en parlais trop. Je savais que mes mots me reviendraient dans les pièces que je balayais et où j'époussetais, quand je regarderais les enfants mécontents, agités et que je refermerais les portes de ma chambre sans plus croire qu'elles protégeaient mon intimité. « J'imagine, ai-je dit, qu'il existe une forme de gentillesse qui ne signifie pas grand-chose. »

Comme si cette concession en exigeait une d'elle, Ellen a dit : « Tu as peut-être eu de la chance. Maman a travaillé pour pas mal de brutes avant de trouver la vieille dame. Sa bonté a été mise à dure épreuve quand nous sommes arrivés à New York. C'est ce qu'elle appelle la souffrance chrétienne.

— Il faut que j'y aille, ai-je dit. Maura Cruz en a tellement fait pour nous. Je vais là-bas pour elle. Il ne lui dit jamais merci.

— Essaye autre chose, Luisa. Fais-toi payer des études par ton père. Il y a tellement de domaines dans lesquels tu pourrais réussir ! Tu es capable d'apprendre n'importe quoi. »

Je ne l'écoutais plus. Je voulais lui demander si elle était amoureuse. J'ai regardé son visage sérieux et je me suis sentie idiote.

« Je te raccompagne », a-t-elle dit, les mots d'autrefois, si doux. Elle m'a tenue par le bras pendant tout le chemin. « Ne t'inquiète pas, a-t-elle dit. Toi, au moins, tu gagnes ta vie. »

C'était pour me faire plaisir, mais je lui en ai été reconnaissante.

«Est-ce que tu es amoureuse de quelqu'un?» lui ai-je demandé.

Elle a ri. «Oh Luisa! Comme au cinéma?»

Nous étions devant la fenêtre où nous avions vu travailler la putain. Elle était partie depuis longtemps. Maintenant, deux enfants nous observaient derrière les plis d'un drap mou qui servait de rideau.

«Tu peux dormir sur le divan de Thad – quand tu ne veux pas rentrer chez toi pour tes jours de congé», a-t-elle proposé.

Nous nous sommes embrassées. La chaleur revigorante de mon amitié pour elle m'a portée jusqu'à l'appartement. J'ai entendu un bruit de voix d'homme derrière la porte, un cri, un rire.

Il y avait des gens dans le salon. Je suis allée dans la chambre de Maura. Elle était assise au bord de son lit, très maquillée, habillée, ses jambes minces pendaient, pieds croisés, une chaîne en or à la cheville. En me voyant elle s'est écriée : «*Ay, chica!*» et elle a mis un doigt sur ses lèvres. Elle s'est levée, elle est allée à la porte et a regardé au bout du couloir.

«Ils sont là tout le temps, maintenant, ces bons à rien de poivrots», a-t-elle chuchoté.

J'ai vu sa valise par terre. Elle a suivi mon regard. «Ce n'est plus possible, a-t-elle dit. C'est un asile de fous réservé aux hommes.

— Je ne vais pas aller le voir, ai-je dit.

— Il saura que tu es là. Il sait toujours qui entre et qui sort.

— Je m'en vais tout de suite. Je suis seulement venue m'assurer que tu allais bien.

— Merci, *nena*. Je suis heureuse que quelqu'un en ce monde se soucie de la pauvre Maura. Tu as des affaires dans ta chambre.

— Rien dont j'aie besoin.

— Carreno est parti, lui aussi. Ton papa dort dans sa chambre.

— Comment te retrouverai-je?

— Je crois qu'il y a une chambre à louer dans le coin. Je laisserai mon adresse à señora Alegre, en bas.

— *Alegre* ! ai-je répété. Est-ce qu'elle est heureuse ? »

Maura m'a lancé un regard ébahi. J'ai passé mon bras autour d'elle. Je sentais l'odeur de sa teinture. Elle a un peu pleuré. Je suis partie immédiatement, je suis sortie de l'appartement et j'ai vite descendu l'escalier. Dans la rue, j'ai regardé l'immeuble et compris que ce que je n'avais pas voulu voir, c'était le tabouret de Mamá devant l'évier, dans la cuisine.

*

En mars, il y a eu une autre mort. Thaddeus Dove a été tué pendant une permission de fin de semaine en marchant sur une mine dans le champ d'un fermier à quelques kilomètres au nord de Paris. Quelques mois plus tard, la guerre allait finir, avec, disait Mr. Miller, la défaite du vieux monde terrible du passé.

Thad avait écrit qu'il adorait la campagne française, les villages aux maisons de pierre, un café qu'il avait trouvé dans l'un d'eux, où il se réchauffait les pieds sur un brasier de charbon de bois en buvant un verre de rouge. C'était le printemps, là-bas aussi, la terre devait être spongieuse et humide comme ici, sur les rives de l'Hudson. Je savais de quoi il avait l'air, un jeune homme grand et mince qui marchait sur le sol dégelé en pensant de toutes ses forces à la vie qui l'attendait.

TROISIÈME PARTIE

Lorsque le temps était mauvais et que les enfants devaient rester à l'intérieur, je m'asseyais avec eux par terre dans la chambre de Benjamin et je tournais les pages en papier glacé d'un des volumes de son *Livre de la connaissance*. Pendant ces lourds après-midi, tandis que la pluie fouettait les vitres ou que la neige tombait, épaisse, nous réfléchissions à ce qui était expliqué et illustré dans ces livres. D'un air décidé, les deux petits repoussaient ou acceptaient les faits présentés comme ils le faisaient avec la nourriture. Lorsque je repensais à l'esprit engourdi avec lequel j'avais avalé les informations dont on m'avait gavée à l'école, le mal que je me donnais pour discuter avec ces enfants qui pensaient que quelque chose qu'ils n'aimaient pas ne pouvait pas exister me semblait comique. «Je ne veux pas que le ciel soit toujours noir», s'est exclamée Lisa après m'avoir entendue lire un long paragraphe sur les ténèbres qui règnent dans l'espace. Benjamin a pressé une feuille du livre entre ses doigts. «Un arbre ne peut pas être découpé en tranches aussi fines que ce papier», a-t-il affirmé en me demandant d'un ton maussade et insistant d'immédiatement tourner la page.

Un soir, Mrs. Miller a posé devant moi sur la table de la cuisine un ouvrage à la reliure lâche. Dans son papier grossier, j'ai vu de vrais éclats de bois. J'ai appelé Benjamin, heureuse comme une enfant à l'idée de confondre son entêtement grâce à cette preuve de ce que nous avions lu sur les usines à papier. Puis j'ai pris conscience de ce que je voyais : ce n'était pas des bouts de bois oubliés mais des êtres humains qui regardaient entre les planches d'une palissade couverte de goudron aussi noir que les orbites de leurs yeux.

Mrs. Miller me fixait. «Tournez la page», m'a-t-elle dit.

Sur la photo suivante, des corps d'enfants s'entassaient en une pyramide devant laquelle se tenait un soldat américain, la main sur le front comme pour se protéger les yeux.

«Belsen», a dit Mrs. Miller d'une voix à peine audible.

Bientôt les journaux ont été pleins de photographies des camps de la mort. Au petit déjeuner, les Miller lisaient le journal qu'un garçon à bicyclette lançait chaque matin devant la porte. Le soir, Mr. Miller revenait avec la dernière édition. C'était un printemps gris. L'air humide apportait une odeur de terre dans la maison où les Miller restaient assis en silence, Mrs. Miller lisant, sur les pages que lui tendait son mari à travers la table, les paragraphes qu'il avait soulignés. Avant de sortir les poubelles, je regardais les passages que Mr. Miller avait cochés d'un trait de stylo. Un jour, mes yeux se sont arrêtés sur un petit entrefilet. Il s'agissait d'un horloger à la retraite qui avait entrepris de réparer l'horloge d'une mairie allemande abîmée par une bombe. Il avait été entraîné à l'intérieur du mécanisme et tué. L'article n'en disait pas plus.

Le mécanisme de l'horloge devait être énorme et il devait s'être mis en route avec une telle violence, une telle soudaineté, qu'il avait probablement commencé à dévorer le vieil homme sans qu'il ait le temps de s'apercevoir de ce qui lui arrivait. Peut-être les gens de la ville s'étaient-ils rassemblés dans la rue, les yeux levés vers l'horloge, attendant de la voir se remettre à marcher. Pendant tout ce temps, le vieil homme, pris dans les rouages, mourait.

*

Je me suis sentie obligée de retourner à l'appartement du *barrio*. Papá buvait du café debout dans la cuisine. Il m'a annoncé qu'il déménageait. Il avait trouvé quelque chose, un peu plus loin dans le nord de Manhattan. «Ce n'est qu'une seule pièce», a-t-il ajouté en écrivant l'adresse. Je lui ai fait remarquer qu'il allait me falloir dormir chez les Miller même quand j'étais en congé. Il a eu l'air mal à l'aise. «Je n'ai pas voulu dire que tu ne pourrais pas venir me voir», a-t-il répondu.

J'aurais aimé lui expliquer que ses intentions n'avaient plus aucune importance pour moi, mais j'ai simplement murmuré quelque chose à propos de vêtements que j'étais venue chercher.

«Au fait, a-t-il commencé d'une voix douce. Est-ce que tu aurais vu, par hasard, ses deux fourchettes en argent dans les affaires de Fefita ? Tu t'en souviens ? On dirait qu'elles ont disparu. Carreno était un minable... J'ai pensé qu'il les avait peut-être...

— Non, l'ai-je interrompu d'une voix ferme. Non, je ne les ai pas vues.

— Bien, alors bonne chance.

— Est-ce que tu sais où est allée Maura ?

— Je ne sais rien de cette vieille salope», a-t-il répondu.

J'ai ramassé le morceau de papier avec son adresse et je suis sortie de la cuisine.

«Oui ! Cette vieille salope ! a-t-il répété avec férocité.

— Elle était un réconfort pour Mamá.

— Elle l'affaiblissait !»

J'ai jeté un coup d'œil à ses chaussures cirées, à sa chemise amidonnée. Je l'ai imaginé seul, s'occupant de lui-même, berçant sa rage.

«Des fouines qui mettent leur nez partout», a-t-il murmuré.

Nous nous sommes quittés sans nous dire au revoir.

Je me suis arrêtée chez Mrs. Alegre, au deuxième étage. Elle était appuyée contre sa porte, une vieille femme avec des plaques chauves sur le crâne. Elle était ivre et m'a adressé un sourire vague et intime. Elle m'a appris que Maura n'avait pas trouvé de chambre. Qu'elle était peut-être allée dans le New Jersey. Elle reviendrait un de ces jours.

J'ai marché jusqu'au métro d'un pas rapide, oppressée par le *barrio*, comme si je lui devais encore quelque chose. Maura avait disparu dans l'obscurité. Il ne restait rien qui eût quelque importance pour moi, à l'exception d'Ellen Dove, et elle partait bientôt.

Mon père nous avait amenées ici, laissant derrière lui tout ce qu'il méprisait, Ofelia Mondragon, Malagita, sa mère, si riche qu'elle pouvait décider qui faisait ou non partie de ce monde.

Qu'il garde ce désert de rues ! Un appartement d'une seule pièce lui conviendrait très bien. Débarrassé de la présence chagrine de ma mère, il n'aurait plus rien pour lui rappeler qu'il n'avait pas choisi, qu'il n'avait fait que s'enfuir devant un choix.

*

Au plus dur de l'hiver, j'ai renoncé à mes promenades en ville. Pendant mes jours de congé, j'écoutais la radio que les Miller m'avait offerte pour mon anniversaire ou, lorsque la famille était sortie, je prenais un livre dans la bibliothèque de Mr. Miller. La plupart de ces ouvrages traitaient de la direction d'usine – il était vice-président d'une petite société qui fabriquait des composants pour radios – mais il y avait aussi quelques romans, dont l'un parlait d'une communauté mexicaine démunie de Californie. Il ne m'a pas plu, mais il a éveillé en moi un appétit nouveau. J'ai continué par un gros volume que je gardais sous mon lit, et l'idée de pouvoir le retrouver le soir après avoir fermé ma porte et le lire me tenait en haleine toute la journée.

« Vous aimez *Autant en emporte le vent* ? » m'a demandé Mr. Miller un soir.

Ils avaient fouillé ma chambre. J'ai tourné le dos à son sourire encourageant. En quoi ce que je lisais pouvait-il les intéresser ?

Mon cœur a palpité d'appréhension. J'ai dit d'un ton froid que ce n'était pas mal. Le lendemain matin je l'ai remis sur son étagère. Il m'a fallu attendre des années, quand je suis allée voir le film qui en a été tiré, pour savoir comment se finissait l'histoire.

J'avais aimé me retrouver dans ma chambre le soir, lire jusqu'à ce que mes paupières se fassent lourdes. Comme l'héroïne, moi aussi, je suis tombée amoureuse d'un homme rendu inaccessible par sa loyauté et sa vertu.

Je portais les vêtements dont Mrs. Miller ne voulait plus. « Voilà un chemisier qui vous ira très bien, m'avait-elle dit un matin. Il est trop petit pour moi. » J'avais envie du chemisier mais pas de l'accepter. Elle a compris. « Ne soyez pas bête, a-t-elle dit. Prenez ce qui passe à votre portée. »

De temps en temps, elle me donnait une affaire presque neuve dont elle s'était lassée après l'avoir mise un petit nombre de fois. « Trop tard pour le rendre », disait-elle d'un ton léger. Je m'émerveillais de telles extravagances et, avec le temps, j'ai surmonté mon hésitation à en bénéficier.

Elle surveillait attentivement mon travail, soulevait les chemises que je repassais, regardait chaque vitre pour s'assurer que je n'y avais laissé aucune trace, passait les mains sur la surface des tables. De plus en plus souvent, elle s'asseyait avec moi dans la cuisine pendant que je mangeais, elle me parlait des soucis que lui causaient Benjamin et Lisa, des gens qui s'installaient dans le nouvel immeuble à quelques blocs de là et qui, disait-elle, n'étaient « pas comme nous ».`

« Des gens comme moi ? » ai-je demandé.

Elle a semblé choquée. Par ma question ? Cette dernière allait-elle à l'encontre d'un mouvement rituel et inconscient de son esprit ?

« Oh, Luisa... Mais vous êtes comme nous, voyons ! » Elle a rougi de son mensonge.

Vers la fin de la période pendant laquelle j'ai travaillé chez eux, Mrs. Miller s'est mise à se confier à moi plus intimement, mais d'une façon si détournée qu'elle aurait aussi bien pu m'expliquer la nature universelle de l'homme. «Les affaires, voilà tout ce qu'ils ont dans la tête, disait-elle. Ils ne sont jamais adultes… ils deviennent compétents.»

Comme honteuse de m'avoir laissé entendre qu'elle avait des regrets et des sujets de mécontentement, elle portait toujours le lendemain une attention plus rigoureuse à ce que je faisais ; tandis que je me tenais debout face à elle dans la cuisine, elle énumérait mes tâches de la journée avec dans la voix une note sèche et rebutante qui me rappelait l'école.

Je savais qu'ils m'aimaient beaucoup. Je le voyais sur leurs visages – avec aussi un certain soulagement – quand ils rentraient d'une soirée et me trouvaient assoupie dans le salon, les attendant pour leur dire que les enfants avaient bien mangé – c'est ce que je leur disais toujours – et qu'ils s'étaient endormis quand ils le devaient. Ce ne pouvait être qu'une affection restreinte. Ma vie n'interférait pas avec la leur. J'étais une paire de mains qui soignaient la maisonnée.

Je ne manquais pas de reconnaissance. Je me disais que sur le plan matériel, ils me traitaient bien. Je n'étais pas une pauvre fille harcelée qui se hâtait dans la nuit en portant une assiette pleine de restes jusqu'à une case de boue séchée. À un moment donné, je leur ai dit que ma mère avait été domestique, et que oui, Malagita était exotique – les laissant interpréter cet adjectif comme ils voulaient. Je gardais pour moi le souvenir de la pièce au sol de terre battue qu'envahissaient le clair de lune et le parfum du jasmin, cette pièce à laquelle aucune des leurs ne ressemblait, que ne défendait de l'extérieur aucun verrou, aucune fenêtre fermée, où je me levais pour me retrouver en quelques pas sur une route sans fin, face à la montagne qui se dessinait au loin contre le ciel immense. Je chuchotais des mots en espagnol, *jazmín*, *luz de la luna*, *campo*, avec autant de ferveur que Mamá récitait son chapelet.

*

Mr. Miller m'a expliqué que sa société se diversifiait et avait acheté une usine dans le Delaware, où il devait partir avec sa famille. L'inquiétude de ce changement de vie transforma le cours peu mouvementé, tranquille de nos jours. Les enfants faisaient semblant d'être malades. Ils se battaient jusqu'à tomber d'épuisement sur leurs lits. Les Miller se soumettaient à leur tyrannie, cédant à tous leurs caprices comme si leur interdire quoi que soit avait pu provoquer une catastrophe. Ce n'était pas la haine de leurs enfants qu'ils craignaient tant, mais la leur.

J'ai vu mon destin s'envoler vers le Delaware, uni au leur pour toujours. Je ne pouvais pas aller avec eux. Quand je le leur ai dit, Mrs. Miller m'a regardée comme si je lui avais brisé le cœur.

«Les enfants, a-t-elle soufflé, vont souffrir. Ils vous sont plus attachés qu'à ma mère, leur grand-mère.

— Mr. Miller a dit que la maison est très agréable, lui ai-je répondu. L'école se trouve à quelques blocs.

— Mais qu'est-ce que ça peut faire ? s'est-elle écriée avec une passion qui semblait rejeter tout ce qui était sa vie.

— C'est important», ai-je répondu, envahie d'une impatience soudaine. Je me suis retirée dans ma chambre.

Lorsque nous nous sommes dit au revoir, que je me suis retrouvée sur le seuil de leur maison avec ma valise au milieu de leurs bagages et que j'ai vu la détresse et le doute envahir le visage de Mrs. Miller, l'idée de nos destins incertains m'a soudain découragée.

«Qu'allez-vous faire, Luisa ? m'a demandé Mr. Miller d'un air sombre.

— Je vais vivre chez la mère d'une amie, ai-je répondu, jusqu'à ce que je trouve une autre place.

— Je vous ai écrit une lettre de recommandation, a dit Mrs. Miller. Vous en aurez besoin.» J'ai pris l'enveloppe blanche qu'elle me tendait. Lisa a passé ses bras autour de moi. Elle avait beaucoup grandi, sa tête m'arrivait maintenant à la poitrine. Je me suis penchée pour embrasser les cheveux frisés emmêlés qu'elle ne nous avait pas permis de brosser depuis des jours. J'ai entendu Mrs. Miller pousser un cri. Elle m'a regardée un long moment, puis elle a avancé sa tête jusqu'à ce que sa joue repose contre la mienne. «Vous allez nous manquer», a-t-elle dit.

Elle a ajouté qu'elle avait noté leur nouvelle adresse et l'avait mise avec la lettre de recommandation. «Vous nous écrirez ?» a-t-elle demandé. J'ai hoché la tête. Je me suis avancée dans l'allée cimentée en me retournant une fois. Les enfants me regardaient, chacun derrière l'une des deux étroites fenêtres qui encadraient l'entrée. Je savais que je ne les reverrais pas.

Dans le train qui me ramenait vers Manhattan, j'ai lu la lettre. Elle disait qu'on pouvait me faire confiance, que j'étais responsable, honnête et compétente. Elle disait que j'avais travaillé deux ans chez eux, que je ne leur avais jamais donné de raison de se plaindre de moi et que je me montrais très compréhensive envers les enfants. Elle me recommandait chaudement. C'était le premier bon bulletin que j'obtenais.

*

«Où habites-tu ? m'a demandé Papá.

— Chez la mère d'Ellen Dove. Je peux y rester jusqu'à ce que je retrouve du travail.»

La chambre qu'il avait trouvée était orientée à l'ouest, comme la salle d'attente de l'hôpital. Il n'était plus le même homme que celui que j'avais vu la nuit où Mamá était morte ; il avait grossi, il y avait un peu de couleur sur ses joues, à moins que ce fût seulement le reflet rougeoyant du soleil couchant. La vitre semblait liquide, un tremblotement aqueux qui glissait vers le bas. Les lettres géantes de Jack Frost Sugar se sont soudain allumées de l'autre côté de l'Hudson.

Dans un coin de la pièce, il y avait un lit impeccablement fait, avec une couverture légère passée autour du fin matelas comme un bandage. Une veste bleu foncé, celle qu'il portait pour aller travailler, pendait sur un cintre accroché à l'une des deux patères près de la porte. Une tasse séchait dans un petit égouttoir. Le vieux fauteuil était tiré à côté de la fenêtre avec à portée de main un meuble à électrophone dont la porte ouverte laissait voir des pochettes de disques rangées verticalement.

Papá avait abandonné tout ce qui appartenait à notre vie dans le *barrio*. Il avait ce qu'il avait toujours voulu, une pièce propre et nue. J'ai ressenti sans le vouloir un élan de sympathie.

«Tu as besoin d'argent ? m'a-t-il demandé en soulevant le couvercle de l'électrophone et en regardant à l'intérieur.

— J'en ai mis de côté. Je n'ai besoin de rien.

— Je suis désolé que tu n'aies pas appris un vrai métier.» Il m'a jeté un rapide coup d'œil et s'est vite détourné.

«Mais j'en ai un.

— Domestique.

— C'est ce que je préfère.

— Vraiment ?» Il a soulevé un bras, l'a rabaissé doucement. Quand il m'a regardée à nouveau, j'ai cru voir une lueur d'intérêt éclairer son visage.

«C'est de ma faute, a-t-il dit. Si j'avais pris ma vie en mains, si j'avais été plus ferme, si je m'étais occupé des choses…

— Je suis allée voir Oncle Federico, ai-je annoncé. Je pensais qu'il aurait peut-être entendu parler d'une place pour moi.»

Papá a fait un geste en direction de la fenêtre. «Je me suis mis à aimer ces lettres», a-t-il dit avant d'ajouter d'un ton ironique : «Qu'est-ce que ça a de moins, après tout, que les pyramides d'Égypte ?

— Il m'a dit qu'il demanderait aux clients du restaurant, ai-je continué en parlant lentement, comme à un enfant.

— Il est trop obtus pour pouvoir t'aider, a déclaré Papá.

— Il vous a aidés, toi et Maura.

— Il a ouvert la porte de la cuisine et Maura y est entrée aussi vite qu'un rat, et aussi vite qu'un rat elle en est ressortie.»

De la sueur perlait soudain sur mon front. «Comme tu es cruel, ai-je murmuré d'une voix si basse que je n'étais pas certaine qu'il puisse m'entendre.

— Tu ne comprends pas, a-t-il répondu tranquillement. Je le vois bien. Tu ne comprends pas combien je suis désolé. J'ai appris que l'on ne peut pas faire grand-chose pour les autres. Ni pour soi-même, d'ailleurs. Chacun est emporté et s'échoue ici ou là. Un jour, tu te retrouveras dans un endroit qui te convient. C'est tout. Accident, hasard, chance. J'ai un petit peu d'argent, maintenant. Moi aussi, j'en ai mis de côté. Il y en a pour toi. Cela t'aidera peut-être à t'échouer sur un rivage où tu seras plus heureuse.»

La pièce était plongée dans l'ombre. Elle semblait moins nette, moins propre, trop vide. J'ai essayé de former des mots, de dire merci. Mes lèvres étaient gelées. Son offre avait un goût amer, un médicament donné contre la soif à la place d'eau.

De cette voix qui exprimait sa nouvelle et étrange sérénité, il a répété : «Je suis désolé» et il s'est penché en avant vers l'électrophone pour prendre un disque.

Une fois la porte refermée, j'ai entendu de la musique, une voix de femme qui chantait, lourde, langoureuse, dans une langue que je n'ai pas reconnue.

*

«Je ne m'habillerais pas comme ça pour un entretien, Luisa, a dit Mrs. Dove d'un ton hésitant. Ce n'est pas ce qui convient.»

J'ai regardé le tailleur de tweed épais que Mrs. Miller m'avait donné. Les épaules étaient trop serrées, mais il m'allait à peu près.

«Tu es charmante, comme ça, a-t-elle repris, pourtant la femme que tu vas voir pourrait se faire une fausse idée de toi.»

Elle voulait en rester là, ne pas me donner d'explications. J'ai commencé à débarrasser la table du petit déjeuner. Elle m'a pris les assiettes des mains en disant : «Je vais le faire. Économise tes forces.»

Pendant la semaine que j'avais passée avec elle, elle m'avait traitée avec une bienveillance religieuse distante, un formalisme qui avait mis de l'espace dans les petites pièces de son appartement. Même quand elle m'a parlé du tailleur, j'ai cru entendre une note dévote dans sa voix. Je l'avais vue une fois en proie à l'angoisse. Elle s'était vite reprise, mais, comme si le chagrin qui l'avait bouleversée lorsque Thad était mort l'agitait encore, il y avait quelque chose de défait en elle. Une espèce d'absence sur son visage, des gants sales, des mèches de cheveux échappant aux épingles qu'elle enfonçait si sévèrement dans son chignon. Quand elle mangeait, on aurait dit qu'elle accomplissait un devoir aussi difficile qu'inutile.

J'ai jeté un regard sur le morceau de papier où la femme que Mrs. Dove appelait «Madame» avait écrit le nom de celle avec qui je devais avoir cet entretien, une de ses petites-nièces, qui était actrice. Si je ne voulais pas être en retard, il fallait que je parte. Comme je m'approchais de la porte, Mrs. Dove a dit : «Attends!»

Je me suis arrêtée. Elle avait ouvert un tube de crème, s'en mettait sur les mains. J'ai senti une odeur d'amande. Quand elle m'a regardée, son visage était transformé par un sourire entendu, ironique. Elle a levé ses mains luisantes et les a agitées. «Tu es une jeune Blanche. Ils ne doivent pas te voir de la même façon qu'ils me voient – mais pas aussi différemment que tu peux le penser. Tu cherches un travail de domestique. Ne t'habille pas comme ça devant eux.

— C'est la femme pour qui je travaillais qui m'a donné ce tailleur, ai-je protesté.

— Pour que tu le portes hors de sa vue,» a déclaré Mrs. Dove.

Je suis allée me changer, j'ai mis une vieille jupe de laine noire que Mamá m'avait faite et un chemisier marron. Quand je suis passée devant elle, Mrs. Dove m'a pris la main, l'a gardée un instant dans la sienne.

«Déguisements, a-t-elle dit. Tu te souviens des plaisanteries de mon fils sur les déguisements? Bien que nous ne puissions

231

vivre sans que personne nous voie tels que nous sommes. Je crois que Dieu me voit ainsi. Le reste m'est égal. J'espère que je ne t'ai pas fait de peine. » Elle m'a lâché la main. « Ça va aller », a-t-elle dit. Elle était la seule à ne pas avoir remis en cause ma décision de devenir domestique. Je m'en étonnais.

*

Eloise Grant, qui était venue de Hollywood pour jouer dans une pièce, m'a demandé si je l'avais déjà vue dans un film. J'ai discrètement regardé le salon de l'appartement qu'elle m'a expliqué avoir sous-loué, une pièce dans laquelle aurait tenu la maison des Miller tout entière. J'ai vu d'énormes armoires fermées qui étaient noires de cire, des canapés et des fauteuils de cuir éraflé, un immense tapis taché. Au mur était accroché un miroir au cadre doré dans les profondeurs troubles et poussiéreuses duquel j'ai cru voir se former des nuages d'orage. De quelle manière pouvait-on faire de cette pièce ce que Mrs. Miller aimait appeler un bel intérieur ?

Miss Grant attendait ma réponse en souriant.

« Non », ai-je avoué.

Elle a ri. « Une sur un million, a-t-elle dit. Comme c'est mignon.

— Je ne vais pas souvent au cinéma, ai-je expliqué, un peu déconcertée.

— Ne vous inquiétez pas. Je ne suis pas susceptible. Je ne sais pas ce que ma grand-tante vous a dit. Mais ce que je vous offre est strictement temporaire. Les pièces de théâtre meurent de façon soudaine, comme les gens. À la seconde même où les représentations s'arrêtent, je retourne sur la côte. » Elle s'est arrêtée et a fait la grimace devant une peinture à l'huile qui représentait un homme à genoux priant devant un crâne. « Un endroit parfait pour une bonne déprime », a-t-elle dit. Est-ce que j'étais embauchée ?

« Appelez-moi Eloise », a-t-elle ajouté.

Je l'appelais miss Grant. Lors des nombreuses fêtes qu'elle donnait, je portais l'uniforme noir à jupe courte et tablier blanc amidonné qu'elle m'avait acheté. Dans la boutonnière du haut de la veste, juste sous mon menton, elle glissait un bouton de rose rouge. Les serveurs étaient des acteurs au chômage, de jeunes hommes minces, rayonnants, qui observaient de près les invités de sexe mâle et me faisaient souvent des compliments sur mes cheveux, ma silhouette, et même sur mes jambes ; leurs sourires espiègles me disaient en même temps de ne pas prendre trop au sérieux ce qu'ils me racontaient.

Le matin, miss Grant se maquillait pendant que sa première cigarette de la journée se consumait dans le cendrier, sur la coiffeuse, sa coiffeuse à elle, m'avait-elle aussi expliqué, qu'elle avait fait transporter de Hollywood à New York. «Quand je regarde dans ce miroir-là, m'a-t-elle avoué, je sais exactement où j'en suis.»

Elle reposait sa brosse à mascara et se promenait nue dans l'immense appartement, passait des coups de téléphone, buvait du café, se jetait soudain sur le canapé et attrapait un des innombrables magazines qu'elle m'envoyait acheter. J'alignais ses magnifiques chaussures sur plusieurs rangées dans le placard. Elles étaient faites main dans des couleurs dont elle m'a appris les noms, fauve, vert pomme, sang de bœuf, cerise, bleu de France. «Elles ont détruit mes pauvres petits petons», disait-elle avec complaisance.

Quand j'arrivais, en général elle dormait encore. L'appartement silencieux broyait du noir, sentait les fruits à l'eau-de-vie que miss Grant adorait manger et qu'elle se faisait livrer de quelque épicerie de luxe à la mode, peut-être celle-là même où mon père travaillait. Plusieurs fois, j'ai trouvé des preuves de ce qu'un homme avait passé la nuit chez elle, un mégot de cigare ou, sur une table, des verres et des assiettes dans lesquels traînaient les riches déchets d'un repas envoyé par un traiteur voisin et, une fois, un imperméable jeté sur le dos d'une chaise, les manches traînant par terre. Je l'y ai laissé. Quand j'ai commencé à passer l'aspirateur, il avait disparu.

Maura se maquillait comme elle aurait colorié une photo. Miss Grant s'étudiait longuement. D'une main lente, ferme, elle transformait ses traits plutôt banals en ceux d'un mannequin de publicité de magazine. Seul son front était exceptionnel, incroyablement grand, blanc et lisse, un dôme sous lequel son visage faisait son travail en exprimant les impulsions dont elle était continuellement la proie. Il battait comme un cœur. Sur ce cœur, le front frais et sans vie s'incurvait comme une coquille d'œuf.

Sa pièce s'est jouée pendant neuf mois. Quelques semaines après la dernière représentation, elle a rempli ses valises en croco et sa malle-cabine qui s'ouvrait comme un grand livre, et elle est rentrée à Hollywood, me laissant avec deux bouteilles de parfum français presque vides, une chose en soie moirée couleur crème qu'elle appelait robe de cocktail, avec une énorme fleur artificielle sur l'encolure, et une vision différente de celle que j'avais découverte chez les Miller de ce à quoi l'argent pouvait servir.

J'ai essayé la robe dans la chambre meublée que j'avais louée dans la 125ᵉ Rue à environ un bloc de Riverside Drive, quelques jours après avoir commencé à travailler pour miss Grant. Ses manches descendaient à peine en dessous de mes coudes ; la jupe s'arrêtait plusieurs centimètres au-dessus de mes genoux. Je l'ai repliée avec l'intention de la jeter. Je n'en ai rien fait, mais l'ai gardée pendant des mois, jusqu'à ce que son inutile beauté m'oppresse à tel point que j'ai fini par la mettre à la poubelle un matin en allant travailler. La splendeur qu'elle évoquait s'était effacée comme la magie d'un sortilège invoqué trop souvent et pour des raisons futiles, de toute façon elle n'était pas pour moi.

Miss Grant m'avait recommandée auprès d'une femme d'affaires, une de ses vieilles amies, dans le petit appartement de qui j'allais une fois par semaine repasser ses chemisiers et ses mouchoirs dans la matinée et essuyer la poussière et balayer l'après-midi. Grâce à miss Doris Mathes, que j'ai vue deux fois, le jour où je me suis présentée à elle et celui où un mauvais rhume l'a clouée au lit, j'ai trouvé un autre emploi, deux jours de ménage et quelques extras le soir, chez les Gelden, un couple d'âge moyen qu'elle comptait parmi ses relations.

Je faisais les courses de mes employeurs, je leur servais parfois un repas, je changeais leurs draps, je bavardais avec leurs teinturiers et blanchisseurs chinois, je prenais les messages téléphoniques, j'écoutais leurs radios, je versais du Lysol dans la cuvette de leurs toilettes, trouvant dans leurs assiettes et leur linge sales, dans leurs corbeilles à papier et leurs poubelles, les traces de leur vie diurne et nocturne dont je déduisais leurs habitudes, leurs plaisirs, leurs phobies, et même leurs prétentions. M'élevant jusqu'à leurs appartements dans l'ascenseur de service vers lequel me dirigeaient les concierges, je ressentais cette impression de repos que l'on a, imaginais-je, lorsque l'on se remet d'une longue maladie.

Quand j'étais allée voir Oncle Federico pour lui demander s'il avait entendu parler d'un travail qui m'aurait convenu, il m'avait dit que l'on ne savait toujours pas ce qui était arrivé à Nana mais qu'il était raisonnable de penser qu'elle était morte.

Bien qu'il se fût vanté avec sa fanfaronnerie habituelle de pouvoir me trouver quelque chose, j'ai pensé que cela n'aboutirait à rien. Je lui ai demandé s'il avait jamais eu des nouvelles de Maura. Elle ne m'avait pas dit pourquoi elle avait quitté le Salamanca. Il a secoué la tête et haussé les épaules. «Ces gens-là, a-t-il dit, ne font pas l'affaire. Des villageois. Tu comprends ? Ils ont des habitudes de vie de village. Miss Cruz était comme un Peau-Rouge, dans la cuisine.»

J'ai fait remarquer qu'elle était née à La Havane et qu'elle y avait grandi.

«Comparée à l'immensité de cette ville, a-t-il dit avec un sourire plein de tolérance, même La Havane n'est qu'un simple village.»

Avant que je m'en aille, Federico m'a tendu une photo d'Atilio dans un cadre d'argent. J'ai vu qu'il avait perdu son aspect rondouillard, qu'il était maigre et beau, d'une beauté bestiale. Oncle Federico m'a expliqué qu'il suivait des cours dans une école technique et que ses études étaient payées par l'État. «Microélectronique, a-t-il dit avec volupté, en regardant le plafond. Un domaine nouveau, Luisita, le plus important de tous. Sais-tu ce que c'est qu'un transistor ?

— Parle-lui du mariage, lui a demandé Aurelia.

— Oui, oui. Le mariage. Avec une Américaine. Tu te souviens du prêtre dont je vous ai parlé, celui qui vient au Salamanca ? Celui dont j'ai acheté la voiture il y a des années ? C'est sa nièce, une bonne catholique, bien sûr, une Irlandaise, très belle…

— Jolie », l'a interrompu Aurelia.

Je me suis imaginé Atilio grimpant le long du grand corps de l'Américaine, pressant contre elle sa chair chaude et dure comme un cataplasme à la moutarde. Ils m'ont invitée au mariage. J'ai dit que j'essayerais de venir, sachant que je n'en ferais rien. «Mira !» s'est exclamée Aurelia en courant d'un pas lourd vers l'entrée alors que je m'en allais. Elle portait dans les bras une robe de soie lavande, qu'elle berçait comme un bébé.

«La robe de mariage de la Mamá», a-t-elle murmurée, ravie. Elle a à peine remarqué l'admiration dont je lui faisais part et le bruit de la porte que je refermais doucement.

Mon travail, fait et chaque jour défait, était un mouvement mécanique et lassant. Je rêvais d'une autre vie. Je me demandais si j'étais devenue le fantôme de la plantation, si les gens du village, quand ils marchaient sur les chemins de terre au crépuscule, les yeux levés vers le ciel qui s'assombrissait lentement, frissonnaient en sentant ma présence et rentraient vite chez eux. C'était pourtant la monotonie de ma vie de domestique qui me libérait de la pensée de Malagita.

Sur l'une des notes qu'elle me laissait, miss Mathes avait écrit : «Je suis allergique. Il faut essuyer la poussière des lattes du store vénitien.» Et sur un autre : «Je n'aime que les lignes profilées. Faites le lit au carré.» Profilées, murmurais-je, un mot nouveau qui s'enfonçait dans mon cerveau, évoquant des éléments métalliques, des trains et des avions, et non son petit appartement défraîchi, son plancher caché par une moquette couleur de boue.

Dwight, le fils des Gelden, un petit gros de onze ans, avait sa clé et me faisait passer les messages de sa mère en rentrant de l'école. «Maman a dit que vous deviez nettoyer le réfrigérateur», me disait-il. Quel que soit l'endroit où je travaillais, il trouvait un siège d'où m'observer. Il avait un livre dans une main et se servait de son doigt pour en marquer la page. De l'autre, il tenait de la nourriture. Il mangeait continuellement, jusqu'à ce que sa mère arrive du bureau d'adoption où elle travaillait. Dès qu'il entendait la clé tourner dans la serrure, Dwight fourrait dans sa bouche tout ce qu'il n'avait pas encore avalé et s'enfermait dans les toilettes.

«Où est-il ? demandait-elle. Encore en train de grignoter ? Dans les toilettes ? »

Lorsque Dwight ressortait, rouge et l'air sournois, elle souriait. «Tu as bien réussi ton contrôle d'histoire ? » demandait-elle.

L'attitude froide et pointilleuse qu'elle observait envers moi me donnait envie de m'opposer à elle. Je déplaçais délibérément des objets, je choisissais de ne pas aller au bout de certaines petites tâches qu'elle m'avait confiées. Un jour, la puissante ambition maternelle qu'elle avait pour Dwight lui a échappé. «Il a magnifiquement bien tenu sa place, hier soir, pendant le dîner», a-t-elle dit alors que je rangeais la blouse que je portais pour faire le ménage. Elle semblait attendre de moi une confirmation, comme si j'avais observé son fils tout en servant le repas.

Un après-midi, j'ai trouvé une bande dessinée cachée sous le matelas de Dwight. Je l'ai prise et en me redressant j'ai entendu du bruit du côté de la porte. Dwight s'était arrêté dans l'embrasure et m'observait, ses poings ronds et marqués de fossettes fermés contre son ventre, l'air affolé. Tandis qu'il me regardait en silence, j'ai remis le livre où je l'avais trouvé.

*

237

En hiver, il faisait nuit quand j'allais travailler et nuit quand je rentrais chez moi. Les jours froids et courts, les ciels voilés de nuages à travers lesquels le soleil pâle se glissait en de rares occasions m'aidaient à m'enfermer dans mon labeur. Je dînais debout devant l'évier. Je lavais mes habits et les mettais à sécher sur une corde que j'avais tendue d'un mur à l'autre au-dessus de la petite baignoire, et je me débarbouillais généralement sans même me regarder dans la glace. J'avais posé sur la petite étagère un tube d'aspirine, du baume pour les lèvres et une boîte de talc. Je ne me servais pas du talc. Je le reniflais car son odeur me rappelait non pas Maura, qui pourtant s'en couvrait de la tête aux pieds, mais Mamá, qui la regardait avec un sourire absent en serrant sa robe de chambre autour d'elle tandis qu'une pluie de poudre retombait sur le sol.

Lorsque les jours ont rallongé, lorsque la lumière s'est mise à traîner dans le ciel quand je remontais la 125ᵉ Rue jusqu'au grand immeuble où je vivais, j'ai eu peur des heures qu'il allait me falloir passer avant la tombée de la nuit. Le froid et le noir étaient un abri. Il s'envolait.

J'allais au cinéma ou faire de longues promenades sur Broadway ou Riverside Drive, et je rentrais souvent après minuit. Les rails de la routine quotidienne se dissolvaient dans la chaleur croissante, qui faisait planer sur le parc à côté du fleuve une pâle brume verte. J'essayais de comprendre l'agitation qui s'emparait de moi. Je sentais sur mon visage le vent léger et humide du printemps. C'était comme une voix qui aurait résonné à l'intérieur d'une chambre où je ne pouvais trouver de porte. Le chagrin sourd et intermittent que je ressentais à la pensée de ceux qui étaient partis pour toujours était poussé de côté par une nouvelle douleur aiguë – mais venant d'où ? Au bord de l'eau, j'ai regardé de l'autre côté de l'Hudson les pentes et les sommets des montagnes russes d'un parc de loisirs, gribouillage illisible sur le ciel. J'ai vu les lettres de Jack Frost Sugar s'allumer comme une expiration de lumière. Mon père était-il debout à sa fenêtre, en train d'écouter sa musique, de voir ce que je voyais ?

Je me suis sentie faible et je me suis penchée en avant pour m'appuyer au mur de l'étroit jardin qui longeait le fleuve. Parmi ces kilomètres de rues, où était allée Maura ? J'ai poussé un cri rauque devant la soudaineté avec laquelle j'ai ressenti l'absence de Mamá. Pendant une seconde, j'ai cru m'entendre l'appeler.

Je ne pouvais pas dormir. Couchée dans mon lit, les jambes tressaillant d'épuisement, j'ai senti une puissante idée s'emparer de moi, si excitante que je me suis levée et que j'ai couru presser ma joue contre la vitre déjà fraîche du petit matin.

J'allais rentrer à San Pedro. Je mettrais de l'argent de côté. Désormais j'allais vivre comme une nonne. Je travaillerais le week-end, la nuit, chaque fois qu'on me le demanderait. Plus de balades dans les rues où les colporteurs installaient leurs voitures à bras pleines de draps abîmés et de pulls bon marché. Une nonne n'avait pas besoin de ces choses-là.

Éreintée, moite de fatigue, j'ai nettoyé les lames des stores vénitiens de miss Mathes. La saleté que j'en ai enlevée s'est glissée sous mes ongles. Aucune importance. C'était la marque de ma détermination.

J'avais tout le temps besoin d'argent. Ma garde-robe n'était qu'un fatras de vêtements pas chers achetés dans la rue et de vieilleries que me donnaient mes différentes patronnes. Je me débrouillerais. J'ai rapporté chez moi un pot de mayonnaise vide que les Gelden avaient jeté. Je l'ai lavé, je l'ai essuyé et l'ai mis sous mon lit. Au bout de deux mois, il contenait trois dollars.

Mon enthousiasme a disparu. Il me faudrait des années pour économiser de quoi acheter un billet pour San Pedro. Mais l'idée que quelque chose était possible s'était enracinée dans mon esprit. Ma vie n'était plus tout à fait la même.

En mai, Ellen Dove m'a écrit. Elle avait retrouvé ma trace grâce à sa mère et à Eloise Grant. Le temps passait, écrivait-elle, et elle avait vraiment envie de me voir. Je suis tout de suite partie vers une cabine téléphonique de Broadway et j'ai composé le numéro qu'elle avait indiqué. «Pas là», a dit une voix maussade. Je suis retournée dans ma chambre et j'ai attendu aussi longtemps que possible. Au cinquième essai, j'ai eu Ellen. La quatrième fois, une femme furibarde avait hurlé dans l'appareil : «Foutez-moi la paix! Vous croyez que je n'ai rien d'autre à faire que répondre à ce putain de téléphone?»

«Allô? a dit la voix familière d'Ellen.

— C'est moi, Luisa, ai-je murmuré si faiblement qu'elle a crié mon nom deux fois. Ça va, ai-je couiné. C'est juste que… je suis si contente.»

Le samedi suivant, j'ai pris, dans Amsterdam Avenue, la 143e Rue et me suis dirigée vers une maison de grès brun au perron haut et usé. Ellen m'a ouvert. Nous nous sommes embrassées comme deux personnes qui pensaient ne plus jamais se revoir tandis que sa propriétaire, une énorme Noire, se tenait au bout du couloir, les yeux fixés sur nous, avec une expression indéchiffrable.

«Je lui ai dit que tu étais latino-américaine, mais tout ce qu'elle voit c'est que tu es blanche», a chuchoté Ellen pendant que nous montions l'escalier jusqu'à sa minuscule chambrette. Plus tard, elle m'a dit que cette femme était autrefois une célèbre chanteuse de blues mais que l'arthrite la faisait tellement souffrir qu'elle ne pouvait même plus monter un escalier. Il y avait d'autres pension-naires dans la maison; ils nettoyaient tour à tour les étages et faisaient les courses pour la propriétaire.

Je ne l'avais jamais vue aussi mince. Son visage avait les traits creusés de ceux qui ne dorment jamais assez.

«Je ne vois presque jamais Maman, m'a-t-elle dit. J'ai tellement de choses à faire. Au début, elle s'est fâchée. Maintenant, ça va mieux. La semaine dernière, elle a même parlé de Thad. Elle a déclaré que le désespoir était le plus grand des péchés et qu'elle le commettait tous les jours. Elle me regardait comme si j'avais pu lui dire ce qu'il fallait faire.»

240

Je voyais Ellen dès que ses cours et son travail le lui permettaient. Un soir, des premières marches de l'escalier, j'ai aperçu par la porte de sa chambre la propriétaire, qui m'avait fait entrer en grommelant. De la musique sortait d'une radio posée sur une table à côté d'une bouteille d'alcool vide. Elle se balançait, un pas en avant, un pas en arrière, glissait de côté d'un mouvement ondulant, son énorme corps parfaitement en rythme.

Ellen ne m'a pas posé de questions sur mon travail. C'était comme si j'avais eu une maladie qu'il aurait été indélicat d'évoquer. Nous avons parlé de ses études. Je regardais plus son visage que je n'écoutais ses paroles, comme si j'avais pu apprendre de l'intense émotion qui illuminait ses yeux ce qui la poussait ainsi.

Elle a insisté pour que je vienne à une réunion – « Pas exactement un meeting », a-t-elle dit – des amis et des camarades de fac. Ils étaient presque tous à l'université de New York et se réunissaient toutes les deux ou trois semaines, quand ils le pouvaient, pour aborder ensemble des sujets qui leur tenaient à cœur.

« Et ne dis pas non, comme toujours, a-t-elle supplié.

— Mais je ne dis pas toujours non, ai-je protesté.

— Tu viendras ?

— D'accord. »

Elle a ri et a claqué des doigts. « Formidable ! s'est-elle écriée. Enfin je t'aurai ! »

Je ne me rappelle pas bien ce qui a été discuté dans la chambre de l'étudiant noir qui s'appelait Julian. Je me suis assise par terre avec les autres ; ils étaient onze, hommes et femmes, noirs pour la plupart. Je sentais qu'ils avaient conscience de ma présence à la façon dont ils évitaient délibérément de me regarder. Mais je les observais, leurs mains, leurs vêtements, la manière dont ils fumaient leurs cigarettes. Julian faisait de grands gestes. Il disait que les ouvriers noirs qui avaient été accueillis dans l'industrie de guerre partout à travers le pays étaient désormais rejetés sur le bas-côté de la vie américaine. Ellen le regardait comme s'il n'avait parlé que pour elle.

Je suis allée à d'autres de ces soirées ; c'est en fait Ellen que je venais voir dans les diverses chambres où nous nous retrouvions avec ces gens qui se battaient à coups de discours pour transformer leur vie. Mais peut-être parce que l'atmosphère chargée de ces heures – qui crépitaient par moments de paroles allumées comme des pétards lancés les uns après les autres dans le calme d'une soirée d'été chaude et immobile – était si différente de ma vie souterraine, je me suis mise à les attendre avec impatience. Les gens me saluaient, mais de façon distante. Je restais aussi anonyme que dans les dîners où je servais des invités dont la conversation arrivait ensuite comme un murmure dans la cuisine où, les mains plongées dans l'eau savonneuse, je lavais leurs assiettes. Julian ne me parlait jamais.

« Je suis avec lui », m'a dit Ellen d'une voix sérieuse. Plus doucement, elle a jouté : « J'arrive parfois à oublier Thad. »

J'ai attendu, j'avais peur qu'elle en dise plus, peur qu'elle s'arrête là. Je me suis forcée à ne pas fixer son lit étroit et sa couverture de chenille usée.

« Ce n'est pas comme je l'imaginais, a-t-elle dit. C'est plus horrible. Mais c'est aussi meilleur. » Elle a ri brusquement. « Ne dis rien », a-t-elle demandé.

Elle n'a plus parlé de Julian. Je l'observais, cherchant les signes d'une éventuelle grossesse. « Tu n'as pas peur ? » lui ai-je demandé un jour où elle parlait de la santé défaillante de Mrs. Dove. Elle a froncé les sourcils. « Seigneur, mais si ! Que va-t-il se passer si elle tombe malade ? »

Les pauvres, a-t-elle continué, n'avaient pas d'économies pour les soins médicaux. L'espace d'un instant, j'ai cru entendre dans sa voix une note satisfaite, presque triomphante.

« Je veux dire : peur d'être enceinte, ai-je précisé. Ça ne t'inquiète pas ?

— Tu n'as jamais entendu parler de contraception ? » a-t-elle demandé à son tour d'un ton irrité. Avant que j'aie eu le temps de répondre, elle s'est mise à me parler d'un programme de l'université de New York qui s'adressait aux minorités et leur offrait un enseignement général. Avec une obstination insistante, maniaque, les mains serrées sur ses genoux, elle semblait enterrer ma question sous des cailloux. Elle s'empoisonnait quelquefois d'informations.

Plusieurs semaines plus tard, malgré ma résolution de ne pas aborder le sujet, même indirectement, je me suis surprise à lui demander si elle allait se marier.

« Quelle petite fille tu fais ! » s'est-elle exclamée. Puis elle s'est mise à pleurer, essuyant ses larmes de ses poings fermés. « Ce n'est pas ce que je voulais dire, a-t-elle repris. C'était injuste. Mais tu me demandes de te dire une chose que je ne peux pas te dire. Personne ne le peut. »

Maura avait, elle aussi, parlé ainsi, ou à peu près.

*

Pendant l'été, les réunions se sont arrêtées. Ellen a trouvé une place en cuisine dans un hôtel du nord de l'État de New York et je ne l'ai pas revue avant l'automne. Eloise Grant avait déjà quitté la ville et je cherchais d'autres heures de ménage. Lorsque j'ai trouvé du travail chez un couple de personnes âgées qui habitaient sur Central Park West, j'ai été obligée de changer mes horaires. Que j'aille chez elle tel jour ou tel autre importait peu à miss Mathes, mais Mrs. Gelden l'a pris comme un affront.

« Nous ne pouvons pas réorganiser nos vies en un instant, a-t-elle dit. Et uniquement pour vous arranger. »

Croyait-elle vraiment que la question était de m'arranger ? Ses yeux sombres se rétrécissaient de dépit. Ses cheveux relevés en chignon serré tiraient sa peau vers le haut de son front.

« Nous avons droit à quelque considération, continua-t-elle. Il y a Dwight. Il compte sur vous le vendredi. Le fait qu'il soit un enfant équilibré n'empêche pas qu'un tel changement risque de le perturber. Je ne vous ai jamais demandé l'impossible. Un enfant a besoin de stabilité. Il va falloir proposer au professeur Stevens de déplacer sa leçon de musique. Et lui-même devra alors bouleverser son emploi du temps, c'est certain. Je ne veux pas que Dwight rentre de l'école dans un appartement vide. Il n'est pas question que Mr. Gelden envoie ses chemises chez le blanchisseur. Il a l'habitude de les trouver toutes repassées le vendredi. L'amidon qu'ils utilisent dans les blanchisseries lui donne de l'urticaire. Vous savez combien sa santé est fragile. S'il y a trop de chemises à repasser… »

Je ne pouvais plus supporter ça. «J'ai besoin de ce travail, l'ai-je interrompue, en élevant la voix. Miss Eloise Grant est retournée à Hollywood et je dois remplacer la journée que je faisais chez elle.

— Eloise Grant, l'actrice ? a-t-elle demandée, surprise. Je ne savais pas que vous travailliez pour elle. Vous ne me l'aviez pas dit.» Elle m'a regardée avec un intérêt nouveau. Quand elle s'est remise à parler, sa voix s'était un peu adoucie, bien qu'elle eût toujours quelque chose de métallique. «Je ne vois pas pourquoi ce couple ne peut pas vous prendre le vendredi. Puisque vous dites qu'ils ne sortent jamais de chez eux.

— À cause de son travail, leur fille n'est pas en ville ce jour-là, ai-je expliqué. Ils sont tous les deux terriblement fragiles. Elle ne veut pas les laisser seuls quand elle est loin.»

Elle a reniflé et elle est allée prendre son manteau dans la penderie.

«C'est bon, a-t-elle dit en soupirant et elle a fermé son sac d'un mouvement sec. Je suppose qu'il va me falloir arranger ça.»

Après son départ, j'ai attrapé le balai à franges et les chiffons à poussière. Comme Ellen, j'avais des leçons à apprendre. Une domestique peut à la rigueur remettre en cause l'organisation de la vie de ses employeurs en cas d'extrême urgence, mais la part qu'elle aura prise dans cette situation lui sera toujours reprochée. Le visage d'une domestique doit être vide. Je n'aurais pas dû élever la voix, je n'avais pas à étaler mes sentiments devant elle.

Je n'ai pas mangé la soupe qu'elle m'avait laissée mais je suis allée dans une cafétéria du quartier. Assise là dans un box, à midi, je me suis soudain imaginée comme quelqu'un qui pouvait aller boire un café quand bon lui semblait, qui avait ses après-midi libres, de l'argent dans son porte-monnaie et pouvait se promener dans les rues ensoleillées et bruissantes du vent d'automne.

*

Ellen et ses amis devaient se réunir à nouveau au rez-de-chaussée d'un immeuble de Morningside Heights. Je suis restée quelques instants devant le bâtiment de briques jaunes qui surplombait Harlem. J'ai ressenti une profonde aversion à l'idée de les voir, elle et les autres, et surtout Julian. Ils se regroupaient parce qu'ils vivaient tous les mêmes choses et avaient un but commun ; cela permettait à leur colère de s'exprimer. Ils n'étaient pas nombreux à combattre mais pouvaient compter les uns sur les autres. Parce que Ellen me l'avait demandé, j'avais emporté chaque fois leur journal, quelques feuilles polycopiées et agrafées ensemble, et j'avais essayé de lire les récits des brimades administratives dont les étudiants noirs étaient victimes et des persécutions que leurs professeurs leur faisaient subir, les conseils sur les recours qu'ils avaient à leur disposition, et quelquefois un court poème où la plainte côtoyait la détermination rageuse. Mon esprit était ailleurs ; ces feuilles m'avaient rappelé l'épais papier rose où étaient imprimées les chansons que Mamá aimait tant et que Papá méprisait.

J'étais venue pour faire plaisir à Ellen. Je pensais que c'était la dernière fois. Tandis que je regardais la nuit envahir l'est du ciel, j'ai entendu des rires et je me suis retournée vers les fenêtres de l'appartement. J'ai aperçu Ellen dans une pièce faiblement éclairée, avec Julian debout à côté d'elle. Il y avait aussi un Blanc, qui parlait en agitant la cigarette qu'il avait à la main. Il était plus vieux que les autres. Je devinais à peine ses cheveux clairs, son front étroit et haut. Ellen écoutait, mais Julian baissait la tête au-dessus de sa pipe. Il la nettoyait avec un petit couteau dont la lame luisait quand il la retournait. Parfois, l'autre homme baissait les yeux. Il devait y avoir des gens assis par terre qui lui parlaient, lui posaient des questions. Ils s'asseyaient souvent par terre, même quand il y avait beaucoup de chaises à leur disposition.

Il a regardé par la fenêtre et il m'a vue. Ellen, qui a suivi son regard, m'a fait signe. Je suis entrée à contrecœur.

À l'intérieur, les gens bougeaient et parlaient. Ellen m'a annoncé d'un ton de reproche que j'avais raté l'exposé de Mr. Greer, dont elle savait qu'il m'aurait beaucoup intéressée. Il était allé assister à un cours de droit constitutionnel qu'elle suivait, et ils avaient lié connaissance. Elle lui avait demandé de venir parler au groupe. Je ne faisais pas attention à ce qu'elle disait. Je regardais la bouche de Mr. Greer, ses fins cheveux blonds qui frisaient autour de ses oreilles et le costume de tweed qu'il portait et qui ressemblait au tailleur que Mrs. Miller m'avait donné et dont j'avais refait l'ourlet la veille au soir. Elle m'a prise par la main et m'a conduite jusqu'à lui. «Tom, voici mon amie Luisa de la Cueva. Tom a vécu en Équateur toute l'année dernière, a-t-elle dit en se tournant vers moi. Il a écrit un livre sur les intérêts économiques que les Américains ont là-bas et sur ce qu'ils ont l'intention d'y faire.

— Je ne l'ai pas fini», a vite dit Greer. Je ne l'ai pas fini, ai-je répété dans ma tête en essayant de qualifier mentalement cette voix.

«Luisa a grandi sur une plantation de canne à sucre, a continué Ellen. Elle sait tout de la façon dont les Yankees exploitent le reste du monde.

— La propriétaire de la plantation était espagnole, ai-je précisé.

— Ça m'intéresserait beaucoup d'en savoir plus», a-t-il dit en me regardant fixement. Une sorte de grognement dans lequel j'ai reconnu le nom d'Ellen s'est élevé du coin de la pièce où était Julian. Elle est immédiatement allée vers lui.

«Vous êtes étudiante ? m'a demandé Mr. Greer.

— Non, domestique.»

Il s'est tu si longtemps que je me suis demandé si je m'étais débrouillée pour mettre fin à notre conversation et devais me détourner.

«Temporairement ?» a-t-il enfin demandé.

J'ai ri sans savoir pourquoi. «Je ne pense pas, ai-je répondu. Mais vous n'êtes pas étudiant, ai-je ajouté hardiment.

— Je l'ai été, ici et là.»

Qu'est-ce que cela pouvait bien signifier ? Ici et là – à travers le vaste monde. Il avait revendiqué et dénié d'un seul coup le fait d'étudier. Je me suis rendu compte que je me penchais vers lui ; j'ai vu un bref éclat de surprise passer sur son visage. J'ai fait un pas de côté. J'ai essayé de retenir le sourire que je sentais se former sur mes lèvres et de le regarder d'un air grave, comme une fille armée de convictions sérieuses, définitives.

«Le livre que j'écris, a-t-il repris, et ses yeux examinaient sans cligner mon visage de si près que j'ai eu l'impression qu'il pouvait en détecter le moindre mouvement involontaire, traite en fait des plantations de cacao. Mais j'aimerais, j'aimerais vraiment beaucoup en savoir plus sur celles de canne à sucre. Sur ce qui se passait à Cuba. C'était à Cuba ?»

J'ai secoué la tête. «San Pedro», ai-je dit. Devant son regard vide, j'ai ajouté : «C'est une petite île. Mais pas du tout…» Je me suis interrompue et j'ai regardé Julian de l'autre côté de la pièce. «Ce n'est pas ce dont on parle d'habitude ici… ma vie.

— C'est ce qui m'intéresse, a-t-il dit. Le côté humain. Je peux trouver tout seul mon argumentation.»

Il a attendu. J'étais soudain incapable de parler. Il m'a touché légèrement la main. J'entendais à peine les voix des autres. «Est-ce que je peux vous téléphoner ? m'a-t-il demandé.

— Je n'ai pas le téléphone, ai-je dit.

— Moi, oui», a-t-il répondu. Il a pris un crayon et un carnet dans la poche de sa veste et a inscrit un numéro, a soigneusement déchiré la page et me l'a tendue. Comme je restais toujours là sans bouger, il a avancé le bras, a pris ma main et l'a refermée sur le morceau de papier. Sa peau était sèche et chaude.

« Est-ce que vous êtes restée longtemps dehors devant la porte ? m'a-t-il demandé d'une voix grave.

— Je crois.

— Vous allez m'appeler ?

— Oui », ai-je dit. Sa main est retombée. Un homme qui parlait à côté de nous s'est approché de lui en fronçant le front d'un air important, la bouche ouverte, prête à énoncer ce qu'il allait dire. « Oui », ai-je répété.

« *Hasta luego* », a chuchoté Mr. Greer.

*

Au bout de plusieurs semaines, j'avais oublié les paroles échangées avec Tom Greer lors de notre brève conversation et je me rappelais seulement qu'il m'avait dit quelque chose en espagnol, une phrase banale que son chuchotement avait rendue éloquente. Ses traits se faisaient moins distincts bien que par instants, prise par surprise, je revoyais de façon très nette ses cheveux clairs, fins et frisés, assez semblables à ceux d'un enfant, sa tête oblongue et la façon dont il la tenait, immobile, en équilibre, comme un animal quand il écoute – une antilope ou un renard –, alerté par un bruit.

Je n'avais aucune raison de lui téléphoner. Je me suis vue lui rappeler où nous nous étions rencontrés d'une voix tout à coup assourdie.

Pourtant l'émotion que j'avais ressentie en sa présence ne me quittait pas ; elle m'enveloppait comme la robe d'un ordre religieux, à la fois matérielle et symbolisant un ailleurs – exactement comme, quand il s'était penché vers moi en parlant, il avait été si intensément là et m'avait en même temps suggéré l'existence d'un monde qui m'était inconnu et s'étendait au-delà de la pièce où nous nous trouvions. Quand sa main s'était refermée sur la mienne, j'avais eu l'impression qu'il me rassemblait tout entière.

Un matin, le besoin intense de le revoir a disparu. Ce jour-là, j'ai travaillé le cœur léger. Mais le soir, quand je me suis couchée et que j'ai éteint la lumière, j'ai ressenti une solitude si amère, si angoissante, que j'ai poussé un cri.

Il fallait que je l'appelle. Il me l'avait demandé. Ce n'était qu'un coup de téléphone. Rien. J'entendrais sa voix et ensuite tout irait bien. Je le ferais le lendemain. Rien ne pouvait arriver par un coup de téléphone. Je me suis levée, j'ai allumé et marché en rond. Le lit était à peine défait ; ma chambre ne contenait pas grand-chose. Il n'y avait rien de chaleureux dans cette pièce, rien qu'un certain ordre indifférent. J'ai été malade, me suis-je dit. Cette longue méditation à propos de Thomas Greer m'a rendue malade.

Juste après sept heures le lendemain matin, je me suis arrêtée devant une cabine téléphonique sur Broadway, celle d'où j'avais appelé Ellen des mois plus tôt. Je savais que je n'aurais assez de courage que pour un seul essai. S'il répondait, je lui rappellerais simplement qu'il m'avait dit de l'appeler. Ou je lui demanderais peut-être où en était son livre.

Je ne savais pas ce que j'allais faire. Quand je suis entrée dans la cabine, une question m'a traversé l'esprit : aurais-je ressenti une telle appréhension en entrant dans un confessionnal ? Je connaissais son numéro par cœur et je l'ai composé. Il a répondu à la troisième sonnerie.

«Allô ? a dit Mr. Greer.

— C'est Luisa de la Cueva.

— J'avais presque abandonné tout espoir», a-t-il dit.

J'ai su à sa voix que je l'avais réveillé. Il devait être couché, les draps froissés autour de lui.

«Moi aussi», ai-je répondu. J'ai dû m'appuyer contre la cabine, emportée par une vague joyeuse, pleine d'espoir.

*

Avant d'apercevoir Thomas Greer par la fenêtre de l'appartement en rez-de-chaussée, je n'avais jamais pensé à ce qui m'attendait, mais toujours à un lieu et une époque perdus depuis longtemps, où la munificence de la vie était chargée de sens irraisonné et où l'esprit n'était pas séparé du corps.

J'ai tout raconté à Tom. J'étais assise au pied de notre lit. Il était couché, une jambe allongée vers moi, l'autre repliée, le drap sur le bas de son ventre. La lumière de la lampe éclairait sa cuisse relevée, les fins poils blonds qui la recouvraient et les os de son genou. Je tenais son pied dans ma main. Par moments, je me penchais et appuyais ma tête contre sa jambe. Sa main caressait mon visage et mes cheveux. «Les cheveux de Nana poussaient en forme de grand coquillage plat», lui ai-je dit.

Stupéfaite, je retraçais la route qui m'avait conduite jusqu'à lui. Tout est hasard, avait dit Papá. Si sa mère avait pu payer les frais de scolarité de l'école catholique, je n'aurais jamais rencontré Ellen. Si Thomas Greer n'avait pas écrit un article sur le droit constitutionnel, il n'aurait pas assisté au cours qu'Ellen suivait à l'université. Le hasard! J'ai appuyé mon visage contre sa peau pâle. Comment cela pouvait-il être dû au hasard?

Il m'a parlé de lui, tout à coup, brusquement, m'a raconté des histoires qui étaient comme des secrets imprudemment offerts, comme si nous étions en train de revenir chez nous après avoir vu un film ou bu un café dans une brasserie. Les noms des endroits et des gens changeaient souvent dans ses récits. J'aurais pu lui poser des questions, lui rappeler que la semaine précédente il avait dit avoir passé dans l'Oregon la première année de sa vie et non à Washington, qu'il m'avait décrit son père comme un éleveur de moutons et non comme un fermier, qu'un ulcère et non une fièvre rhumatismale lui avait épargné l'armée mais, malgré mon étonnement, j'en suis arrivée à croire que ces contradictions reflétaient simplement l'existence cruelle et dure qui avait été la sienne.

Une vie ne pouvait être jugée. J'ai réuni ses années malheureuses et solitaires et j'ai appris à les connaître librement, sans plus croire ni aux noms ni aux dates.

Lorsque je rentrais avant lui, je regardais tous les endroits où nous avions fait l'amour et parlé, et je prononçais son nom à voix haute pour moi toute seule. Plus tard, il m'a semblé que nous avions poursuivi une longue conversation pendant toute la première année de notre vie commune. Dans le désir que j'avais de sa présence, il y avait souvent la violence de la douleur physique. Je ne savais pas jusqu'où cela pouvait aller et je retenais ma respiration, sachant que rien ne pouvait l'arrêter.

Parfois il me demandait – bien que je le lui aie dit à de nombreuses reprises – pendant combien de temps j'étais restée dehors sur le trottoir avant d'entrer dans la pièce où la réunion d'Ellen s'était déroulée et je comprenais que l'étrangeté de la femme inconnue que j'étais alors gardait toujours pour lui une part de mystère.

« Mais tu as pensé à ne pas entrer, n'est-ce pas ? demandait-il.

— Oui. Je n'en avais pas vraiment envie. »

Il mettait son bras autour de moi, glissait ses doigts dans mes cheveux et pressait mon visage contre son cou. « Mais tu l'as fait », disait-il.

*

En 1949 nous sommes partis en voiture vers une petite ville de Pennsylvanie, où un juge de paix nous a mariés. Quelques semaines plus tard, ne pouvant plus supporter l'impression que j'avais de n'avoir pas été jusqu'au bout des choses, j'ai envoyé un mot à mon père pour lui annoncer la nouvelle. Tout en écrivant, je sentais la chair de poule me gagner. Après avoir posté la lettre, quand l'enveloppe a glissé dans la fente et que je n'ai plus pu la rattraper, j'ai eu l'impression d'avoir donné à un ennemi la possibilité de me localiser. Sa réponse est arrivée un mois plus tard – un paquet soigneusement emballé et assuré, qui contenait un épais coffret de disques, son cadeau de mariage. «Wagner!» s'est exclamé Tom en riant. Comme je le regardais sans comprendre, il a ajouté : «Un des compositeurs préférés des nazis.» J'ai soigneusement rangé le coffret – une plaisanterie entre deux hommes qui ne se connaissaient pas.

Tom n'a pas fini son livre sur les plantations de cacao en Équateur, mais nous emportions le manuscrit partout où nous allions. Les pages jaunissaient, la boîte où elles étaient rangées se remplissait d'élastiques qui se desséchaient puis craquaient les uns après les autres. Pendant un moment, j'ai continué à travailler. Tom écrivait des articles et il en plaçait quelques-uns. Lorsqu'il était payé, l'argent qu'il touchait me stupéfiait, des sommes pour moi énormes. Il voulait que j'arrête les ménages, que je trouve une place de vendeuse ou de réceptionniste dans un bureau. Bien que désirant céder à tous ses désirs, je refusais.

«Pourquoi? demandait-il.

— Nous avons besoin de cet argent.

— Ne réponds pas à côté de la question.

— C'est ce qu'il y a de plus facile, pour moi. Et de toute façon je n'ai pas les vêtements qui correspondent aux emplois dont tu parles.

— Nous pouvons en acheter.

— Mais je ne ferais pas ça très longtemps, dès que tu…

— Je ne te comprends pas, m'a-t-il interrompue. Qui a envie de faire des ménages plutôt qu'autre chose?

— Peut-être que c'est ça : parce que je ne peux pas faire autre chose.

— Tu n'essayes même pas», a-t-il dit. Il avait l'air sombre. Je n'ai rien ajouté. Je ne pouvais pas. Mes pensées partaient dans tous les sens, incohérentes. Ce bref échange n'avait agité que la surface de mon refus. Je sentais, comme lui aussi, pensais-je, une masse informe d'obstination au fond de moi. Mais je n'arrivais pas à la faire remonter jusqu'à la lumière. Il n'a plus abordé ce sujet.

Il s'est avéré que peu après cette conversation, il a trouvé un emploi régulier dans le magazine interne d'une grosse société d'importation de café.

Miss Mathes m'a laissé un mot me souhaitant bonne chance avec une semaine de paye supplémentaire. Mais Mrs. Gelden s'est plainte amèrement de ce que mes deux semaines de préavis lui laissaient à peine le temps de trouver quelqu'un d'assez sensible pour répondre aux besoins de sa famille. Était-ce ce que j'avais été ? me demandais-je. Elle portait un chemisier que j'avais repassé. Quelle créature étrange et redoutable ! J'ai senti un bref élan de sympathie envers elle, général assiégé conduisant à travers un monde dangereux son armée lamentable, un mari souffreteux, un fils gros, sans charme. Les Birnbaum, le couple de personnes âgées de Central Park West, ont semblé sincèrement regretter mon départ, bien que seule Mrs. Birnbaum ait pu exprimer ce sentiment. Mr. Birnbaum était, comme le disait sa vieille épouse, déjà gâteux et grabataire. «Vous avez été bonne avec nous», m'a-t-elle déclaré en prenant mes mains dans les siennes. Elles étaient douces comme du coton et couvertes du talc que j'achetais toujours pour elle à la pharmacie voisine. «Vieillir est la chose la plus surprenante du monde», a-t-elle ajouté.

Tom et moi avons vécu plusieurs mois dans l'appartement que nous prêtait une de ses riches connaissances, Howard Thursby. Puis nous en avons loué un, en haut d'une maison près de River-side Drive. C'était l'étage réservé autrefois aux domestiques, nous a expliqué le propriétaire. Il y avait une cheminée dans le salon ; l'une des petites chambres avait été transformée en cuisine. Le jour de notre emménagement, j'étais folle de joie. Tom avait acheté quelques bûches chez un fleuriste, nous avons fait du feu et nous nous sommes assis au milieu de nos meubles. Une nouvelle vie m'était offerte.

Un soir, Tom a amené Howard Thursby à dîner. Je ne l'avais encore jamais rencontré et j'ai été stupéfaite de voir qu'il portait un imperméable déchiré et des chaussures de tennis sales. Je les ai écoutés parler sans rien dire pendant le repas, et, après avoir lavé la vaisselle, je suis allée dans notre chambre regarder des magazines. Thursby est arrivé, il s'est arrêté sur le pas de la porte et il m'a souri. «Quels grands yeux vous avez, grand-mère», a-t-il dit.

Comme il était agréable d'entendre de loin les deux hommes discuter! Je suis restée là, allongée, somnolente, tandis que le magazine glissait à terre. Plus tard, j'ai entendu la porte d'entrée se refermer, puis Tom qui m'appelait. Je suis sortie de la chambre et je me suis dirigée vers lui en souriant.

«Pourquoi es-tu partie? m'a-t-il demandé. Tu agis comme si tu étais la bonne.»

J'ai ramassé les verres et les cendriers, incapable de lui répondre. Pourquoi étais-je partie? Ne devait-on pas laisser les hommes entre eux?

«Arrête de ranger», a-t-il dit d'un ton sec. Il m'a pris un verre des mains. «Tu n'es pas la bonne», a-t-il repris, cette fois plus patiemment. Je me suis mise à pleurer et il a ri. Il m'a secouée. Il a enlevé les épingles de mon chignon bas. Nous nous sommes déshabillés en hâte. Mais il n'y a eu ni liberté ni répit pour moi dans l'amour que nous avons fait cette nuit-là. J'étais emprisonnée dans des ténèbres intérieures; j'essayais de me retenir à cette présence insaisissable qui me disait de faire ceci ou cela. Mon corps était las. J'ai été contente que ça finisse.

Nous avons commencé à nous disputer. Tom me disait d'arrêter de toujours prendre chez le boucher les morceaux bon marché — la plupart du temps, il se plaignait de ne même pas pouvoir reconnaître ce qu'il mangeait — et j'ai dû m'acheter des vêtements dans une vraie boutique et non dans une braderie de Broadway. Où avais-je bien pu trouver cette horrible lampe dont l'abat-jour était bordé de franges? Je lui ai expliqué que c'était la même que celle de Mrs. Dove, la mère d'Ellen. «Il est temps de nous mettre à faire des dîners», a-t-il dit.

Je me demandais ce que cette lampe avait de si laid. J'ai frissonné en me rappelant le fauteuil rose que Mamá avait acheté à

Papá. Je me suis donné pour tâche d'apprendre à voir les choses différemment.

Ellen nous rendait visite. Il y avait quelque chose qui n'allait pas dans les soirées que nous passions ensemble, une façon fausse de nous sentir à l'aise, une intimité qui disparaissait au moindre silence. J'avais l'impression qu'elle nous regardait, Tom et moi, et notre appartement, avec une certaine ironie. Tom affichait envers elle une camaraderie bourrue qui paraissait exagérée. J'étais soulagée qu'elle fût trop occupée pour venir plus souvent.

Tom est arrivé un soir accompagné d'une femme qui travaillait avec lui, Gina Cohen. Une odeur rance de talc, un parfum lourd qui prenait à la gorge se dégageaient de ses vêtements. «Je savais à quoi vous ressembleriez, m'a-t-elle dit. Il parle tout le temps de vous.» Je me suis penchée pour ouvrir le four et surveiller le poulet que j'avais mis à rôtir.

«Parle-lui de la plantation, m'a demandé Tom. De ta grand-mère.

— Ma grand-mère travaillait dans les champs de canne à sucre, ai-je dit d'un ton cassant.

— Non, non. Pas celle-là, l'autre, a demandé Tom. Ta grand-mère de la Cueva.

— Je ne l'ai vue qu'une fois.»

J'ai reposé l'assiette de Gina. Elle souriait à Tom. Elle était tout le temps en train de sourire ou de glousser. «Vous devriez vous relever les cheveux sur le haut de la tête, m'a-t-elle dit. Cela mettrait en valeur la forme de votre visage. Vous avez un ovale parfait.»

J'ai servi le café. Tom m'a pris la main. «Reste, a-t-il dit.

— J'arrive tout de suite», lui ai-je promis. Me retrouver loin d'eux, les mains occupées à laver et à mettre à sécher la vaisselle sur l'égouttoir était un soulagement.

Quand je suis revenue à table, leurs soucoupes étaient pleines de mégots. Penchés l'un vers l'autre dans un nuage de fumée, ils parlaient avec animation.

«Tommy a eu une idée merveilleuse pour le magazine, a dit Gina. Tous ces merveilleux objets en plastique… Des centaines et des centaines ! Il dit qu'il y a des sociétés qui seraient intéressées par une édition espagnole. Quel marché immense ! Toute l'Amérique latine !

— Trouver des fonds ne sera pas facile. Ils n'y voient pas plus loin que le bout de leur nez. Rapaces et myopes, a dit Tom.

— Tu arrives toujours à tes fins, a laissé échapper Gina. N'est-ce pas, Luisa ? »

Avant de partir, elle m'a donné une autre recette pour le poulet. « Cette façon de faire vous permettra de ne pas avoir à vous lever tout le temps, m'a-t-elle promis. Et c'est ce qui compte. »

L'été de ma grossesse, Gina nous a trouvé une location au dernier étage d'une maison de bois près de l'océan dans une petite ville balnéaire de Long Island, à une heure de train de New York. Elle venait souvent passer le week-end avec nous. Par une chaude matinée d'août, elle est arrivée à la porte de notre chambre avec mon petit déjeuner sur un plateau. Elle m'avait apporté une brosse à cheveux. « J'aime déjà votre bébé », a-t-elle murmuré. J'ai entendu la radio dans la cuisine et je me suis soudain sentie soulagée à l'idée que Tom y était – comme s'il y avait eu un doute jusqu'à cet instant sur l'endroit où il se trouvait. Gina a ri. « Vous avez bien sonné pour votre petit déjeuner, Madame ? »

J'étais légèrement gênée, avec cette impression d'être la spectatrice d'une pièce que je ne comprenais pas. Gina a demandé, inquiète : « Vous vous souvenez ? La sonnerie, dans la cuisine de la plantation ? »

Lui avait-il raconté tout ce que je lui avais dit ?

Nous sommes allés marcher sur la plage au crépuscule. J'ai regardé la mer, sachant qu'ils ralentissaient leur pas pour s'accorder à mon allure laborieuse. « Asseyons-nous, Tommy. Luisa est fatiguée », a-t-elle dit. Ce n'était pas de la fatigue. Une douleur terrible m'a déchiré le ventre. « Oh, ai-je crié. Je crois que… »

Ils m'ont à moitié portée jusqu'à la maison de bois. Le corps lourd et trapu de Gina semblait sur le point de sombrer sous mon poids dans le sable. Ses encouragements continuels m'oppressaient affreusement. Tom ne disait rien. J'ai vu de la peur sur son visage. Ils m'ont aidée à m'asseoir sur les marches encore chaudes du perron et Tom est allé chercher un taxi dans la rue principale. Le bras de Gina était trop court pour qu'elle le passe autour de moi, mais elle essayait quand même. Je me suis écartée brusquement. «C'est mon bébé», ai-je crié.

Charlie est né quelques minutes après trois heures du matin. J'ai lutté pour sortir de la torpeur de l'anesthésie. «Un taxi coûtera trop cher», ai-je dit d'une voix forte. Puis je les ai vus tous les deux à mon chevet. Tom me tenait le poignet ; Gina pleurait. J'ai ressenti pour eux, l'espace d'un instant, un amour exacerbé. Presque immédiatement, j'ai souhaité que Gina disparaisse. Après leur départ, j'ai vu le jour se lever. Un vaste et doux apaisement a envahi mon corps. Pauvre Mamá qui n'avait que seize ans à l'époque. Moi, j'en avais vingt-cinq. Une infirmière a poussé un berceau à côté de mon lit. Elle a ramassé un petit paquet et me l'a tendu. Le bébé était emmailloté dans une couverture bleu passé. Il avait les yeux fermés. Il a ouvert la bouche et poussé un léger cri qui semblait venir de très loin. Je l'ai pris contre moi. Maintenant, nous étions deux.

*

Le travail de Tom marchait bien. Avec le temps, il est devenu rédacteur en chef du magazine. Gina a été nommée rédactrice adjointe. Il allait à des congrès à Detroit et Chicago, même en Californie. En son absence, Gina passait me voir.

C'était plus facile de l'écouter avec Charlie dans mes bras. Est-ce que je ne croyais pas avoir serré ses langes trop fort ? Est-ce que je ne le nourrissais pas trop souvent ? Les magasins livraient, pourquoi est-ce que je m'épuisais à sortir faire les courses ? Je souriais, appuyais ma joue contre la petite tête chaude et humide.

La voix de Gina était râpeuse, comme si elle avait manqué de salive pour le travail intense de sa conversation. Elle parlait tout le temps, et croyait écouter.

Un soir où elle me regardait donner son bain à Charlie, elle a dit : « Tom grimpe les échelons. Il va devenir un homme important. » Elle s'est arrêtée et m'a lancé un regard lourd de sens. « Important », a-t-elle répété. Elle a glissé sa main dans l'eau. « Est-ce qu'elle n'est pas trop fraîche ? » a-t-elle demandé. J'ai soulevé Charlie et je l'ai enveloppé dans une serviette. « Vous allez être l'épouse d'un homme important », a-t-elle dit encore. Je lui ai tourné le dos pour nourrir Charlie. Je ne voulais pas qu'elle voie mes seins.

« Vous comprenez de quoi je parle ? » a-t-elle insisté.

Elle était en train de me dire ce que j'aurais dû être. Je lui ai jeté un coup d'œil par-dessus mon épaule. Il y avait quelque chose de désespéré sur son visage. Son cou épais, blanc laiteux, tressaillait comme celui d'une grenouille. J'ai soudain su que Tom s'était plaint de moi devant elle.

« Qu'est-ce que je dois faire ? » ai-je demandé. Charlie a gémi. Je le tenais trop serré.

« La Grande Dépression est terminée, vous savez, Luisa, a-t-elle répondu d'une petite voix enjôleuse. Vous vous comportez comme si elle ne l'était pas. Vous pourriez, par exemple, vous acheter des vêtements. Et vous pourriez penser à aménager ce charmant petit appartement. Et il faudrait… il y a des gens avec lesquels Tom a besoin de cultiver des relations, qu'il doit inviter à dîner. »

Charlie n'arrêtait plus de pleurer. « Je ferais mieux de l'emmener dans sa chambre, ai-je dit froidement.

— Oui, oui… De toute façon, j'ai rendez-vous, s'est-elle écriée. Quel ennui ! J'aurais tellement préféré rester avec vous et l'adorable enfant ! » Elle s'est dirigée vers la porte d'entrée, le sourire aux lèvres, et a passé les mains sur sa robe. Avec toujours le même sourire, elle s'est retournée et a regardé Charlie. « Vous devriez vérifier les épingles de nourrice », a-t-elle dit. Mais je l'ai regardée d'un air glacial et ses yeux se sont détournés.

*

Charlie pleurait parfois si longtemps que son visage devenait comme une flamme de bougie, et je marchais à travers l'appartement en le tenant dans mes bras, désespérée de son désespoir. L'angoisse naît avec la vie. J'avais l'impression de la vaincre momentanément chaque fois que j'arrivais à le calmer. J'étais toujours fatiguée et pourtant étrangement inactive. Je négligeais le linge et l'appartement. Je téléphonais chez l'épicier pour me faire livrer de quoi vite préparer le repas du soir, et pour me cuirasser contre le silence critique de Tom, je me disais avec une certaine satisfaction chagrine que je faisais ce que Gina et lui m'avaient dit de faire en dépensant deux fois plus d'argent que je n'en avais besoin. Papá m'avait envoyé un mois plus tôt un mandat de quinze dollars pour la naissance de Charlie. Je ne l'avais pas encore encaissé. « Pour ton fils », avait-il écrit. Mon fils, pas son petit-fils. Je ne ressentais ni tristesse ni ressentiment à ces mots, mais de l'ennui, de la lassitude devant son éternel refus.

Un soir, Tom est rentré tard. J'avais pensé à lui toute la journée, mélancolique au souvenir des premiers jours que nous avions passés ensemble. Je l'ai regardé sortir des papiers de sa serviette. Je voyais la chambre derrière lui. Mon esprit s'est envolé vers l'instant où, ses vêtements aussi bien rangés qu'ils l'étaient toujours, il s'agenouillerait sur le lit, crispé de froid, tirerait les couvertures et s'y enterrerait. Quand je passais mon bras autour de lui, je le sentais contre moi comme une énorme masse. Puis, tandis que la chaleur de nos deux corps irradiait, sous le tunnel où nous étions, il paraissait plus léger, plus petit, et la chair sans traits se transformait sous mes doigts en un lobe d'oreille glacé, en poils soyeux sur sa poitrine, un téton, la peau rugueuse de ses mains, la petite poche que formait son ventre, les boules de ses testicules, la tiédeur de son aine, le long muscle de sa cuisse, et, en continuant à descendre vers le bas de sa jambe repliée, j'arrivais à prendre son talon dans le creux de ma main.

Je me suis rendu compte qu'il me regardait fixement.

«Il y a une boutique de vêtements pour femmes sur Broadway, au coin de la rue, a-t-il dit d'une voix neutre. Tu iras t'acheter une robe de chambre demain, j'aimerais que tu aies la tienne.» J'ai regardé, hébétée, l'argent qu'il me tendait et tiré nerveusement sur un fil du vieux peignoir qui lui appartenait et que je venais d'enfiler. Son visage était dénué de toute expression ; il était exactement comme il aurait pu être si quelqu'un lui avait dit mon nom une semaine ou un an avant que nous nous rencontrions, avant l'immense intimité qui s'était depuis établie entre nous.

J'ai enlevé le peignoir et le lui ai jeté.

Il l'a ramassé et plié soigneusement sur son bras. «Tu ferais mieux de mettre quelque chose, a-t-il dit. Il fait plutôt froid, ce soir.» Il a quitté la pièce. J'étais désespérée. J'ai tendu la main vers son manteau posé sur la chaise où il l'avait laissé. Au même instant, il est revenu en pyjama. Sans un regard pour moi, il est parti dans la chambre et il a allumé la lumière. Je suis allée dans la salle de bains. Il avait pendu le peignoir en coton à une patère. Je l'ai décroché et l'ai laissé par terre.

Assis au bord du lit, il enlevait un grand trombone d'une liasse de feuilles. Il l'a posé avec un soin méticuleux sur le pied de la lampe. Ses pieds blancs, parfaits, semblaient inhumains.

«Je t'en prie, ne me parle pas comme ça, lui ai-je dit, le souffle court.

— Je t'ai simplement demandé de t'acheter une robe de chambre, a-t-il répondu sans relever les yeux. J'en ai assez de te voir dans mon peignoir chaque fois que je rentre.

— Mais il est tard. J'allais me mettre au lit.

— Tu ne te couches pas à six heures, a-t-il dit. Et quand je rentre à six heures, c'est pareil, tu es là, toujours à traîner dans ce vieux peignoir.

— Je ne traîne pas ! me suis-je écriée. Et je ne pensais pas que tu verrais un inconvénient à ce que je le porte. » Il m'a jeté un coup d'œil rapide. Nous parlions à voix basse, comme des conspirateurs. « Je ne sais pas ce qui te dérange ! Je n'en sais rien ! ai-je soudain crié.

— Je n'ai pas dit que ça me dérangeait », a-t-il dit d'un ton froid.

Il avait disparu au bas d'un chemin tortueux, enroulé en lui-même. Seule son attitude, un avertissement maussade qu'il m'adressait plus ou moins en restant assis, les yeux délibérément baissés vers ses papiers, a éveillé en moi quelque chose qui ressemblait à l'espoir.

« Je t'en prie. Explique-moi… » Je n'avais pas la moindre idée de ce qu'il pouvait m'expliquer. La façon dont il s'éloignait, se rendait inaccessible, faisait de moi une intruse. Nous disputer aurait été un luxe.

« C'est un article pour le magazine ? » ai-je demandé en montrant du doigt les feuilles qu'il tenait. Il n'a pas répondu. Je me suis laissée tomber sur lui, je les ai prises et jetées par terre. Son bras s'est durci contre mon dos tandis que sa main se refermait sur le tissu de ma chemise de nuit et qu'il m'écartait de lui comme un sac. J'ai piétiné ses papiers.

« Arrête ! » m'a-t-il ordonné. Il s'est mis à les ramasser. J'ai levé le poing. Il m'a attrapé le bras et l'a tenu au-dessus de ma tête.

« Pas de ça, a-t-il dit. Je ne veux pas de ça. »

J'ai éclaté en larmes. « Ne pleure pas ! » m'a-t-il ordonné. J'ai laissé retomber ma tête contre son épaule. Autour de mon bras, sa main s'est desserrée. Un instant plus tard je me suis redressée. Il s'est remis à ramasser ses feuilles.

« Je suis désolée, ai-je dit.

— Viens te coucher », a-t-il répondu. Chacun de nous est resté de son côté du lit, se réchauffant tout seul. Il s'est endormi à peine quelques minutes après que j'ai éteint la lumière.

Le lendemain, un samedi, une neige épaisse tombait. Nous avons emmené Charlie au parc de Riverside Drive. Les chiens survoltés couraient en aboyant ; les gens tendaient leur visage vers les flocons doux et langoureux. Sur le chemin du retour, nous sommes passés devant un petit groupe rassemblé autour d'un enfant en pleurs qui tentait de dégager ses jambes de la chaîne de sa bicyclette où s'était pris son pantalon. Tom l'a attrapé par la taille, puis, le gant dans la bouche, il a prestement tiré sur l'étoffe et il l'a libéré. «Ce n'est pas un bon jour pour le vélo», lui a-t-il dit doucement. Les gens le regardaient, admiratifs. Ils n'avaient pas perçu ce que j'avais entendu dans sa voix – du mépris.

Il a ramené Charlie à la maison, je suis allée à la boutique de Broadway et je me suis acheté une robe de chambre.

Il neigeait toujours, un enfouissement lent et blanc de tout son, de tout mouvement. Les réverbères se sont allumés. Il n'y avait plus de circulation. La ville avait cessé sa vie de ville ; les formes des poubelles et des voitures devenaient ambiguës. J'ai regardé par la fenêtre ce nouveau monde d'objets qui n'appartenaient à personne et dont personne ne réclamerait jamais la propriété.

Le lundi, Tom n'est pas allé travailler. Il s'était acheté une machine à écrire. Il est resté presque toute la journée à taper dans le salon. Nous nous parlions à peine. Dans la lumière blanche, desséchante, j'accomplissais mes tâches tout en portant Charlie. Tom était assis le dos droit, les doigts pianotant sur le clavier, une tasse de café par terre à côté de lui. Quand s'était-il fait du café ? Je ne l'avais pas vu aller dans la cuisine. Comme il prenait tranquillement soin de lui ! J'ai essayé de trouver des sujets de conversation. Il aurait fallu pour cela avoir du génie, tant le silence était pesant. J'ai posé Charlie sur les genoux de Tom. Sa tête a rebondi contre l'épaule de son père. Tom regardait la feuille qui dépassait de sa machine à écrire. J'ai repris l'enfant dans mes bras et je l'ai emporté.

Tard dans la soirée, j'ai mis ma nouvelle robe de chambre. Tom l'a examinée, il a refermé ses doigts sur un bout d'étoffe en les frottant les uns contre les autres. « Les coutures sont un peu lâches, a-t-il remarqué. Et elle n'est pas très chaude, hein ?

— C'est du nylon.

— Je vois ça », a-t-il dit. Il a souri et m'a tapoté l'épaule.

Je suis allée à la fenêtre. Derrière moi, j'ai entendu un bruit de papier froissé, une chaise grincer, une allumette craquée puis éteinte d'un souffle. J'avais l'épaule comme étrangement paralysée, comme s'il m'avait donné un coup et non simplement renvoyée d'un geste rapide. Les gens que j'apercevais par les fenêtres de leurs appartements de l'autre côté de la rue étaient baignés d'une lumière rendue plus vive par le ciel noir au-dessus de nous, l'éclat dur des rafales glacées de la rue. Une femme a pris un petit enfant, l'a soulevé, l'a serré contre elle et il a plu des baisers sur sa tignasse ébouriffée ; un homme parlait à quelqu'un que je ne pouvais voir, il a ri et repoussé des deux mains ses cheveux en arrière.

Cette fois j'ai entendu de l'eau couler dans le lavabo de la salle de bains, la chasse d'eau, le claquement sec des cintres en bois que Tom avait achetés pour y pendre les costumes qu'il portait au bureau, tous les bruits nocturnes de son implacable sens de l'ordre.

Immobile de son côté du lit, il a dormi sans se réveiller jusqu'à ce qu'un trait de lueur grise encadre l'ombre du store. Quand il est parti travailler, il m'a semblé emporter avec lui l'air nocif qui avait rendu si difficile chacune de mes respirations. J'ai accroché la robe de chambre n'importe comment, et je ne me suis même pas retournée en l'entendant glisser à terre.

Il est rentré à la maison un long carton sous le bras.

« Essaye ça », a-t-il dit gaiement, en souriant à Charlie qui avait rampé vers lui et essayait de s'agripper à ses chevilles. Il y avait dans la boîte une robe de chambre de laine blanche, fine et douce comme de la soie, brodée de minuscules fleurs violettes. Quand je l'ai mise, il a dit : « Ravissant. Je n'étais pas sûr qu'elle t'aille. »

Après le dîner, quand j'ai eu mis Charlie au lit, Tom m'a appris à jouer aux cartes. Nous étions en pleine partie lorsque le téléphone a sonné. Il a posé ses cartes en éventail et est allé répondre. Ses réponses emphatiques ne donnaient aucun indice de ce qui se disait à l'autre bout du fil. Il est revenu s'asseoir et a ramassé son jeu. Nous avons fini la partie. Il a dit : « Mon père est mort. »

J'ai poussé un cri. Il a secoué la tête d'un geste de doux reproche. « Ce n'est pas grave, a-t-il dit. Cela ne change rien. »

*

Avais-je été les premiers temps aveuglée par l'amour au point de n'avoir rien retenu de ce qu'il m'avait dit alors ? Qui donc lui avait téléphoné pour lui apprendre la nouvelle ? Était-ce une sœur ou un frère aîné ? La seule chose dont j'étais certaine, c'est que son père vivait dans le Sud, l'endroit s'appelait Biloxi. J'avais parfois posté le chèque que Tom lui envoyait chaque mois.

« Tu vas aller à l'enterrement ? lui ai-je demandé le lendemain matin.

— Non.

— Ton frère est là-bas ? »

Il m'a regardée avec l'expression qu'il avait eue pour le petit garçon qui avait bêtement pris la jambe de son pantalon dans la chaîne de son vélo, une expression semblant contenir un jugement impitoyable sur la sottise humaine comme sur le manque d'attention dont les femmes faisaient preuve.

« Ma sœur, a-t-il repris sèchement. Bernice. Elle s'est occupée de tout.

— De quoi est-il mort ?

— Le cœur, a-t-il dit. Et l'alcool. »

Charlie pleurait dans son berceau. Tom est allé le prendre et il a fait le tour du salon avec lui jusqu'à ce que ses cris s'arrêtent. Il avait les cheveux bruns, comme les miens, mais ses yeux étaient ceux de son père. Tom le promenait patiemment ; c'était une patience très étrange, qui répondait à ce qui l'avait provoquée sans aucune sympathie. Quand il a posé le bébé par terre, j'ai entrevu la bouche légèrement bombée de Tom, ses lèvres renflées comme celles d'un enfant.

Mais il m'avait parlé d'un frère. Ben, il m'avait dit qu'il s'appelait Ben.

Sur quoi n'avait-il pas menti ? Pas grand-chose, à mon avis. Un après-midi, une semaine plus tard, alors que je revenais avec Charlie de l'épicerie, j'ai vu Tom descendre du bus sur Riverside. Je me suis arrêtée pour le regarder marcher vers moi, la tête baissée, d'un pas rapide et raide. Il a monté les marches du perron sans nous voir, s'est immobilisé, a jeté un bref coup d'œil à nos fenêtres, puis il est entré.

« Le métro fait des progrès, a-t-il dit quand je suis arrivée dans le salon. Je n'ai mis que vingt minutes pour revenir du bureau. »

Mon visage a dû me trahir. Il s'est tout de suite mis à parler, mal à l'aise et méprisant, d'un membre de son équipe qu'il avait été obligé de renvoyer. Sa voix était de plus en plus forte, ses jugements sur l'inefficacité de l'homme de plus en plus terribles et ses yeux ne me quittaient pas une seconde, comme s'il avait désespérément essayé de retenir mon attention afin de m'empêcher de voir quelque chose d'horrible se dérouler dans un autre coin de la pièce.

Il avait conscience d'avoir menti. Et j'ai soudain compris de façon certaine que pas plus que moi il ne savait pourquoi.

*

J'ai emmailloté Charlie et je l'ai emmené chez Papá. Je suppose que je jouais la comédie. Je n'avais pas eu de ses nouvelles depuis qu'il m'avait envoyé les quinze dollars. Peut-être y avait-il de la malice dans ce que je faisais. Quand j'ai posé Charlie sur le plancher impeccable de la chambre de mon père, il a rampé à toute vitesse jusqu'à l'endroit où Papá était assis, attentif, sur son vieux fauteuil à côté de ses disques. Bien qu'il m'ait parlé sans sa réserve habituelle, et qu'il ait même examiné avec quelque intérêt le

265

visage de Charlie, j'ai su quels étaient ses véritables sentiments en le voyant écarter ses pieds jusqu'à ce qu'ils soient presque complètement de biais. Ce mouvement a arrêté Charlie ; il s'est appuyé sur une de ses petites mains dodues, tandis que l'autre restait suspendue au-dessus de l'endroit où étaient les pieds de Papá une seconde plus tôt et il a levé les yeux vers lui. Comme stupéfié par ce qu'il venait de voir, il s'est retourné et s'est redressé pour s'asseoir face à moi. Je me suis précipitée et je l'ai pris dans mes bras en lui tapotant le dos. Il s'est raidi et a tourné la tête pour regarder Papá.

«Tu n'avais pas encore besoin de le consoler», m'a reproché Papá.

Nous ne sommes pas restés longtemps. Sur le pas de la porte, Papá s'est soudain penché en avant et il a posé sa bouche mince contre le front de Charlie. L'enfant s'est immobilisé un instant, comme pour réfléchir au bref contact des lèvres de mon père. Puis il a rejeté sa tête au creux de mon cou ; j'ai senti son souffle humide contre ma peau. J'ai vite dit au revoir à Papá, qui s'est contenté de me lancer un regard moqueur.

Le vent soufflait depuis le fleuve. J'ai serré Charlie contre moi et traversé mon ancien quartier sur Broadway. Le cinéma Red Robin avait fermé. Mais le bazar était toujours là et j'ai regardé par les vitres à l'intérieur. À la place de Mr. Dardarian, derrière la caisse, il y avait un jeune homme aux cheveux noirs en brosse. Je me suis arrêtée au coin de la rue où se trouvait le dernier appartement que nous avions occupé tous ensemble. La porte d'entrée de notre immeuble était ouverte et sortie de ses gonds.

Tandis que je restais là, à penser à je ne sais quoi, une petite fille est sortie du hall et a descendu l'escalier en sautillant. Elle ne portait pas de gants. Elle avait aux pieds de légers souliers vernis comme ceux que Mamá m'avait achetés un jour après avoir fouillé dans un bac de soldes devant un magasin de nouveautés. Elle avait perdu un bouton et la barrette de sa chaussure flottait au vent. L'ourlet défait d'une robe de coton pendait sous son manteau.

266

Sa capuche, rabattue en arrière entre ses épaules étroites, était bordée de fausse fourrure blanc sale. Elle a levé une main fine devant sa bouche et a soufflé dessus. Soudain elle m'a aperçue, là debout, les yeux fixés sur elle. Elle m'a renvoyé un regard solennel jusqu'à ce que, lentement, un sourire lui élargisse les lèvres et lui plisse les yeux. J'aurais voulu lui parler, l'appeler *nena* ou *querida*, lui dire comme elle était mignonne. Elle a tourné la tête vers la porte comme pour écouter quelque chose. Avec un dernier regard dans ma direction et un petit geste de la main, elle est repartie en courant. Mes yeux piquaient, ils étaient pleins de larmes, j'ai serré Charlie si fort qu'il s'est mis à pleurer et je me suis précipitée vers la station de métro.

*

Une neige fine est tombée à nouveau, recouvrant les tas durcis de la première tempête. Je regardais par la fenêtre. Les gens qui rentraient du travail se frayaient un chemin dans la rue en pente, les mains pressées contre le bas du visage. J'ai vu parmi eux Gina qui avançait sur la neige péniblement mais avec une détermination farouche. Quand elle est passée dans la lumière ambrée du réverbère, son visage sans sourire était aussi sinistre que celui de quelqu'un à qui incombe un devoir difficile et cruel.

Charlie, agrippé au rebord d'une table basse, son visage rond tendu d'excitation et de volonté, titubait en gazouillant. Je l'ai attrapé malgré ses protestations et je le tenais contre moi quand Tom a ouvert à Gina.

«Regarde, il me connaît déjà, a-t-elle gloussé quand Charlie a tendu les bras vers elle. Les bébés me reconnaissent toujours.»

Tom lui a servi à boire. Elle semblait ne pas pouvoir arrêter de me toucher. Je trouvais son contact insupportable, comme si les bouts moites de ses doigts m'avaient dit plus directement que les mots qu'elle était au courant de nos problèmes.

«Alors ? s'est-elle écriée. La robe de chambre vous va ? J'ai dit à la vendeuse que j'avais une amie grande, mince et belle. Bien plus grande que moi. Je suis impatiente de vous voir dedans ! »

Seigneur. Ne m'avait-il pas dit avoir craint qu'elle ne m'aille pas ? Avait-il dit ou non qu'il l'avait achetée lui-même ? Je l'ai regardé et il m'a souri gentiment. « Luisa a préparé un ragoût, a-t-il dit. Largement de quoi nourrir trois personnes.

— Oh, j'espérais bien que vous m'inviteriez », a-t-elle répondu d'un air malicieux. Elle a fouillé dans son sac et a retiré de ses profondeurs un canard mécanique jaune vif. Charlie l'a attrapé. « Attends ! Attends ! » a-t-elle crié d'un ton indulgent. Elle l'a remonté et l'a posé sur le sol. Il s'est mis à tourner en se dandinant, encore et encore, tandis que Charlie criait, ravi. Tom et Gina se sont balancés simultanément d'avant en arrière, au paroxysme d'un rire inexplicable, jusqu'à ce que le canard s'arrête et retombe sur le côté, un minuscule pied palmé suspendu au-dessus du plancher.

*

Charlie a marché, puis il a couru. Il a commencé à parler. Quand il s'amusait avec un jouet, il était sérieux et absorbé. En fin d'après-midi, il regardait par la fenêtre pour voir Tom rentrer. Mais quand son père arrivait dans l'appartement, il devenait timide et s'accrochait à moi.

J'ai appris à donner des dîners. Je buvais deux apéritifs chaque soir, puis du vin. J'appréciais le détachement produit par l'alcool vis-à-vis de la curiosité passagère dont faisaient preuve les relations de travail de Tom, vis-à-vis de la façon de plus en plus abrupte dont Gina scrutait mon visage, de ses éternels conseils.

Un jour où nous étions seules, elle s'est soudain mise à pleurer. Elle n'avait personne, disait-elle. Elle avait été mariée il y avait longtemps. Un vrai désastre. C'était un homme émotionnellement invalide, totalement dépendant d'elle. Mon Dieu qu'elle était seule ! Tout en essayant de la consoler, je me suis dit : elle me demande de faire vite.

Lorsque je me sentais endurcie, forte de l'amère certitude que ce mariage pouvait durer, je la prenais en pitié. Mais quand j'étais faible, sans espoir, je savais que tous les trois nous attendions. Gina, Tom et moi.

Howard Thursby a appelé un jour où Tom n'était pas là. « Allô, bonjour, a-t-il dit. Comment va notre bienveillante Mrs. G. ? »

Je lui ai annoncé que Tom était sorti.

« Je l'ai vu le mois dernier, a-t-il dit. À Chicago, dans une boîte de nuit au dernier étage d'un gratte-ciel où il a dansé toute la nuit avec sa plantureuse rédactrice adjointe. »

Je lui ai dit que le bébé pleurait, qu'il fallait que je raccroche.

« Vous vous organisez contre l'ennemi ? a-t-il demandé.

— Non, ai-je répondu sans réfléchir. Je mens, pour mettre fin à cette conversation. » J'ai raccroché.

Un dimanche, pendant que Tom était allé acheter le journal, j'ai appelé Ellen. Charlie était assis devant la table et dessinait des chats sur des bouts de papier. « Il faut que je m'en aille, ai-je chuchoté. Sinon, j'en mourrai.

— Mon appartement est minable, a-t-elle dit, mais il y a une petite pièce où tu peux t'installer. J'y garde les vieilles affaires de Maman. Je les mettrai ailleurs. Oh, Luisa, je suis désolée ! »

J'ai attendu deux semaines de plus, comme quelqu'un, me disais-je, qui erre autour d'une maison brûlée. Un jour, j'ai préparé deux valises. Tom les a vues en rentrant. Charlie tournait les pages d'un magazine. Je voyais ses lèvres bouger chaque fois qu'il reconnaissait une lettre et qu'il la prononçait tout bas.

« Je pars », ai-je annoncé.

Tom a regardé Charlie. « Je ne supporte pas cette idée », a-t-il dit d'une voix atone.

J'ai regardé ses lourdes épaules, sa poitrine, je me suis souvenue de leur poids sur moi. Charlie s'est retourné brusquement. « Pourquoi tu restes là comme ça ? » a-t-il demandé à Tom d'une voix terriblement inquiète.

Aucun de nous n'a proposé à l'autre d'essayer une fois de plus.

Nous parlions à peine. Ce n'était pas un champ de bataille qui s'étendait entre nous, mais une terre désolée. L'espoir était parti. Nous étions opposés l'un à l'autre.

« Trahi », a-t-il murmuré à un moment. J'ai détourné mes yeux de la rancœur qui se lisait sur son visage.

Quelques semaines après notre divorce, lorsque Tom et Gina se sont mariés, je me suis souvenue d'une chose que j'avais lue dans *Le Livre de la connaissance*, tandis que les enfants Miller, aussi impatients que toujours, me pressaient de tourner la page. Le paragraphe sur lequel mes yeux s'étaient arrêtés racontait comment une certaine larve doit, pour se développer, s'attacher au tissu vivant d'un autre animal. Le couple que formaient Tom et Gina s'était formé à l'intérieur du mien, accroché à ses insuffisances, nourri de ses faiblesses.

*

Lorsque je lui ai appris que nous allions vivre seuls tous les deux pendant un moment, Charlie n'a pas dit un mot. Je lui ai expliqué qu'il continuerait à voir son Papa. Mais que Tom et moi ne pouvions plus rester ensemble.

Il a mangé en silence le dîner qu'Ellen nous avait préparé. Son appartement du Lower East Side était une version réduite de ceux où j'avais vécu dans le *barrio*. Charlie s'est levé et il est allé à la fenêtre qui donnait sur une étroite courette. Ellen m'a parlé de ses études à l'université. Elle m'a raconté, inquiète, qu'elle devait passer devant une commission qui lui délivrerait un certificat de moralité avant de pouvoir se présenter au barreau. McCarthy avait fait de cette formalité une véritable inquisition. Elle m'a regardée attentivement.

« Est-ce que tu sais qui est Joseph McCarthy ? m'a-t-elle demandé. Est-ce que tu es au courant de la guerre que les Américains mènent en Corée ? De l'arrêt Brown ? » Elle souriait d'un air exaspéré.

Il faisait si chaud et l'atmosphère de la petite pièce était si confinée que je me suis sentie mal. Le pressentiment d'une catastrophe à venir a pris la voix inhumaine d'une sirène d'ambulance qui meuglait sans jamais s'interrompre. «Celle-là n'est pas pour nous», a dit Ellen en me serrant le bras.

«Je suis au courant de tout ça, ai-je dit. C'est la politique.

— Oh, Luisa. La politique fait aussi partie de nos vies!»

Charlie s'est mis à pleurer. Il gémissait, la bouche ouverte, comme je ne l'avais jamais entendu faire. J'ai couru le prendre dans mes bras. Il s'est raidi. J'aurais aussi bien pu tenir contre moi une marionnette en bois qui lui aurait ressemblé. Ellen lui a attrapé la main et l'a embrassée encore et encore. Les larmes épaisses et chaudes qui ont jailli de ses yeux mouillaient ma robe et mon cou. «Qu'est-ce qu'il y a?» lui ai-je demandé. Nous l'avons supplié de nous répondre. Il a murmuré qu'il avait vu tomber un oiseau. Ajouté en hochant la tête, sans cligner d'une paupière, comme toujours quand il inventait une histoire pour me la raconter, que ses ailes lui avaient coupé la main.

Ellen et moi avons parlé tard dans la nuit. Je lui ai dit avoir cru trouver en Tom mon destin. Elle m'a écoutée parler de lui et l'effort qu'elle faisait pour accepter ce que je disais se lisait sur son visage. Plus je lui parlais, plus je sentais comme j'avais peu à dire, à peine une liste de blessures données et reçues, de cruelles découvertes, d'espoirs déçus qui nous avaient rendus durs, incapables de pardonner – Dieu seul savait d'où tout cela provenait – ignorance, rêves non partagés ou doux mensonges. Comment parler des différentes sortes de silence, celui des premiers jours, puissamment érotique, celui de la fin, rempli d'inimitié. Elle a dit qu'un tel amour était une maladie. Que nous n'avions pas de but commun et que sans but commun l'amour s'effondre. À un moment, elle a regardé vers la porte en verre peint de la petite pièce où Charlie dormait sur un divan. Son visage s'est adouci. «Je me souviens de la mort de mon père, a-t-elle dit. Il n'était déjà plus que l'ombre de l'homme qu'il avait été, et moi, j'étais beaucoup plus vieille que Charlie. Mais j'ai senti s'abattre sur moi un froid mortel venu de l'extérieur. Ensuite tu n'es plus la même. Plus jamais.»

Je me suis tue, accablée à l'idée de la souffrance silencieuse des petits enfants. Est-ce que j'avais un avocat ? a-t-elle demandé. Comme je secouais la tête, elle a dit : «Oh, Luisa, tu as tort.» Je lui ai immédiatement répondu que je savais que Tom enverrait de l'argent, même si je ne pouvais pas m'attendre qu'il nous entretienne complètement ; j'allais devoir travailler. Elle m'a observée, elle s'est mise à parler puis elle s'est levée, elle est venue près de moi et s'est penchée pour poser sa joue contre ma tête. «Alors, tu vas avoir besoin d'un avocat en cours de route. Je serai prête.» Elle s'est redressée. «Et voilà, a-t-elle dit doucement. Comme avant, je voudrais que tu te débrouilles mieux… c'est ce qu'on nous demande toujours, à nous, hommes et femmes de couleur… Pourquoi n'améliorez-vous pas votre condition ? Tu te souviens de cet horrible vieil homme qui nous a traitées de petites négresses le jour où nous sommes allées au musée ? Seigneur ! s'est-elle brusquement écriée. C'est vraiment affreux d'être noir dans ce pays. Un passage quotidien sur la chaise électrique.» Elle a soupiré. «Tu crois que tu vas arriver à dormir, maintenant ? J'ai fait ton lit sur le divan de Thad. Tu te souviens comme il était heureux et optimiste ?»

Je suis restée allongée éveillée. J'ai essayé de penser à Thad. Seuls les mensonges de Tom, que j'additionnais comme si leur somme avait contenu la vérité, ont défilé dans mes pensées.

Je suis retournée chez nous une semaine plus tard, après m'être arrêtée en chemin chez l'épicier pour prendre des cartons. L'appartement était aussi propre et rangé que le studio de mon père. J'ai empaqueté du linge et quelques ustensiles de cuisine. L'appartement m'était déjà étranger. Je me sentais comme un voleur épuisé qui doit se reposer dans les pièces qu'il cambriole. Je me suis allongée sur le lit. Il y avait un livre par terre. L'amour, disait son titre, offre de multiples splendeurs. Je me suis dit que ce devait être un cadeau de Gina. Il n'avait pas l'habitude de lire ce genre de choses.

Je ne serais plus jamais obligée de la voir, ai-je pensé. Cette idée m'a réconfortée. Je me suis endormie dans le silence d'une chaleur étouffante. Lorsque je me suis réveillée, Tom me regardait du pas de la porte. Je me suis relevée d'un bond. «Quelle heure est-il ? ai-je demandé, hébétée.

— Où est Charlie ? a-t-il demandé d'un ton accusateur.

— Ellen s'occupe de lui.»

Il s'est approché de moi brusquement et m'a prise dans ses bras. Nous sommes retombés sur le lit. Il a glissé sa main sous mon chemisier, elle était froide, j'ai frissonné. Immédiatement il l'a enlevée et il s'est levé. Il a regardé le livre que j'avais laissé retomber sur le plancher. La peur s'est abattue sur moi. Je suis sortie de la chambre en courant, puis j'ai eu envie d'y être à nouveau. Oh Seigneur ! Tout était de ma faute, depuis le début. «Je reviendrai chercher les cartons», ai-je crié d'une voix qui se brisait. Comme il ne répondait pas, j'ai ajouté, désespérée : «En attendant, je garde la clé.»

Charlie et moi sommes restés chez Ellen jusqu'à la mi-septembre. Sur son conseil, je me suis installée à Long Island, où j'ai trouvé un deux-pièces en partie meublé près de Kew Gardens, non loin de là où vivaient autrefois les Miller. Ellen m'avait dit que ce serait moins cher, et plus facile pour une femme seule avec enfant. Elle m'a donné le divan de Thad et quelques autres meubles. Ils appartenaient à Mrs. Dove, qui était retournée finir ses jours dans l'Ohio deux ans plus tôt. Un ami d'Ellen, étudiant comme elle à l'université de New York, un jeune homme apparemment épuisé, pâle et roux, qui ressemblait vaguement à Thad, a chargé mes affaires à l'arrière d'un break délabré dans lequel il nous a conduits vers notre nouvelle maison. Il n'a pas prononcé le moindre mot de tout le trajet et allumait cigarette sur cigarette. Après avoir monté le dernier carton, il m'a dit d'une voix timide : «Je dois faire marcher mes méninges toute la journée. Je voulais juste vous dire que je comprends vos problèmes. Ne me remerciez pas. Ça m'a fait des vacances, de m'écarter de mes livres. »

Charlie a trouvé une de ses vieilles poupées de chiffon sous une poêle à frire. Il a grimpé dans un petit fauteuil capitonné que la propriétaire avait laissé. Il s'est recroquevillé autour de la poupée en tenant sa tête à côté de la sienne. Je l'ai pris dans mes bras avec sa poupée, qu'il ne lâchait pas, et je l'ai assis sur mes genoux.

« Tout ira bien, ai-je dit. Charlie ? »

Le long crépuscule a fait place à la nuit.

Une semaine avant de nous marier, Tom et moi avions pris un train qui remontait le long de l'Hudson et nous avait déposés près d'une auberge dans les collines. En fin d'après-midi, nous étions partis nous promener. Nous avions trouvé un lac avec une vieille barque sur sa plage de galets. Tom avait ramé jusqu'au milieu du lac et s'était arrêté. Nous flottions sur l'eau par endroits violette. Un bruit m'avait fait sursauter. « C'est un poisson qui a sauté », avait dit Tom. J'avais entendu un bruissement puissant, comme si le vent s'était levé au ras du sol. Puis vu quatre chevaux qui descendaient entre les arbres de la colline. Ils arrivaient, la lumière du crépuscule doré tombait sur leurs flancs en mouvement, sur leurs têtes qui se balançaient. Ils sont les esprits de l'instant, ses gardiens, avais-je pensé.

J'ai commencé à raconter les chevaux à Charlie, comme s'il s'agissait d'un conte ancien, je lui ai dit qu'ils levaient et laissaient retomber leurs sabots parmi les branches et les feuilles mortes, que l'un d'eux s'était mis à hennir parce qu'il avait glissé et bien failli tomber, que la lumière scintillait à travers les arbres et mettait de l'or sur le corps des chevaux, et que Tom et moi les avions regardés jusqu'à ce qu'il fasse trop noir pour voir.

« Je crois que j'ai faim », a dit Charlie.

Quand je l'ai mis au lit sur le divan de Thad, il m'a attrapé la main. « Raconte-moi encore les chevaux », m'a-t-il demandé.

*

274

Le chèque mensuel de Tom payait le loyer, les charges et deux semaines de nourriture. Pendant ces premiers mois de bouleversement, d'inquiétude rampante et d'un regret déchirant qui s'abattait soudain sur moi comme le fait la peur, c'était Charlie, quand il se retenait à mes genoux, à quatre ans toujours amusé par les bains, les orages soudains et les histoires du soir, qui m'apportait quelques instants de paix – et même de force – où je me rappelais que tout ce que nous avons, tout ce que n'importe lequel d'entre nous peut avoir, n'est que la vie elle-même. Pour protéger nos vies, je devais devenir vive, rusée, m'armer.

Une chose en entraîne une autre. Un papier déposé sur la table éraflée de notre hall d'entrée m'a fourni le numéro de téléphone d'une baby-sitter, Maureen Mackey, une élève de terminale libre les après-midi de semaine. J'ai trouvé un travail à temps partiel dans une petite maison de retraite près de l'école où Charlie devait aller. Pendant que je frottais des assiettes, des casseroles et des poêles dans l'évier, pendant que j'essuyais les plateaux sur lesquels étaient servis les maigres repas des pensionnaires qui, parce qu'ils étaient trop malades ou trop handicapés, ne pouvaient clopiner jusqu'à la salle à manger, j'étais prise de panique en me rappelant l'air distrait qu'avait toujours Maureen en arrivant chez nous. À sept heures et demie, dès que la porte de la maison de retraite se refermait derrière moi, je rentrais en courant.

Je les trouvais généralement assis par terre, Maureen, calme, ronde, souriante, jouant aux cartes avec Charlie ou le regardant dessiner au pastel sur des blocs que je rapportais de la maison de retraite.

«Il ne sait rien de Dieu, m'a-t-elle reproché un jour. Il sait des tas de mots compliqués. Mais vous devriez lui en parler, vous savez. Lui parler de Dieu.» Je lui ai promis de le faire quand il serait plus grand. «Je suis catholique», a-t-elle dit avec fierté. Elle m'a montré la petite médaille en or sur la chaîne qu'elle portait à son cou. «Regardez. C'est saint Christophe. Je lui en ai parlé. Ça lui a plu.»

Quand est arrivé le moment où Maureen allait quitter le lycée, je suis allée voir la responsable des cuisines de la maison de retraite pour lui demander si j'avais la moindre chance de pouvoir travailler le matin. Lorsqu'elle m'a répondu, sa voix s'est enflée du pouvoir qu'elle avait sur la vie des autres. « L'équipe est au complet, a-t-elle dit. Je ne peux pas tout chambouler pour vous faire plaisir, ni à vous ni à personne. Je sais que vous avez un enfant mais les autres ont aussi leurs problèmes. »

Le lendemain après-midi, au moment où j'entrais en hâte par la porte de service, j'ai trouvé une femme noire d'âge moyen qui bloquait l'étroit passage menant à la salle des employés.

« Vous êtes Luisa Greer ? » m'a-t-elle demandé d'une voix tremblante. Comme je hochais la tête, elle a dit : « Ne me prenez pas mon travail. Miss Ludlow m'a dit que vous vouliez faire partie de l'équipe du matin. C'est ma place. Elle vous aidera avant de m'aider. J'ai trois enfants. » Elle a fouillé ses poches, en a sorti une cigarette et l'a allumée. Ses mains tremblaient. Elle m'a regardée à travers le nuage de fumée qu'elle venait d'exhaler, le visage impassible.

« Je ne vais pas vous prendre votre place, ai-je dit. J'ai besoin de gagner plus que ce qu'ils payent ici. » J'ai eu honte. Est-ce que j'avais besoin de plus d'argent qu'elle ? « Ce que je veux dire c'est que je vais être obligée de travailler à plein temps. » Elle m'a regardée, impavide. Seule sa voix insistait. « Vous allez le lui dire ? Elle est là, avec la diététicienne. Allez lui dire que vous ne voulez pas venir le matin. »

J'ai hoché la tête, prête à tout pour échapper à sa cruelle et intraitable supplique.

Finalement, Maureen a continué à vivre chez ses parents pendant presque an. Puis, deux mois après l'entrée en CP de Charlie, je l'ai trouvé par une froide et sombre soirée endormi sur le palier.

« Où est Maureen ? » ai-je crié. Il s'est rassis en se frottant les yeux. « Je ne sais pas », a-t-il répondu. Je me suis agenouillée et je l'ai tenu contre moi jusqu'au moment où je l'ai senti gigoter, cherchant à m'échapper. Les rares fois où Maureen n'avait pas pu venir, elle m'avait toujours téléphoné la veille.

Le lendemain matin, après avoir emmené Charlie à l'école, je me suis arrêtée devant la maison de briques divisée en deux appartements dont l'un était occupé par la famille de Maureen. Je n'avais jamais vu sa mère, mais la lourde femme en blouse qui m'a ouvert la porte ne pouvait être qu'elle.

«Elle s'est enfuie avec une espèce de métèque, m'a-t-elle dit tristement. Les nouveaux venus du quartier. Bientôt ce sera les Noirs.

— Mon fils a attendu pendant quatre heures dans l'escalier! lui ai-je crié, les larmes aux yeux. J'avais confiance en elle!

— Pauvre petit bonhomme», a-t-elle répondu avec une soudaine douceur. De sa main rouge et rêche, elle a touché la mienne. «Je suis vraiment désolée. Elle s'est toujours montrée très responsable jusqu'à ce qu'elle s'entiche de lui. Je sais qu'elle reviendra. Elle aime beaucoup votre petit gars.»

Maureen n'est pas revenue, en tout cas pas chez nous. J'ai cherché un autre emploi. J'ai trouvé par les petites annonces une place chez Mrs. Marylou Justen. Par la suite, une amie de l'immeuble voisin m'a envoyée à Mr. Edwin Clare, un antiquaire, et, quand Charlie a eu onze ans, Mrs. Justen m'a recommandée auprès de Mrs. Phoebe Burgess. J'ai passé tout le reste de ma vie de domestique à travailler chez eux trois.

*

Lorsque je suis allée me présenter chez Mrs. Justen, je me suis coulée dans l'anonymat aussi facilement que Charlie se laissait glisser en bas des tas de terre qui s'élevaient au-dessus d'une grande tranchée devant notre immeuble, là où devait passer une nouvelle autoroute desservant l'est de Long Island et j'ai adopté une fois de plus, comme si je n'avais jamais fait autre chose, l'attitude de basse et servile complaisance d'une servante.

« Je vous reçois à la place de ma fille », a dit la femme aux cheveux gris qui m'a ouvert la porte d'entrée d'un appartement de l'Upper East Side. Elle m'a montré d'un geste la grande pièce dans laquelle sept chats dormaient ou faisaient leur toilette sur des fauteuils délabrés, au capitonnage lacéré. Par terre, à moitié sous un piano qui n'avait pas de couvercle – et m'a fait penser à un être humain sans lèvre supérieure –, un chien gros comme un ours ronflait grassement, la tête posée sur ses pattes.

« Elle a été prise d'une de ses envies, a dit Mrs. Early tandis que je jetais un coup d'œil autour de moi, évaluant le désordre de la pièce. Elle est partie faire ce que j'appelle une promenade de désapprobation. » Elle a semblé croire que mon incompréhension était une question de surdité. « Marylou est spéciale », a-t-elle crié. Le chien a relevé la tête et bâillé. « Elle croit pouvoir changer les gens en les regardant, que ce soit ceux qui parlent trop fort, ceux qui tirent sur la laisse de leurs animaux, les gros qui mangent n'importe où, les femmes qui portent d'affreux chapeaux et les hommes bizarres, les tantouzes, quoi. Mais je vous en prie, enlevez votre manteau. Je ne vis pas ici. Il n'y a que Marylou et sa ménagerie. J'espère que vous savez repasser. Vous verrez, travailler pour elle ne sera pas difficile. Elle a le sens de la justice… » Elle s'est interrompue en entendant s'ouvrir la porte d'entrée. Le chien s'est traîné devant le piano et il s'est levé en agitant la queue. Une grande femme est entrée dans le salon, portant un sac de courses. « Bonjour ! » m'a-t-elle lancé avec dans la voix un trémolo d'enfant. Elle a traversé la pièce d'un pas lourd, le chien sur les talons, et a disparu dans ce que j'ai pensé être la cuisine. Mrs. Early me regardait fixement, avec une expression étrange, interloquée. Mrs. Justen est revenue, un ouvre-boîte dans une main, une boîte de nourriture pour chien dans l'autre.

« Je ne suis pas très douée pour ce genre de choses, a-t-elle dit. Mais j'imagine que je dois vous demander si vous avez des références. Vous m'avez dit au téléphone ne pas avoir fait de ménages depuis quelque temps. » Sa voix s'est éteinte tandis que deux chats sautaient de leur perchoir et venaient s'asseoir devant elle. «Regardez-les, a-t-elle dit, pensive. Existe-t-il quelque chose de plus propre qu'un chat ? » J'ai contemplé ses étonnants yeux verts, ses cheveux blonds frisottés ; elle semblait alourdie par le poids de ses grands os. Quand je l'avais appelée, je lui avais expliqué ma situation comme je pouvais. Je lui ai alors tendu la vieille enveloppe de Mrs. Miller qui contenait une copie de la lettre qu'elle avait écrite pour moi il y avait si longtemps.

Mrs. Justen a laissé tomber la boîte et l'ouvre-boîte sur une chaise et elle s'est mise à lire. «Bien, m'a-t-elle dit. Quelle gentille lettre ! Je crois que ce serait vraiment épatant de vous avoir ici. Un jour et demi, vous croyez que ce sera possible ? Je travaille chez moi, je fais des lectures pour des éditeurs.» Elle a baissé les yeux vers les chats qui ronronnaient bruyamment. «Je ne suis pas aussi propre que les chats, a-t-elle dit. Vous aimez les animaux ?

— Oui», ai-je répondu. Elle a poussé un soupir dans lequel j'ai entendu un soulagement certain. «C'est formidable», a-t-elle dit.

Après le dîner ce soir-là, j'ai parlé à Charlie du chien et des chats. «C'est comme un zoo, s'est-il exclamé, ravi. Est-ce que je pourrais venir avec toi ? Je voudrais les voir.» Je lui ai expliqué que je ferais ce que je pourrais pour l'emmener. J'ai dit que j'étais censée aller travailler seule. «Je comprends», a-t-il répondu courageusement. C'était souvent ce qu'il disait quand justement il ne comprenait pas.

*

Le dimanche, les énormes machines à construire les routes restaient immobiles dans leurs tranchées. Charlie aimait aller les regarder et il les examinait de près, les mains dans les poches car je lui avais dit de ne pas les toucher. Nous allions parfois pique-niquer dans un endroit où s'était déroulée une foire internationale et où l'on avait installé de longues avenues au-dessus d'un marais. Elles étaient maintenant vides. Des débris volaient dans les allées d'expositions démontées. Les après-midi de printemps, nous nous promenions dans un vieux cimetière qui se trouvait à environ un kilomètre et demi de là où nous habitions. Dans une paix de verdure, Charlie bondissait au-dessus des tombes les plus basses, et je jouais à être à la campagne. Juste derrière la pente où s'élevait la derrière rangée de sépultures, je voyais monter les murs d'un nouvel immeuble. On en construisait partout, leurs ombres se projetaient sur le vieux village de petites maisons de bois et de briques et les arbres rabougris.

Un jour, au moment où nous passions devant la maison de retraite où j'avais travaillé, la femme noire qui avait eu peur que je lui prenne sa place est sortie et elle s'est arrêtée sur le trottoir pour allumer une cigarette. Elle m'a regardée sans me reconnaître.

Les matins où je travaillais à Manhattan, pendant que Charlie restait assis tout ensommeillé devant son petit déjeuner, je m'agitais avec une efficacité affolée, faisais nos lits, vérifiais le sac qui contenait son déjeuner, m'assurais qu'il avait bien dans la poche de sa chemise le numéro de téléphone de Mrs. Justen. Nous nous séparions sur le trottoir, respirions l'air que la construction de l'autoroute rendait poussiéreux, granuleux. Je me penchais pour l'embrasser, ressentant déjà le léger frémissement de crainte vague qui ne me quitterait pas jusqu'à ce que nous nous retrouvions. En fin de semaine, nous prenions de longs petits déjeuners, traînions assis à la table émaillée.

«Tu me racontes les cyclones de San Pedro ? demandait-il.

— Je t'en ai parlé des centaines de fois.

— Je sais.

— Qu'est-ce qui te donne le plus de mal en arithmétique ?

— Les soustractions.

— Je peux peut-être t'aider.

— Tu t'énerves trop vite, M'man.

— Et si nous allions au cinéma ?

— Oh oui !»

Tandis que nous assistions à la première séance du soir dans la salle du quartier, je me sentais divinement bien, assise à peine consciente de ce dont parlait le film mais attentive à la présence de Charlie à côté de moi, à son visage tendu relevé vers l'écran, au fait que nous étions tous deux pour l'instant sains et saufs.

Il nous restait peu d'argent pour le cinéma. Je savais qu'il fallait que je trouve d'autres heures de ménage. Mais le samedi matin, quand nous avions tout le week-end pour nous, je ressentais une sorte de triomphe. Tout en buvant trop de café, je regardais Charlie, qui allait et venait dans la pièce, avec une expression de gravité qui me rappelait Nana. Il adorait que je lui parle d'elle, que je lui raconte ce qu'elle disait ou ce qu'elle faisait quand j'arrivais et la trouvais un jour touillant quelque chose dans une casserole posée sur un feu de bois, un autre assise sur le pas de sa porte, fumant sa pipe en m'attendant.

Il y avait une chose que je redoutais par-dessus tout, la maladie, aussi bien pour moi que pour Charlie. Mrs. Justen ne me payerait pas si je ne venais pas. Au moindre signe de rhume, je m'entendais lui demander d'une voix terrifiée s'il avait déjà éternué la veille. Vers la fin du mois, avant que le chèque de Tom arrive, je n'arrivais pas à ouvrir le tiroir de la cuisine où les factures semblaient se multiplier comme des cafards.

Un samedi par mois, quelquefois deux, Charlie descendait dans le petit hall de notre immeuble attendre que Tom vienne le chercher. Il rentrait en fin d'après-midi et me disait d'une voix prudente ce qu'ils avaient mangé au déjeuner. Il rapportait souvent un nouveau jouet que Tom lui avait acheté. Plus tard, quand toutes mes journées de semaine ont été occupées, il allait seul en métro rejoindre son père et ne me disait ensuite pas grand-chose de ce qu'ils avaient fait ensemble mais me regardait avec une certaine sollicitude, comme si c'était moi l'enfant qui était parti, et non lui.

« Tu crois que nous irons un jour voir mon grand-père ? » m'a-t-il demandé un samedi de mai. Nous marchions en direction du centre commercial où un nouveau magasin de chaussures venait d'ouvrir.

« Nous ne nous sommes jamais bien entendus, ai-je dit.

— Pas comme avec Nana ? a-t-il demandé.

— Voilà, c'est ça. »

Je lui ai acheté de nouvelles baskets. Il les a gardées pour rentrer, courait loin devant moi et revenait, le visage illuminé de plaisir. Avoir un parent qui habitait si près et qu'il ne connaissait pas devait être troublant, je le savais.

Un petit chat à la fourrure terne et clairsemée est sorti de sous un buisson de rhododendron et s'est mis à nous suivre. Charlie s'est arrêté pour le caresser. « Il s'est perdu, M'man », a-t-il dit en levant vers moi des yeux inquiets.

Nous l'avons emmené à la maison. Charlie a dit qu'il allait l'appeler Bird, oiseau, et il m'a regardée avec un sourire à la fois timide et rusé. Ce qu'il y avait de pervers dans ce nom m'a amusée. Charlie était face à moi, maigre, tout en jambes, le chat dans les bras. J'ai soudain pris conscience de son individualité, son soi n'était pas le mien. Je suis sortie acheter de la nourriture pour le chat. Après avoir mangé, il s'est blotti sur les genoux de Charlie et s'est endormi en ronronnant. De temps à autre, Charlie disait : « Il dort toujours. » J'espérais que grâce au chat, il cesserait de penser à mon père.

*

J'ai travaillé pendant quelques mois comme femme de chambre dans un hôtel qui prétendait offrir à ses clients un luxueux chez eux loin de chez eux. Le même papier peint d'épais bambous jaunes à feuilles vert mat recouvrait tous les murs. Dans chaque chambre, en plus des lits et des commodes, il y avait un bureau aux pieds fuselés, aux tiroirs soulignés de dorures. Quand j'y passais le chiffon à poussière, les bureaux vacillaient sur leurs jambes trop fines. Rien ne pouvait faire disparaître la mélancolie

282

inquiète qui régnait dans ces pièces où il ne restait du passage des corps humains qu'une trace organique, ce que je récurais et rinçais dans les lavabos pleins de poils rasés, dans les conduits d'évacuation des baignoires où des cheveux s'entortillaient, et les éternelles fuites secrètes qui trahissaient le marécage interne que cachent les humains, leurs chairs qui laissent sur le linge des lits de l'humide et du sale. J'ai trouvé un jour des fausses dents qui grimaçaient dans l'eau trouble d'un verre, une autre fois des draps et un matelas tellement trempés de sang que j'ai ouvert la porte du placard terrifiée à l'idée d'y découvrir, en cette calme matinée de dimanche, la victime d'un horrible massacre.

Tout en me hâtant de finir mon ménage, j'imaginais Charlie couché, réfléchissant à ce qu'il mangerait pour son petit déjeuner. La blessure de la séparation ne cicatrisait pas. Cette douleur qui m'assommait avait effacé la légèreté insouciante que je me souvenais vaguement avoir eue à une époque et en un lieu désormais oubliés.

Il savait faire de plus en plus de choses, se préparait à manger quand il le devait, avec une inventivité acharnée, se plaignait rarement de mon absence et m'accueillait, quand je rentrais, avec un sourire rapide, ses devoirs faits et la vaisselle lavée. Mais au milieu de la nuit, je l'entendais parfois faire les cent pas pour finir par venir près de mon lit dans le salon et me regarder en pensant que je ne dormais pas. Je me levais, je m'asseyais avec lui à table et lui parlais des endroits où je travaillais, des gens qui m'employaient, en espérant que ces détails de ma vie loin de lui la lui rendraient plus proche. «Il nous faudrait un télescope magique, disait-il, comme ça nous saurions toujours ce que fait l'autre.» Nous étions tous deux blessés, ai-je compris; le couteau tranchant de la vie l'avait frappé deux fois, faisant de lui un être plus pensif que les enfants ne le sont généralement.

Il avait un nouvel ami, Jack Gold et, en revenant du métro, je les voyais souvent jouer dans le terrain vague qui séparait notre immeuble de celui où Jack vivait avec sa mère. C'était un garçon lisse aux yeux profondément enfoncés, aux cheveux noirs d'Indien et aux mains fines et adultes. J'avais fait la connaissance d'Amy Gold un froid matin d'hiver quand Jack avait attaché Charlie avec sa ceinture, puis qu'il l'avait poussé contre le mur et bombardé de boules de neige. Jack avait alors neuf ans, un an de plus que Charlie. Lorsque Charlie était venu me dire ce qui s'était passé, je lui avais demandé pourquoi il ne s'était pas enfui. «Parce qu'il n'aurait plus jamais voulu jouer avec moi», avait-il dit.

Mrs. Gold est arrivée quelques minutes plus tard. Jack lui avait raconté. Elle était confuse, s'est penchée pour embrasser Charlie avec une chaleur naturelle qui a fait naître en moi l'espoir d'une vie plus ouverte. Elle est restée boire un café. Elle était veuve. Son mari était mort dans un accident de jeep à Stuttgart, où il avait été envoyé pendant son service militaire. À l'époque, elle était employée chez un antiquaire. La pension de son mari et le petit héritage que lui avait laissé sa tante quelques mois plus tard lui avaient permis d'arrêter de travailler.

«Mr. Clare n'est pas une de ces folles qui jouent au brocanteur, m'a-t-elle dit. C'est un expert en mobilier Shaker. Et autres antiquités américaines. Les musées et les collectionneurs font continuellement appel à lui. Je l'aimais beaucoup. Mais quand j'ai eu la possibilité de rester à la maison avec mon petit Jack, je n'ai pas hésité. J'avais travaillé toute ma vie, je vous assure que j'étais heureuse d'arrêter!»

La première fois où je suis allée la voir, elle m'a observée attentivement pendant que je contemplais le canapé et les fauteuils recouverts de lin blanc, les plantes vertes dans des paniers d'osier et, sur le rebord de la fenêtre, une rangée de gobelets en verre bleu à travers lesquels la lumière tremblotait. J'ai dit à voix basse combien je trouvais tout cela beau. Timidement, elle m'a expliqué que c'était Mr. Clare qui avait tout fait, qui avait acheté ces meubles pour elle au rabais et l'avait aidée à vendre l'hideux ensemble Flatbush qu'elle avait hérité de sa mère.

« Quand Hal a été tué, a-t-elle dit, Mr. Clare s'est montré incroyablement gentil, plus gentil qu'un homme normal ne l'aurait été. Nous nous téléphonons de temps en temps et il envoie chaque année un cadeau d'anniversaire à Jack. Mais c'est difficile de savoir ce qu'on peut faire avec un homme quand on ne le tient pas par le sexe. »

Une fois revenue de mon émerveillement devant son appartement et son aisance apparente, que j'admirais et lui enviais, le dur écho des mots « quand on ne le tient pas par le sexe » m'a interloquée. Mais dès que je l'ai mieux connue, j'ai moins fait attention aux phrases à l'emporte-pièce qu'elle énonçait souvent : « Lorsque l'on est déprimé, c'est que l'on s'écoute trop… L'amitié entre hommes et femmes n'existe pas… Pour élever un garçon il faut une poigne de fer… » Ces affirmations ne lui servaient qu'à se tromper elle-même car en fait elle était souvent triste, avait plusieurs amis hommes qu'elle connaissait depuis des années et, quand elle posait la main sur son fils, c'était toujours avec une grande douceur, presque timidement.

Nous dînions tous ensemble au moins une fois par semaine. Elle avait une petite voiture. À la saison chaude, nous allions sur les plages de l'est de Long Island passer de longs après-midi, ivres de soleil, les oreilles pleines des cris libres et joyeux de nos enfants.

C'est peut-être pendant un de ces après-midi que Charlie s'est inventé une histoire. Je ne pouvais pas assister aux réunions de parents, mais je suis allée voir sa maîtresse.

« Charlie m'a raconté, bien sûr, comment votre mari s'est noyé à la plage en essayant de sauver un vieil homme qui était pris dans le courant… » Elle s'est arrêtée brusquement. J'avais bondi de ma chaise. « Oh ! Mais ce n'est pas vrai ! » ai-je explosé. Quand je lui ai dit ce qui était vrai, elle a eu l'air sérieusement inquiète. « Eh bien, nous ne pouvons pas le laisser continuer comme ça », a-t-elle dit. J'avais peur. Je pensais à Charlie, seul dans l'appartement tandis que je changeais des draps sales dans des chambres d'hôtel à des kilomètres de là, inventant des histoires d'héroïsme et de mort afin d'expliquer une absence qu'il n'avait pas comprise.

«C'est un bon élève, a dit la maîtresse. Ne soyez pas trop dure avec lui.»

Lorsque je suis entrée dans l'appartement, Charlie a attrapé le chat et l'a tenu contre lui en me regardant, mal à l'aise.

«Tu as menti à propos de ton père», ai-je dit.

Il a lâché le chat et il est parti dans sa chambre. Je l'ai suivi. Il était assis sur le lit, hagard. «Tu as dit à ta maîtresse qu'il s'était noyé en sauvant un vieil homme.

— Je n'ai pas dit qu'il l'avait sauvé», a-t-il répondu d'une voix mal assurée.

Je me suis assise à côté de lui. Je sentais sa gêne comme si elle avait été la mienne.

«Ne mens plus, ai-je dit. Ça ne sert à rien. Essaye de ne plus le faire.»

Il s'est mis à pleurer, s'est écarté de moi. Le chat est venu se coucher à ses pieds en ronronnant bien fort.

«Regarde Bird, ai-je dit doucement. Il ne sait pas ce qui se passe.»

Il a essuyé ses larmes de son poing maigre. «La vie n'est pas si difficile, pour lui», a-t-il dit.

Les rares fois où Tom venait voir Charlie à la maison, il attendait sans un mot près de la porte que je prenne mon sac et mon manteau. Quand j'étais prête, il s'écartait et me laissait passer, le visage vide. À cet instant, Charlie lui aussi se tenait immobile à la fenêtre. Seul le bruit du fermoir de mon sac brisait le silence. Bien que sachant qu'il allait emmener Charlie quelque part, je rentrais tard, lorsque j'étais certaine de ne pas le trouver. Je ne pouvais pas supporter de passer deux fois dans la même journée par cette région polaire. Je faisais des kilomètres à pied, ne m'arrêtais que pour boire un café. J'inventais une scène de réconciliation, une sorte de pardon mutuel. Ce n'était pas moins improbable que l'histoire de Charlie sur son père noyé. Je savais que le vide qui se lisait sur le visage de Tom quand il restait sur le seuil était une façon de me dire combien il détestait tout ce que cet appartement était. «Non! Ne fais pas ça!» avais-je envie de protester. J'avais toujours du mal à le regarder droit dans les yeux, mais je ne pouvais m'empêcher de voir ses nouveaux vêtements chics. Il gagnait de l'argent. Une fois, j'ai aperçu l'éclat de ses ongles faits. Il avait une voiture, «assez grande pour dix», avait dit Charlie d'un ton désenchanté.

Tout en marchant, je réfléchissais. Quelle comédie! Sa haine, mon trouble, notre silence. Imposture! Charlie était là, il attendait à la fenêtre, notre relation faite chair. Tout le reste n'était qu'affectation, confusion, consternation devant cette vie que nous avions tuée de nos propres mains. À certains moments, le manque de lui me rendait folle. Quand cela me passait, je me sentais dévastée, comme si je n'étais pas partie volontairement mais y avais été obligée.

*

Quand Mamá avait enfin pu m'en acheter des neuves, mes orteils s'étaient déformés et recourbés dans mes vieilles chaussures devenues trop petites. J'avais honte de mes orteils tordus. J'achetais à Charlie une nouvelle paire tous les deux mois afin que rien n'arrive à ses pieds fins et cambrés. Je ne pouvais pas me le permettre. Je ne pouvais rien me permettre. Amy disait que ce que Tom m'envoyait était dérisoire, un vrai péché. J'aurais dû prendre un avocat. Il gagnait probablement des sommes folles. «Il faut obliger les hommes à subvenir aux besoins de leurs enfants», disait-elle sévèrement.

Je devais trouver d'autres heures de ménage. Amy a secoué la tête en soupirant. «Je déteste voir une femme se faire malmener par un homme», a-t-elle dit. Mais elle m'a proposé de faire le tour de ses amis afin de me trouver quelque chose. J'ai attendu, manquant d'énergie pour chercher dans les petites annonces ou me présenter devant les femmes au visage de mort qui dirigeaient si souvent les agences de placement, espérant plutôt qu'Amy réussirait. Une torpeur inexplicable s'était emparée de moi ; j'avais l'impression que ma vie n'avait pas de sens. Pourtant je sentais une terreur de plus en plus intense m'envahir chaque fois que je comptais les billets froissés de Mrs. Justen ou que j'ouvrais l'enveloppe de l'hôtel qui contenait ma paye. Quand le chèque de Tom arrivait, j'étais reconnaissante des quelques jours d'aisance relative qui allaient suivre. Je n'avais qu'une vague idée de ce qu'étaient les avocats et les jugements de divorce, tout ce que j'en savais ou presque, je l'avais lu dans des articles qui parlaient de sommes d'argent inconcevables accordées aux victimes, des femmes à l'allure luxueuse que l'on voyait sur les photos légèrement floues de ces journaux.

Dans les chambres de l'hôtel, je regardais la poussière retomber sur les bureaux. Je serrais les lèvres au-dessus des vapeurs d'ammoniaque, contre la vague odeur de vomi de la cire. Un dimanche matin, alors que je me dirigeais à pas lents vers un lit défait, un homme âgé qui ne portait que ses pantoufles est sorti de la salle de bains et s'est glissé vers moi en murmurant des obscénités.

«Arrêtez ça tout de suite ! ai-je crié.

— D'accord, d'accord, a-t-il répondu. Ne vous énervez, ma petite chérie.»

Il a trottiné sagement jusqu'à la salle de bains et refermé la porte sur lui. Quand je suis rentrée cet après-midi-là, Charlie était sorti. J'ai regardé les meubles minables. Cet appartement ressemblait à deux boîtes de carton accolées l'une à l'autre.

Quand il est rentré, il semblait avoir grandi de trente centimètres depuis que je l'avais quitté, endormi, le matin même.

«Laisse-moi un mot, quand tu sors, ai-je dit d'une voix dure.

— T'en fais pas, M'man, j'étais chez Jack, a-t-il répondu. Regarde ce que nous avons fait.» Il m'a tendu un modèle réduit d'avion en balsa. J'ai eu envie de le briser. Je suis vite allée dans la cuisine et j'ai ouvert le robinet en grand, comme si toute cette eau pouvait emporter dans son flot ma colère irraisonnée.

*

Un matin, je suis arrivée chez Mrs. Justen une demi-heure en avance. J'ai enfilé les mules que je portais pour faire le ménage. L'évier de la cuisine était plein de vaisselle sale. J'ai pensé qu'elle dormait et que je ne pouvais pas passer l'aspirateur. Dans le couloir, en allant vers la salle de bains, je suis passée devant sa chambre. J'ai fait un pas en arrière. Un homme était allongé à côté d'elle, son épaule nue dépassant des draps, sa tête nichée entre les épaules de Mrs. Justen. Tout en les regardant, je me suis sentie coupable. Une domestique est souvent une vieille enfant usée par un labeur fastidieux qui ne l'emmène nulle part, mais qui se trouble encore devant la vision intime et inattendue de la vie de ceux qui l'emploient.

Je suis repartie dans la cuisine sur la pointe des pieds. Je me suis mise à laver la vaisselle aussi silencieusement que possible. Plus tard, j'ai entendu de l'eau couler dans la baignoire. Mrs. Justen est arrivée dans la cuisine. Nous avons échangé un regard silencieux. Elle a pris un chat dans ses bras. Dans le salon, le chien l'a accueillie d'un grognement. «Je lui ai trouvé une maison à West-chester, a-t-elle dit gaiement. N'est-ce pas merveilleux ? Un de mes amis a loué une voiture afin que nous l'y emmenions dès aujourd'hui.» Je n'ai rien répondu. «Faites la chambre en dernier», a-t-elle ajouté d'un ton brusque en emportant sur un plateau deux tasses et le café qu'elle venait de préparer.

Ce n'est pas à vous que je pense, aurais-je voulu lui dire. Mais à moi. J'ai tendu une main aveugle vers un torchon. Un chat que Mrs. Justen avait trouvé dans la rue la semaine précédente était assis dessus, il m'a regardée en espérant que j'allais lui donner son petit déjeuner.

*

Mrs. Justen avait une trentaine d'années. Elle me laissait parfois des piles et des piles de vaisselle et du linge sale éparpillé dans tout l'appartement. Quelquefois j'avais très peu à faire. Elle nettoyait elle-même ce qu'elle avait sali. Elle était imprévisible mais juste. Elle me donnait deux semaines de congés payés et une semaine de prime pour Noël. Le matin, elle s'aspergeait d'un lourd parfum floral avant de se brosser les cheveux et de s'habiller. Pendant toutes les années où j'ai travaillé pour elle, elle est partie deux fois, dans le Maine, quelques jours à la fin de l'été, et à l'hôpital Bellevue, pendant deux mois.

Sa mère, Mrs. Early, venait souvent passer la journée chez elle. Elle avait une espèce de vigueur irritable, une énergie qui semblait accusatrice, qui proclamait que personne n'en faisait autant qu'elle. En sa présence, Mrs. Justen devenait boudeuse, sortait de son pas lourd de la pièce où sa mère collait des photos presque toujours ratées dans un album ou consultait un livre de cuisine pour aider sa fille à organiser son dîner d'anniversaire. «Je voulais simplement te faire plaisir», disait-elle au dos de sa fille, à la fois suppliante et méprisante, pleine d'un étrange orgueil.

Elles se chamaillaient continuellement pendant que je travaillais, comme si je n'étais pas là. Avec le temps, j'ai fini par penser qu'elles n'étaient pas indifférentes à ma présence, mais que celle-ci leur permettait au contraire d'afficher l'attachement puissant et mécontent qu'elles ressentaient l'une pour l'autre et auraient laissé couver sous le silence si elles avaient été seules.

«Un des livres que Marylou a lus et recommandés à son éditeur va être porté à l'écran, m'a dit Mrs. Early tandis que je nettoyais le rebord de la fenêtre. Elle est très littéraire», a-t-elle ajouté. Elle me disait ça uniquement pour que Mrs. Justen l'entende l'admirer. J'ai pensé à Beatriz de la Cueva, qui se serait donné la mort plutôt que de faire semblant de parler d'égal à égal avec une domestique.

Mrs. Early a souri d'un air doux à sa fille, qui attachait une de ses nombreuses paires de sandales à larges lanières. «Ma chérie !

Mais pourquoi t'entêtes-tu à porter ces trucs-là ? Tu ressembles à une mendiante indienne.

— Parce que je ne suis pas aussi futile que toi, Maman, a dit Mrs. Justen en lançant un regard furibard à sa mère. Tu as vu tes chaussures ? Elles sont effrayantes ! Sans rien à voir avec la forme d'un pied humain ! » Mrs. Justen était toujours en sandales, même quand il neigeait. Ces jours-là, si elle devait sortir faire une course, elle enfilait par-dessus d'énormes bottes de caoutchouc qui me faisaient penser aux pieds des statues de plâtre que j'avais vues à l'église quand Mamá m'avait emmenée à la messe.

« Et quant à ce film, il n'y a vraiment pas de quoi pavoiser. C'est l'équivalent moderne de la pendaison publique. Nous allons bientôt tous faire l'objet d'un film », a-t-elle dit. Mrs. Early continuait de la regarder avec cette admiration que je savais désormais n'être qu'une autre forme de provocation. Mrs. Justen s'est contentée de renifler, et elle est sortie.

Je travaillais pour elle depuis un an quand Mrs. Early m'a dit que sa fille avait été assez déstabilisée par son mariage et son divorce, entre lesquels ne s'étaient écoulés que quelques mois. « Elle n'était encore qu'une enfant, m'a-t-elle expliqué. C'était un de ces types, vous savez, un de ceux qui aiment les hommes. J'ai dû m'occuper de tout. »

J'ai imaginé Mrs. Justen dans l'une de ses grandes jupes de paysanne, surplombant un Mr. Justen qui s'était brièvement abrité sous son ombre comme on se réfugie sous un arbre lorsqu'un orage éclate, puis s'était brusquement enfui loin d'elle. Comme elle avait dû souffrir de ce rejet absolu de son grand corps pâle, de sa blondeur frisée, de sa lourde féminité. Comment s'était-elle retrouvée dans une histoire pareille ? Elle avait gardé le nom de son mari. Avait-elle été amoureuse de lui ? Je l'ai observée attentivement ce jour-là, mais cela ne m'a rien appris.

Mrs. Justen lisait deux quotidiens tous les matins. Son courrier, que je ramassais généralement sur le paillasson, consistait surtout en demandes de dons provenant de diverses associations qui se

291

consacraient pour la plupart à la défense des animaux. Lorsque sa mère ne venait pas la voir, elle lisait les manuscrits que les éditeurs lui envoyaient, allongée sur le canapé pendant que je faisais le ménage autour d'elle. Parfois elle se levait et allait se mettre à la fenêtre, son corps immobile comme une pierre au bord d'une falaise.

La population animale de l'appartement diminuait ou augmentait selon qu'elle trouvait des gens auprès de qui placer ses pensionnaires ou qu'elle en ramenait de nouveaux.

« Tant que les humains seront cruels avec les animaux, ils le seront entre eux », m'a-t-elle dit un matin où elle faisait chauffer du lait en poudre pour un matou balafré qu'elle avait trouvé sous un banc de Central Park. « Pauvre créature, regardez, Luisa... il ressemble à ses ancêtres. Quand le docteur Ingle se sera occupé de lui, leur lignée s'éteindra. » Elle parlait d'une voix flûtée, empruntée et un peu affectée, la voix que les gens prennent souvent, lorsqu'ils veulent exprimer leurs convictions profondes, ou peut-être celles qu'ils voudraient surtout faire partager aux autres.

Tout d'un coup, le chat a émis un sifflement et s'est enfui à toute vitesse. « Il s'est senti étranger, a-t-elle dit, exactement comme cela nous arrive parfois. » Elle a posé la soucoupe de lait à côté du réfrigérateur. « Comme ça, il boira tiède », a-t-elle expliqué. Elle a jeté un coup d'œil dans le salon. « Minou, minou, a-t-elle appelé. Pauvre bête. Je comprends qu'il ait peur. »

Quelques années plus tard, elle m'a cité une phrase d'un Amérindien : « L'homme blanc pense que tout est mort. » Elle a répété ces mots avec une lassitude pleine de gravité, mais dès qu'elle les a eu prononcés, nous avons éclaté de rire. Cette assertion brutale semblait révéler toute la folie du monde. « Certaines personnes, m'a-t-elle confié ensuite, disent que mon amour pour les animaux n'est que l'expression de la haine rentrée que j'éprouve pour les humains. Ma mère fait partie de ceux qui le pensent. »

*

Gina m'a dit que Tom était parti assister à un congrès à Chicago. Je ne téléphonais à Tom que rarement, et toujours à son bureau, mais la situation était urgente. C'était la première fois depuis six ans que j'entendais le son de sa voix.

«On doit opérer Charlie des amygdales, ai-je annoncé. Je l'emmène à l'hôpital demain.

— Le pauvre, a dit Gina. Est-ce qu'il n'est pas un peu trop âgé pour une amygdalectomie ? »

Je n'ai pas répondu.

«Il va avoir besoin qu'on s'occupe beaucoup de lui», a-t-elle dit d'une voix plus ample, comme si elle venait de se rappeler qu'elle avait en elle quelque chose de merveilleux. Je lui ai dit au revoir d'un ton brusque et j'ai raccroché.

Ellen est venue passer la nuit avec moi à l'hôpital pour enfants. Nous arpentions le couloir faiblement éclairé. Un petit garçon a hurlé en voyant le médecin et l'infirmière venir changer les pansements de ses brûlures. «Cette foutue journée n'en finira donc jamais ! » s'est exclamé le docteur.

«J'ai mal », grognait Charlie. Nous lui avons pris la main et il s'est endormi. À côté de lui, dans un autre lit étroit, un enfant a arqué son corps convulsivement pour échapper au thermomètre qu'une infirmière dirigeait vers ses petites fesses serrées. Sa mère s'est penchée maladroitement sur lui, sa tête tout près de la sienne. Plus tard elle s'est dirigée vers le canapé en plastique où nous étions assises. «C'est un vrai camp de concentration, ici », a-t-elle chuchoté.

Ellen et moi avons bavardé et dormi par intermittence dans la nuit de l'hôpital, dont le silence était parfois peuplé de murmures indistincts, intraduisibles messages de rêves d'enfants malades. Parfois un cri s'élevait, horrible au milieu du calme. Nous nous accrochions chacune à la main de l'autre. Le lendemain matin, nous avons ramené Charlie à la maison en taxi, après nous être arrêtés pour qu'Ellen coure dans un magasin lui acheter des glaces. La somme qu'affichait le compteur me donnait des frissons. Je ne savais pas comment je réussirais à tenir jusqu'à ce que le chèque de Tom arrive. Ellen a écarté ma main de celle que tendait le chauffeur. « Je suis avocate, maintenant, a-t-elle dit. J'ai mon nom dans le journal et je peux payer ce taxi. »

« Enfin ! » a dit Charlie d'une voix rauque quand j'ai ouvert la porte. Je l'ai pris contre moi un instant puis l'ai laissé s'en aller dans sa chambre. Il y avait une bosse sous la couverture. Charlie s'est mis à rire, la main sur la gorge. Le chat est sorti de là, clignant des yeux, miaulant. « Pauvre vieux Bird qui est resté tout seul », a murmuré Charlie.

J'ai regardé Ellen.

« Comment te remercier ?

— Il n'en est pas question, a-t-elle répondu. Il faut que je file. Ça va aller ? J'ai un entretien pour une place. Je n'aurai pas le temps de rentrer me changer.

— Tu es toujours parfaite », lui ai-je dit dans un élan de ferveur.

Après son départ, j'ai vidé tout ce qu'il y avait dans mon sac. Si j'avais payé le taxi, il me serait resté trois dollars et de la monnaie. La note de l'hôpital avait absorbé tout ce que j'avais. Pendant que Charlie dormait, je suis restée devant la table où s'empilaient des pièces de cinq, dix et vingt-cinq cents. Nous étions en plein cœur de la pire des crises financières que nous ayons connues. Dans quinze jours, tout ira bien, me suis-je dit. Le chèque de Tom allait arriver, Mrs. Justen me payerait, l'hôtel déposerait mon enveloppe dans la boîte à lettres des employés. Je me suis appuyée contre le dossier de la chaise. Deux semaines sans rien. J'irais demander à Papá. J'avais enfin une raison d'aller le voir. J'ai allongé les bras devant moi et posé la tête dessus. Le chat a sauté sur la table et s'est couché contre mon crâne. La chaleur de son petit corps, le mouvement régulier de ses flancs doux qui montaient et descendaient contre mon front m'a emportée dans le sommeil.

Je me suis réveillée dans le noir. Le téléphone sonnait. C'était Tom. « J'espère que tu t'es renseignée sur le chirurgien, a-t-il dit. Ces opérations soi-disant courantes peuvent être dangereuses.

— Il va bien, ai-je dit. Il dort.

— S'il a de nouveaux problèmes de santé, tu seras gentille de me prévenir suffisamment à l'avance. Je ne veux plus de ces coups de téléphone de dernière minute.

— Tom, je n'ai plus d'argent. Tout ce qui me restait est parti dans la note d'hôpital. »

Il n'a pas répondu tout de suite, puis : « Je t'enverrai un chèque après avoir reçu la liste détaillée de tes dépenses. »

Sa voix m'en a rappelé une autre : celle d'Oncle Federico.

« Va te faire foutre ! ai-je dit distinctement.

— Ta vulgarité ne m'étonne pas, tu m'y as habitué », a-t-il immédiatement répondu. J'ai perçu une note de surprise dans ses mots, l'effondrement soudain de sa condescendance perturbée. Je me suis mise à rire et il m'a raccroché au nez.

J'ai apporté son dîner à Charlie. Je me sentais mystérieusement heureuse, en paix avec l'instant. Le chat a léché la petite mare de glace fondue qui restait dans l'assiette de Charlie. « Nous sommes sur notre île déserte, ai-je dit. Nous avons été rejetés sur la plage. Maintenant nous ne craignons plus rien. Je vais aller cueillir des fruits, mangues, papayes, *chirimoyas*, un vrai festin ! »

Il a souri et fermé les yeux. Je l'ai regardé longtemps. Comme un filet solide qui me tirait hors de la mer sombre, j'ai senti la force de son existence.

*

Amy a insisté pour me donner un manteau. Je portais un imperméable sur deux pulls. « Je sais qu'il ne te va pas très bien, a-t-elle dit. Mais tu ne peux pas sortir comme ça avec le temps qu'il fait. »

Si je voulais refuser, ce n'était pas seulement pour un problème de taille. Je savais que j'étais injuste, mais je trouvais qu'Amy montrait une complaisance aveugle et dure, qu'elle n'avait aucune conscience de vivre dans un monde où s'offraient à elle des choix pour moi hors de portée. J'avais honte de ce sentiment, il me lassait, me dégoûtait de moi-même. Cela ne l'empêchait pas de se manifester dès que je voyais Jack porter une veste neuve ou que j'additionnais mentalement les sommes qu'elle devait dépenser pour garder ses housses de lin si blanches. Finalement, j'ai accepté le manteau, autant pour contrecarrer ma jalousie que pour avoir moins froid.

C'est Amy qui m'a trouvé un nouveau travail. Elle n'avait pensé à appeler Mr. Clare, m'a-t-elle dit, qu'après avoir fait le tour de ses autres amis. «Ces hommes-là sont tellement maniaques et bêtes avec leurs affaires, m'a-t-elle expliqué. Je n'aurais jamais cru qu'il laisserait quiconque toucher à ses antiquités.»

Lorsque je suis arrivée devant l'empilement de vieilles pierres qu'était l'immeuble de Riverside Drive, avec ses grandes fenêtres poussiéreuses, mon cœur s'est serré. Le sol de l'entrée était en marbre, les murs couverts de glaces reflétaient dans leur brouillard perpétuel les cheveux blancs du portier et son visage qui a rougi quand il m'a dit de prendre l'ascenseur de service. Tout en me dirigeant vers la porte qui y conduisait, je me suis aperçue dans la glace, les cheveux décoiffés par le vent, le col du manteau d'Amy remonté jusqu'aux joues. Le portier m'a suivie, il a appuyé sur un bouton en maudissant un dénommé Henry. Lorsque les portes de l'ascenseur se sont ouvertes dans un bruit métallique, il a grondé : «Mais qu'est-ce que tu fiches là, bon sang, Henry ? Tu te touches ou quoi ? Emmène cette dame chez Mr. Clare.»

Henry m'a lancé un regard froid et las. C'était un vieux Noir avec de grandes dents de cheval serrées sur un cigare éteint. Ses doigts passaient à travers ses gants de coton. Il m'a laissée au huitième étage et a claqué les portes derrière moi. Je suis restée dans le couloir de service, retardant l'instant où l'on m'ouvrirait et où il me faudrait pénétrer dans une nouvelle maison. Le tuyau d'une lance à incendie s'enroulait sur lui-même contre le mur. Un sac poubelle bien fermé était posé par terre. J'ai levé la main pour frapper. La porte s'est ouverte avant que je la touche. Mr. Clare était devant moi et il me regardait. Une petite chienne à poils longs s'est assise à ses pieds.

Je me suis demandé s'il y avait aussi sur mon visage l'expression que je voyais sur le sien, une espèce de vide que traversait, comme la lumière d'un phare qui passe sur un mur, la première impression que l'on a de l'autre, d'un étranger. Le premier instant de notre rencontre m'a semblé long.

« Mrs. Greer ? » a-t-il enfin demandé.

J'ai hoché la tête, en soulevant légèrement le sac en papier dans lequel je portais mes vêtements de travail.

« Il ne faut plus que vous montiez par cet horrible ascenseur. J'en parlerai au portier. Vous prendrez l'autre, comme tout le monde. Entrez. Vous devez être gelée, l'avenue est infernale les matins où il fait froid. Je vous ai gardé du café chaud. »

Il a tiré une chaise devant moi et posé une tasse sur la table de la cuisine. Il s'est assis en face, a allumé une cigarette. « Amy vous estime énormément, a-t-il dit. Ne soyez pas intimidée par le fatras qui règne dans les autres pièces. C'est de ça que je vis, depuis que j'ai vendu le magasin. À nous deux, nous en viendrons à bout. Vous avez un petit garçon, m'a dit Amy.

— Charlie, il a dix ans. Il lui arrive de tomber malade ; quand ce sera le cas, je ne pourrai pas venir.

— Bien sûr que non, a-t-il dit d'un ton brusque. Et vous pouvez toujours l'amener ici avec vous. Vous pensez pouvoir m'accorder deux jours par semaine ? »

Je lui ai tendu la lettre de recommandation que Mrs. Justen avait griffonnée sur le papier à en-tête d'un éditeur. Il l'a écartée. « Je n'ai pas besoin de ça, a-t-il dit. Je sais que tout marchera merveilleusement bien. » Il a tripoté un instant l'écharpe qu'il portait autour du cou, en arrangeant les plis de ses doigts fuselés.

J'ai perçu l'odeur d'un parfum dont, ai-je appris par la suite, il ne s'aspergeait que lorsqu'il projetait de passer toute la journée chez lui. Ses fins cheveux bruns étaient soigneusement coiffés. Soudain il m'a souri, et les coins de ses grands yeux bleus se sont plissés. « J'ai fait de la soupe de pommes de terre pour déjeuner, a-t-il annoncé. J'espère que vous aimez ça.

— Oh oui, ai-je répondu.

— Et maintenant, a-t-il dit en se levant, venez avec moi ! Allons voir ce qu'il y a dans la boutique. » La chienne dansait autour de lui. « Elle s'appelle Greta, a-t-il dit. C'est ma chérie. »

*

À l'époque où j'ai commencé à travailler pour Mr. Clare, ses affaires étaient prospères. Il était envoyé dans tout le pays par les musées qu'il conseillait en matière de mobilier américain ancien. Les vastes pièces de son appartement – qu'il appelait ses fouilles – étaient pleines de meubles et d'objets rares. Il en vendait un de temps en temps. Il avait de l'argent, à ce moment-là. Il le dépensait vite, disait qu'il lui brûlait les doigts et qu'il ne tenait pas à finir par y attacher de l'importance. Lorsqu'il se rendait à une expertise, il mettait un chapeau mou et emportait un parapluie. En me voyant jeter un coup d'œil étonné à ce dernier un matin où le soleil brillait, il m'a expliqué : « Il me donne du courage. »

Il montrait de la curiosité à mon égard. Pendant les premiers mois, je ne lui ai pas dit grand-chose. Un après-midi, avant que je parte, il m'a appelée : « Attendez, Luisa ! » Il m'a montré, avant de refaire le nœud de la ficelle qui l'entourait, une boîte qui contenait la moitié d'un gâteau au chocolat. « Emportez-le, ça vous fera un bon dessert à tous les deux ce soir. » Il m'a vue tressaillir. « Pour l'amour de Dieu, ne vous sentez pas obligée de le prendre, ma chère ! » a-t-il dit en riant. Il a renversé la tête en arrière. J'ai senti que je l'avais mis mal à l'aise.

J'ai commencé à lui parler, d'abord sur la défensive, de mon île parmi les îles, de Malagita, des bonnes espagnoles, et de la domestique qu'avait été ma mère. Lorsque je lui ai raconté l'épisode du grand plat qu'elle avait rapporté avec tant de crainte à la maison un soir, il y avait si longtemps, il m'a demandé de le décrire précisément. Il s'est dirigé vers la bibliothèque du salon et en est revenu avec un livre qu'il a ouvert devant moi. « Il ressemblait à ça ? » a-t-il voulu savoir. J'ai examiné la photo. « Oui, beaucoup », ai-je dit, émue par cette image, preuve d'une vie à laquelle je commençais à ne plus croire qu'à demi. « Porcelaine du Suffolk », a-t-il murmuré. J'ai emporté le gâteau.

Quand il était là, nous déjeunions ensemble, et après ce premier récit livré sous le coup de l'émotion, il m'a demandé de lui en dire plus ; il semblait vouloir tout savoir, même les chansons que Mamá chantait sur le chemin qui descendait vers le canal. Il y avait toujours dans sa voix une insistance douce et vibrant d'intérêt. Des années après l'époque des regrets impuissants du *barrio*, ce quartier qui n'était qu'à quelques centaines de mètres de là où je me trouvais maintenant assise avec lui, les souvenirs affluaient au fur et à mesure que je racontais, la main posée sur la table, sentant le parfum de la cire que j'y avais passée ce jour-là, les yeux fixés sur son beau visage encore jeune que noyait la fumée de sa cigarette.

Il me payait bien plus que le salaire minimum. Lorsque, à Noël, il me faisait des cadeaux – une paire de gants de peau couleur moka, un sac de toile brune pour porter mes vêtements de travail, un porte-monnaie en cuir d'Italie – je savais qu'il y avait réfléchi.

Nous avons connu, Charlie et moi, des jours plus faciles, puis les chèques de Tom se sont mis à arriver très irrégulièrement. Je lui ai écrit, en lui disant que j'avais besoin de les recevoir à dates fixes, que Charlie grandissait tous les jours et qu'il fallait sans cesse lui acheter de nouveaux vêtements. Il n'a pas répondu. Quelques mois plus tard, l'argent était de nouveau là chaque premier du mois.

299

Le lendemain de mes trente-six ans, il ne nous restait plus que quinze dollars et des poussières. Pendant le dîner, ce soir-là, Charlie a cassé le pied de chaise contre lequel il tambourinait avec sa chaussure. Je lui ai donné un coup sur l'épaule. Il m'a lancé un regard stupéfait et a couru dans sa chambre. Je l'ai entendu essayer de tourner la clé dans la serrure bloquée par la peinture. Je me suis glissée jusqu'à sa porte. Il m'a regardée dans l'entrebâillement.

« J'ai eu tort, ai-je dit d'une voix qui se brisait. Je ne sais pas pourquoi j'ai fait ça. Je n'aurais pas dû. »

Il a ouvert la porte en grand, mais il m'a tourné le dos et il est lentement allé s'asseoir sur son lit.

« Charlie ? Je suis désolée.

— Tu n'étais pas obligée de me frapper.

— Je sais. Et ce n'était même pas contre toi que j'étais en colère.

— Je ne frappe pas Bird quand quelque chose d'autre m'énerve.

— On pourrait peut-être réparer la chaise. »

Il s'est levé et il est retourné dans la cuisine. Nous avons examiné le pied cassé. Il y avait dans les yeux de Charlie une préoccupation intense. J'avais envie de le serrer contre moi. Mais il a soulevé la chaise pour pouvoir racler la colle sèche du trou où s'insérait le pied.

« Il va falloir trouver de la colle très forte, a-t-il dit.

— Nous en trouverons », ai-je répondu.

*

« Je ne sais pas dans quoi je vous entraîne, a dit Mrs. Justen, mais si vous avez besoin de travailler plus, vous pouvez toujours essayer avec elle. Phoebe Burgess m'a appelée dimanche – pour la première fois depuis des années. À l'époque où je la voyais de temps en temps, je me souviens qu'elle employait une vieille

300

Irlandaise. J'ai entendu dire que son mari est parti il y a quelques mois avec une fille plus jeune. Ils avaient un enfant, un vrai petit diable. Je ne sais pas si je vous rends service.»

J'ai noté le numéro de téléphone et l'adresse de Mrs. Burgess. «Ça vous fera un trajet terriblement long, non ?» a demandé Mrs. Justen. Il y avait dans sa voix une note de sympathie rêveuse, lointaine. Elle s'est dirigée vers le divan, a regardé le nouveau chien qu'elle avait ramené. Il était recroquevillé dans un coin et tremblait légèrement. «Regardez-moi ça ! s'est-elle exclamée. Cette pauvre bête a été brûlée avec des allumettes. Quelle espèce effrayante que les humains ! Je n'arrive pas à comprendre. Comment les gens peuvent-ils torturer ces innocents ?»

Ce n'était pas la peine de lui demander comment je pouvais me rendre à Quogue, village du sud de Long Island où vivait Mrs. Burgess. Elle se serait contentée de secouer la tête dans tous les sens et d'agiter les mains devant elle en disant : «Je ne suis pas très douée pour ce genre de détails», une phrase qu'elle prononçait souvent lorsque Mrs. Early s'entêtait à lui demander où elle pouvait acheter du fil à broder, trouver des pansements contre les corps aux pieds ou par où passer pour aller à tel ou tel cinéma.

«C'est justement parce qu'ils sont innocents», lui ai-je dit en me demandant combien le trajet jusqu'à Quogue allait me coûter, et si Mrs. Burgess me le rembourserait.

Elle m'a regardée d'un air enchanté. «C'est ça, Luisa, c'est exactement ça. Mais pourquoi faut-il qu'il en soit ainsi, Dieu seul le sait.»

En travaillant cinq jours par semaine, je pourrais nous sortir d'affaire, Charlie et moi. Je pourrais peut-être même laisser tomber l'hôtel. Le fait de savoir qu'il me faudrait une heure pour arriver jusque chez Mrs. Burgess n'a pas pesé lourd face à l'angoisse qui me submergeait chaque fois que la fin du mois approchait et que mon attention se focalisait sur la boîte à lettres métallique accrochée au mur dans l'entrée de l'immeuble où le facteur allait un jour ou l'autre glisser le chèque de Tom. Je savais ce que je savais. Le travail était l'hameçon que je devais avaler pour être sauvée.

*

Je me suis réveillée à cinq heures. Ce n'était pas un effort conscient qui me permettait d'attaquer la journée ; je me levais parce que je m'étais levée la veille. Je me suis habillée dans le noir, les yeux toujours fermés. Quelque part à côté, le chat ronronnait. Il a roulé sur le dos à côté de la porte, m'offrant son ventre à caresser, et je me suis penchée vers lui avec un chuchotement sans paroles et une seule envie, m'allonger à ses côtés, me rendormir.

Je suis sortie dans le froid engourdissant. Le courage a failli me manquer. Je me suis glissée le long de la façade de l'immeuble sur la surface gelée de la neige qui était tombée la semaine précédente jusqu'à ce que je me retrouve en plein vent sur un terrain sans arbres mais couvert de grands trous et de tas de terre grisonnant de givre qui ressemblait plus à un champ de bataille abandonné qu'à un futur lotissement. J'ai lutté pour rester droite tandis que le vent pénétrait à travers mes vêtements. Je n'ai rencontré personne sur le chemin de la gare de Long Island. Tout être vivant avait disparu. Sur le quai, un homme âgé, dont le cou était entouré d'un morceau de flanelle jaune semblable à une vieille couverture d'enfant, a attendu, immobile, à côté de moi, ses mains en gants de coton agrippées à sa poitrine étroite. Dans le train, les rares passagers regardaient droit devant eux, aussi immobiles, inanimés que des statues.

Plus d'une heure après, je marchais d'un pas précautionneux sur un étroit sentier, évitant les plaques de verglas que le vent avait recouvertes de neige. De chaque côté du chemin s'étendaient des champs à la blancheur de plus en plus lumineuse au fur et à mesure que se levait le jour. Le ciel était vaste, immobile, pâle comme une mer grise glacée au-dessus de nous. Çà et là, un passage dégagé conduisait à une maison ; il y en avait qui étaient entourées de hautes haies, d'autres blotties au milieu d'arbres à feuillages persistants. J'ai lu les noms inscrits sur les boîtes à lettres, dont plusieurs étaient décorées de dessins de mouettes, et j'ai fini par trouver celui de Mrs. Burgess sous celui des Grands Mélèzes, une association de mots qui ressemblait à un titre de livre ou à un nom d'hôtel. Je suis restée là un instant à regarder la maison qui s'élevait au bout d'un sentier tortueux. C'était une grande vieille ferme qui m'a semblé pleine de coins et de recoins. Près de l'entrée, il y avait un arbre avec un ruban rouge lâchement attaché à l'une de ses branches les plus basses. Quand je me suis avancée, la porte s'est ouverte et un petit garçon maigre, âgé de sept ou huit ans, a bondi dehors et m'a croisée dans un nuage de neige. Il ne portait qu'un caleçon et un pull dont les manches s'arrêtaient au-dessus de ses poignets. Une voix de femme a appelé : « Brian ! Brian ! Reviens ici ! »

L'enfant, pieds nus, est resté où il était. Il frissonnait violemment. Je me suis dirigée vers lui avec l'intention de le sortir de la neige, mais il m'a jeté un regard si sauvage, si maléfique que je me suis arrêtée. Une silhouette féminine drapée dans une couverture est sortie en courant, l'a attrapé et l'a tiré vers la maison. Devant la porte, ils se sont battus, le petit garçon tapait à coups de poing contre l'épaule de la femme et tirait de toutes ses forces sur les plis de la couverture tandis qu'elle essayait d'attraper ses bras qui volaient dans tous les sens. « Espèce de sale vache ! » a hurlé l'enfant. La femme m'a aperçue et elle a éclaté de rire. Elle a porté le petit garçon dans la maison et claqué la porte derrière lui en réarrangeant la couverture autour d'elle.

« Mrs. Burgess ? ai-je demandé.

— C'est moi, a-t-elle répondu. Venez, on meurt de froid. »

Le petit garçon était assis dans l'entrée, sur un fauteuil énorme, comme sur un trône. Il mangeait du miel en plongeant dans le pot un doigt qu'il léchait ensuite.

« Je suis Luisa Greer.

— Qui d'autre viendrait jusqu'ici à cette heure ? a-t-elle répondu avec gentillesse. Va t'habiller, Brian. »

L'enfant n'a pas bronché. Mrs. Burgess m'a dit qu'il y avait du café prêt dans la cuisine et que ce serait peut-être une bonne idée que j'aille en boire une tasse. Elle a souri. J'ai vu briller ses grandes dents. J'ai pensé qu'elle devait avoir dans les trente ans. Ses cheveux noirs frisés étaient dépeignés et mouillés, comme si elle sortait du bain, et des lunettes à monture dorée étaient posées en équilibre instable sur sa tête. Un bras rond se nichait entre les plis de la couverture. Dans l'ombre du couloir, sa peau et ses yeux semblaient incandescents. Elle a pris ma main dans la sienne, qui était grande et large, et m'a entraînée avec fermeté jusqu'à l'entrée de la salle à manger. Là, elle m'a montré une porte à l'autre bout de la pièce. Pendant que je me dirigeais vers elle, je l'ai entendue dire : «Arrête tes conneries. Habille-toi. Si tu n'es pas prêt quand le bus de l'école arrive, crois-moi : tu auras de sérieux ennuis.» Je me suis sentie envahie par une hilarité nerveuse devant la façon détachée avec laquelle Mrs. Burgess utilisait pour parler à son fils un mot que je n'avais jusque-là entendu que dans le *barrio* lors de furieuses disputes.

«Je suis malade, Maman, a répondu la voix aiguë du petit garçon que le miel rendait plus douce. Tu es trop méchante, maman.»

Une fois dans la cuisine, j'ai cherché une tasse. Il y avait un placard rempli de pots de confiture. Plusieurs assiettes de porcelaine étaient posées sur une table de marbre, et il restait dans l'une d'elles un œuf frit glacé. Je me suis servi un café. Il était extraordinairement amer. J'ai reposé ma tasse au moment même où Mrs. Burgess entrait. Elle avait laissé tomber la couverture quelque part et j'ai vu qu'elle portait un long fourreau de satin couleur pêche. Peut-être était-ce une robe de soir.

«C'est du café italien, a-t-elle expliqué. Quand on n'en a pas l'habitude, il vous fait bondir au plafond.»

Elle s'est assise et m'a contemplée en silence un instant, le menton dans la main. «Brian déteste le froid, a-t-elle dit. Nous nous battons comme ça tous les matins d'hiver. Pauvre chéri.

Comment le blâmer ? Le bus n'est pas chauffé. J'ai envisagé de m'installer à New York.

— Mrs. Justen m'a dit que vous alliez le faire.

— Ah bon, qu'est-ce qu'elle a dit exactement ? a-t-elle demandé.

— Juste ça, ai-je répondu, mal à l'aise sous son regard insistant.

— Regardez-moi cet œuf, a-t-elle repris. J'en fais cuire un tous les matins, et tous les matins il faut que je le jette. Sedley, notre petit chien, a pris l'habitude de les manger. Je ne sais pas d'où mon fils tient ses habitudes alimentaires. C'est comme un alcoolique… Vous croyez qu'il peut se nourrir de miel ? Je me demande s'il voudra un *muffin*, si je lui en fais griller un. »

Elle m'a montré un paquet sur la paillasse. J'en ai sorti un *muffin*, que j'ai commencé à ouvrir en deux avec mes doigts. Elle a été à côté de moi immédiatement. « Non ! Non ! » a-t-elle crié d'une voix horrifiée. Elle a pris deux fourchettes dans un tiroir et les a piquées dans le muffin, qu'elle tenait sur la table de marbre, et l'a lentement séparé en deux parties. Je me suis reculée, stupéfaite, en me demandant ce que j'avais fait de mal, et je l'ai regardée appuyer de toutes ses forces sur le levier de mise en route du grille-pain. Environ une minute plus tard, elle est sortie de la cuisine en courant avec le muffin grillé et je l'ai entendue supplier Brian de le manger.

J'ai ouvert les tiroirs et les placards et trouvé des boîtes de thé anglais, des couverts et des théières en argent, et toute une variété de marmites en terre cuite comme je n'en avais jamais vu dans aucune autre cuisine, et qui m'ont étonnée par leur ressemblance avec celles, me suis-je souvenue alors, dont Mamá et Nana se servaient à Malagita. Mais celles-ci étaient sophistiquées, leur surface vernie reflétait ma main pendant que je les effleurais en pensant à celles d'autrefois, si élémentaires. Bien des assiettes qu'il y avait là rappelaient celles que Mr. Clare rangeait sur ses étagères à porcelaines. J'ai cherché en vain de la vaisselle pour tous les jours, comme celle qu'utilisaient Mrs. Justen et d'autres personnes pour qui j'avais travaillé. Une caisse de vin était posée dans un coin avec le long fil d'un téléphone mural qui passait en boucles autour de ses bouteilles. J'ai jeté un coup d'œil au combiné et pensé immédiatement à Charlie dans les cahiers de qui j'avais écrit le numéro de Mrs. Burgess et j'ai senti l'inquiétude habituelle s'exacerber, j'étais plus loin de lui que je ne l'avais jamais été.

Le téléphone a sonné, Mrs. Burgess est entrée en trombe, elle a décroché nerveusement et dit : «Allô ?» d'une voix légèrement angoissée. «Je ne peux pas te parler maintenant, a-t-elle dit. Ma nouvelle petite bonne est là.» Je la regardais. À ses mots, j'ai baissé les yeux et commencé à mettre la vaisselle dans l'évier. L'intérêt qu'elle avait éveillé en moi et dont je n'ai eu conscience qu'à l'instant même où il s'est éteint m'avait fait oublier pourquoi je me trouvais là. Je n'étais peut-être pas petite, mais j'étais bien la bonne. Je l'ai entendue rire. Elle a dit : «Je te rappellerai après être allée chercher le chien à Westhampton.» Debout, les mains dans l'évier, j'hésitais à ouvrir le robinet, j'hésitais en fait soudain à faire quoi que ce soit. J'ai senti qu'elle s'approchait de moi et je me suis retournée, mais sans croiser son regard.

«Sedley, notre petit chien, s'est enfui. Ce pauvre Brian a le cœur brisé. Totalement brisé... Il est parti depuis quinze jours... Un de ces foutus fermiers l'a probablement tué. Il faut que j'aille dans un chenil pour lui en acheter un autre. Vous comprenez... quinze jours, ce n'est plus supportable ! Je crois qu'en prendre un autre est la meilleure solution, non ?»

Voulait-elle vraiment que je lui réponde ? J'ai dit quelque chose à propos des routes verglacées. «Je sais, je sais, a-t-elle répondu impatiemment. Je vais prendre un taxi.» Elle a regardé l'œuf anxieusement. «Parlons un peu, voulez-vous», a-t-elle dit. Pendant que je m'asseyais sur la chaise qu'elle me montrait, elle a décroché une veste d'homme d'une patère, lui a jeté un coup d'œil dégoûté et l'a passée sur ses épaules. Elle a mis la main à

306

sa bouche et s'est mordu un ongle. Elle semblait si distraite que je me suis demandé si elle avait oublié qui j'étais.

«Luisa, a-t-elle commencé lentement. Voilà, Luisa, il y a un mois, mon mari est définitivement parti avec une petite minette qui jouait dans un de ses spectacles. Ça a été un choc. Tout s'est retrouvé chamboulé. La maison est sens dessus dessous. Elle est beaucoup trop grande pour nous de toute façon. Il va falloir déménager. Oh, Seigneur… il va falloir la vendre, faire des cartons et… pauvre Brian, il a toujours vécu ici. Je ne serai pas forcément là quand vous viendrez. Je dois aller chez l'avocat pour un oui pour un non. Marsh veut par exemple le piano, il prétend que la petite minette doit faire ses gammes. Ses gammes! L'avocat dit de ne rien lui laisser emporter. Et qu'est-ce qu'il veut que je fasse ? Marsh peut très bien arriver un jour avec une remorque, la remplir et repartir, bon sang. Est-ce que vous pouvez venir le lundi et le vendredi ? Ce serait parfait.»

Il allait me falloir m'organiser autrement avec Mrs. Justen et Mr. Clare. J'ai eu peur et j'ai voulu dire quelque chose qui me permettrait de ne pas m'engager, mais elle parlait de nouveau. «Il y a une montagne de repassage, disait-elle. Brian se change cinq fois par jour, comme un vrai gentleman.» Elle a froncé les sourcils, murmuré quelque chose que je n'ai pas compris puis m'a regardée droit dans les yeux en souriant. «Cette idiote de Marylou Justen veut me donner un de ces chiens errants qu'elle ramasse dans la rue. Elle m'a dit qu'il était immoral d'en acheter quand il y en avait tant qui ne savaient pas où aller. Si elle croit que c'est comme ça qu'elle va remettre le monde sur le droit chemin!»

Elle s'est levée brusquement, a posé la cafetière sur la cuisinière et allumé le feu. «Je n'ai plus de cigarettes, a-t-elle dit d'une voix pensive. Pauvre de moi…»

Elle a passé les mains dans ses cheveux, découvert que ses lunettes étaient là et balbutié quelque chose d'inaudible. Une horloge a sonné quelque part dans la maison. «Oh mon Dieu!»

s'est-elle exclamée doucement. Elle a versé du café dans un petit verre et l'a remué avec une minuscule cuillère. « Tout tombe en panne, a-t-elle dit. Le soir, je crois que vais y arriver. Je ne sais rien faire. Le thermostat me terrifie, rendez-vous compte ! Et cette voiture pourrie ! "Tu n'as qu'à t'en acheter une autre", a-t-il dit en emportant un carton qu'il avait rempli de mes livres. » Elle a soupiré. « Eh bien, Luisa, parlez-moi de vous. »

Elle contemplait la cuillère. « J'ai des lettres de recommandation. J'ai travaillé pour…, ai-je commencé.

— Regardez ! m'a-t-elle interrompue en levant la cuillère. Le nom de ma grand-tante y est gravé. On le voit à peine tellement elle est usée. Laetitia, vous voyez ? N'est-ce pas un prénom ravissant ? » Elle me l'a tendue. J'avais sorti deux enveloppes de mon sac. Elle a posé la main dessus, les a repoussées petit à petit vers moi. « Je ne veux pas les lire », a-t-elle déclaré. J'ai pris la cuillère. « Il faut regarder de près », a-t-elle dit. Je l'ai examinée avec affectation. Soudain elle a éclaté de rire en s'exclamant : « Oh, et puis qu'est-ce qu'on s'en fiche ! »

C'est quelqu'un qui n'a pas de secrets, ai-je pensé ce matin-là, et j'ai continué à le croire pendant longtemps. Je venais chez elle faire le ménage et elle était tellement absorbée par sa propre existence qu'elle m'y entraînait presque sans que je m'en rende compte. Je connaissais beaucoup de gens qui avançaient avec une détermination farouche, sans y penser, dans une éternelle fuite en avant, comme si leur propre vie s'était trouvée en dehors d'eux, une ennemie qui les poursuivrait jusqu'à la tombe.

J'aurais pu voir en elle une écervelée qui ne pensait qu'à elle, pétrifiée d'amour-propre. J'aurais pu me tenir à l'écart de ce réseau serré dans lequel elle attirait – avec une volonté comique – tout ce qui touchait à ses intérêts. Je ne l'ai pas fait, je ne pouvais pas. Travailler pour elle entraînait, chez ceux qu'elle employait, une espèce d'incertitude mouvante que je voyais se refléter sur le visage des électriciens, des plombiers, du jardinier venu abattre l'orme malade, des livreurs, des déménageurs qui, presque un an plus tard, ont transporté à Manhattan le contenu de sa maison.

Ce n'était souvent que lorsqu'elle me payait, après avoir cherché de l'argent au fond d'un des pochons de toile qu'elle utilisait comme sacs à main, que je me rappelais mon statut de domestique. C'était en fait toute l'ambiguïté de ma relation avec elle qui à la fois me déstabilisait et m'enchantait et a continué de le faire même lorsque j'ai commencé à moins l'aimer.

Avec le temps, je me suis habituée à l'entendre répéter des choses que des amis ou des relations avaient dites d'elle. Elle aimait y penser, et même les commentaires les plus sardoniques semblaient la faire revivre. Elle m'a raconté que quelqu'un l'avait appelée un jour la reine de l'égocentrisme. Elle me l'a dit d'une voix que cela ne semblait pas troubler, autre phénomène qui en elle m'étonnait. Quoi qu'il arrive, elle était imperméable aux opinions d'autrui. Alors qu'elle avait simplement oublié de se rendre à un dîner auquel elle était invitée, je l'ai entendue expliquer le lendemain à l'hôtesse qu'elle s'était plongée dans un livre – et qu'elle avait trop le cafard pour aller où que ce soit. Elle ne s'est pas excusée, pas plus que lorsqu'elle a laissé tomber sa tasse sur mon pied, un matin. La justification lui était inconnue, ce qui sous-entendait qu'il lui manquait une certaine conscience d'elle-même.

Elle a fini son café. Elle semblait avoir oublié qu'elle m'avait demandé de lui parler de moi. Brian est entré dans la cuisine en gros manteau et bottes de caoutchouc.

«Tu es méchante, Maman, a-t-il dit. — Je sais», a reconnu Mrs. Burgess avec un sourire pensif. Elle s'est levée et a serré Brian dans ses bras pendant un long moment. Après leur départ, je me suis mise à chercher ce dont j'aurais besoin. Je savais qu'elle n'avait pas envie de me dire où étaient les produits de nettoyage ni même ce qu'il y avait à faire.

Toutes les pièces de la maison étaient en désordre à l'exception de l'entrée, qui ne contenait rien d'autre que son énorme fauteuil. Dans la salle de bains de Mrs. Burgess, des pots de crème s'alignaient sur les étagères et jusque sur le sol. Une coupe opalescente était remplie de peignes, de pinces, de barrettes et d'épingles à cheveux en argent, un minuscule rasoir était posé sur le large rebord de la baignoire, à côté d'une grosse éponge. Trois romans et un livre sur la dentelle étaient enterrés dans les plis de son couvre-lit. Dans la chambre de Brian, des dizaines de camions et de petites voitures s'éparpillaient sur le plancher. Un œil d'ours en peluche regardait dans le vide du haut d'une montagne de vêtements sales. Et il y avait partout des tapis semblables à des champs de fleurs fanées et des miroirs aux pieds soigneusement sculptés, ou accrochés aux murs des couloirs et des chambres.

À midi, Mrs. Burgess m'a appelée à la cuisine. Son visage luisait au-dessus de son gros pull à col cheminée, comme si elle venait de le frotter avec le morceau de tissu rêche que j'avais trouvé dans la baignoire enroulé autour d'un savon parfumé à la rose. Elle m'a montré un sandwich posé sur une assiette avec des tranches de tomate arrangées en cercle autour de lui. Elle a tendu un verre de vin. «Vous en voulez ?»

J'ai secoué la tête. «Je vais essayer de réorganiser mon emploi du temps», ai-je dit, surprise du manque de fermeté de ma voix. J'ai alors compris que je ne voulais pas la laisser penser qu'elle me rendait les choses difficiles.

«Ne vous inquiétez pas, a-t-elle répondu. Si ce n'est pas possible, ce n'est pas possible. Je prendrai ce que je pourrai avoir.» Elle a ri. «Je suis comme ça!»

À quatre heures de l'après-midi, il faisait déjà nuit. J'étais devant la porte, prête à enfiler mes bottes de pluie. Dans la cuisine, Brian se plaignait de ne rien trouver à manger. Mrs. Burgess s'est glissée dans l'entrée. Elle m'a regardée en silence pendant un instant.

«Tenez, voici une clé, m'a-t-elle dit. J'aurai au moins l'impression d'avoir fait ça aujourd'hui. Vous viendrez vendredi ? Moi, je ne serai pas là avant midi. Je vais voir le père Owen pratiquement tous les vendredis. » Elle s'est avancée très vite et a regardé le petit col bas de mon manteau. « Attendez ! » a-t-elle lancé en repartant vers le placard du couloir. Elle est revenue avec à la main une longue écharpe du même vert pâle que la première herbe du printemps. Elle l'a passée autour de mon cou et en a rentré les bords dans mon manteau. Son visage, près du mien, rayonnait de plaisir tandis que ses doigts s'agitaient pour tout bien arranger. « Là, a-t-elle dit. C'est mieux.

— Je vous la rapporte vendredi.

— C'est pour vous, Luisa. Gardez-la », a-t-elle répondu. Sa voix m'a soudain rappelé celle que prenait une des enfants chez qui j'avais travaillé lorsqu'elle trouvait pour sa poupée le vêtement qu'elle voulait. « Maman ! » a hurlé Brian.

Mrs. Burgess a ri, et elle est repartie en haussant les épaules vers la cuisine. Je passais la main de temps en temps sur la laine, si douce contre ma gorge. Je n'aurais pas été deux fois plus loin pour aller travailler chez Mrs. Burgess, mais je ferais ce trajet-là.

*

« Et comment va la petite fille riche ? » m'a demandé Mrs. Justen. Elle était dans une agitation hilare, attrapait un chaton et enfonçait son visage dans sa fourrure puis le laissait tomber dans un fauteuil comme s'il s'était agi d'un livre, ouvrait une de ces bouteilles de soda qu'elle engloutissait à longueur de journée, puis oubliait de la boire. « Je l'appelais miss Mange beaucoup, a-t-elle dit en riant.

— Elle est très gentille, ai-je répondu en repassant le col d'un de ses chemisiers à smocks de petite fille.

— Gentille ! s'est exclamée Mrs. Justen. Ce n'est pas exactement ce que j'appellerais le mot juste. »

J'aurais aimé qu'elle parle plus simplement. J'aurais aimé pouvoir lui poser des questions sur Mrs. Burgess, son mari et la fille avec qui il était parti.

311

«Je voudrais vous faire signer une pétition», a dit Mrs. Justen d'un ton grave, les lèvres tremblant légèrement, comme en souvenir de son rire. Elle a posé une feuille de papier devant moi sur la planche à repasser. «On assassine les bébés phoques, il faut arrêter ça.»

Je l'ai signée, comme j'en avais signé une dizaine d'autres. J'écrivais parfois Luisa Sanchez, parfois Luisa de la Cueva. Mrs. Justen ne l'a jamais remarqué. Je me demandais ce que devenaient les pétitions. Je n'arrivais pas à croire qu'elles soulageraient la souffrance ne serait-ce que d'un seul animal.

«Venez voir, Luisa», a-t-elle crié de la cuisine. J'ai soupiré. C'était une de ces journées de travail où je ne finissais rien. Je suis allée vers elle. Elle était à la porte, contemplait une chatte toute fine qui mangeait uniquement ce qui était sur le rebord de l'assiette et jetait des coups d'œil craintifs autour d'elle après chaque bouchée. La main de Mrs. Justen s'est glissée dans la mienne, s'est refermée sur elle. Nous sommes restées là à regarder. Je ne pense pas qu'elle avait conscience de me serrer la main comme ça. J'ai senti un élan de sympathie pour elle. «Ma fille est excessive, m'avait dit Mrs. Early. C'est à cause de son âme, avait-elle expliqué. Peu de gens ont une âme aussi grande.»

J'ai lavé plusieurs jours de vaisselle sale. J'ai lu dans les restes éparpillés sur les assiettes que Mrs. Justen était de nouveau au régime. Au moment où je partais, elle est arrivée vers moi en tenant l'écharpe de laine verte de Mrs. Burgess. «Seigneur, où avez-vous trouvé cette merveille, Luisa?» a-t-elle demandé.

J'ai hésité un instant. «C'est Mrs. Burgess qui me l'a donnée», ai-je répondu.

Elle m'a regardée d'un air surpris, en passant l'écharpe sur son poignet puis en s'y accrochant presque avidement. «Vous avez dû beaucoup lui plaire», m'a-t-elle dit. Le sarcasme qu'il y avait dans sa voix ne m'a pas échappé, mais j'ai pensé qu'elle ne savait pas combien son visage semblait envieux.

*

Tom Greer m'a envoyé une déclaration de vol à signer. Le mot rapide qui l'accompagnait disait qu'il avait oublié, des années plus tôt, d'enlever mon nom de sa police d'assurance. Quelque chose lui avait été volé et il fallait que je signe la déclaration et que je la lui renvoie immédiatement. Je ne n'avais jamais su que nous étions assurés. Je me suis sentie décontenancée, comme confrontée à une nouvelle preuve de mon ignorance des règles d'une vie protégée – une accusation portée contre moi si souvent, d'une manière ou d'une autre, par Tom et Gina à cette époque lointaine. Mais lorsque j'ai montré le papier à Amy, tout en le lisant, les yeux plissés derrière ses lunettes, elle s'est mise en colère. «Pour l'amour de Dieu! s'est-elle exclamée, indignée. Voyez-moi ça. Quelqu'un a volé dans leur voiture une mallette contenant les bijoux de cette femme. Tu n'es pas obligée de signer ça. En fait tu ne devrais pas le faire. Il a du culot, quand même! Il croit que tu vas l'aider à toucher de l'argent pour elle?

— Ça m'est égal, ai-je dit en sachant que ça ne l'était pas.

— Tu as peur de lui», m'a-t-elle accusée.

Un mois s'est écoulé. La déclaration de vol gisait dans un tiroir. J'avais été piquée par la remarque d'Amy et je n'avais pas signé. Mais je ne pouvais pas la jeter. Un samedi matin, j'ai reçu un coup de téléphone d'un homme qui s'est présenté comme Mr. Crum, avocat de Mr. Greer.

«Mon client vous a envoyé un papier à signer. Pourquoi ne l'avez-vous pas fait?

— Il y a des années que je ne suis plus mariée avec lui.

— Il vous entretient. La police d'assurance fait toujours effet.

— Je gagne ma vie.

— Il subvient aux besoins de votre enfant.»

J'ai cru qu'il avait lâché le combiné tant le silence qui a suivi a duré longtemps. Puis la voix impersonnelle est revenue et elle a prononcé ces mots : «Vous êtes capable d'écrire votre nom, n'est-ce pas?»

L'insulte, ce qu'elle sous-entendait sur la façon dont Tom avait parlé de moi au propriétaire de cette voix morte, m'a porté un coup violent. Pendant un instant, j'ai voulu lui crier que je descendais d'une aristocratie espagnole qui avait eu ses propres lois et n'avait pas besoin de chiens de garde déguisés en juristes pour lui rappeler ses privilèges, y compris celui d'être bâtarde et illettrée. Cette pensée, qui m'a traversée avec la même violence que les mots de Mr. Crum, m'a tellement étonnée que je n'ai pas répondu.

« Eh bien ? a-t-il demandé.

— Les bijoux appartiennent à sa femme actuelle.

— Et en quoi est-ce que cela vous regarde ? À propos, pendant que je vous ai au bout du fil, il y a autre chose. Mr. Greer m'a raconté que le mois dernier il est allé chercher Charlie chez un certain Mr. Clare, un de vos employeurs. »

Je me suis rappelé le samedi où c'était arrivé. Mr. Clare m'avait demandé de venir travailler un matin de plus dans la semaine pour l'aider à recevoir les responsables d'un musée qu'il avait conseillés à propos d'une exposition sur l'ébénisterie américaine du XVIIIᵉ siècle. Tom devait venir chercher Charlie à midi. La plupart du temps, il l'emmenait au cinéma, puis ils allaient dîner au restaurant avec Gina et ils le raccompagnaient ensemble. Ce matin-là, Charlie avait l'air déprimé. Il aimait que je sois à la maison lorsque Tom arrivait. Je me disais que pendant les quelques instants où son père se tenait sur le pas de la porte alors que je vaquais à mes occupations dans l'appartement, il nous avait tous les deux près de lui, réunis au même endroit, et que cette simple proximité physique redressait, même brièvement, tout ce qui était allé de travers.

Je lui avais proposé de venir avec moi chez Mr. Clare. Il avait téléphoné à son père et ils avaient convenu de ce nouveau rendez-vous.

« Vous m'entendez, Mrs. Greer ? Ou devrais-je dire miss de la Cueva ? a demandé Mr. Crum. Cet incident inquiète sérieusement Mr. Greer.

— Je ne comprends pas de quoi vous parlez, ai-je répondu.

— J'ai du mal à vous croire. Mon client n'est pas le dernier des imbéciles en ce qui concerne ce genre de choses. Je ne voudrais pas d'ailleurs non plus que mon jeune fils soit exposé à la fréquentation de pervers. Nous envisageons de vous demander un engagement écrit dans lequel vous promettrez de tenir le fils de Mr. Greer à l'écart des pédérastes. »

J'ai interrompu la communication.

Je faisais le ménage dans la chambre de Mr. Clare quand la sonnette avait retenti. Charlie était sorti en courant du salon, où il lisait un magazine, pour venir me dire au revoir. J'avais entendu la voix de Tom, puis celle de Mr. Clare, et le bruit de la porte qui se fermait.

J'ai tenu pendant six mois sans signer ce papier. Les paiements de la pension alimentaire ont été suspendus. À la demande expresse de Tom, Charlie retrouvait maintenant son père en ville. Il rentrait toujours avec un nouveau cadeau, une montre, un modèle réduit allemand de voiture de course dont nous étions incapables d'assembler les différentes pièces de plastique devant lesquelles il sanglotait comme s'il avait raté sa vie, et un blazer bleu marine que son père lui demandait de porter quand ils allaient au restaurant.

Pour compenser cette perte financière, j'ai trouvé des ménages à faire de nuit dans des bureaux par l'intermédiaire d'une agence qui s'appelait Hommes de bonne volonté et semblait n'employer que des femmes. Dans un immeuble en bas de Broadway, le grondement de mon aspirateur industriel brisait le silence absolu et inquiétant des longs couloirs. Je vidais les vases de fleurs mortes et les corbeilles à papier et contemplais parfois longuement les photos encadrées qui trônaient sur les tables, un petit garçon à cheval, deux jeunes filles en robe de cérémonie lors de la remise de leur diplôme de fin d'études, des épouses d'âge moyen aux coiffures raides et élaborées. Femmes et enfants, tous souriaient, souriaient toujours. Dans les rues de ce quartier de la ville régnait un fort arôme de café, une odeur simple, puissante, qui me faisait tourner la tête au souvenir des matins chauds de Malagita où je regardais une domestique moudre le café du petit déjeuner de la Señora.

Quand je rentrais, j'allais toujours directement dans la chambre de Charlie écouter sa respiration régulière, sans même poser mon sac ni enlever mon manteau. Dans la cuisine, je trouvais la vaisselle de son dîner qui séchait sur l'égouttoir, un couteau couvert de confiture dont il avait dû se servir ensuite et qu'il avait oublié de laver, la radio par terre près d'une chaise devant la fenêtre qui donnait sur les terrains sombres à l'arrière de notre immeuble, ses devoirs étalés sur la table, un crayon planté dans une rainure du bois. Incapable de dormir, je mettais le couvert de son petit déjeuner. Le chat arrivait de son pas ouaté dans la cuisine, s'asseyait la queue autour des pattes et me regardait. Bientôt, Charlie apparaissait en pyjama sur le pas de la porte. « Ça va, Maman ?

— Ça va. »

Lorsque je travaillais de nuit, le lendemain Mr. Clare me permettait de venir l'après-midi. Une fois Charlie parti à l'école, je m'allongeais et essayais de dormir quelques heures avant de retourner en ville.

Dans la buanderie de Mrs. Burgess, parmi les tas de linge sale, j'ai attrapé une chemise de Brian et je m'en suis tamponné les yeux pour sécher des larmes qui semblaient faites d'une substance plus épaisse que l'eau salée. Il me semblait que quelques heures ou quelques mois plus tôt j'avais été forte. Et maintenant j'étais faible. J'avais trouvé une limite à mon énergie d'âne bâté, et pendant longtemps je n'ai pu me le pardonner.

J'ai enfin avoué à Amy que Tom ne m'envoyait plus de chèques, et ne m'en enverrait plus tant que je n'aurais pas signé le papier de l'assurance. Je ne lui ai pas parlé, ni à personne d'autre, de l'engagement écrit concernant Mr. Clare. Elle a immédiatement décroché son téléphone et appelé Lou Varick, un ami avocat.

«Tu aurais dû me le dire tout de suite, s'était-elle exclamée. Est-ce que tu ne sais pas que tu possèdes des droits ? »

Je n'avais jamais compris jusqu'à cet instant que l'on devait absolument avoir des droits. Comme cela m'était déjà arrivé dans ces moments de ma vie où j'étais bouleversée, j'ai entrevu ce sur quoi reposait la conviction inconsciente – et permanente – qui me faisait agir, en l'occurrence le contrat que Nana m'avait fait lire, celui qui avait lié mon grand-père à la famille de la Cueva jusqu'à ce qu'il s'échappe dans la mort. Le combat d'Ellen pour les droits avait brièvement illuminé la nature arbitraire, capricieuse et brutale de ceux qui les accordaient. J'ai compris que je n'avais jamais cru en une justice possible, mais uniquement en des instants de miséricorde.

En me tenant par le bras d'une main aussi ferme que si je risquais de m'enfuir, Lou Varick m'a conduite à une immense salle du tribunal des affaires familiales. Tandis que nous nous avancions dans une allée, un Noir a crié : «Et où est-ce que je vais trouver les quinze dollars par semaine que vous voulez que je lui donne ? Quinze dollars par semaine ! Vous croyez qu'un ange va me les glisser dans la poche ? » Le juge, un petit homme en robe noire, s'est soulevé comme le goudron un jour de grande chaleur. «Faites sortir cet homme», a-t-il crié et un huissier au teint brouillé a conduit le Noir maintenant silencieux vers la sortie. Une très jeune femme, noire elle aussi, et enceinte, lui a emboîté le pas sans le lâcher des yeux, son doux visage d'enfant empreint de sévérité.

Mon affaire a été reportée huit fois en six mois. Lors de notre neuvième convocation, assise dans la salle où Mr. Varick m'avait donné rendez-vous, j'ai tourné la tête et vu Tom, un rang derrière nous, chuchoter à l'oreille d'un homme plus âgé qui portait un costume d'un bleu particulièrement terne. Au moment où je me retournais, j'ai entendu ce dernier murmurer tout fort : «Nous aurons sa peau.»

J'ai voulu me lever. Varick m'a tiré sur le bras de toutes ses forces. «Paroles d'avocat», a-t-il chuchoté. L'affaire a été repoussée une fois de plus. J'ai senti leurs mouvements derrière mon dos quand ils se sont levés, qu'ils ont rejoint l'allée.

Sur le trottoir, devant le tribunal, Varick m'a regardée tristement. «C'est un problème de calendrier, vous savez. Enfin, en partie. Ne vous laissez pas décourager par ces reports. C'est la nature même d'un procès.

— Je vais signer ce papier, ai-je dit.

— Vous pourriez peut-être tenir encore un peu… Je vais rappeler Crum cet après-midi. Nous nous connaissons bien, vous savez, entre avocats et…

— Je ne peux pas, Mr. Varick. Je ne peux pas, ai-je déclaré d'un ton enflammé. Non, pas cette fois.» Je ne lui ai pas dit que ce n'était pas seulement l'épuisement qui me faisait renoncer.

C'était la haine de Tom dont je voyais le reflet dans les articles de journaux relatant des histoires de meurtres et de malheurs et qui me semblait à certains moments une force physique, de celles qui peuvent provoquer un tremblement de terre ou un raz-de-marée, quand l'âme humaine et le monde indifférent des catastrophes naturelles ne font plus qu'un. Je l'avais aimé autrefois et je portais encore le poids de cet amour comme un enfant mort que l'on garde à jamais dans son ventre.

J'ai signé. Les chèques sont de nouveau arrivés. J'ai quitté les Hommes de bonne volonté. Pendant longtemps, je me suis sentie comme le chien que j'avais entendu hurler une nuit où son maître ivre l'avait battu sur le trottoir en bas de chez nous.

Je n'ai été directement en contact avec Tom qu'une seule fois dans l'année suivante. Il m'a envoyé un mot : «Au cas où tu en aurais entendu parler et où tu voudrais le faire, je refuse que Charlie soit vacciné contre la polio. Ce nouveau vaccin n'a pas encore été suffisamment testé pour m'inspirer confiance.»

Personne n'a plus jamais évoqué le problème des pédérastes, ni lui ni son avocat.

«Tom et Gina vont peut-être partir en Californie», m'a dit Charlie un après-midi de septembre où nous allions lui acheter des chaussures. Je n'ai rien répondu. Je ne voulais plus parler de Tom.

«Il a dit que je pourrais aller le voir en été.»

Nous sommes entrés dans le magasin.

«Maman ?»

Le vendeur s'est dirigé vers nous. J'ai jeté un coup d'œil à Charlie, dont le visage était crispé par l'émotion. Nous nous sommes assis sur des sièges inconfortables.

«Ça ne t'étonne pas ? m'a demandé Charlie.

— C'est un beau grand pied que vous avez là, mon garçon, a dit le vendeur avec un sourire aigre.

— Non, ça ne m'étonne pas», ai-je dit.

Le vendeur a levé vers moi des yeux pleins de reproche, comme si j'avais gâché sa plaisanterie habituelle.

*

«Mauvaise passe ?» m'a demandé Mr. Clare en hésitant un peu.

Devant mon hochement de tête, il a dit : «Moi aussi.»

Il était debout dans la lumière qui entrait à flots par une des fenêtres du salon. Il a levé la main brusquement, comme s'il venait de prendre conscience de l'excès de luminosité, puis il a frissonné et il s'est écarté. J'ai perçu les odeurs mélangées de son parfum et du whisky de son haleine. Sa chienne Greta était assise sur le canapé, sa queue s'agitait lentement et elle fixait sur lui un regard ardent.

«Grâce à Dieu j'ai vendu la commode Queen Ann !» a-t-il dit. J'ai remarqué que le haut meuble à tiroirs avait disparu. À l'endroit où il se trouvait, le mur était marqué de raies noires, marées de poussière successives.

Je ne lui avais pas expliqué pourquoi je travaillais de nuit. Je me sentais souvent honteuse, déshonorée, comme si j'avais provoqué seule les heures passées dans cette salle d'audience avec cette odeur de peur, de corps mal lavés, ces chaises bancales, ces huissiers pleins de haine apparemment incapables de penser qu'aucun de ceux qui s'y trouvaient n'avait jamais été vivant. En regardant Mr. Clare, j'ai repensé à l'«engagement écrit» que Tom avait envisagé de me demander, et que je ressentais comme un violent outrage parmi tant d'autres. Je me disais que je n'aurais jamais signé une chose pareille, bien que l'idée de rester l'éternelle employée des Hommes de bonne volonté, puisque j'aurais alors renoncé à la petite aisance financière que nous procuraient les chèques de Tom, n'eût pas rendu la chose facile.

Mr. Clare a rentré les bouts de son écharpe dans sa chemise. Il avait le visage marbré ; ses doigts s'agitaient nerveusement. Je ne l'avais jamais vu si défait.

«J'appartiens à une profession en voie de disparition, a-t-il dit d'un air pensif. On détruit les maisons, on ne les restaure plus… On démolit le passé…»

Dans les mois qui ont suivi, il n'a plus donné de dîners. Il a vendu la même semaine une horloge murale de valeur et un canapé Sheraton. Il m'a dit qu'il garderait quoi qu'il arrive ses tableaux de l'Hudson. «L'art a ses hauts et ses bas, a-t-il expliqué, comme tout le reste, comme les gens». Un jour cette peinture vaudrait très cher.

Je lui ai annoncé que je ne pourrais pas venir chez lui le samedi suivant. Je devais aider Mrs. Burgess à préparer son déménagement. Après avoir longtemps hésité, elle avait fini par vendre sa maison en trois semaines et s'installait à Manhattan. Je crois que cela a soulagé Mr. Clare, cela lui ferait autant d'argent en moins à me donner. J'ai souvent repensé à cette journée. Je venais de comprendre que Mr. Clare était fauché. Il ne sortait pratiquement plus que pour faire faire sa promenade à Greta. Je le trouvais assis dans son fauteuil Duncan Phyfe, fumant une cigarette, un petit peu ivre. Lorsque j'époussetais les meubles autour de lui, il disait : «Il faut que je me débarrasse de tous ces magazines professionnels que j'entasse depuis des siècles, de tout ce fatras. C'est une bonne chose, finalement, qu'il m'ait fallu vendre quelques bricoles. Je devrais avoir une vision de la vie moins matérielle. Qu'est-ce que vous avez à la main ? »

Je lui ai raconté qu'un des chats perdus de Mrs. Justen m'avait griffée quand je l'avais délogé de sous les couvertures en faisant le lit. « Cette femme est une sainte, a-t-il dit. Quoiqu'on puisse se poser des questions sur les gens qui aiment les bêtes à ce point. Enfin… nous ne sommes pas là pour nous juger les uns les autres. Les choses ne sont jamais ce qu'elles paraissent. J'ai passé quelques semaines au Maroc il y a des années. Oh ! la patience des animaux, dans ce pays ! Battus, infirmes… ils n'attendent plus rien. Les Arabes sont très séduisants, mais ils se conduisent de façon horrible avec eux. On dit qu'un chien a trahi le Prophète. La religion déchaîne de terribles violences. » Sa voix s'est éteinte ; il m'a adressé un grand sourire vide, il s'est levé et il a disparu dans la cuisine. Je l'ai entendu se battre avec le bac à glace, puis des glaçons ont tinté dans un verre. Je suis allée finir la salle de bains. Quand est venu pour moi le moment de partir, il était assis sur une chaise dont le dossier avait la forme d'une lyre. Il l'avait tirée de son endroit habituel, près de la fenêtre, dans un coin sombre de la pièce.

« Est-ce que ça va, Mr. Clare ? ai-je demandé doucement.

— Très bien, ma chère, a-t-il répondu. Merci de votre sollicitude. Chacun sa croix, hein ? » Sa voix était totalement désespérée.

*

Charlie avait pris le courrier et me l'avait laissé sur la table de la cuisine. Il y avait la note de téléphone, une publicité pour un magazine et une lettre de Papá. Dedans, plié en un minuscule carré, un billet de cinq dollars. Il disait : « C'est pour l'anniversaire de ton fils, qui doit avoir lieu ces jours-ci. J'ai le téléphone. Voici mon numéro. » Il l'avait souligné à l'encre rouge.

« Je vais l'appeler, a dit Charlie en me regardant d'un air interrogateur.

— D'accord.

— Vraiment ?

— Si tu veux. Enfin non, peut-être pas.

— Non, il vaut mieux pas, » a-t-il reconnu.

Il m'avait été assez facile de dire à Charlie que Papá avait toujours été un homme malheureux ; cela ne signifiait pas grand-chose pour lui, et pour moi, c'était une phrase conventionnelle et abstraite qui évitait toute autre explication. Il m'était plus difficile d'avouer que j'avais toujours peur de mon père.

J'avais raconté à Charlie tellement de choses sur Malagita qu'il parlait souvent de la plantation comme s'il y avait vécu. Et lorsque je lui avais montré pour la première fois les deux fourchettes en argent massif, ses mains s'étaient avancées lentement vers elles comme s'il s'était agi d'objets magiques. Un jour que nous marchions dans une rue de la ville, nous avons croisé un bossu. « Enano », avait chuchoté Charlie en me souriant.

Avec quelle détermination j'avais cherché Nana ! Je me suis dit que Charlie ressentait peut-être le même désir – celui de retrouver son grand-père – et qu'il en était empêché par des obstacles bien plus terribles qu'un troupeau de cochons.

Quand il a été couché, j'ai téléphoné à Papá pour le remercier de son cadeau.

« Tu pourrais m'amener l'enfant un de ces jours, a-t-il demandé.

— Quand veux-tu que nous venions ? »

Il a alors dit qu'il avait une nouvelle à m'annoncer : il allait se marier. « J'en ai assez d'être seul. J'ai pris ma retraite, tu sais. Je me fais vieux. » Il s'est arrêté. « Elle est gentille, efficace. Au fait, quand est-ce que ton fils est né, exactement ?

— Il aura onze ans samedi prochain, ai-je dit. Quel âge as-tu, Papá ?

— Soixante-sept, a-t-il répondu d'une voix lasse.

— Alors… Quand veux-tu que nous venions ?

— Dimanche, si ça te convient. Je demanderai à Rose d'être là. Nous nous marions le mois prochain.

— Félicitations.

— Merci», a-t-il répondu d'un ton guindé.

Je me suis laissée tomber lourdement sur une chaise. Ma première pensée, en entendant la nouvelle, avait été : mais il est déjà marié ! Une fois de plus, j'enterrais ma mère. Ces morts qui touchent notre chair et notre âme se répètent sans fin.

*

Lorsque je lui avais proposé que Charlie vienne avec moi la veille de son déménagement nous aider à emballer les objets et les livres trop précieux pour être manipulés par des inconnus, Mrs. Burgess avait tout de suite accepté.

Mais quand je lui en ai parlé, Charlie a pris l'air triste. Il avait projeté de rester avec Jack Gold. «Et Bird ? a-t-il demandé. Il sera seul toute la journée.

— Il reste seul tous les jours.

— Pas les week-ends. Il va devenir fou.»

Il s'est tenu loin de moi pendant tout le trajet, s'est assis sur une banquette à l'autre bout du wagon, et lorsque je lui ai effleuré l'épaule en lui disant que nous descendions au prochain arrêt, il n'a même pas relevé la tête. Mais dès que nous nous sommes retrouvés sur le chemin qui conduisait à la maison de Mrs. Burgess, il a retrouvé sa bonne humeur. Un brise fraîche soufflait de la mer, qui n'était qu'à huit cents mètres. Deux chiens nous ont dépassés en courant. Un homme coiffé d'un mouchoir noué aux quatre coins poussait comme un automate sa tondeuse à gazon. Dans son allée, un enfant en tricycle nous a salués d'un geste de la main.

«C'est vraiment autre chose», a dit Charlie. Il a contemplé un champ de blé, une des dernières surfaces cultivées de la région. Il était heureux, s'arrêtait çà et là, ses cheveux sombres ébouriffés par le vent, les poings serrés dans une tension où l'attente se mêlait au bonheur. À le voir si joyeux, j'ai espéré qu'un peu de la gaieté nordique compense en lui la tendance à la mélancolie des Latins et l'ironie dévastatrice qui l'accompagne. J'aurais aimé lui avoir donné ce champ, ce sentier le long duquel fleurissaient les dernières roses sauvages. À l'idée que Mrs. Burgess allait le voir comme ça dans quelques minutes, je me suis sentie envahie de fierté.

Au fond de moi je me disais : à l'avenir, Tom s'occupera de lui, il l'aidera dès qu'il sera plus grand et n'aura plus besoin de sa mère.

La porte de Mrs. Burgess était ouverte et nous sommes entrés. Brian, les cheveux hérissés, nu sous son blazer à boutons dorés, était accroupi au milieu des caisses avec Sleepy, le cocker, contre lui. Il suçait son pouce en lançant les autres doigts de sa main vers les longues oreilles soyeuses de l'animal. Il ne nous a pas lancé un regard.

«Seigneur! s'est écriée Mrs. Burgess quelque part à l'étage. Bon sang, Brian, tu n'as toujours rien emballé!» Elle est apparue en haut de l'escalier et a baissé les yeux vers nous. Sa robe chinoise rouge pendait comme une tente autour d'elle. Elle tenait à la main un verre de vin. Le chien s'est mis a aboyer et a couru dehors. Mrs. Burgess a eu un long rire bas. «Quel tableau», a-t-elle dit en descendant pieds nus à notre rencontre.

«Voici Mrs. Burgess, Charlie, ai-je dit. Et voici Brian.

— Charlie», a répété Mrs. Burgess avec le plaisir appuyé qu'elle avait toujours à prononcer les noms des gens pour la première fois. Il l'a regardée et il a souri. «J'ai tellement besoin d'aide, Charlie! C'est merveilleux! J'ai préparé un délicieux déjeuner. Brian, va me chercher cet idiot de Sleepy avant qu'il se fasse renverser par un tricycle. Et pour l'amour de Dieu, mets un caleçon!

— Il manque des boutons à ta chemise», a dit Brian les yeux fixés sur Charlie.

Charlie a baissé les yeux. «Il en reste encore deux», a-t-il répondu d'un ton doux.

Gênée, j'ai voulu expliquer qu'il portait de vieux vêtements, mais Mrs. Burgess a posé la main sur sa tête et lui a doucement caressé les cheveux. «Aucune importance, a-t-elle dit. Je t'en recoudrai tout à l'heure», et elle l'a envoyé dans le salon remplir des cartons de livres. Je suis montée avec elle l'aider à emballer les dizaines de petits pots en ivoire et autres bibelots de sa chambre auxquels elle tenait tant. Sur le pas de la porte, elle a regardé autour d'elle avec cette arrogance étrange qui la caractérisait et qui le plus souvent se transformait en un rire grinçant, comme si elle s'était prise elle-même sur le fait – un enfant se conduisant de manière pompeuse pour imiter les grands. Elle a disparu dans son grand cagibi et s'est mise à pleurer. Je suis allée près d'elle. Elle était debout sous l'ampoule, le cordon dans la main, le visage inondé de larmes.

«C'est horrible, tout cet argent dépensé en chiffons. Qu'est-ce que je vais faire de tout ça ?» Elle m'a montré d'un geste les vêtements, les chaussures empilées n'importe comment. «Qu'est-ce qu'on en a à foutre, bon sang! Qui va vouloir de toute cette saloperie? Je n'en veux plus. Vous croyez que je devrais aller déposer ça sur les marches d'une église? Je ne peux pas le donner au père Owen. Il serait scandalisé de voir que… Ne reculez pas! Le couvercle de la boîte romaine est juste derrière vous. Une véritable antiquité. Attention! Marsh est venu hier et il a pris, entre autres choses, mes livres de médecine.» Elle a reniflé et s'est essuyé le visage avec le tissu rêche de sa manche. «Ce salaud s'intéresse autant à la médecine que moi à ces horribles comédies musicales qu'il produit. Pauvre de nous! Où ai-je mis le vin?» Elle a disparu un instant derrière un coffre à linge et a réapparu avec une bouteille qu'elle agitait devant elle. «Si je m'en sors aujourd'hui, je pourrai passer à travers n'importe quoi.»

Mrs. Burgess nous a fait déjeuner à midi pile dans la cuisine encombrée de cartons. Il y avait du poulet froid, des haricots verts et des tomates coupées en tranches qu'elle a parsemées d'échalote hachée. J'ai été frappée, comme toujours, de voir comme elle se concentrait chaque fois qu'elle faisait à manger.

Charlie avait faim. Après avoir fini ce qu'elle lui avait servi, il m'a regardée, hésitant. «Est-ce que je peux avoir un autre morceau de poulet?» m'a-t-il chuchoté. Elle l'a observé tout en se resservant à boire et a levé haut son verre. «Bien sûr!» a-t-elle crié.

Il y avait tant de gaieté et d'enthousiasme dans ses paroles que nous avons tous ri, sauf Brian, qui avait enfoncé son index dans trois tranches de tomates et tentait de regarder à travers. «Tout est rouge, Maman», a-t-il dit avec un sourire rusé.

En début d'après-midi, Mrs. Burgess escamotait la moitié de ses mots et se cognait aux cartons que Charlie avait alignés dans les pièces où il avait rangé. Titubante, elle m'a emmenée à la cave où meubles cassés et paquets de livres s'entassaient sous la poussière.

«Encore et encore! a-t-elle balbutié, désespérée. Oh mon Dieu! Et tout ça n'est peut-être même pas à moi! Peut-être était-ce déjà dans la maison quand nous l'avons achetée.» Elle a trébuché, gémi, s'est accroupie sur le sol de ciment. Sa robe s'est écartée, révélant la peau douce de ses mollets. «Mon petit pied, a-t-elle marmonné. Je lui ai fait bobo», et elle s'est appuyée contre une pile de caisses à bouteilles en bois vides, les yeux fermés. «Est-ce que ça va? lui ai-je demandé. — Non, a-t-elle répondu d'une voix sourde. Et ça n'ira jamais.»

Elle a ouvert les yeux et m'a regardée comme si elle ne me reconnaissait pas, puis elle a plongé la main dans un carton à côté d'elle et remonté lentement devant ses yeux ce que sa main avait trouvé. Son humeur a changé. Elle a ri, satisfaite. «Noël! Attendez de voir mon arbre! Regardez ça... N'est-ce pas attendrissant?»

Elle m'a tendu une grande boule de verre aux couleurs brillantes, concave d'un côté, avec dans son creux un minuscule bébé coiffé d'un grand bonnet, en verre lui aussi. Je l'ai prise pour la remettre en place.

«Non! Dans ma main, a-t-elle dit. Et je me fiche de savoir ce qu'il y a dans ces cartons. Je ne laisserai rien au gros richard qui a acheté la maison. Ça m'est égal d'avoir à stocker tout cela. Tout est à moi!»

Ensuite, il y a eu des coups de téléphone. J'ai reconnu les voix de deux femmes, Mary Fender, mariée à un comptable qui avait travaillé pour Marsh Burgess et avec qui Mrs. Burgess m'avait dit parler chaque jour que Dieu faisait ou presque, et Georgia Casten, dont le quatrième mariage, avec un coursier noir de quatorze ans son cadet, faisait dire à Mrs. Burgess : «Elle ne l'a fait que pour attirer l'attention. Il est plutôt bête, mais terriblement beau... Ils forment un couple assez fabuleux...»

Les deux conversations qu'elle a eues avec elles étaient à peu près identiques. J'emballais des assiettes dans des journaux sur la table en marbre et j'ai eu l'impression qu'elle riait au même moment du récit qu'elle leur faisait de la journée que nous venions de passer. Mais elle était comme ça, elle disait tout à tout le monde, exactement comme elle transformait en scène comique un incident sur lequel quelqu'un d'autre serait passé sans commentaires.

Le long après-midi tirait à sa fin. Les rais de lumière dorée du crépuscule tombaient sur les tapis roulés, attachés avec de la corde, et sur les cartons pleins. Mrs. Burgess, un petit panier de paille à la main, a dit : «D'accord. Je suis prête à parier. Vous pensiez que j'avais oublié. Je n'oublie jamais. J'ai trouvé trois magnifiques boutons de nacre que je vais coudre à la chemise de Charlie.

— Ce n'est qu'une vieille chemise», ai-je protesté. Elle a ri et secoué la tête. «Ce n'est pas ça qui compte», a-t-elle dit, princière.

En haut, Brian poursuivait le chien dont les griffes résonnaient sur le plancher nu. Nous étions dans l'entrée. Charlie a reculé vers la porte. «Ça ne fera pas mal, Charlie, a-t-elle dit. Je suis une merveilleuse couseuse de boutons. Je l'ai fait mille fois pour Marsh, et aussi pour Howard, et Leon, et des centaines d'autres.»

Charlie avait l'air stupéfait. J'étais habituée à la façon qu'elle avait de parler d'événements et de gens comme si j'avais été

327

supposée être déjà au courant. Ou comme si tout ce qui la concernait devait être connu de tout le monde.

« Viens ici, l'a-t-elle appelé, debout sur le pas de la porte du salon. Je vais m'installer dans ce magnifique fauteuil et toi, Charlie, tu vas rester en face de moi. Tu n'auras même pas à enlever cette chemise. Laisse-moi prendre mes lunettes. Allez, Charlie… »

Elle s'est assise près des portes-fenêtres et s'est mise à arranger les plis de sa robe avec un soin excessif. Elle a cherché ses lunettes à tâtons sur sa tête, comme d'habitude, les a tendues en avant, a semblé les admirer un instant puis a passé l'extrémité de leurs branches autour de ses oreilles. Elle a mis ses mains de chaque côté du panier posé sur ses genoux comme s'il s'agissait d'un petit animal. Charlie s'est avancé d'un pas hésitant. Elle a levé les yeux vers lui, ramassé son verre de vin qui était par terre et bu une longue gorgée. Elle lui a fait signe. Il a fait un pas de plus, puis un autre, jusqu'à ce qu'il soit juste devant elle. Il s'est tourné et m'a interrogée du regard.

J'ai souri, mais ce n'était pas uniquement à lui. Mrs. Burgess s'est penchée sur l'aiguille qu'elle enfilait. Les rayons du soleil tombaient sur ses cheveux foncés, sur le bas de sa robe aussi rouge qu'une baie sur la branche, sur sa main levée pour saisir la chemise de Charlie tandis que l'aiguille allait et venait à travers le lumineux petit bouton de nacre. Le silence, le jour qui tombait, les ombres qui adoucissaient les contours de leurs deux silhouettes provoquaient en moi une espèce d'engourdissement et, lorsque Brian a surgi dans la pièce coiffé d'un énorme chapeau de paille qui lui tombait sur les oreilles, j'ai eu envie de le repousser afin que rien ne vienne briser la magie de cet instant aussi empreint de rêve qu'une scène entrevue au crépuscule derrière une vitre couverte de poussière.

« Mais maman ! Tu vas lui coudre le ventre au dos ! »

Mrs. Burgess a avancé la tête et coupé le fil avec ses dents. « Tais-toi, Brian ! C'est fini, Charlie. Te voici devenu un jeune homme élégant. »

Nous étions prêts à partir. J'avais dans mon sac les clés de son nouvel appartement de la 68ᵉ Rue ouest, où je devais la retrouver le lendemain. Elle conduirait Brian et le chien en ville dès que les déménageurs auraient tout emporté. Elle est restée sur le pas de la porte. «Vous serez là, n'est-ce pas, Luisa ? a-t-elle demandé d'un air mélancolique. Je ne sais pas ce que je ferais sans vous.» Elle semblait dessoûlée mais fatiguée, et vaguement abattue, comme Brian quand ses caprices nous avaient gâché la journée.

«Je serai là, Mrs. Burgess.»

Elle a regardé Charlie. «Attends !» lui a-t-elle lancé. Elle a couru dans la maison en relevant le bas de sa robe et en me lançant par-dessus l'épaule un regard amusé. À son retour, elle tenait quelque chose sous ses doigts repliés. «Tends la main», a-t-elle dit en souriant à Charlie. Il a obéi et elle y a glissé un petit objet. Nous nous sommes tous penchés et avons découvert une minuscule sculpture d'ivoire qui représentait deux singes en train de danser. Bien qu'elle ne fût pas plus grande que le pouce de Charlie, elle était travaillée si minutieusement que l'on voyait des dents pointues dans la bouche des singes.

«Tiens, a-t-elle dit. C'est un porte-bonheur. Très très ancien.»

Charlie n'a fait aucun commentaire sur la journée que nous venions de passer avant d'arriver à la maison.

«Elle est riche, n'est-ce pas ? a-t-il demandé alors.

— Probablement, ai-je répondu. Ses parents sont morts dans un accident d'avion et elle a touché de l'argent. Elle n'avait que trois ans. Je pense aussi qu'elle a vendu la maison assez cher. Et Mr. Burgess lui verse une pension.

— Ça ne l'empêche pas d'être gentille», a-t-il dit.

*

Lorsque le téléphone a sonné ce soir-là, j'étais persuadée que c'était Mrs. Burgess. Je pensais à elle, à sa dernière nuit dans la maison où elle avait vécu avec son mari, et où elle se retrouvait seule maintenant avec son enfant, comme moi avec le mien. Elle voulait probablement s'assurer que j'allais venir le lendemain matin. J'ai eu un instant d'inquiétude à l'idée qu'elle avait peut-être continué à boire et que lui parler ne serait pas facile, mais je suis vite allée décrocher, décidée à tout faire pour la rassurer. C'était Tom.

J'ai pensé qu'il voulait prendre rendez-vous avec Charlie et l'emmener quelque part pour son anniversaire le lendemain. «Je vais le chercher, ai-je dit.

— Un instant. Nous nous installons en Californie le mois prochain. Je t'écrirai afin d'organiser ses visites. Je ne veux pas que ça le traumatise. J'espère que tu sauras le rassurer. Allô ?

— Je t'écoute, ai-je dit. Charlie m'a parlé de ton départ.

— Ce n'est pas un départ, juste un déménagement», a-t-il dit. Sa voix était sans emphase, neutre. J'ai éloigné le combiné de mon oreille, comme s'il avait crié. Son implacable hostilité avait résonné à travers le seul mot qu'il avait prononcé plus fort que les autres, un mot que j'avais appris à connaître à travers mes conversations avec mes divers employés, qui semblaient toujours trouver plus facile de parler de traumatisme plutôt que de souffrance.

Il s'est raclé la gorge. Je ne voulais pas qu'il parte pour la Californie. Si altéré que fût le lien involontaire existant entre nous, je m'étais accrochée à l'espoir irraisonné que Tom serait bon avec Charlie. Mais envers qui ferait-il jamais preuve de bonté ? Je me suis soudain rappelé la froideur avec laquelle il m'avait parlé plus d'une fois de Gina, de ses manières affectées, de sa sentimentalité – il voyait en elle clairement, m'avait-il dit, savait l'ambition qui la dévorait, son cœur avide.

Charlie est arrivé à la porte, le chat dans les bras. Je lui ai montré le téléphone sans rien dire. Quand il l'a pris, je suis allée chercher dans le placard du papier pour emballer ses cadeaux, un nouvel album avec une enveloppe de timbres et un manteau de mouton que j'avais acheté en mai dans une boutique du quartier et payé en trois mois.

Pendant que Charlie dormait, j'ai eu envie, malgré la dépense que cela représentait, d'appeler Ellen à Atlanta, où elle avait passé le barreau et travaillait dans un cabinet d'avocats noirs. Je l'avais vue deux fois pendant les deux années qui venaient de s'écouler, la première quand elle était venue à New York pour un congrès, la seconde lorsqu'elle était passée chez moi un jour après avoir enterré sa mère à Dayton.

Notre vieille amitié avait résisté au temps et aux kilomètres qui nous séparaient. Ce sentiment semblait être devenu comme un mausolée où nous revenions à l'occasion déposer une couronne en souvenir des jours anciens. Nous nous écrivions parfois. Elle m'avait raconté dans une de ses lettres qu'elle fréquentait un homme considérablement plus âgé qu'elle, Jim Creedmoor, professeur d'histoire dans une université noire à côté d'Atlanta. Elle ne parlait pas d'amour mais d'engagement, de lutte. Quand nous nous étions vues, je l'avais trouvée plus belle que jamais. Elle était mince et portait des vêtements élégants et chers. Elle avait répondu à mes compliments à ce sujet en disant : « Je suis comme tout le monde, ma chérie. Une bonne partie de ce que je gagne finit sur mon dos. »

Elle était chez elle. Nous avons parlé aussi longtemps que je l'ai trouvé raisonnable. Elle m'a dit de la rappeler en PCV. « C'est ma tournée », ai-je dit. Elle a ri, m'a traitée de prétentieuse. Je lui ai décrit Mrs. Burgess, lui ai expliqué que le travail que je faisais chez elle ne me faisait pas me sentir comme une domestique. Je me suis rendu compte qu'il y avait quelque chose de fiévreux dans ma voix. Je voulais absolument qu'elle croie que ma vie avait changé.

« Elle n'oubliera jamais ce que tu es, a dit Ellen d'un ton acerbe. Ne l'oublie pas toi-même.

— On ne peut pas toujours ranger les gens par catégories.

— Il le faut », a-t-elle répondu d'un ton définitif.

Je me suis dit qu'elle avait toujours dans la tête les lois de la vie que Julian édictait autrefois. J'ai essayé de lui expliquer mes sentiments contradictoires face au départ de Tom pour la Californie. «Il m'a parlé, lui ai-je dit, comme si j'étais une servante qu'il avait trouvée ivre par terre dans sa cuisine avec le sac de course renversé autour d'elle.

— Tu l'as rejeté, a-t-elle dit.

— Non, ce n'est pas vrai, ai-je répondu sur la défensive. Je ne pouvais pas vivre avec lui.»

Elle a ri et dit qu'on ne pouvait pas attendre d'un homme qu'il voie la différence. Elle m'a suppliée d'aller la voir. «Est-ce que ces dames qui t'emploient ne te donnent jamais de vacances ? Je t'aiderai à payer votre voyage à tous les deux.

— C'est chouette d'avoir une amie riche, ai-je fait remarquer.

— Je ne le serai jamais», a-t-elle répondu. Je lui ai demandé des nouvelles de Mr. Creedmoor. Elle m'a annoncé qu'ils allaient peut-être bientôt se marier. «C'est merveilleux», ai-je dit, mais j'ai entendu dans ma voix un manque d'enthousiasme et j'ai compris que je l'enviais.

Après avoir raccroché, je me suis sentie irritée, troublée. Nous ne nous étions pas comprises. J'ai pensé à la maladresse avec laquelle je m'étais efforcée de décrire Mrs. Burgess. J'avais l'impression d'avoir encore une dernière remarque décisive à faire sur elle. J'ai contemplé le téléphone, tentée de rappeler Ellen. Mais je ne pouvais pas me le permettre. De toute façon, je ne savais pas ce que j'aurais pu lui dire.

Le lendemain matin, je suis entrée dans la chambre de Charlie sur la pointe des pieds et j'ai posé ses cadeaux à côté de son lit. La chaleur d'août était comme du métal liquide versé dans le moule de sa petite chambre. Environ une heure plus tard, j'essayais de trouver où poser les pieds entre les plaques de goudron qui fondaient au soleil jusqu'à ce que j'échappe moi-même à ses rayons en me réfugiant dans l'entrée de l'immeuble couleur crème où Mrs. Burgess habitait désormais.

Son appartement faisait face à Central Park. Dans les pièces vides, où régnait une odeur de peinture fraîche, la lumière avait une nuance verte, flot coloré interrompu par les vitres qui se trouvaient au même niveau que le haut des arbres de l'autre côté de l'avenue.

Je n'avais rien pour nettoyer les taches de graisse cuite et recuite qui encrassaient le four. Mrs. Burgess détestait ça. Autant le désordre ne la dérangeait pas, autant elle s'affolait devant la saleté, ne supportait pas le moindre doute sur la fraîcheur d'un reste de nourriture – elle détournait toujours la tête lorsque je raclais les assiettes au-dessus de la poubelle – et se mettait à jurer quand ses cheveux bouchaient le conduit du lavabo de la salle de bains où elle ne remettait pas les pieds avant que j'aie nettoyé.

J'étais assise sur un rebord de fenêtre et je regardais dans la rue depuis quelques minutes quand la porte s'est ouverte en grand et que Mrs. Burgess est arrivée en titubant sous le poids de deux sacs de linge qu'elle traînait sur le parquet.

« Vous êtes là ! » a-t-elle crié avec un soulagement tellement manifeste que j'aurais voulu qu'Ellen puisse l'entendre. Qui, parmi mes autres employeurs, avait jamais accordé tant d'importance à ma présence ?

« Brian a la diarrhée – quelque chose d'inouï – alors je les laissés à Mary, lui et ce fichu chien. Elle déteste les animaux et les enfants. Génial ! Le chien chantait *Madame Butterfly* et pissait sur tous les sièges de sa voiture. Oh, regardez ! J'ai apporté des sandwichs pour notre déjeuner. » Elle a fouillé dans l'un des sacs et en a sorti deux bouteilles de whisky. « Pour les déménageurs », a-t-elle dit avant d'ajouter : « Enfin, en partie, quoi. »

Je lui ai dit que le téléphone ne marchait pas et que j'irais appeler Charlie d'une cabine dans une heure ou deux pour lui souhaiter un bon anniversaire. Elle a semblé terrifiée. « Vous ne pouvez pas le faire plus tard ? C'est un garçon si intelligent, si gentil. Il saura que vous pensez à lui. Mon Dieu, la compagnie de téléphone était supposée… peut-être qu'ils vont envoyer quelqu'un tout à l'heure. Vous n'aurez pas à sortir. Je crois que je vais me servir un petit verre. Je suis complètement idiote. J'aurais dû penser au téléphone. Nous voici coupées du monde. Vous n'allez pas sortir, hein, Luisa ? Vous n'allez pas me laisser ? Je crois que je me sentirai mieux quand mes affaires seront arrivées. »

J'ai pris les sandwichs qu'elle me tendait et pendant que j'allais les mettre dans la cuisine, elle a porté à ses lèvres une bouteille dont elle avait dévissé le bouchon tout en me parlant. Quand je suis revenue, elle était devant une des grandes fenêtres du salon. Il y avait des traînées de sueur sur le dos de son chemisier à manches longues. Elle s'est retournée vers moi lentement, le visage vide.

« Ma nouvelle vie, a-t-elle soupiré.

— La vue est magnifique, ai-je dit.

— La vue ! » s'est-elle exclamée. Elle s'est penchée, a pris son sac et l'a ouvert. « Regardez, Luisa, a-t-elle murmuré en me tendant une photo jaunie. Je l'ai trouvée dans la cave. C'est mon oncle Wilfred, à quatre-vingt-huit ans. Je vous laisse deviner l'identité du bébé qu'il tenait dans ses bras. Il était mon tuteur. J'ai vécu six ans avec lui. Puis il y a eu quelqu'un d'autre. Il est mort… Tout le monde est mort. »

Sur la photo, presque invisible sous les taches jaunes comme des soleils blafards, j'ai réussi à discerner un petit homme barbu, un ballot dans les bras, un visage de bébé indistinct. Quand j'ai relevé les yeux, Mrs. Burgess m'a montré du doigt une larme qui coulait sur sa joue.

« Pauvre de moi, a-t-elle dit.

— Je sais ce que c'est, ai-je commencé. Ma grand-mère… »

Mais elle était partie comme une flèche vers la cuisine. « Qu'est-ce que c'est que cet horrible four ! a-t-elle crié. Quelle bande de salauds, avec le loyer que je paye… Quels porcs ! »

Je suis allée la rejoindre. « Je serais bien sortie chercher de quoi le nettoyer, ai-je expliqué, mais j'ai eu peur que vous n'arriviez avant mon retour.

— Oui, je comprends… mais je suppose que nous ne pouvons pas rester là à attendre sans rien faire. Il vaudrait peut-être mieux que vous alliez vite acheter ce qu'il faut. C'est une chose que je ne supporte pas ! A-t-on jamais vu une horreur pareille ? »

J'ai appelé Charlie d'une cabine. Il collait déjà les timbres dans son nouvel album et mangeait du bacon avec Bird.

J'ai trouvé un supermarché sur Colombus Avenue et acheté ce dont j'avais besoin. Quand je suis revenue, un énorme camion de déménagement était garé devant l'immeuble. Au troisième étage, la porte de Mrs. Burgess était ouverte. Debout au milieu du salon, un foulard en coton sur la tête, elle indiquait où était la chambre de Brian aux jeunes gens qui transportaient le lit d'enfant. Elle avait les joues rouges et elle souriait. En passant devant elle pour aller dans la cuisine, j'ai senti que son haleine empestait le whisky. « Je me sens vraiment beaucoup mieux », m'a-t-elle dit.

À la fin de l'après-midi, elle ne tenait plus debout. Les déménageurs attendaient dans le salon. L'un d'eux a enlevé la large ceinture de cuir qu'il portait à la taille et l'a lentement enroulée autour de son poignet. Les deux autres observaient attentivement Mrs. Burgess, qui ne quittait pas des yeux la petite clé qu'elle tenait à la main. Elle a vacillé devant une haute horloge en bois fruitier dont la porte était peinte d'un soleil et d'une lune. Puis elle a essayé sans succès d'introduire la clé dans la serrure.

« Cette merveille appartenait à Oncle Wilfred, a-t-elle dit d'une voix pâteuse. Il faut que je l'entende marcher. Il l'avait trouvée en Provence. Elle vient tout droit d'une petite chambre française aux murs blanchis à la chaux. Ne comprenez-vous pas ce que j'éprouve pour elle ? » Elle a pivoté sur elle-même et nous a fixés d'un œil féroce. Les déménageurs ont échangé un regard. « Mrs. Burgess, a commencé l'un d'eux en lui tendant une facture. Pourriez-vous…

— Attendez ! » a-t-elle crié. Elle a posé un doigt sur ses lèvres avec un regard circonspect et traversé la pièce en titubant. « Il faut absolument que nous buvions un verre ensemble », a-t-elle lancé de la cuisine. Elle est revenue avec son carnet de chèques et une bouteille de whisky. Toujours souriante, elle a fouillé dans une caisse de vaisselle et en a ressorti un petit objet emballé dans du papier journal. «Qui parie que c'est un verre ? Allez le rincer, Luisa.

— Ça ira, M'dame, a dit un des hommes. Nous boirons dans le même verre. L'encre des journaux ne peut pas nous faire de mal. Mais signez et donnez-moi le chèque. Là, vous voyez… »

Mrs. Burgess avait acheté cette horloge quelques mois plus tôt chez un antiquaire d'East Hampton. La tension du déménagement, les flots d'alcool dont elle s'était imbibée – j'avais vu une des deux bouteilles posée presque vide à côté de l'évier – lui avaient momentanément fait perdre la tête.

Lorsque j'ai rapporté le verre rincé, elle remplissait un chèque en prenant appui sur une grande caisse, les lunettes de travers. Elle l'a détaché d'un geste théâtral et l'a agité devant elle jusqu'à ce qu'un des déménageurs réussisse à le lui prendre. «Vous êtes des princes, a-t-elle dit. Des rois… »

Une fois la porte refermée derrière eux, elle s'est assise sur une pile de linge. «Voilà… C'est fini… », a-t-elle balbutié.

J'ai fait son lit et pendu quelques vêtements. J'ai vidé les cartons de la cuisine et rangé comme je pouvais, sachant qu'elle remettrait tout dans un ordre différent.

Elle dormait recroquevillée sur elle-même dans un coin du canapé. La nuit tombait. L'air était frais. Elle avait tellement bu qu'elle ne s'éveillerait peut-être pas avant le lendemain matin. Mais cela n'était pas sûr. Fatiguée à en avoir la nausée, je suis retournée au supermarché de Colombus Avenue et je lui ai rapporté du pain, des œufs et du café. Les produits que j'avais achetés, pain blanc, café américain, ne lui plairaient pas, mais c'était tout ce qu'ils avaient. Au moins trouverait-elle quelque chose à manger quand elle se réveillerait.

Je suis restée un instant à la regarder. Elle respirait bruyamment, la bouche ouverte. Semblait totalement abandonnée. Qu'allait-elle faire désormais ? Le divorce avait été prononcé des mois plus tôt, la maison vendue. Il n'y avait personne à Quogue pour qui elle eût de l'affection; elle n'y retournerait pas. Dans quelques années, Brian partirait en pension, elle me l'avait dit. Tout, dans sa vie, était maintenant réglé. Réglé pour quoi ? Peut-être se remarierait-elle. Peut-être rencontrerait-elle quelqu'un à aimer, quelqu'un sur qui s'apitoyer. J'ai pensé à l'amour et à l'apitoiement qui l'accompagne, épuisée mais incapable de bouger, consciente du bruit monotone de la circulation qui entrait par les fenêtres ouvertes. Devais-je les fermer ? Non, il faisait trop chaud. Si seulement elle ne buvait pas tant ! Il fallait que je parte. Le lendemain, Mary Fender viendrait l'aider. Petit à petit, elle allait redécouvrir ses objets, leur trouver une place, reconstituer son monde. La ferme de Long Island allait me manquer. Elle avait été pleine de surprises. Il y avait au-dessus de la porte d'entrée une lampe grillagée, une lumière douce qu'elle allumait au crépuscule et vers laquelle, en repartant vers la gare, je me retournais toujours pour un dernier coup d'œil.

Charlie est rentré quelques minutes après moi. Son père lui avait offert un électrophone et Gina un disque, *Les grands succès de la musique classique*.

«C'était bien ?

— Pas mal.

— Tu es content de tes cadeaux ?

— Surtout des timbres.

— On boit un thé glacé ? »

Il a hoché la tête et m'a étudiée du regard. «Gina a dit que j'étais la seule personne de New York qu'elle allait regretter.» Il a pris le chat par terre et l'a soulevé au-dessus de sa tête. Je fixais nos verres.

«Elle avait fait un gâteau, a-t-il ajouté au bout d'un moment. Le glaçage tombait.» Assis en face de moi, il me regardait. Je savais qu'il regrettait de m'avoir répété ce que Gina avait dit. Cela lui ressemblait tellement, cette complaisance avec laquelle elle étalait l'affection qu'elle prétendait éprouver pour Charlie en sous-entendant que personne d'autre n'en était digne. Il avait l'air inquiet. « Elle t'a toujours beaucoup aimé », ai-je fait l'effort de dire.

Je n'étais jamais à l'aise lorsque je parlais d'elle, bien qu'elle n'eût été que le prétexte de notre séparation, exactement comme le voleur de bijoux avait été le prétexte de notre affrontement devant la justice.

« Nous aurons sa peau ! » avait déclaré l'avocat de Tom. Cette phrase m'avait libérée du lien qui m'avait attachée à Tom de façon bien plus définitive que toute la paperasserie de notre divorce. Elle m'avait fait comprendre que je n'avais même pas droit à la justice la plus élémentaire. Ni à la moindre compassion. Effondrée, dégradée par ces journées au tribunal, j'avais enfin compris que Tom était un ennemi.

Gina avait entretenu une certaine idée qu'il avait de lui-même. Mais qu'il avait eue bien avant elle. J'avais fini par m'en rendre compte lorsque j'avais signé la déclaration de vol. C'était une idée qui remontait à ma première conversation avec Tom : il s'était par erreur marié avec la domestique, alors qu'il était fait pour épouser la maîtresse de maison.

Je me suis mise à rire. « Madame Gina », ai-je dit.

Charlie a ri à son tour. « Ça lui va bien », a-t-il dit. Un instant plus tard il m'a demandé : « Est-ce que Mrs. Burgess a fini de déménager ?

— Oui, c'est fait. Je n'aurai plus ce long trajet.

— Je parie que le petit ne vous a pas beaucoup aidées.

— Il n'était pas là.

— Tu te souviens quand j'ai fait les cartons de livres ? Il m'a brusquement sauté dessus en disant que je ne pouvais ni boire ni manger sans lui en demander la permission parce que tout ce qui était dans la maison lui appartenait.

— Brian n'est pas élevé.

— Le chien non plus », a-t-il fait remarquer d'un air pensif. J'ai appuyé le verre de thé froid contre ma joue. « Peut-être qu'à l'hôpital ils ont échangé le bébé de Mrs. Burgess avec un autre », a-t-il ajouté.

*

« Je t'ai emmené voir Papá il y a longtemps, ai-je dit à Charlie le lendemain matin alors que nous regardions l'Hudson devant l'immeuble de mon père. Mais tu étais tout petit.

— Qu'est-ce que j'ai fait ?

— Tu as essayé de dénouer les lacets de ses chaussures. »

La porte était entrouverte. Je l'ai poussée et nous sommes entrés. Papá nous faisait face, debout devant la fenêtre. À un mètre de lui, une femme d'âge moyen était assise, très droite, contre le dossier de sa chaise. Elle avait les tempes blanches, le visage large, quelconque. Elle se tenait les pieds serrés, les mains jointes sur les genoux. Elle m'a contemplée en silence. Quand Papá a prononcé mon nom pour me saluer, elle a très légèrement souri, comme si elle n'en avait pas tout d'abord été certaine, mais savait maintenant qui j'étais.

« Mrs. Rose Lafferty », a dit Papá. Elle s'est levée et elle est venue vers moi, le bras tendu. Elle m'a serré la main, a adressé un hochement de tête à Charlie, est retournée s'asseoir puis a sorti un mouchoir de sa manche et s'est essuyé la bouche d'un air pensif.

« Charles », a dit mon père d'une voix sonore. Charlie s'est avancé vers lui. Immédiatement, Papá a reculé vers la fenêtre et Charlie s'est arrêté en me lançant un coup d'œil. Je suis allée à côté de lui. « J'espère que tu travailles bien à l'école, a dit mon père.

— Il est bon élève, ai-je répondu.

— Il ne sait pas parler ?

— Je ne suis pas très fort en maths, a dit Charlie comme s'il s'en excusait.

— Du moment qu'il sait additionner et soustraire, est intervenue Mrs. Lafferty d'une voix forte et nasillarde. Ainsi, bien sûr, que multiplier et diviser.

339

— Mrs. Lafferty est comptable, a dit Papá, dont le visage s'est à peine adouci quand il l'a regardée. Bon, vous voulez du café ?

— Nous avons pris notre petit déjeuner.

— Je n'ai pas parlé de déjeuner. » Il s'est dirigé d'un pas raide vers la cuisinière, où j'ai vu qu'il avait déjà fait du café qu'il laissait chauffer à feu très doux. Il avait les cheveux blancs. Son nez était plus fin que jamais. Je l'ai regardé fixement. Il était devenu vieux.

« Après notre mariage, a-t-il dit en remplissant des tasses qu'il avait auparavant alignées sur la paillasse, nous partirons quinze jours. Je ne suis jamais sorti de ce pays depuis notre arrivée.

— Vous allez à San Pedro ? À Malagita ? » ai-je demandé, soudain méfiante. Je sentais mon cœur battre dans ma gorge.

Il s'est retourné vers moi, deux tasses de café dans les mains. « San Pedro ? Malagita ? Pour quoi faire ? Non, nous allons à Porto Rico. Malagita n'existe pas. Des hommes d'affaires américains l'ont achetée il y a des années. Je crois qu'on appelle ça un consortium. » Il a regardé Mrs. Lafferty comme s'il attendait d'elle une confirmation. Elle a souri d'un air placide.

L'immense soulagement qui m'a traversée avec la force involontaire d'un frisson quand Papá a dit qu'ils n'allaient pas à San Pedro a pris la forme d'un rire bref qui m'a échappé, une sorte de ha-ha-ha peu mélodieux qui m'a autant surprise que les autres. Les tasses ont tremblé bruyamment dans leurs soucoupes. Mon père m'en a tendu une en fronçant les sourcils. « Tiens, m'a-t-il dit d'un ton brusque. Prends ça.

— La *vivienda* est sûrement encore là », ai-je dit pleine de ressentiment. Comment pouvait-il prétendre que Malagita n'existait pas, était juste une idée que chacun pouvait écarter selon son bon plaisir ?

« La maison, a-t-il dit en anglais, et avec emphase, comme s'il parlait d'un de ces quadrilatères surmontés d'un toit pointu qu'on voit sur les dessins d'enfants, a été construite pour résister à tout sauf à l'oubli. Je suppose qu'elle est encore là. Les Américains ne doivent y voir qu'une structure mal conçue, pleine d'espaces perdus. Bien que les Américains aiment la place perdue. Pour montrer qu'ils peuvent gâcher ce qui manque aux autres. »

Il a tendu l'autre tasse à Mrs. Lafferty, dont le visage, quand elle a baissé les yeux vers son contenu, s'est voilé d'une expression inquiète, on aurait dit qu'elle était sur le point de violenter son grand corps aussi impassible qu'une pomme de terre en y introduisant l'amer café des Caraïbes que Papá avait fait et que Mamá diluait toujours pour moi dans du lait chaud. J'ai essayé de ne pas la regarder. Elle est si carrée, si massive, me disais-je, que le fantôme de Mamá aura du mal à passer près d'elle. Soudain elle m'a souri. « Ça vous plaît, là-bas ? a-t-elle demandé. Vous habitez dans le Queens, je crois ?

— À côté de Forest Hills, ai-je dit. C'est calme.

— Il y a des magasins ?

— Oh oui, une rue entière.

— Je trouve ça indispensable, a-t-elle lancé, très à l'aise. Dites donc, votre fils est drôlement grand ! Remarquez, c'est mieux comme ça. »

J'avais oublié pendant un moment que Charlie était là. Quand je l'ai regardé, j'ai vu qu'il semblait mal à l'aise. « Tu peux t'asseoir », lui ai-je dit. Il a posé son derrière tout au bord d'une chaise, d'un air hésitant.

« Est-ce que tu t'es déjà choisi un métier, comme ils disent ici ? a demandé Papá à Charlie. Une de ces professions qui fera de toi un vrai Yankee, pilote d'avion, peut-être ?

— Pas encore, a répondu Charlie.

— Pas encore, a répété Papá, comme s'il n'en revenait pas.

— Où allez-vous à Porto Rico ? ai-je vite demandé.

— Federico m'a conseillé de rester à San Juan », a-t-il répondu. Est-ce que Papá le voyait toujours ? Est-ce qu'il demandait conseil à cet idiot ?

« Comment va-t-il ?

— Toujours le même, et je parierais qu'il était déjà comme ça à l'âge de Charlie.

341

— Je suis tellement contente, est intervenue Mrs. Lafferty. Aller dans un pays étranger, vous vous rendez compte !

— C'est Federico qui va à San Pedro, a dit Papá en me regardant attentivement. Oui, il y va régulièrement. À Estremadura. On y a construit pas mal d'hôtels, avec un casino et un terrain de golf, évidemment.

— Mais c'est un marécage ! me suis-je exclamée.

— Il a été asséché il y a des années. Federico dit qu'il n'en reste aucune trace, sauf parfois une légère odeur de marais, la nuit, surtout à la saison des pluies. » Papá a eu un sourire sardonique. « Les touristes ne s'en rendent même pas compte, tant que ça ne remonte pas dans les tuyaux des salles de bains.

— C'est là où mon grand-père est mort, ai-je murmuré.

— Il faut bien que les gens meurent quelque part, a dit Papá. Tu aimes la musique classique, Charlie ?

— Ton grand-père adore ça, a annoncé Mrs. Lafferty d'un ton insistant.

— Nous avons des cours de musique, à l'école, a murmuré Charlie.

— Qu'est-ce qu'ils vous font écouter ? » a demandé Papá. Charlie m'a jeté un coup d'œil gêné. « La *Marche slave* », a-t-il proposé. Devant le visage vide de Papá, il a ajouté : « La *Symphonie inachevée* de Dvorak.

— Tu l'interroges comme si tu étais de la police, Papá », ai-je protesté. Mrs. Lafferty a froncé les sourcils et croisé soigneusement les pieds. J'ai remarqué qu'elle venait de faire ressemeler ses chaussures. Je me suis levée, j'ai mis ma tasse dans l'évier et ouvert le robinet. « Laisse ça ! » a ordonné la voix de Papá.

À cet instant, Mrs. Lafferty s'est mise à parler comme un acteur qui est arrivé en retard sur scène et tente de rattraper le temps perdu. Elle a raconté qu'elle était née et avait grandi à Rhode Island et avait eu ses plages immenses pour premier terrain de jeux. Sa voix avait une étrange gaieté de petite fille. Elle avait, disait-elle, probablement passé là-bas les meilleures années de sa vie. Après la mort de son mari, Mr. Lafferty, elle était venue se faire une place à New York. Sa sœur aînée, qui habitait Providence, avait essayé de l'en décourager, mais elles ne s'étaient jamais bien entendues, pour elle cependant, la famille restait ce qu'il y avait de plus important – les liens du sang sont les plus forts de toute façon, n'est-ce pas ? – et vers qui d'autre pouvait-on se tourner en cas de problème ? Aussi, lorsque sa nièce s'était mariée, avait-elle envoyé un cadeau pour se réconcilier avec sa sœur, et c'était ainsi que tout avait commencé, car la nièce et son époux partaient en voyage de noces de Boston sur un paquebot qui les emmenait en Nouvelle-Écosse et qu'y avait-il de mieux qu'un panier de fruits pour une traversée ? Elle avait donc rencontré mon père dans cette charmante boutique quelques jours avant qu'il prenne sa retraite, quelle aubaine ! Et voilà qu'après des années d'amitié, ils avaient décidé de faire d'elle une femme honnête. Elle trouvait cela très romantique.

Elle me souriait de toutes ses dents, joyeusement. Je lui ai souri en retour, un peu étourdie par la facilité et la vitesse avec laquelle elle avait raconté son histoire. Mamá, me disais-je, n'aurait jamais été capable d'un récit aussi cohérent, sans fioritures, mais, pensais-je, c'était plus facile quand on en laissait autant de côté. Dans un élan, je me suis approchée d'elle et j'ai pressé ma joue contre la sienne, percevant immédiatement l'odeur de cave humide de son épais fond de teint. Charlie et Papá m'ont regardée, étonnés. L'espace d'un instant, je leur ai trouvé une ressemblance et ça m'a paru drôle.

À la porte, Papá a dit : « Revenez nous voir. Je vais mettre des disques de côté pour Charlie, de la bonne musique bien sûr. » Il a glissé la main dans la poche de sa veste, en a sorti un billet, l'a examiné puis tendu à Charlie. C'était dix dollars. Il a fermé la porte avant que l'un de nous ait eu le temps de le remercier.

« Est-ce qu'il a toujours été comme ça ? m'a demandé Charlie dans l'escalier du métro.

— C'est plutôt mieux qu'avant, ai-je répondu d'un air sombre.

— On n'est pas obligés d'y retourner bientôt ?

— Non, à moins que tu y tiennes », ai-je répondu avec un sourire grimaçant.

Il m'a pris le bras en marchant, une chose qu'il ne faisait plus depuis quelque temps.

*

Mrs. Justen et sa mère étaient vautrées chacune à un bout du canapé, une bouteille de rhum posée par terre à portée de leur main. «Maman et moi avons décidé de prendre une journée de vacances», a chantonné Mrs. Justen quand je suis arrivée. Mrs. Early a émis un gloussement timide.

L'évier débordait de vaisselle. Les litières des chats, ignobles, n'avaient probablement pas été changées depuis plusieurs jours. Tout en vaquant à mes occupations, je ne pouvais m'empêcher d'entendre le grondement bas et monotone d'une dispute qu'un rire faible et irrité interrompait parfois. Le bruit de l'aspirateur a couvert le leur. À un moment, Mrs. Justen est partie dans sa chambre en titubant et elle s'est écroulée sur le lit. Dans le salon, Mrs. Early était maintenant assise très droite sur une chaise, ses pieds formant avec le sol un angle étrange et disgracieux. Elle avait beau avoir les yeux grands ouverts, j'ai eu l'impression qu'elle ne me voyait pas.

À l'heure du déjeuner, je me suis contentée d'un vieux bout de fromage rassis que j'avais trouvé dans le réfrigérateur. L'une des deux femmes ronflait bruyamment. J'avais peu de chances d'être payée ce jour-là. Mon métier ne m'avait jamais paru dégradant ; j'y trouvais certaines satisfactions. Mais dépendre de la conscience qu'avaient mes employeurs de ce que je continuais à vivre hors de leur vue, de ce que l'argent qu'ils cherchaient dans le désordre de leur sac ou de leur portefeuille était pour moi vital me remplissait de rancœur refoulée. Il y avait quelque chose dans le travail que faisait une femme dans une maison, je le savais depuis longtemps, qui cachait la distinction fondamentale entre employée et employeur, presque comme si le besoin auquel répondait ce que je faisais constituait en lui-même un salaire. J'ai été soulagée de voir qu'au moment où je me dirigeais vers la porte après m'être changée, Mrs. Justen n'avait pas oublié, qu'elle se précipitait vers moi avec son sac. Elle s'est soudain retournée vers sa mère, toujours assise sur sa chaise, droite mais toute tassée, la peau couleur de cendre.

J'ai attendu, incertaine, à la porte. «Je me souviens, a déclaré Mrs. Justen d'un ton triomphant. Ce n'est pas toi qui m'as téléphoné samedi. C'est moi qui t'ai appelée!

— Oh, Marylou, a dit sa mère d'une voix faible, en relevant les mains puis en les laissant retomber sur ses genoux.

— Si! Si! Si!»

Mrs. Early a eu un sourire fade. «Quelle importance, ma chérie? a-t-elle demandé.

— Mais Maman, c'est ça qui t'a mise en colère! Tu disais que je n'appelais jamais – que c'était toujours toi qui…

— Mais qu'est-ce que ça peut faire? a demandé encore Mrs. Early de la voix chuchotante qu'emploie une mère devant un enfant déraisonnable. Bon, d'accord, c'est toi qui m'as téléphoné. Ça va mieux, maintenant?

— Ce n'est pas le problème! a crié Mrs. Justen.

— La bonne attend, a dit Mrs. Early d'un ton patient. Je crois que tu l'as oubliée.

— Ne me dis pas ce que j'oublie et ce dont je dois me souvenir, a répondu Mrs. Justen d'une voix étranglée.

— C'est vrai, c'est impardonnable, a rétorqué Mrs. Early, qui retrouvait son énergie.

— Je m'en vais, ai-je dit d'une voix forte.

— Pour l'amour de Dieu, donne son argent à cette pauvre femme! a crié Mrs. Early.

— Tu me rends folle», a balbutié Mrs. Justen. Elle a sorti quelques billets de son sac et s'est approchée de moi.

«Je suis désolée, m'a-t-elle chuchoté. Vous voyez comment c'est.

— Est-ce que tu parles de moi avec ta domestique ? » a lancé Mrs. Early d'une voix de gorge.

Je me suis vite éloignée de l'immeuble. Je savais que Mrs. Early allait bientôt pleurer et s'accuser de crimes aussi imprécis qu'extravagants. Au bout d'un moment, Mrs. Justen en aurait assez et elle sortirait de chez elle. Il n'y avait pas de réconciliation possible entre les deux femmes. Mrs. Early ne savait qu'abaisser l'autre ou s'humilier elle-même. Dans un cas comme dans l'autre, elles s'enfonçaient ensemble dans le bourbier de leur relation.

Quelque chose a fini par vraiment rendre Mrs. Justen folle, cette année-là. Elle est tombée dans une profonde dépression. Elle ne sortait plus de son lit que pour aller aux toilettes. Un jour, elle ne s'est même pas donné cette peine. Mrs. Early l'a emmenée à l'hôpital Bellevue.

J'avais beau ne pas aimer Mrs. Early, j'ai continué à faire le ménage quand elle s'est installée chez Mrs. Justen, en partie par nécessité, mais aussi par pitié pour sa fille. Au fil des semaines, Mrs. Early s'est débarrassée de tous les animaux, à l'exception d'une chatte. «La nuit elle va et vient devant la porte de la chambre, m'a-t-elle dit. Vous saviez que ma fille dormait souvent avec toutes ces bêtes entassées sur elle comme une couverture ? Seigneur ! Et elle les embrassait ! »

Un après-midi, Mrs. Early m'a montré une photo de son mari dans un cadre en argent qu'elle avait apportée avec elle et qui trônait sur la commode. Habillé de son uniforme de soldat, il posait avec un regard et une attitude très militaires qui ne disaient pas grand-chose de lui. «C'était un héros, a-t-elle murmuré. Un patriote. Qui est mort pour son pays.»

Je l'ai laissée se morfondre devant la photo. Mrs. Justen m'avait dit que son père avait été tué dans un accident de voiture sur une route du New Jersey. Mrs. Early était tout à fait capable, je l'aurais parié, d'accorder sa version des faits à celle de sa fille. Les gens comme Mrs. Early pouvaient dire tout ce qu'ils voulaient.

Mrs. Justen est rentrée au bout de deux mois. Elle était très pâle, très mince, et avait un nouvel air décidé, qu'elle prenait même pour choisir un crayon ou ouvrir une fenêtre. C'était comme si elle avait l'impression d'être passée toute sa vie à côté de l'aspect concret des choses et ne voulait plus jamais que quoi que ce soit lui échappe. Elle a continué à sauver des animaux mais sans les garder aussi longtemps qu'avant. Elle trouvait des endroits en ville qui les abritaient jusqu'à ce qu'elle puisse les donner. «J'adore cette petite créature, me disait-elle d'une voix ferme. Mais trop c'est trop. Il ne faut pas en faire plus qu'on ne le peut.»

Mrs. Early, qui était repartie vivre chez elle, a continué à venir pratiquement tous les jours et à vouloir se mêler de tout. Lorsque sa mère la regardait lire un manuscrit, Mrs. Justen disait : «Va-t'en, Maman. Va dans une autre pièce. Je n'arrive pas à me concentrer.» Obéissante, Mrs. Early allait dans la cuisine où, lorsque j'allais chercher une boîte de cire ou un chiffon, je la trouvais assise devant la table, tendue, les yeux toujours fixés sur sa fille.

Un jour, Mrs. Justen m'a demandé : «Est-ce que Phoebe Burgess a encore peur de la sclérose en plaques ou de ces autres maladies exotiques qui la terrifiaient ?» J'étais stupéfaite, mais j'ai essayé de ne pas le montrer. Pas plus tard que la semaine précédente, Mrs. Burgess m'avait raconté les moments de panique par lesquels elle était passée après avoir cru sentir les premiers symptômes d'un mal quelconque. Je l'avais vue se plonger dans la lecture de livres de médecine, mais elle passait toujours très vite sur les sinistres photographies en couleurs qui les illustraient.

Mrs. Justen a baissé les yeux vers le magazine qu'elle tenait à la main. «Lorsque mon…» Elle a hésité, puis elle a recommencé. «Lorsque mon mari et moi nous nous sommes séparés, a-t-elle dit, j'ai cru mourir.» Elle s'est arrêtée. «Et je suis allée voir Phoebe. Pendant que je pleurais, elle n'a pas arrêté de me parler de la sclérose en plaques, de me dire quelle maladie horrible c'était. À la fin je lui ai pris le bras et l'ai secoué pour qu'elle m'écoute. Elle a regardé ma main, l'a tapotée et dit : "Tu devrais consulter un psychiatre." » Mrs. Justen a eu un rire dur et elle s'est mise à agiter le magazine. « Regardez ça », a-t-elle dit, et je me suis penchée pour voir l'image en pleine page qu'elle me montrait. C'était un fauteuil roulant sophistiqué, avec une espèce de moteur fixé sur le côté. « Exactement ce qu'il lui faudra quand la maladie se développera, non ? » a-t-elle demandé.

Si je n'avais pas été au service de Mrs. Justen, j'aurais peut-être défendu Mrs. Burgess, bien que ne sachant pas très bien ce qui lui était reproché, en dehors du fait qu'elle manquait, comme tout le monde – et comme Mrs. Justen elle-même –, de véritable compassion face aux problèmes des autres.

Mais Mrs. Burgess n'avait jamais prétendu être malade. Elle offrait ce qu'elle avait à offrir – sa gaieté, sa vie dans ce qu'elle avait de mieux, comme un défilé spirituel et joyeux. Peut-être Mrs. Justen était-elle simplement jalouse d'elle.

*

Il y a des gens, ai-je appris au cours de toutes ces années, pour qui le goût, bon ou mauvais, ne compte pas. Mais d'autres y trouvent un réconfort et une liberté de choix comparables à ceux de la religion et, ainsi que les religieux, considèrent comme indignes de toute rédemption ceux qui n'obéissent pas à sa dictature.

Un après-midi, Mrs. Burgess a éclaté de rire quand je lui ai demandé une nappe pour le dîner qu'elle donnait ce soir-là. « Mais qu'est-ce que vous voulez en faire ? s'est-elle exclamée. Plus personne n'en met. » La table ronde que Mr. Burgess avait achetée en Angleterre des années auparavant et qu'il avait fait venir en bateau jusque chez eux était rayée et tachée. Lorsque j'avais commencé à travailler pour elle, je lui avais proposé d'y passer la paille de fer. Elle avait poussé un cri aigu et levé les mains avec une horreur feinte. En me voyant contrariée, elle m'avait dit ensuite : «Allez, Luisa, arrêtez de vous inquiéter pour cette table. Elle est exactement comme elle doit être.»

Elle faisait ses courses dans des boutiques spécialisées où elle achetait des figues emballées dans des caissettes, des miches de pain brun qui sentait le malt, des conserves françaises dont j'aurais gardé les pots alors qu'elle les jetait immédiatement après usage et des bouteilles d'huile d'olive importée aux étiquettes ornées de dessins d'oliveraies ou de frises aux couleurs vives très travaillées. Les tasses à café rangées sur une étagère de l'office étaient toutes différentes les unes des autres. Je lui ai demandé comment il se faisait qu'elle n'ait pas de service – est-ce que Mr. Marsh en avait emporté une partie ? «Les services ne se font plus, a-t-elle dit avec un petit rire réprobateur, mais vous avez probablement de la chance, Luisa, de ne pas savoir ce genre de choses.»

Pour ses dîners, elle ne préparait qu'un ou deux plats. «Est-ce que cela suffira ? lui ai-je demandé un jour, inquiète. — Largement. Pour les porcs qui viennent ce soir, a-t-elle répondu. Ils ne se rendront même pas compte de ce qu'ils mangent. Qu'ils aillent au diable…»

J'ai appris à cuisiner certaines choses en la regardant faire, bien que trouvant difficilement les ingrédients nécessaires dans les magasins de mon quartier. Mais les vêtements qu'elle me donnait ne m'allaient jamais. Je ne pouvais pas les porter de la même façon qu'elle. Et Amy avait beau les regarder avec envie, ils n'étaient pas à sa taille. Alors je les emportais à l'église la plus proche, où je les entassais dans une grande caisse en bois sur le côté de laquelle étaient peints en lettres noires les mots Saint-Vincent-de-Paul.

*

Si j'avais renoncé au nom de Greer et repris celui de Sanchez depuis des années, l'alliance que Tom m'avait achetée dans une boutique de Broadway quand nous avions commencé à vivre ensemble était encore au fond d'un petit sac de feutre avec les quelques bijoux qu'il m'avait offerts, un collier d'opale, deux bracelets en argent, des paires de boucles d'oreilles. Mes doigts, en fouillant, la retrouvaient. Parfois je la sortais, l'enfilais et la regardais, mince filet d'or qui m'avait un jour contenue tout entière, et que j'avais imaginé porter jusqu'à la fin de ma vie, jusqu'à ce qu'elle disparaisse entre les plis de ma peau comme celle de Nana. Je ne pouvais ni la donner ni la jeter. Je la contemplais, posée au creux de ma main ; je la sentais à peine là où elle touchait ma paume, un vague picotement. Elle était un mystère, un poisson qui se mordait la queue, à la poursuite d'elle-même.

*

Ellen m'a écrit qu'elle travaillait avec des gens de la campagne à côté d'Atlanta. Depuis que la loi de l'inscription sur les listes électorales était passée, elle avait pour la première fois l'impression que ses connaissances juridiques servaient vraiment à quelque chose.

« Beaucoup de Noirs sont terrifiés par ce que nous essayons de faire, écrivait-elle. Là où j'habite, c'est au bureau du shérif qu'ils doivent s'inscrire, et c'est aussi le dernier endroit au monde où ils ont envie d'être. J'habite chez un pasteur. Ses enfants vont se baigner dans une mare l'après-midi quand il fait chaud. L'autre jour, j'allais y sauter avec eux lorsque j'ai vu un serpent se diriger vers moi. C'est horrible, j'ai tellement peur qu'un de ces petits enfants se fasse piquer. Ou même moi. La première nuit où j'ai dormi chez eux, une vieille voiture est passée devant la maison en brinqueballant, pleine d'hommes. Des canons de fusils dépassaient de chaque portière. Malgré tout, j'aime le Sud. C'est pour moi physiquement dangereux, mais mentalement bénéfique. J'ai été ravie de recevoir ta lettre et d'avoir des nouvelles de Charlie.

Il a l'air d'un jeune homme sérieux, comme l'était Thaddeus. Je pense aux jours d'antan où nous étions ensemble. Ils me rendaient heureuse et continuent de le faire. Ne t'inquiète pas pour moi si jamais tu lis les horreurs que racontent les journaux (Luisa, tu lis les journaux, j'espère). Lorsqu'on est pris dans l'épaisseur de la réalité, les choses ne sont pas ce qu'elles paraissent. Je ne me suis jamais sentie aussi joyeuse, et en sachant pourquoi. »

Je ne m'inquiétais pas pour Ellen. Je pensais que rien ne pouvait lui arriver. J'ai réfléchi à la dernière phrase de sa lettre, « aussi joyeuse, et en sachant pourquoi ». Peut-être était-ce ce que j'avais ressenti à la naissance de Charlie.

*

« Il le mérite », a dit Mrs. Burgess, les yeux brillant de larmes, quand elle m'a annoncé qu'en juillet elle emmenait Brian au Québec et à Montréal. Elle l'a pris dans ses bras et il m'a regardé par-dessus l'épaule de sa mère avec des yeux de chouette. À dix ans, il avait poussé comme de la mauvaise graine, ses cheveux couleur de pissenlit lui tombaient sur les yeux, son visage était toujours moqueur, ou bien déçu. Le téléphone a sonné. « Qu'ils aillent se faire voir ! » s'est exclamée Mrs. Burgess. Brian s'est laissé tombé dans un fauteuil. « Le jour où les poules auront des dents, tu ne répondras pas au téléphone », a dit l'enfant. Mrs. Burgess lui a lancé un regard reconnaissant. « Il me connaît si bien, a-t-elle dit. Mais attention, cette fois je ne vais pas décrocher. Je sais que c'est Mary Fender, et elle n'a qu'à attendre. Venez, Luisa. Nous avons des courses à faire. »

Tous les vendredis, je l'accompagnais dans un supermarché à trois rues de chez elle. Ils ne livraient pas et elle avait toujours une longue liste de choses à acheter pour le week-end. Je n'aimais pas y aller. Chez le quincaillier où elle s'arrêtait parfois pour prendre quelques babioles, les remarques méprisantes qu'elle faisait à haute voix sur les ustensiles de cuisine bon marché décorés de petites fleurs nous valaient des regards hostiles. Au supermarché, elle commentait la viande qu'elle regardait d'une voix aussi forte que si j'avais été de l'autre côté de la rue. «Pourquoi se met-elle à crier dès qu'elle entre dans un magasin ?» m'a demandé Charlie un vendredi où il était venu avec nous. Je lui ai dit qu'à mon avis elle ne devait pas se rendre compte du tapage qu'elle faisait.

Je n'avais pas été sincère. Je la soupçonnais de très bien le savoir. Je me demandais si elle se prenait pour quelqu'un de célèbre. À cette époque, tout ce qui la concernait m'intéressait. Elle était, pensais-je, au-delà de tout jugement, exactement comme Beatriz de la Cueva quand elle émettait une déclaration, couchée dans son grand lit. Mr. Clare m'avait dit un jour que certaines personnes étaient de vraies merveilles car elles étaient exactement ce qu'elles étaient, que leur façon de se comporter correspondait absolument à leur nature, «comme les crocodiles», avait-il dit.

En repassant, je l'entendais raconter au téléphone à l'un ou l'autre de ses amis ce qu'elle pensait des hommes politiques, des films, des autres, et surtout de ce que le père Owen lui avait dit, et combien il était merveilleux. Je l'imaginais, dès que son inter-locuteur commençait à lui raconter sa propre vie, attaquer des dents une petite peau autour d'un ongle. Et je savais qu'elle atten-dait la première occasion pour ramener la conversation sur elle. Quand elle raccrochait, encore souriante de l'histoire drôle qu'elle venait d'entendre, le visage rouge de plaisir, elle joignait les mains et me décrivait le délicieux dîner qu'elle allait préparer pour son ami George et l'idiote qui viendrait avec lui, ou pour quelque autre couple dont elle dénigrait toujours un des deux partenaires, tout en adoucissant ses remarques acerbes en disant qu'elle avait été autrefois aussi aveugle devant Marsh que cette bêtasse de Lila l'était devant George ou aussi ignorante que Georgia Casten en ce qui concernait l'amour avant de découvrir grâce au père Owen tout ce qu'il lui avait appris sur elle-même et la vie. Elle m'avait raconté plusieurs choses à propos de ce représentant de l'Église épiscopale, qu'elle voyait plus souvent que personne à Malagita n'était jamais allé voir le prêtre du village. Ami intime de sa mère, il était devenu, après la mort de ses parents, son tuteur officieux, m'avait-elle dit. « Mon grand-oncle Wilfred était trop vieux et il ne connaissait rien aux petits enfants », avait-elle ajouté. Je n'avais aucun moyen de savoir si elle se rendait à l'église le dimanche – elle n'y avait jamais fait la moindre allusion. Je pensais que non. Je ne l'imaginais pas assise sur un banc au milieu des autres, en train d'écouter la parole de Dieu quand celle-ci ne s'adressait pas personnellement à elle.

Elle était si ouverte, manquait tellement de prudence ; j'avais fini par prendre conscience de l'attitude secrète et défiante qui était la mienne et admirais en elle les qualités opposées, croyant que ce que je voyais constituait sa vérité entière.

Et il y avait en elle cet enjouement voluptueux. C'était, je le savais, ce qui fascinait Charlie. Il me proposait souvent, quand il avait congé, de m'accompagner chez elle, alors qu'il aurait pu choisir de faire autre chose. Je les entendais rire dans la cuisine, où elle préparait le déjeuner. Quand je les surprenais, elle, contre l'évier, tenant à deux mains ses joues rouges, Charlie grimaçant un sourire et la regardant, ravi, tandis que Brian s'appuyait de tout son long contre lui pour lui tirer les cheveux, j'avais l'impression de quitter un sommeil troublé de rêves tristes pour me retrouver dans une atmosphère de lumière, de plaisir et d'enfants qui jouaient au soleil comme ces deux cousins que je n'avais jamais rencontrés mais entrevus des années plus tôt dans les merveilleux jardins de la *vivienda*.

*

Tom a écrit qu'il avait changé d'avis à propos du mois et demi de vacances que Charlie devait passer chez eux. Un séjour de trois semaines serait moins traumatisant. Comme Mrs. Burgess partait au Canada et que je ne travaillerais qu'un jour sur deux, soit chez Mrs. Justen soit chez Mr. Clare – ce dernier avait renoncé à son rythme bihebdomadaire –, j'allais avoir plus de temps pour moi que cela ne m'était arrivé depuis de longues années.

Mr. Clare s'était repris et sortait de nouveau, son parapluie à la main, son chapeau mou posé sur sa tête avec désinvolture, habillé de son meilleur costume bleu marine. « Il n'y a rien de plus chic qu'un type en costume bleu marine », m'avait-il dit un jour d'un ton plutôt lugubre. Il travaillait un peu, conseillait des gens pour la décoration de leur appartement ou leur collection de meubles anciens. J'étais contente à l'idée des jours de liberté qui m'attendaient, mais lorsque Mrs. Burgess m'a demandé si je voulais faire le ménage deux fois par semaine pendant le mois de juillet et une partie d'août chez Gerda Mortimer, une de ses anciennes amies de classe, j'ai accepté tout de suite. Nous avions toujours besoin d'argent, quoique moins désespérément que cela nous était arrivé par le passé. Mr. Mortimer, me dit Mrs. Burgess, enseignait le français. Il devait donner des cours à l'université pendant le semestre d'été. Mrs. Mortimer emmenait les enfants dans leur maison de campagne du Connecticut. « Vous n'en reviendrez pas ! a dit Mrs. Burgess. Elle est incapable de nettoyer quoi que ce soit, elle ne sait pas faire la cuisine et croit qu'une robe longue à bustier et un médaillon à trois cœurs constituent le summum de l'élégance. Lui, c'est monsieur Quatre Épingles, beau comme tout, avec un cerveau de homard. Et pas de cœur. Un couple aussi impossible que Marsh et moi. »

L'appartement des Mortimer était juste de l'autre côté de celui de Mrs. Burgess, dans la partie est de Manhattan. Je suis allée me présenter un samedi. Une fille ronde d'environ quatorze ans a ouvert la porte et m'a examinée d'un regard myope. Elle portait un soutien-gorge noir sous un chemisier transparent. Ses yeux étaient entourés de traits charbonneux et il y avait du vernis vert sur les ongles de ses pieds nus et sales. Elle m'a lancé un regard glacial, s'est retournée puis elle est repartie d'un pas traînant.

Un garçon qui devait avoir à peu près un an de moins qu'elle, chaussé de bottes d'ouvrier, les épaules maigres pointant sous une chemise indienne comme il y en avait de plus en plus dans les boutiques, s'est appuyé contre le mur et m'a fixée avec insolence.

«Est-ce que Mrs. Mortimer…», ai-je commencé. Il a levé la main. Il avait une grosse croix rouge peinte sur sa paume.

«Je suis la femme de ménage, ai-je dit.

— C'est bon, l'amie», a-t-il couiné avant de crier par-dessus son épaule : «Hé, Gerda!»

Une femme en chaussures de tennis et peignoir de bain imprimé de cœurs rouges est apparue à l'autre bout du couloir. «Bonjour! a-t-elle lancé. Vous êtes Luisa? Venez, ma chère, allons dans le salon.»

Je l'ai suivie dans une pièce où je n'ai tout d'abord vu que des monceaux de vêtements empilés sur les sièges. Puis j'ai aperçu, debout, dans une attitude nonchalante, face à la bibliothèque, le plus bel homme qu'il m'ait jamais été donné de rencontrer. Il m'a souri gentiment, comme avec commisération. Mrs. Mortimer a fait tomber un tas de linge d'une chaise. «Affaires d'été», a-t-elle dit. Leur fille est entrée sans bruit, un énorme sac de toile en bandoulière. «Tu ne vas pas sortir pieds nus! s'est exclamée Mrs. Mortimer. — Nous sommes dans un pays libre, a répondu l'adolescente d'un ton boudeur. — Libre de faire quoi? a murmuré Mr. Mortimer.

— Tu crois qu'il y a plus de microbes dans la rue que dans cet appartement? a demandé la jeune fille d'une voix dure.

— Asseyez-vous, m'a dit Mrs. Mortimer, sans plus s'occuper de sa fille, qui la regardait d'un air furibard, debout derrière le canapé. Voici le programme. Je pars mardi à la campagne avec les enfants. Gerry ne peut pas se débrouiller seul. Il viendra passer les week-ends avec nous. Il faudra aller chercher ses chemises, faire quelques courses… Comme vous le voyez, c'est un peu en désordre, ici. M'occuper de la maison n'est pas mon truc.»

La fille a hurlé de rire. Sa mère a fait un geste étrange, comme pour écarter de la main une toile d'araignée.

« Notre femme de ménage est à Mobile, a-t-elle continué, auprès de sa mère malade, si j'en crois ce qu'elle m'a dit. Phoebe vous adore. Elle doit vraiment être folle de vous pour vous avoir recommandée à nous. Aider les autres n'est pas sa spécialité. Gerry, tu as des questions à poser à Mrs. Sanchez ?

— Miss, ai-je corrigé en pensant à tout le bien que Mrs. Burgess disait de moi.

— Aucune, a répondu Mr. Mortimer sans se départir de son sourire pensif.

— Salut, Gerda, a lancé l'adolescente.

— Dis-lui de ne pas m'appeler comme ça, a demandé Mrs. Mortimer à son mari d'une voix tendue.

— Ça lui passera », a-t-il déclaré.

Elle s'est tournée vers moi. « Est-ce que vous pouvez commencer la première semaine de juillet ? Vous choisirez les deux jours de la semaine qui vous conviennent. » J'ai hoché la tête. Elle m'a tendu une clé.

*

« Je ne me suis jamais séparée de lui depuis sa naissance », ai-je dit à Amy. Elle plongeait des tranches d'orange dans une mixture qu'elle venait de préparer. « Et voilà que je l'envoie à l'autre bout du pays.

— Essaye ça. » Elle m'a tendu le verre.

« Est-ce que Jack te manque ? » Il passait six semaines en camp de vacances dans le New Jersey.

« Oui, a-t-elle répondu. Mais j'adore avoir tout ce temps pour moi. J'ai beaucoup de choses à faire dans les semaines qui viennent. »

Amy partait pour le Michigan. Elle allait épouser en septembre un certain Mr. Cost, ingénieur veuf qui avait une fille maintenant adulte. Je l'avais brièvement rencontré et avais été frappée par ses grands yeux bleus innocents et le calme presque surnaturel qui le caractérisait.

«Bois ça, m'a-t-elle dit d'un ton autoritaire. Ensuite je t'en ferai un autre. Puis nous allons dîner, manger des tas de trucs dégoûtants de crème que ta Mrs. Burgess n'approuverait pas.

— Elle n'est pas comme ça», ai-je répondu. Je me suis sentie envahie par la joie de vivre. J'avais du temps. Seul Bird m'attendait à la maison. «Elle n'accorde aucune attention à ce que les autres font. Il n'y a pas en elle cette colère qui gronde chez la plupart des gens – tout au moins chez ceux pour qui j'ai travaillé.

— Pourquoi, grands dieux, se mettrait-elle en colère ? a demandé Amy. Elle a tout ce qu'elle veut, non ? »

Elle a pris mon verre pour m'en préparer un autre. «C'est fort, Amy, lui ai-je dit.

— Attends de boire celui-là ! s'est-elle exclamée. Je voudrais que tu te libères un peu.

— De quoi ? »

Elle m'a regardée avec une expression de sagesse mystérieuse. J'ai senti l'inquiétude que peut provoquer la plus amicale des remarques quand elle exprime, loin derrière des mots anodins, un jugement que l'autre porte sur vous depuis longtemps.

«Je fais ce que j'ai à faire, ai-je déclaré.

— C'est exactement ce que je veux dire, a-t-elle répondu.

— Et toi aussi.»

Elle a continué, comme si elle n'avait pas entendu : «Il y a quelque chose qui me vient toujours à l'esprit quand je pense à toi, a-t-elle dit. Tu me rappelles une religieuse dont me parlait une de mes amies, sa nièce – elle avait renoncé à une vie de pécheresse, pleine de maris et d'amants, pour se consacrer aux pauvres.

— Peut-être ne sais-tu pas ce que c'est que d'être au service des autres», ai-je dit, mal à l'aise, cette fois irritée, bien que frappée d'entendre dans les paroles d'Amy l'écho de la plaisanterie de Thad sur les déguisements que nous portions. «Je ne peux pas

357

finir ça, ai-je ajouté en reposant mon verre sur une table basse.

— Laisse-toi aller, a-t-elle dit.

— L'alcool me rend silencieuse. C'est un vice auquel je me suis adonnée quelque temps lorsque j'étais mariée. Je ne sais pas si Tom a jamais remarqué à quel point je buvais.

— Le mariage, a dit Amy, encore un truc dans lequel on entre comme dans les ordres. Et que tout le monde n'est pas capable de supporter. Quand le père de Jack est parti en Europe, j'étais presque contente. Enfin, je veux dire soulagée.

— Et tu te remaries !

— Cette fois c'est différent. Je ne suis pas amoureuse, ce sera plus facile. »

J'ai éclaté de rire, et elle aussi, tout en protestant que ça n'avait rien de drôle.

Je l'ai regardée s'agiter dans la cuisine. Elle allait me manquer, je le savais. Les idées simples qu'elle avait sur le monde, les bannières couvertes de slogans sur les hommes et les enfants qu'elle brandissait à tout bout de champ allaient me manquer. Elle s'y connaissait en avocats et en maquillage, en meubles, en cliniques et en bourses scolaires. Il faut être à l'aise, disait-elle souvent, c'est la seule façon de tenir le coup et, pour ne pas sombrer, il faut comprendre comment marchent les choses.

« Charlie doit survoler l'Arizona, ai-je dit.

— Tout ira bien.

— Tu ne m'as jamais raconté comment tu as rencontré Mr. Cost. »

Nous en étions au café. Elle est restée un instant silencieuse. « Dans un bar, a-t-elle fini par répondre. Il cherchait quelqu'un et moi aussi.

— Il ne m'a pas semblé être le genre d'homme qui traîne dans les bars, ai-je dit.

— Non, a-t-elle répondu. Ça ne lui allait pas du tout. C'est pour ça que je l'ai remarqué. »

*

358

J'ai attaqué l'appartement des Mortimer la semaine suivante. Il m'a fallu deux heures pour venir à bout de la cuisine. Je suis ensuite passée de pièce en pièce et j'ai trouvé Mr. Mortimer dans un petit bureau impeccablement rangé qui donnait sur le salon. Il était penché devant une liasse de feuilles. Il a relevé la tête et m'a regardée, puis il a posé son stylo lentement. «Vous avez besoin de quelque chose ? m'a-t-il demandé. Vous avez trouvé ce qui vous est nécessaire ?» J'ai hoché la tête et reculé.

«Je ne pars à l'université qu'après le déjeuner. Si jamais…

— Non, tout va bien.

— Excusez cet horrible désordre.

— J'ai vu pire.» J'ai fait un autre pas en arrière.

«Où ? a-t-il demandé avec curiosité. Certainement pas chez Phoebe, a-t-il ajouté pensivement.

— J'ai travaillé pour beaucoup de gens.

— Vous êtes latino-américaine ? Mais bien sûr. Avec un nom pareil.

— Oui et non», ai-je répondu, envahie d'un désir intense de repartir. J'avais du mal à ne pas le regarder fixement.

«Vous venez des Antilles ? De l'Équateur ? a-t-il demandé d'un ton léger.

— Je vais commencer par le salon, si le bruit de l'aspirateur ne vous dérange pas.

— Vous avez trouvé les sacs ? Gerda rendait Lizzie folle avec ça. Elle n'en avait jamais assez. J'en ai commandé dix boîtes, de quoi tenir, je crois, une dizaine d'années.

— Oui, je les ai vus.

— J'espère qu'il y a de quoi déjeuner pour vous dans le réfrigérateur.

— Je peux aller m'acheter quelque chose dehors.

— Donc, il est vide. J'irai chercher des sandwichs au fromage. Vous aimez les sandwichs au fromage ? Est-ce que…

— Mr. Mortimer, il faut que je m'y remette. Il y a beaucoup à faire.

— Je suis désolé, a-t-il dit. Je vous retarde. Le professeur, éternel rêveur… »

Il était au contraire très présent. J'avais même l'impression qu'il m'avait retenue dans son bureau avec une main de fer.

La fois suivante il m'a dit : « J'admire votre efficacité. » Il était habillé d'un léger peignoir de bain et de pantoufles en cuir. Sa peau luisait de gouttes d'eau.

« Vous avez déjà eu des femmes de ménage, ai-je répondu avec raideur.

— Elles ne restent jamais longtemps, ou alors elles tombent sous la coupe de ma femme et se mettent à hurler dans la cuisine, à boire du vin blanc et à laisser des traces de café par terre. Gerda est possédée par le démon du désordre. Si je remets un livre sur une étagère, elle trouve ça triste comme un lendemain d'enterrement. »

J'étais inquiète et gênée de l'entendre me parler comme ça, sur le ton de la confidence, d'une voix mondaine, comme si j'avais été quelqu'un d'autre. J'ai baissé les yeux vers mes vieilles chaussures noires. Elles étaient si laides qu'elles me forçaient à me souvenir de ce que je faisais là. J'ai aperçu son pied ; il l'avait glissé hors de la pantoufle. C'était un pied étroit, cambré, à la peau dorée.

« Vous avez l'air sur le qui-vive, a-t-il dit. Comme quelqu'un qui écoute attentivement. »

J'ai pris le sac en papier qui contenait les chiffons et la cire et je suis sortie de la cuisine. Plus tard, pendant que je repassais une robe que j'avais lavée après l'avoir trouvée, sale, roulée en boule dans la penderie de Mrs. Mortimer, j'ai entendu la porte se fermer. S'il me parle encore une fois comme ça, je m'en vais, ai-je décidé.

Le lundi suivant, il y avait déjà moins de travail et j'espérais partir juste après Mr. Mortimer. L'appartement était relativement propre, pourtant le désordre menaçait. Mrs. Mortimer, comme Mrs. Burgess, était collectionneuse. Mais moins sélective. Des dizaines de vieilles bouteilles prenaient la poussière sur les étagères au milieu de pots de confiture vides, dont certains avaient encore leur étiquette. La cuisine était nue, avec quelques casseroles noircies dans un placard et des assiettes en plastique dans l'autre. Le service des grands jours était rangé derrière les portes en verre d'un buffet dans la salle à manger. On y trouvait aussi des bobines de fil, des ciseaux, des crayons, des stylos et des morceaux de papier, dont l'un était couvert d'une longue liste qui commençait par : «Acheter de l'antimite» et se terminait par «Je dois faire tout ce que j'ai décidé de faire». C'était daté de l'année précédente et signé Gerda Lyle Mortimer.

Derrière leur lit, chose immense qui envahissait la moitié de la chambre, pendait un grand volant de satin beige poussiéreux. Dans le dressing de Madame, la moitié des vêtements étaient par terre au milieu de chaussures usées. Les chemises et les pulls de Monsieur s'empilaient sur des étagères dans un autre placard ; ses magnifiques costumes étaient pendus sur des cintres rembourrés. La moindre alliance entre ces deux façons de faire semblait très improbable.

Je mangeais un sandwich que j'avais apporté avec moi quand Mr. Mortimer est entré dans la cuisine. Le col de sa chemise blanche et douce montait contre son cou de taureau.

«Ah, vous avez trouvé de quoi déjeuner. C'est bien.» Il était midi. La lumière jaunâtre, presque tropicale, qui venait de la cour intérieure emplissait la cuisine. Nous nous regardions. Je me suis sentie envahie par une immense fatigue, comme si je n'avais pas dormi une seconde depuis le moment où je l'avais vu pour la première fois, tenue éveillée par tous ces regards et coups d'œil échangés, les yeux qui se détournaient, les instants où ils se rencontraient, jusqu'à cette intense contemplation réciproque qui me donnait envie de protester à grands cris. J'ai reposé mon sandwich, je suis allée à l'évier et j'ai tourné le robinet. J'ai tendu la main et l'eau a coulé entre mes doigts. Il s'approchait. Ne fais pas ça, Luisa, me disais-je. Ne fais pas ça.

«Vous êtes seule ? a-t-il demandé. Moi, je le suis.»

J'ai arrêté l'eau et je suis passée à côté de lui. Dans la chambre de sa fille, j'ai enlevé mes vêtements de travail et mis ceux que je portais chez moi. Lorsque je suis ressortie, l'appartement était plongé dans le silence. Il devait être parti. Je me suis assise dans le salon, j'ai pressé mes mains froides contre mes joues. Je devais m'en aller et ne jamais revenir.

La porte s'est ouverte. Mr. Mortimer est entré et, en me voyant, il s'est arrêté. J'ai appuyé ma tête contre le dossier du fauteuil. Il est resté immobile, les mains pendantes, inertes, le visage légèrement penché.

Il a dit : «En fait je n'ai pas cours.»

L'humilité étrange de son attitude a résonné en moi comme un coup qu'on vient de recevoir sans très bien savoir où. Il s'est avancé lentement. Attendre était presque insupportable. Il a tendu le bras et pris une épingle dans mon chignon. J'ai fait sans m'en rendre compte un geste vers lui pour la récupérer et je l'ai entendu rire doucement et dire : «N'ayez pas peur, je vais vous la rendre.»

*

Pendant quelques semaines, cet été-là, j'ai cru atteindre un certain bonheur. Ce n'était pas quelque chose de simple. Contrairement au malheur, cet état n'avait aucune raison d'être. Ou peut-être possédait-il quelque similarité avec une souffrance particulière – celle dans laquelle Mrs. Justen venait de sombrer, une nuit qui en tombant recouvrait tout ce qui avait précédé et tout rêve de futur. Nous parlions peu. Il s'intéressait beaucoup moins à mon passé que Tom ou Mr. Clare. Je crois ne lui avoir jamais rien demandé de me dire de lui, pas même une chose aussi élémentaire que l'endroit où il était né. La sensation de ne vivre que dans l'instant, hors du temps, m'a fait comprendre que, cette fois, les mots ne servaient à rien.

Ça s'est terminé par une conversation. Il m'avait emmenée déjeuner dans un restaurant français du quartier. Je me sentais gênée d'être mal habillée. Les autres clients semblaient riches, insouciants et à l'aise. Il y avait des femmes d'âge moyen, avec autour des poignets et des mains une couche de gras crémeux qui semblait faire partie de la nourriture qu'elles ingéraient. J'ai regardé le menu timidement. «Qu'est-ce qu'il y a ? a-t-il demandé.

— Tu n'aurais pas dû m'amener ici, ai-je dit. Je ne suis pas habillée comme…

— Pourquoi as-tu peur de ces gens ? a-t-il rétorqué. Ils ne font que ce que les marchands de prêt-à-porter leur disent de faire.» Un serveur est arrivé et s'est penché vers nous. Mr. Mortimer a commandé. Quand le garçon est reparti, il a demandé : «Est-ce que tu vas rester… après le retour de Gerda ?

— Non, ai-je dit immédiatement.

— Nous n'avons aucune nouvelle de Lizzie, a-t-il continué.

— Non, ai-je murmuré d'un ton fiévreux.

— Cela ne changera rien.

— Cela ne changera rien, ai-je répété, stupéfaite.

— Gerda le sait sûrement, a-t-il dit sur le ton de la conversation. Elle sait presque toujours tout de moi.

— Seigneur ! Pourquoi restes-tu avec elle ?

— Tu crois que ce n'est pas une raison suffisante ? J'en connais de pires.»

J'ai vu le serveur revenir. Je me suis levée et je suis sortie très vite. Un homme m'a bousculée en me lançant un regard indigné. Je ne savais pas où aller, je ne savais pas quoi faire. Soudain Mr. Mortimer a surgi à côté de moi. «Qu'est-ce qui se passe ? a-t-il demandé à voix basse en me prenant le bras d'une main ferme et en me conduisant vers le haut de Manhattan, vers chez lui. J'ai dit une bêtise, a-t-il repris. Je veux que ça continue.

— Laisse-moi, je t'en prie», lui ai-je répondu, furieuse. Je l'ai vu jeter un coup d'œil gêné à un couple qui nous fixait. Il m'a lâchée. J'ai dit : «Je m'en vais.» Pendant un instant, il a fermé les yeux. Je me suis retournée et j'ai couru dans l'autre sens, me frayant un chemin au milieu des gens jusqu'à la bouche de métro.

Je me suis retenue à la rampe et j'ai essayé de reprendre mon souffle. Un homme âgé m'a demandé si tout allait bien. Je n'ai pu lui répondre que par un hochement de tête.

Il n'y avait pas beaucoup de monde dans le métro. Je me suis assise en face d'une famille, une vieille femme à la peau brune, avec ses trois filles, et, endormi sur les genoux de l'une d'entre elles, un petit enfant. C'étaient des Latino-Américaines, qui, d'après ce que je pouvais entendre à chaque arrêt de leur accent, venaient des Caraïbes. Les trois jeunes femmes parlaient avec animation, accompagnant leurs phrases de grands gestes impatients, mais la vieille dame restait immobile, le visage calme, parfois rêveur quand ses yeux se posaient sur l'enfant qui dormait. Son chemisier était brodé de tiges de bambou et de grandes fleurs rouges. Elle l'avait peut-être choisi et acheté sans être vraiment consciente d'y retrouver le souvenir d'un ailleurs. À l'annulaire de sa main foncée et ridée, une alliance brillait. Ses pieds larges étaient glissés dans des pantoufles chinoises rouges brodées de fils d'or. L'une des trois filles a caressé les cheveux frisottés et argentés de sa mère. Elle a vu que je les regardais ; elle s'est penchée vers moi le regard tendu dans un défi à peine perceptible. J'ai détourné la tête. Lorsqu'elles sont descendues, au dernier arrêt avant que nous nous enfoncions sous le fleuve pour rejoindre le Queens, j'ai tendu le cou et je les ai aperçues sur le quai, deux des filles tenant leur mère par le bras. J'ai pensé à Nana, pour qui tout ce qui se passait créait une différence.

Sur le chemin de la maison, j'ai longé une église basse tout en briques neuves à l'exception de sa flèche et d'une petite croix, un bâtiment aussi indéfini que n'importe quel commerce de banlieue. Si j'étais allée me confesser, j'aurais dit au prêtre que j'étais tombée dans les bras de mon maître avec une hâte lubrique, que j'avais enlevé mes vêtements aussi vite que lui. J'aurais fait valoir que je savais que ça allait finir aussi brusquement que ça avait commencé. S'il m'avait demandé ce que j'avais eu en tête, je lui aurais répondu que ce n'était pas une question correcte dans la bouche d'un prêtre. Comme Amy, j'avais cherché quelqu'un, seulement je ne l'avais pas fait dans un bar mais dans un appartement que je devais nettoyer. Voilà ce que j'aurais expliqué au prêtre. Mais comment aurais-je agi si Mr. Mortimer n'avait pas dit que sa femme savait sûrement, et si je ne l'avais pas immédiatement imaginée en train de nous regarder, malgré les kilomètres, enlacés, transpirant contre le dossier de son canapé par un matin d'été ?

Aucun prêtre n'aurait pu m'infliger une pénitence aussi cruelle que cette gêne qui me tordait les tripes et me donnait envie de m'agripper aux bras de tous ceux que je croisais en les suppliant de me faire oublier l'insupportable honte d'un acte qui n'avait fait aucune différence non seulement pour lui – comme je l'avais tout d'abord pensé en me sentant outragée – mais également pour moi.

J'ai essayé d'enfouir les images de cet amour glacé derrière les vieux rêves de Malagita. Rien ne m'est venu à l'esprit que le beau et fascinant visage de Mr. Mortimer.

*

Charlie est rentré deux jours plus tard. Je l'ai tout de suite vu au milieu des passagers qui débarquaient. Il était bronzé et il avait l'air beaucoup plus grand que lorsque je l'avais laissé à l'aéroport.

Je l'ai serré dans mes bras. J'ai senti ses muscles, sa force.

«Comment c'était ?

— Pas mal. Les plages sont magnifiques.

— Ton père ?

— On en parlera plus tard. J'ai envie de voir Bird.»

Il ne me racontait jamais grand-chose. Après avoir défait sa valise, il a dit : «Il a une énorme agence immobilière. Il gagne beaucoup d'argent. Un jour, je suis allé avec Gina dans une pharmacie chercher un médicament pour lui. La préparation n'était pas prête et elle s'est mise à leur demander en criant s'ils savaient qu'elle était Mrs. Greer. Pourquoi ce médicament n'était-il pas prêt ? Qu'est-ce que ça voulait dire ? Elle fait tout le temps ça. »

Il est resté ce soir-là silencieux et préoccupé. À mouvements lents, il a passé en revue ses livres, ses vieux cahiers de classe et ses albums de timbres. Juste avant d'aller au lit, il s'est approché du coin du salon où je lui raccommodais un pantalon déchiré et il s'est immobilisé, debout près de ma chaise.

« La plupart du temps, il faisait comme si je n'étais pas là, a-t-il dit. J'aimerais bien qu'il ne soit pas comme ça. »

J'ai passé mon bras autour de lui, mais il s'est écarté. Je me suis réveillée au milieu de la nuit. Charlie était dans la cuisine. Il avait fait des toasts et du café. Je ne l'avais jamais vu en boire.

« J'aime ça, maintenant, a-t-il dit en souriant. J'aime me lever et le préparer. Je suis vraiment content d'être rentré. »

*

Mrs. Burgess est revenue elle aussi cette semaine-là. Ils s'étaient drôlement bien amusés, a-t-elle dit en roulant des yeux. Brian avait rendu fou le personnel hôtelier du Canada entier. « Ah, cet enfant ! » s'est-elle exclamée fièrement. Ils venaient à peine de sortir de l'avion que Brian avait été pris d'une forte fièvre, qui n'était toujours pas tombée, mais il avait désespérément envie de retrouver un de ses amis de classe. Mrs. Burgess n'avait pas appelé le médecin. Est-ce que je croyais qu'elle devait le laisser sortir ? « Pas s'il a de la fièvre, ai-je dit.

— Il va être tellement déçu. Il n'a vu personne depuis un mois. Je crois que ce n'est rien de vraiment sérieux. Vous ne croyez pas qu'il peut y aller pendant deux heures ?

— Non », ai-je répondu, d'un ton plus irrité que je n'en avais eu l'intention. J'époussetais les étagères de la bibliothèque et ne l'avais pas regardée pendant qu'elle me parlait. Comme elle ne disait plus rien, je me suis retournée. Elle était à quelques dizaines de centimètres de moi. Au creux d'une de ses paumes, reposait une feuille d'érable en or. J'ai vu ses doigts se refermer lentement sur la broche qu'elle a glissée ensuite dans la poche de sa jupe. Elle avait d'abord eu l'intention de me la donner, j'en étais presque sûre.

«Je vais le laisser y aller», a-t-elle dit sans la moindre trace de l'incertitude qu'il y avait dans sa voix quelques secondes plus tôt.

Des années plus tard, Mr. Clare m'a montré le cadeau qu'un de ses jeunes amis lui avait rapporté d'un voyage au Yucatán, une pierre sculptée qui représentait un animal mythique. Ses yeux sans paupières saillaient hors de sa tête, ronds comme des billes, aveugles, ni animaux, ni humains. C'était le regard de Mrs. Burgess lorsqu'on la contrariait.

*

La pensée de Mr. Mortimer m'a longtemps troublée. Des souvenirs fugaces me laissaient le souffle court, m'enlevaient la force dont j'avais besoin pour supporter l'ennui et la fatigue des ménages. La sensation d'humiliation avait petit à petit disparu, laissant place à un vide intérieur dans lequel des images de prodigalité charnelle se projetaient, incolores et silencieuses.

Quand elle m'a posé des questions sur mon travail chez les Mortimer, Mrs. Burgess a voulu me soutirer par ses commentaires ironiques des détails qui pourraient la faire rire. Je lui en ai dit peu, lui accordant seulement que Mrs. Mortimer était vraiment un cas. La crainte glaçante que j'avais ressentie à l'idée que Mrs. Mortimer dirait à Mrs. Burgess que son mari avait fait l'amour avec la bonne qu'elle leur avait recommandée s'était évaporée. Au cas où cela arriverait, j'étais décidée à revendiquer les heures passées ensemble, à dire : «Oui, c'est ce qui a eu lieu.»

«Est-ce que vous vous êtes retrouvée seule avec lui ? a-t-elle demandé.

— Quelquefois, le matin», ai-je répondu en me tournant vers l'évier pour me laver les mains après avoir nettoyé l'argenterie. Je sentais qu'elle attendait.

«Il m'a fait du gringue», a-t-elle déclaré.

Je me suis dit que l'éventail de ce qu'elle pouvait considérer comme faire du gringue était large. Il avait pu, par exemple, la complimenter à propos d'une robe qu'elle portait.

Elle est sortie de la cuisine un instant plus tard. Je l'ai retrouvée dans le salon, debout près de la fenêtre.

«Venez voir ici», a-t-elle dit pensivement.

Je me suis approchée d'elle. «Toutes les feuilles sont tombées, a-t-elle repris avec un geste vers le parc. Comme c'est triste. Ces branches d'arbres ouvertes comme des jambes. Ne dirait-on pas un champ de femmes plantées la tête dans le sol ?»

J'ai vu ce qu'elle voyait, les branches les plus grosses larges comme des hanches. Ensuite, je l'ai regardée préparer le déjeuner. Elle coupait des radis sur du fromage blanc. Absorbée, inconsciente d'être observée, elle a parsemé le tout de persil, soulevé le plat et murmuré : «Joli…» Elle m'a alors jeté un coup d'œil rapide. «Je suis un nouveau régime», a-t-elle dit, et elle a ri. J'ai écouté avec l'attention que l'on porte à quelqu'un qui chuchote. J'ai cru l'entendre se pardonner à elle-même dans ce rire ce qui n'était qu'innocente gourmandise d'enfant.

*

Pour la première fois depuis que j'étais entrée à son service, Mrs. Burgess a voulu me faire parler de San Pedro. Est-ce que la nourriture ressemblait à celle qu'on mangeait au Mexique ? Avais-je entendu parler d'incidents concernant des touristes américains ? Je lui ai décrit la campagne qui entourait Malagita. Ses doigts s'agitaient.

«Je veux seulement savoir si les plages sont sûres. À Cuba, il y a des filets antirequins, ou en tout cas il y en avait.

— Je ne sais rien des plages, ai-je dit. Mais on n'y mange pas la même chose qu'au Mexique.»

Elle a eu un geste impatient. «Oh, aucune importance, a-t-elle dit. Nous nous contenterons du restaurant de l'hôtel. De la merde française bêtement imitée. Ces îles sont toutes pareilles. Tout ce que je veux, c'est que ni Brian ni moi ne nous fassions tuer par des imbéciles.»

Je l'ai fixée, muette.

«Des tas de gens bizarres vont en vacances dans ce genre d'endroit, a-t-elle dit sur un ton d'excuse. Mais il faut absolument que Brian prenne le soleil à Noël. Alors pourquoi pas là ?

— Vous allez à San Pedro ?

— Vous savez, ce n'est pas la lune, Luisa. Cinq heures d'avion et nous y serons.»

Elle se retrouverait là-bas en un après-midi, j'avais autant de mal à le comprendre qu'à concevoir le lancement dans l'espace d'hommes qui tournaient autour de la Terre habillés de combinaisons lestées. Comme tout le monde, je savais que beaucoup de gens s'envolaient jour et nuit vers les îles Caraïbes, pourtant, lorsque Papá m'avait parlé des voyages d'Oncle Federico à Estremadura, j'avais imaginé qu'ils duraient des semaines.

J'ai repassé leurs vêtements, je les ai regardés faire leurs valises, j'ai écouté le vacarme de leurs voix que l'excitation, l'impatience et la discorde rendaient plus hautes. Mrs. Burgess ne m'a plus posé de questions sur San Pedro.

Pendant que je repassais un chemisier de lin, elle est restée perchée sur le bras d'un fauteuil. Elle feuilletait un magazine de mode, rapidement, impatiemment. J'allais pendre le chemisier sur un cintre quand elle a tendu le bras et me l'a pris des mains sans même relever les yeux.

QUATRIÈME PARTIE

Je suis partie sur un coup de tête à Broadway, pensant trouver un cadeau d'anniversaire pour les dix-sept ans de Brian dans l'une de ces nouvelles boutiques qui occupaient les locaux exigus des anciennes épiceries, bazars et merceries où l'on vendait maintenant des décoctions à base d'algues et de cynorhodon, des souliers plats à bout bombé comme un chapeau melon, des attirails de drogués, des uniformes de surplus militaire datant de guerres oubliées ou inconnues de ceux qui les achetaient et de l'artisanat, poteries, bijoux, articles de cuir. J'ai poussé une porte, une sonnerie a retenti et une jeune femme mollement appuyée au comptoir, comme perdue dans ses pensées, a, pour m'honorer d'un regard condescendant, tourné la tête avec une lenteur inouïe. Assis derrière une table de bois brut dans le fond de la pièce, un jeune barbu aux cheveux longs fabriquait un sac. Un énorme chat noir a soudain bondi sur le comptoir. Le visage de la fille s'est radouci. «Lumumba, ce n'est pas un endroit pour te promener, mec, a-t-elle murmuré en le reposant par terre.

— Je voudrais quelque chose pour un jeune homme», ai-je dit. Elle a bâillé.

«Une ceinture, ai-je ajouté, ou un portefeuille.

— Lequel des deux?

— Un portefeuille.»

J'ai choisi le plus simple – les autres étaient couverts de dessins de serpents ou de cornes de bœuf – mais il coûtait quand même plus que je ne pouvais me le permettre. Malgré tout, je l'ai pris. C'était la première fois que j'achetais quelque chose pour l'un des membres d'une famille chez qui je travaillais.

Il allait passer inaperçu au milieu des trésors que Brian recevrait. Mais en remontant vers Central Park, mon paquet à la main, j'étais contente. Brian s'en servirait peut-être. On était en août, une foule de gens se promenaient. Les arbres semblaient figés ; sous la lumière des réverbères, leurs feuilles étincelaient.

Dans l'ascenseur, j'ai entendu résonner le vacarme sourd d'un disque. Le salon était vide, toutes les lampes allumées. Dans les haut-parleurs de l'électrophone, une voix d'homme se lamentait. La musique battait au rythme irrégulier d'un cœur malade. Sur une table installée dans un coin de la pièce, les cadeaux s'empilaient. Ce matin-là, Mrs. Burgess les avait contemplés, pensive, déplacés, réarrangés. Je me suis dirigée vers la chambre de Brian avec l'intention de lui donner le mien directement. Mrs. Burgess a surgi, l'œil vif, ses longues boucles d'oreilles fluides frémissant entre les mèches qu'elle avait laissées échapper de la masse de cheveux retenus sur le sommet de sa tête par une longue épingle d'argent.

Je lui ai montré mon paquet. « Brian est en train de s'habiller ? Je lui ai apporté…

— Non, non ! m'a-t-elle brusquement interrompue. Mettez-le sur la table. » Elle m'a arraché le paquet et l'a posé avec les autres.

« Vous entendez cette merde ! J'ai dit à Brian de baisser le son. Les flics vont débarquer ! »

J'ai tourné le bouton du volume et je suis partie dans la cuisine. Elle m'a suivie. Sur la paillasse il y avait une tasse de thé presque vide. J'ai voulu la laver mais elle me l'a prise des mains en murmurant : « C'est du bourbon, laissez ça… » Elle l'a remplie d'alcool puis elle a bu et levé les yeux au ciel. « J'ai hâte que cette journée finisse, a-t-elle déclaré. Mais ils sont si mignons, n'est-ce pas, Luisa ? » Quelqu'un a sonné, elle a couru à la porte.

J'ai pris un de ses livres de cuisine, que j'ai feuilleté sans vraiment le regarder. Je pensais à Mr. Mortimer. Le matin, alors qu'elle venait de raccrocher le téléphone, Mrs. Burgess m'avait rejointe dans la pièce où je passais l'aspirateur et elle l'avait éteint du bout du pied. «Vous vous souvenez des Mortimer? Ces gens chez qui vous avez travaillé, il y a des années, quand j'ai emmené Brian au Canada?»

J'avais hoché la tête. Ses yeux brillaient de malice. «Ils se sont séparés!» Elle m'avait regardée, attendant une réaction. «Il est parti avec une fille? avais-je demandé d'une voix neutre.

— Non! s'était-elle écriée triomphalement. C'est ça le plus drôle! Elle, c'est elle qui l'a quitté!

— Ils pourraient peut-être vivre tous ensemble», avais-je dit en remettant l'aspirateur en marche. Je lui avais lancé un coup d'œil. Elle me contemplait, un peu surprise.

J'ai entendu les éclats de voix des invités de Brian et Mrs. Burgess qui les faisait entrer en riant dans le salon. Avec les années, le système de vie de Mr. Mortimer avait fini par m'apparaître comme une forteresse plus difficile à ébranler que les mariages fondés sur des règles tacites comme celui des Miller ou des Gelden. Et maintenant il allait y avoir d'autres valises remplies – et du travail pour d'autres avocats. Gerald Mortimer trouverait une autre épouse désordonnée, il étalerait sa beauté nette, précise dans un autre chaos, s'installerait dans une autre pièce nue comme une cellule de moine. Ses enfants... Mais ce n'était plus des enfants! Et si nous nous rencontrions dans la rue, il ne me reconnaîtrait peut-être pas.

Mrs. Burgess est entrée dans la cuisine accompagnée de deux énormes garçons à la peau rose habillés de costumes de lin, dont les cheveux brillants tombaient en boucles brunes sur les épaules. «Regardez-moi ces adorables frères, m'a-t-elle lancé d'un ton autoritaire. Vous savez quoi? Ils ont faim, les pauvres. Donnez-leur du saumon, Luisa.» Les jeunes gens l'ont regardée, stupéfaits, la bouche ouverte, leurs lèvres rouge sang tremblant légèrement, comme en train de téter quelque substance contenue dans l'air. Après s'être nourris de saumon et de toasts sous le regard attendri de Mrs. Burgess, ils sont repartis et j'ai chassé Mr. Mortimer de mon esprit pour penser à Charlie.

Il devait venir me chercher à minuit, quand la fête serait finie, et me raccompagner à la maison. À cette heure-là, les rues n'étaient pas sûres pour une femme seule. Cela faisait une semaine qu'il était rentré de Floride, où il vivait maintenant presque tout le temps. Il m'avait expliqué qu'on avait là-bas moins de problèmes pour trouver du travail et que la vie y était facile. Seuls deux de ses camarades de lycée étaient allés à l'université. «Ils sont tous charpentiers, a-t-il dit avec un sourire, à quelques exceptions près.» Un jeune qu'il avait connu était devenu millionnaire et s'occupait d'immobilier. Il avait fait fortune en cultivant de la marijuana, qu'il cachait derrière une rangée de maïs sur un terrain abandonné appartenant à son oncle. «Peut-être finirai-je aussi dans les affaires, avait dit Charlie. Comme tout le monde, dans ce pays.»

Il s'était mis à travailler après l'école quand il avait quinze ans. Il ne me demandait jamais d'argent, mais je lui donnais tout ce que je pouvais. Après les dix-huit ans de Charlie, Tom avait cessé de verser la pension alimentaire, dernière attache matérielle qui m'unissait à lui. Charlie était allé en Californie l'année précédente voir son père et Tom lui avait dit que s'il voulait entrer à l'université, il payerait les frais.

«Je ne sais pas encore ce que je vais faire. Je réfléchis», avait dit Charlie. Il s'était senti fatigué toute l'année ; il pensait que c'était parce qu'il était inculte, que son ignorance le déprimait plus que les petits boulots qu'il acceptait, conduire un tracteur dans une ferme-prison ou changer le toit d'une maison pauvre. Il y avait de l'inquiétude sur son visage. Il disait être probablement arrivé au bout de sa vie de charpentier. L'idée que mon fils irait à l'université était si étrange et tellement inattendue qu'elle provoquait en moi une vague hilarité. Je commençais à disposer la nourriture préparée par Mrs. Burgess sur les plats qu'elle avait sortis quand Charlie est entré.

«La porte était ouverte, a-t-il dit. Ça sent la dope, on se croirait chez des dealers. Est-ce que Brian est dans le business ?

— Il est trop paresseux, ai-je dit. Même pour ça.

— Tu vas bientôt pouvoir partir ?

— Il faut d'abord qu'ils mangent», ai-je répondu. Nous avons souri en même temps.

Un cri horrible s'est élevé comme une traînée de feu au-dessus du rock'n roll que jouait l'électrophone. Nous avons couru dans le salon, où Mrs. Burgess était seule, une main sur la bouche et l'autre pointée en direction de sa chambre.

Les invités de Brian étaient regroupés devant la porte de la salle de bains de Mrs. Burgess. Charlie les a écartés, je suis restée derrière lui. Quelqu'un a tiré la chasse et une fille a poussé un petit rire aigu.

Un garçon de l'âge de Brian était couché dans la baignoire. Il haletait et ses mains s'agitaient faiblement, comme s'il avait été en train de choisir parmi des objets à vendre.

«Qu'est-ce que tu as pris ? »

Le garçon a gémi. Charlie l'a secoué. Des bulles se formaient au coin de sa bouche.

«Est-ce que quelqu'un sait ce qu'il a pris ? » a demandé Charlie d'un ton dur, en relevant les yeux vers trois filles dont les cheveux en crinière sont retombés comme des rideaux quand elles se sont penchées pour lui répondre. L'une d'elles a balbutié : «Il a dû apporter quelque chose avec lui. George avale n'importe quoi.» Dans le salon, Mrs. Burgess en appelait à Dieu et au père Owen. «Il faut l'emmener à l'hôpital», a dit Charlie. Il a sorti le jeune homme de la baignoire et l'a à moitié porté jusqu'au salon, où il s'est effondré. Une fille a hurlé. Mrs. Burgess était dos à la fenêtre. «Je vais avec toi, Charlie, a dit Brian.

— Non !» a gémi Mrs. Burgess. Brian ne lui a même pas lancé un regard. Charlie et lui ont traîné le jeune homme dans le couloir.

Quelques minutes plus tard tous les invités étaient enfin partis. Seuls les garçons à la peau rose et aux costumes de lin ont dit bonsoir à Mrs. Burgess avec un sourire aimable, comme si cette soirée n'avait rien eu pour eux d'exceptionnel et que le malaise du jeune homme dans la baignoire avait simplement donné le signal du départ. J'ai ramassé les cendriers remplis de petits mégots marron semblables à des crottes d'animaux et je suis allée dans la cuisine. Mrs. Burgess m'a suivie en disant : «Ce n'est peut-être que de l'herbe. Il y a des gens qui ne supportent pas l'herbe. Mais comment les empêcher de fumer ?»

J'ai voulu sortir l'aspirateur du placard. «Non, a-t-elle dit d'une voix basse. Je voudrais du thé.» Elle était debout au milieu de la pièce, les mains serrées sur le ventre, les épaules voûtées, recroquevillée, comme toujours quand quelque chose n'allait pas.

«Je sais que Brian en fume… un peu, a-t-elle dit. Mais il n'est pas fou, a-t-elle ajouté sur un ton agressif. Il sait s'arrêter.» Elle a mis deux tasses sur la table et quand elle a eu servi le thé, je me suis assise en face d'elle. Elle a bu une gorgée. «Ça y est, je me sens mieux, a-t-elle dit avec un bref soupir. Charlie est devenu tellement adulte. Vous vous souvenez du jour où j'ai recousu les boutons de sa chemise ? Il n'avait pas tout à fait confiance en moi.» Elle a ri doucement à cette pensée mais immédiatement retrouvé son sérieux. «J'espère que tout se passera bien.»

J'ai regardé ailleurs, envahie de dégoût pour ces enfants riches, leurs drogues, leur traversée laborieuse de la jeunesse, leur avidité et leur mécontentement qui recouvraient et durcissaient la douceur informe de l'enfance.

«C'est affreux, hein ? a-t-elle dit simplement, et avec une telle chaleur qu'elle m'a semblé lire dans mes pensées. Je me demande si les autres savent quoi faire quand ça se passe vraiment mal, a-t-elle demandé. Est-ce que quiconque sait jamais ce qu'il faut faire ?

— Quelquefois, peut-être.

— Moi, je ne le sais jamais.»

378

Nous avons bavardé de façon décousue sur l'insécurité des rues et la manière dont la ville avait changé en huit ans, depuis qu'elle s'était installée dans cet appartement, quand Brian a surgi dans la cuisine, et Charlie derrière lui.

«Ils pensent qu'il a pris de l'acide, nous a appris Charlie. Ça peut être grave.

— Qu'est-ce que tu veux dire ? Comment ça, grave ? » s'est exclamée Mrs. Burgess. Brian lui a lancé un regard morne.

«Tu ne sais pas ce que veut dire grave, maman ?

— J'ai dit au médecin que nous l'avions trouvé assis dans la rue en rentrant du cinéma et qu'il va dans le même lycée que Brian mais qu'ils ne se sont pas vus depuis le mois de juin. » Charlie fixait Mrs. Burgess, attendant, pensais-je, qu'elle le remercie de les avoir protégés, elle et son fils. Elle n'a pas montré le moindre signe permettant de croire qu'elle en avait conscience. Brian a dit qu'il avait téléphoné à la mère de George. Son père était mort d'un cancer l'hiver précédent. «Je vais me coucher, a dit Brian. Quel bel anniversaire !

— Ton père donnera une autre fête pour toi, lui a dit Mrs. Burgess d'un ton suppliant. Attends. Il doit y avoir quelque chose à la télé. On va se trouver un film, mon petit chéri. »

Nous avons traversé le salon et j'ai vu que Brian n'avait pas pris le temps d'ouvrir ses cadeaux. J'ai jeté un coup d'œil vers la porte de la chambre de Mrs. Burgess. Elle était blottie dans les oreillers. Appuyé au lit, Brian tenait un coussin contre sa poitrine. La lumière mouvante de la télévision éclairait leurs visages immobiles.

«Ce n'est pas la peine d'attendre le bus, ai-je dit à Charlie.

— D'accord. »

J'allais souvent à pied chez Mr. Clare ou Mrs. Burgess. Je ne prenais le bus que pour me rendre dans l'East Side, chez Mrs. Justen, quand je me levais en retard ; depuis quelques années, il m'arrivait de ne pas me réveiller à l'heure. Lorsque j'avais déménagé de Long Island après le départ de Charlie,

379

marcher avait été une façon de fêter ma libération des transports en commun. J'avais loué un petit appartement dans la 94e Rue. Broadway était à quelques pas. Ce n'était plus le Broadway d'autrefois. Le quartier était envahi de boutiques à la mode, de restaurants exotiques et de gens, leurs clients, qui semblaient pouvoir se traîner dans le monde entier sans que rien ne les surprenne jamais, ou qui voulaient en tout cas le faire croire.

Deux hommes ont claqué la porte d'un bar derrière eux au moment où nous passions. J'étais contente que Charlie soit avec moi, non seulement à cause de l'heure tardive et des ivrognes, mais à cause de la peur que j'avais ressentie en voyant le garçon dans la baignoire, l'écume sur ses lèvres, sa faiblesse, ses mains qui cherchaient à se rattraper à quelque chose, ses yeux révulsés, une image du chaos, d'un délitement de tout ce qui était devenu pour moi organisé et agréable. L'attaque cardiaque que Mr. Clare avait eue l'année précédente m'avait moins inquiétée.

« Ce môme pense qu'il peut avoir tout ce qu'il veut, a dit Charlie.

— C'est probablement le cas. »

Nous avons monté les deux étages qui menaient à mon appartement. « Bird me manque toujours, a dit Charlie tandis que j'ouvrais de trois tours de clé. Tu te souviens comme il nous attendait lorsque nous rentrions ?

— Oui, je m'en souviens. »

Plus je vieillissais, plus ils me manquaient tous. J'avais pensé que l'émotion diminuerait, s'apaiserait quand les années ne seraient plus détachées les unes des autres, mais formeraient une masse compacte, le temps ayant gommé les lignes qui les séparaient. Mais le passé était devenu une surface nuageuse et dense d'où émergeaient les visages des disparus, de plus en plus distincts et de plus en plus tristes à chaque mois de ma vie. Si je vis assez pour être vieille, me disais-je, je ne pourrai plus supporter la moindre perte. Lorsque le chien de Brian était mort, mes larmes m'avaient surprise, ce n'était après tout qu'une pauvre bête hystérique. Le jour où Mrs. Burgess était rentrée de la clinique vétérinaire et qu'elle nous avait appris la nouvelle, Brian s'était blotti contre moi. «Nous irons en chercher un autre demain, avait promis Mrs. Burgess. — Je ne veux pas d'un autre chien, Maman!» avait crié Brian, dont les larmes mouillaient ma blouse.

Et puis il y avait une chose qui avait disparu petit à petit : l'étonnement qu'avait suscité en moi Mrs. Burgess, ce sentiment qui m'avait envahie comme une déferlante de lumière le jour où je l'avais connue. Je n'étais plus sous le charme. Je me sentais toujours attachée à sa famille, mais par un lien plus terre à terre. Elle était, après tout, une «Madame», comme se faisait appeler la femme pour qui Mrs. Dove travaillait autrefois.

*

En un certain sens, Mrs. Burgess semblait plus jeune que lorsque je l'avais vue pour la première fois par un matin d'hiver, entourée d'une couverture sur le pas de la porte de sa vieille ferme à Long Island.

Toujours en train de rire, d'un rire parfois ouvertement enfantin, elle s'occupait des camarades de classe que Brian ramenait avec lui, les nourrissait, écoutait leur musique, s'asseyait avec eux, nullement troublée de les voir s'en aller brusquement comme une troupe d'oiseaux effarouchés, me répétait les phrases qu'ils prononçaient, comme si tout ce qu'ils disaient était forcément amusant ou intéressant.

À l'époque où elle s'était installée dans son appartement, elle avait souvent décidé d'arrêter de boire – la semaine suivante, pour Labor Day, après Noël, quand Brian serait parti en pension. L'après-midi, elle passait dans la cuisine, m'annonçait qu'elle n'avait pas touché un verre depuis une semaine et qu'elle allait fêter ça au cinéma. Quand elle rentrait, elle avait souvent le visage radieux et me faisait profiter du message qu'elle avait trouvé dans le film à voix basse, d'un ton aussi solennel que lorsqu'elle me racontait une chose que lui avait dite le père Owen. Après toutes ces années, elle le voyait encore de temps en temps. Il devait avoir, me disais-je, au moins cent ans, et je me le représentais en saint Joseph, appuyé sur un bâton, la barbe lui descendant aux chevilles.

Quand Brian est parti en pension en Virginie, la vie de Mrs. Burgess a semblé se ralentir et s'immobiliser comme les aiguilles de l'horloge du salon qu'elle pensait désormais rarement à remonter. De temps en temps, elle allait dîner chez Mary Fender, qui habitait à un peu plus d'un kilomètre au nord, sur la même avenue, ou bien elle déjeunait avec un vieil ami dans un restaurant de l'East Side, puis elle faisait des courses. Un après-midi où elle était assise sur le canapé, avec sur les genoux un roman qu'elle venait d'acheter et un verre de vin sur une table basse à côté d'elle, elle s'est soudain mise à crier : «Non, je ne ferai pas ces foutus tests d'orientation professionnelle que m'a conseillés Mary Fender.» Le livre est tombé et elle l'a repoussé d'un coup de pied. «C'est exactement le genre de conseils qu'elle adore prodiguer.

— Le lave-vaisselle est cassé», ai-je annoncé.

Elle a eu l'air hébété. «Le lave-vaisselle, a-t-elle répété mollement avant de soupirer. Je vais appeler quelqu'un pour le réparer.» Je me suis dirigée vers la porte. «Je vis ma petite vie, rien de plus», a-t-elle dit.

C'est seulement lorsque Brian s'est mis à ramener des camarades de classe chez eux que Mrs. Burgess a repris goût à la vie et qu'elle s'est fait un ou deux nouveaux amis de son côté. Un matin, quand je suis entrée dans la cuisine après avoir traversé l'appartement silencieux, j'ai trouvé un homme assis, nu devant la table, en train de feuilleter un des livres de médecine de Mrs. Burgess. Je suis allée dans le salon, décidée à y rester jusqu'à ce qu'il s'en aille. Quelques minutes plus tard, elle est arrivée en peignoir. Elle m'a lancé un regard interrogateur. Je n'ai rien dit. Elle est allée vers la cuisine, en a poussé la porte.

«Larry!» l'ai-je entendue s'exclamer, et sa voix s'est brisée en un éclat de rire. La porte s'est refermée derrière elle. J'ai entendu la voix grondante de l'homme, puis celle de Mrs. Burgess, haute et moqueuse. La porte s'est ouverte. Elle m'a fixée un instant. «Le réfrigérateur a besoin d'être nettoyé», a-t-elle dit d'un ton froid. Je suis partie dans la chambre de Brian et j'ai feuilleté son cahier de sciences que j'avais trouvé sur le rebord d'une fenêtre jusqu'à ce que j'entende Mrs. Burgess dire dans l'entrée au revoir à son ami. Il avait eu le temps de s'habiller. Je me suis sentie ragaillardie, soulagée, comme si la froideur dont elle avait fait preuve envers moi avait purifié l'air de toute hypocrisie, m'avait dégagée d'un sentiment personnel auquel je n'avais pas droit et qui n'aurait en aucun cas trouvé de réciprocité. Je n'ai pas revu cet homme. Deux ans plus tard, elle a eu une aventure avec le mari de Mary Fender, l'expert-comptable.

Elle était obligée de m'en parler, m'a-t-elle dit, parce qu'un jour ou l'autre j'allais forcément tomber sur lui. Elle semblait incapable de contrôler le sourire qui apparaissait par moments sur ses lèvres. Il était imprévisible, a-t-elle ajouté. Il passait la voir lorsque ça l'arrangeait. Ses conversations téléphoniques avec Mary Fender se sont poursuivies, avec une différence : c'était Mrs. Burgess qui écoutait attentivement, qui tenait le combiné serré contre son oreille.

Mr. Fender a effectivement fini par venir un jour où j'étais là. Il s'est assis dans un fauteuil du salon, enveloppé de son épais manteau, morose et silencieux, engloutissant le vin qu'elle lui servait. Je suis partie dès que j'ai pu. Lorsque je me suis retournée, sur le pas de la porte, ils me regardaient. Je me suis demandé si tous les amants ressemblaient autant à des loups, à la fois si follement vigilants et tellement hébétés. Je me suis demandé si je ressemblais à ça quand j'étais amoureuse de Tom Greer.

Dès que je suis entrée dans mon appartement, toujours plongé dans la pénombre à l'exception d'un bref moment le matin, où la lumière du nord éclairait le plancher devant la fenêtre du salon, l'impassibilité avec laquelle je croyais avoir observé Mrs. Burgess et Mr. Fender a laissé place à une détresse furieuse et j'ai tourné en rond dans ces pièces minuscules, agrippée au sac de courses que je venais de faire, incapable de m'arrêter pour le poser dans la cuisine.

Puis j'y suis arrivée ; j'ai rangé la nourriture que j'avais achetée pour mes repas solitaires et, tout en mettant chaque paquet à sa place habituelle, je prononçais son nom à haute voix – sel, café, macaronis, petits pois, pain – et je me suis souvenue de la voix de ma mère récitant ses prières à ce Dieu qu'elle voulait aimer malgré les étranges mauvais traitements qu'il lui faisait subir. Et j'ai entendu dans ma voix exactement la même note suppliante que j'avais méprisée autrefois dans la sienne.

J'ai fermé la bouche comme si on m'avait dit de me taire. Je ne priais pas, je noyais le nom de Tom Greer et les mots qui traduisaient mon désir d'éprouver à nouveau ce que j'avais ressenti pour lui.

Depuis Mr. Mortimer, je n'avais rencontré qu'un homme. Il avait sous-loué un appartement au rez-de-chaussée de mon immeuble pendant quelques mois. Nous avions fait l'amour dans l'ombre de ma chambre, comme des fugitifs. Ce qu'il y avait eu entre nous ressemblait à des phrases bégayées, une espèce de balbutiement corporel, maladroit et hésitant, sans aucune aisance, ni même de gentillesse – aucun secret ne passait dans nos voix circonspectes dans la lumière du jour.

J'enviais Mrs. Burgess, malgré le dédain que m'inspiraient les aventures passagères qui se déroulaient dans ces pièces où plusieurs horloges de prix égrenaient les secondes de sa vie. Et de la mienne aussi.

Parce que je ne m'aimais pas et qu'elle me dégoûtait et que ces sentiments m'irritaient et m'usaient, aller travailler m'était devenu pénible. Si elle a remarqué un changement dans mon attitude, elle n'en a rien montré.

Georgia Casten est revenue dans sa vie téléphonique. Elle avait divorcé d'avec le garçon de courses et été pendant longtemps trop déprimée pour appeler ou répondre. Quand sa dépression avait pris fin, a raconté Mrs. Burgess à Mary Fender, Mrs. Casten avait trouvé un emploi dans une association qui s'occupait d'anciens détenus. « On peut toujours compter sur le travail », avait-elle dit à Mrs. Burgess, qui l'avait répété à Mrs. Fender en ajoutant que Georgia Casten ne se comprenait pas mieux elle-même qu'une chaise ne le faisait.

Un après-midi, elle a appelé trois fois Mrs. Casten. La troisième fois, elle l'a fait du téléphone de la cuisine, où je grattais des carottes pour le ragoût qu'elle voulait préparer. Elle a dit à Mrs. Casten que Mary Fender l'avait invitée à une fête et qu'elle ne voyait pas comment elle pouvait refuser d'y aller. « Quelle idée répugnante ! » a crié Mrs. Casten si fort à l'autre bout du fil que, de l'évier devant lequel je me tenais, j'ai entendu ses mots. « Il faut absolument que je sache si je suis ou non capable de le faire ! a lancé Mrs. Burgess. Je ne peux tout simplement pas arrêter de la voir. »

Quand elle a raccroché, elle s'est tournée vers moi. « Je sors », a-t-elle annoncé d'un ton calme.

Quelques jours après la fête, elle a dit qu'elle se demandait comment Mary faisait, à moins qu'elle ne soit complètement idiote. Comment pouvait-elle n'avoir rien deviné ?

J'ai pensé qu'elle allait peut-être devenir comme Mrs. Early, une femme qui disait n'importe quoi, intoxiquée par la pure puissance du mensonge.

Son aventure avec Mr. Fender a pris fin quelques mois après avoir commencé. Elle est restée apathique pendant des semaines. Un jour, elle a pleuré en faisant la cuisine. « Ce n'est même pas à cause de ces fichus oignons », a-t-elle dit. Je savais qu'elle était malheureuse, et je savais qu'il s'agissait d'un malheur profond, dont elle ne pouvait se débarrasser. Je la plaignais, et j'ai retrouvé un peu de mon ancienne affection pour elle, mais ce n'était plus pareil.

Un matin elle a appelé Mary Fender. Elle lui a dit qu'elle s'était sentie très mal, que sa vie lui échappait. Elle ne pouvait plus rien supporter ! Peut-être aurait-elle dû reprendre ses études et devenir bibliothécaire. Est-ce que Mary savait combien d'années d'université cela demandait ? Est-ce qu'elle pouvait se renseigner ? Elle parlait d'une voix triste, soumise. Mrs. Fender, ai-je deviné, lui a posé une question sur Georgia Casten. Mrs. Burgess s'est mise à glousser. Georgia s'était trouvé un grand Coréen avec qui elle avait une histoire, à moins qu'elle n'ait trouvé un petit Coréen et qu'elle l'ait allongé. Elle a hurlé de rire. Quand elle a raccroché, elle a croisé mon regard. J'étais en train de me dire que c'était non seulement Nana mais sa vision du monde que le cyclone avait emportées avec lui. Rien n'avait plus d'importance. Il ne restait plus que de minables comédies de mœurs. J'ai tressailli au souvenir de Mr. Mortimer et moi agrippés l'un à l'autre, roulant contre le dossier du canapé dans le salon de sa femme.

Elle me regardait toujours. «Je ne peux pas m'en empêcher», a-t-elle dit comme si j'avais laissé entendre qu'elle le pouvait.

*

Pendant le week-end de Labor Day, Mrs. Burgess devait aller chez de vieux amis à Newport, dans Rhode Island. À son retour, elle aurait à préparer les affaires de Brian, qui repartait en pension pour sa dernière année de lycée. Brian passait trois jours avec son père dans leur maison d'été à Cape May. Charlie m'a dit qu'une de ses amies du Texas allait voir sa famille à Philadelphie et qu'il prendrait le bus avec elle vendredi soir. Il travaillait dans un magasin de camping de la 2ᵉ Avenue et espérait trouver une chambre dès qu'il aurait gagné de quoi payer la caution.

«Ils t'ont donné ton samedi ? » ai-je demandé.

Il tripotait le bouton de la télévision. Il y avait dans son attitude quelque chose du coureur qui attend le signal du départ, prêt à bondir.

« Je ne l'aurais pas pris, si ce n'était pas le cas », a-t-il dit d'un ton irrité.

J'ai eu envie de lui poser des questions sur son amie du Texas. En général, il me parlait des filles qu'il rencontrait. Je me suis demandé si celle-ci était plus importante pour lui que les autres. J'ai posé ma main sur son épaule avec l'intention de lui souhaiter un bon voyage, un bon week-end. Mais il s'est écarté tout de suite.

J'étais heureuse de me retrouver seule. L'appartement était trop petit pour deux. Ma solitude m'avait manqué. Charlie n'avait pas encore défait le sac de voyage avec lequel il était rentré de Floride. Je me suis dit qu'il devait être plein de linge sale et j'ai sorti ce qui s'y trouvait, des serviettes, des chaussettes, des chemises en coton. Tout au fond, coincés contre la toile, j'ai trouvé les deux singes en ivoire que Mrs. Burgess lui avait donnés autrefois. Je les ai pris dans le creux de ma main et je nous ai revus, d'abord Charlie et moi en train de marcher sur la route, puis cette journée, comme une fête d'anniversaire où nous ne savions pas que l'on nous attendait.

J'ai beaucoup marché, pendant le week-end, je suis allée au zoo de Central Park, et le lendemain j'ai remonté la 5ᵉ Avenue jusqu'à Gramercy Park, où Mrs. Burgess avait cherché un appartement avant de se décider pour son quartier actuel.

« J'adore ces moments où la ville est vide, a dit Mrs. Justen. Où ils sont tous partis. » Il ne doit plus y avoir que les domestiques, ai-je pensé, debout au milieu de gens qui regardaient un singe mélancolique nous regarder avec une orange écrasée dans sa main noire et noueuse. J'ai été au cinéma et j'ai vu ensuite un autre film à la télévision. Mes yeux me faisaient mal, j'avais pourtant encore terriblement envie d'images plates et de phrases ronflantes.

Lorsque je me suis allongée sur mon lit dans le noir, avec la sensation de fraîcheur moite trompeuse qui suit parfois une journée de chaleur citadine, j'ai compris qu'une peur obscure s'était emparée de moi.

Cela ressemblait à ce que j'avais ressenti le jour où Charlie était né, ou à ce que j'éprouvais autrefois à Malagita quand les arbres étaient immobiles sous un ciel plombé et que tout ce qui vivait attendait, paralysé, les terribles vents du sud. Peut-être m'inquiétais-je pour Mr. Clare. Il était depuis quelques jours à l'hôpital où on lui faisait des examens. Je devais le voir le mardi suivant, comme tous les mardis.

Le lundi, Charlie est rentré tôt. Je l'ai serré contre moi comme si je ne l'avais pas vu depuis des mois. Son corps était raide. Mes bras sont retombés. J'ai pris conscience de ce qu'il pouvait y avoir de gênant pour lui dans ce geste inattendu. J'ai failli dire que j'étais désolée mais m'adresser ainsi à Charlie m'a paru impensable. Il a ri, mal à l'aise : «Allez, viens, je t'invite chez le Chinois.

— Ce n'est pas vraiment l'heure», ai-je dit.

L'espace d'un instant, il a eu l'air perdu, puis il a eu un geste fataliste. «Eh bien, nous ne ferons pas comme tout le monde», a-t-il répondu.

Nous nous sommes assis sous les lampes aux abat-jour orange d'un restaurant de Broadway dans la lumière du crépuscule qui passait à travers les fins rideaux de nylon accrochés aux fenêtres. Nous plantions nos baguettes dans les bols de nourriture que Charlie avait commandés avec prodigalité, le parfum du riz lourd et stagnant comme celui des draps repassés.

«Comment était Philadelphie ? ai-je risqué.

— Très bien», a-t-il dit très vite.

J'étais contente que le repas prenne fin. Charlie m'a annoncé qu'il allait au cinéma et que j'avais l'appartement pour moi ce soir-là. Le mardi matin, mon appréhension avait disparu. Quand il était au loin, en Floride, Charlie m'avait manqué. Maintenant qu'il travaillait ici, il allait peut-être rester.

J'ai ouvert la porte de l'appartement de Mr. Clare. Son vieil ami, Mr. Darby, était dans la cuisine, où il mettait une tasse sur un plateau.

«Bonjour, Luisa, a-t-il dit quand je suis entrée. Notre homme n'est pas au sommet de sa forme. Il va être heureux de vous voir.

Jamais je n'irai à l'hôpital. Au premier symptôme de maladie, je me jette du haut d'une falaise. Je choisirai peut-être l'Écosse. Il y a de belles falaises, là-bas. » Il a versé de l'eau bouillante dans la tasse. « C'est une infusion qui lui fera du bien, a-t-il dit. Ne soyez pas si inquiète. Il a le sourire. Vous le connaissez. »

Je l'ai suivi dans la chambre où Mr. Clare, les joues et le menton couverts d'une barbe d'une semaine, était allongé, le dos relevé par tous les coussins qu'ils avaient pu trouver dans l'appartement. Au bout du lit, le museau aussi blanc que les favoris de Mr. Clare, était couchée Greta.

« C'est si bon d'être rentré, a murmuré Mr. Clare. Pauvre Greta. Dan dit qu'elle n'a rien voulu manger en mon absence. » En entendant son nom, la chienne a agité sa queue de rat. « Berk… quel hôpital, ma chère Luisa. Si vous saviez comment les gens vous parlent, là-bas.

— Leur humiliante jovialité, a lancé Mr. Darby.

— On dirait des conversations d'astronautes en train de se balader autour de la Terre…

— Pas d'antiaméricanisme, mon cher », a dit Mr. Darby.

Mr. Clare lui a souri, il a lancé un regard vers l'infusion posée sur la table de nuit et avancé lentement sa main vers celle de son ami. « Sois béni, Dan », a-t-il dit.

Après le départ de Mr. Darby, j'ai préparé le déjeuner de Mr. Clare, un bol de soupe à la tomate et les crackers trop mous d'un paquet à moitié vide.

« Comment allez-vous faire ? lui ai-je demandé. Il n'y a presque plus rien dans la cuisine.

— Est-ce qu'il reste de la nourriture pour chien ?

— Des tonnes.

— Alors ça va. Dan viendra tous les matins, a-t-il dit. Et il y a ce jeune couple au bout du couloir, ils ont été adorables. Si j'ai besoin de quelque chose, ils iront me l'acheter.

— Votre sœur ne peut pas venir ? »

Il a secoué la tête. « Non, ça n'irait pas, a-t-il dit. Mais je vais aller mieux, vous savez ». Il a ri. « J'ai prié pour avoir des amis. Je n'ai pas prié pour que mon cœur marche bien. »

J'ai fait les courses, rapporté les journaux, magazines et cigarettes dont il a dit avoir besoin avec une insistance qui ne lui ressemblait pas. J'ai pris aussi un bouquet d'asters jaunes, que j'ai payé avec mon argent. Tandis que j'arrangeais les fleurs dans un vase sur une table, il a levé les mains.

« Je suis frigorifié, a-t-il dit, étonné. Avec le temps qu'il fait ! C'est bizarre, non ? »

Ses doigts étaient teintés de bleu. « Je vais vous trouver des gants de laine, lui ai-je promis. J'en ai vu une paire hier dans une boutique pas loin d'ici. »

J'ai sorti un tee-shirt d'un tiroir. Il a levé les bras comme un enfant résigné. J'ai déboutonné son haut de pyjama, lui ai fait enfiler le tee-shirt et reboutonné le pyjama. « C'est beaucoup mieux ! » a-t-il dit, d'une voix aussi haute que celle d'un ténor qui attaque la première note d'un chant. Un son qui m'avait manqué.

« Depuis combien de temps ça dure entre vous et moi, Luisa ?

— Presque dix ans.

— Je suis désolé que vous soyez obligée de nettoyer derrière Greta. Mais elle n'y peut rien, vous savez. » La chienne s'est avancée sur le dessus de lit pour poser son museau dans la main de son maître.

« Ça ne me dérange pas, ai-je dit. Vous avez besoin de quelque chose, avant que je m'en aille ?

— Dan va passer ce soir. Il y a de l'argent pour vous là-bas sur la commode. »

J'ai mis ma paye dans mon sac et je suis restée un instant au pied de son lit.

« Luisa, ma chère. Je vous aime vraiment, a-t-il dit d'un ton léger. Vous êtes une fille courageuse. »

Ses yeux brillaient.

« Oh, Mr. Clare...

— Je ne sais pas ce que vous pensez de moi, a-t-il dit. Bon, voudriez-vous me servir un petit verre ? a-t-il demandé. Dan me casse les pieds avec ça. En réalité, ça me fait du bien. Et même si ce n'était pas le cas, j'aurais quand même envie de boire et je le ferais. »

Je suis allée à la cuisine et je lui ai préparé un verre avec ce qu'il restait dans la bouteille. « Vous allez manquer de whisky, lui ai-je dit.

— Je serai debout d'ici un jour ou deux. Et je m'occuperai de tout ça. »

Je me suis penchée sur lui pour tapoter les coussins. Il a passé la main sur ma joue, un contact léger. Je me suis courbée en deux et je l'ai embrassé sur le front. Mon cœur s'est serré quand mes lèvres ont touché sa chair ; on aurait dit que la chaleur de la vie disparaissait.

*

Mon père a tout de suite répondu au téléphone, comme s'il attendait qu'il sonne.

« Comment vas-tu, Papá ?

— Comment veux-tu que j'aille ?

— J'ai pensé que c'était ton anniversaire ces jours-ci... Je voulais...

— C'était le mois dernier, m'a-t-il interrompue d'un ton sec.

— Je suis désolée.

— Je ne m'attendais pas tellement à ce que tu appelles. Laisse-moi voir... il y a un an et demi que nous nous sommes parlé pour la dernière fois, non ?

— Moi aussi, j'ai un anniversaire.

— Je sais.

— Comment va Rose ? ai-je vite demandé.

— Rose va toujours bien », a-t-il répondu.

Notre conversation semblait être arrivée à son terme. « Charlie, a-t-il prononcé si fort qu'on aurait cru qu'il avait les lèvres collées au combiné.

— Il est rentré de Floride. Il va peut-être rester ici.

— Tu pourrais lui dire… que j'ai mis des disques de côté pour lui.

— Je le lui ai dit.

— Il a peut-être envie de venir les regarder.

— Je lui dirai que tu aimerais le voir», ai-je répondu en souhaitant immédiatement ne pas l'avoir fait.

Il a murmuré quelque chose. J'ai dit que je devais partir travailler et j'ai raccroché le téléphone de la cuisine de Mrs. Burgess. J'avais honte. Cette fois c'était moi le tyran, j'avais mis en évidence un souhait qu'il ne pouvait supporter d'exprimer de manière directe. Je serais maintenant obligée d'insister auprès de Charlie pour qu'il aille le voir. Le manque de confiance de Papá a réveillé l'ancienne rancœur ; son goût amer a gâché toute ma matinée, et je n'avais qu'une envie, voir cette journée finir.

J'ai pris le produit pour les vitres et je suis allée dans la chambre de Mrs. Burgess. Elle était assise au bord de son lit, fixant le sol, un pot de crème pour le visage ouvert dans une main. Elle a levé vers moi un regard aveugle, comme si je l'avais tirée d'un rêve compliqué. J'ai vaporisé le miroir pendu au-dessus de sa commode, et j'y ai vu, devant sa fenêtre, le reflet d'un bureau d'acajou qu'elle s'était acheté récemment et qu'elle avait d'abord mis dans le salon.

«Comment avez-vous réussi à déplacer ce bureau ? ai-je demandé, sans que ça m'intéresse vraiment, mais parce que je voulais penser à autre chose qu'à mon père.

— Charlie m'a aidée, m'a-t-elle répondu gaiement. Le jour de la fête… de cette horrible fête… c'est là que je le lui ai demandé. Il est venu un soir la semaine dernière – nous avons porté le bureau tous les trois, lui, Brian et moi.» Elle s'est levée, elle a trébuché sur une de ses pantoufles et elle a ri. «Quelle maladroite…», a-t-elle murmuré. Elle est partie vers la salle de bains, s'est arrêtée. J'ai senti mes paupières battre. Le produit pour les vitres avait séché sur le miroir. Le chiffon m'était tombé des mains, je me suis baissée pour le ramasser. Pourquoi ne me l'avait-il pas dit ? Quand, exactement, était-il venu ?

« Il est beaucoup mieux là, non ? a-t-elle demandé. Qu'en pensez-vous, Luisa ? »

J'ai hoché la tête.

« Brian s'en va dans une semaine, Dieu merci ! Je nourris des armées ces temps-ci ! »

Pourquoi n'allait-elle pas dans la salle de bains ? Je me suis mise à frotter le miroir, et quand le brouillard blanc qui le recouvrait a disparu, j'ai vu qu'elle me regardait attentivement.

« J'aime vraiment être seule, a-t-elle dit avec un tremblement dans la voix. Je viens seulement de me découvrir ce goût. J'aime... » Soudain elle est entrée dans la salle de bains et a fermé la porte. J'ai entendu le bruit du loquet. Pour ce que j'en savais, elle y était encore quand je suis partie.

L'air avait quelque chose de glacé. L'été s'en était allé, la ville brillait de la lumière dorée de l'année finissante. Je me suis arrêtée chez un traiteur et j'ai acheté du jambon pour le dîner. Charlie est rentré tard. J'étais éveillée dans mon lit. Il a allumé la télévision et j'ai entendu un brouhaha bas de voix qui montaient et descendaient avec des cascades de rires fous, un bruit aussi incohérent que mes pensées.

*

Le mardi, je suis allée chez Mr. Clare. Une pluie lente d'automne glissait sur les vitres. Après avoir enlevé mon imperméable en plastique, je me suis dirigée vers sa chambre et je l'ai appelé.

Il était agenouillé sur le sol, le haut du corps affaissé contre le bord du lit. Greta s'était couchée à côté de lui, le museau contre sa cuisse. Elle a tourné la tête vers moi laborieusement. La peau de Mr. Clare était bleue. Sa joue posée sur sa main accrochée à la couverture.

Je ne sais pas combien de temps je suis restée là, dans ce silence surnaturel, les yeux baissés vers ce corps transformé en pierre, vaguement consciente de la présence d'une odeur, âcre et pourtant légèrement douce, derrière laquelle l'air parfumé avait presque complètement disparu. À un moment, quand je n'ai plus pu regarder, je suis partie dans la cuisine et j'ai trouvé le numéro du bureau de Mr. Darby sur une liste punaisée au mur près du téléphone.

Les ambulanciers ont emporté le corps de Mr. Clare, ensuite nous nous sommes assis dans la cuisine. Greta était encore dans la chambre ; quand les services de secours étaient entrés avec le brancard et y avaient mis Mr. Clare, elle s'était glissée sous le lit, sans forces. Un policier avait vidé une boîte de café dans une poêle. « Pour l'odeur », avait-il dit en allumant le gaz. Le parfum piquant du café brûlé était immonde, surpuissant, alors je me suis levée et j'ai ouvert la fenêtre. La pluie, plus forte maintenant, a éclaboussé le sol.

Mr. Darby pleurait. « Il allait bien, hier soir. Si frêle… mais j'ai pensé que… » Il a plongé son visage dans ses mains.

« Vous avez prévenu sa sœur ? » Les yeux me brûlaient douloureusement.

« Je l'ai appelée la semaine dernière », a-t-il dit en sortant de sa poche intérieure un mouchoir en linon. Il s'est mouché, a toussé, eu un sanglot, s'est de nouveau mouché. « Elle a dit que ce n'était pas son problème. Qu'avec la vie qu'il avait menée, il ne fallait pas s'étonner que son cœur lâche. Elle le détestait, vous savez. Mort ou vivant. »

Nous sommes restés assis en silence dans la cuisine. J'ai regardé autour de nous, les moules à gâteau anciens accrochés au mur, un plat recouvert d'une feuille d'aluminium, le bol d'eau de Greta à côté de son vieux panier d'osier dont, m'avait avoué Mr. Clare, elle ne se servait que le jour car la nuit elle exigeait son lit. Les gants que je lui avais apportés étaient dans leur sac en papier sur mes genoux. J'ai posé le paquet sur la table.

« Quand va-t-on l'enterrer ?

— Il n'y aura pas d'enterrement, a dit Mr. Darby. Il a tout organisé il y a des mois. Il a signé un horrible formulaire pour faire don de son corps à la science. Il me l'a montré la semaine dernière, le jour où il est rentré de l'hôpital. J'étais vraiment idiot de vouloir l'empêcher de boire et de fumer. Il savait qu'il allait mourir, Luisa. Il le savait.

— Il était seul.

— Ça a dû se passer juste après mon départ.

— Il essayait de se remettre au lit.

— Oui.

— Pas d'enterrement, rien ?

— C'est comme ça qu'il voulait que ce soit. C'était un pragmatique. Pas un sentimental. Je l'ai même supplié, Luisa – juste un petit service funéraire, n'importe quoi.» Un sourire a éclairé le visage de Mr. Darby. «Il a dit… que c'était une idée bourgeoise.»

Mon imperméable pendait à la patère où je l'avais accroché. Dans quelques instants j'allais le remettre, m'en aller et ne jamais revenir.

«Il vous a laissé quelque chose, Luisa, ce bureau Chippendale qui est dans sa chambre. Je lui ai promis de le vendre pour vous, à moins que vous ne vouliez le garder. Il pensait qu'une petite rentrée d'argent ne vous ferait pas de mal. C'est un meuble de valeur.»

Greta a surgi à la porte de la cuisine, elle nous a lancé un coup d'œil et s'est effondrée, le museau posé sur ses pattes courtes.

«Il va falloir que je fasse piquer cette pauvre bête», a dit Mr. Darby. Il s'est remis à pleurer. «Elle ne peut pas vivre sans lui. Et de toute façon elle doit avoir plus de cent ans, maintenant. Seigneur, quelle souffrance que tout cela !»

Je suis rentrée à pied. La pluie tombait fort. À travers les vitres des restaurants, j'apercevais les bras des serveurs qui préparaient les tables du déjeuner voltiger lentement. Quelques commerçants se tenaient sur le pas de leur porte et contemplaient la rue d'un regard morne. Dans le kiosque où j'étais allée acheter les magazines de Mr. Clare, la vieille marchande de journaux, une femme en bonnet tricoté de laine noire, était assise, immobile, fixant le bord humide des exemplaires qui dépassaient du toit pointu. J'ai cru l'entendre soupirer au moment où je passais, mais c'était mon propre souffle qui s'exhalait. Je sentais la pluie, le trottoir, le papier imprimé, l'odeur un peu écœurante de friture diffusée par un ventilateur de restaurant et, le temps d'un instant, j'ai enregistré un grand titre où apparaissait le mot «Vietnam». Bien que la guerre ait pris fin neuf mois plus tôt, elle continuait de susciter chez Mr. Clare une indignation et une tristesse qui ne lui ressemblaient pas. «Quel gâchis!» s'était-il exclamé un jour. Quand Charlie avait tiré le numéro 364 à la loterie de l'appel, Mr. Clare avait acheté du champagne. «Il ne sera jamais appelé, maintenant, avait-il dit. Nous allons vider cette bouteille pour fêter sa chance. Je peux vous le dire, maintenant, Luisa, j'en avais déjà parlé à un de mes amis médecins qui a réussi à éviter l'armée à plusieurs garçons que je connais. Nous n'aurions quand même pas laissé Charlie faire cette guerre criminelle!»

Il avait dû parler à Greta, lui dire qu'il allait se coucher, qu'il se sentait un peu faible. Je l'avais souvent entendu s'adresser à elle d'une voix amusée, complice, et éclater de rire en me voyant paraître. «Eh oui… au moins, comme ça, je ne parle pas tout seul!»

Il avait dû savoir dès la première douleur sourde, quand le cœur s'était resserré sur lui-même, que la mort approchait – et avait essayé d'atteindre son lit, était tombé juste à côté une seconde, deux secondes trop tôt pour le dernier effort qui lui aurait permis de s'y allonger.

Je pleurais en marchant, la pluie et les larmes mêlées sur mes joues. J'ai tourné dans la 94ᵉ Rue. Le vent s'est levé et a poussé la pluie directement vers moi, m'aveuglant un instant. Je me suis essuyé les yeux. Charlie sortait de mon immeuble, il a ouvert un parapluie, l'a tendu et s'est retourné brièvement pour regarder derrière lui. Mrs. Burgess est apparue. Le bras de Charlie est allé se poser autour de ses épaules, un instant. Puis il est retombé. Ils ont remonté lentement la rue vers Central Park.

Quelque chose de diabolique m'a saisie à la gorge, étranglée, déchirée. Je ne pouvais pas bouger. Cours, cours, va les repousser à coups de pied, me criais-je. Loin maintenant, le parapluie noir s'en allait, flottant dans l'air, puis il a disparu derrière la pluie. J'ai senti mon corps se relâcher lentement, maladivement, ma main perdre doucement son pouvoir de retenir les choses.

Un objet dur, un garçon en ciré jaune qui courait, m'est rentré dedans. « Et merde ! ont prononcé ses lèvres roses, parfaites. Tu ne peux pas te pousser, non ! » Alors j'ai avancé, monté les marches et je suis entrée dans mon immeuble.

*

J'ai entendu Charlie. J'étais assise dans ma chambre sur une chaise que je n'avais pas quittée depuis des heures. La porte du réfrigérateur s'est ouverte, s'est refermée.

Avait-il été chez elle, l'avait-il aidée à porter les valises de Brian jusqu'au taxi ? Ils allaient avoir tout son appartement pour eux, maintenant que Brian était parti.

Est-ce qu'elle m'avait posé des questions sur les petites amies de Charlie ? Il doit bien en avoir, avait-elle dit, il est tellement charmant. Lui avais-je parlé de celle avec laquelle il était parti le week-end précédent ? Sûrement. Pourquoi, sinon, aurait-elle dit vendredi que Charlie n'allait pas tarder à prendre le train de Philadelphie ? Avec quelle douceur elle l'évoquait ! Elle avait semblé suggérer que les jeunes amoureux étaient les créatures les plus délicieuses du monde ! Mais qu'est-ce que c'était que ces souvenirs que je faisais revenir ?

Je me suis endormie et réveillée dix minutes plus tard. L'appartement était plongé dans le silence. L'avaient-ils fait sur mon lit ? Je suis allée dans la salle de bains sur la pointe des pieds. J'ai regardé le lavabo, ma serviette pliée sur le porte-serviette.

Mais elle devait se moquer de ce que Brian soit là ou non. Ne m'avait-elle pas dit que les enfants d'aujourd'hui savaient tout et que c'était merveilleux ? Contrairement à ce qu'elle avait connu, elle, toute cette honte, cette culpabilité. Quel air avait pris Charlie lorsqu'il m'avait dit qu'il partait à Philadelphie ? Il avait précisé que son amie rendait visite à sa famille. Nous étions tous partis, ce week-end-là. J'étais allée au zoo et lui, chez Mrs. Burgess, lui, le fils de la petite bonne. Quand cela avait-il commencé ? Je suis retournée dans ma chambre. J'avais peur d'allumer la lumière.

Je cherchais à me rappeler une chose. Pourquoi était-elle venue dans mon appartement ? Parce qu'il lui appartenait. Tout était à elle.

Je me suis souvenue. Je me suis souvenue des visages des domestiques de Beatriz de la Cueva. Ils lui avaient appartenu, à elle aussi, à elle et à son fils. Attroupés dans mon esprit, avec parmi eux celui de ma mère, ils paraissaient me regarder avec mépris, puis le cuisinier a tiré sur sa lèvre inférieure, incrédule, et secoué la tête. Ils avaient été assez intelligents pour se méfier de la Señora, pour savoir que le lien qu'ils avaient avec elle n'était pas autre chose que celui qui attachait des serviteurs à leurs maîtres. Et Papá n'avait pas menti à ma mère.

Mais Mrs. Burgess n'avait pas violé ma servitude – elle avait trahi la confiance que j'avais en elle, cette confiance dont justement j'étais si fière. Comme de Charlie. Mais je ne pouvais pas encore penser à lui.

Tôt le matin, je l'ai entendu replier le canapé et le repousser contre le mur. Avait-il inventé de toutes pièces son travail au magasin de camping ? Est-ce qu'elle lui donnait de l'argent ? La porte s'est fermée. J'ai couru dans le salon, j'ai écouté. Ses pas ont résonné dans l'escalier. J'ai bu un peu d'eau et je me suis couchée par terre.

Elle a appelé à midi. «Luisa ? Vous êtes malade ? Je suis tellement inquiète… Cela ne vous ressemble pas, de ne pas téléphoner. Est-ce que vous…

— Que se passe-t-il avec mon fils ? » ai-je dit d'une voix qui

398

semblait venir de très loin, atteindre enfin ma propre oreille comme après être passée dans un tube vide.

Au bout d'un instant elle a dit d'une voix froide, plate : «Je ne sais pas.

— Vous en avez fait un menteur, ai-je haleté. Je ne vous laisserai pas faire de lui un menteur. Est-ce que vous n'avez pas déjà tout ce qu'il vous faut ?

— Je ne sais pas», a-t-elle répété.

J'ai raccroché et tenu le combiné de toutes mes forces sur sa base pendant plusieurs minutes.

Charlie est rentré à la maison avant la nuit. Je regardais la rue, la parade des passants, leurs vêtements et les paquets qu'ils portaient. Je ne voulais pas vraiment m'extraire de ce spectacle.

«M'man ?» a-t-il dit d'une voix hésitante.

J'ai tout de suite compris. Il lui avait téléphoné ou l'avait vue dans la journée. Elle lui avait dit que je savais.

J'ai continué à regarder dehors.

«J'ai vingt-trois ans, M'man», a-t-il dit.

Alors je me suis détournée de la fenêtre. Nous nous sommes regardés. Il ne comprenait rien ! Mais comme je le connaissais bien, comme je connaissais ce léger sourire qui passait sur ses lèvres, je l'y avais vu des centaines de fois ! Son visage était pâteux, gonflé.

«Cela n'a rien à voir avec ton âge», ai-je dit.

Je sentais une telle effervescence dans mes pensées que je n'ai rien pu prononcer d'autre. Gauchement, il a ouvert la porte, une main derrière le dos. «Je reviendrai. Plus tard. J'ai trouvé une chambre dans l'East Side. Je reviendrai, M'man.» Il a lancé vers moi un dernier regard triste, têtu, et il est sorti.

*

«Viens t'installer ici, a dit Ellen. Nous te trouverons du travail. Il y a des réfugiés cubains. Ils ont besoin d'aide. Certaines associations…

« — Je ne peux rien faire, Ellen. Je ne suis pas sortie de chez moi depuis une semaine. J'avais dit un jour à cette femme que Charlie était la chance de ma vie.

— Luisa !

— Est-ce que tu te rends compte de ce que j'ai fait ? Je l'ai emmené là-bas. Je le lui ai apporté.

— Elle était trop paresseuse pour chercher ailleurs.

— J'ai honte.

— Viens quand même passer une semaine avec nous. Viens nous voir. Sors de la ville où c'est arrivé.

— Et où ça continue.

— Ça ne durera pas.

— Qu'est-ce que tu en sais ?

— Je sais. Laisse faire. Laisse faire, Luisa. N'en parle plus.

— Comment expliques-tu que certaines personnes ont besoin de tout posséder ?

— On n'est pas obligé de tout expliquer… Tu ne me crois pas, mais je t'assure que d'ici un mois ou deux tu ne seras plus dans cet état. »

Je ne l'ai pas crue. Je ne lui ai pas imposé mon malheur plus longtemps. Il y avait un stade au-delà duquel la conscience de ma propre folie submergeait ma douleur, où la douleur elle-même portait un masque comique. « Il faut que je retourne travailler. Je dois gagner ma vie.

— Oui. Tu dois le faire, a-t-elle dit d'une voix douce. Je ne vais pas te parler des autres, te dire combien de fois c'est déjà arrivé. L'enfant de la servante… Oh, Luisa, je pourrais tellement t'en raconter ! Mais je préfère penser au jour où tu viendras ici. Au bonheur que j'aurai de te voir. »

Ce qui résonnait dans sa voix m'a réchauffée malgré le froid qui entrait par la fenêtre que j'avais laissée ouverte. Je voulais entendre les bruits de la rue, même les sirènes des voitures de police et celles des ambulances.

*

J'ai marché dans la ville, voyagé en métro et en bus, attendu un désastre ordinaire, de ceux sur lesquels je pouvais mettre un nom. Quand je traversais au feu rouge, j'attendais la voiture qui le brûlerait et me renverserait. Les gens ramassaient les paquets que je lâchais ; une vieille femme m'a offert sa place dans le métro. Je me suis retrouvée dans un train presque vide qui allait à Pelham. Un vieux Noir m'a indiqué mon chemin, m'a suivie jusqu'au quai en me répétant ses instructions jusqu'à ce que je reparte vers la station où je m'étais trompée.

Hébétée, mon lit défait, je pensais à Mr. Clare. En le pleurant j'arrivais à des instants de paix, à un chagrin qui me calmait.

Je laissais la télévision allumée, je m'endormais, me réveillais de temps à autre devant les images grises qui glissaient sur l'écran. Une nuit, dans le bourdonnement des informations, j'ai entendu les mots « San Pedro ». Une insurrection soutenue par l'armée et conduite par un ancien vétérinaire, le docteur Avila, avait renversé le gouvernement de José Gonzalez, qui s'était enfui au Mexique, emportant avec lui le trésor national. Il y avait eu des morts dans un lointain district des montagnes. Selon certains, elles étaient plutôt dues aux bagarres qui avaient suivi un match de foot. C'était le troisième coup d'État en huit ans. Le docteur Avila avait décidé de mettre fin à l'exploitation de San Pedro par les puissances étrangères et jeté hors du pays une équipe d'ingénieurs des mines américains qui étudiaient les ressources des gisements de nickel qu'il y avait sur l'île. La production de canne à sucre avait chuté de façon spectaculaire. À cause de l'instabilité politique de San Pedro, les investisseurs américains étaient allés voir ailleurs. Le docteur Avila, un homme massif, en chemise de planteur, a jeté un regard rageur vers l'écran et levé deux gros doigts en signe de victoire.

Le lendemain matin, j'ai téléphoné à Mrs. Justen et je lui ai dit que j'allais venir, que je me sentais mieux. Elle m'a annoncé qu'une pile de linge m'attendait. Elle ne s'était pas sentie très bien, elle non plus, et n'avait pas eu le courage de faire le ménage.

En arrivant, je me suis dirigée vers la cuisine, décidée à me mettre au travail immédiatement.

« Luisa ? » Je ne l'avais pas vue, elle était à la fenêtre dans sa robe de chambre de laine rose. « Seigneur ! Est-ce que vous allez bien ? Mais qu'est-ce qui vous arrive ? Quelqu'un vous a suivie ? »

Je me suis assise brusquement. Un instant plus tard, après m'être juré que plus jamais ensuite je n'aborderais ce sujet, avec personne, je lui ai parlé de Charlie et de Mrs. Burgess.

« Attendez, a-t-elle dit quand j'ai eu fini, comme si j'avais voulu m'enfuir. Je vais vous faire une tasse de thé. »

Je suis restée sans bouger. Un chat tigré noir a sauté sur mes genoux et s'y est couché en ronronnant. J'ai posé la main sur son flanc chaud.

« Jumper sait que vous êtes contrariée », a dit Mrs. Justen. Elle a posé le thé sur la table. « Quand Maman est morte, j'ai cru que tout était fini pour toujours. Je veux parler de l'angoisse. J'avais l'impression que ma vie allait redémarrer comme un bateau dont la voile se gonfle sous le vent. Plus personne pour me surveiller. Puis ça a commencé à me manquer. Et ça aussi, ça a passé. Tout passe.

— En attendant… » J'ai laissé s'enfuir ma pensée. « Je ferais mieux de m'occuper de la lessive.

— Laissez tomber. Les gens mentent autant en ce qui concerne le sexe qu'en ce qui concerne l'argent. Quant à la baise – tout le monde couche avec tout le monde. Et, la plupart du temps, ce n'est même pas le problème. »

Je me suis penchée sur le chat, j'avais peur de me mettre à rire. Ces mots-là, dans la voix haute et enfantine de Mrs. Justen…

« C'est très simple, en fait, a-t-elle continué. Elle a profité de la situation. Elle a toujours aimé les cachotteries. Il suffisait qu'apparaisse sur son visage cet air aveugle, exalté, pour que je sache qu'il y avait quelque chose. Ça m'a fait rire – que Marsh la quitte. Elle a fait du gringue à Luke Justen. Mais même s'il n'avait pas été homo, un coup d'œil lui aurait suffi. Il n'est pas fou. » Un air tendre, rêveur était apparu sur son visage quand elle avait évoqué son ex-mari. Elle a secoué la tête. «Elle ne peut pas s'en empêcher», a-t-elle ajouté.

Je me suis redressée sur ma chaise. «Je vous en prie, non, pas ça. C'est ce qu'elle dit tout le temps.

— Il y a tellement de mots qu'on utilise, Luisa, a-t-elle répondu sévèrement, et ce n'est pas un compliment que de dire qu'elle a renoncé à l'exercice de sa volonté pour n'en faire qu'à sa tête.» Elle m'a regardée un instant, pensive. «Allons au cinéma. Oublions le linge et la vaisselle. Il y en a un au coin de la rue, ils passent un truc de science-fiction. Ça devrait être distrayant.»

Nous sommes donc parties nous asseoir dans cette salle, où nous avons partagé une barre chocolatée qu'elle avait choisie et regardé un vaisseau spatial rempli de cadavres naviguer à travers le vide galactique tandis qu'une valse tonnait dans le noir. Ensuite, elle m'a emmenée dans un bar de Lexington Avenue. «Allons boire un Dry Martini, a-t-elle dit. C'est là que je retrouve Luke une fois par semaine.

— Vous le voyez toujours ?

— Oh oui, depuis des années. Lorsque j'étais chez les fous, il est venu presque tous les jours à l'hôpital. Il attendait, caché, que Maman soit partie. Elle faisait semblant de le détester – pour montrer qu'elle était de mon côté. Elle ne comprenait rien. Luke et moi sommes amis depuis l'enfance. Il ne m'a jamais menti. Nous avons pensé que ça valait le coup d'essayer – le mariage, je veux dire. Il ne pouvait pas. C'est mon ami le plus cher. Nous n'avons jamais divorcé – et nous ne le ferons jamais.»

Elle a voulu me payer ma journée de travail. J'ai refusé. «Nous avons passé une journée de vacances ensemble», a-t-elle dit en posant son bras sur mes épaules d'un geste maladroit.

Le lendemain matin je suis allée dans une agence de placement et la semaine suivante j'ai commencé à travailler chez Mr. et Mrs. Carter, dont la fille unique, une enfant de dix ans, qui s'appelait Jenny, m'aidait à faire le ménage et préparait du café instantané que nous buvions ensemble en attendant que ses parents rentrent de leur travail. Elle me parlait de Paris, où elle avait passé les six premières années de sa vie. «Il ne faut pas que tu oublies le français, lui ai-je dit.

— C'est inévitable, a-t-elle répondu. En tout cas Maman le croit.

— Quelqu'un m'a expliqué un jour que l'on n'est jamais vraiment cultivé tant qu'on ne sait pas le français.»

Ça l'a fait rire. «Cultivée? Je croyais que c'étaient les champs qui étaient cultivés.

— Tu dois avoir raison.

— Le café est bon? Il te plaît?

— Il est parfait», ai-je répondu.

Dans la buanderie, au sous-sol de l'immeuble des Carter, où je descendais laver leur linge, j'ai rencontré une jeune Noire qui elle aussi travaillait là. Ses remarques acerbes sur le caractère et les habitudes des membres de la famille qui l'employait me faisaient rire, d'un rire où se mêlaient l'amertume et le soulagement. «Est-ce que tu les aimes? ai-je demandé.

— Les aimer!» s'est-elle écriée en me jetant un regard incrédule. Son rire a retenti dans les couloirs entre les caves et les tuyaux en ont réverbéré le son.

*

J'ai cessé d'interpréter les signes. Je lavais la vaisselle sans faire attention à ce qu'on y avait mangé. Je ne lisais plus les titres des livres posés sur les tables de nuit. J'accomplissais mes tâches. Les souvenirs puissants des jours anciens me revenaient comme le printemps jaillit soudain de la terre qui en a été privée. J'errais une fois de plus sur les chemins de Malagita.

Mr. Clare me manquait. Mais plus encore que Mr. Clare, c'était l'aisance naturelle de mon ancienne vie avec Charlie qui me manquait. Je savais que pas plus que moi il ne savait que faire du poids de nos pensées inexprimées. Mais étaient-ce des pensées ? Tellement incohérentes et tellement fugitives. Dans le silence, comme si cela avait été décidé lors de notre première rencontre sans paroles, le jour de sa naissance, vingt-trois ans plus tôt, nous étions réconciliés. Il m'arrivait de temps en temps, quand il me téléphonait, et une fois, quand il vint chercher un carton de livres, d'être à nouveau saisie d'horreur et de stupeur en repensant à eux, marchant ensemble dans la rue à l'abri du parapluie de Mrs. Burgess, et je ressentais alors une haine aussi profonde que l'attachement qui me liait à lui.

« Ma chambre se trouve à côté d'une église ukrainienne, me dit-il. C'est un drôle de quartier, où dealers et vieux Ukrainiens se côtoient mais dévisagent tous les hippies qu'ils croisent comme s'ils venaient de l'enfer.

— Tu veux dîner ?

— Non, j'ai mangé en sortant du boulot. Je ne fais que passer. » Il a ramassé un roman policier que je lisais et l'a retourné dans ses mains comme en se demandant ce qu'était cet objet.

— Pourquoi est-ce que tu as maigri comme ça ? a-t-il explosé. Tu as une mine affreuse ! » Son visage s'agitait comme ceux des sourds-muets que je voyais parler avec leurs mains au coin des rues.

« Ça n'a rien à voir avec toi.

— Oh si ! C'était sérieux pour moi. Ce n'était pas rien. »

Oui, ça ne pouvait pas être autrement, ai-je pensé tristement. Il avait dit : « C'était. »

« Si je pouvais en parler – j'en suis incapable », ai-je dit. Il s'est agenouillé et a mis des livres dans un carton. J'avais peur ; les mots pouvaient en eux-mêmes former un nouvel événement plein de fausseté. J'ai baissé les yeux vers lui à genoux, lisant les titres des livres. J'étais lasse de lui, et de moi.

Mrs. Burgess profitait sans réfléchir de ceux dont la vie côtoyait la sienne pour s'offrir des moments de distraction. Dans la violence gloutonne de son âme, comment aurait-elle pu préférer ma confiance à l'opportunité que cette dernière lui offrait ?

Charlie s'est relevé. «Je commence les cours du soir au printemps, a-t-il dit.

— Qu'est-ce que tu vas étudier?

— Tout.»

Il est parti avec ses livres et ensuite j'ai mangé debout devant l'évier. Le tic-tac du réveil de ma chambre résonnait. Je m'étais trompée en le réglant la veille et il m'avait réveillée une heure trop tôt, en plein milieu d'un rêve.

Je m'en suis souvenue. Je me trouvais debout dans une forêt à moitié cachée derrière un arbre. Habillée de guenilles, je ressemblais à une mendiante. J'avais l'air menaçant et je le savais, comme on le sait dans les rêves. Charlie est arrivé en face de moi. Il m'a vue et a reculé, terrifié. J'ai avancé vers lui. J'ai dit : «N'aie pas peur. Je vais te montrer le chemin.»

*

J'ai reçu un mot et un chèque de Mr. Darby. Il avait vendu trois mille six cents dollars le bureau Chippendale que Mr. Clare m'avait légué. «Je n'ai évidemment pas pris de commission, écrivait-il, parce que autrement Edwin, comme vous le savez, reviendrait me hanter.»

L'enveloppe est arrivée une semaine après mon quarante-neuvième anniversaire. Parce que j'avais l'impression que c'était un moment historique, je ne me suis pas couchée, j'ai suivi les fêtes du Nouvel An à la télévision. Charlie est passé le lendemain soir avec un cadeau qui venait de son magasin de camping, un chandail épais, sur l'étiquette duquel était dessiné un mouton noir. «Il est magnifique, ai-je dit. — En tout cas, il te tiendra chaud», a-t-il répondu.

C'était un article de confection typiquement américain. Il semblait grand sur moi, bien que parfaitement à ma taille. Ma peau s'était assombrie avec les années, et quelques cheveux blancs, durs et épais, poussaient éparpillés au milieu des autres.

Je me suis regardée dans la glace, empaquetée de laine. Une Latino habillée en mouton.

En allant chez Mrs. Justen, j'ai déposé le chèque sur mon compte dans une agence de Broadway. J'avais plus de cinq mille dollars, un joli petit magot qui me mettait à l'abri du besoin. Tout en marchant précautionneusement dans la boue glacée vers l'arrêt de bus j'ai pensé à l'endroit qui me servait alors d'abri. L'appartement que je louais, sa netteté vide, sa cafetière pour deux. Il m'aurait été complètement égal de ne plus jamais y mettre les pieds.

Dès que j'ai ouvert la porte, Mrs. Justen s'est élancée vers moi.

«Ce pays devient fasciste, s'est-elle écriée. Écoutez-moi ça – hier, un voisin m'a dit qu'il y avait un chien malade dans la rue, juste en bas, devant la première maison de l'allée vers Lexington Avenue. C'était un vieux gros chien. J'ai cru qu'il était mort mais au bout d'un moment il a relevé la tête. Je lui ai apporté à boire, à manger et une vieille couverture. Il ne voulait pas bouger de son perron, mais il a bu un petit peu d'eau. Il devait errer depuis des mois, ses griffes étaient à ras. Je suis ressortie une dizaine de fois dans la journée. À un moment, il a agité la queue en me voyant. Puis, après la tombée de la nuit, quand je lui ai porté son dîner, il avait disparu. Une femme me regardait par la fenêtre. Elle m'a ouvert et dit avoir vu trois jeunes pisser sur le chien. Pisser sur le chien!» Elle criait. Elle s'est effondrée dans un fauteuil. «Des dégénérés, a-t-elle dit désespérée, qui finissent par brûler les bébés dans des fours.»

J'ai regardé ses poings serrés. Ses longs pieds nus étaient sales et ses cheveux plats, ternes. J'étais inquiète. Elle pouvait redevenir folle. Elle a levé les yeux vers moi. «N'ayez pas peur, m'a-t-elle dit, je ne suis pas en train de perdre la tête.

— Je vais vous faire du café, vous préparer le petit déjeuner.

— Vous croyez qu'il n'y a que les fous qui ressentent l'horreur? m'a-t-elle demandé.

— Non. C'est une histoire vraiment atroce.

— Ce n'est pas une histoire. C'est la réalité. Désolée d'avoir crié, a-t-elle dit. Ces choses-là me déchirent. Et je voudrais tellement faire quelque chose. » Elle s'est levée, a soupiré et serré sa robe de chambre autour d'elle.

«Je vais aller me laver, il faut que je me reprenne, a-t-elle dit brusquement. S'écrouler, se reprendre. Et ainsi de suite. »

Quand j'ai eu fini mon travail, elle fumait une cigarette, habillée, calme, un manuscrit sur les genoux.

«Mrs. Justen», ai-je commencé, puis je me suis tue. Elle a paru surprise. J'ai répété son nom. Son visage s'est éclairé. «Oh, l'argent», a-t-elle dit. Elle a ouvert son sac.

«Je m'en vais, ai-je annoncé. Je retourne à San Pedro.» Maintenant que je l'avais formulée à haute voix, l'idée semblait encore plus incroyable que lorsqu'elle m'était venue à l'esprit ce matin-là, pendant que je passais la serpillière dans sa salle de bains.

«Là où je suis née», ai-je ajouté en voyant qu'elle semblait ne pas comprendre.

Elle m'a tendu l'argent. «Vous partez tout de suite ?

— Dans une semaine ou deux. Il faut que je me renseigne sur le voyage.

— Cela semble une bonne idée, bien que je ne voudrais à aucun prix retourner à Buffalo, d'où je viens.»

J'ai pris l'argent. Elle s'est levée et m'a tendu la main. Je l'ai serrée doucement. Elle était plus grande que moi mais elle semblait fragile, pâle et de texture poudreuse, comme un énorme papillon de nuit.

«Vous allez me manquer, a-t-elle dit. Je suis désolée de vous avoir envoyée chez cette femme. Tout est à cause de ça.

— Non, ce n'est pas à cause de ça, ai-je dit d'une voix ferme.

— Mais vous m'appellerez quand vous reviendrez ? Dans quelques semaines ?

— Je ne sais pas, ai-je dit. Je suis très fatiguée.

— C'est une chose que je comprends», a-t-elle répondu.

*

J'ai prévenu les Carter. J'ai expliqué à leur fille, Jenny, que je retournais dans un endroit que j'aimais, où j'étais née. Elle m'a dit d'un air songeur que j'avais de la chance.

«Au revoir, m'a-t-elle lancé, en français, tandis que je me dirigeais vers l'ascenseur.

— *Adios*», ai-je répondu.

Je suis allée dans une petite agence de voyage portoricaine du West Side. Il y avait quatre bureaux dans la pièce, avec sur l'un d'eux une grande carte qui annonçait : San Pedro. Un vieil homme était assis derrière. Il m'a dit d'être prudente en arrivant à Tres Hermanos. «Les choses se sont calmées, a-t-il dit. Mais avec ces gars de la campagne en uniforme... Je suis moi-même né à San Isidro.

— Pourquoi en êtes-vous parti ? ai-je demandée, curieuse.

— Pas de travail, a-t-il dit. Rien à manger.»

Je lui ai demandé si j'avais besoin d'un passeport, il a souri et dit : «Non, non. On n'a besoin de passeport que dans les vrais pays.»

J'ai laissé à Charlie l'adresse de l'hôtel de Tres Hermanos où je devais passer une nuit. Ensuite, lui ai-je dit, j'irai à San Isidro et de là je prendrai le bus jusqu'à Malagita. J'y trouverais une pension où manger et dormir.

«Je voudrais que tu aies ces fourchettes, ai-je ajouté. Ce sont les seuls objets de valeur que je possède.»

Il les a prises et a frotté du doigt l'argent noirci. «Tu peux les nettoyer, ai-je dit. Elles sont faites pour qu'on s'en serve.

— Tu vas revenir, hein, M'man ?

— Avant je croyais qu'il était aussi difficile d'aller là-bas que sur la Lune. Mais même la Lune n'est plus si loin. Et quelques heures de vol seulement nous séparent de San Pedro.

— Tu ne réponds pas...

— Est-ce que tu peux aller voir Papá ? Je ne me suis pas toujours très bien conduite vis-à-vis de lui. Mais il faut que tu y ailles. Un de ces jours, il va mourir. Il te garde des disques. Il sera plus gentil avec toi qu'il ne l'a été avec moi.

— Tout ça ne me plaît pas. Combien de temps vas-tu rester là-bas ?

— Je te l'ai dit, je n'en sais rien. Quand je le saurai, je te tiendrai au courant.

— Je viendrai chercher le courrier, a-t-il dit, et surveiller ton appartement. »

J'avais oublié qu'il en avait la clé.

« J'ai rencontré une fille », a-t-il annoncé.

Je suis restée un instant silencieuse. « C'est… » Mais je n'ai pas trouvé les mots et il a immédiatement repris : « Elle fait de la musique, elle travaille au magasin pour payer ses études. »

Je ne lui ai rien demandé. J'avais commencé à quitter la ville et même Charlie le matin où j'avais nettoyé la salle de bains de Mrs. Justen pour la dernière fois.

Il me regardait, le visage très calme, et j'ai compris qu'il aurait mis toute sa bonne volonté à me répondre. J'aurais pu lui poser des questions à propos de la musicienne, mais j'avais peur qu'il ne voie lui aussi dans cet encouragement que de la bonne volonté. Cette façon de réfléchir à deux fois lorsque nous nous parlions, même dans la plus quotidienne des situations trahissait nos blessures. J'ai prononcé les paroles les plus vraies que je pouvais, dit que j'allais voir Ellen, qui arrivait en avion pour assister à un congrès, que nous devions nous retrouver à l'aéroport et passer ensemble autant de temps qu'elle pourrait m'en accorder.

« Elle m'a offert la plus grosse glace que j'aie jamais vue de ma vie, a-t-il dit avec un certain soulagement au fond de la voix.

— Oui, quand on t'a enlevé les amygdales. »

Il a hoché la tête et semblé sur le point de dire quelque chose, mais j'ai vite repris : « Il faut que je fasse mes bagages. » Il a ramassé son manteau et glissé les deux fourchettes dans sa poche. « Nous allons manger comme des princes », a-t-il dit. Nous nous sommes embrassés avec une certaine hâte. « Et les cours ? ai-je demandé, m'en souvenant soudain. — Ça va, a-t-il répondu. Enfin, assez bien, quoi.»

Après son départ, je suis allée dans ma chambre. J'ai contemplé ma nouvelle valise, déjà faite depuis deux jours.

Je n'aurais jamais pu rompre complètement avec Charlie comme Nana l'avait fait avec Mamá. C'était impensable. Et il n'y avait pas eu entre Beatriz de la Cueva et Nana de confiance à trahir.

*

Nous avons erré, Ellen et moi, dans les couloirs de l'aéroport, nous sommes assises de temps en temps dans des salles d'attente où des enfants épuisés couraient en rond autour des bagages entassés et de leurs parents au visage vide. Ellen est allée faire la queue au bar pour nous rapporter des cafés et des petits pains.

Elle avait une boîte à cigarettes en argent. Un collier de grenats pendait autour de son cou, disparaissait dans les plis soyeux de son chemisier. Elle a posé son imperméable sur le dossier d'une chaise en plastique orange. Nous avions déjà parlé de son travail et de son mariage. Elle fixait sa tasse. Je regardais ses cheveux courts et toujours aussi noirs. Lorsqu'elle souriait, elle semblait n'avoir pratiquement pas vieilli.

«Tu te souviens de Julian ? » m'a-t-elle soudain demandé. J'ai hoché la tête. «Je suppose que la haine lui rendait la vie plus facile. À la fin, il me détestait aussi. Je n'arrive pas à lui pardonner. Il a été le premier. Un homme. Je croyais tout savoir.

— Lorsque j'ai annoncé à mon père que j'allais à San Pedro, il m'a dit qu'il n'avait jamais rien compris de ce que je faisais. Pour une fois j'étais d'accord avec lui. Mais je ne le lui ai pas dit.

— Qu'est-ce que tu as l'intention de faire à ton retour ? » Je n'ai pas répondu. «Luisa ! Tu ne penses pas à rester là-bas !

— Je ne serai plus jamais domestique.»

Elle a eu l'air si désolée que je me suis mise à rire. «Et voilà, après toutes ces années, je renonce… Ce que tu as toujours voulu que je fasse !

411

— C'est à cause de cette femme et de Charlie ?

— Je ne sais pas. Tout ce que je sais, c'est que c'est fini pour moi.

— San Pedro ne sera pas comme dans tes souvenirs. Tu en as conscience ?

— Oui, ça, je le sais.

— Je n'en suis pas si sûre, a-t-elle dit doucement.

— Quand j'étais petite, je voyais parfois mon père comme un roi chevauchant une jument empruntée, furieux de s'être fait voler son royaume. Il est tout rabougri, maintenant, il marche avec une canne, et il a une épouse grasse et vieille qui tricote au crochet des couvre-lits en acrylique. Comment pourrais-je penser qu'à Malagita rien n'a changé ? »

Mais elle avait raison de douter. Derrière le bon sens, des images scintillaient et me troublaient, hors du temps, au-delà de la raison.

Mes mains se sont mises à trembler et j'ai reposé ma tasse. Ellen a effleuré sa joue. «Qu'est-ce qu'il y a ? » ai-je demandé.

Elle m'a pris le bras. «J'étais en train de penser à… Tu te souviens de ce poème que nous avions appris ? "Leur lumière s'incruste sur cet œil intérieur, bénédiction de la solitude." *Les jonquilles*… J'ai du mal à me rappeler où j'étais la semaine dernière à cette heure, mais ce vers est resté gravé dans ma mémoire.

— Oh… je me souviens.

— Il faut que j'y aille. »

Je l'ai accompagnée jusqu'aux taxis.

«Réfléchis à ma proposition, je t'en prie, a-t-elle dit. Viens dans le Sud. Nous te trouverons du travail, quelque chose qui te plaira. Tu auras une nouvelle vie. Appelle-moi dès ton retour, promis ?

— Je t'appellerai. »

Nous nous sommes embrassées. À travers son épais manteau, j'ai senti son corps tendu, prêt au combat, comme toujours.

*

«*Anda ! Anda !*» a murmuré une femme derrière moi quand je me suis arrêtée sur la passerelle en haut des marches qui menaient au tarmac. «L'air est comme de la soie», ai-je dit en espagnol. Elle est passée devant moi, chargée de filets à provisions et de paquets. «De la soie !» s'est-elle exclamée d'une voix irritée.

Dans le bâtiment de l'aéroport, un abri rudimentaire, j'ai été interrogée par un représentant de l'administration qui s'est montré tour à tour stupéfait et indigné quand je lui ai expliqué, en espagnol, que j'étais une citoyenne américaine née à San Pedro. Je lui ai montré ma carte de sécurité sociale dans son étui de plastique et, à regret, il m'a laissée passer. Derrière le car qui devait nous emmener en ville, un palmier royal se dressait. Il s'élevait au milieu de débris d'immeubles, de blocs de ciment, de barres d'acier rouillé.

«Un jour bientôt, nouvel aéroport», a dit le chauffeur du bus en suivant mon regard. Un chien affamé, tout en côtes et gencives rouge sang, grattait la terre entre les pierres. D'autres passagers sont montés, l'embrayage a grincé et nous sommes partis sur une route étroite, cahotant à chaque coup de volant que le chauffeur donnait pour éviter les trous.

Malgré les promesses de l'agence de voyage de New York, ma réservation n'avait pas été enregistrée et personne dans le petit hôtel n'était au courant de mon arrivée. Aucune importance. Seules deux de ses six chambres étaient occupées.

Dans une salle à manger meublée de quatre tables rondes, un serveur en veste de costume froissée et tablier sale m'a apporté un bol de café au lait et deux biscuits durs sur une assiette en plastique. Il espérait en retour que je lui raconterais pourquoi j'étais venue. «Ça fait quarante ans que j'essaye de revenir à San Pedro, lui ai-je répondu.

— Beaucoup de choses ont changé, a-t-il dit. Vous avez vu les fondations du futur aéroport de tourisme ? Le docteur Avila est un homme réaliste, qui défend le peuple. L'argent du tourisme nous permettra de construire des écoles, des crèches, et de soigner

413

tout le monde gratuitement. » Il a jeté un rapide coup d'œil dans la pièce vide, s'est approché pour déplacer de quelques centimètres l'assiette en plastique et m'a montré qu'il ne croyait pas un mot de ce qu'il disait en tirant du doigt sa paupière inférieure. J'ai éclaté de rire. Il a eu l'air affolé et a vite secoué la tête. «Le café, ai-je dit à voix haute. On dirait du vin ! »

Dans ma chambre, ce soir-là, j'ai ouvert les volets en grand et je me suis penchée à la fenêtre. Le bruit qu'il y avait ressemblait plus à celui d'une nuit de village que de grande ville. Au loin, deux klaxons ont résonné comme deux notes différentes, question et réponse. Plus près, j'ai été certaine d'entendre chanter un coq. Il y avait de l'autre côté de la rue une maison plus grande que l'hôtel. L'éclat d'une lumière pâle brillait dans l'une de ses pièces. C'était la flamme d'une bougie à côté de laquelle une jeune femme assise au bord d'un lit en légère robe de chambre blanche s'est lentement penchée en avant pour se laver les pieds dans une bassine, puis s'est relevée et a repoussé à deux mains la tignasse de cheveux noirs qui cachait son visage.

Le matin, j'ai marché le long d'une large avenue. Les maisons à balcons, les quelques voitures qui passaient étaient baignées d'une lueur bleu pâle qui venait de la mer, comme si le jour avait commencé là, dans le port, et le bord de cette lumière était si blanc que chaque objet, chaque maison, chaque voiture, chaque être humain qui traversait la rue d'un pas rapide, chaque haute arche formée par les branches des arbres au-dessus de la *rambla* centrale semblait éclairé par-derrière et cette blancheur toujours plus forte autour de nous faisait disparaître les années écoulées entre ce jour et celui où mon père, ma mère et moi avions un matin de bonne heure descendu cette même avenue, nos valises à la main, jusqu'au quai, jusqu'au navire qui nous emporterait vers les États-Unis.

J'ai tourné dans une rue étroite, où une femme lavait des cailloux devant une petite maison peinte de la couleur bistre et marbrée d'une pêche mûre. En face d'elle se trouvait l'office du

414

tourisme dont l'adresse m'avait été donnée par le réceptionniste de l'hôtel. Un soldat était en faction, observant la femme, indifférente à sa présence. Il transpirait du visage et tenait une mitraillette à la main, aussi négligemment que s'il s'était agi d'un filet à provisions, les fesses collées contre une vitre où une unique affiche vantait les bienfaits d'un week-end à Cuba, pour un prix comprenant le trajet en avion, les visites, la chambre et les repas.

D'une main alerte émergeant d'une manche élimée, la femme assise derrière le bureau a écrit le nom des gens qui s'occupaient de la pension de famille de Malagita. Elle allait téléphoner à Mrs. Diaz pour lui demander de préparer ma chambre. « Je viens de là-bas, moi aussi, a-t-elle dit. Vous ne retrouverez pas ce que vous avez connu. Les gens sont logés de façon décente, maintenant. » Elle parlait avec sévérité, comme si j'avais commis une faute en sachant à quoi ressemblait Malagita avant l'ère des changements.

J'ai pris le train de l'après-midi pour San Isidro. Les rues étaient pleines de monde, l'atmosphère électrique, active, celle d'une ville de province libre de toute obligation de ressembler à une métropole. Des voitures à bras remplies de fruits, de légumes ou de chaussures avançaient le long des trottoirs. Je suis passée sous un fil à linge tendu entre deux maisons étroites, une femme s'est penchée à la fenêtre en chantant et a tâté un pantalon d'homme pour voir s'il était sec. Les cafés étaient bondés, certains clients restaient à la porte, criant en direction de leurs amis assis à l'intérieur. La lumière était rose, de la même couleur que les maisons, et le ciel se teintait de vert. Mon bus pour Malagita partait d'un garage où une bonne dizaine de voitures semblaient être tombées en panne toutes ensemble devant un hangar sombre comme une grotte.

Le chauffeur du car s'était entouré de grigris : un bouquet de fleurs en cire pendait à une ficelle au-dessus de sa tête, une petite crucifixion peinte de façon grossière était punaisée au rebord de bois de la portière à côté de lui et un transistor posé sur le tableau de bord près du volant.

À quelques kilomètres de San Isidro, la route pavée a pris fin. Le chauffeur n'en a pas ralenti pour autant, et les passagers tanguaient, accrochés à leurs paquets, posant sur moi des regards fixes et vides. Le petit bus frissonnait et tremblait dans la lumière de plus en plus jaune du crépuscule, s'arrêtait de temps en temps dans des endroits qui ressemblaient à tous ceux où d'autres passagers étaient descendus pour s'en aller à pied, comme s'il y avait eu sur le sol des marques invisibles à mes yeux mais conduisant ces gens à destination dans un paysage dénué de toute habitation. La poussière rouge que leurs pas soulevaient les enveloppait immédiatement. Lorsque je regardais en arrière, le visage collé à la vitre, ils semblaient avoir déjà parcouru de grandes distances. Au loin, des bouquets d'arbres s'élevaient comme des plumeaux. À l'est, une vaste et lente vague d'ombre avançait à travers le ciel. J'étais la dernière passagère.

Le chauffeur a continué à chanter sur la musique métallique et rythmée de sa radio, à peine audible, couverte par le bruit du moteur et des tôles malmenées. Les pentes d'une montagne s'élevaient devant nous ; à son sommet, brillait un phare. J'ai vu, droit devant nous, les cheminées du moulin.

«Dernier arrêt», a crié le chauffeur. J'étais incapable de me lever. Il s'est retourné vers moi, la fumée de la cigarette qu'il a allumée a tourbillonné autour de lui. J'ai attrapé le dossier qui était devant moi et réussi à m'extraire de mon siège. Il faisait presque nuit. J'étais à Malagita ; le village s'étendait, faiblement éclairé. L'énormité de la chose émoussait mes sens comme un évanouissement. «Merci, ai-je dit d'une petite voix aiguë qui ne ressemblait pas à la mienne. — De rien», a-t-il répondu en exhalant sa fumée.

Je suis descendue. Le chauffeur est retombé sur son volant, les bras pliés comme des pattes de crabe, il l'a tourné. Le car est reparti.

J'étais au milieu de petites maisons alignées, toutes identiques, grises comme des blocs de cendre. Au moment où je me baissais vers ma valise, les réverbères ont soudain illuminé la place. Une femme, debout sur le pas d'une porte, a lentement levé la main devant ses yeux et, tout en continuant de s'abriter de la lumière, elle a descendu les marches étroites du perron et elle est venue vers moi.

«Vous êtes notre pensionnaire», a-t-elle dit.

Mon cœur a bondi.

«Ma sœur, Adela Diaz, tient la pension de famille.» Elle s'est approchée. Elle sentait la même odeur que ma mère quand elle arrivait de la cuisine avec un plat de riz et de haricots. «Écoutez-moi, a-t-elle dit. Vous allez par là, puis, un peu plus loin, de l'autre côté du terrain de foot…

— … Je ne sais pas où est le terrain de foot.

— Vous parlez bien l'espagnol. Ne vous inquiétez pas, je vais vous accompagner.»

Elle m'a prise par le bras et nous avons commencé à marcher. «Je suis née ici», ai-je dit.

Elle m'a dévisagée. «C'est ce qu'on raconte, a-t-elle répondu. Je crois bien que vous n'allez rien reconnaître.

— Les moulins ne marchent pas.

— Pourquoi le feraient-ils ?

— La canne doit être prête.

— Le sucre ! C'est lui qui a ruiné le pays. Plus de sucre. Nous avons une usine de plastique – verres, seaux, cuillères, tout.»

Je me suis brusquement immobilisée, j'avais aperçu un morceau de rambarde rouillée qui s'interrompait quelques mètres plus loin. J'ai posé ma main dessus.

«La *plazuela*.

— Le terrain de foot, a-t-elle corrigé. Les derniers arbres qui restent seront coupés la semaine prochaine.

— Je ne me souviens pas de ce phare en haut de la montagne.

— C'est pour les avions, a-t-elle dit. Il est en haut de la tour de la prison. Celle où nous avons enfermé les bandits de Gonzalez. Dans un endroit où ils ne pourront plus nous faire de mal.»

Elle s'est arrêtée. «Adela !» a-t-elle crié.

Un femme est sortie en courant d'une maison. «Ah ! s'est-elle exclamée. La pensionnaire. Vous devez être fatiguée. Le voyage en car est si long et si inconfortable. Je vous ai préparé à dîner. Mais pas de viande, ce soir. Le camion livre la semaine prochaine.» Sans un mot, sa sœur s'est retournée et elle est repartie vers la place.

Adela a dit : «Par ici.» Elle m'a conduite jusqu'à un bâtiment qui paraissait plus solide que les maisons grises, plus ancien.

«Vous serez bien, a-t-elle promis. Je vous apporte tout de suite votre dîner, et demain matin je vous apporterai votre petit déjeuner. Ne vous inquiétez pas si la lumière s'arrête. Le générateur a des ratés. Les bandits de Gonzalez ont puisé dans les caisses des services publics. On va le réparer.»

Elle a ouvert une large porte en bois et appuyé sur l'interrupteur. Dans la lumière est apparue une grande chambre carrée. Adela est allée vers une porte plus étroite, de l'autre côté de la pièce. «La salle de bains, a-t-elle annoncé fièrement. Je vous apporterai de l'eau chaude pour le bain. La chasse d'eau fonctionne presque toujours.»

Il y avait un lit, une table, une ampoule nue qui pendait du plafond comme celles que j'avais entrevues dans les maisons grises et trois étagères contre le mur. Sur la plus haute était posé un miroir qui reflétait les barreaux de la fenêtre. «Pour mettre vos affaires», a dit Adela en montrant les étagères.

Soudain, j'ai su où j'étais. Au dispensaire.

*

Comme autrefois après la récolte de canne, le village somnolait, presque vide. Tôt le matin, je voyais des hommes et des femmes partir d'un pas lourd vers l'usine de plastique, dont on apercevait le reflet blanc terne du toit plat depuis la nouvelle route qui conduisait à la prison de l'ancienne forteresse sur la montagne.

Pendant trois jours, je me suis promenée dans Malagita. Quelques vieux m'observaient, curieux, mais les plus jeunes ne me jetaient pas un regard. Je suis allée au cimetière. Les anges de la tombe d'Antonio de la Cueva étaient tombés et gisaient en morceaux sur le sol, une de leurs ailes pointait comme un aileron de requin au-dessus des plantes sauvages. Dans ce champ d'ossements à l'abandon se trouvaient ceux de Sebastiano, mon frère. Plus rien ne marquait l'emplacement de sa tombe.

Ailleurs, les arbres avaient été coupés ; l'herbe poussait sur des espaces vides, en plein soleil, aussi brûlante que les trottoirs. L'après-midi, la brise se levait. Une poussière grise traversait le village ; l'air transportait un goût âcre, chimique, sans vie. L'usine de plastique sifflait sa note aiguë.

Les aiguilles de l'horloge en haut de la tour s'étaient arrêtées quelques minutes après midi, et l'une d'elles avait perdu sa flèche. La grille qui l'entourait autrefois avait disparu, ses portes étaient restées ouvertes, je suis entrée dans sa pénombre. J'ai passé la main sur les planches de bois brut empilées contre les marches de pierre qui montaient vers son sommet, loin au-dessus de moi, où une spirale de lumière éclairait les briques.

Dans l'église, un morceau de dentelle brune déchirée pendouillait devant l'autel. La porte de derrière était ouverte. Je suis passée de l'autre côté. La salle de classe avait disparu. Au loin, j'ai aperçu le seul *bohío* que j'aie vu. Son toit était tombé et il penchait, ne tenant plus que sur trois piliers. Je suis retournée à l'intérieur et je me suis assise. L'odeur chimique envahissait la nef. Ce lieu désert donnait l'impression d'être mort, pourtant Adela m'avait dit qu'un prêtre y venait de temps en temps, pour célébrer une messe d'enterrement, un mariage ou un baptême. Je suis montée jusqu'à l'autel, j'ai touché la dentelle. Elle s'est défaite sous mes doigts, s'est réduite en poussière.

Ce matin-là, j'avais suivi la haie vive, maintenant épaisse, haute, impénétrable, qui entourait autrefois les jardins de la *vivienda*. J'avais traversé le canal sur une nouvelle passerelle métallique – le pont de bois s'était effondré ; j'en ai vu un morceau qui restait contre la berge, une de ses extrémités en miettes sous le soleil, l'autre qui pourrissait dans l'eau – et je me suis retrouvée dans un espace vide où passait une nouvelle route qui s'arrêtait quelques mètres plus loin. Je n'ai pas pu voir la *vivienda*. Le chemin était enterré à chaque bout sous une épaisse verdure. La nouvelle route miroitait de chaleur.

Ni pierre ni poutre, rien ne restait de la maison du Chinois. Le sol était aussi vide d'indices que le ciel. Mais j'ai cru reconnaître le fromager au pied duquel j'avais un jour enterré le crâne d'un petit animal et je me suis abritée sous ses branches un moment. Je suis rentrée en dix minutes à l'ancien dispensaire. Rien ne m'a empêchée de passer.

*

« Est-ce que vous êtes allée voir la crèche et la clinique de l'Office populaire ? m'a demandé Adela en posant le plateau sur ma table. Vous y trouverez aussi le conseil municipal et les bureaux du directeur de l'usine.

— Où est-ce ? » ai-je demandé. J'étais allongée sur le lit. Elle a croisé les bras et m'a regardée d'un air inquiet.

« Vous avez trop marché au soleil, a-t-elle dit. Mon père vous a vue rentrer ici cet après-midi, vous étiez chancelante. »

Il y avait donc toujours des observateurs dans le village. Cela au moins n'avait pas changé.

« Oui, ce doit être le soleil, ai-je répondu. Où se trouve l'Office populaire ? » Elle a pointé le doigt en direction de la *vivienda*. Chaque matin depuis mon arrivée, dès qu'il n'y avait plus eu personne sur la route de l'usine, j'étais allée regarder le toit de tuiles derrière les cheminées du moulin.

« La grande maison, ai-je dit.

— Nous ne l'appelons pas comme ça.

— Il y avait d'autres choses que je voulais voir avant. »

420

Elle m'a lancé un coup d'œil hésitant, puis elle s'est penchée pour me demander à voix basse : «Est-ce que vous y êtes allée, quand vous étiez petite ?

— Ma mère était employée aux cuisines. Il m'arrivait de l'accompagner dans la partie réservée aux domestiques, et je suis entrée une fois dans la chambre de señora Beatriz de la Cueva, ai-je répondu.

— L'ancien temps, a-t-elle dit d'un ton poli en se redressant.

— Oui, autrefois.

— Mon père travaillait au moulin, puis il s'est blessé, et notre vie est devenue difficile.»

Je me suis levée. «Vous êtes d'ici ? Je pensais que...» Mais qu'avais-je pensé ? Que ces gens que j'avais vus partir travailler, dîner le soir dans la faible lumière d'une ampoule nue, venaient tous d'ailleurs ?

Elle m'a contemplée avec une espèce de timidité. «Mon père vous connaissait», a-t-elle dit.

Je ne le connaissais pas. Je ne connaissais que la Señora, Nana, et quelques autres. Comme si elle avait deviné mes pensées, elle a dit quelque chose pour me consoler de mon ignorance d'antan : «Vous n'étiez qu'une enfant. Un enfant est comme un petit insecte, une fourmi, il ne voit que ce qui est juste devant lui.» Elle a soupiré. «Et puis on apprend... qu'il y a les autres.

— Où étiez-vous pendant le cyclone ?

— Je n'étais pas encore née. Mais ma mère m'a raconté. Elle était avec mon père dans la capitale, où il se faisait soigner la main. Lorsqu'ils sont revenus, c'était comme si une famille de géants avait piétiné les cases. Il a fallu tout reconstruire... sauf la maison principale, évidemment. Et il y avait un lac au milieu du village. Il a disparu petit à petit.

— Ma grand-mère a disparu, elle aussi.

— Mon père dit que votre grand-mère connaissait tous les enfants de Malagita, et que quand elle n'a plus été là, c'était comme si personne n'avait su qui nous étions. Il dit que si señora de la Cueva en avait su un peu plus sur nous, elle aurait moins pensé à elle. Elle est morte avant ma naissance, et ensuite il y a eu les Américains. Ils ont fait des listes, et les choses sont allées un peu mieux... mieux qu'après le cyclone ; il y avait un médecin, l'électricité et deux magasins, comme ça les gens n'avaient pas besoin d'aller faire leurs courses à San Isidro.

— Des listes de quoi ?

— De noms, de familles.

— Et la Française et ses enfants ?

— Je ne sais rien d'eux.

— Et maintenant ? Comment est-ce maintenant ?

— Oh, c'est beaucoup mieux, naturellement. » Elle m'a regardée avec une immense mélancolie et a semblé sur le point d'en dire plus. Puis elle a jeté un coup d'œil au plateau. « Tout va être froid ! Il faut que vous mangiez. Et moi, je dois m'occuper de ma famille. J'essaierai de penser à vous apporter un chapeau de paille, demain. On dit que quand on vit dans le Nord, le sang se liquéfie et que le soleil peut vous rendre malade. »

*

J'étais encore au lit quand elle a posé sur ma table le café et le pain du petit déjeuner avant de partir à l'usine de plastique. En voyant son air inquiet, je lui ai dit que je restais là, que je souhaitais me reposer. J'irais à l'Office populaire l'après-midi.

« Vous verrez mon fils à la crèche », a-t-elle répondu. Elle a ri. « C'est le seul qui soit roux. Il ressemble à un soleil couchant. »

Plus tard, après m'être habillée, je me suis mise à la fenêtre. Tout était incroyablement silencieux ; aucun cri d'animal ne se faisait entendre. Je me suis demandé ce qui leur était arrivé à tous, cochons, ânes et coqs. Les enfants, m'avait dit Adela, se rendaient en bus dans la nouvelle école d'un village voisin, peut-être celui, avais-je pensé, où Nana assistait à la messe du dimanche pour éviter de rencontrer ma mère.

J'avais dit que j'irais à la *vivienda*, mais je n'en avais pas envie. Je n'avais envie de rien. J'étais même incapable de vouloir que disparaisse la lassitude qui s'emparait de moi.

J'ai entendu quelque chose, deux syllabes distinctes, les sabots d'un cheval frappant le sol. J'ai agrippé les barreaux et pressé ma figure contre eux. Bientôt, une tête de cheval en mouvement est apparue, puis son corps harnaché, puis le conducteur d'une carriole coiffé d'une casquette comme celle que portent les joueurs de base-ball. Derrière lui s'empilaient des pneus de voiture usés couverts de poussière.

Je suis retournée sur mon lit et j'ai pris le roman policier que j'avais acheté à l'aéroport de New York et dont j'avais lu quelques pages sans savoir ce que je lisais.

«*Hola !*» a croassé une voix de femme âgée. J'ai levé les yeux. De l'autre côté des barreaux, là où les villageoises s'étaient un jour réunies pour encourager une future mère qui avait du mal à accoucher, une vieille commère me dévisageait. Elle m'a souri. «On m'a dit qu'il y avait une pensionnaire !» a-t-elle lancé en agitant la tête.

Je suis sortie dans l'ombre du toit. Elle m'a regardée de haut en bas attentivement, appuyée sur sa canne, vacillant légèrement.

«Et pas n'importe quelle pensionnaire, ai-je dit, soudain agacée par la franchise avec laquelle elle m'observait. Je suis née ici.

— Il faut bien naître quelque part», a-t-elle répondu d'un ton méprisant. Elle a toussé et puis craché. «Comment t'appelles-tu ?

— Luisa Sanchez.»

Comme frappée par la foudre, elle a lâché sa canne. Je me suis baissée pour la ramasser. Ses petits pieds en chaussures noires remuaient nerveusement la poussière. Je lui ai mis la canne dans la main. «Ah...», a-t-elle gémi tandis que ses doigts se refermaient sur le pommeau. Elle paraissait troublée, bouleversée. Puis son visage s'est éclairé. «Mais oui, bien sûr, je le savais. Mais la mémoire s'en va. Tu verras. Je savais que c'était toi. Je savais que tu allais venir. Tu ne te souviens pas de moi ? J'avais oublié. Mais mon fils me l'avait dit, évidemment. Je suis Isabel Galdos, la meilleure amie de ta grand-mère, et de ta mère aussi. Combien de fois me suis-je occupée de toi quand tu étais malade ! » Elle a levé la main et tendu le bras d'un geste appuyé, un doigt pointé vers le ciel. « Et les jouets que je fabriquais pour toi ! Puis vous êtes partis et nous n'avons plus jamais eu de vos nouvelles. Depuis combien d'années maintenant ? Les os de ta pauvre grand-mère doivent être réduits en poussière. Quel cyclone ça a été… » Elle s'est rapprochée, en glissant ses pieds sur le sol comme pour mieux le sentir.

J'ai reculé d'un pas. « Presque tout le monde est mort, a-t-elle dit. Un peu après votre départ, le docteur Baca a été emporté par une attaque. Mais moi je suis toujours là. J'ai six petits-enfants. Comment va ta gentille Mamá ?

— Elle est morte il y a des années. »

Elle a secoué la tête mais s'est révélée incapable d'exprimer le moindre signe de chagrin malgré la grimace forcée qu'elle a tentée, les coins de ses lèvres pâles et ridées abaissés, les yeux plissés comme pour faire venir les larmes de force. Elle a renoncé à cette tentative et demandé : « Et ton Papá ?

— Il vit encore », ai-je dit, avant d'ajouter sur un ton emphatique : « Et lui, il est en bonne santé.

— Combien d'enfants as-tu ?

— Un fils. »

Elle avançait lentement vers moi ; j'entendais le bruissement du tissu de sa robe noire, je sentais déjà son souffle sur mon visage et l'odeur sure de son corps comme si c'était le mien.

« Est-ce que vous savez ce qui est arrivé à Nana ?

— Comment le saurais-je ? Je suis allée avec mon bébé dans la tour de l'horloge et l'eau a monté jusqu'ici… » Elle s'est tapé sur le derrière. « Et lorsque nous sommes ressortis, il y avait un lac.

— Et personne ne peut savoir ? ai-je crié, envahie par un désespoir qui n'avait fait que croître chaque jour, s'approfondir au fur et à mesure des disparitions que je découvrais, plus de cases, plus d'arbres ni de sentiers, plus de parfums ni de puanteur, plus de voix animales ni humaines, tout avait disparu.

Elle m'observait maintenant très attentivement, à la façon d'un médecin qui examine une patiente. «Voilà, a-t-elle dit d'une voix légère, toutes nos maisons ont été écrasées comme des œufs. Comment aurait-il pu en être autrement avec de tels vents ? » Elle a de nouveau toussé, la bouche grande ouverte, et j'ai vu sa langue crayeuse s'agiter convulsivement. «Est-ce que tu as épousé un riche Américain, Luisita ? Tu dois avoir beaucoup d'argent pour venir nous voir au fin fond de la campagne.

— J'ai été mariée, mais je ne le suis plus, ai-je répondu lentement. J'ai fait des ménages pour gagner ma vie. »

Elle a souri avec une malveillance si parfaite, si ouvertement affichée, que j'ai failli en rire. «Domestique ! s'est-elle exclamée avec un petit rire. Exactement comme ta petite Mamasita. »

Je ne pouvais supporter sa présence une seconde de plus, alors j'ai jeté un coup d'œil vers la *vivienda*, en essayant de trouver un mensonge qui me permettrait de la laisser là. Elle a croisé mon regard.

«Tu te souviens de mon petit Pedro ? a-t-elle demandé. Et cette brute de docteur Baca qui jurait que j'étais trop vieille pour porter un enfant. Eh bien, maintenant Pedro dirige le conseil municipal. »

Quant elle a lancé sa main vers mon poignet, je l'ai attrapée pour essayer de la repousser. J'étais submergée par le profond dégoût qu'elle m'avait toujours inspiré, par le mépris que j'avais ressenti pour elle lorsque j'étais enfant ; ses soupirs forcés, je m'en souvenais maintenant, ne lui servaient qu'à étaler sa soi-disant sympathie, la fausse compassion à travers laquelle je sentais comme un corps sans vie – les gestes de quelqu'un bêtement avide d'informations. Ses doigts se sont accrochés aux miens comme une plante grimpante. J'ai secoué le bras, mais elle s'est agrippée.

«Lâchez-moi, ai-je dit. Je dois aller à la *vivienda*.

— Mon fils a été au *palacio*, dans la capitale, a-t-elle dit d'une voix momentanément pleine de force et de jeunesse. Le docteur Avila a serré mon fils dans ses bras.

— Un soigneur de chevaux», ai-je murmuré.

Elle m'a pincé le pouce de toutes ses forces et enfin relâchée. «Arrogante, a-t-elle dit furieuse. Toujours arrogante.» Elle a tapé du pied. J'ai aperçu un couple sur le pas d'une porte, de l'autre côté de la rue, deux vieux qui avaient l'air inquiet.

J'ai voulu rentrer dans la pension de famille, mais elle n'en avait pas fini avec moi. Elle a tapé du pied encore une fois. «Malagita n'est pas à toi! a-t-elle hurlé dans mon dos.

— Je ne l'ai jamais pensé», ai-je crié en me retournant brièvement vers elle. Alors elle a levé sa canne en l'air comme si elle avait eu l'intention de la laisser retomber sur ma tête. Je me suis sentie faiblir et je me suis appuyée contre le mur. Soudain son visage qui, dans la colère, se tordait violemment, hideux, s'est détendu et apaisé. Avec un hochement de tête poli, comme pour mettre fin à une conversation ordinaire, elle s'est retournée et elle est repartie en boitillant le long de la route. Le vieux couple toujours sur le pas de sa porte, me regardait, paralysé.

Je suis rentrée et je me suis allongée sur le lit. «Je n'ai jamais cru ça», ai-je murmuré, tout en sachant que pendant mes années de servitude je n'avais jamais pensé autre chose. Que j'avais attendu.

Le comprendre m'a coupée de toute pensée consciente, a brisé tout raisonnement. C'était comme si j'avais fixé un objet que je n'avais encore jamais vu et sur lequel je devais mettre un nom. Ou était-ce un visage, pas tout à fait humain, pourtant semblable à n'importe quel autre visage humain dans lequel ne se reflète qu'une seule idée, puissante et destructrice ? Le vieux visage cendreux de la Señora, avec ses yeux enfoncés dans l'ombre de ses épais sourcils noirs m'est apparu, désincarné mais se dessinant devant mes yeux aussi distinctement que les doigts de ma main où j'appuyais ma joue. J'ai entendu une voix faire surgir d'un monde mort le bref souvenir d'un avantage social, me dire d'apprendre à parler français puis demander d'un ton désagréable une petite tasse de café, comme si je n'avais pas été là. J'avais attendu un héritage qui ne m'avait été promis qu'en rêve.

Bien que couchée, inerte, les jambes brûlées par la lumière du soleil qui passait entre les barreaux, de plus en plus forte, j'étais hors d'haleine, comme si j'avais couru.

Au bout d'un moment, je me suis profondément endormie. Une voix qui m'appelait doucement m'a réveillée : « Señora Sanchez ? » Je me suis assise. Adela était à la porte avec mon déjeuner.

Elle a posé le plateau sur la table, le visage tendu. « Je pars demain, ai-je dit. Je retourne à Tres Hermanos, puis chez moi.

— Oh, mais je vous avais organisé une visite de l'usine, a-t-elle répondu. Je pensais que ce serait possible demain. Vous n'êtes pas allée à la crèche, ce matin ?

— J'en étais incapable. Je suis désolée, mais je ne verrai pas l'endroit où vous travaillez.

— Il n'y a qu'un seul bus pour San Isidro. Il part très tôt, avant même que je m'en aille.

— Je vais le prendre », ai-je dit. Elle m'a lancé un regard inquisiteur. « Vous êtes déçue ? » a-t-elle demandé.

Aucune réponse n'aurait été vraie. Je lui ai dit que non, pour ménager son orgueil. La curiosité s'effaçait déjà de son visage. J'avais vu comme elle était fière de la façon dont elle réussissait à la fois à travailler, à s'occuper de sa famille et de ses pensionnaires. Je savais aussi que mon départ la soulagerait.

J'ai mangé le plus possible, mais mon estomac ne réussissait plus à ingurgiter de tels repas en plein milieu de la journée, surtout dans cette chaleur. L'après-midi, je suis retournée sur la place où le car m'avait déposée, puis j'ai marché de l'autre côté du village, sur la route que le bus avait suivie pendant quelques kilomètres, jusqu'à ce que la lassitude me gagne. Lorsque je suis revenue en fin d'après-midi, quelques vieux sur le pas de leur porte m'ont adressé un signe de tête. Si je croisais señora Galdos, je m'en irais en courant, comme je m'étais enfuie un jour devant la sorcière que j'avais aperçue de loin derrière le troupeau de cochons au moment où elle levait sa canne en braillant à tue-tête.

Je ne me suis pas approchée de la *vivienda*. Je n'ai pas regardé dans sa direction.

La soirée était calme et claire. La lumière du vieux dispensaire rougeoyait dans celle de la nuit. La lune était pleine. Un matin, Mrs. Justen avait jeté son journal par terre en me disant : «Même l'océan est devenu un leurre, comme la Lune, que ces hommes ont piétinée et jonchée de cannettes de bière.» Le disque blanc suivait une large ellipse, s'enfonçait de plus en plus profondément dans le ciel ; son mouvement me semblait noble, d'une majesté qui n'appartenait pas à notre monde.

Même dans le noir complet, la vieille forteresse serait restée visible grâce à l'énorme phare placé en haut de sa tour. À travers les barreaux, j'ai regardé la maison d'en face. La scène qui s'était déroulée dans la matinée aurait-elle effrayé le vieux couple pour qui tout désordre – même s'ils n'avaient fait qu'y assister – évoquait cette prison et éveillait en eux la peur d'être enfermés ?

Est-ce qu'Adela n'avait pas baissé la voix pour la même raison lorsqu'elle m'avait demandé si j'avais jamais été dans la grande maison ? La situation de ceux qui vivaient dans le village maintenant était-elle préférable à celle d'autrefois ? On allait rebaptiser le village, m'avait dit Adela. Le nom de Malagita datait de l'époque de la plantation, du temps où une seule personne possédait toutes les terres, toutes les maisons et ceux qui y habitaient. Elle ne savait pas comment on l'appellerait. Elle avait entendu dire que ce serait peut-être Pueblo Avila, comme le nouveau président.

Pendant que je contemplais la petite maison carrée, sa porte s'est ouverte brusquement et le vieil homme a regardé dehors. Ses yeux se sont fixés sur la fenêtre de la pension de famille et il a sursauté. Il a dû voir mon visage, aussi pâle que le sien dans le clair de lune. Il a posé un doigt sur ses lèvres comme s'il craignait que je l'appelle, puis il a reculé lentement et refermé la porte. J'ai entendu le bruit du loquet.

La maison du Chinois que nous avions habitée n'avait pas de porte. Désormais, les gens étaient enfermés, ou s'enfermaient, et ce changement était aussi caractéristique que les nouvelles habitations semblables à des blocs de cendre, que l'installation de l'Office populaire dans la *vivienda* ou que la construction de l'usine de plastique là où autrefois la canne à sucre poussait.

Le matin, j'ai mis tous les pesos qui me restaient sous l'oreiller d'Adela, en gardant ce dont j'avais besoin pour rejoindre l'aéroport. J'avais payé en arrivant une semaine de séjour à l'Office de tourisme, sans réfléchir un instant avant de tendre les billets, habitée par quelque chose qui dépassait l'espoir ; la certitude de voir ma vie entière s'expliquer dès que mes pieds fouleraient la terre de Malagita.

*

L'employé de l'aéroport qui avait étudié si attentivement ma carte de sécurité sociale quelques jours plus tôt s'est montré cordial. « La prochaine fois que vous viendrez, m'a-t-il promis, nous aurons un nouvel aéroport. Vous pourrez prendre un vol direct. Tout va changer ! » a-t-il dit en montrant d'un geste le plafond bas et sale où étaient fixées n'importe comment de grandes et irrégulières plaques d'insonorisation.

Le petit avion qui m'emmenait à San Juan a décollé. J'ai vu Tres Hermanos, le palais du gouverneur, blanc, brillant, l'avenue centrale et les arches de verdure au-dessus de sa *rambla*, les étroites rues latérales où s'alignaient des maisons aux couleurs de fleurs et de fruits, le port où les bateaux de pêche s'attroupaient comme des nourrissons autour d'un petit navire de guerre entouré de haies de canons à chaque pont, puis, au-delà de la ville, la

route sinueuse de la côte, celle, me suis-je imaginé, sur laquelle
señora de la Cueva se faisait conduire lors de ses séjours dans la
capitale, et où des pierres avaient été un jour jetées sur sa voiture.
Quand nous avons tourné vers l'ouest, j'ai appuyé mon front
contre le hublot. Juste en dessous de moi, la mer bleu pâle effleurait un ruban de sable clair, peut-être la plage où quatre cents
ans plus tôt trois Espagnols avaient accosté et déclaré cette terre
propriété de l'Espagne. Il y en avait un qui s'appelait Pedro.
J'avais oublié les noms des autres, mais je me souvenais que l'un
d'eux avait été assassiné. Cela m'était égal.

Je pensais depuis un moment à quelque chose de bien différent,
à une femme qui avait été notre locataire pendant toutes ces
années où nous avions vécu dans le *barrio* derrière Broadway.
D'appartement en appartement, elle nous avait suivis, portant
seule sa valise et ses paquets. Je me demandais ce qu'elle était
devenue. Si elle vivait encore, elle avait près de soixante-dix ans.
Je pensais à Maura Cruz.

Composition Entrelignes (64).
Achevé d'imprimer sur Roto-Page
par l'Imprimerie Floch
à Mayenne, le 6 juillet 2005.
Dépôt légal : juillet 2005.
Numéro d'imprimeur : 63450.
Imprimé en France.

130605